Sara Douglass

Die sterblichen Götter Tencendors

Zu diesem Buch

Seit vielen Jahren herrscht Frieden in Tencendor. Axis und Aschure führen ein idyllisches Leben als Himmelsgötter; ihr Sohn Caelum regiert das Land der vier Völker. Die Ikarier, Awaren, Rabenbunder und Menschen haben endlich ihre alten Streitigkeiten vergessen.
Doch plötzlich droht innere Unzufriedenheit das Reich zu entzweien, und ein grausamer Mord erschüttert Caelums Familie. Hauptverdächtiger ist Drago Sonnenflieger, der verstoßene Bruder, der sich in einem Netz eroberungssüchtiger Träume verstrickt. Doch aller Zwist verliert an Bedeutung, als sich furchtbare Dämonen ihren Weg durch das Sternentor bahnen, um das Land mit Verzweiflung, Krankheit und Tod zu überziehen …
Die neue große Trilogie aus der Feder der »besten und modernsten Stimme der Fantasy« (Locus).

Sara Douglass, geboren 1957 in Penola, ist Australiens erfolgreichste Fantasy-Autorin. Schon als Kind erfand sie zusammen mit ihrem Vater phantastische Abenteuer am Lagerfeuer des Outback. Sara Douglass studierte Geschichte und sammelt wertvolle alte Folianten und Landkarten. Zusammen mit den Katzen Claude und Luther sowie dem Hausgespenst Hanna Wolstencroft lebt sie in einem alten Backsteinhaus in Bendigo. Ein Großteil ihres Werks ist im Piper Verlag erschienen. Mehr zur Autorin: www.saradouglass.de

Sara Douglass

Die sterblichen Götter Tencendors

Erster Roman der Trilogie
Im Zeichen der Sterne

Aus dem australischen Englisch
von Hannes Riffel und Sara Schade

Piper
München Zürich

Die australische Originalausgabe erschien 1997
unter dem Titel »Sinner. Book One of the *Wayfarer Redemption*«
bei HarperCollins*Publishers* in Sydney.

In Planung sind:
Die Wächter der Zeiten (Band 2)
Die letzte Schlacht um Tencendor (Band 3)

ISBN-13: 978-3-492-70041-2
ISBN-10: 3-492-70041-1

Umschlaggestaltung: Nele Schütz Design, München
Umschlagabbildung: John Howe via Agentur Schlück GmbH
Autorenfoto: Florian F. Marzin
Satz: Satz für Satz. Barbara Reischmann, Leutkirch
Druck und Bindung: Pustet, Regensburg
Printed in Germany

www.piper.de

Feuernacht

Die vier Schiffe durchbrachen die Schranke zwischen der Unendlichkeit des Weltraums und dem Planeten, gingen tosend in Flammen auf und schufen jene Portale, die von späteren Völkern Sternentore genannt werden würden.

Im Inneren der Schiffe kämpften Lebewesen mit aller Macht darum, die Kontrolle über die Steuerung wiederzuerlangen. Sie kämpften, obwohl sie wußten, daß es aussichtslos war – die Schiffe hatten schon vor Hunderten von Jahren aufgehört, ihnen zu gehorchen. Doch selbst als der Tod nur noch wenige Augenblicke entfernt war, klammerten sich ihre Hände an die Steuermechanismen, in der Hoffnung, ihre Fracht noch zu retten ... und vielleicht sogar die Welt, der sie entgegenstürzten, vor dieser Fracht zu retten.

Es war zwecklos. Fast alle waren sie zu Asche geworden, noch bevor ihre brennenden Schiffe sich tief in die Oberfläche des Planeten bohrten.

Fast alle. Einer überlebte, wie die vier Schiffe auch.

Innerhalb weniger Tage waren die Schiffe in den Kratern, die ihre gewaltsame Ankunft geschaffen hatte, zur Ruhe gekommen. Sie duldeten es, daß sich das Wasser über ihnen schloß. Dreitausend Jahre lang ruhten sie dort und träumten. Dann wachten sie auf und wuchsen, streckten ihre Tentakel tief in der Erde zueinander aus. Ihre metallenen Oberflächen und Korridore, Armaturen und Schotte waren von den Gesängen erfüllt, die sie auf ihrer Jahrtausende währenden Reise durch das Universum gelernt hatten. Diese Gesänge behielten die

Schiffe jedoch für sich, damit sie sich nicht mit der Musik des Sternentanzes verbanden, die durch das Sternentor hindurchwehte.

Hin und wieder erwachte der Überlebende aus seinem tiefen Schlaf und durchstreifte die Korridore des Schiffes oder folgte jenen Gängen, die sich zwischen den Schiffen erstreckten. Er suchte und suchte, ohne Erfolg.

»Katie!« rief er, »Katie! Ich weiß nicht, wo es ist!«

Nach jeder Suche war er körperlich und seelisch ausgelaugt, und wenige Tage, nachdem er aufgewacht war, kehrte er niedergeschlagen in seine Kabine zurück und legte sich wieder schlafen.

Er träumte schlecht und fragte sich, warum er überlebt hatte und seine Kameraden nicht.

Er fragte sich, was das Schiff von ihm erwartete.

Er fragte sich, ob sich die Fracht in Sicherheit befand.

Er fragte sich, ob sie jemals abgeholt würde.

So viele Fragen.

Äonen vergingen.

PROLOG

Krallenfürst Wolfstern Sonnenflieger legte seine Flügel fester um seinen Körper und glitt tiefer in den Wahnsinn hinein, der ihn verzehrte. Er stand direkt am Rand des Sternentors, und sein Körper wiegte sich sanft im Gesang des Sternentanzes, der durch das Tor drang.

Komm zu mir, komm zu mir, tanz mit mir! Komm!

Ach! Wie gerne hätte Wolfstern nachgegeben! Er sehnte sich danach, durch das Tor zu stürzen, die Geheimnisse des Universums zu entdecken, Wagnisse einzugehen und sich ganz der Schönheit des Sternentanzes hinzugeben.

Aber Wolfstern sehnte sich auch nach den Freuden des diesseitigen Lebens – nach der Macht, die er als Krallenfürst über ganz Tencendor ausübte, der Ehrfurcht der Ikarier, Awaren und Achariten, nach Sternenfreudes begehrenswertem Leib auf dem nächtlichen Lager. Noch war er nicht bereit, all das aufzugeben. Er war noch jung gewesen, als er den Krallenthron bestiegen hatte, und er wollte dieses Leben so lange wie möglich genießen. Doch die Verlockungen des Sternentors waren groß …

Komm! Komm zu mir! Werde mein Geliebter! Mein ist alle Macht, nach der du dich sehnst!

Wolfstern spürte, wie die Unschlüssigkeit ihn zerriß. Bei den Sternen! Über welche Zauberkraft würde er verfügen, falls es ihm gelänge, die ganze Macht des Sternentanzes auszuloten und dazu noch über das vergängliche Königreich Tencendor zu herrschen! Ich will alles, dachte er, einfach alles! Aber wie schaffe ich das?

Bevor er diesen fast unwiderstehlichen Verlockungen des Sternentors nachgab und sich hineinstürzte, wollte Wolfstern jedoch sicher sein, daß er zurückkehren durfte – zurückkehren und seine neu gewonnene Macht, sein neu gewonnenes Wissen zur Schau stellen. Sie in vollen Zügen auskosten! Sie einsetzen. Wozu taugte Macht, wenn er sie nicht zu Lebzeiten ausüben konnte?

Wolfstern war dazu ausersehen, eine Legende zu werden. Davon war er fest überzeugt.

Unruhig stand er am Rand des Sternentors – er war ärgerlich und auch enttäuscht. Was konnte er denn noch tun?

Während der letzten Wochen hatte er die mächtigsten der jungen Zauberer ausgewählt und durch das Sternentor gestoßen. Kommt zurück, hatte er ihnen befohlen, und bringt die Geheimnisse des Universums mit. Verratet sie mir. Sagt mir, wie ich durch das Sternentor treten und wieder zurückkehren kann.

Sie waren jung, ihr Leben war kein Verlust – wenn es denn überhaupt verloren war.

Doch keiner von ihnen kehrte zurück, und Wut und Hilflosigkeit fraßen Wolfstern nahezu auf. Wie sollte es ihm gelingen, die Geheimnisse des Sternentors zu ergründen, wenn sie nicht zurückkehrten? Warum weigerten sie sich, seinen Wünschen zu entsprechen?

Ihre Schwäche, ihre Feigheit und ihr vollkommenes Scheitern bedeuteten, daß die Geheimnisse der Sterne Wolfstern bis nach seinem Tod vorenthalten blieben. Nein, nein, nein ... das konnte er nicht hinnehmen. Auf keinen Fall!

»Wolfstern?«

Wolfstern erstarrte, und beinahe hätte er seiner Macht freien Lauf gelassen. »Mein Titel lautet Krallenfürst, Wolkenbruch. Ich erwarte von Euch, daß Ihr ihn verwendet.«

»Bruder, Ihr müßt mit diesem Wahnsinn aufhören. Nichts gibt Euch das Recht, so viele Zauberer zu ermorden.«

»Ermorden?« Wolfstern sprang von der Einfassung des Tors herunter, packte seinen Bruder an den Haaren und riß seinen Kopf nach hinten. »Ermorden? Sie sind Entdecker, Wolkenbruch, sie stehen in der Pflicht ihres Krallenfürsten. Und diese Pflicht erfüllen sie äußerst schlecht!«

»Wolfstern ...«

»Mein Titel lautet Krallenfürst!« brüllte Wolfstern und verdrehte Wolkenbruchs Kopf soweit, bis der Nacken des Vogelmanns knirschte und sich sein Gesicht vor Schmerz verzerrte.

»Krallenfürst«, flüsterte Wolkenbruch, und Wolfsterns Griff lockerte sich. »Krallenfürst, Ihr stoßt diese Kinder in den Tod. Wie viele Leben sind bereits vergeudet worden? Einhundert? Mehr, Krallenfürst, mehr!«

»Sie stürben nicht, kämen sie durch das Sternentor zurückgekrochen. Sie haben ihr Leben selbst vergeudet. Sie sind gescheitert, nicht ich. Es ist allein ihre Schuld, nicht die meine.«

»Niemand ist je durch das Sternentor zurückgekommen.«

»Das heißt noch lange nicht, daß es nicht möglich ist, Wolkenbruch.« Endlich ließ Wolfstern seinen Bruder los und trat zurück. »Vielleicht sind sie nicht stark genug. Ich brauche junge Zauberer von mächtigem Blut. Sehr mächtigem.« Ungerührt erwiderte er Wolkenbruchs Blick.

»Nein!« Wolkenbruch sank auf die Knie und streckte ihm seine zitternden Hände entgegen. »Nein! Ich flehe Euch an! Nicht...«

»Bringt mir Eure Tochter, Wolkenbruch. Sternengrazie verfügt über die Macht der Sonnenflieger. Sie ist von meinem Blut. Vielleicht hat sie Erfolg, wo andere scheiterten.«

»Nein! Wolfstern, ich kann nicht...«

»Ich bin der Krallenfürst«, zischte Wolfstern. »Ich bin Wolfstern Sonnenflieger, und ich befehle es Euch! Gehorcht!«

Aber auch Sternengrazie kehrte nicht zurück. Wolfstern gab der zutiefst verängstigten, schluchzenden Sechzehnjährigen einige gemurmelte Anweisungen, packte sie an den Flügeln und stieß sie in das Sternentor. Wie all die anderen überschlug sie sich nur, stürzte in den Abgrund des Universums und verschwand. Wolfstern blieb zwei ganze Tage am Rand des Sternentors stehen, beobachtete und wartete, ohne etwas zu essen oder zu trinken. Dann verfluchte er Sternengrazie ob ihrer Schwäche und ihres Scheiterns und trat von der Einfassung des Sternentors herunter.

Erschrocken fuhr er zusammen, als eine Stimme sagte: »Ihr seid müde, mein Gemahl. Wollt Ihr Euch nicht etwas ausruhen?«

Sternenfreude trat aus den Schatten unter den Torbögen. »Kommt mit mir, mein Geliebter, ich werde Euch wärmen, damit Ihr ruhig schlafen könnt.«

Wolfstern hob die Hand und strich seiner Frau das dunkle Haar aus dem Gesicht. Sie war seine Kusine ersten Grades, von starkem Sonnenfliegerblut, und nur er war ihr an Zauberkraft überlegen. Sie besaß große Macht.

Vielleicht war sie sogar zu mächtig. Seit Monden hatte Wolfstern guten Grund, Sternenfreude einer Verschwörung zu verdächtigen. Sie wollte den Titel des Krallenfürsten für sich selbst.

Fast hätte Wolfstern gelacht. Sie mußte verrückt sein, wenn sie dachte, sie könne ihm die Macht entreißen.

Er strich ihr über die Wange, ganz sachte, und Sternenfreude zwang sich zu einem Lächeln, obwohl ihre Liebe für ihren Gemahl schon lange erloschen war.

Wolfstern beugte sich vor und küßte sie sanft. Seine Hand glitt an ihrem Körper hinab, bis er die Kraft spüren konnte, die in ihrem hohen Leib pulsierte. Sein Sohn – wie mächtig er war, so mächtig ... hatte sich etwa sein ungeborener Sohn mit Sternenfreude zusammengetan, um ihn zu besiegen?

Wolfsterns Hand erstarrte. Sein Sohn. Sogar ungeboren verfügte er über größere Macht als alle anderen Zauberer, die er durch das Sternentor geschickt hatte. Sein Sohn.

Vielleicht gelänge es ihm ... seinem Sohn. Und es würde zweifellos das dringlichere Problem lösen: Sternenfreudes Verrat.

Sternenfreude packte seine Hände und riß sie von ihrem Körper.

Nein! schrie sie in seinen Gedanken.

»Ich muß es wissen, meine Geliebte«, flüsterte Wolfstern. »Ich muß wissen, ob es mir möglich sein wird, zurückzukehren. Ich brauche jemanden, der mir den Weg weist. Und wer könnte das besser als unser Sohn?«

»Du würdest ein Neugeborenes hindurchwerfen? Du würdest unseren Sohn umbringen?«

Sternenfreude wich einen Schritt zurück. Bis zur Geburt waren es nur noch wenige Wochen – wie weit konnte sie in dieser Zeit fliehen? Weit genug, um das Leben ihres Sohnes zu retten? Weit genug, um ihr eigenes Leben zu retten? Wieviel wußte Wolfstern? Wieviel konnte er wissen?

»Zuviel!« rief Wolfstern, sprang vor und packte sie. »Betrachtet Euch als angemessenes Opfer für Euren Sohn, Sternenfreude. Euer Körper wird ihn vor den Verheerungen des Tors schützen, meine Schöne. Werdet Ihr das für unseren Sohn tun? Er wird zurückkehren, dessen bin ich mir sicher.«

Und wenn er zurückgekehrt ist, werde ich ihn erst seines Wissens berauben und dann seines Lebens.

Sternenfreude hatte so fürchterliche Angst, daß sie nicht einmal mehr mit der Stimme ihrer Gedanken sprechen konnte. Verzweifelt schüttelte sie den Kopf, die Augen weit aufgerissen, die Hände schützend über ihrem Bauch gefaltet.

»Wolfstern, nicht Eure Frau! Nicht Sternenfreude!« Mit diesen Worten betrat Wolkenbruch in Begleitung mehrerer Geschwaderführer der ikarischen Luftarmada den Raum.

Wolfstern stieß ein wütendes Knurren aus und ließ sie seine ganze Macht spüren. Hilflos wurden sie zu Boden gedrückt. »Jeden, den ich will ... jeden!«

Er zerrte Sternenfreude zum Sternentor hinüber. In äußerster Verzweiflung fand sie ihre Stimme wieder, und als sie spürte, daß ihre Beine an die Einfassung des Sternentors stießen, schrie sie: »Nein! Wolfstern! Nein! Nein! Nein!«

Das war das letzte Mal, daß jemand etwas von Sternenfreude hörte – für eine lange, lange Zeit.

Fünf Tage später fand Wolkenbruch von Verzweiflung und Trauer getrieben den Mut, Wolfstern mitten unter der Versammlung der Ikarier auf der Insel des Nebels und der Erinnerung das Messer mit den zwei Klingen in den Rücken zu stoßen.

Als Wolfstern auf den Mosaikboden sank, seufzte Wolkenbruch erleichtert auf. Es war vorbei. Die Greuel hatten ein Ende.

Die Bevölkerung von Tencendor trauerte nicht, als Wolfstern

Sonnenfliegers Leichnam auf einem hastig zusammengezimmerten Karren über dem Gewölbe des Sternentors zur Ruhe gebettet wurde. Wolfstern war tot, bestattet und hatte sich jetzt selbst auf den Weg durch das Sternentor begeben. Tencendor war vor seinem Wahnsinn sicher.

Viertausend Jahre vergingen. Tencendor wurde vom Seneschall gespalten und vom Sternenmann Axis Sonnenflieger wieder zusammengefügt. Die Ikarier und die Awaren kehrten in die südlichen Lande zurück, und die Sternengötter, unter ihnen Axis und Aschure, konnten wieder nach ihrem eigenen Willen umherziehen. Obwohl es Wolfstern gelungen war, durch das Sternentor zurückzukehren, war er wieder verschwunden, nachdem Axis im Kampf gegen Gorgrael gesiegt hatte. Die Herrschaft über Tencendor und den Sternenthron ging von Axis auf seinen Sohn und Erben Caelum über. Unter dem Haus der Sterne gedieh Tencendor, wurde hell und stark. Alles war gut.

1

Westen und Norden

Mit einer Flügelspannweite von der Größe eines ausgewachsenen Mannes schwebte der buntscheckige Blauadler in großer Höhe über dem silbrigen Gewässer des Gralsees. Der Tag war ruhig und warm und die Aufwinde einladend, doch für den Augenblick widerstand der Adler der Verlockung, noch höher hinaufzusteigen. Er legte seinen Kopf leicht schräg, und sein Raubvogelblick, den sein hohes Alter nicht hatte trüben können, glitt über die rosa- und cremefarbenen Steinmauern und die vergoldeten und versilberten Dächer von Karlon hinweg. Der Blick des Adlers war eher gleichgültig, denn es war fast Mittag und die Straßen belebt – alle Nagetiere hatten sich schon vor Stunden zurückgezogen. Das beunruhigte den Adler nicht weiter. Vor kurzem hatte er sich an Fisch gütlich getan, und jetzt neigte er die Flügel und segelte über den weißen, siebeneckigen Narrenturm hinweg.

Die Macht, die von diesem Turm ausging, ließ die Flügel des Adlers angenehm vibrieren, und der alte Vogel sann kurz darüber nach, wie sich das Land im Laufe seines Lebens verändert hatte. Als ihm gerade erst sein Gefieder gewachsen war und er sich nur mit Mühe in der Luft hatte halten können, war er mit dem Adler, der ihn gezeugt hatte, über diesen See und diesen Turm hinweggeflogen. Damals war der Turm still und schweigsam gewesen und das Land baumlos. Die Menschen tief unter ihm waren über die Erde gehuscht, Äxte in den Händen und den Pfluggott Artor im Herzen. Von Norden war das Eis immer näher gekommen und Greifen – Kreaturen, vor denen sich sogar Adler fürchteten – hatten den Himmel verdunkelt. In der eisigen

Tundra weit oben im Norden war eine große Schlacht geschlagen worden, das Eis hatte sich zurückgezogen, und die Greifen waren aus den Aufwinden verschwunden. Im Westen reckten sich Zauberwälder himmelwärts, und der Turm unter ihm hallte vor Macht und Gesang wider. Die Armeen, die auf ihrem gewundenen, zerstörerischen Weg über das Land gekrochen waren, hatten sich aufgelöst, und nun lebten die Bewohner dieses verzauberten Landes – sie nannten sich Menschen, vordem Achariten, Ikarier und Awaren – Schulter an Schulter in offensichtlicher Eintracht.

Zufrieden und in dem Wissen, daß das Dutzend Junge, das er im Laufe seines Lebens aufgezogen hatte, nichts weiter fürchten mußte als den plötzlichen Zorn eines Sturms, schlug der Adler mit den Flügeln und schraubte sich höher und höher hinauf, bis er nur noch ein dunkler Punkt am Himmel war.

Leah stand am offenen Fenster ihrer Gemächer im Nordflügel des Palastes, der dem Prinzen des Westens gehörte, und sah zu, wie der Adler in der Ferne verschwand. Mit einem Seufzer – der Anblick des Vogels hatte ihr wehes Herz besänftigt – senkte sie den Blick ein wenig und betrachtete den uralten Palast der Ikarier, der die ganze Stadt überragte. Leah hatte den Eindruck, daß der Palast im hellen Sonnenschein einsam, verlassen und traurig wirkte. Und so war es schließlich auch, dachte sie, denn Sternensohn Caelum verließ Sigholt nur selten und suchte seinen Palast in Karlon nur noch alle drei oder vier Jahre auf.

Leah neidete ihm den herrlichen ikarischen Palast nicht. Der Palast ihres älteren Bruders Askam war weitläufig und elegant – allemal imposant genug für Leah, eine Frau mit konservativem Geschmack und maßvollen Gewohnheiten. Sie senkte ihren Blick noch etwas weiter, bis auf die sanft plätschernden Gewässer des Sees hinab. Eine leichte Brise aus Osten wehte über die Wellen, blies ihr das glänzende nußbraune Haar aus der Stirn und strich es ihr in zerzausten Wellen über die Schultern. Die dunkelblauen Augen hatte Leah von ihrer Mutter Kassna, die ebenmäßigen Züge und die Gelassenheit dagegen von ihrem

Vater Belial geerbt. Sie hatte ihren Vater von ganzem Herzen geliebt und vermißte ihn noch immer, obwohl er bereits seit einem Jahrzehnt tot war. Während ihrer Kindheit und Jugend war er ihr bester Freund gewesen, und es hatte sie schwer getroffen, als sie ihn mit sechzehn verlor.

»Hör auf damit!« murmelte sie bei sich. »Warum deinem Herzen noch mehr Kummer und Einsamkeit aufbürden?«

Bei den Göttern, warum war sie als Prinzessin geboren worden und nicht als einfaches Bauernmädchen? Bauernmädchen war zweifellos eher das Glück vergönnt, ihrem Herzen zu folgen! Mit ihren sechsundzwanzig war sie im Palast ihres Bruders so gut wie eingesperrt, während die meisten Frauen in ihrem Alter verheiratet und gesegnet waren, mit Kindern, die sich an ihre Röcke klammerten.

Leah wandte sich wieder dem Zimmer zu und setzte sich an ihren Arbeitstisch, der mit kleinen Stücken Seidenstoff und Stickereien übersät war. Sie hatte sich eingeredet, daß sie daraus eines Tages eine Weste nähen würde – für den Mann, den sie liebte. Doch anscheinend hatten sich alle Menschen in ihrer Umgebung verschworen, sie so weit wie möglich voneinander fernzuhalten, also konnte sie es ebensogut sein lassen. Hätte sie denn jemals die Gelegenheit, sie ihm zu verehren? Ihre Finger glitten ziellos zwischen den Stoffstücken hin und her, drehten und wendeten sie, als versuchten sie, ein Muster zu bilden. In Gedanken war Leah jedoch so weit weg, daß sie nicht einmal sah, womit sich ihre Finger beschäftigten.

Leah hegte nur einen Wunsch – sie wollte den Mann heiraten, den sie liebte: Zared, Prinz des Nordens, Rivkahs und Magariz' Sohn. Allerdings gäbe es weniger Schwierigkeiten, dachte sie nicht ohne Spott, hätte sie sich in einen gewöhnlichen Fuhrmann verliebt.

Das Hindernis lag nicht darin, daß Zared sie nicht liebte, denn das tat er, mit einer stillen Leidenschaft, die sie manchmal am ganzen Körper zittern ließ, wenn sie bei einem Bankett seinen Blick erhaschte. Doch wie lange hatten sie schon nicht mehr die Gelegenheit gehabt, einen Blick zu wechseln? Ein Jahr? Eher zwei, dachte sie unglücklich, und sie mußte sich große Mühe geben, ihre Tränen zurückzuhalten. Eher zwei.

Nein, nicht nur liebten sich Zared und sie zu sehr, ihre Heirat hätte auch so viele politische Unwägbarkeiten zur Folge, daß ihr Bruder Askam bisher seine Zustimmung verweigert hatte. Die Heirat mit einem Fuhrmann hätte er zweifellos schon vor langer Zeit gutgeheißen! Leah liebte ihren Bruder von ganzem Herzen, aber mit seinem Widerstand gegen die Hochzeit stellte er ihre Geduld auf eine harte Probe – und bereitete ihr lange schlaflose Nächte.

Leahs Blick wurde allmählich wieder klar, und sie nahm ein sternenförmiges Stück goldener Seide zur Hand und drehte es langsam in den Händen hin und her. Das Machtgleichgewicht zwischen den westlichen und nördlichen Gebieten Tencendors wurde von den beiden Prinzen Askam und Zared sorgsam aufrechterhalten. Falls sie Zared heiratete, bestünde die ernste Gefahr, daß Westen und Norden eines Tages unter einem Prinzen vereinigt würden. Askam hatte vor acht Jahren geheiratet, doch seine Frau Bethiam war ihm bisher einen Erben schuldig geblieben. Im Augenblick ruhte die ganze Zukunft des Westens in Leahs Schoß.

Und ihr Schoß hielt sie nun unter der Last dieser Verantwortung gefangen.

Wenn ich ein Bauernmädchen wäre, dachte Leah unvermittelt, müßte ich nur mit dem Mann meiner Wahl das Bett teilen und von ihm schwanger werden, und schon lösten sich alle familiären Einwände gegen eine Hochzeit in Luft auf. Sie knüllte den goldenen Seidenstern zu einem festen Knäuel zusammen, während ihr Tränen der Wut und der Sehnsucht in die Augen schossen. Askam gestattete ihr nicht einmal, nahe genug an Zared heranzukommen, um mit ihm zu reden, und erst recht nicht, mit ihm das Lager zu teilen!

Es ärgerte Leah, daß sie ihre Gefühle nicht besser beherrschen konnte, und sie strich das Stück Seidenstoff glatt und legte es zu den anderen zurück. Die politischen Widrigkeiten waren nur ein Teil von Askams Einwänden, denn er hatte nicht nur persönlich etwas gegen Zared, sondern mißgönnte ihm auch den Erfolg, den er im Norden hatte, und fühlte sich von ihm bedroht. Der Westen umfaßte einen großen Teil des alten Achar – die Provinzen Romstal, Avonstal und Aldeni. Jedes Jahr brachten die Lande reiche Ernten hervor, und jahrzehntelang war Karlon durch den Handel mit dem übrigen Tencendor und dem koroleanischen Kaiserreich tief im Süden reich geworden. Doch trotz seines natürlichen Reichtums wurde der Westen von wirtschaftlicher Not gebeutelt. Während der letzten sieben Jahre war es Askam als Prinz des Westens gelungen, sich schwer zu verschulden. Drei Jahre lang hatte er das ganze, acht Dutzend zählende Gefolge des koroleanischen Botschafters beherbergt, während er im Namen von Caelum für Tencendor Fischereirechte auf dem Meer von Tyrre aushandelte. Nachdem das Abkommen endlich unterzeichnet und der Botschafter und sein fett gewordenes Gefolge heimgekehrt waren, hatte Askam die Ausrüstung einer riesigen Fischereiflotte aus eigenem Vermögen finanziert, nur um erleben zu müssen, daß dreiviertel der Schiffe in der ersten Saison in einem verheerenden Sturm untergingen. Um seine Verluste wieder wettzumachen, lieh Askam daraufhin dem König von Eskator, einem kleinen Königreich jenseits des Witwenmachermeers, eine enorme Summe, um die eskatoranischen Glommerzminen ausbeuten zu können. Im Gegenzug war ihm die Hälfte des Gewinns aus dem Verkauf von Glomm zugesichert worden. Kurz darauf wurden die Minen bei einer Katastrophe von unvorstellbaren Ausmaßen überschwemmt, und der neue König – sein Vorgänger war in den Minen ertrunken – weigerte sich, irgendwelche Forderungen anzuerkennen.

Das waren nur zwei der Schicksalsschläge, die Askam im Laufe der letzten Jahre getroffen hatten. Es gab noch ein Dutzend andere, auch wenn sie nicht so groß gewesen waren. Kleinere Unternehmungen waren gescheitert, mancherlei Geschäfte fehlgeschlagen, nachdem bereits beträchtliche Summen geflossen waren. Askam war gezwungen gewesen, während der letzten beiden Jahre die Steuern zu erhöhen, und auch wenn sie seine Schulden kaum minderten, sorgten sie doch unter Bauern und Kaufleuten für einige Not. Aber wer konnte Askam an den Mißgeschicken des Westens die Schuld geben? Wie er sich auch mühte, er wurde vom Pech verfolgt.

Zareds Norden – die alte Provinz Ichtar – hatte sich dagegen ganz anders entwickelt. Er war aufgeblüht und hatte zu unglaublichem Wohlstand gefunden. Auch in jenen Tagen, bevor Axis Tencendor wiedervereinigt hatte, war das alte Ichtar reich gewesen, das stimmte wohl. Aber damals hatte es diesen Reichtum in erster Linie seinen Edelsteinminen zu verdanken. Die Edelsteinminen waren noch immer ergiebig – und in den letzten zehn Jahren waren zwölf weitere hinzugekommen –, doch Zared hatte darüber hinaus weite Regionen, die bisher nur Ödland gewesen waren, als Anbau- und Weideland erschlossen. Es war ihm gelungen, die fähigsten Werkmeister in seine Hauptstadt Severin zu holen, die beim Zusammenfluß zwischen Azle und Ichtar lag. Er hatte ihnen hohe Löhne geboten und geräumige Häuser und gute Schulen und Lehrmeister für ihre Kinder versprochen. Diese Meister hatten riesige Bewässerungsanlagen entworfen und ihren Bau in den westlichen und nördlichen Regionen des Reiches überwacht. Zared zog Siedler aus ganz Tencendor an, die sich, von großzügigen Pachtverträgen und minimaler – in einigen Fällen gänzlich ausgesetzter – Besteuerung während der ersten fünfundzwanzig Jahre angelockt, in den ausgedehnten und neu bewässerten Gebieten niederließen. Im Unterschied zum Westen war es den Bauern, Kaufleuten und Handwerkern im Norden freigestellt, ihre überschüssigen Waren nach eigenem Gutdünken zu verkaufen. Dies hatte rege Handelsbeziehungen mit den Rabenbundern zur Folge, und so wurden neben Rindfleisch, Lammfleisch, Edelsteinen und Getreide bald auch Felle und Pelze an die südlichen Regionen von Tencendor weiterverkauft.

Im Norden war die Stimmung heiter und zuversichtlich. Die Familien wurden mit jedem Jahr wohlhabender, und Männer und Frauen blickten in eine gesicherte Zukunft. Jedermann konnte nahezu ohne Einschränkung Handel treiben oder Arbeit finden, und auch die steuerlichen Auflagen waren fast unerheblich. Der Erfolg war für alle greifbar, die ihre Hand nach ihm ausstreckten.

Der Unterschied zum Westen hätte nicht größer sein können. Dort schien Askam Mond um Mond gezwungen zu sein, die Steuern noch weiter zu erhöhen, um seine Schulden begleichen zu können.

Es war nicht sein Fehler, sagte sich Leah und gab sich alle Mühe, daran zu glauben. Wer hätte vorhersehen können, daß ein Sturm Askams Fischereiflotte fast vollständig vernichtete? Oder daß eine Flutkatastrophe die Glommerzminen von Eskador heimsuchte? Allerdings war Askams Pech Leahs eigenen Plänen nicht eben förderlich. Und jetzt mußte er auch noch mit ansehen, wie sich jede Woche immer mehr erfahrene Handwerker und unabhängige Bauern aus dem Westen über die Grenze davonstahlen, um die Gelegenheiten wahrzunehmen, die sich ihnen dank Zareds Regierung boten.

»Leah?«

Sie fuhr zusammen, aus ihren Gedanken aufgeschreckt. Askam hatte den Raum betreten und kam zu ihr herüber.

»Du wolltest mich sehen, Schwester?«

»Ja.« Leah stand auf und lächelte. »Ich hoffe, ich habe dich nicht bei einer wichtigen Beratung gestört?«

Askam gab ihr mit einer Handbewegung zu verstehen, sie möge sich wieder setzen, und nahm ihr gegenüber Platz. »Nichts, was nicht warten könnte, Leah.«

Sein Tonfall wurde geschäftsmäßig und strafte seine Worte Lügen. »Was kann ich für dich tun?«

Leah antwortete ihm mit unbekümmerter Stimme – sie wollte ihren Bruder nicht unnötig gegen sich aufbringen. »Askam, viele Wochen sind vergangen, seit wir über meine Hochzeit ...«

Askams Mund wurde schmal, und er wandte den Blick ab.

»... mit Zared gesprochen haben.« Leah hob ungeduldig die Schultern. »Askam, die Zeit vergeht, und weder Zared noch ich werden jünger! Ich sehne mich danach, an seiner Seite zu sein, und ...«

»Leah, beruhige dich. Du bist von edler Geburt und standesgemäß erzogen worden. Dir muß klar sein, daß es langer Verhandlungen bedarf, bevor eine solche Heirat zustande kommen kann.«

»Verhandlungen, die sich nun schon fünf Jahre hinziehen!«

Askam sah seine Schwester an, die Augen zusammengekniffen und ausdruckslos. »Daran bist ganz allein du Schuld. Du mußtest ja ausgerechnet ihn wählen. Verdammt, Leah, hättest du dir keinen anderen aussuchen können? Drei adlige Männer aus dem Westen haben um deine Hand angehalten. Warum hast du dich nicht für einen von ihnen entschieden? Sie können doch nicht alle von Warzen bedeckt und mit fauligem Atem gestraft sein!«

»Ich liebe Zared«, sagte Leah leise. »Ihn habe ich erwählt.«

Als das Worte Liebe fiel, wurde Askams Miene starr. Wie sehr er mit seinen dünnen braunen Haaren und den hellbraunen Augen seinem Vater ähnlich sah! »Liebe ist fehl am Platz, wenn es darum geht, den richtigen Gemahl zu wählen, Leah. Vergiß die Liebe. Denk statt dessen über die Ehe mit einem Mann nach, der dafür sorgt, daß der Westen unversehrt und unabhängig bleibt.«

Er hielt inne, stieß einen verzweifelten Seufzer aus und versuchte dann zu lächeln, um der Unterhaltung die Schärfe zu nehmen. »Leah, höre auf mich und auf die Stimme der Vernunft, um Himmels willen. Ich möchte, daß du glücklich bist, aber dieser Wunsch wird von dem Wissen beherrscht«, – sein Tonfall wurde eine Spur unnachgiebiger – »daß ich, wie auch du, immer das tun muß, was für unser Volk am besten ist – nicht das, wonach unsere Herzen sich sehnen.«

Leah erwiderte nichts, hielt dem Blick ihres Bruders jedoch entschlossen stand.

Askam ließ eine Weile verstreichen, bevor er erneut das Wort ergriff. »Leah, es ist an der Zeit für dich zu erfahren, daß mir die Entscheidung über deine Heirat aus den Händen genommen wurde.«

»Was? Von wem?« Doch sie kannte die Antwort bereits.

»Von Caelum. Die möglichen Auswirkungen einer Verbindung zwischen dir und Zared beunruhigen ihn ebenso wie mich.

Letzte Woche habe ich von ihm die Anweisung erhalten, mit der Entscheidung so lange zu warten, bis er sich persönlich mit mir treffen kann...«

»Und mit mir will er darüber nicht sprechen? Oder mit Zared?«

»Caelum sitzt auf dem Sternenthron, Leah. Die Last seiner Verpflichtungen übersteigt dein Vorstellungsvermögen.«

Der schulmeisterliche Tonfall war Leah zuwider, aber sie hielt ihre Zunge im Zaum.

»Caelum weiß nur zu gut, daß der anhaltende Wohlstand Tencendors wichtiger ist als die Wünsche einer einzelnen. Leah, du bist eine Prinzessin von Tencendor. Als solche verfügst du über weit mehr Rechte und Privilegien als die meisten anderen Tencendorianer. Diese Rechte und Privilegien bedeuten jedoch auch, daß du eine größere Verantwortung trägst. Es ist schlicht unmöglich, daß du dein Leben nach den Wünschen deines Herzens einrichtest – du mußt den Wünschen Tencendors folgen. Während der letzten fünf Jahre habe ich versucht, dich von einer Verbindung mit Zared abzubringen, aber du hast nicht auf mich gehört. Vielleicht hörst du jetzt auf Caelum.«

Seine Worte wie auch sein Tonfall verrieten Leah alles, was sie wissen mußte. Also würde auch Caelum ihrer Heirat nicht zustimmen.

Als Askam aufstand und den Raum verließ, konnte Leah ihren Kummer nicht mehr zurückhalten. Tränen liefen ihr über die Wangen. Das schlimmste war, daß sie all die Gründe einsah, die ihrer Heirat im Wege standen. Warum war es ihr nicht möglich, die Hand eines Adligen aus dem Westen anzunehmen? Alles wäre soviel einfacher, dem gegenwärtigen Machtgleichgewicht weit angemessener. Was ihr Verstand erfaßte, spielte jedoch keine Rolle – sie hatte ihr Herz Zared geschenkt. Sie wollte doch nur mit dem Mann zusammensein, den sie liebte!

Weit im Norden richtete sich Zared entschlossen auf seinem Pferd auf, um die Müdigkeit abzuschütteln. Er hatte eine ganze Woche damit zugebracht, mit einigen seiner Werkmeister in den

Ruinen von Hsingard herumzuklettern, um herauszufinden, ob es sinnvoll sein könnte, die Stadt wiederaufzubauen. Sie waren jedoch zu dem Schluß gekommen, daß die Skrälinge ganze Arbeit geleistet hatten – die Gebäude der Stadt konnten nur noch als Steinbruch dienen. Jetzt war er zehn Tage lang hart nach Severin geritten, und obwohl er schlank, stark und geübt war, hatten ihn die Woche in Hsingard und der anstrengende Ritt erschöpft.

Doch nun erhob sich Severin vor ihm, und trotz seiner Müdigkeit umspielte ein leises Lächeln seinen Mund. Es war eine wunderschöne Stadt – nicht nur aus Sandstein und roten Ziegeln gebaut, um den strengen Wintern des Nordens zu trotzen, sondern darüber hinaus mit einer Kunstfertigkeit und Phantasie, die jedem Gebäude stilistische Eleganz und Schönheit verlieh. Severin war nicht nur errichtet worden, um seinen Bewohnern Schutz zu gewähren, sondern auch, um ihrer Seele wohlzutun.

Den Göttern sei Dank für die Weitsicht meiner Eltern, dachte Zared. Rivkah und Magariz hatten die letzten fünfundzwanzig Jahre ihres Lebens in der Stadt verbracht, deren Erbauer sie waren, und sie hatten sie fast so sehr geliebt wie einander und den Sohn, den sie gezeugt hatten. Zareds Eltern hatten nicht nur den Grundstein von Severin gelegt, sondern sich auch der ganzen Ländereien angenommen, die er von ihnen erben sollte. Der Norden hatte unter dem Krieg zwischen Axis Sonnenflieger und seinen Gegnern Bornheld und Gorgrael am stärksten gelitten. Alles war von Eis bedeckt gewesen, und – was noch schlimmer war – hier hatte es von Eiswürmern, Skrälingen und Greifen nur so gewimmelt. Jetzt gediehen die Felder, und das Vieh wurde fett, und jedermann konnte von den Grenzbergen bis zu den Küsten des Andeismeers reisen, ohne schlimmerem zu begegnen als einem kühlen Nordwind.

Zared zügelte sein Pferd und wartete, bis seine Eskorte ihn eingeholt hatte. Er war ein großer, hagerer Mann von eindrucksvollem Äußeren, hatte er doch die ebenmäßigen, etwas finsteren Züge seines Vaters und die hellgrauen Augen seiner Mutter geerbt. Obwohl bald mittleren Alters, war Zared so flink und geschmeidig wie ein junger Mann, und er konnte es immer noch mit jedem Schwertkämpfer des Landes aufnehmen. Er war in einer kriegerischen Zeit aufgewachsen, und sein Vater hatte ihn viele Jahre lang in der Kriegskunst unterwiesen, auch wenn sich Zared über den Grund nicht im klaren war. Denn in Tencendor herrschten jetzt schon vierzig Jahre lang, seit Axis Gorgrael besiegt hatte, Frieden und Wohlstand. Axis hatte gut und weise regiert – auch wenn es nicht immer einfach gewesen war. Und seit er die Herrschaft über Tencendor vor neun Jahren an seinen ältesten Sohn übergeben hatte, war das Königreich weiterhin mit jener Redlichkeit geführt worden, die das Haus der Sterne kennzeichnete. Und doch ... Zared schliefe ruhiger, hätte Caelum seine Fähigkeiten erst einmal in einer wirklichen Krise unter Beweis gestellt.

Seine Eskorte genau hinter sich, ritt Zared durch die Stadttore und erwiderte den Gruß der Wachtposten, die sie flankierten. Für einen Moment verdeckten die Stadtmauern die Mittagssonne. Ein Schatten fiel auf Zared, und seine Gedanken wandten sich dem großen Schatten in seinem Leben zu – Askam.

Er vertrieb den Gedanken wieder, kaum hatte er sich geregt, und ließ sein Pferd in den geschäftigen Straßen Schritt gehen. Der Tag war zu warm und schön, er wollte ihn sich nicht von Askam verdüstern lassen.

Zareds Weg führte ihn zum Palast, der auf einem Hügel über der Stadt thronte. Sein Pferd kam jedoch nur langsam vorwärts, denn nicht nur drängten sich die Menschen auf den Straßen, er mußte auch immer wieder einen Gruß erwidern oder für ein knappes Gespräch innehalten. Zared war nie ein unnahbarer Herrscher gewesen. War er in der Stadt, empfing er einmal die Woche die Bürger des Nordens und lieh ihnen sein Ohr. Darüber hinaus sorgte er dafür, daß er, wenn er durch die Stadt ritt, von seinen Gefolgsleuten nicht allzu sehr abgeschirmt wurde – sein Volk sollte nicht nur einen kurzen Blick auf sein Leinenhemd und das glänzenden Heft seines Schwertes werfen können.

In diesem Augenblick rief ihm ein Mann einen fröhlichen Gruß zu – ein Zimmermann, dachte Zared, nach dem Werkzeug an seinem Gürtel zu urteilen. Der Handwerker hatte einen unverkennbar südländischen Akzent. Zared grinste breit und nickte ihm zu. Der Mann stammte aus Romstal. Noch einer, der sich für Zared und gegen Askam entschieden hatte.

Zared fand es ermutigend, daß so viele erfahrene Handwerker und Bauern in den Norden umsiedelten, doch gleichzeitig bereitete es ihm auch Sorgen. Die Spannung zwischen Askam und ihm bestand seit einem Jahrzehnt, und mit jedem Jahr wurde sie größer. Jeder Zimmermann, jeder Maurer und jeder Landarbeiter, der gen Norden zog, machte die Sache nur noch schlimmer.

Ah! Schon wieder störte Askam seine innere Ruhe! Das Lächeln verschwand aus Zareds Gesicht, und er ritt so schnell, wie es die Höflichkeit erlaubte, seinem Palast zu. Dort angekommen, wechselte er einige Worte mit dem Hauptmann der Wache, bedankte sich mit einem Lächeln bei seiner Eskorte, übergab die Zügel seines Pferdes einem Stalljungen und betrat das Gebäude.

Nach einem Bad und einer Mahlzeit ging es ihm wesentlich besser. Während sein Leibdiener den Tisch abräumte, nahm Zared ein Glas Wein und schlenderte in die Empfangsgalerie seiner Residenz hinüber. Sein Haus war nur dem Namen nach ein Palast – seine Untertanen waren offensichtlich der Meinung, daß ein Prinz in einem Palast wohnen müßte. Ursprünglich von Rivkah und Magariz erbaut, war das Gebäude eher ein weitläufiges, elegantes Herrenhaus, das sich über den Hügel am Nordrand der Stadt erstreckte. Im Alter von siebenundzwanzig Jahren hatte Zared sich vermählt – mit Isabeau, der Schwester des Grafen Herme von Avonstal – und einen hellen und luftigen Südflügel angebaut, der nach ihren Vorstellungen bald vom Lachen ihrer Kinder hätte erfüllt sein sollen.

Vor dem ersten Porträt, das in der Galerie hing, blieb Zared stehen. Isabeau. Die roten Haare fielen ihr über die Schultern, ihre Lippen kräuselten sich zu einem stillen Lächeln, die hellen Augen funkelten vor Liebe zu ihm. Das Porträt war achtzehn

Monde nach ihrer Hochzeit gemalt worden. Zwei Wochen später war Isabeau tot – unter ihrem Pferd, das im Eifer der Jagd ausgerutscht war, zu Tode gequetscht.

Sie war mit ihrem ersten Kind im fünften Mond schwanger gewesen.

Zared hatte sich ihren Tod nie verziehen. Er hätte ihr dieses Pferd nicht schenken dürfen – aber sie war eine so geschickte Reiterin. In ihrem Zustand hätte sie nicht reiten dürfen – aber sie war so gesund, so voller Leben. Er hätte ihr verbieten sollen, den Hunden und Falken zu folgen – aber sie liebte die Jagd so sehr.

Er war nie wieder zur Jagd gegangen. Am Tag nach ihrem Tod hatte er seine Falken und Jagdpferde weggegeben. Sein Jagdmeister hatte sich bei Edelleuten im Süden eine neue Anstellung gesucht.

Und Zared hatte sich geschworen, nie wieder so innig zu lieben, sich nie wieder einem solchen Schmerz auszusetzen.

Er trank einen Schluck Wein und schlenderte zum nächsten Porträt. Sein Vater Magariz. Und daneben das Porträt seiner Mutter Rivkah.

Sie waren dafür verantwortlich, vermutete Zared, daß er doch wieder der Liebe erlegen war. Magariz und Rivkah hatten ein Leben so voller Liebe gelebt, sie waren so glücklich gewesen, daß Zared sich nicht vorstellen konnte, seinerseits ohne eine Seelenfreundin zu sein. Nach Isabeaus Tod hatte er sich jahrelang von Frauen ferngehalten ... doch dann war er Leah begegnet.

Eigentlich nicht zum ersten Mal, denn Zared hatte sie bereits gekannt, als sie noch ein ganz kleines Kind auf Belials Armen gewesen war. Nachdem er die Herrschaft über das Fürstentum des Nordens angetreten hatte, hielten ihn seine Verpflichtungen jedoch fern von Karlon, und er traf Leah erst wieder, als sie einundzwanzig Jahre alt war.

Sie hatten sich nicht in Karlon kennengelernt, sondern auf Sigholt. Die in magischen blauen Nebel gehüllte Festung war eigentlich dem zauberischen Geschlecht der Sonnenflieger vorbehalten, doch in jenem Jahr war Leah nach Sigholt gereist, um mit Askam an einem Treffen der Ersten Fünf Familien teilzunehmen. Askam und Zared – die Oberhäupter der beiden mächtigsten Familien – waren dort gewesen, zusammen mit Freierfall Sonnenflieger, dem Krallenfürsten der Ikarier, Sa'Domai, dem Häuptling der Rabenbunder, und Prinz Illgaine von Nor. Leah war einerseits auf Einladung von Caelum anwesend – ein Geschenk zu ihrer Volljährigkeit –, andererseits als enge Freundin von Caelums jüngerer Schwester Zenit.

An einem späten Abend war Zared ihr allein auf dem Bergfried von Sigholt begegnet. Beide hatten sie nur etwas Luft schnappen wollen und verbrachten schließlich die ganze Nacht dort oben – unterhielten sich, lachten, und – wie sie zu ihrem Erstaunen feststellten – verliebten sich ineinander.

Es war so einfach gewesen, sich in sie zu verlieben, dachte Zared. Ihr Leben miteinander zu verbringen, schien dagegen so gut wie unmöglich. Von jener Beratung war er so zukunftsfroh nach Hause zurückgekehrt, daß er die Anweisung erteilt hatte, den privaten Teil seiner Wohngemächer im Blau von Leahs Augen streichen zu lassen.

Fast sofort hatte er die diplomatischen Beziehungen aufgenommen, die einer solchen hochrangigen Ehe vorausgehen mußten, und war bei Askam auf eine Wand des Mißtrauens gestoßen. Sicher, sie hatten sich nie gemocht und standen seit Jahren im Wettstreit um die bessere Regierung. Trotzdem hätte Zared nie gedacht, daß dergleichen zwischen ihn und Leah treten könnte.

Wie naiv er gewesen war. Wie unglaublich dumm.

Zareds Finger klammerten sich um sein Weinglas, und er ging ein Stück weiter die Galerie entlang. Er wollte sich nicht so nahe bei den Porträts seiner Eltern aufhalten. Ihr Bildnis erinnerte ihn nur daran, daß sie dreißig Jahre lang voneinander getrennt gelebt hatten, und Zared wollte nicht daran denken, daß Leah und ihm das gleiche Schicksal widerfahren könnte.

Verfluchter Askam! Hätte er sich nicht so entsetzlich verschuldet und keine so hohen Steuern erlassen, gediehe der Westen vielleicht ebenso wie Zareds Norden. Und vielleicht fühlte sich Askam dann nicht so sehr von einer Heirat zwischen seiner Schwester und Zared bedroht.

Zared war kein stolzer Mann, aber übertrieben bescheiden war er auch nicht. Er wußte, daß er sich als Prinz des Westens in keine derart waghalsigen Unternehmungen gestürzt hätte wie Askam, und er ließe auch seine Untertanen nicht unter seinen Fehlern leiden. Wäre er Prinz des Westens und nicht nur des Nordens, lebte nahezu die gesamte Bevölkerung Tencendors in Wohlstand. Wenn. Wenn. Dieses verdammte Wenn!

Jetzt stand Zared vor den Porträts von Rivkahs Bruder Priam und ihrem Vater Karel. Einst hatten sie als Könige von Achar geherrscht – ein gewaltiges Reich, das sich vom Andeis- bis zum Witwenmachermeer erstreckte, von den Eisdachalpen bis ans Meer von Tyrre.

Mit Achar war jedoch auch seine Monarchie untergegangen. Die acharitischen Lande waren unter Awaren, Ikariern und Menschen aufgeteilt und die Gebiete in das größere Tencendor aufgenommen worden, das Volk seines Königs beraubt.

Während er die Porträts seines Onkels und seines Großvaters betrachtete, sann Zared darüber nach, wie weise sie geherrscht hatten. Natürlich hatten sie die Bruderschaft vom Seneschall unterstützt, die über alle Bewohner des Landes nur Böses gebracht hatte. Aber auf ihre Art hatten Priam und Karel klug regiert. Die Monarchie war erst in Verruf gekommen, als Zareds älterer Halbbruder Bornheld Priam ermordet und sich des Throns bemächtigt hatte.

Von Bornheld gab es kein Porträt. Zareds Mundwinkel zuckten. Es war besser, wenn Bornheld als Bruder und König der Vergessenheit anheimfiel.

Er trank seinen Wein aus, den Blick noch immer auf die Bildnisse von Priam und Karel gerichtet. Wie wäre es wirklich, solch ein großes Land zu regieren? Zareds Verstand schrak vor dem Wort »beherrschen« zurück? Was würde er damit machen? Wie würde er für bessere Verhältnisse sorgen? Wie mochte es ihm gelingen, die Schulden zu begleichen, die Askam dem Westen aufgebürdet hatte?

Ach! Allein der Gedanke war schon Verrat!

Zared mußte blinzeln und wollte sich gerade abwenden, doch da erregte der goldene Reif auf Priams Stirn seine Aufmerksamkeit. Er hielt inne, und sein Blick verweilte auf dem goldenen Schimmer, während sich die abendlichen Schatten um ihn sammelten.

2

Die Soirée von Meister Goldmann

»Möge der Kaiser von Koroleas in den Feuergruben des Nachlebens schmoren!« Askam schäumte vor Wut und riß das Pergament in seiner Hand in winzige Stücke. »Warum muß er mich so hetzen?«

Askams vier Berater – zwei unbedeutende Edelleute sowie der Gildenmeister von Karlon und sein Haushofmeister – schwiegen diplomatisch. Eine Million und dreihundertfünfundachtzigtausend Goldstücke waren der Grund, weshalb der Kaiser von Koroleas Askam so hetzte. Um genau zu sein: eine Million und dreihundertfünfundachtzigtausend Goldstücke, die Askam dem Kaiser schuldete.

Jannymire Goldmann, der Meister der Gilden, senkte höflich den Blick auf seine dickfingrigen Hände. Er hatte Askam geraten, sich vom Kaiser keine so enorme Summe zu leihen, aber Askam hatte das Geld dringend gebraucht, und der Kaiser war bereit gewesen, es ihm zu borgen.

Und jetzt wollte er es zurück.

Was würde geschehen, wenn Askam nicht zahlen konnte? Und Goldmann wußte wohl, daß er es nicht konnte. Was mochte der Kaiser als Wiedergutmachung fordern? Goldmann wollte gar nicht daran denken. Die Koroleaner würden nicht einmarschieren, das nicht, aber es war durchaus möglich, daß sie einen Teil des Westens für sich beanspruchten – vielleicht sogar, Gott bewahre, Karlon selbst.

Würde das Caelum endlich dazu bewegen, sich persönlich um die Angelegenheiten des Westens zu kümmern? Obwohl er über Askams wachsende Schulden besorgt war, hatte er es bisher vorgezogen, Askam mit seinen Schwierigkeiten allein zu lassen. Aber Goldmann wußte, daß Caelum nicht tatenlos mit ansähe, wie die Koroleaner die Herrschaft auch nur über die unfruchtbarsten Felder von Tencendor erlangten.

»Nun, uns bleibt nichts anderes übrig«, sagte Askam in etwas ruhigerem Ton, »als den Mistkerl zu bezahlen.«

Überrascht hob Goldmann eine Augenbraue, und er war nicht der einzige. Bezahlen? Wie?

Askam holte tief Luft, lehnte sich auf seinem Stuhl zurück und sah die vier Männer an, die in einer Reihe vor seinem Arbeitstisch standen. Alle Götter des Universums wußten, wie sehr ihm diese Entscheidung zuwider war, aber ... sie würde nicht nur den Großteil seiner Geldnöte beheben, sie würde seine Untertanen auch daran hindern, nach Norden auszuwandern.

Und Zared vielleicht das Grinsen aus dem Gesicht wischen.

»Meine Herren«, sagte Askam leise, »mir bleibt keine andere Wahl. Vom fünften Tag der nächsten Woche an werden die Steuern auf alle Güter, die auf dem Nordra und auf den Straßen des Westens befördert werden, auf ein Drittel ihres Wertes angehoben.«

Goldmann wollte seinen Ohren nicht trauen. Ein Drittel? Steuern in einer solchen Höhe würden den meisten Kaufleuten und Händlern schweren Schaden zufügen und jeden Bauern ruinieren, der auch nur einen mageren Getreidesack auf den Markt tragen wollte. Und was wäre mit dem Mann, der seiner verwitweten Mutter im Dorf nebenan einfach nur einen Korb Eier bringen wollte? Würde er auch darauf ein Drittel Steuern entrichten müssen?

Er öffnete den Mund, um etwas zu erwidern, aber Askam kam ihm zuvor.

»Meine Herren, ich weiß, daß ich dem Volk des westlichen Tencendor eine schwere Bürde auferlege, aber es wird nur ein Jahr nötig sein, allerhöchstens zwei.«

Ein Jahr würde genügen, um die meisten Leute in den Hungertod zu treiben, dachte Goldmann, bei all den Steuern, die sie sowieso schon zahlen mußten.

»Und«, fuhr Askam fort, »denkt an die Beträge, die wir jenen anderen abnehmen werden, die ...« er zögerte kurz, »... die ihre Güter durch unser Gebiet verfrachten. Seit Jahren bedienen sie sich unserer Straßen und Schiffe, um ihre Waren auf den Markt zu bringen – ob hier in Karlon oder weiter südlich in Koroleas. Es ist höchste Zeit, daß sie für die Instandhaltung dieser Straßen und Schiffe bezahlen.«

Goldmann und die drei anderen Männer wußten ganz genau, wen Askam mit »jenen anderen« meinte: Zared. Zared, der seine reiche Ausbeute an Getreide, Edelsteinen und Pelzen den Nordra hinunterverschiffte, um sie auf den Märkten zu verkaufen, die ihn – und sein Volk – reich machten.

»Mein Prinz«, sagte Goldmann, »das ist wirklich eine schwere Steuer. Wenn ich davon abraten darf, ich ...«

»Mein Entschluß steht fest, Goldmann«, sagte Askam. »Ich habe Euch – wie auch Hofmeister Roscic und die Barone Jessup und Berin – nicht hierhergebeten, um Euren Rat einzuholen, sondern um Euch über die Mittel in Kenntnis zu setzen, die ich anzuwenden gedenke.«

Roscic wechselte einen Blick mit Goldmann und ergriff dann sehr vorsichtig das Wort. »Mein Prinz, vielleicht wäre es am besten, wenn Ihr diese Entscheidung mit Sternensohn Cae–«

»Ich werde Caelum meine Entscheidung *mitteilen*, Roscic!«

Der Haushofmeister senkte den Kopf. Er hatte bereits zuviel gesagt – schließlich war seine Stellung völlig von Askams Wohlwollen abhängig.

Goldmann dagegen kannte keine solchen Bedenken. »Diese Steuern sind äußerst schwerwiegend, mein Prinz. Vielleicht solltet Ihr sie wirklich mit Sternen ...«

»Sternenmann Axis Sonnenflieger hat meinem Vater höchstpersönlich das Recht zugesprochen, den Westen nach seinem Willen zu besteuern, Meister Goldmann! Ich werde Sternensohn Caelum entsprechend informieren, aber es steht mir zu, diese Steuern ohne seine Zustimmung zu erheben. Haben wir uns verstanden?«

Die vier Männer senkten die Köpfe.

Askam sah sie einen Moment lang an, bevor er fortfuhr. »Noch eine andere Sache. Während der letzten achtzehn Monde sind über zweitausend Männer mit ihren Familien in das Land nördlich des Azle gezogen.« Askam zuckte mit den Schultern. »Wenn sie ihre Familien dem nördlichen Winter aussetzen möchten, ist das ihre Angelegenheit. Das ändert jedoch nichts an der Tatsache, daß es sich bei diesen Männern größtenteils um ausgebildete Handwerker, erfolgreiche Kaufleute oder erfahrene Bauern handelte. Sie haben im Westen eine beträchtliche Lücke hinterlassen – deshalb ist es kein Wunder, daß ich meine Schulden nicht zurückzahlen kann.«

Nein, nein, flehte Goldmann lautlos. Tut das nicht! Bitte!

»Um diese Flut aufzuhalten, habe ich die Grenzsoldaten am Azle und in Jervois angewiesen, von allen Familien, die das Land verlassen möchten, den Gegenwert von zehntausend Goldstücken zu fordern.«

Aber das ist zehnmal mehr als mein Jahreseinkommen, dachte Goldmann. Wie soll ein einfacher Handwerker das aufbringen?

»Das sollte den Verlust ihrer Fähigkeiten zumindest teilweise ausgleichen«, sagte Askam. »Das wäre alles, meine Herren. Ihr könnt gehen.«

Am selben Abend rief Goldmann mehr als ein Dutzend Männer in seinem Stadthaus im vornehmen Viertel von Karlon zusammen, führende Bürger und Kaufleute, und bei diesem Treffen sprach er wortreich über die neuen Steuern und ihre Konsequenzen.

»Das wird mich ruinieren!« stöhnte Netherem Pamster, Meister der Glockengießer. »Wie soll ich meine Glocken ausliefern, wenn nicht mit dem Schiff?«

»Und ich erst!« fiel Karl Hurst ein, einer der führenden Wollhändler Tencendors. »Und die meisten Bauern im Westen ebenso! Alle sind wir darauf angewiesen, unsere Wollballen auf den Straßen des Westens zu den Märkten der Ikarier in die Minarettberge zu karren!«

Seiner Stimme gesellte sich ein Dutzend weiterer zu, die immer zorniger und empörter wurden, je deutlicher ihnen die Folgen der Besteuerung vor Augen traten.

»Wir werden alle bald ruiniert sein«, sagte Goldmann leise in das Stimmengewirr hinein. Er hob die Hände. »Ihr Herren, bitte …«

Die Männer sanken auf ihre Stühle zurück, Zorn wurde von Sorge verdrängt.

»Ich hätte letztes Jahr mit meinem Bruder nach Norden gehen sollen«, sagte Hurst, als er Platz nahm. »Der Norden mag von unseren großen Märkten allzu weit entfernt sein, aber Zared versucht wenigstens nicht, mir meine Seele zu rauben, während ich mich bemühe, Fleisch auf seinen Tisch zu bringen.«

»Wahrscheinlich«, warf ein untersetzter Hufschmied ein, »gäbe er seine Seele dafür, wenn dadurch Fleisch auf *deinen* Tisch käme.«

Goldmann nickte im Stillen. Die Richtung, die das Gespräch nahm, gefiel ihm immer mehr, und er war es zufrieden, sich zurückzulehnen und dem Verrat seinen Lauf zu lassen.

Verrat? fragte er sich. Nein, wohl eher Gerechtigkeit.

»Seit Priams Tod ist nichts mehr, wie es war«, sagte ein Kunstschmied.

»Nicht mehr, seit Axis Sonnenflieger an den Ufern unseres Sees Tencendor ausgerufen hat«, sagte ein anderer.

»Na, na«, ließ Goldmann sich hören. »Auf die Sonnenflieger können wir stolz sein. Habt Ihr jemals ein besseres Leben gekannt? Oder ein friedlicheres? Wem gefällt es nicht, mit den kunstbegeisterten und großzügigen Ikariern Handel zu treiben? Oder sogar mit den Awaren?«

Ein Augenblick des Schweigens, und dann ergriff Hurst wieder das Wort: »Mit Tencendor an sich hat das nichts zu tun, und auch nicht mit den Ikariern oder den Awaren. Ich zum Beispiel bewundere die Sonnenflieger sehr für das, was sie für unser Land getan haben.«

»Jawohl, richtig!« erklang es überall am Tisch

»Jawohl«, stimmte Hurst ein. »Ich hege nicht den Wunsch, den Haß der Vergangenheit wieder aufleben zu lassen.«

»Nein!« ertönte es laut.

»Nein«, wiederholte Hurst. Er sah sich um und fuhr sich mit der Zunge über die Lippen. »Aber diese Steuern ... das kann ich einfach nicht glauben! Unter König Priam wäre das nie passiert, nicht einmal unter König Karel, wenn es stimmt, was ich über ihn gehört habe. Mit dem Versuch, seine eigenen Schulden zu bezahlen, wird Askam den Westen ruinieren!«

Der Hinweis war unüberhörbar.

»Natürlich ist Askam für eine solche Verantwortung nicht geboren worden«, sagte ein Kaufmann namens Bransom Hievorand. Er war einer von Goldmanns engsten Freunden, und er wußte, worauf der Gildenmeister hinauswollte. »In ihm fließt nicht das Blut der Sonnenflieger. Kein Wunder, daß er solche Fehler begeht.«

»Dabei war sein Vater, obwohl von niederer Geburt, ein liebenswürdiger und beherzter Prinz«, nahm Goldmann den Faden auf. Er ergänzte sich so gut mit Hievorand wie zwei Stimmen in einem Duett. »Und er war Axis Sonnenfliegers rechte Hand. Zweifellos hatte er das Fürstentum des Westens als Belohnung verdient.«

»Askam hat nicht die Größe seines Vaters«, sagte Hievorand. »Im Unterschied zu Belial führte er ein sorgenfreies Leben. Er hat nie um dieses Leben kämpfen müssen oder für sein Land. Er ist nicht von den Opfern und Verlusten geprägt worden, die Belial erleiden mußte. Und auch den Mut und den Gerechtigkeitssinn seines Vaters hat er nicht geerbt.«

Überall im Zimmer nickten die Männer.

»Müßte er sich nur um ein Landgut kümmern, würde er sich dessen sicher gewachsen zeigen«, schloß Hievorand. »Mit einer so großen Verantwortung wie dem Fürstentum des Westens ist er jedoch überfordert.«

»Und wir sind bankrott«, murmelte jemand, und das ganze Zimmer brach in leises Lachen aus.

»Der Norden dagegen gedeiht«, sagte Goldmann. »Zared hat –

wie seine Eltern vor ihm – auf ein solides Fundament gebaut. Er ist großzügig, aber streng; mutig, ohne übertriebene Wagnisse einzugehen – oder sein Volk solchen auszusetzen. Seine Untertanen lieben ihn.«

»Viele von *Askams* Untertanen lieben ihn«, sagte einer der Männer.

»Und damit wären wir beim Kern der Sache angelangt«, erklärte Hievorand auf ein leichtes Kopfnicken von Goldmann hin. »Zared ist von königlichem Geblüt, Askam nicht. Entsprechend gedeiht der Norden und der Westen erstickt.«

Stille.

»Von königlichem Geblüt«, sagte eine Stimme von weit hinten, aus einer dunklen Ecke. »Habe ich Euch da richtig verstanden? Zared ist zum Herrscher geboren?«

»Ich spreche nur aus, was alle wissen«, erwiderte Hievorand. »Zared ist der Sohn von Rivkah, der letzten Prinzessin von Achar, und von Magariz, einem der ranghöchsten Edelleute in ganz Achar. Sie sind rechtmäßig getraut worden. Bornheld, Rivkahs ältester Sohn, war unehelich, und deshalb hatte sein Versuch, sich des Throns zu bemächtigen, katastrophale Folgen. Auch Axis, möge er ewig leben, ist unehelich. Zwar hat er den Sternenthron gestiftet, aber auf den Thron von Achar hat er zu Recht keinen Anspruch erhoben. Zared ist Rivkahs einziger rechtmäßiger Sohn. Zared« – er hielt inne, als widerstrebe es ihm, die Worte auszusprechen, selbst unter Freunden, fände aber schließlich den Mut dazu – »ist der rechtmäßige Erbe des Throns von Achar.«

»Aber Achar gibt es nicht mehr«, wandte Goldmann ein. »Den Thron gibt es nicht mehr. Axis hat beides zerstört. Zareds Erbe besteht doch offensichtlich nur noch aus Erinnerungen.«

Einen Augenblick lang herrschte Schweigen, dann sagte Hurst laut und mit rotem Gesicht: »Aber ist das auch *richtig* so? Die Ikarier haben ihren Krallenfürsten, die Rabenbunder ihren Häuptling, und sogar die Awaren haben jetzt ihren Magierkönig Isfrael! Warum sollten die Achariten nicht ihr Oberhaupt … nein, ihren Stolz zurückerhalten?«

Im ganzen Gemach brach ein Tumult aus, und Goldmann war erneut gezwungen, aufzustehen und mit ausgestreckten Armen für Ruhe zu sorgen.

»Meine Freunde, darf ich Euch daran erinnern«, sagte er leise, »daß der Ausdruck ›Achariten‹ nicht mehr statthaft ist?« Mit einem der ersten Erlasse nach seiner Thronbesteigung hatte Caelum die Verwendung des Begriffes »Achariten« für die Bevölkerung von Tencendor verboten. Für ihn klang er zu sehr nach dem Haß, der Tencendor überhaupt erst zerrissen hatte.

»Ob wir nun Achariten, Tencendorianer oder verdammte Säugetiere sind«, sagte ein Silberschmied wütend, »ändert nichts an der Tatsache, daß es mir lieber wäre, König Zared herrschte über mich als der engstirnige Prinz Askam. Nein! Wartet ... das ist noch nicht alles. Es ändert nichts an der Tatsache, daß es mir gleichgültig ist, ob Zared Prinz oder König oder Bettler ist – er ist der Mann, von dem ich mir bei einer Schlägerei oder im Krieg den Rücken decken lassen, mit dem ich in einer Taverne anstoßen möchte. Ich achte Zared, ich *mag* Zared, und was ich über Askam denke, kann ich in dieser Gesellschaft nicht laut aussprechen!«

»Und zu alledem«, rief eine Stimme, »ist Zared der rechtmäßige Herrscher, nicht Askam!«

»Ihr Herren! Ihr Herren!« rief Goldmann. »Bitte ... hört mir doch zu! Bitte Ruhe jetzt! Ja ... ja ... vielen Dank, schon besser. Ihr Herren, ich bin Gildenmeister von Karlon. Ich bin Euer Sprecher, Eure Stimme. Was, bitte, soll ich tun?«

Stille.

»Ich glaube«, sagte Hievorand leise, »daß es an der Zeit wäre, Zared einen Besuch abzustatten. Ich denke, daß der Prinz wissen sollte, wie sein Volk ...«

Nicht einem unter ihnen entging die Formulierung »sein Volk«.

»... über einige Angelegenheiten denkt.«

»Wird er handeln?« fragte jemand. »Oder wird er sich heraushalten?«

»Wenn es Euer Wunsch ist«, sagte Goldmann, »werde ich mit Hievorand nach Norden aufbrechen … zu einer Handelsreise, sollte Askam nachfragen. Wenn ich erst einmal mit Zared spreche, wird es mir schon gelingen, die Angelegenheit so in Worte zu fassen, daß es ihm schwerfallen wird, *nicht* zu handeln.«

Schweigend sah er sich um und lächelte verschwörerisch.

3

Sternensohn Caelum

Die große Festung Sigholt lag still da. Das Licht des Mondes spiegelte sich auf ihrem silbrigen Gemäuer und fiel auf den Lebenssee. Zu dieser nächtlichen Stunde war kaum jemand auf den Beinen. Zwei oder drei Wachleute schritten die Mauern ab, ein Diener eilte lautlos von den Wohngebäuden zu den Küchen hinüber. Auf dem Dach stand ein ikarischer Zauberer und blickte wie gebannt zu den Sternen empor.

Die Stadt Seeblick schmiegte sich satt und geborgen an den Halbmond des Sees. Ihre Bewohner trieben ein wenig Handel und Landwirtschaft und freuten sich ansonsten ihres Lebens. Die nahegelegenen Täler und die Hänge der Urqharthügel in der unmittelbaren Umgebung von Sigholt boten ihnen ausreichend Nahrung und Zeitvertreib. Nur wenige machten sich die Mühe, mehr zu tun, als das zu genießen, was sie der Nähe zu dem wundersamen See verdankten und was ihnen von der magischen Festung und der Großfamilie der Sonnenflieger, die innerhalb ihrer leuchtenden grauen Mauern wohnte, geschenkt wurde.

Fast genau in der Mitte des Uferstreifens zwischen Seeblick und Sigholt stand ein massives Steingebäude. Es hatte über fünf Stockwerke, und seine unverglasten Fenster und offenen Türen gingen größtenteils auf den See hinaus, als wolle das Gebäude möglichst viel von der Brise oder vielleicht vom See in sich aufnehmen.

Zwei ikarische Vogelmenschen traten aus einer der Türen im Erdgeschoß. Sie gingen langsam zum See hinunter und blieben in eine Unterhaltung vertieft am Ufer stehen. Der eine trug eine elfenbeinfarbene Uniform mit einem aufgestickten Emblem auf der Brust, das aus mehrfach zu Knoten geschlungenen Goldtressen bestand. Der andere hatte auffallend rotes Gefieder und Haar. Die Haut seiner Hände und seines Gesichts war so weiß, daß sie im Mondschein zu schimmern schien.

Sternensohn Caelum, unangefochtener Herrscher über Tencendor, stand an einem der Fenster des Kartenzimmers von Sigholt und fragte sich, worüber sich die beiden dort so leise unterhalten mochten. Caelum war einer der mächtigsten Zauberer, die die Ikarier je hervorgebracht hatten, ein Kind der Sterngötter, doch obwohl sein scharfer Blick die beiden Vogelmenschen weit unter sich mühelos ausmachen konnte, schreckte er davor zurück, ihr Gespräch zu belauschen. Caelum legte großen Wert auf Höflichkeit, und den beiden Männern dort unten vertraute er wie wenigen anderen.

Und doch waren sie ein rätselhaftes Paar. Flügelkamm Krummklaue, der Vogelmann in der elfenbeinfarbenen Uniform, war Hauptmann der Seewache – eine ungewöhnliche Truppe, die sich ganz dem Dienst und dem Schutz des Sternensohns verschrieben hatte. Trotzdem hatte Caelum manchmal das Gefühl, daß ihre Mitglieder einen gewissen Abstand wahrten, nicht nur zum Leben in Sigholt, sondern auch ihm gegenüber.

Allerdings war dieser Abstand und seine Eigentümlichkeit an und für sich keine große Überraschung – er hatte eine Menge mit dem Vogelmann zu tun, mit dem sich Flügelkamm gerade unterhielt: Dornfeder Wahrlied. Die Seewache rekrutierte sich ausschließlich aus den sechshundert Kindern, die Dornfeder vor vielen Jahren aus dem Krallenturm gerettet hatte. Da er die Kinder auf den gefrorenen Pfaden der Eisdachalpen auf ihrer Flucht nicht dem Angriff der Greifen aussetzen wollte, hatte Dornfeder den Fährmann Orr angefleht, sie über unterirdische Wasserwege in Sicherheit zu bringen. Die Kinder waren wohlbehalten in Sigholt angekommen, doch ihre Erfahrungen mit Orr hatten sie tief in ihrem Inneren verändert. Als sie volljährig wurden, hatten sie die Seewache ins Leben gerufen. Sie verkündeten, daß sie ihr Leben in den Dienst des Sternensohns stellten und kleideten sich in Kniehosen und einfache elfenbeinfarbene Uniformröcke mit dem sonderbaren Emblem auf der Brust.

Eine Erklärung dafür gaben sie nicht.

Auch wenn niemand die Seewache ganz verstand, vertrauten ihr doch alle. Wieder und wieder gelobte die Wache dem Sternensohn ihre Loyalität. Sie unterstanden seinem Befehl, und ihre Herzen waren seiner Sache treu. Manchmal verschwanden sie tagelang, doch sie beteuerten, nur dem Sternensohn verpflichtet zu sein. Caelum, wie alle anderen auch, bezweifelte das nicht. Sie waren ein fester Bestandteil von Sigholt, ebenso geheimnisvoll wie die Festung selbst.

Dornfeder gab fast ebenso viele Rätsel auf. Auch ihn hatte die Begegnung mit Orr verändert. Als Entlohnung für die Errettung der Kinder hatte er dem Fährmann sein Leben versprochen. Während der letzten Jahre hatte er einen Großteil seiner Zeit mit Orr auf den Wasserwegen verbracht. Was Dornfeder dort tat oder Orr mit ihm, wußte Caelum nicht.

Caelum sah, wie Flügelkamm und Dornfeder auseinandergingen. Flügelkamm erhob sich langsam in die Lüfte und flog auf die Mauern von Sigholt zu, wo er die Soldaten der Seewache, die dort stationiert waren, inspizieren würde – zumindest glaubte Caelum das. Dornfeder ging langsam am Ufer des Sees entlang, anscheinend tief in Gedanken versunken.

Caelum seufzte und wandte sich wieder dem runden Kartenzimmer zu. Der Tisch in seiner Mitte war mit Dokumenten bedeckt, mit Berichten aus einigen der größeren Städte, und mit Mappen, die mit losen Blättern vollgestopft waren. Caelum widerstand dem Drang, einen weiteren Seufzer auszustoßen, strich sich durch die dichten, kurzgeschnittenen schwarzen Locken und schlenderte gemächlich zum Tisch hinüber. Nahm die Papierflut denn nie ein Ende? Manchmal hatte er den Eindruck, Sigholt bestünde nur aus Sekretären, Amtsschreibern und Verwaltern. Alle waren sie angeblich damit beschäftigt, sich um den riesigen Haufen von Papieren zu kümmern, den seine Herrschaft über Tencendor hervorbrachte. Aber manchmal fragte Caelum sich, ob sie überhaupt zu etwas taugten –

sein Arbeitstisch schien von dem verdammten Zeug nie frei zu sein.

Kein Wunder, daß Axis die Herrschaft über Tencendor an ihn abgegeben hatte! Caelum lächelte leise, als er an seine Eltern dachte. Im Grunde seines Herzens wußte er, daß weit mehr als nur der Papierschwall dahintersteckte. Axis und Aschure waren auf Sigholt geblieben, während ihre Kinder heranwuchsen. Nachdem Zenit, ihre jüngste Tochter, fünfundzwanzig geworden war, hatten sie mehr und mehr die Gesellschaft der anderen Sternengötter gesucht. Sie wandten sich zunehmend himmlischen Dingen zu und wollten mehr Zeit darauf verwenden, die Geheimnisse der Sterne zu erforschen. Vor neun Jahren hatte Axis die Herrschaft über Tencendor an Caelum abgegeben, in einer prachtvollen Zeremonie an den Ufern des Gralsees – dort, wo Axis vor vielen Jahren Tencendor ausgerufen hatte. Seither hatte Caelum seine Eltern nur drei- oder viermal gesehen. Sie hielten sich von der Welt der Menschen fern, wie es ihrem Status als Götter entsprach, und überließen es Caelum, das Reich der Sterblichen zu regieren.

Obwohl er bereits seit Jahren an der Spitze von Tencendor stand und dem Land erfolgreich und friedlich über so manche inneren Unruhen hinweggeholfen hatte, fühlte sich Caelum in seiner Stellung als unangefochtener Herrscher etwas unwohl. Axis hatte seinen Anspruch auf die Regentschaft durch Tapferkeit erworben, durch Jahre des Krieges, durch Kummer, Verlust und Leid. Caelum war das Königreich – fast buchstäblich – auf dem Silbertablett überreicht worden. Natürlich war er zuvor jahrelang ausgebildet, beraten und angeleitet worden. Axis hatte ihn wiederholt für eine halbes Jahr in das südliche Kaiserreich Koroleas geschickt und einmal für sieben Monde in das faszinierende kleine Königreich Eskator. Unter Anleitung nicht nur von Axis selbst, sondern auch anderer kleiner Könige und großer Kaiser hatte er die Staatskunst gründlichst studiert.

Trotzdem konnte sich Caelum manchmal des Gefühls nicht erwehren, er hätte sich seinen Anspruch auf den Sternenthron wie sein Vater erkämpfen müssen. War der Zufall der Geburt ausreichend, um zu garantieren, daß er über die Fähigkeiten und die Weisheit verfügte, ein solch großes Land zu regieren? Was dachte sein Volk wirklich über ihn?

»Ich sollte öfter ausreiten«, sagte Caelum bei sich. »Mit eigenen Augen sehen, was vor sich geht und mich nicht nur auf Berichte verlassen. Wie lange ist es her, seit ich Sigholt das letzte Mal den Rücken gekehrt habe?«

»Zu lange«, sagte eine leise Stimme vom Fenster her. Caelum wandte sich ohne große Überraschung um. Er hatte gewußt, wer es war, noch bevor sie gesprochen hatte – er hatte gespürt, wie sie im Fenster Gestalt annahm, während er Selbstgespräche führte.

»Zenit.« Er lächelte und breitete die Arme aus. »Du warst lange fort! Wo hast du gesteckt?«

Seine jüngste Schwester sprang leichtfüßig vom Fenstersims und drückte ihren Bruder fest an sich. Im Gegensatz zu Caelum – und ihren Eltern – hatte Zenit glänzende Flügel, so rabenschwarz wie ihr Haar. Sie war eine wunderschöne Vogelfrau, noch atemberaubender als ihre Mutter Aschure. Geheimnisvoll, faszinierend und doch irgendwie traurig, hielt sie sich stets abseits des lärmenden Lebens auf Sigholt. Caelum hielt sie in den Armen und fragte sich, warum das so war. Schon als Kind hatte sie bekümmert gewirkt. Oft hatte sie schlecht geschlafen und unter wabernden Alpträumen gelitten, und an vielen Tagen war sie verschlossen und wortkarg gewesen. Und manchmal ... manchmal hatte Caelum sie dabei ertappt, wie sie ihn mit einem Ausdruck ansah, der so überhaupt nicht zu ihr paßte, und er fragte sich ...

»Warum so sorgenvoll?« Zenit richtete sich auf, nahm das Gesicht ihres Bruders in die Hände und küßte ihn leicht auf die Lippen.

Caelum faltete die Flügel auf ihrem Rücken zusammen und streichelte sie sanft. »Ich dachte gerade, Schönste unter meinen Schwestern, für dich sei es höchste Zeit, Sigholt zu entfliehen ...«

Warum hatte er dieses Wort verwendet? Caelum geriet ins Stocken, fuhr jedoch fort, bevor Zenit etwas sagen konnte. »... für eine Weile zu verlassen. Wieviel Jahre sind seit dem letzten Mal verstrichen? Nein, antworte mir nicht! Zu viele, dessen bin ich mir sicher.«

Zenit blieb reglos stehen, und Caelum spürte, wie sie sich etwas von ihm zurückzog.

Er trat einen Schritt zurück, ließ aber seine Hände sanft auf ihren Schultern ruhen. »Zenit? Sternenströmer würde dich sicher gerne wiedersehen. Als Kind hast du viel Zeit mit ihm verbracht, und die Insel des Nebels und der Erinnerung ist ein wunderbarer Ort.«

»Vielleicht.« Plötzlich lächelte sie, Schalk in den dunkelblauen Augen. »Soll ich Drago mitnehmen, wie damals?« Zenit vermutete fast, daß Caelums Vorschlag den versteckten Zweck hatte, Sigholt von Dragos Anwesenheit zu befreien.

Caelum ließ die Hände sinken und entfernte sich ein paar Schritte von ihr. »Wie du wünschst«, sagte er mit tonloser Stimme. »Aber darauf wollte ich nicht hinaus.«

Zenit bereute sofort, daß sie über Drago einen Witz gemacht hatte. Drago sorgte auf Sigholt unablässig für schlechte Stimmung, obwohl er nie etwas sagte oder tat, das auf irgendeine Weise als böse oder verletzend aufgefaßt werden konnte. Der Unterschied zwischen ihm und seinen Geschwistern war einfach zu groß. Sie waren in höchstem Maße magische Wesen, und ihr verzaubertes Leben würde sich wahrscheinlich bis in alle Ewigkeit erstrecken. Früher war Drago wie sie gewesen. Für kurze Zeit. Drago war als zweites Kind von Axis und Aschure zur Welt gekommen, der ältere Zwilling von Flußstern und mit allem ausgestattet, um einer der mächtigsten Zauberer aller Zeiten zu werden. Aber schon als Kleinkind hatte er diese Macht mißbraucht und sich mit Gorgrael, dem Gegner seines Vaters verbündet. Drago hatte ein Komplott geschmiedet, um Caelum zu ermorden, damit er seinen Platz einnehmen konnte.

Zur Strafe hatte ihn Aschure des Erbes seiner ikarischen Vorfahren, seiner magischen Kräfte beraubt. Jetzt, vierzig Jahre später, durchstreifte Drago die weitläufigen Gänge von Sigholt – ein schwermütiger, undurchschaubarer Sterblicher, dessen Lebenszeit ungenutzt verstrich und der in die Jahre kam. Er mußte zusehen, wie seine Geschwister ihre Jugend und ihre Zauberkraft auskosteten.

Caelum konnte sich nie dazu durchringen, ihm zu vertrauen, obwohl er wußte, daß Dragos Kräfte erloschen waren. Schließlich war Caelum das Opfer von Dragos kindlichen Ambitionen gewesen, er war von Gorgrael entführt und mißhandelt worden, *er* wurde jeden Tag an diese schreckliche Zeit erinnert, sobald er Dragos ansichtig wurde. Zenit wußte, daß sich Caelum die größtmögliche Mühe gab, Drago aus dem Weg zu gehen, aber sogar in einem Gebäude, das so groß war wie Sigholt, mußten sich die Brüder ständig über den Weg laufen.

»Es tut mir leid«, sagte sie leise zu Caelums Rücken. »Ich wollte nicht darüber scherzen.«

Er wandte sich ihr wieder zu und lächelte schwach. »Das spielt keine Rolle. Drago muß nicht...«

Von der Tür ertönte ein Klopfen, und sie öffnete sich ohne Caelums Erlaubnis. Flügelkamm Krummklaue trat ein, blieb nach genau fünf Schritten stehen und salutierte. »Sternensohn.«

»Flügelkamm. Worum geht es?«

Flügelkamm warf Zenit einen Blick zu, äußerte sich jedoch nicht zu ihrer Anwesenheit. »Sternensohn, aus Karlon ist soeben ein Kuriervogel mit einer Botschaft von Prinz Askam eingetroffen.«

Caelum nahm das Pergament entgegen, rollte es mit einer Handbewegung auf und überflog den Text.

»Möge er in ... in ... ach, verflucht sei er!« rief er, und Zenit legte ihm besorgt eine Hand auf den Arm.

»Caelum? Was ist...?«

»Dieser verdammte Narr hat gerade eine Steuer in Höhe von einem Drittel ... von einem Drittel auf alle Güter erhoben, die auf dem Nordra oder auf den Straßen des Westens befördert werden. Und er hat jedermann, der nach Norden ziehen will, mit einer Steuer belegt. Himmel! Seht Euch den Betrag an! Diese Zahl muß ihm eingefallen sein, als er an einem von chronischer Verstopfung ausgelösten Alptraum gelitten hat. Das darf nicht wahr sein!«

Er warf das Pergament auf den Tisch und lief wutentbrannt zum Fenster hinüber. Dort blieb er stehen, starrte hinaus und versuchte, die Beherrschung wiederzugewinnen. Bei den Göttern – Askam und Zared bereiteten ihm mehr Ärger als Bornheld und Gorgrael seinem Vater verursacht hatten, davon war er überzeugt! Wie oft hatte er den einen oder den anderen beiseite nehmen müssen, um ihm Ratschläge zu erteilen? Zusammengenommen herrschten sie über halb Tencendor – war es zuviel verlangt, wenn er von ihnen erwartete, daß sie sich zumindest ansatzweise friedlich verhielten?

Zenit sah Flügelkamm an, der keine Miene verzog. Dann nahm sie das Pergament, überflog es kurz und riß die Augen weit auf – kein Wunder, daß Caelum so heftig auffuhr.

»Caelum?« sagte sie und wartete, bis ihr Bruder sie ansah.

»Caelum ... dieses Mal mußt du eingreifen. Und es wird auch Zeit, Leahs Elend ein Ende zu machen.« Obwohl Zenit Leah seit vier Jahren nicht mehr gesehen hatte, waren sie miteinander in Verbindung geblieben. Zenit wußte nicht nur um Leahs Sehnsucht nach Zared, sie verstand auch, warum Caelum und Askam ihr diesen Herzenswunsch verweigern würden. Arme Leah, dachte sie. Es war an der Zeit, ihr zu sagen, daß sie ihr Leben wieder in die eigene Hand nehmen mußte. Fünf Jahre zwischen abgrundtiefem Elend und grenzenloser Hoffnung hin- und hergerissen zu werden – das hielt niemand aus.

Caelum nickte bedächtig und fuhr sich mit einer Hand über das Gesicht. Plötzlich sah er sehr, sehr müde aus. »Es ist wirklich höchste Zeit. Askam hat es mit seiner Verschuldung zu weit getrieben – und Zared hätte von Anfang an wissen müssen, daß eine Heirat zwischen ihm und Leah eine politische Unmöglichkeit ist. Vor allem, wenn Bethiam weiterhin unfruchtbar bliebe.«

Er holte tief Luft. »Das bedarf nicht nur meiner Entscheidung, sondern auch der des Rates der Fünf.«

Zenit sah ihren Bruder mit großen Augen an. Die Regenten der Ersten Fünf Familien von Tencendor trafen sich nur alle zwei Jahre. Sie jetzt, nur acht Monde nach ihrem letzten Treffen zu sammenzurufen, ließ erkennen, wie ernst Caelum die Angelegenheit nahm. Als Herrscher über Tencendor hatte Caelum das letzte Wort – vom rechtlichen Standpunkt aus mußte er den Rat nicht einberufen. Offenbar war er jedoch der Meinung, daß Zared und Askam des Urteils ihrer Gleichgestellten ebenso bedurften wie seiner Worte.

»Flügelkamm?«

Flügelkamm nahm Haltung an.

»Schickt Kuriere zu Zared, Sa'Domai, Freierfall, Illgaine und Askam. Das Treffen findet so bald wie möglich statt – nicht später als am siebten Tag in drei Wochen. Und laßt auch nach Isfrael schicken.«

Isfrael, der Magierkönig der Awaren, gehörte dem Rat der Fünf nicht offiziell an, und er hatte keine Stimme in ihm. In den letzten zehn Jahren hatte er jedoch an allen Zusammenkünften teilgenommen, Rat erteilt und Rat eingeholt. Als Caelums Halbbruder und Anführer einer der großen Völker Tencendors wurde er für gewöhnlich ehrenhalber eingeladen.

Außerdem wollte niemand in Isfraels Abwesenheit eine Entscheidung fällen, der er sich später widersetzen mochte.

Als Flügelkamm seine Hand auf den Türknauf legte, rief ihn Caelum zurück. »Nein, wartet. Überlaßt Askam mir. Ich werde einen persönlichen Kurier schicken.«

Flügelkamm nickte und war verschwunden.

»Zenit?« Caelum lächelte seine Schwester an, obwohl seine Augen müde und gramerfüllt blieben. »Warum benachrichtigst *du* Askam nicht?«

»Ich? Aber...«

»Die Brücke kann dich leicht mit dem Narrenturm verbinden, und von dort ist es nur ein kurzer Flug über den Gralsee nach Karlon.«

»Aber warum ich?«

»Weil ich der Meinung bin, daß auch Leah hier sein sollte. Ich muß ihr meine Entscheidung mitteilen, und ich sage ihr das lieber unter vier Augen als durch einen Kuriervogel. Willst du sie nicht sehen? Bring sie beide zum Narrenturm. Seine Eskorte kann Askam ja dann auf herkömmlichem Wege nach Norden schicken.«

»Ich weiß nicht, ob ich so bald...«

Caelums Stimme nahm einen Befehlston an. »Du mußt dich mehr mit Tencendor auseinandersetzen, Zenit. Ich bitte dich um diesen Gefallen, aber wenn es dein Wunsch ist, kann ich deine Abreise auch dringlicher machen.«

Zenits Kinn hob sich, und in dieser Bewegung erkannte Caelum das Feuer und die Entschlußkraft seiner Mutter wieder. »Wie du wünschst, mein Bruder. Ich werde mich bei Sonnenaufgang auf den Weg machen.«

Und mit einem leichten, aber merklichen Zucken ihrer Schultern rauschte sie an ihm vorbei aus dem Zimmer.

4

Bettler auf die Knie, Reisende über die Brücke

Sie putzte sich vor dem Spiegel ihres Gemaches heraus, strich mit den Händen über ihren leichtbekleideten Körper. Ihr gefiel, was sie sah, was sie fühlte.

Flußstern Sonnenflieger war eine bezaubernde, verführerische Vogelfrau, und sie wußte es. Welcher Mann hatte ihr bisher widerstehen können?

Sie hob die Hand und schüttelte sich die feinen, goldenen Locken zurecht. Wie sie ihre violetten Augen zur Wirkung brachten! Ihre blasse Haut!

»Ich bin unwiderstehlich«, sagte sie und lachte, leise und heiser.

Sie erstarrte, als sie eine sanfte Berührung verspürte. Zauberkraft.

Seine Zauberkraft. Obwohl er noch gar nicht hier war, streichelte seine Magie ihre Arme, hob den Stoff von ihren Brüsten, glitt über ihren Bauch abwärts, über ihre Beine.

Ihr Geliebter. Er war in der Nähe.

Sie bewegte sich nicht, ganz so, als bemerke sie ihn nicht. Sie würde ihn betteln lassen. Und wie!

Doch er bettelte nie. Sie war es, die schließlich vor ihm auf dem Boden kniete, sich an seine Beine klammerte, die goldenen Flügel demütig ausgebreitet, und ihn anflehte, mit ihr zu schlafen.

Sie wand sich vor ihm, schluchzte und kreischte, bis er sie so vollständig in seiner Gewalt hatte, daß sie vor Dankbarkeit schrie, wenn er sie schließlich hochhob und auf das Lager warf.

Stirnrunzelnd betrachtete Flußstern ihr Spiegelbild. Sie bettelte nicht gerne ... aber, bei den Göttern, wie konnte sie ihm widerstehen, wenn er sie kraft seiner Gedanken streichelte, liebkoste, in sie eindrang?

Wie jetzt. Sie erschauerte, Tränen füllten ihre Augen, und als er die Tür öffnete und ihr Zimmer betrat, fiel sie zu Boden und bettelte, bettelte, bettelte ...

»Niemand kommt Euch gleich«, flüsterte sie ihm ins Ohr, als es schließlich vorbei war und sie schweißüberströmt auf dem Bett lagen. »Niemand.«

»Das ist mein Schicksal«, sagte er, lächelte und küßte ihr die Stirn.

»Laßt mich als Eure Geliebte an Eurer Seite stehen«, sagte sie. »Bitte. Damit alle sehen, wie gut wir zusammenpassen.«

»Nein.«

»Warum nicht?« schrie sie. Haß verzerrte ihr schönes Gesicht. »Warum nicht? Ihr könnt alles tun, was Ihr ...«

Seine Finger gruben sich in ihre Wangen, und er drückte so fest zu, daß sie vor Schmerz wimmerte.

»Du wirst niemandem etwas über uns erzählen«, zischte er. »Niemandem! Hast du mich verstanden?«

»Ja, ja, ja«, flüsterte sie. »Ich werde niemandem etwas sagen. Nie. Niemals. Bitte, liebt mich noch einmal. Bitte ... bitte ... bitte ...«

Zenit eilte in ihre Gemächer, um ein farbenfroheres Kleid anzuziehen und im Spiegel einen kurzen Blick auf ihr Gesicht und ihre Haare zu werfen. Caelum hatte recht, es war an der Zeit, daß sie Sigholt für eine Weile verließ. Daran hatte sie auch schon gedacht – daher ihre rasche Bereitschaft, als er die unausgesprochenen Gedanken, die ihr schon fast seit einer Woche zusetzten, in Worte gefaßt hatte.

Irgend etwas stimmte nicht. Sie hätte nicht sagen können, was oder auch nur, womit es zusammenhing. Aber während der letzten Tage hatte eine unnennbare Furcht immer mehr von ihr

Besitz ergriffen. Furcht und ein Verlustgefühl, das so stark war, daß sie drei Nächte hintereinander schweißüberströmt aufgewacht war, ihre Hände in die Laken gekrallt.

Aus diesem Grund war sie an diesem Abend auch so spät in Sigholt umhergewandert.

Die Alpträume erinnerten sie an jene, die sie gehabt hatte, als sie noch viel jünger gewesen war. An Nächte, in denen sie schreiend aufgewacht war und in denen sie nur Schlaf finden konnte, wenn ihre Eltern ihr gestatteten, sich zwischen sie zu legen. Axis hatte sie immer wieder eingehend nach den Träumen ausgefragt, aber Zenit konnte sich nie an Einzelheiten erinnern – vielleicht wollte sie sich nicht an sie erinnern –, und Aschure hatte Axis untersagt, die Träume mit Hilfe des Erinnerungsliedes aus ihrem trüben Unterbewußtsein heraufzubeschwören.

»Laßt das Kind in Ruhe«, hatte ihre Mutter leise gesagt und Zenit das Haar aus der Stirn gestrichen. »Sie muß sich nicht daran erinnern, sie will sich nur sicher sein, daß wir sie lieben.«

Und die Liebe ihrer Eltern hatte ihr tatsächlich über vieles hinweggeholfen. Als sie achtzehn oder neunzehn gewesen war, hatten die Träume nachgelassen, und zum Zeitpunkt ihrer Volljährigkeit waren sie endgültig verschwunden.

Obgleich es da noch diese vielen Stunden gab, an die sie sich nicht erinnern konnte.

Darüber hatte sie mit ihren Eltern nie gesprochen – warum, hätte sie nicht sagen können. Aber an manchen Tagen fand sie sich unvermittelt in einem abgelegenen Flügel von Sigholt wieder oder sogar nicht weit entfernt in einem Tal der Urqharthügel, ohne zu wissen, wie sie dort hingekommen war. Stunden, manchmal sogar Tage verstrichen, die völlig aus ihrem Gedächtnis verschwunden waren.

Auch diese Vorfälle waren seltener geworden, als sie älter wurde, aber ein oder zwei Mal im Jahr widerfuhren sie ihr immer noch.

Und in der vergangenen Woche gleich dreimal.

Aus diesem Grund hatte sie auch gezögert, als Caelum ihr vorgeschlagen hatte, nach Karlon zu gehen.

Was war, wenn sie sich irgendwo im Narrenturm »verlor« und auf einer Eisscholle im Iskruel-Ozean wieder zu sich kam? Wie sollte sie das Caelum erklären? Wie würde sie das sich selbst erklären?

Zenit blieb in der Mitte ihres Zimmers stehen – eine atemberaubend schöne, schlanke Vogelfrau in einem scharlachroten Kleid, das sich deutlich von ihren schwarzen Haaren und Flügeln abhob.

Sie holte tief Luft, und in dem Versuch, sich zu beruhigen, umgab sie sich mit einem so mächtigen Zauber, daß die Magie die Umrisse ihrer Gestalt buchstäblich verschwimmen ließ.

Vor ihr entstand ein Bild: ihr Großvater Sternenströmer. Es war nur ein Blick in die Vergangenheit, Sternenströmer lebte weit im Süden auf der Insel des Nebels und der Erinnerung, wo er zusammen mit den Priesterinnen des Tempelberges seinen Pflichten nachging.

Diese Erinnerung trug Zenit seit über dreißig Jahren in sich – die Erinnerung an einen Tag, den sie bei ihrem Großvater auf der Insel verbracht und an dem sie sich plötzlich in der steilen Felswand auf der Südseite des Tempelberges wiedergefunden hatte, ohne zu wissen, wie sie dorthin gekommen war.

Damals war sie noch sehr jung gewesen, und ihre Flügel hatten erst ein Jahr zuvor angefangen zu wachsen. Sie fühlten sich immer noch ungewohnt an, und auf ihren seltenen Flügen hatte sie immer noch mit ihnen zu kämpfen. Als sie am bröckligen Rand eines bodenlosen Abgrunds wieder zu sich kam, war sie zu Tode erschrocken.

Sie hatte geschrieen, überzeugt davon, daß sie stürbe. Dann war Sternenströmer da gewesen und hatte sie in die Arme geschlossen. Er hatte sie festgehalten, für sie gesungen und ihr immer wieder gesagt, daß sie sich in Sicherheit befinde.

Von jenem Augenblick an hatte Zenit Sternenströmer über alles geliebt, weit über die Zuneigung einer Enkelin für ihren Großvater hinaus.

Jetzt beschwor sie Sternenströmers Abbild herauf – sein schönes, von Liebe erfülltes Gesicht, wie er sanft ihr Kinn in die Hand nahm und ihr in die Augen blickte.

»Ich werde immer da sein, um Euch beizustehen«, sagte er. »Ich werde immer für Euch da sein.«

»Immer ...« flüsterte Zenit, und das Abbild zitterte und verschwand.

»Sehr hübsch.«

Sie fuhr herum, voller Wut, daß jemand die Vision gesehen hatte.

Drago lehnte lässig in der Tür, die zu ihrem privaten Bad führte. Sein schmales Gesicht war undurchdringlich, seine Augen fast geschlossen, seine Arme über der Brust verschränkt.

Über einem Arm lag ein Handtuch, und Zenit bemerkte, daß Dragos kupferfarbenes Haar feucht und im Nacken frisch zu einem Pferdeschwanz gebunden war.

»Warum wäschst du dich nicht in deinen eigenen Räumen?« schnauzte sie ihn an.

»Ich war unten im Stall«, erwiderte er, richtete sich auf und warf das Handtuch in das Badezimmer zurück, »und habe Stephain mit der grauen Stute geholfen. Sie hat heute nacht gefohlt. Eine schwere Geburt.«

»Aber das erklärt noch nicht ...«

»Ich wäre zu mir hoch gegangen, würde nicht Caelum durch die oberen Stockwerke trampeln. Ehrlich gesagt habe ich keine Lust, ihm jetzt über den Weg zu laufen. Also dachte ich mir, ich frage dich, ob ich deinen Waschraum benutzen darf. Du warst nicht hier, also ...«

Er zuckte mit den Achseln und trat dicht vor Zenit hin. »Ich habe dich hereinkommen hören, als ich fast fertig war. Falls dich das beruhigt: Ich habe dir nicht beim Umziehen zugeschaut. Ich mag manches sein, Schwester mein, aber ich bin kein Voyeur.«

»Und doch hast du meine Erinnerungen an Sternenströmer gesehen.«

»Ich dachte, ich hätte seine Stimme gehört – und deshalb bin ich an die Tür gekommen. Zenit, ich mag ihn auch ... weißt du noch?«

Zenit verlor zusehends die Beherrschung, was ehrlich gesagt in erster Linie eine Folge ihres Schrecks war. Und Drago mochte Sternenströmer wirklich. Sie war sich über viele Dinge, die Drago betrafen, nicht im klaren, aber seine Zuneigung zu Sternenströmer war echt. Als Kind hatte Drago seine Zeit mit Sternenströmer fast ebenso genossen wie sie. Im Unterschied zu Axis und Aschure verstand sich Sternenströmer mit dem wortkargen Jungen – warum, wußte niemand. Jedenfalls gab er sich große Mühe mit ihm.

Sie sah ihren Bruder an, und für einen Augenblick wurde sie von ihren Gefühlen fast überwältigt. Was hätte aus ihm werden können, wenn er geliebt worden wäre und nicht zurückgewiesen? Seine Eltern hatten ihn zwar nicht verstoßen, aber sie hatten ihm alle seine Geschwister vorgezogen. Die Strafe für sein Komplott gegen Caelum hatte ihm von seinem reichen ikarischen Erbe nur wenig gelassen: sein dichtes, kupferrotes Haar, das er immer in einem festen Pferdeschwanz trug; und seine violetten Augen, die mit dem Alter immer farbloser wurden. Neben seinen lebhaften und mächtigen Geschwistern war er nur ein hagerer, eher unattraktiver Mann. Alter und Enttäuschung hatten in sein Gesicht bereits jetzt tiefe Falten gegraben.

Drago hatte Unrecht getan, das konnte niemand abstreiten, aber Zenit wünschte sich oft, ihre Mutter hätte eine andere Möglichkeit gefunden, ihn zu bestrafen – ohne ein solch machtvolles Erbe zu zerstören und so viele Träume zunichte zu machen.

Sie fing sich wieder, bevor Drago fragen konnte, warum sie ihm nicht antwortete.

»Nun, wenn du Caelum nicht über den Weg laufen möchtest – und er ist wirklich schrecklich wütend –, dann kannst du in meinem Bett schlafen.«

Drago zog fragend eine Augenbraue hoch.

Zenit erzählte ihm kurz, was sie und Caelum erfahren hatten.

»Und du tust, was der Sternensohn befiehlt – braves Mädchen!« Drago gähnte theatralisch. »Nun, dann mal los. Dein Bett sieht wirklich einladend aus.«

Zenit wußte nicht, ob sie sich noch länger würde beherrschen können, und wandte sich rasch der Tür zu. Doch bevor sie den Raum verlassen konnte, sagte Drago leise: »Das war eine wunderschöne Erinnerung, die du da heraufbeschworen hast, Zenit. Ich wünschte, ich könnte das auch.«

Zenit wandte sich um und starrte ihn an. Wie sollte sie das verstehen? Wollte er damit seinem Groll Ausdruck verleihen, daß er nicht einmal mehr zu solchen Kunststücken in der Lage war, oder tat es ihm wirklich leid?

Doch Drago ließ sich nichts anmerken. Er hatte sich auf das Bett fallen lassen und das Gesicht von ihr abgewandt, und so ging Zenit aus dem Zimmer, ohne zu wissen, ob sie Mitleid mit ihm haben oder wütend auf ihn sein sollte.

Bis Zenit den Burghof erreicht hatte, war Drago vergessen. Statt dessen spürte sie einen leisen Schauer der Aufregung. Es war wirklich gut, von hier wegzukommen, wenn auch nur für einen Tag.

Die Wachtposten am Tor nickten ihr zu, und dann hatte sie die Festungsmauer hinter sich gelassen und befand sich auf dem kurzen Wegstück zur Brücke, die über Sigholt wachte.

»Einen guten Abend wünsche ich Euch, Brücke«, rief sie leise, als sie auf die gepflasterte Fahrbahn trat.

»Auch Euch einen guten Abend«, erwiderte die Brücke mit ihrer tiefen, melodiösen Stimme. Niemand hatte jemals wirklich begriffen, was die Brücke tatsächlich war oder welche Zauberkunst sie erschaffen hatte. Sie existierte einfach, und ihre Lebensaufgabe bestand darin, alle Zugänge zur Festung zu bewachen. Alle Besucher, ob sie nun zu Fuß, zu Pferd oder durch die Luft kamen, wurden von ihr angerufen und gefragt, ob sie reinen Herzens seien oder nicht.

Ebenso wußte niemand, was sie mit dieser Frage eigentlich meinte.

Im allgemeinen sorgte die Brücke jedoch für die Sicherheit von Sigholt – bis auf jene unrühmliche Ausnahme, als Drago sie als Kleinkind überlistet und die Brücke Gorgrael gestattet hatte, die Festung zu betreten. Darüber hinaus war ihre Gesellschaft angenehm, wenn man nachts nicht schlafen konnte.

»Würdet Ihr gerne ein Stündchen mit mir verbringen, Zenit?« fragte die Brücke hoffnungsvoll. Selbst ein so weltentrücktes Geschöpf wie die Brücke plauschte gern, wann immer sich die Gelegenheit dazu bot.

»Nein, Brücke. Tut mir leid. Heute nacht muß ich zum Narrenturm. Werdet Ihr mir den Weg weisen?«

»Natürlich. Wohin wollt Ihr?«

»Nach Karlon.«

»Ah«, seufzte die Brücke. »Über Karlon habe ich viel Wundersames gehört. Einen Augenblick ... bitteschön. Der Narrenturm wartet auf Euch.«

Zenit sah über die Brücke. Üblicherweise führte sie zu der Straße, die dem Schwerterpaß folgte. Doch jetzt ging die Brücke am anderen Ende in einen nebligen blauen Tunnel über, an dessen Ende Zenit die Treppenflucht des Narrenturms erkennen konnte.

»Ich danke Euch, liebe Brücke«, sagte sie und ging hinüber.

War die Magie der Brücke schon schwer zu verstehen, dann war der Narrenturm ein hundertmal größeres Rätsel und von unvorstellbarer Zauberkraft. Der Turm, der Karlon gegenüber am Ufer des Gralsees stand, gehörte Aschure, auch wenn er Gerüchten zufolge so alt war wie der Gralsee selbst. In seinem Innern befand sich ein Labyrinth von Treppen und Gängen, die scheinbar nirgendwohin führten. Wußte man jedoch mit der Magie des Narrenturms umzugehen, führten diese Treppen und Gänge an jeden nur denkbaren Ort. Aschure hatte all ihren Kindern – mit Ausnahme von Drago, natürlich – beigebracht, wie sie den Turm nutzen konnten, insbesondere auch, wie sie ihn von Sigholt aus betreten konnten.

Zenit trat von der Brücke in den kurzen Gang aus blauem Nebel, der in den Narrenturm hineinführte. Sie mochte eine noch so mächtige und kenntnisreiche Zauberin sein, aber über diesen Vorgang wußte sie nur, daß die Brücke über die Hunderte von Meilen tatsächlicher Entfernung hinweg nach dem Narrenturm gerufen und daß der Turm selbst sich ihr entgegengestreckt und die Verbindung hergestellt hatte.

Aus dem nebligen Gang trat Zenit auf einen der zahllosen Balkone im Innern des Narrenturms hinaus. Ein kurzer Blick nach oben und nach unten enthüllte ihr ein Gewirr von Balkonen und Treppenfluchten – und sogar einige Leitern, die entlang des inneren Turmrandes aufgestellt waren. Alle schienen sie ins Nichts zu führen.

»Narrenturm«, sagte sie mit fester Stimme. »Ich möchte nach Karlon.«

Mit diesen Worten ging sie zur nächstliegenden Treppe hinüber und betrat sie.

Aschure hatte ihren beiden geflügelten Töchtern immer wieder eingeschärft, im Narrenturm nie zu fliegen, denn der Turm war so verzaubert, daß sie leicht die Orientierung verlieren und an einem Balkon hängen bleiben oder gar auf den Boden hinabstürzen konnten. Zenit folgte der Treppe, bis ihr die Beine wehtaten. Als sie kurz innehielt, um auszuruhen, entdeckte sie hinter der nächsten Biegung ebenen Boden.

Zenit lächelte still in sich hinein. Das war typisch für den Narrenturm. Gerade wenn man das Gefühl hatte, daß man nicht mehr weiterkonnte, war man am Ziel angelangt.

Im Erdgeschoß angekommen, sah sich Zenit einer Tür gegenüber, die nach draußen führte ... dahinter lag der Gralsee in morgendlichem Glanz, und das Kreischen der Seevögel, die der Sonne entgegenflogen, erfüllte die Luft.

»Ich danke Euch, Narrenturm«, sagte Zenit, als sie hinaustrat und die Tür sanft hinter sich schloß.

Von außen wirkte der Turm eher schlicht, obgleich seine Höhe beeindruckend war. Völlig fensterlos, erhob er sich einige hundert Schritt in den purpurroten Himmel – die Sonne ging fast genau hinter ihm auf.

Zenit blieb eine ganze Weile reglos stehen und genoß den Anblick, der sich ihr bot: der Turm, der See, die atemberaubende Stadt am anderen Ufer.

»Was war es doch für ein Fehler, mich so ganz nach Sigholt

zurückzuziehen«, flüsterte sie und sprang mit einem fröhlichen Schrei in die Luft, die Arme weit ausgebreitet, als wolle sie die ganze Welt umarmen.

Leah saß an ihrem Frisiertisch, kämmte sich ihre Haare und versuchte, nicht unablässig zu gähnen.

Am Fenster ertönte ein lautes Rauschen, als drücke ein starker Windstoß dagegen, und dann klopfte eine kleine, blasse Faust ungeduldig an die Glasscheibe.

»Leah!« rief eine gedämpfte Stimme. »Leah! Laß mich rein!«

Leah saß da und konnte lange Minuten nicht glauben, was sie sah, bevor sie sich aufraffte, zum Fenster ging und es öffnete.

Zenit wäre fast hereingefallen. Sie schloß ihre Freundin fest in die Arme.

»Leah! Leah! Du und Askam sollt nach Sigholt kommen – kannst du das glauben?«

Leah starrte sie nur an.

»Zared wird auch dort sein! Komm, du Schlafmütze, was wirst du anziehen?«

Zenit hielt es nicht für falsch, Leah einen Tag der Freude und Hoffnung zu gönnen. Und es stimmte! Nach mindestens zwei Jahren würde Leah Zared endlich wiedersehen.

5

VERRAT

Zared saß auf dem leicht erhöhten Podium in der Empfangsgalerie auf dem Thron und versuchte, die Beherrschung zu bewahren. Im allgemeinen fand er Gefallen daran, öffentlich Gericht zu halten, doch dieser Nachmittag hatte so schlimme Neuigkeiten gebracht, daß ihm nun der ganze Tag vergällt sein würde.

Vor ihm standen sechs Männer in einer Reihe nebeneinander: vier Bauern aus den Gebieten seines Landes, die im Süden an Aldeni grenzten, und – oh Ihr Götter – Jannymire Goldmann, der Meister der Gilden Karlons höchstpersönlich, in Begleitung eines seiner Spießgesellen, Bransom Hievorand. Die Kunde, die sie gebracht hatten, verdürbe jedem den Tag, dachte Zared, und mir ganz besonders.

»Ein Drittel ... ein Drittel!« murmelte er ein weiteres Mal. Gilden und Kaufleute würden von dieser Steuer natürlich schwer getroffen, aber die Bauern ... Himmel! Ein Drittel ihrer Jahresernte sollte beschlagnahmt werden!

»Gustus!« rief Zared, und der Hauptmann seiner Wache trat vor. »Sorgt dafür, daß diese Bauern für ihre Verluste aus meiner Schatzkammer entschädigt werden.«

Gustus nickte und ging davon. Die Bauern bedankten sich überschwenglich und hasteten dem Hauptmann hinterher.

Zareds Blick ruhte nachdenklich auf Goldmann. Als Gildenmeister von Karlon war Goldmann einer der mächtigsten Männer Tencendors. Nicht nur verwaltete er großen Reichtum, er war auch die Stimme der Händler, Handwerker und Geschäftsleute von Karlon und, da seine Stellung einzigartig war, des größten Teils aller anderen Landstriche. Warum war er persönlich nach Norden gekommen? Warum beklagte er sich bei Zared? Wäre eine Beschwerde bei Caelum nicht weit wirksamer?

»Askam wird sich auf Eure Kosten bereichern, Ihr Herren«, stellte Zared fest.

»Wie auch auf Eure«, murmelte Hievorand.

Ja, auch auf meine, dachte Zared. Sein Gesicht blieb mit Bedacht unbeteiligt. Soll ich es in Zukunft wagen, meine Güter über das Andeismeer auf die Märkte im Süden zu verschiffen? Nicht einmal Piraten wagten sich auf diese trügerischen Gewässer, und Zared wußte, daß er dort wesentlich mehr als nur ein Drittel verlöre. Askam hatte ihn in die Enge getrieben. Ihm blieb nichts anderes übrig, er mußte den Landweg nehmen. Auf den Straßen waren seine Güter im Netz der Zollstellen gefangen, und auf dem Fluß kamen seine Schiffe nicht an Burg Kastaleon vorbei, die mit ihrer Brut von Bogenschützen in der großen Krümmung des Nordra lauerte – wie eine tollwütige Spinne, die es kaum erwarten konnte, allen Steuerhinterziehern ihr Gift entgegenzuspucken.

Oh Ihr Götter, was tat Askam erst seinem eigenen Volk an, wenn er in der Lage war, dem Norden solche Entbehrungen zuzumuten?

»Es ist ungewöhnlich, Euch so weit nördlich anzutreffen«, sagte Zared zu Goldmann. »Und in *meinem* Haus.«

Goldmann hob vielsagend die Schultern. »Das ist eine lange Geschichte, mein Prinz, und sie eignet sich nicht für die Empfangsgalerie.« Er warf Zared einen bedeutungsvollen Blick zu.

Zared zögerte einen Moment, bevor er antwortete. »An meiner Tafel herrscht stets Mangel an langen Geschichten, Ihr Herren. Darf ich Euch einladen, heute abend mit mir zu speisen?«

Goldmann verneigte sich. »Ich danke Euch, mein Prinz. Hievorand und ich werden Eure Einladung mit Freuden –«

Die Doppeltüren am Ende der Galerie sprangen auf, und zwei Männer stürzten herein, dicht gefolgt von Gustus.

Zared riß überrascht die Augen auf, fand jedoch mit großer Anstrengung seine Fassung wieder, als Herme, Graf von Avonstal, und Theodor, Herzog von Aldeni, drei Schritt vor dem Podium stehenblieben und sich grüßend vor ihm verneigten.

Goldmann und Hievorand, die den Edelleuten eilig Platz gemacht hatten, wechselten überraschte und wissende Blicke.

»Herme? Theodor? Was führt Euch in solcher Eile hierher? Mir wurde nicht angekündigt...«

»Vergebt uns, Zared, aber diese Neuigkeiten können nicht warten«, sagte Herme. Größere Förmlichkeit wäre am Platze gewesen, aber Herme wollte etwas loswerden und möglichst keine Zeit verschwenden. Außerdem war Zared ein alter Freund und hatte einst zur Familie gehört; Isabeau war Hermes Schwester gewesen.

Theodor stand sichtlich beunruhigt neben ihm. Auch er war ein enger Freund Zareds, und da er von höherem Stand war als Herme, hätte er zuerst das Wort ergreifen müssen. Herme war jedoch älter und kannte Zared schon länger.

»Mein Herr?« warf Gustus ein, aber niemand schenkte ihm Aufmerksamkeit.

»Wenn es um Askams neue Steuern geht – davon habe ich bereits erfahren«, sagte Zared und wies auf Goldmann und Hievorand.

Herme und Theodor sahen kurz zu den beiden Männern hinüber und wandten sich dann wieder Zared zu.

»Mein Freund«, sagte Herme. »Askam hat es auf die Spitze getrieben. Wir können...«

»Mein Herr«, wiederholte Gustus, wurde jedoch erneut unterbrochen.

»... eine solche Steuer nicht dulden! Belial muß sich im Grabe umdrehen! Ich möchte vorschlagen – und Theodor stimmt mir darin bei –, daß wir die Angelegenheit augenblicklich Caelum vortragen.«

»*Mein Herr!*« Gustus brüllte nun fast.

»Gustus, was ist?« fragte Zared barsch. Dergleichen war ihm noch nie widerfahren! War die Hälfte aller Kaufleute und Edelleute des Westens zu ihm unterwegs, um sich zu beschweren?

»Mein Herr, ein Angehöriger der Seewache ist vor wenigen

Augenblicken mit einer Botschaft von Sternensohn Caelum eingetroffen.«

»Von Caelum?« fragte Zared leise.

»Mein Prinz, Sternensohn Caelum hat den Rat der Fünf einberufen. Das Treffen soll in drei Wochen auf Sigholt stattfinden.«

Zared sah ihn ungläubig an und blickte dann zu Herme und Theodor hinüber. »Allem Anschein nach gebe ich heute eine Abendgesellschaft. Würden die beiden Herren mich mit ihrer Anwesenheit beehren?«

Goldmann legte Gabel und Messer gekreuzt auf seinen Teller. Er hielt die Zeit für gekommen, daß sich die Unterhaltung wichtigeren Angelegenheiten zuwandte. Bisher hatten sie alles mögliche beredet, von koroleanischer Seide bis zur außergewöhnlichen Salzhaltigkeit des Witwenmachermeers, und Goldmann hatte dergleichen Nichtigkeiten satt. Er schenkte dem jungen, lausbübischen Herzog Theodor, der ihm gegenübersaß, ein Lächeln. Theodor war ein Halunke, aber gutherzig. Wenn er erst einmal fünf oder sechs Jahre älter war und ein oder zwei Tragödien überstanden hatte, gäbe er einen ebenso vortrefflichen Herzog ab wie sein Großvater Roland, an den sich Goldmann aus seiner Jugend gut erinnern konnte.

»Ihr müßt hart geritten sein, um von Aldeni nach Severin zu gelangen, Herzog Theodor, wie auch«, Goldmann blickte kurz zu Herme hinüber, »Euer Begleiter ... der einen noch weiteren Weg hatte.«

»Herme und ich hatten uns beide auf meinen Landgütern aufgehalten, Goldmann. Die Verwaltung der Westberge ist uns beiden ein Anliegen.«

Goldmann nickte kaum merklich. Theodors Landgüter lagen in der Nähe der Nordgrenze des Westens. Kein Wunder, daß sie so wenig Zeit gebraucht hatten. »Zweifellos wart Ihr ebenso entsetzt wie Hievorand und ich, als Ihr von Askams neuen Steuern erfuhrt.«

»Zweifellos«, sagte Herme bedächtig. Er wußte nicht genau,

was er von Goldmann zu erwarten hatte, denn er kannte die Gründe nicht, die ihn an Zareds Hof geführt hatten.

»Genug«, sagte Zared, warf sein Mundtuch auf den Tisch und lehnte sich zurück. »Goldmann, Ihr seid hierhergekommen, um etwas zu sagen. Sprecht.«

»Mein Prinz, wie Ihr wißt, bürden Askams Steuern vielen Tencendorianern – ob arm oder reich, ob Händler oder Bauern – eine unerträgliche Last auf.«

Goldmann hielt inne und sah sich um, als müsse er sich sammeln.

»Und obwohl sie arm und reich, Edelleute wie Bauern gleichermaßen treffen«, fuhr er fort, »schaden sie doch nur einer bestimmten Bevölkerungsgruppe.«

Am ganzen Tisch herrschte Schweigen. Hievorand wußte, was kommen würde, und starrte wie gebannt auf das Mundtuch in seinem Schoß. Die Blicke der anderen drei Männer waren auf Goldmann geheftet.

»Fahrt fort, werter Meister Goldmann«, sagte Zared.

»Mein Prinz, Askams Maßnahmen treffen nur diejenigen, die im Westen und im Norden leben, nicht die Bewohner der anderen Gebiete Tencendors.«

»Und damit wollt Ihr sagen ...«

Goldmann holte tief Luft. »Mein Prinz, die Ikarier und die Awaren bekommen die Last von Askams immensen Steuern nicht zu spüren. Die Achariten dagegen ...«

»Achtet auf Eure Wortwahl«, warf Zared leise ein.

»Die menschliche Bevölkerung des Westens und des Nordens dagegen wird mit voller Härte getroffen. Mein Prinz, viele Achariten – äh, ein Großteil der Bevölkerung im Westen und Norden Tencendors ist der Überzeugung, daß Askams Steuern ungerecht sind – sie benachteiligen eines der drei Völker Tencendors.«

»Auch die Rabenbunder sind davon betroffen«, wandte Herme vorsichtig ein.

»Mein Herzog, die Rabenbunder treiben nur mit dem Volk des Nordens Handel. Ihnen ist es gleichgültig, ob Askam für jede

Ladung Güter, die durch den Westen transportiert wird, ein Menschenleben fordert.«

Zared legte seine Fingerspitzen aneinander und gab vor, sie sehr aufmerksam zu betrachten. »Und Eure Bitte lautet ...«

»Wir möchten Euch ersuchen, die Angelegenheit Sternensohn Caelum und dem Rat der Fünf vorzutragen, mein Prinz. Der Sternensohn verfügt als einziger über die Macht, Askam zurechtzuweisen. Ihn zu zwingen, die Steuer wieder aufzuheben.«

Ursprünglich waren Goldmann und Hievorand mit anderen Erwartungen nach Norden gereist. Ihre Pläne waren in aller Eile den neuen Umständen angepaßt worden, nachdem sie von der Zusammenkunft des Rates der Fünf erfahren hatten. Bestürzt waren sie jedoch keineswegs. Ganz im Gegenteil. Sternensohn Caelum hatte ihnen geradezu in die Hände gespielt.

»Caelum hat den Rat eben wegen der Steuer zusammengerufen, und Caelum ist ein vernünftiger Mann«, sagte Zared. »Ich bin überzeugt, daß er mir sehr gut zuhören wird. Eure lange Reise nach Norden war also unnötig, Goldmann. Ich hatte sowieso vor, diese Angelegenheit zur Sprache zu bringen.«

»Zared«, ergriff Herme das Wort. »Ich werde nicht ruhen, ehe sich Caelum nicht in aller Deutlichkeit darüber im klaren ist, welche Not diese Steuern hervorrufen werden...«

»Bezweifelt Ihr meine Fähigkeit, den Fall vorzutragen, Herme?«

»Nicht im geringsten, mein Freund. Ich halte es jedoch für wichtig, daß Caelum neben Euren Einwänden auch jemandem aus Askams Provinzen sein Ohr leiht. Wenn dagegen nur Ihr sprecht, nun ...«

Alle wußten, was er sagen wollte. Der Hintergrund des Zwiespaltes zwischen Askam und Zared war allgemein bekannt.

Zared wollte etwas erwidern, doch Goldmann kam ihm zuvor.

»Mein Prinz, Graf Herme spricht weise. Caelum sollte nicht nur mit Euch reden, sondern auch mit Vertretern der Bevölkerung des Westens. Ich wage zu behaupten, daß Hievorand und ich dafür ebenso geeignet sind wie der Herzog und der Graf.«

»Wollt Ihr damit sagen, daß ich Euch alle nach Sigholt mitnehmen soll?«

Zareds vier Gäste blickten ihn unverwandt an.

»Ah!« sagte er und gab nach. »Nun gut. Eure Unterstützung wird von Nutzen sein.«

»Da wäre noch eine andere Sache, die damit zusammenhängt, mein Prinz.« Goldmann klang nervös, und Zared sah ihn scharf an.

»Heraus damit.« Er winkte seine Diener herbei, damit sie die Teller abräumten.

Goldmann wartete, bis sie den Raum verlassen hatten. »Mein Prinz, ein Großteil der menschlichen Bevölkerung Tencendors – der Achariten, mein Herr und König, und ich verwende diese Bezeichnung mit Bedacht –, ist der Überzeugung, daß Askams Steuern nicht nur ungerecht sind, sondern ungesetzlich.«

»Und warum, Goldmann?«

»In den Tavernen und auf den Straßen Karlons wird behauptet, daß Askam nicht der legitime Herrscher des Westens ist, mein Prinz.« Goldmann hielt erneut inne, faßte sich ein Herz und sprach den Verrat aus. »Die meisten Achariten glauben, daß Ihr das seid.«

Stille.

Zared blickte Goldmann über seine Fingerspitzen hinweg durchdringend an. »Und?«

»Mein Prinz, als Axis das Land Tencendor schuf, ernannte er Belial zum Prinz des Westens. Dagegen mochten sich nur wenige aussprechen. Er war beliebt und sein Andenken wird in Ehren gehalten. Im wesentlichen übernahm er jedoch die Königswürde von Achar. Axis hat den Thron von Achar zerstört, nachdem er seinen Bruder Bornheld besiegte. Zared, Ihr seid der einzige legitime Erbe des Thrones von Achar.«

Herme lehnte sich langsam zurück. Wie wahr, werter Goldmann, wie wahr, dachte er. Ich hätte es selbst nicht besser ausdrücken können. Fahrt fort!

Goldmann war tatsächlich nicht mehr aufzuhalten. »Mein Prinz, Ihr mögt des Thrones beraubt worden sein, aber – und das ist noch bedeutender – den Achariten ist ihr Thron und ihre Einheit genommen worden.«

»Fahrt fort«, sagte Zared mit gepreßter Stimme.

»Haben nicht auch die Ikarier, die Awaren und die Rabenbunder ihre Anführer, ihre Oberhäupter? Die Achariten dagegen haben ihr Königreich verloren und dadurch auch ihren Stolz. Mein Prinz, wie kommt es, daß die Ikarier, Awaren und Rabenbunder ihre Könige behalten oder ernennen durften und die Achariten nicht?«

»Vielleicht«, wandte Herme ein, denn Zared konnte dies nicht aussprechen, ohne zumindest einem seiner Brüder gegenüber illoyal zu sein, »weil Bornheld als König von Achar allzu eng mit dem Seneschall verbündet war und die Awaren und Ikarier mit Haß und Krieg überzogen hat? Axis wollte – völlig zu Recht – dafür sorgen, daß dergleichen nie wieder geschehe.«

Goldmann blickte Zared ins Gesicht. »Mein Prinz, ich möchte nicht, daß Ihr die Glaubenslehren der Bruderschaft vom Seneschall wiederbelebt, nur den Stolz und die Einheit Eures Landes. Prinz Zared«, sagte er und betonte jedes Wort, »Euer Volk möchte Euch auf dem Thron sehen. Ihren König. Der Westen würde sich nahezu geschlossen erheben, um Euren Anspruch zu unterstützen.«

Goldmann warf Herme und Theodor einen Blick zu, in der Hoffnung, daß er sich nicht in ihnen getäuscht hatte. »Richtig, mein Herzog? Mein Fürst?«

»Wir würden uns nicht dagegen aussprechen«, erwiderte Theodor langsam.

»Kein König von Achar«, sagte Herme nach kurzem Zögern, »hat uns je so übel behandelt wie Askam.«

»Ihr redet alle dem Verrat das Wort!« sagte Zared und schob seinen Stuhl zurück, als wolle er aufstehen. »Ich werde mir das nicht …«

»Verrat?« wiederholte Hievorand. »Ist es Verrat, das auszusprechen, was unser Wunsch und Euer Erbe ist?«

Zared schwieg, das Gesicht ausdruckslos.

»Sie haben recht, Zared«, fügte Theodor hinzu. »Achar braucht einen starken König! Ihr seht doch, wie Askam dem Westen Herz und Seele raubt!«

»Theodor, darf ich Euch daran erinnern«, sagte Zared langsam, »daß Ihr Askam als Herzog des Westens Treue schuldet?«

»Wie ich auch«, sagte Herme, »und doch bleibt mir nur, Theodor wie auch den werten Kaufleuten zuzustimmen.«

»Es würde Tencendor zerreißen, wollten wir versuchen, wieder einen König von Achar auf den Thron zu bringen«, stellte Zared fest. Sein Stimme klang jedoch sanfter und sein Blick wirkte nachdenklich.

»Das wird so oder so geschehen«, wandte Goldmann leise ein. »Die Spannung zwischen den Achariten und den anderen Völkern würde innerhalb weniger Generationen zum Krieg führen. Ihr wißt, daß die Achariten sich ungerecht behandelt fühlen, Zared. Euch geht es ebenso. Mein Prinz, Ihr seid der rechtmäßige Erbe des Thrones von Achar. Greift zu. Greift zu und nehmt der Spannung ihre Spitze, sonst wird sie unerträglich. Greift zu … mein Herr und König.«

Als Goldmann und Hievorand sich zurückzogen, gab Zared Herme und Theodor mit einer Handbewegung zu verstehen, daß sie bleiben sollten.

Er saß reglos da und schwieg lange, bevor er wieder das Wort ergriff.

»Meine Freunde, ich weiß nicht, was ich von alldem halten soll. Meine Eltern haben mich gelehrt, an Tencendor zu glauben – an Axis' und Caelums Recht, über alle Völker zu herrschen. Sie haben mich in dem Glauben erzogen, daß Achar und seine Monarchie untergegangen sind.«

»Zared«, sagte Herme. »Es wäre kein Verrat, die Monarchie in Achar wieder einzuführen. Wie auch Freierfall, Isfrael und Sa'Domai wäre der König der Achariten dem Sternenthron Lehnstreue schuldig. Wir begehen keinen Verrat an Caelum, wenn wir darüber reden, den Thron von Achar wiederzubesetzen, wir sprechen nur aus, was viele – nein, die meisten – Menschen im Westen und Norden wollen.«

Zared schwieg. Er mußte daran denken, wie er den Reif auf Priams Stirn betrachtet und sich gefragt hatte, wie dieser – und der Thron – ihm anstünden.

»Wem seid ihr treu, Herme? Theodor?« fragte er schließlich.

»Sternensohn Caelum«, erwiderte Herme ohne Zögern. »An erster Stelle.«

»Und dann Euch«, schloß Theodor. »Goldmann hat ausgesprochen, was auch unsere Herzen bewegt. Zared, wenn der Gildenmeister von Karlon und zwei der mächtigsten Edelleute des Westens über Eure Schwelle treten, mit den gleichen Worten auf den Lippen und denselben Hoffnungen im Herzen, wie könnt Ihr unsere Worte da nicht zumindest ernsthaft in Betracht ziehen?«

»Die ganze Angelegenheit ist durch Askams Steuern in Gang gekommen«, sagte Zared. »Was geschieht, wenn Caelum ihn zwingt, sie rückgängig zu machen? Was dann?«

»Nein!« sagte Theodor. »Die Steuern haben das Faß nur zum Überlaufen gebracht. Zared, die ›Angelegenheit‹ wird seit Jahrzehnten in der Art und Weise geschürt, wie die Achariten behandelt werden. Ja, die Sonnenflieger regieren gut und weise, aber das ändert nichts an der Tatsache, daß die Achariten ihres Monarchen und ihrer Einheit beraubt wurden. Hört mir doch zu! Euch können sie als rechtmäßigen Thronerben anerkennen, und im Norden wird ihnen vor Augen geführt, welcher Wohlstand sie unter Eurer Herrschaft erwartet!«

»Dieser Mangel wird sich nicht von selbst beheben, Zared«, sagte Herme. »Nicht, solange Askam – oder ein anderer Prinz des Westens – an der Macht ist.«

»Ich werde über Eure Worte nachdenken«, sagte Zared und hob den Blick von der Gabel, mit der er herumgespielt hatte. »Es gibt noch etwas anderes, das wir in Erwägung ziehen müssen.«

»Ja?« fragte Herme nach.

»Wie wird sich Askam im Rat verhalten? Wir wissen alle, wie hoch seine Schulden sind. Wir wissen, daß er die Einkünfte benötigt, die er sich von den neuen Steuern erhofft.«

»Und wir wissen, wie sehr er Euch haßt ... Euch und Euren

Erfolg«, sagte Theodor. »Seht doch, wie er sich in den vergangenen Jahren bemüht hat, Euer Herz zu enttäuschen.«

Zared sah ihn scharf an, ließ die letzte Bemerkung jedoch unwidersprochen. Er wollte nicht darüber nachdenken, was die Unterhaltung dieses Abends für ihn und Leah bedeuten mochte oder für den Frieden in Tencendor. Was würde Caelum sagen? »Meine Freunde, ich halte es für das beste, auf alles vorbereitet zu sein, was uns die Ratsversammlung bringen mag.«

Zared hielt inne und sprach dann selbst verräterische Worte. »Ich habe befohlen, meine Hauptstreitmacht von Severin in die Nähe von Jervois verlegen zu lassen. Wenn ich vorschlagen dürfte …«

Herme lächelte breit. »Wohin sollen wir unsere Truppen verlegen?«

6

Sonnenflieger unter sich

Leah saß neben Zenit und sah zu, wie Flußstern sich vor dem Spiegel herausputzte. In jedem anderen Zimmer wäre sie lieber gewesen als in diesem – selbst Drago war sicher eine angenehmere Gesellschaft als Zenits ältere Schwester! Leah rutschte in ihrem Sessel herum, bis sie bequemer saß, und ließ ihre Gedanken von der Unterhaltung der Geschwister abschweifen.

Seit zwei Wochen war sie nun schon auf Sigholt. Und wartete. Wartete auf die Ankunft der anderen Oberhäupter der Ersten Fünf Familien. Wartete darauf, daß Caelum ihrem Kummer ein Ende bereitete und ihr seine Entscheidung über ihre Heirat mitteilte. Wartete auf Zared.

Nachdem ihre Eskorte sich auf ein Schiff nach Norden begeben hatte, waren Askam und Leah mit ihren beiden Leibdienern von Zenit in den Narrenturm geführt worden. Leah hatte den Turm noch nie betreten, und seine Magie – und das Ausmaß von Zenits Macht – hatten sie fast überwältigt. Askam hatte hartnäckig geschwiegen, aber Leah war aufgefallen, daß sogar er blaß wurde, als sie am Ende einer langen und gewundenen Treppenflucht auf einen verzauberten Gang aus blauem Nebel gestoßen waren und dahinter Sigholt erblickt hatten.

An ihrem ersten Tag auf Sigholt hatte Leah vor Aufregung keinen klaren Gedanken fassen können. Was würde Caelum sagen? Wo war Zared? Doch anscheinend war nur ihr und Askam eine so ungewöhnliche – und schnelle – Wegführung gewährt worden. Alle anderen Mitglieder des Rates mußten auf gewohnten Pfaden nach Sigholt gelangen. Zared war noch fern.

Caelum erwies sich als ebenso große Enttäuschung. Anfangs

hatte sich Leah eingeredet, er hätte sie nach Sigholt gebeten, um sie mit einer guten Nachricht zu überraschen – schlechte hätte er ihr doch sicher durch einen Boten überbringen lassen? Caelum blieb angesichts ihrer wiederholten Fragen jedoch unerschütterlich. Er wolle warten, bis Zared eingetroffen sei. Dann würde er ihnen seine Entscheidung mitteilen.

Sie würde sicher nicht zu ihren Gunsten ausfallen. Davon war Leah in ihrem Kummer überzeugt.

Und so verbrachte sie ihre Tage entweder mit langen, einsamen Spaziergängen am Ufer des Sees oder sie unterhielt sich mit Zenit. Askam war fast ebenso unzugänglich wie Caelum. Ihr Bruder blieb jeden Tag viele Stunden mit Caelum hinter geschlossenen Türen verborgen oder übte sich mit dem Waffenmeister von Sigholt im Schwertkampf.

Bald würde das Warten jedoch ein Ende haben. Während der letzten beiden Tage waren Freierfall Sonnenflieger, Krallenfürst der Ikarier, Prinz Illgaine von Nor und Sa'Domai, Häuptling der Rabenbunder, eingetroffen. Sigholt wartete nur noch auf Isfrael, falls er zu kommen gedachte, und Zared – konnte er noch weit sein?

Zared. Wie sollte sie ohne ihn leben?

Auf diese Frage hatte Leah keine Antwort, und sie zog es vor, nicht weiter darüber nachzudenken. Und so leistete sie an diesem Nachmittag Zenit Gesellschaft und hörte Flußsterns Geplapper über Liebe zu.

Flußstern legte ihren Kopf vor dem Spiegel leicht schräg und bewunderte die sanfte Rundung ihres Halses. Ihre Finger ruhten zwischen Hals und Brust, spürten der Berührung ihres Geliebten nach. Sie lächelte und ließ ihren Blick im Spiegel von Leah, die reglos und in Kummer versunken dasaß, zu ihrer Schwester weiterwandern.

»Die arme Leah mag sicher nicht über die Kunst der Liebe reden, Zenit«, sagte sie. »Aber hast du dir schon einen Liebhaber genommen? Oder klammerst du dich noch immer an deine Unberührtheit?«

»Ich habe den Mann meines Herzens noch nicht gefunden, Schwester«, entgegnete Zenit, die an einem kleinen Kaminfeuer saß.

Angesichts der angedeuteten Kritik in Zenits Tonfall wurde Flußsterns Blick abweisend. Zenit war wirklich prüde, wenn sie sich ihre Zeit auf Sigholt nicht mit einem Liebhaber vertrieb. Bei den Sternen! Was konnte man hier sonst tun? Und zu was sonst war der Körper gut? Jedesmal, wenn ein Vogelmann es wagte, Zenit zu berühren oder sie in sein Schlafgemach einzuladen, murmelte sie zusammenhangsloses Zeug über den richtigen Geliebten.

Flußstern wandte sich auf ihrem Stuhl um und betrachtete ihre jüngere Schwester. Zenit hatte die dunkle Schönheit ihrer Mutter geerbt. Woher aber stammte der Widerwillen, sich ihrer zu bedienen?

»Deine unerfüllte Sehnsucht nach einem eingebildeten Geliebten wird noch dazu führen, daß du als Jungfrau sterben wirst, Zenit. Laß *mich* dir einen Liebhaber aussuchen.« Flußstern hielt inne. »Und dir auch, Leah. Zared ist ein hagerer Mann, ein Sterblicher in mittleren Jahren. Im Bett ermüdet er zweifellos schnell. Laß mich dir einen ikarischen Liebhaber suchen.«

Verlegen senkte Leah den Blick, und Zenit sah zu ihr hinüber, bevor sie auf Flußsterns spöttische Bemerkung antwortete. »Spar dir deine Kräfte, Schwester, und such dir selbst einen.«

Flußstern kicherte vielsagend. »Ich *habe* bereits einen Liebhaber gefunden. Und was für einen! Er hat mich bis weit in die Nacht hinein wachgehalten und mich bei Tagesanbruch ein weiteres Mal erschöpft. Er ist unvergleichlich.«

Zenit begann sich zu langweilen. Flußstern behauptete jeden Mond aufs Neue, daß sie einen noch besseren Liebhaber gefunden hatte. Außerdem war diese Unterhaltung sicher nicht gut für Leah. Bevor sie etwas sagen konnte, um das Gespräch auf ein anderes Thema zu lenken, fuhr Flußstern jedoch bereits fort.

»Ich glaube, ich werde ihn heiraten«, sagte sie und lächelte zufrieden, als sie Zenits Überraschung bemerkte.

»Ihn heiraten? Ist er ein Zauberer? Wie heißt er?«

Flußstern spielte mit einer Locke und versuchte, geheimnisvoll zu wirken. »Nun ... auf seine Art ist er ein Zauberer. Und er ist unvorstellbar mächtig. Errätst du seinen Namen?«

Zenit runzelte die Stirn und schüttelte den Kopf. »Flußstern, komm schon, verrat es mir. Willst du allen Ernstes heiraten?« Sie war überzeugt, daß ihre Schwester eine ausgesprochen schlechte Ehefrau abgäbe. Jegliche Treueschwüre, die sie bei der Hochzeit ablegte, würden sicher innerhalb kürzester Zeit gebrochen.

»Nein, Zenit, du irrst dich. Diesem Mann könnte ich bis in alle Ewigkeit treu sein. Er ist ...« Sie erbebte theatralisch und ließ eine Hand über ihre Schenkel gleiten, »mehr als in der Lage, mich zu befriedigen. Er ist gefährlich. Unberechenbar. Unersättlich.« Das letzte Wort knurrte sie fast und fuhr sich mit der Zunge über die Lippen.

Himmel, dachte Leah. Er muß über das Durchhaltevermögen eines Ochsen verfügen und über eine stählerne Mauer um sein Herz, wenn er es mit Flußstern aushält! Leah hoffte, daß Flußstern nicht ihre Gedanken las – die Bilder, die sich dort überschlugen, schmeichelten ihr nicht unbedingt.

»Ein solcher Liebhaber kann nur ein Sonnenflieger sein«, stellte Zenit nicht ohne Argwohn fest. »Wer?«

Zenit war überzeugt, daß Flußstern sich das alles ausdachte. Jedem Sonnenflieger war es bestimmt, nur einen anderen Sonnenflieger zu lieben. Sie waren dazu verflucht, nur ihr eigenes Blut zu begehren. Flußstern konnte allein bei einem männlichen Sonnenflieger Befriedigung finden – und wer war da auf Sigholt zu haben? Nur Verwandte ersten Grades, ihre Brüder und ihr Vater, und die waren tabu.

Mit halb offenem Mund hielt sie inne. Nein, nicht ganz. Da gab es immer noch ...

»Vielleicht, vielleicht auch nicht«, sagte Flußstern, und Zenit stand enttäuscht auf. Sie würde das Thema wechseln. Konnte Flußstern nur noch an die Freuden körperlicher Liebe denken?

»An was soll man in diesem nebeligen Palast sonst denken?« fragte Flußstern und blickte aus dem Fenster. Sigholt war von einem magischen blauen Dunst eingehüllt.

»Es gibt Geheimnisse, die man erkunden kann«, sagte Zenit leise und ging zum Fenster hinüber. »Träume, die es zu ergründen gilt.« Ihre Stimme wurde leiser und sie verlor sich in Gedanken, ohne Flußstern weiter zuzuhören.

»Geheimnisse – pah!« Flußstern machte eine ungeduldige Handbewegung. »Das einzige Geheimnis, das ich zu ergründen wünsche, liegt in der Verbindung...«

»Die Neigung der Ikarier zur Obszönität ist in dir zur vollen Reife gelangt, Flußstern«, erklang eine männliche Stimme von der Tür.

»Drago«, erwiderte Flußstern, lehnte sich auf ihrem Hocker zurück und strich ihr hauchdünnes Kleid auf ihrem Körper glatt. »Mein lieber, süßer Zwillingsbruder, wie verbittert du bist! Seit unsere Mutter dein Blut verändert und dich deiner ikarischen Fähigkeiten beraubt hat, bist du nicht mehr in der Lage, mit einer Frau zu schlafen – mit Ausnahme der Mägde, die die Küche fegen. Denk doch, Zenit, all die ikarischen Frauen, die er begehren muß!« Ihre Finger glitten über ihre Brüste. »Und die er nie besitzen wird, aus Furcht, von ihnen ausgelacht und zurückgewiesen zu werden.«

»Flußstern...«, hob Zenit an.

»Würdest du betteln, um mit mir schlafen zu dürfen, Drago?« Flußstern streichelte ihre Brustwarzen, bis sie sich aufrichteten. »Würdest du dich vor mir auf den Boden werfen und mich anflehen?«

»Hure«, sagte Drago tonlos und trat in das Zimmer. Er wandte sich Leah zu, die in beschämtem Schweigen dasaß und sich wünschte, die Geschwister zankten sich woanders. Flußstern war mit ihrem Bruder jedoch noch nicht fertig.

»Hätte er nicht einen nutzlosen Zauberer abgegeben, Zenit?« sagte sie und setzte eine nachdenkliche Miene auf. »Vielleicht hätte er seine Kunst daran erprobt, mit Hilfe des Sternentanzes Käfer auf der Fensterbrüstung zu versengen.«

Zenit öffnete den Mund und schloß ihn wieder. Was konnte sie tun, das sie nicht schon einmal probiert hätte? Die Kluft zwischen Flußstern und Drago war im Laufe der letzten zehn Jahre größer geworden, je mehr Drago die ersten Anzeichen des Alters in seinem menschlichen Körper spürte. Flußstern – oberflächliches Geschöpf, das sie war – konnte sich nicht beherrschen und machte sich über seine Sterblichkeit lustig. Drago blieb nichts anderes übrig, als ihrem Spott mit gleichgültigem Schweigen oder nutzlosem Sarkasmus zu begegnen. Daß sie demselben Schoß entstammten, bedeutete ihnen nichts mehr.

Zenit sah, wie Dragos Blick von Leah zu ihr glitt und starr wurde, als er ihr Mitleid bemerkte. Drago wollte nicht, daß andere seine Schlachten schlugen.

»Und doch fließt Sonnenfliegerblut in deinen Adern«, murmelte Flußstern, und ihre Hand strich über ihren Bauch. »Vielleicht sehnt es sich nach seinesgleichen. Mich deucht, das wirst du unter den Küchenmägden nicht finden.«

Drago holte tief Luft und wandte Flußstern den Rücken zu. »Leah, Caelum möchte, daß Ihr…«

»Aha!« Flußstern lachte auf. »Unser großartiger Anführer hat für diesen nutzlosen Mann, der vor uns steht, eine Aufgabe gefunden. Ein Laufbursche! Keine Beschäftigung, die sich durch Ehre auszeichnet, Drago, aber vielleicht verleiht sie deinem Leben einen Sinn.«

Ihr Stachel hatte endlich sein Ziel gefunden. Drago fuhr herum und starrte seine Schwester an. »Du bist nur eine gefühllose Hündin, Flußstern«, sagte er mit eisiger Schärfe. »Und du wärst es schon zufrieden, dich mit einem Hund zu paaren.«

Auch er wußte, wo er sie treffen konnte.

»Du pathetischer kleiner *Mensch!*« fauchte Flußstern, ihr Gesicht eine verächtliche Grimasse. »Ich werde an deinem Grabe lachen! Ich werde mich mit meinem Geliebten auf der Erde über deinem verwesenden Fleisch vergnügen! Ich werde…«

»Das reicht«, sagte Zenit scharf. »Drago, was ist dein Anliegen?«

Mit vor Wut hochrotem Kopf riß Drago seinen Blick von Flußstern los und verneigte sich vor Leah. Zu Zenits Erstaunen war seine Stimme leise, fast sanft, und sie fragte sich, was für eine Anstrengung ihn das kosten mochte.

»Prinzessin Leah, ich stieg gerade die Haupttreppe hinauf, als mein Bruder Caelum mich bat, Euch zu suchen. Er wünscht, daß Ihr in den Burghof kommt. Die Wachtposten haben gemeldet, daß Zared und seine Eskorte bald über die Brücke reiten werden.«

Dann trat er vor und bot der erschrockenen und blassen Leah mit der Eleganz eines Höflings den Arm.

7

VERSTÖRENDE GÄSTE

Gegen ihr plötzliches Herzklopfen konnte Leah ebensowenig ankämpfen wie gegen den Krampf in ihrer Brust, der jeden Atemzug zu einer schmerzhaften Anstrengung werden ließ. Beruhige dich! schalt sie sich, aber das half nichts. Zared würde gleich hier sein, und es war so lange her, seit sie ihn das letzte Mal gesehen hatte.

Drago sagte kein Wort, als er sie die Gänge und Treppen von Sigholt entlangführte. Leah stützte sich wie selbstverständlich auf seinen Arm – ohne ihn, dachte sie, hätte sie nicht gehen können –, und Drago beklagte sich nicht darüber.

Es war später Nachmittag, und die Festung warf tiefe Schatten auf den Burghof. Leah stolperte kaum merklich, als sie und Drago nach draußen traten, und er packte etwas fester zu und zog sie näher zu sich heran.

»Gebt die Hoffnung nicht auf.« Leah war sich nicht sicher, ob er das wirklich gesagt hatte. Sein Gesicht blieb ausdruckslos, den Blick hatte er abgewandt. Wahrscheinlich hatte sie es sich nur eingebildet.

Im Hof standen Soldaten in Reih und Glied, die Hand am Heft ihrer Schwerter – bereit, sie zum Willkommensgruß zu erheben. Caelum trat ganz in Schwarz gekleidet vor und begrüßte sie.

Askam war zwei oder drei Schritt hinter ihm.

Leah sah, wie Caelum seinen Bruder scharf ansah und spürte, wie Drago an ihrer Seite erstarrte. Aber sie brachte nicht die Geduld auf, dem feindseligen Verhalten der Brüder zuzuschauen.

»Zared?« fragte sie und war erstaunt, wie kühl ihre Stimme klang. Geradezu gelassen.

»Wird gleich da sein«, sagte Caelum. »Nicht mehr lange.«

Und tatsächlich, in diesem Augenblick hörte Leah, wie die Brücke Zared willkommen hieß. Sie rief ihn nicht an, denn Zared war innerhalb von Sigholts Mauern geboren wurden, und sie kannte ihn gut.

Fast noch bevor sie ihren Gruß beendet hatte, ertönte das Klappern zahlreicher Hufe auf der Brücke, und Leah geriet einen Augenblick lang in Panik.

Himmel, ihre Kleider! Sie trug ein blaues Leinenkleid, das man bestenfalls als zweckmäßig bezeichnen konnte. Und ihr Haar! Leah fuhr sich mit der Hand über den Kopf. Voller Schrecken fiel ihr ein, daß sie ihre Haare heute morgen nur zu einem einzigen Zopf geflochten hatte, der ihr den Rücken hinunterhing.

»Leah«, sagte Zenit neben ihr mit leiser Stimme. »Du siehst wunderschön aus. Mach dir keine Sorgen.«

Ich sollte Zared im Audienzsaal unseres Palastes in Karlon begrüßen, dachte Leah, in Satin und Juwelen gekleidet, nicht in diesem Milchmädchenkleid – und dann blieb ihr keine Zeit mehr, sich weiter Gedanken zu machen, denn Zared ritt auf den Hof.

Sie war das erste, was er sah. Völlig fassungslos zügelte er sein Pferd – so unvermittelt, daß Herme und Theodor, die scharf hinter ihm ritten, ihm nur mit knapper Not ausweichen konnten.

»Leah?« flüsterte er.

Genau in diesem Augenblick präsentierten die Soldaten ihre Schwerter und Standarten, und drei Trompeter hoch oben auf Sigholts Mauern bliesen eine Willkommensfanfare.

Im plötzlichen Tumult der Begrüßungen, Flaggen und Banner verlor Zared Leah aus den Augen.

Verärgert sprang er vom Pferd, duckte sich unter dem Hals des Tieres hindurch ... und stand Angesicht zu Angesicht mit Sternensohn Caelum.

»Prinz Zared, ich heiße Euch auf Sigholt willkommen. Mögen die Türen der Burg Euch immer offenstehen und die Brücke Euch stets mit Freuden begrüßen.«

Diese verdammten Förmlichkeiten! fluchte Zared innerlich. Er versuchte, an Caelum vorbeizublicken, aber er konnte nur Askam entdecken und hinter ihm die ersten Reihen der Soldaten, die mit steinernen Mienen dastanden.

»Ich danke Euch, Sternensohn«, erwiderte er ruhig. »Wie meine anderen Gefährten im Rat der Fünf wundere ich mich allerdings darüber, so plötzlich zu einer Zusammenkunft gerufen zu werden.«

»Ihr wißt, warum Ihr hier seid«, sagte Caelum mit tonloser Stimme, und Zared fragte sich, wie lange Askam bereits auf Sigholt war, und was er Caelum ins Ohr geflüstert hatte. Obwohl sie einander nicht so nahe standen wie ihre Väter, waren Caelum und Askam trotzdem Freunde. »Dieser Entfremdung zwischen Euch und Askam muß endlich Einhalt geboten werden.«

Askam hatte Caelum offensichtlich nichts Schmeichelhaftes berichtet, dachte Zared. »Dann sei mir Euer Ruf willkommen, Sternensohn. Nichts wünsche ich mir mehr als Frieden und Eintracht in Tencendor.«

Caelum ließ seinen Blick über Zareds Schulter gleiten. »Herme? Theodor? Warum reist Ihr mit Zared?«

»Wir sind dem Prinz des Nordens auf dem Weg durch die Urqharthügel begegnet«, erwiderte Herme leichthin, »und kamen überein, das letzte Stück Weg gemeinsam zurückzulegen. Theodor und ich wollen uns bei dieser Zusammenkunft zu Wort melden, denn die gewichtigen Angelegenheiten, die zur Besprechung anstehen, betreffen alle, die im Westen leben. Genauso wie den Norden.«

Weiter hinten in der Kolonne von Zareds Eskorte zogen sich Goldmann und Hievorand ihre Kapuzen tiefer ins Gesicht. Caelums magischer Blick konnte sie zweifellos ausmachen, aber sie wollten nicht, daß Askam sie sah. Es war besser, wenn sie ihren Geschäften nachgingen, ohne daß ihr Prinz von ihrem Aufenthalt auf Sigholt wußte.

»Wer hat Euch gestattet, an dieser Ratssitzung teilzunehmen?« Askam trat neben Caelum. »Theodor? Um diese Zeit solltet Ihr zu Hause sein und auf dem Land Gericht halten. Herme? Ihr solltet es besser wissen, als ohne Einladung auf Sigholt vorzusprechen!«

Theodor wußte nicht, was er sagen sollte, aber Hermes Antwort kam prompt. »Mir war nicht bewußt, daß unsere Bewegungsfreiheit – die Wahl unseres Aufenthaltsortes – Euren Launen unterworfen ist, mein Prinz.«

»Genug!« rief Caelum. Theodor und Herme hätten es wirklich besser wissen müssen. Wie konnten sie nur mit Zared reiten, als wäre er ihr Prinz und nicht Askam! Aber Herme hatte eine aufschlußreiche Antwort gegeben, und Caelum bereute es nicht, daß er auf diesem Wege von jemand anderem als Askam erfahren hatte, wie der Westen die neuen Steuern aufnahm.

»Ihr könnt bleiben, werter Herzog und werter Graf«, sagte er in etwas gemäßigterem Ton als zuvor. »Ich werde dafür sorgen, daß ich an einem der nächsten Nachmittage für Euch zu sprechen bin, aber ich behalte mir auch das Recht vor, Euch nach meinem Dafürhalten zum Rat zu rufen oder Euch die Türe zu weisen.«

Er wandte sich um und rief nach seinem Kämmerer. »Runton? Richtet dem Herzog und dem Grafen angemessene Zimmer her. Zared, vielleicht möchtet Ihr heute mit mir zu Abend speisen?«

Zared überging die Einladung. »Caelum«, sagte er leise. »Was macht Leah hier?«

Der Sternensohn sah ihn einen Moment lang durchdringend an und winkte dann Leah heran.

Sie zögerte, und der Mann an ihrer Seite – Zared bemerkte erstaunt, wer es war – flüsterte ihr etwas zu. Leah nickte kaum merklich und trat dann ruhig neben Caelum.

»Zared«, sagte sie einfach und erwiderte seinen Blick.

Zared öffnete den Mund, stellte fest, daß er keinen Ton herausbrachte, nahm ihre Hand und küßte sie.

»Ich denke, wir werden im Rat viele Dinge klären«, sagte Caelum leise. »Nicht nur die Steuerfrage.«

Das Abendessen, das mit angemessenem Prunk in der Großen Halle von Sigholt abgehalten wurde, war qualvoller als alles, was Zared in seinem ganzen Leben hatte ertragen müssen. Alle Oberhäupter der Fünf Familien waren anwesend, in Begleitung ihrer Hauptleute und Stellvertreter, Caelums Brüder und Schwestern sowie Bannfeder Eisenherz und die anderen Geschwaderführer der Luftarmada; darüber hinaus der Bürgermeister und der ganze Rat von Seeblick, ihre Frauen und Flügelkamm Krummklaue, Dornfeder Wahrlied und fünfzehn andere Zauberer.

Leah ... Leah speiste nicht nur auf der anderen Seite der langen Tafel, sie saß auch noch sieben Plätze weiter unten! Zared hatte keine Gelegenheit, auch nur ein Wort mit ihr zu wechseln, und brauchte gar nicht daran zu denken, sie zu berühren.

Sollte die Entscheidung über ihre Verbindung im Rat erörtert – und entschieden – werden, kannte Zared das Ergebnis bereits. Für das, was sie ihm und Leah antäten, wünschte er Caelum – und den anderen Ratsangehörigen – die Pest an den Hals! Wählten sie ihre Bettgenossinnen nicht auch, ohne den Rat um seine Meinung zu bitten? Hatten sie sich nicht alle ihre Gefährtinnen selbst ausgesucht ... mit Ausnahme von Caelum natürlich, der noch immer unverheiratet war?

Zared ließ das Bankett wie benommen an sich vorbeirauschen, antwortete einsilbig, wenn er angesprochen wurde, schob das Fleisch auf seinem Teller hin und her, bis es kalt geworden war, und trommelte gereizt mit den Fingern auf den mit einem Leinentuch bedeckten Tisch. Endlich hob Caelum die Tafel auf.

Als die versammelte Gesellschaft die Stühle zurückschob und aufstand, gelang es Zared, mit Leah einen schnellen Blick zu tauschen, mehr nicht. Askam packte sie fest am Ellbogen und zog sie mit sich, bevor Zared den Tisch umrunden und mit ihr sprechen konnte.

Er stand schweigend da und schäumte vor Wut, als Herme hinter ihm stehenblieb.

»Denkt doch, wie eine Ehe mit ihr Euren Anspruch auf den Thron festigen würde, mein Prinz«, flüsterte er. »Askam wird nie einen Erben zeugen. Achar wäre ihre Mitgift.«

Zared wandte sich um und sah Herme durchdringend an. Seine Wangen zuckten. »Ich möchte sie zur Frau, weil ich sie liebe!« zischte er schließlich. »Nicht wegen ihres Erbes!«

Er schob sich am Grafen von Avonstal vorbei und schritt davon. Allerdings stellte er sich immer wieder die Frage, ob er in jener Nacht vor fünf Jahren auf dem Bergfried von Sigholt wirklich nur Leah vor sich gesehen hatte ... oder auch die fruchtbaren Landstriche des Westens.

Zenit wollte sich gerade zur Ruhe begeben, als es leise an ihrer Tür klopfte. Wer mochte zu dieser späten Stunde mit ihr sprechen wollen? Sie warf sich eine Stola über die Schulter und öffnete die Tür.

Vor ihr stand Zared, das Gesicht von Müdigkeit und Sorgen gezeichnet, und sah sie vielsagend an. »Zenit, Ihr und ich – wir haben uns immer verstanden. Bitte, bringt Leah zu mir.«

Zenit erwiderte seinen Blick. Was sollte sie tun? Bei den Göttern, wie gut konnte sie die beiden verstehen! Zweifellos hatten sie ein Gespräch unter vier Augen verdient – aber was mochte sich daraus entwickeln? Ihre Liebe war von so großen politischen Entscheidungen belastet, sie konnte so folgenreich sein, daß schon ein Treffen der beiden ...

Sollte sie ihm sagen, daß Caelum die Heirat nicht gestatten würde? Daß es keine Hoffnung gab? Nein, das war nicht nötig. Sie konnte den Schmerz in Zareds Augen erkennen. Er wußte bereits Bescheid.

»Zenit«, sagte er und legte ihr eine Hand auf den Arm. »Tut es für mich und für Leah.«

Zenit zögerte nur einen Herzschlag, dann nickte sie kurz. »Folgt mir.«

Die Gänge waren dunkel, nur wenige heruntergebrannte Fackeln warfen ihr spärliches Licht in einzelne Ecken. Schatten flackerten und hoben sich, schienen Zenit und Zared wellengleich zu umspülen, und zogen sich dann wieder zurück, als hätten sie sich zu weit in die Finsternis vorgewagt. Zenit führte Zared zu einem Zimmer ein Stockwerk höher am Ende eines Ganges.

Überrascht blieb er stehen. »Das war das Gemach meiner Mutter!«

»Und hier haben sich Magariz und Rivkah getroffen, bevor sie der Welt ihre Liebe gestanden. Zared, hört mir jetzt gut zu. Ich werde hier draußen warten. Ich werde Ausschau halten – aber nicht nur, ob sich jemand hierher verirrt. Ich kann auch Euch spüren, und was Ihr tut ... habt Ihr mich verstanden?«

Zared nickte mit eisiger Miene.

»Solltet Ihr versuchen, mit ihr zu schlafen«, fuhr Zenit mit ebenso eisiger Stimme fort, »werde ich das wissen und Euch daran hindern. Ihr könnt mit ihr reden, Ihr könnt sie in die Arme nehmen, aber Ihr werdet keine Gelegenheit haben, den Westen durch ein uneheliches Kind zu gewinnen!«

»In Euch hat Caelum eine zutiefst loyale Schwester!« zischte Zared. Er war wütend darüber, daß Zenit sie mit ihrer Zauberkraft belauschen wollte.

»Meine Treue gilt Tencendor«, sagte Zenit leise und hielt Zareds Blick stand. »Behandelt Leah mit der Achtung, die ich für den Frieden des Landes hege.«

»Laßt mich hinein, verdammt!«

Und Zenit öffnete die Tür.

Im Zimmer war es sogar noch dunkler als auf dem Flur, denn Leah hatte offensichtlich ihre Fensterläden fest geschlossen. Zared stand da und versuchte, sich zu orientieren. Er fragte sich, ob Leah seine geflüsterte Unterhaltung mit Zenit gehört haben mochte.

Anscheinend nicht, denn bis auf leise Atemzüge war kein Geräusch zu hören. Vorsichtig näherte sich Zared ihrem Ursprung.

Er stieß mit der Hüfte gegen eine Tischkante und blieb stehen. Vor Schmerz schossen ihm Tränen in die Augen, und er lauschte angestrengt, ob Leah aufgewacht war.

Nein, ihr Atem ging noch immer gleichmäßig. Zared setzte seinen Weg mit einem leichten Hinken fort. Noch nie zuvor hatte er sich Zauberkräfte gewünscht, doch jetzt flehte er die Sterne an – wenn er nur sehen könnte, wohin er ging!

Kaum hatte er das gedacht, lösten sich die fahlen Umrisse einer Bettdecke aus der Dunkelheit. Darunter konnte Zared die reglose Gestalt Leahs erkennen.

Er trat näher – wie sollte er sie wecken, ohne daß sie erschrak und einen lauten Schrei ausstieß? Es wäre eine Katastrophe, wenn Caelum – oder, Gott bewahre, Askam – hier hereinplatzte.

Doch gerade als er zögerlich nach ihrer Hand greifen wollte, seufzte Leah, drehte ihm den Kopf zu und schlug die Augen auf.

»Träume ich«, flüsterte sie, »oder steht Ihr wirklich vor mir, Zared?«

»Bei den Göttern, Leah!« rief er mit brüchiger Stimme, setzte sich auf die Bettkante und schloß sie in die Arme.

Zenit stand angespannt vor der Tür. Allmählich beruhigte sie sich jedoch wieder und Tränen traten ihr in die Augen. Wie wäre es, so zu lieben? So geliebt zu werden? Sie zog ihre Gedanken ein wenig aus dem Zimmer zurück, blieb jedoch aufmerksam. Die Stunden vor Sonnenaufgang mochten die beiden miteinander verbringen, doch dann würde sie Zared und Leah wieder trennen.

Tränen liefen ihr die Wangen hinunter. Wahrscheinlich waren das die einzigen Stunden, die den beiden vergönnt waren. Jemals.

Dann wurde sie so unvermittelt von einer dunklen Vorahnung heimgesucht, daß sie um Atem ringen mußte.

Zenit stöhnte laut auf und krümmte sich vornüber. Sie mußte sich an der Wand festhalten.

Was war los, was erschütterte sie so sehr? Zared und Leah? Nein, sie waren sich nahe, aber nicht zu nahe. Da war etwas anderes. Etwas … etwas so abgrundtief Böses, daß sogar der Sternentanz ins Wanken geriet, bevor er wieder so stark weiterschlug wie zuvor.

Das Gefühl drohenden Unheils ließ so schnell nach, wie es gekommen war, aber Zenit verspürte eine solche Angst, daß sie den Rest der Nacht vor Leahs Tür kauerte und sich so dicht in Magie einhüllte, daß ein Speer von ihr abgeprallt wäre.

Zared, Leah und Zenit waren nicht die einzigen, die in jener Nacht wachten. Auch Caelum war noch unterwegs. Er befand sich auf dem Rückweg von einer nächtlichen Mission, die ihm viel bedeutete.

Auch er spürte die plötzliche Veränderung im Sternentanz, doch er war unendlich viel stärker als Zenit. Er wußte, daß die Veränderung nur von einem mächtigen Zauberer herrühren konnte, von seiner Ankunft in Tencendor.

Etwas war geschehen. Was?

Vor allem: Wer war es?

Caelum stand in der Mitte seines Zimmers und suchte, durchforschte Tencendor mit seiner Zauberkraft ... tastete nach demjenigen, der so unvermittelt den Sternentanz aus dem Rhythmus gebracht hatte.

Er zuckte zusammen, und ein Ausdruck grenzenlosen Entsetzens trat in sein Gesicht.

»Wolfstern!« flüsterte er. Dann warf er den Kopf in den Nacken und schrie: »*Wolfstern!*«

Und verschwand.

8

Das Tor zum Labyrinth

Ohne daß er sich dessen bewußt war, glich seine Haltung genau derjenigen des wahnsinnigen Wolfstern Sonnenflieger. Der Fährmann stand am Rand des Sternentors, den rubinroten Mantel fest um sich geschlungen. Obwohl die Ikarier das Sternentor wieder für sich beanspruchten, kamen nur wenige hierher, außer zu feierlichen Anlässen. Orr war in dem kreisförmigen Raum allein.

Blaues Licht zuckte über die Kuppel, und die Geräusche des Universums drangen laut herüber – fordernd, verführerisch, flehend.

Orr beachtete sie nicht. »Da ... schon wieder!« flüsterte er und zitterte. »Schon wieder!«

Außer dem Rauschen des Sternentanzes und der Winde zwischen den Sternen war noch ein anderes Geräusch zu hören. Ein Flüstern. Das Flüstern vieler Stimmen.

Wahnsinnige Stimmen. Fordernde Stimmen.

Orr lief es kalt den Rücken hinunter. Wer war sie, diese heißhungrige Stimmenmeute? Wer waren sie? Warum schrien sie so laut?

Was wollten sie?

»Schon wieder«, sagte er und krallte die Hände in seinen Mantel. »Wer sind sie, daß sie es wagen, den Frieden der Sterne zu stören?«

»Sie behaupten, daß sie über mich richten wollen, Freund Fährmann.«

Orr zuckte so heftig zusammen, daß er fast in das Sternentor gefallen wäre. Eine Hand schloß sich um seinen Arm und hielt ihn fest.

Orr wandte sich um, stieß einen erschrockenen Schrei aus und taumelte einige Schritte zurück. »Wolfstern!«

War irgend jemand in der Nähe des Sternentors sicher, wenn dieser Abtrünnige neben ihm stand?

»Nur die Ruhe, Fährmann«, sagte Wolfstern. »Ich bin nicht mehr jener Wahnsinnige, der die vielen Kinder in den Tod gestoßen hat.«

Orr war sich dessen nicht so sicher. Konnten viertausend Jahre einen solchen Wahnsinn mildern? Zwar hatte Wolfstern Axis Sonnenflieger geholfen, Gorgrael zu besiegen, aber Orrs Angst vor ihm war dennoch groß. Vorsichtig wich er noch einige Schritte zurück.

Wolfstern schenkte ihm keine weitere Beachtung und trat an das Sternentor. Pulsierendes blaues Licht fiel auf sein Gesicht und ließ seine kupferroten Haare fast so violett erscheinen wie seine Augen. Mehrere Minuten lang stand er reglos da, dann lockerten sich seine Schultern, und er schenkte Orr ein schwaches, freudloses Lächeln.

»Sie wollen über mich richten«, sagte er. »Aber noch sind sie weit weg. Wir sind in Sicherheit. Sie werden nie zum Sternentor zurückfinden.«

»Sie?« sagte Orr. »Sie? Ich höre Stimmen. Viele Stimmen, Wütende Stimmen. Es ist ...« Er suchte nach dem passenden Ausdruck. »Es ist eine ganze Meute.«

Wolfsterns Augen wurden schmal. »Eine ›Meute‹, Fährmann?«

»Sie jagen«, sagte Orr sehr leise. Allmählich verstand er. »Sie jagen Euch.« Er hielt einen Augenblick inne und ließ sich einen plötzlichen Einfall durch den Kopf gehen. »Ihr habt sie umgebracht.«

Wolfstern runzelte die Stirn, und er richtete seinen Blick wieder auf das Sternentor. »Ja«, sagte er. »Sie haben es auf mich abgesehen. Und ich kann es ihnen nicht verübeln. Aber ich bin hier sicher. Sie verfügen nicht über die Macht oder die Klugheit, durch das Sternentor zurückzukehren. Sie werden in alle Ewigkeit dahintreiben und meinen Namen rufen.«

Der Gedanke an das, was er den Kindern angetan hatte, schien ihn nicht zu erschüttern.

»Ich habe sie vor kurzem noch gehört.« Orr trat näher an das Sternentor heran, hielt sich jedoch in sicherer Entfernung von Wolfstern.

Wolfstern hob kaum merklich die Schultern. »Sie wußten, daß ich irgendwann sterben würde. Und daß ich – wie alle ikarischen Zauberer – durch das Sternentor ginge, um meine ewige Ruhe zu finden. Und so treiben sie mit den Sternenwinden und suchen nach mir. Dies ist das erste Mal, daß sie dem Sternentor so nahe gekommen sind.«

»Aber Ihr seid ihnen schon einmal entkommen. Ihr seid durch das Sternentor in diese Welt zurückgekehrt.«

»Ja, das bin ich. Als ich gestorben bin und durch das Sternentor ging, befanden sich die Kinder in einem weit entfernten Teil des Universums. Sie hatten sich verirrt. Bevor sie in meine Richtung zurücktrieben, bin ich im Tode auf das Wissen gestoßen, das es mir ermöglicht hat, ins Leben zurückzukehren.«

Das war nur eine schwache Lüge. In Wirklichkeit war Wolfstern von der Macht, die ihm seine Rückkehr ermöglichte, auserwählt worden.

Orr ließ Wolfsterns Worte gelten. Er bezweifelte nicht, daß der Zauberer seiner Frau und den Hunderten von Kindern, die er in den Tod gestoßen hatte, nicht wieder begegnen wollte.

Im Schatten eines der Torbögen, die das Gewölbe umgaben, bewegte sich etwas. Wolfstern und Orr drehten sich im selben Augenblick um.

Caelum Sonnenflieger, Sternensohn von Tencendor, trat ins Licht. »Ah, der einsame Wolf der Nacht«, sagte er leise, den Blick auf Wolfstern gerichtet. »Über vierzig Jahre ist es her, daß Ihr in meine Wiege geblickt habt. Morgenstern habt Ihr den Schädel eingeschlagen, weil sie die Kühnheit besaß, Euch dabei zu beobachten. Vierzig Jahre hattet Ihr Zeit, Dummheiten auszuhecken. Ich kenne Euch, Wolfstern. In vierzig Jahren konntet Ihr vieles vollbringen.«

Wolfstern setzte sich auf die Einfriedung des Sternentors. Es schien ihn nicht zu beunruhigen, daß Caelum so plötzlich aufgetaucht war. Er breitete seine goldenen Flügel aus, legte den Kopf schräg und sah Caelum abschätzend an. In den vergangenen Jahren war er zu einem mächtigen Mann geworden, stellte er fest, und er weiß mit seiner Macht umzugehen.

Und doch fragte sich Wolfstern, ob Caelum bereits mächtig genug war, um es mit ihm aufzunehmen. Er grinste. Er bezweifelte es.

»Nun?« zischte Caelum. Wolfsterns Benehmen ärgerte ihn.

»Nun was?«

Wolfstern.

Alle drei hörten sie es. Wolfstern sprang von der Einfriedung herunter und durchquerte das Gewölbe mit einem einzigen Satz. Caelums Augen wurden schmal. Wolfstern hatte Angst. Warum? Wovor?

Wir kommen … wir kommen … wir hungern …

»Sie lügen«, sagte Wolfstern, kaum hatte er seine Selbstbeherrschung wiedererlangt. »Sie wollen uns täuschen. Sie können nicht durch das Tor.«

Ein Geräusch breitete sich im Gewölbe aus. Ein absonderliches Rauschen, fast wie … ein Vogelschwarm, der über den Himmel gleitet.

Caelum wechselte einen Blick mit Orr, tauschte sich gedanklich mit ihm aus, und wandte sich dann wieder Wolfstern zu. »Wie könnt Ihr Euch da so sicher sein? Wenn Ihr zurückkehren konntet, warum sie dann nicht auch?«

Orr verschwand in den Schatten unter den Torbögen. Mit der Auseinandersetzung zwischen diesen beiden wollte er nichts zu tun haben.

Wolfstern starrte Caelum lange an, bevor er sprach. »Ihr sucht nach Antworten, Sternensohn? Dann werde ich sie Euch geben. Aber nicht hier.«

»Nicht hier, wo sie Euch hören können, Wolfstern? Welches Unheil habt Ihr jetzt über Tencendor gebracht, Verworfener?«

Caelum trat einen Schritt vor, doch Wolfstern lächelte angesichts der angedeuteten Drohung nur. Niemand konnte ihm etwas antun. Mit Ausnahme vielleicht ...

»Ich würde gern meine Enkel sehen und herausfinden, was Ihr aus Sigholt gemacht habt«, sagte er und riß seine Gedanken mit Gewalt von der Vorstellung los, wen oder was die Kinder mit sich bringen mochten.

Wir kommen ... wir kommen ... wir hungern ...

Mögen die Götter geben, daß nur ihr es seid, die meinen Namen rufen!

»Wolfstern! Ich verlange Antworten! Glaubt Ihr, ich würde zuschauen, wie Eure Machenschaften Tencendor noch einmal auseinanderreißen?«

»Sigholt!« sagte Wolfstern. »Ich werde Euch und die Euren auf Sigholt treffen.«

»Wann?«

»Bald. In einem Tag. Erwartet mich dort.«

Und er verschwand.

Caelum atmete tief durch. Bei den Sternen, was ging hier vor? Er spähte in das Sternentor hinein und wurde für kurze Zeit eins mit dem Sternentanz. Dann wandte er sich ab und blickte zu Orr hinüber, der sich noch immer in den Schatten verborgen hielt. »Habt Ihr diese Stimmen schon einmal gehört?«

Orr schüttelte den Kopf. »Heute war das erste Mal. Sternensohn, sie sind nicht stark, und ...«

»Und?«

»Und wir hätten wohl mit ihnen rechnen müssen. Wolfstern hat einhundertundzwölf Zauberer umgebracht, darunter Sternenfreude und das Kind, das sie unterm Herzen trug. Ich kann mir gut vorstellen, daß ihre Seelen seit viertausend Jahren durch das Universum treiben und auf Rache sinnen. Betet, daß ihre Rache sich nur gegen Wolfstern richtet.«

»Ich werde den Zauberer mit eigenen Händen hindurchwerfen, wenn es ihren Hunger stillt«, sagte Caelum. »Ich denke, ich werde Flügelkamm bitten, hier Wachen aufzustellen. Ich möchte nur ungern ... überrascht werden.«

»Das ist nicht nötig«, entgegnete der Fährmann, »ich werde Wache halten.«

Wolfstern stand vor dem Tor – vor dem Tor zum Labyrinth, nicht dem Sternentor. Die hölzernen Türflügel waren geschlossen – zum Glück. Wolfstern hoffte, daß er weit, weit weg sein würde, sollten sie sich jemals öffnen.

Folgte etwas den Stimmen auf ihrem Weg zum Sternentor?

Seine Hände glitten über die seltsame Inschrift im Torbogen. Er hatte viele Jahre gebraucht, bis er diese Schrift entziffern konnte. Die Sprache der Alten, des Feindes, wie ihre Feinde sie nannten.

Der Feind, der vor unzählbaren Jahrtausenden aus dem Universum auf diese Welt gestürzt war und das Sternentor erschaffen hatte.

Und eine tödliche Fracht zurückgelassen hatte.

Er stieß einen leisen Fluch aus und widmete sich wieder ganz dem Ertasten der Inschrift. Ja, hier und hier. Sternensohn. Seit vierzig Jahren stand das dort. Dreitausend Jahre lang war die Inschrift vage gewesen und hatte nur den Begriff »der Gesalbte« genannt. Ein Jahr nach Caelums Geburt jedoch hatte das Labyrinth seine Meinung geändert und »der Gesalbte« durch »Sternensohn« ersetzt.

Jetzt prangte das Symbol für den Sternensohn überall auf dem Torbogen.

Dieses Mal war sich das Labyrinth sicher.

Hoffentlich. Schließlich hatte das Labyrinth Wolfstern die Prophezeiung des Zerstörers gelehrt und ihn dann dazu verdammt, sie niederzuschreiben und alles in seiner Macht stehende zu tun, um dafür zu sorgen, daß sie Wirklichkeit wurde. Nach seinem Sieg über Gorgrael hatte Axis von Wolfstern wissen wollen, ob die Prophezeiung nur sinnloses Gestammel sei, das er sich zum Zeitvertreib ausgedacht habe. Damals war Wolfstern dieser Frage ausgewichen. Er hatte gesagt, bestimmte Hinweise seien ihm von jenseits des Sternentors zugetragen worden und hätten seine Rückkehr notwendig gemacht. Soweit stimmte das auch. Allerdings war es nicht die Prophezeiung selbst gewesen, die ihn dazu gebracht hatte, durch das Sternentor zurückzukehren, sondern der eigentliche Verfasser der Prophezeiung. Das Labyrinth.

Die Prophezeiung diente einem eindeutigen Zweck, und dieser hatte nicht das geringste damit zu tun, Tencendor vor Gorgrael zu beschützen.

Sein einziger Zweck bestand darin, den Kämpen hervorzubringen, dessen das Labyrinth bedurfte. Den Gesalbten.

Wolfstern war immer davon ausgegangen, daß Axis der Gesalbte sei, doch das Labyrinth hatte ihn nie dazu ernannt. Statt dessen hatte es Axis' und Aschures Sohn Caelum auserwählt.

Wolfstern nickte. Natürlich. Er hätte wissen müssen, daß der Gesalbte das Blut von Axis und Aschure benötigte.

Ein Schauer lief ihm über den Rücken. Wenn der Gesalbte geboren und vom Labyrinth auserwählt worden war, bedeutete dies, daß er bald gebraucht würde.

Folgte etwas den Stimmen auf ihrem Weg zum Sternentor?

Er hatte sich dreitausend Jahre lang auf diesen Augenblick vorbereiten können, und doch wünschte sich Wolfstern, er hätte noch weitere hundert mal dreitausend Jahre Zeit.

Sternensohn! Sternensohn! Sternensohn! schrie die Inschrift über der Tür. *Helft mir jetzt!*

Wolfstern wandte sich ein Stück weit um, so daß er die Reihen über Reihen sitzender Vogelmenschen hinter sich sehen konnte – Hunderte von Frauen und Männern, die in Reih und Glied dasaßen und sich in völligem Einklang hin und her wiegten, während sie das Tor mit einer Mischung aus Ehrfurcht, Angst und Liebe betrachteten.

»Seid Ihr reinen Herzens?« fragte Wolfstern leise.

»Wir sind dem Sternensohn treu ergeben«, antworteten Hunderte von Stimmen.

Auf jeder Brust leuchtete ein goldener Knoten.

9

Wolfsterns Entdeckung

Zared holte den Häuptling der Rabenbunder auf der Haupttreppe von Sigholt ein.

»Was ist los, mein Freund? Warum ruft uns Caelum so schnell wieder zusammen?« Bei den Göttern, er war kaum eine Weile in seinem Zimmer gewesen, als ein Seewächter mit ausdrucksloser Miene an seine Tür geklopft hatte!

Sa'Domai zuckte mit den Achseln, und die Glöckchen in seinem geflochtenen Haar bimmelten fröhlich. »Mir will kein Grund einfallen, der Caelum veranlassen könnte, uns so früh aus den Betten zu holen, Zared.«

»Doch nicht wegen einer Ratssitzung?«

Seine Frage wurde beantwortet, als Flußstern und Zenit von einer der Landeplattformen zu ihnen traten. Diese beiden verfügten über keinen Sitz im Rat. Zenit wirkte ebenso erschöpft, wie er sich fühlte.

Auf Zareds fragenden Blick hin schüttelte sie den Kopf, während Flußstern ihm und Sa'Domai keinerlei Beachtung schenkte. Flußstern hatte selbst guten Grund, an diesem Morgen müde zu sein.

Zared hörte, wie Freierfall weiter unten Illgaine begrüßte, dann hatten der Krallenfürst der Ikarier und der Prinz von Nor sie eingeholt. Zared nickte ihnen grüßend zu. Beide waren sichtlich besorgt.

Was war geschehen? Eine Invasion? Doch sicherlich nicht – wer sollte sie angreifen?

Haben Spähflieger die Truppen gemeldet, die ich westlich von Jervois zusammengezogen habe? fragte sich Zared. In seinem

Magen bildete sich ein Klumpen. Er gab sich alle Mühe, nicht daran zu denken, sondern ließ statt dessen Bilder der Landschaft zwischen Severin und Sigholt vor seinem inneren Auge vorbeiziehen. In dieser Burg wimmelte es nur so von Zauberern – und der mächtigste unter ihnen würde das eiligst zusammengerufene Treffen leiten. Zared wollte nicht, daß einer von ihnen seine Gedanken las. Selbst Zenit hatte letzte Nacht klargestellt, daß ihre Loyalität in erster Linie Tencendor galt.

Wo waren Herme und Theodor? Zu dieser Versammlung waren sie nicht geladen worden, das war offensichtlich. Lagen sie bereits in Ketten im Verlies? Unterschrieben sie ihre Geständnisse bereits mit ihrem Blut?

Hör auf! Zared bemühte sich um einen unverfänglichen Gesichtsausdruck. Rivkah hatte die Phantasie ihres Sohnes sorgsam gefördert, doch jetzt verfluchte Zared seine Einbildungskraft.

Caelum wohnte in den geräumigen Gemächern, die einst seinen Eltern gehört hatten. Das Beratungszimmer war groß, doch jetzt schien es übervoll. Alle suchten Sitzplätze, murmelten Begrüßungen und sahen verwirrt und beunruhigt aus.

»Bei den Sternen«, flüsterte Freierfall Sonnenflieger hinter Zared und schlug dem Prinzen freundschaftlich auf die Schulter. »Ich hoffe, mein Neffe war so weitsichtig und wird ein Frühstück kommen lassen!«

Zared nickte und lächelte andeutungsweise. Vor Freierfall hatte er große Achtung. Der Krallenfürst der Ikarier war ein außergewöhnlicher Vogelmann – nicht nur, weil er wie die meisten Sonnenflieger violette Augen und silberfarbene Flügel hatte, sondern weil er einst für Axis gestorben war. Der Sternengott hatte höchstpersönlich die Torwächterin angefleht, Freierfalls Seele aus dem Reich der Toten zurückkehren zu lassen. Die Reise vor die Tore der Unterwelt hatte den Vogelmann verändert. Er war noch immer lebenslustig und schlagfertig, doch eine Aura der Erfahrung und des Wissens umgab ihn, eine unheimliche Ruhe, die niemand in seiner Nähe unberührt ließ.

Freierfall setzte sich auf einen Hocker, faltete die Flügel zusammen und legte geduldig die Hände in den Schoß. Illgaine von Nor, Schalk in den Augen und trotz der frühen Morgenstunde bereits prächtig gekleidet und mit Juwelen geschmückt, legte eine Hand auf Zareds Ellbogen. »Dort ist eine Liege … wenn wir rennen und drängeln und schreien, erreichen wir sie vielleicht, bevor sich Askam auf ihr breitmacht.«

Zared biß sich auf die Lippen, um nicht zu grinsen, folgte Illgaine, der trotz seiner Worte höflich den Raum durchquerte, und setzte sich neben ihn.

Leise plauderte er mit Illgaine über Nebensächlichkeiten, während er sich neugierig umschaute. Caelum, der sie alle so unerwartet früh aus den Betten hatte holen lassen, war noch nicht erschienen. Die Fünf waren indessen alle anwesend. Askam lehnte am Fenster, und Sa'Domai hatte sich neben Freierfall niedergelassen. Neben Flußstern und Zenit, die, wie Zared belustigt feststellte, so weit wie möglich von ihrer Schwester entfernt saß, hatte Caelum auch Dornfeder Wahrlied und Flügelkamm Krummklaue geladen. Beide waren, wenn nicht abweisend, so doch auf ihre Weise ausgesprochen unnahbar. Dornfeder verbrachte viel Zeit mit dem Fährmann Orr, da war es kaum verwunderlich, daß ihm nur wenige Achariten – Menschen, verdammt! – nahestanden.

Die Anwesenden hatten es sich bequem gemacht und schwiegen entweder oder unterhielten sich leise mit ihren Nachbarn, als Caelum aus einer Tür trat, die hinter einem Vorhang verborgen war.

Zared riß unwillkürlich die Augen auf, als er ihn sah – anscheinend hatte auch Caelum eine schlaflose Nacht hinter sich. Er war makellos gekleidet, aber seine Augen wirkten müde.

Etwas schien Caelum große Sorgen zu bereiten.

Zared spürte, wie sich die Angst in seinem Magen zusammenballte. Hatte er im Haupttreppenhaus oder auf dem Flur vor Caelums Gemächern irgendwelche Wachen gesehen? Nein, aber inzwischen mochten sie durchaus entlang der Mauern Stellung bezogen haben, und ebensogut konnte die Luftarmada vor dem Fenster ihre Kreise ziehen.

Er wechselte einen kurzen Blick mit Zenit. Sie hob leicht die Schultern, gab ihm jedoch mit einer angedeuteten Geste zu verstehen, daß er sich keine Sorgen machen solle. Caelum hatte nicht entdeckt, daß er letzte Nacht mehrere Stunden mit Leah zusammengewesen war.

Vielleicht das nicht, dachte Zared, aber was sonst? Himmel! Wo war Herme? Und Theodor?

Caelum trat vor den kalten Kamin, der so groß und ausladend war, daß er den Vogelmann ein ganzes Stück überragte. »Bitte entschuldigt, daß ich Euch so früh hierher gerufen habe«, sagte er, »aber es ist etwas geschehen, das –«

Die Eingangstür ging auf und Drago trat herein. Kaum hatte er zwei Schritte getan, blieb er stehen, offensichtlich erstaunt über die Zusammenkunft in Caelums Gemächern.

Sein Blick glitt über die Anwesenden und ruhte einen Augenblick auf Zenit und Flußstern. Dann sah er Caelum fragend an. »Bruder? Bitte entschuldige, daß ich störe ...«

Zared fand, daß er überhaupt nicht so wirkte, als täte es ihm leid. Dragos Stimme klang neutral und ausgesprochen gelassen. Seine Worte glichen einer Rede, die er auf dem Weg die Treppe hinauf sorgfältig eingeübt hatte.

»– aber ich bin auf der Suche nach Zenit, und einer der Wachen sagte mir, ich würde sie hier finden.«

Drago hielt inne, als warte er auf eine Antwort. Da sich niemand rührte, fuhr er fort: »Wenn ich fragen darf – warum drängen sich so viele Leute in deinen Gemächern, Caelum? Das scheint mir doch etwas ... ungewöhnlich.«

Caelum starrte seinen Bruder mit funkelnden Augen an, doch Drago hielt seinem Blick mühelos stand, das Gesicht zu einer fragenden Miene erstarrt.

Zared war beeindruckt. Nur wenige konnten Caelums Blick standhalten, wenn er wütend war – wie jetzt ganz offensichtlich. Drago dagegen schien das keine Schwierigkeiten zu bereiten.

»Die ganze Familie, soweit sie sich im Augenblick auf Sigholt aufhält, scheint anwesend zu sein«, sagte Drago kaum hörbar. »Ich frage mich, wie du vergessen konntest, auch mich einzuladen.«

Zared mußte ein kleines, bitteres Lächeln unterdrücken. Das war der springende Punkt. Drago hatte von diesem eilends anberaumten Treffen erfahren und beschlossen, daran teilzunehmen. Er hatte Caelum in eine schwierige Lage gebracht. Forderte Caelum Drago auf, zu gehen, würde er kleinlich wirken. Gestattete er Drago, zu bleiben, war es Drago gelungen, ihn zum Nachgeben zu zwingen.

»Da Drago mich sprechen wollte«, sagte Zenit in das Schweigen hinein, »kann er vielleicht bei mir stehen, bis diese Zusammenkunft vorbei ist ... sofern dein Anliegen nicht so wichtig ist, daß wir sofort hinausgehen sollten, Drago.«

Drago riß endlich seinen Blick von seinem Bruder los. »Nein, es war nur ein belangloser Einfall für ein neues Brettspiel, Zenit. Da hier jedoch die ganze Familie anwesend ist, kann ich ebensogut bleiben.«

Mit diesen Worten ging er an Freierfall und Sa'Domai vorbei zu seiner Schwester hinüber.

Caelum ließ seinen Blick von Zenit zu Drago schweifen, holte tief Luft und mußte sichtlich seinen Zorn unterdrücken. Zared war überzeugt, daß ihm das nicht leichtfiel, denn Drago war fast unverschämt gewesen. Aber Zared mußte auch Dragos Mut bewundern, und er verspürte Mitleid mit ihm, der so offensichtlich aus dem Leben auf Sigholt ausgeschlossen wurde. Besonders für einen Sonnenflieger war das über die Maßen erniedrigend.

Trotz der abscheulichen Taten, die Drago in seiner Kindheit begangen hatte, mochte Zared ihn, und er kam stets gut mit ihm aus. Drago war schlagfertig und flink, und wenn Zared sich auf Sigholt aufhielt, verbrachten sie oft einen ganzen Morgen mit Schwertkämpfen. Zared hatte guten Grund, seine gelegentlichen Unachtsamkeiten zu bereuen, wenn Drago ihm einen verdienten Schlag mit der Klinge versetzte. Zared beobachtete, wie Drago neben Zenit trat und ihr ein kleines Lächeln schenkte – der größte Teil seiner Familie wußte sein Talent und seinen Intellekt einfach nicht zu schätzen.

Dann ergriff Caelum erneut das Wort, und Zared wandte ihm seine Aufmerksamkeit zu.

»Wolfstern weilt wieder unter uns«, sagte Caelum und beobachtete die Gesichter der Anwesenden. Alle zeigten in unterschiedlichem Maße Entsetzen oder Erstaunen. Alle, stellte Caelum beunruhigt fest, außer Drago. Er wirkte erschrocken, gleichzeitig jedoch auch nachdenklich, als würde er die Möglichkeiten abwägen, die ihm diese Entwicklung bot.

Caelum blickte zu Zenit hinüber, die aschfahl geworden war und sich mit zitternder Hand an den Hals griff, als wäre sie zutiefst erschüttert. Flußstern dagegen schien den Schrecken schnell überwunden zu haben, denn sie hielt seinem Blick mühelos stand, die Lippen wie so oft zu einem geheimnisvollen Lächeln verzogen.

Die Anwesenden erholten sich bald von ihrer Überraschung, Stimmen wurden laut, stellten Fragen und forderten Erklärungen. Der Name Wolfstern war in Tencendor wohlbekannt und erregte großes Mißtrauen. Der abtrünnige Krallenfürst hatte nicht nur Hunderte ikarischer Kinder ermordet, er hatte sich auch mit Gorgrael verbündet, und mit seiner Hilfe hatte diese schreckliche Kreatur ganz Tencendor mit Eis und Skrälingen heimgesucht.

Es stimmte – Wolfstern hatte Aschure gezeugt, und ohne ihre Unterstützung hätte Axis Gorgrael nie besiegen können. Es hieß auch, Wolfstern habe die ganze Zeit auf Axis' Seite gekämpft, auch wenn er Gorgrael angefeuert hatte.

Aber darauf kam es nicht an. Wolfstern war ein Zauberer von beängstigender Macht – immerhin war es ihm gelungen, durch das Sternentor aus dem Reich des Todes zurückzukehren. Stets hatte er nur seine eigenen Ziele vor Augen. Und selbst wenn seine Absichten letzten Endes Tencendor zugute kamen, hatten sie zugleich die entsetzliche Eigenschaft, Zehntausenden den Tod zu bringen.

Freierfall sah Caelum durchdringend an. »Das gefällt mir nicht!« fauchte er. »Was führt er jetzt wieder im Schilde?«

Caelum zuckte mit den Achseln und wollte etwas erwidern, doch Zenit kam ihm zuvor.

»Letzte Nacht habe ich großes Unheil vorhergesehen«, sagte

sie, die Augen weit aufgerissen, die Wangen immer noch blaß. »Ich hatte das Gefühl, die Sterne fielen vom Himmel. War das Wolfstern?«

»Ohne Zweifel, Zenit.« Caelum ließ seinen Blick über die Anwesenden gleiten. »Er ist am Sternentor erschienen, in Gegenwart von Orr. Und was die beiden dort gehört haben, und was ich dann ebenfalls vernommen habe, will ich Euch allen ...«

»Ist der Rat bereits einberufen worden? Ohne mich?«

Eine ganz außergewöhnliche Gestalt war mitten unter ihnen erschienen. Niemand hätte mit Sicherheit sagen können, ob sie unbemerkt zur Tür hereingehuscht oder einfach mit Hilfe ihrer weitreichenden Zauberkräfte, einer Mischung aus Erdmagie und dem Sternentanz, hierher gelangt war.

Der Mann war groß, schlank und barfuß. Er hatte sich nur ein Tuch um den Unterkörper geschlungen, das – obschon es ihn anmutig kleidete – aus Rinde und Zweigen gewirkt zu sein schien. Seine Augen waren smaragdgrün und loderten, als würde er gleich die Beherrschung verlieren. Sein Haar war ein Gewirr ungebändigter Locken von der Farbe sonnengebleichten Unkrauts, und aus seiner Stirn ragten rechts und links unverkennbar zwei Hörner.

Isfrael, die Hoffnung der Awaren, Sohn von Axis Sternenmann und Faraday, als sie die Baumfreundin gewesen war.

Zenit war, wie viele andere, beunruhigt und trat nervös von einem Fuß auf den anderen. Ihr Bruder machte ihr manchmal Angst. Zwar war er nur wenige Jahre älter als sie und gemeinsam mit ihr auf Sigholt aufgewachsen, doch er hatte sich verändert, seit er bei den Awaren in den großen Wäldern im Osten lebte. So nahe sie sich einst gestanden hatten, heute herrschte Argwohn zwischen ihnen. Isfrael gehörte ganz dem Wald, war ein Aware geworden. Er war ihnen so fremd, als hätte es die gemeinsame Kindheit mit den anderen Sonnenfliegern nie gegeben. Der Magierkönig war von einer Dunkelheit umgeben, die von geradezu erschütternder Intensität war; von einer Spannung, die sich auf seinen ganzen Körper übertrug.

Seine Mutter, das Geschöpf, das einst Faraday gewesen war,

streifte noch immer durch das Bardenmeer und Awarinheim. Sie war der Welt jedoch so entrückt, daß Zenit niemanden kannte, der sie während der letzten dreißig Jahre gesehen hatte.

»Isfrael«, sagte Caelum schließlich mit bewundernswerter Gelassenheit. »Dies ist keine Ratssitzung, sondern eine eilends einberufene Zusammenkunft. Letzte Nacht bin ich Wolfstern begegnet.«

Isfraels Augenbrauen hoben sich fast bis zu seinen Hörnern. »Dann bin ich wirklich froh, daß ich mich bemüht habe, einen Tag früher einzutreffen. Lange schon hege ich den Wunsch, diesen mythischen Dämon kennenzulernen.«

»Das hättet Ihr eher sagen sollen, Isfrael. Hätte ich das gewußt, wäre ich schon vor langer Zeit dem Pfad des Heiligen Hains gefolgt, um Euch zu treffen.«

Kaum hatten die Anwesenden den Schrecken über Isfraels plötzliches Erscheinen verwunden, wurde ihre Aufmerksamkeit auf den düsteren Kamin hinter Caelum gelenkt. Caelum selbst fuhr herum und trat zur Seite.

Tief im Innern der Mauern regte sich etwas, dann wurde eine Gestalt sichtbar.

Wolfstern. All den vielen, die ihn noch nie gesehen hatten, wurde sofort klar, von wem so manche der Sonnenflieger ihre kupferroten Haare und violetten Augen geerbt hatten. Dank dieser Farben und seiner goldenen Flügel war Wolfstern nicht nur außergewöhnlich gutaussehend, sondern er strahlte auch eine solche Macht aus, daß alle Anwesenden entweder einen Schritt zurücktraten oder so tief wie möglich in ihre Sessel hineinkrochen.

Zenit preßte sich an die Wand, fast hätten ihre Knie nachgegeben. Das Herz in ihrer Brust schlug unregelmäßig, und sie konnte kaum atmen. Das Unheil, das sich letzte Nacht ihrer bemächtigt hatte, war mit dreifacher Stärke zurückgekehrt, als Wolfstern das Wort ergriffen hatte. Zenit wußte nicht, wie die anderen so ruhig bleiben konnten, während sie das Gefühl hatte, das ganze Universum würde sich jeden Augenblick selbst zerstören.

Eine Hand packte sie am Arm und hielt sie aufrecht.

Drago.

Zenit wollte etwas sagen, wollte ihm danken, brachte jedoch kein Wort heraus, denn Wolfstern hatte seinen Blick auf sie geheftet und kam genau auf sie zu! Drago legte ihr den Arm um die Taille, damit sie vor Entsetzen nicht zu Boden glitt.

»Zenit«, sagte Wolfstern und blieb einen Schritt vor ihr stehen. Es war keine Frage, keine Begrüßung – es war eine Feststellung, aber Zenit hatte das Gefühl, als hätte er sich mit diesem einen Wort ihrer Seele bemächtigt.

Was war nur mit ihr los? Warum hatte sie solche Angst vor ihm? Warum hatte er eine solche Macht über sie?

Zenit, beruhige dich. Ich bin bei dir, ich werde dich beschützen.

Caelum sprach mit der Stimme seiner Gedanken zu ihr, wie alle Zauberer. Ihm und Dragos Arm hatte sie es zu verdanken, daß sie nicht vollkommen das Bewußtsein verlor.

Wolfsterns Augen zuckten kaum merklich. Auch er hatte Caelums Gedanken aufgefangen.

Niemand kann es mit mir aufnehmen, dummer Junge! Seine Gedanken wandten sich wieder der Vogelfrau vor ihm zu. *Zenit, fürchtet mich nicht. Niemals sollt Ihr mich fürchten müssen.*

Und er strich ihr über die Wange.

Kaum hatte er sie berührt, verschwand ein Teil der blinden Furcht, verdrängt von einem Durcheinander wirrer Gedanken und Bilder: Zenit sah die Sternenkuppel auf der Insel des Nebels und der Erinnerung – allerdings von innen, und dort war Zenit nie gewesen; ein Zimmer in einem Bauernhaus; ein Mann, der auf sie zukam, die Hände wütend ausgestreckt; ein Kind, ein Mädchen mit rabenschwarzen Haaren, das sie an ihrer Brust stillte.

Wolfstern senkte den Arm und die Bilder verblaßten.

Er lächelte, die Augen voller Zärtlichkeit, dann wandte er sich Drago zu – und knurrte.

Es war ein schrecklicher, rauher, über die Maßen bedrohlicher Laut, und alle Anwesenden wichen entsetzt zurück. Drago wurde buchstäblich gegen die Wand geschleudert, und niemand hätte sagen können, ob er vor Angst und Schrecken einen Satz nach hinten gemacht oder ob Wolfsterns Zauberkraft sich seiner bemächtigt hatte.

»Abscheuliches Geschöpf!« fauchte Wolfstern ihn mit zuckenden Händen an. »Für deinen Mordversuch an Caelum hätte Aschure dich töten sollen!«

»Warum streiten wir wegen der paar Jahre zwischen Tat und Hinrichtung?« entgegnete Drago. »Meine Mutter hat mich damals vielleicht nicht umgebracht, aber sie hat dafür gesorgt, daß mein Tod unabwendbar ist!«

Zared wurde angesichts dieses Wortwechsels von zwei gleichermaßen aufwühlenden Gedanken heimgesucht. Einerseits konnte er kaum glauben, wie schnell Drago die Beherrschung wiedererlangt hatte und einer so entsetzlichen Wut die Stirn bot. Andererseits wurde ihm plötzlich klar, wie es für Drago sein mußte, mit fast unsterblichen Geschwistern zusammenzuleben – in dem Wissen, daß ihm einst die gleiche Zukunft bestimmt gewesen war – und dabei jeden Tag älter und hinfälliger zu werden.

Wolfstern zischte Drago an, doch dieses Mal zuckte Zenits Bruder nicht zusammen. Er hielt Wolfsterns zornigem Blick mit derselben Leichtigkeit stand wie zuvor Caelums.

Bei den Göttern der Erde und der Sterne, dachte Zared, dieser Mann verfügt über mehr Mut als ein Bataillon kampferfahrener Soldaten zusammengenommen!

»Wolfstern!« rief Caelum heiser, und der Zauberer wandte sich um. Seine Miene nahm einen Ausdruck freundlichen Wohlwollens an.

»*Eine* muß ich noch begrüßen«, sagte er, trat zu Flußstern hinüber und küßte sie leidenschaftlich.

Zared blinzelte, war jedoch nicht weiter überrascht. Flußsterns Gelüste waren auf Sigholt Tagesgespräch, und Wolfstern hatte zweifellos von ihren Eskapaden gehört. Eine geschlechtliche Verbindung zwischen Großvater und Enkelin war innerhalb des Klans der Sonnenflieger nicht verboten, und so hinderte

Wolfstern nichts daran, Flußstern in aller Ausführlichkeit zu begrüßen.

Flußstern selbst hatte es nicht eilig, den Kuß zu beenden.

Überall wurden Blicke gesenkt und Wangen röteten sich. Zared wandte sich schließlich ebenfalls ab. Auch die Toleranz der vornehmen Gesellschaft Tencendors kennt Grenzen, dachte er. Wolfstern und Flußstern schienen es allerdings darauf anzulegen, sich danebenzubenehmen.

»Was für eine wunderschöne Tochter Aschure der Welt geschenkt hat!« flüsterte Wolfstern. »Und wie erfahren sie ist.«

Flußstern fand an dieser Bemerkung sichtlich Gefallen.

»Wolfstern!« Caelums Stimme hatte noch an Schärfe zugenommen. Wolfstern reckte sich, sah sich um, erwiderte hier und dort einen Blick und lächelte, wenn jemand unruhig von einem Fuß auf den anderen trat und zu Boden blickte. Freierfall und Sa'Domai begrüßte er mit einem Nicken.

Selbst Zared konnte Wolfsterns Macht spüren, als der Zauberer ihn ansah. Wolfstern schien ihm jedoch keine Bedeutung beizumessen, denn er schenkte ihm nur einen kurzen Blick.

Zum ersten Mal, seit er den Raum betreten hatte, spürte Zared, wie seine innere Anspannung nachließ. Caelum hatte von den Truppenbewegungen im Westen nichts erfahren – und natürlich, dachte Zared bei sich, habe ich nur für den Fall Vorsorge getroffen, daß Askam mich angreift. Obgleich Wolfstern anwesend war, war noch niemand zu Asche verbrannt worden, und Sigholt stand so fest wie eh und je.

Zared warf Zenit einen raschen Blick zu. Sie schien sich etwas erholt zu haben, wirkte jedoch noch immer unruhig und zittrig.

Isfrael, den Wolfsterns Anwesenheit am wenigsten aus der Fassung gebracht hatte, hielt die Arme vor der Brust verschränkt und stand breitbeinig da. »Wo habt Ihr gesteckt, Wolfstern? Wir haben nichts mehr von Euch gehört, seit Ihr meinen Vater vor vierzig Jahren auf der Eisebene der nördlichen Tundra mit vieldeutigen Reden verwirrt habt.«

Angesichts dieser Erinnerung mußte Wolfstern lächeln. »Axis wollte mich besiegen. Es ist ihm nicht gelungen. Doch um

Eure Frage zu beantworten – ich habe ...« Er hielt inne und machte ein betont nachdenkliches Gesicht. »... mich treiben lassen.«

»Diese Erklärung wird hier kaum jemanden beruhigen«, sagte Caelum. »In vierzig Jahren läßt sich viel anrichten.«

»Aber kein Schaden, Caelum. Kein Schaden. Soll ich unseren staunenden Zuhörern nun erklären, was wir –«

»Wir haben etwas gehört«, fiel ihm Caelum ins Wort. Offensichtlich ärgerte ihn die Leichtigkeit, mit der Wolfstern die Aufmerksamkeit aller auf sich zog. »Wir haben etwas gehört, das von jenseits des Sternentors kam. Ein Flüstern, das für Wolfsterns Rückkehr verantwortlich ist. Was immer es ist, wer immer es ist – es ruft nach Wolfstern.«

Erschrockene und verwirrte Stimmen erhoben sich. Ein Flüstern von jenseits des Sternentors?

Caelums Stimme machte dem Gemurmel ein Ende. »Wolfstern, werdet Ihr reden? Werdet Ihr uns dieses eine Mal eine Erklärung geben?«

Wolfstern hatte seinen Blick wieder auf Zenit gerichtet, die weiter unverwandt zu Boden sah. Er seufzte innig und wandte sich um.

»Ich habe einhundertundzwölf Ikarier durch das Sternentor gestoßen«, sagte er geradeheraus in die Stille hinein, die Caelums Aufforderung gefolgt war. »Ich habe sie getötet. Meine Frau Sternenfreude eingeschlossen.«

»Und ihren Sohn«, fügte Freierfall grimmig hinzu. Die Krallenfürsten der Sonnenflieger lebten schon lange mit der Schuld, daß einer der ihren derartige Greueltaten begangen hatte.

»Wir hatten ihn ...« Wolfstern trat von einem Fuß auf den anderen und verbarg das kurze belustigte Aufleuchten in seinen Augen. »Wir hatten ihn Drachenstern genannt.«

Vollständiges, entsetztes Schweigen.

Zared wollte seinen Ohren nicht trauen. Drachenstern war Dragos Geburtsname, den ihm sein Großvater Sternenströmer gegeben hatte. Aschure hatte ihm den Namen zusammen mit seinen Zauberkräften und seinem ikarischen Erbe genommen.

Zared warf Drago einen verstohlenen Blick zu – Zenits Bruder wirkte so erstarrt wie ein Hase in der Falle. Verbissen hielt er Wolfsterns Blick stand.

»Stellt Euch meine Belustigung vor«, fuhr Wolfstern fort und ließ seinen Blick über die Anwesenden gleiten, »als ich erfuhr, daß Sternenströmer – geistloser Narr, der er ist – Euch nach meinem verlorenen Sohn benannt hat.«

Caelum trat einen Schritt vor. Seine Stimme war scharf und von wütender Macht erfüllt. »Habt Ihr dieser Fügung nachgeholfen, Wolfstern? Habt Ihr Sternenströmers Gedanken beeinflußt, damit Ihr Euch Jahre später an unserem Unbehagen weiden könntet?«

Wolfstern lachte vergnügt und trieb den Dorn der Grausamkeit absichtlich noch tiefer in Dragos Herz hinein. »Nein. Das war reiner Zufall. Oder Schicksal vielleicht. Ich weiß es nicht.«

Er sah wieder zu Drago hinüber. »Drago, hättet Ihr Eure Macht in Eurer Kindheit nicht so furchtbar mißbraucht, wärt Ihr, glaube ich, zu einem Zauberer herangewachsen, der in der ikarischen Geschichte nicht seinesgleichen gehabt hätte. Wie mein Sohn Drachenstern auch.«

Als könne er es nicht mehr ertragen, Wolfstern anzuschauen, hielt Drago den Blick gebannt auf eine Lampe am anderen Ende des Zimmers gerichtet.

»Und da steht mein unglücklicher Bruder nun«, sagte Flußstern, die einmal mehr ihre gehässige Zunge nicht im Zaum halten konnte, »in jeder Hinsicht ein Krüppel, außer in körperlicher. Sogar jetzt höre ich die Küchenmägde hinter seinem Rücken –«

»Hütet Eure Zunge, Weib!« Zared hatte genug von alledem. Nur die Götter wußten, was Drago durchmachte. »Flußstern, es reicht! Könnt Ihr Euch nicht vorstellen, wie es Drago ergehen muß? Ahnt Ihr nicht seinen Schmerz?«

Drago sah Zared voller Erstaunen an, und Zared fragte sich, ob dies das erste Mal in seinem Leben war, daß jemand zu seinen Gunsten sprach.

Flußstern richtete sich langsam zu ihrer ganzen Größe auf. Wie konnte dieser … dieser Sterbliche es wagen, so schroff mit ihr zu sprechen. »Vergeßt nicht, Onkel«, zischte sie, »daß ich mit ansehen mußte, wie Gorgrael Caelum aus Imibes Armen riß, weil Drago auf ihn eifersüchtig war. Und ich mußte zuschauen, wie Gorgrael Imibe daß Fleisch von den Knochen schnitt. Damals glaubte ich« – sie blickte zu Drago hinüber – »er würde Gorgrael auch auf mich hetzen. Ich habe um meine Leben gefürchtet. Das ist eine Furcht, Zared, die man nicht so schnell vergißt.«

Wie alle anderen im Raum sah Caelum seine Schwester an. Er hatte jedoch jeden Sinn für seine Umgebung verloren. Er spürte nur noch das Grauen jenes Augenblicks, als Gorgrael vom Himmel herunterstürzte, das Entsetzen darüber, daß ausgerechnet sein Bruder ein Komplott gegen ihn geschmiedet hatte, um ihn auf die abscheulichste Art und Weise zu töten.

Jahrzehntelang hatte Caelum darum gerungen, diese Erinnerungen zu verdrängen, die furchtbaren Wochen, die er in Gorgraels Eisfestung zugebracht hatte. Er hatte sich jede erdenkliche Mühe gegeben, die Wunden seiner Seele heilen zu lassen, so wie seines Körpers Wunden geheilt waren, die Gorgraels Krallen ihm geschlagen hatten.

Doch jetzt riefen ihm die Gefühle und Worte in diesem Raum alles wieder in Erinnerung – die Angst und die Schmerzen und die Ungewißheit krochen wieder an die Oberfläche.

Er blinzelte, blinzelte noch einmal, und fand schließlich die Beherrschung wieder. Er war darüber hinweggekommen, lange schon. Bestimmt. Seine Blick glitt zu Drago hinüber, und in seinem Magen bildete sich ein Knoten blinder Angst.

Und Zared hielt es für angemessen, Drago in Schutz zu nehmen? Warum? Steckte er mit Drago unter einer Decke?

Freierfall beobachtete, wie die Gefühle über die Gesichter von Axis' Kindern glitten: Angst, Haß, Verbitterung, Traurigkeit – alle waren sie nur zu offensichtlich. Wie war es möglich, daß es Axis und Aschure gelungen war, ein so gespaltenes Land wiederzuvereinigen und dann eine Brut Geschwister zu hinterlassen, die von so entsetzlichen gegenseitigen Abneigungen gezeichnet war, daß sie sich kaum zurückhalten konnten, einander an die Gurgel zu gehen?

Seufzend ergriff er das Wort. »Wolfstern, wird diese zufällige Namensgleichheit Folgen haben?«

»Nein, Freierfall. Keine. Wenn man darüber nachdenkt, ist es nicht einmal eine große Überraschung. Der Sohn, den Sternenfreude unterm Herzen trug, war überaus mächtig und Drachenstern ein angemessener Name für ihn. Auch Aschure trug einen enorm mächtigen Sohn in sich, also war Drachenstern auch für ihr Kind ein angemessener Name.«

»Und doch wurden mir Name und Erbe geraubt«, sagte Drago mit angespannter Stimme, »wie ihm auch. Beide Drachensterne waren dem Untergang geweiht, kurz vor oder kurz nach ihrer Geburt.«

Caelum sah ihn ausdruckslos an. »Wolfsterns Sohn hatte sein Schicksal nicht verdient, Drago. Du dagegen schon.«

Drago zuckte zusammen und senkte den Blick. Wolfstern schenkte ihm ein verschmitztes Lächeln und ließ sich in einen Sessel fallen. *Und ob er es verdient hatte,* dachte er und hielt seine Gedanken vor allen anderen Zauberern verborgen. *So wie du Caelum bestehlen wolltest, Drago, so hat mein Sohn Pläne geschmiedet, mich meines Erbes zu berauben. Vielleicht hat es doch etwas mit dem Namen zu tun …*

»Fahrt fort, Wolfstern«, sagte Caelum, die Augen noch immer auf Drago gerichtet. »Wir sind bisher noch nicht über die Schwelle Eurer Erklärungen gelangt.«

Wolfstern schüttelte den Gedankengang ab, der ihm soviel Vergnügen bereitete. »Einhundertundzwölf habe ich getötet«, wiederholte er. »In meiner fixen Idee, einen Rückweg aus dem Universum zu finden, habe ich sie durch das Sternentor gestoßen. Ich dachte, wenn es einem dieser Kinder gelänge, zurückzukehren – nur einem –, könnte ich es auch.«

»Du hast einhundertundzwölf Leben vergeudet«, sagte Freierfall tonlos.

»Damals hielt ich das für unabdingbar«, entgegnete Wolfstern. »Ich befürchtete, das Sternentor könne mehr Grauen enthalten als Wunder. Was wäre, wenn jemand, wenn *etwas* hindurchkriechen und Tencendor gefährden würde?«

»Wie verantwortungsbewußt«, fiel ihm Caelum ins Wort, »wenn Ihr es denn ehrlich meintet. Mein Vater hat mir erzählt, daß Ihr es auch darauf abgesehen hattet, Eure eigene Macht auszuweiten.«

Wolfstern lächelte freudlos. »Nein, nicht ganz. Ich hatte wirklich Angst vor der möglichen Bedrohung, die das Sternentor darstellte. Ich wollte all seine Geheimnisse erforschen – nicht nur um meiner Macht willen, sondern um Tencendor zu beschützen.

Nun, laßt mich fortfahren. Jeder ikarische Vogelmensch in diesem Zimmer, ob Mann oder Frau, wie auch das ganze ikarische Volk, hat das Recht, wegen dieser Taten über mich zu richten. Keiner der einhundertundzwölf ist zurückgekehrt, und ich verlor die beiden, die mir am teuersten waren: Sternenfreude und ihren Sohn. Bevor ich noch entsetzlichere Taten begehen konnte, machte Wolkenbruch meinem Elend und dem Elend des ganzen ikarischen Volkes ein Ende, indem er mir einen Dolch in den Rücken stieß.«

Wolfstern wand sich sichtlich in seinem Sessel – allem Anschein nach konnte er sich noch gut daran erinnern, wie die Klinge zwischen seine Schulterblätter glitt und seine Lungen sich mit Blut füllten. »Ich starb, wurde beigesetzt und schritt durch das Sternentor.«

»Was fandet Ihr dort, Wolfstern?« Caelums Stimme war kaum hörbar.

»Ich fand ... andere Daseinsformen. Ich fand Wissen. Ich lernte, daß das Leben – wie auch der Tod – nur ein vergänglicher Traum ist.« *Und es gab andere Dinge, die ich dort fand und die mich gefunden haben, Caelum Sternensohn, aber darüber möchte ich nicht sprechen. Nicht, bevor ich zu der Überzeugung gelangt bin, daß es notwendig ist.* Diesen Gedanken behielt Wolfstern jedoch für sich.

Aus den Augenwinkeln heraus bemerkte Zared, daß Drago sich leicht vorgebeugt hatte, als hätte ihn Wolfsterns Stimme in ihren Bann geschlagen, oder vielleicht die Bilder, die die Worte des Zauberers in seiner Vorstellung heraufbeschworen hatten.

»Und andere Welten, Wolfstern?« fragte Caelum. »Seid Ihr auf andere Welten gestoßen?«

»Sie existieren, Caelum. Ich habe sie erlebt – anders kann ich es nicht ausdrücken –, auch wenn ich sie nicht persönlich besucht habe. Aber es gibt sie, ja.«

»Wohnen auf ihnen Völker, die uns angreifen könnten?« warf Zared ein und überließ den rätselhaften Drago für den Augenblick sich selbst.

Wolfstern blinzelte. »Völker von anderen Welten? Nein, nein. Ich glaube nicht. Ich habe keine Bedrohung gespürt –«

»Was ist dann mit den Kindern, die Ihr ermordet habt?« fragte Zenit. Zared stellte überrascht fest, daß ihre Stimme zwar leise war, aber nicht zitterte. »Zweifellos waren sie es doch, deren Flüstern von jenseits des Sternentors erklang. Werden sie zurückkommen?«

Auf ihre Frage hin wandte sich Wolfstern um und starrte sie eine ganze Weile lang an, als versuche er, sich jede Linie und jede Rundung ihres Gesichtes einzuprägen.

»Ja«, sagte er. »Ihr habt recht. Es sind diejenigen, die ich getötet habe.«

»Stellen sie für Tencendor eine Gefahr da?« wollte Caelum wissen.

»Nein, keineswegs. Sie gieren nach meinem Blut, aber ich bin hier, und sie irren jenseits des Sternentors herum. Soweit es mich betrifft, wird sich daran nichts ändern.«

Isfrael trat gereizt von einem Fuß auf den anderen. »Warum haben wir ihre Stimmen dann erst jetzt gehört und nicht schon früher?«

Wolfstern hob die Schultern, ohne den Blick von Zenit abzuwenden. »Sie treiben dahin, sie haben sich verirrt. Da ist es keine Überraschung, wenn sie einmal näher am Sternentor vorbeikommen und einmal weiter entfernt sind.«

»Sollten wir ihnen nicht helfen, den Weg nach Hause zu finden?« fragte Freierfall.

Seine Frage veranlaßte Wolfstern endlich, seinen Blick von Zenit loszureißen. »Nein! Nein, das dürfen wir nicht tun!« Er atmete tief durch. »Sie haben sich verändert. Sie sind bei lebendigem Leibe durch das Sternentor gestoßen worden, voller Panik, und seit Tausenden von Jahren treiben sie ziellos durch den Kosmos. Sie sind nicht mehr die, die sie einmal waren. Wenn es ihnen gelänge, zurückzukehren, dann hätte ich Angst, ja. Bitte, glaubt mir das.«

Niemand bemerkte, wie Dragos Augen schmaler wurden.

»Aber Ihr sagtet, es bestehe keine Gefahr«, warf Caelum ein.

»Solange sie jenseits des Sternentors bleiben«, erwiderte Wolfstern unwirsch. »Und ich sehe keine Möglichkeit, wie es ihnen gelingen sollte, hindurchzutreten.«

»*Euch* ist es gelungen«, gab Caelum zu bedenken. »Ihr seid zurückgekehrt.«

»Ja, ich bin zurückgekehrt, aber unter völlig anderen Umständen«, erklärte Wolfstern. Er war nicht gewillt zu enthüllen, was ihm geholfen hatte, zurückzukehren. Den Kindern würde es ja wohl nicht helfen. »Ich war ein mächtiger und geübter Zauberer, als ich hindurchging. Ich bin zurückgekehrt, aber sie werden es nicht! Sie verfügen weder über die notwendigen Fähigkeiten noch über die Macht. Glaubt mir. Sie werden nie zurückkehren. Mit der Zeit werden die Gezeiten zwischen den Sternen sie weit vom Sternentor forttragen. In ein oder zwei Wochen werden ihre Stimmen verstummt sein.«

Caelum sah Wolfstern noch einen Augenblick an und wandte sich dann an Dornfeder.

»Mein Freund, begebt Euch zum Sternentor und haltet dort gemeinsam mit Orr Wache. Falls die Stimmen näherkommen, falls irgend etwas geschieht, möchte ich sofort verständigt werden.«

Dornfeder nickte und glitt hinaus.

Wolfstern hob seinen Blick über die Anwesenden und sah Flügelkamm Krummklaue in die Augen.

10

Küchengeheimnisse

Kurz darauf, als sich die Anwesenden zu kleinen Gruppen zusammenfanden, um über Wolfsterns Worte zu sprechen, war der Zauberer selbst verschwunden. Zenit, die ihn nicht aus den Augen gelassen hatte, konnte sich nicht erklären, wie ihm das möglich gewesen war. Er hatte am Kamin gestanden, aber sie hätte schwören können, daß er nicht hineingegangen war. Auch ein Bewegungslied hatte er nicht gesungen, das hätte sie ganz sicherlich gespürt.

Er war einfach von einem Augenblick auf den nächsten verschwunden.

Und so konnte sich Zenit langsam wieder beruhigen.

Drago war kurz darauf gegangen, und zwar alles andere als unauffällig. Er hatte sich an allen vorbeigedrängt, die ihm im Weg standen, und war hocherhobenen Hauptes aus dem Zimmer geschritten. Aller Augen waren ihm gefolgt.

Zenit hatte Mitleid mit Drago und wünschte, sie hätte wie Zared den Mut aufgebracht, ihm beizuspringen, als Flußstern ihn angegriffen hatte. Voller Schuldgefühl hatte sie sich schließlich bemüht, an der Unterhaltung teilzunehmen und Wolfstern eine Frage gestellt.

Er hatte sie angestarrt, doch dieses Mal war es bei dem durchdringenden Blick geblieben, ohne die beunruhigenden und undeutbaren Gefühle dahinter.

Nachdem Drago hinausgegangen war, hatten sich die anderen Gruppen recht bald aufgelöst. In der Zurückgezogenheit der privaten Gemächer gab es viel zu bereden, und auch die Zeit für das Frühstück war gekommen, denn der erste Schreck über Wolfsterns Erscheinen und seine Neuigkeiten hatte sich gelegt, und jetzt forderte der Hunger sein Recht.

Die meisten Diener auf Sigholt wie auch die Oberhäupter der Fünf Familien und ihre Berater waren mit Vorbereitungen für die Ratssitzung am nächsten Morgen beschäftigt, und so verbrachte Zenit den größten Teil des Tages mit Leah. Die Festung glich einem Bienenstock, doch sie selbst kam sich unnütz vor, und das machte sie rastlos. Zenit erzählte Leah, was sich in Caelums Gemächern zugetragen hatte, denn sie war der Meinung, daß Askams Schwester ebenso ein Recht darauf hatte, alles zu erfahren, wie Askam und Zared. Dann fragte sie, was zwischen ihr und Zared im Verlauf der letzten Nacht vorgefallen sei.

»Ach, Zenit! Letzte Nacht habe ich mehr Zeit mit ihm verbracht als während der vergangenen vier Jahre. Danke, ich danke dir!«

Leahs Augen glänzten vor Rührung, und auch Zenit mußte Tränen zurückhalten.

Nachdem sie mit Leah zu Abend gegessen hatte, schlenderte sie in ihr eigenes Gemach zurück, fand jedoch keine Ruhe. Jedesmal wenn sich ein Vorhang oder ein Schatten bewegte, erschrak sie und mußte an Wolfstern denken.

Sie war sich sicher, daß er hinter ihr her war...

Wie war sie auf diese Formulierung verfallen?

...warum, hätte sie nicht sagen können. Doch seine Berührung, sein Blick ... er wollte etwas von ihr. Aber was? Doch bestimmt keine Befriedigung seiner körperlichen Begierden? Ihr gegenüber hatte er nicht dieselbe Lüsternheit zur Schau gestellt wie bei Flußstern.

Dafür etwas anderes.

Vielleicht ... mehr.

Aber das war doch lächerlich! Sie war ihm nie zuvor begegnet, dessen war sie sich sicher. Wolfstern war lange Jahre vor ihrer Geburt verschwunden. Warum sollte er auch nur einen flüchtigen Gedanken auf sie verschwenden? Bei den Intrigen und Heimlichkeiten Tencendors spielte sie keine Rolle.

Die Bilder – Erinnerungen? –, die sich ihrer Gedanken bemächtigt hatten, als Wolfstern ihre Wange berührte, kehrten nun zurück und ergriffen erneut von ihr Besitz, wenn auch dieses Mal weniger gewaltsam. Sie hatte die Sternenkuppel von innen gesehen – aber das war nur den Ersten Priesterinnen des Tempels gestattet, und Zenit war nie dort gewesen! Sie hatte einen Blick in ein Bauernhaus geworfen und einen wütenden, namenlosen Mann auf sich zukommen sehen – doch Haus wie Mann waren ihr unbekannt. Und das Kind … das Kind. Wer?

Ach! Zenit schüttelte sich. Sie würde verrückt werden, bliebe sie noch länger allein in diesem Zimmer!

Erneut mußte sie an Drago denken, und sie fragte sich, wie es ihm ging, nachdem er heute morgen vor allen von seinem ganz persönlichen Alptraum heimgesucht worden war. Sie würde zu ihm hingehen!

Wie erwartet, fand sie ihn schließlich in der Küche.

Flußstern unterstellte Drago immer wieder Affären mit Küchenmägden, aber Zenit kannte den wahren Grund, weshalb er so viel Zeit in den Küchen von Sigholt zubrachte.

Sie hatte sein Geheimnis eines Nachts vor sieben Jahren aufgedeckt, als sie nicht schlafen konnte und sich ein Glas Milch warm machen wollte. Sie hatte die Küche betreten und war erstaunt stehengeblieben.

Drago hatte an einem der Arbeitstische gestanden und einen großen Berg Gemüse kleingeschnitten.

Aus einem unerfindlichen Grund kochte Drago für sein Leben gern. Fast jeden Tag brachte er ein oder zwei Stunden in der Küche zu, und wenn ihn etwas aus der Fassung gebracht hatte mitunter noch mehr. Zenit wunderte sich nicht, daß sie ihn heute hier antraf.

So spät in der Nacht waren die Feuer heruntergebrannt, und die Dienerschaft war längst in den Betten. Trotzdem war es hier immer noch warm, und die großen eisernen Herde entlang der Wand verbreiteten ein beruhigendes Licht.

Drago stand an einem Tisch, vor sich mehrere Schüsseln, die Tischplatte mit Mehl und Fleischresten bedeckt.

»Drago?«

Sein Kopf fuhr herum, und eine Schüssel klirrte, so heftig hatte er sie aufgesetzt. »Was willst du?«

Zenit trat in die Mitte der Küche. »Ich dachte mir, vielleicht möchtest du über heute morgen reden.«

Ihr Bruder senkte den Blick und knetete wortlos Teig in einer Schüssel.

Zenit ging zu einem der Herde hinüber. Ihre Flügel hielt sie eng an sich geschmiegt und rieb sich die Hände über der noch verbliebenen Wärme. »Was hältst du von Wolfstern?«

Drago antwortete nicht.

Zenit verschränkte die Arme und blickte zu Boden. »Er macht mir Angst, Drago. Wie er mich angeschaut hat! Wie er mich angefaßt hat!«

»Ich bin mir sicher, daß es auf Sigholt eine ganze Menge Leute gibt, die von sich behaupten können, daß ihnen der Blick nicht gefiel, mit dem Wolfstern sie bedacht hat.« Seinen Blick richtete er weiterhin auf seine Schüssel.

Zenit sah Drago forschend an. Er knetete Teig, als hinge sein Leben davon ab.

»Drago ...« Sie zögerte, hielt es jedoch für unabdingbar, darüber zu sprechen. »Wie war das für dich, als Wolfstern den Namen seines Sohnes genannt hat?«

Drago hob die Teigmasse aus der Schüssel und schleuderte sie auf die Tischplatte. Eine Wolke von Mehl stob um ihn herum in die Höhe. Er blickte auf und sah Zenit durchdringend an.

»Falls er nicht gelogen hat – und es ist allgemein bekannt, wie gerne er lügt –, kann ich nur sagen, daß auf dem Namen Drachenstern ein Fluch liegt. Beide wurden auf die eine oder andere Weise zum Sterben verdammt.«

»Drago...«

»Allerdings glaube ich, daß Wolfsterns Sohn eines sanfteren Todes gestorben ist als ich!«

Er rollte den Teig hin und her, hin und her.

»Drago...«

»Ich möchte nicht darüber reden!« Er teilte den Teig mit der Handkante in zwei Hälften, formte aus der einen eine Teigdecke und warf sie plötzlich mit aller Kraft in eine Ecke der Küche.

»Ich möchte nicht darüber reden!«

»Drago, verdammt! Irgendwann mußt du das!«

Drohend trat er einen Schritt auf sie zu. »Schau dich doch an, Zenit! Du bist schön und voller Leben, und du schwelgst in deinen Zauberkräften. Du wirst noch eine Ewigkeit leben. Ich dagegen!«

Seine Finger krallten sich in seine Brust und in sein Gesicht. »Schau mich an! Ich bekomme Falten und werde älter. Ich komme schon außer Atem, wenn ich nur die Treppe zum Bergfried hinaufsteige. Die einzige Magie, über die ich verfüge ... es gelingt mir, diesen ... diesen verdammten Teig dazu zu bewegen, daß er im Ofen aufgeht! Und die ganze Zeit bekomme ich zu hören, wie abscheulich ich bin, daß jeder meiner Atemzüge eine Verschwendung guter Luft ist, und daß man mir nicht vertrauen und mich schon gar nicht lieben kann.«

Zenit konnte den Schmerz ihres Bruders nicht länger ertragen. Sie senkte den Blick und spielte an dem Griff eines Topfes herum, der auf dem Herd stand. Sie konnte es Drago nicht verübeln, daß er wütend war. In der ganzen Familie schien niemand einen wohlmeinenden Gedanken für ihn übrig zu haben oder der Meinung zu sein, daß er vielleicht genug gestraft sei. Niemand schien sich auch nur vorstellen zu können, daß gerade diese Verbitterung ihn zu unbedachten Handlungen treiben könnte.

Und außer ihr schien sich niemand der Tragweite dessen bewußt zu sein, was Aschure Drago angetan hatte. Im Unterschied zu menschlichen Kindern nahmen ikarische Kinder ihre Umwelt nicht erst vom Augenblick ihrer Geburt an wahr, sondern schon viele Monde vorher. Die Erinnerung aller Ikarier reichte bis weit vor ihre Geburt zurück. Aschure hatte Drago jedoch bereits im Säuglingsalter seines ikarischen Erbes beraubt und seinen Verstand in jenen Dämmerzustand gestoßen, der menschlichen

Kindern in diesem Alter zu eigen ist. Dragos Erinnerungen gingen nicht weiter als bis zu seinem zweiten oder dritten Lebensjahr zurück.

Er konnte sich nicht an die Ereignisse erinnern, die eine so grausame Strafe nach sich gezogen hatten. Alle begegneten ihm mit Abscheu und Mißtrauen, und vor allen Dingen war er zu einem Leben verurteilt, das nur sechzig oder siebzig Jahre währen würde anstatt mehrere hundert, und das alles für ein Verbrechen, an das er sich nicht erinnern konnte!

Niemand verschwendete einen Gedanken daran, wie es Drago ging oder was für ein Mann in all den Jahren der Verbitterung aus ihm geworden war. Im engsten Familienkreis war Zenit die einzige, die ihn mochte – vielleicht, weil sie noch nicht gezeugt worden war, als Drago Caelums Entführung ausgeheckt hatte. Drago verfügte über einen scharfen Verstand und konnte manchmal ganz unerwartet liebenswürdig und rücksichtsvoll sein.

Er war hier auf Sigholt gefangen, stellte Zenit unvermittelt fest – gefangen von den Erinnerungen anderer Leute an eine Tat, die er als Kind begangen hatte!

Wie auch ich in fremden Erinnerungen gefangen bin.

Zenit erstarrte. War das zutreffend? Suchten deshalb unerklärliche Erinnerungen ihren Verstand heim? Stammten sie von jemand anderem? Aber von wem?

»Vielleicht sollten wir beide Sigholt eine Zeitlang den Rücken kehren«, sagte sie leise.

»Was?« Drago hatte seine Kochversuche aufgegeben und stapelte mit lautem, wütendem Scheppern Schüsseln in der Spüle.

»Drago, wann hast du Sigholt das letzte Mal verlassen?« Zenit trat einige Schritte auf ihn zu, blieb jedoch stehen, als sich seine Gesichtszüge anspannten.

»Das ist doch schon mindestens acht Jahre her. Drago ... warum?«

Er starrte sie an und schwieg.

»Uns beide hält nichts hier ... warum statten wir nicht Sternenströmer einen Besuch ab? Und kehren allem, was uns hier belastet, den Rücken?«

»Was für einen Grund könntest du haben, von hier fort zu wollen?«

Ja, warum? Fast hätte Zenit gesagt: »Wegen Wolfstern«, aber sie hielt inne, denn sie wußte, daß sie Drago und schon gar nicht sich selbst erklären konnte, warum sie sich so sehr vor dem Zauberer fürchtete – von ihren verstörenden Visionen und Erinnerungslücken ganz zu schweigen.

»Weil unser Leben dort draußen vielleicht einen Sinn bekommen kann«, sagte sie schließlich. »Keiner von uns beiden weiß hier etwas mit sich anzufangen.«

»Falls mein Leben sinnlos ist, liegt das daran, daß ihm jeder Sinn *genommen* wurde! Niemand vertraut mir soweit, um mir irgendeine Verantwortung zu übergeben.«

»Warum gehen wir dann nicht fort, Drago? Sternenströmer würde sich freuen, uns beide wiederzusehen.«

Er sah sie lange an. Seine violetten Augen wirkten in diesem Licht fast sanft, und sie wußte, daß er sich an das Bild von Sternenströmer erinnerte, das sie heraufbeschworen hatte, und an die glücklichen Monde, die sie als Kinder auf der Insel des Nebels und der Erinnerung verbracht hatten.

»Mein Leben hat nirgendwo einen Sinn«, sagte er dann, und seine Stimme klang müde und resigniert. »Wo immer ich auch hingehe, ich werde immer der widerliche Verräter sein.«

»Du könntest noch einmal von vorne anfangen, wenn du Sigholt verläßt. Drago, bitte.«

Er legte ihr die Hände auf die Schultern und zu ihrem Erstaunen sah Zenit Tränen in seinen Augen. »Ich kann dem nie entkommen, Zenit. Niemals! Alle würden erfahren, daß Axis' heimtückischer Sohn durch die Lande streift. Hier auf Sigholt habe ich kein Leben, und woanders ginge es mir ebenso. Läßt du mich jetzt bitte in Ruhe?«

Und er schritt aus der Küche hinaus.

11

Niahs Vermächtnis

Als Zenit zum Bergfried von Sigholt hinaufstieg, war sie noch bekümmerter als zuvor. Oben angekommen, sah sie zu, wie die Lichter von Seeblick auf der anderen Seite des Sees eines nach dem anderen ausgingen. Eine warme Brise strich ihr sanft über die Haut, und einen Moment lang überlegte sie, ob sie nicht einen Flug über den See und die Hügel unternehmen sollte. Aber sie war müde, ihre Gedanken kreisten unaufhörlich um ihre Sorgen, und so zog sie es vor, sich auf die Einfriedung zu stützen und den Ausblick auf sich wirken zu lassen.

Mit dem festen Vorsatz, weder an Wolfstern zu denken, noch an Zareds und Leahs Kummer oder gar an Drago, befaßte sich Zenit mit Flußsterns Behauptung, sie hätte einen neuen Liebhaber gefunden. Einen, den sie tatsächlich heiraten wollte? Fast hätte Zenit laut gelacht. Vielleicht dachte ihr Liebhaber darüber nach, sie zu heiraten, doch Zenit bezweifelte ernsthaft, daß Flußstern jemals so weit gehen würde. Sie genoß ihre Freiheit viel zu sehr, als daß sie sie gegen Treue eingetauscht hätte.

Es sei denn ... es sei denn, ihr Liebhaber war ein Sonnenflieger. Ein Sonnenflieger mochte Flußstern durchaus reizen, aber wer war auf Sigholt für sie zu haben und nicht im ersten Grad mit ihr verwandt?

Zenit runzelte die Stirn. Freierfall ... Freierfall konnte es unmöglich sein. Er und seine Frau Abendlied waren nahezu unzertrennlich, und Abendlied hielt sich hier bei ihm auf. Außerdem, wer konnte sich Freierfall und Flußstern zusammen vorstellen ... nein, das war lächerlich. Ganz gewiß.

Und Wolfstern. Wolfstern war hier – wie lange schon, bevor er sich den anderen gezeigt hatte? Seine Vorliebe für Verkleidungen war legendär. Falls er Flußsterns neuer Liebhaber war – käme er dann als Stallbursche zu ihr oder in seiner wirklichen Gestalt?

Nein, nein. Nicht Wolfstern. Zenit wollte nicht mehr an ihn denken.

Aber erinnere dich, wie er Flußstern heute morgen geküßt hat; war das Kühnheit oder Vertrautheit gewesen?

Isfrael! Zenit verbannte jeden Gedanken an Wolfstern aus ihrem Kopf. War Isfrael ein Verwandter ersten Grades? Sie mußte davon ausgehen, denn er und Flußstern hatten denselben Sonnenflieger zum Vater. Allerdings hatte sich Isfrael so sehr verändert, seit er Magierkönig der Awaren geworden war, daß seine Verbindung zu den Sonnenfliegern fast gänzlich verschwunden war.

Über das verwandte Blut, um Flußstern zu befriedigen, verfügte er jedoch weiterhin – wenn er denn ihr Liebhaber war.

Nein, Isfrael ganz bestimmt nicht. Er war doch sicher erst seit heute morgen auf Sigholt ...? Wann war Isfrael eingetroffen?

»Ach, bei den Sternen«, murmelte Zenit. »Wahrscheinlich hat sich Flußstern das alles sowieso nur ausgedacht.«

Sie schaute in den Burghof hinunter. Ihr Zauberblick ließ jede Einzelheit in der tiefen nächtlichen Finsternis deutlich hervortreten. Ein Wachmann kam aus der Unterkunft der Soldaten und ging zum Tor, ein weiterer kontrollierte die Eingänge zur Waffenkammer im Hauptgebäude.

Eine Bewegung. Drago. Zenit sah genauer hin und mußte lächeln. Er fütterte die Hofkatzen mit Fleischresten. Fünf oder sechs hatten sich um ihn versammelt, strichen ihm maunzend um die Beine und schlugen mit den Pfoten nach seinen Knien. Er lachte, ging in die Hocke und streichelte sie. Schnurrend rieben sie ihre Köpfe an seinen Armen und seiner Brust.

Weder hatte Zenit gewußt, daß er Katzen so sehr mochte, noch, daß sie diese Gefühle erwiderten. Selbst als sie aufgefressen hatten, blieben sie noch und streiften um ihn herum. Zenits Blick wurde fast zärtlich. Sie war nicht die einzige in dieser großen Festung, die Drago gern hatte.

Drago stand auf, befreite sich von den Katzen und ging wieder hinein.

Zenit wartete noch eine Weile, aber er tauchte nicht wieder auf. Sie seufzte und schlenderte zur Brüstung hinüber, die auf den See hinausging. Die Ellbogen auf die Mauer und das Kinn auf die Hände gestützt, blickte sie gedankenverloren hinab.

Sigholt lag vollkommen ruhig da. Die Hunde hatten sich schlafen gelegt, die Wachleute schienen auf ihren Posten zu Stein erstarrt.

Allenthalben herrschte Ruhe und Schweigen.

Zenit hatte das Gefühl, sie sei in eine andere Welt versetzt worden. Selbst die Brise hatte sich gelegt.

Ihre Flügel wurden matt und strichen hinter ihr über die Steinplatten. Sie versank in tiefe Trägheit. Mit ihrem ganzen Gewicht auf die Brüstung gestützt, schaute sie den Wellen zu, die sich im Mondschein auf dem Lebenssee kräuselten.

Zenit bemerkte weder, wie die Luft um sie herum sanft in Bewegung geriet, noch den Zauber, der sich auf den Bergfried herabsenkte.

»Es überrascht mich nicht, Euch hier anzutreffen«, sagte Wolfstern, und sie wirbelte mit klopfendem Herzen herum.

Er stand völlig unbefangen da, die Flügel in der traditionellen ikarischen Geste der Ergebenheit gesenkt. »Denn hier hat Sternenströmer einst Rivkah gefunden und lieben gelernt und Axis Aschure. Nein, fliegt nicht davon. Bleibt hier und sprecht mit mir, Zenit. Ihr habt nichts zu befürchten.«

Warum rast mein Herz dann so, dachte Zenit, warum hebt sich meine Brust voller Angst? Sie beruhigte sich etwas, obgleich ihre Augen hin und her zuckten und nach jemandem Ausschau hielten, in dessen Anwesenheit sie sich sicherer gefühlt hätte.

Sie war mit Wolfstern allein.

Über ihr eine Bewegung, unter der Kuppel.

Zenit schnappte nach Luft und blickte unwillkürlich nach oben. Dort gab es nichts außer den Sternen. Nichts.

»Erinnert Ihr Euch noch, liebreizende Zenit«, sagte Wolfstern ganz leise, »wie wir uns das erste Mal begegnet sind? Erinnert Ihr Euch noch an jene Nacht vor langer Zeit?«

Ein Schatten segelte von der Kuppel herab.

»Nein«, flüsterte Zenit und griff haltsuchend nach der Brüstung. »Nein! Vor heute morgen haben wir uns noch nie gesehen!«

Etwas geschah mit ihr. Die Nachtluft auf Sigholt wirbelte um sie herum, schien alle paar Herzschläge zu erstarren, und Zenit hatte das Gefühl, als befinde sie sich in ... in einem leeren Gebäude ... einer Kuppel.

»Nein!«

»Zenit, habt keine Angst. Das sind nur Erinnerungen. Wehrt Euch nicht.«

Wolfstern kam langsam auf sie zu und hob die Hand in jener fordernden Geste der Verführung, mit der sich männliche Zauberer Frauen gefügig machten.

»Nein!« Sie konnte sich nicht bewegen, und ihre Stimme schien ihr nicht mehr zu gehorchen. Sie saß in der Falle ... er war zu stark ...

»Ja! Zenit ... bitte ... laßt mich Eure Erinnerungen wecken.«

Er war ihr jetzt ganz nahe, zog ihren starren Körper an sich. Zenit wehrte sich vergeblich – wollte er sie gewaltsam nehmen?

Sie spürte seine Arme, und es war gut.

Nein, es war eindeutig nicht gut! Aber etwas schien von ihr Besitz ergriffen zu haben, ein Teil ihres Verstandes wollte, daß sie ihren Widerstand aufgab und mit Wolfstern zu Boden glitt, etwas in ihr sagte ... *du hast schon einmal mit ihm das Lager geteilt.*

Nein! Sie wandte das Gesicht ab, doch Wolfstern war zu mächtig für sie, sein Körper wie seine Zauberkräfte waren zu stark, und sie spürte, wie sich seine Lippen auf die ihren legten ...

Etwas geschah. Etwas brach hervor, etwas in ihr kämpfte sich frei. Fremde Erinnerungen, Stimmen, Gerüche, ein Lachen bemächtigten sich ihrer Gedanken. Gesichter, Ereignisse und Lieder, die sie nie zuvor gesehen oder gehört hatte, kamen aus ihrem Versteck hervor. Ein nie gekanntes Verlangen ergriff von ihrem Körper Besitz. Sie ...

... spürte, wie er in sie eindrang, sich in ihr bewegte, und sie hatte nie für möglich gehalten, wie gut sich das anfühlte, hatte nie erwartet, daß eine solche Vertrautheit derartige Gefühle in ihr hervorrufen konnte ...

Nein! Nein, was war nur in sie gefahren? Seine Lippen lagen auf den ihren, das war alles. Alles? Sie konnte nicht entkommen, sie konnte ihm nicht entkommen, sie ...

... wand sich unter ihm, spornte ihn mit Körper und Stimme zu immer größeren Anstrengungen an, wollte so vollständig mit ihm verschmelzen, daß ihre Körper und ihre Seelen wirklich eins wurden und nicht nur zwei Körper waren, die sich vorübergehend in einem Akt vereinigten, dessen Zweck die Zeugung von Kindern war ...

Zenit riß sich von ihm los. »Nein!« Noch während sie fünf oder sechs Schritte von ihm fortstolperte, spürte sie ...

... das Feuer, das er in ihrem Schoß entfacht hatte, zu neuem Leben erwachen ...

Sie schrie auf und fiel zu Boden, krümmte sich, die Hände auf ihren Bauch gepreßt. Ihr Flügel schlugen nutzlos und hätten Wolfstern fast umgeworfen, als er sich zu ihr hinabbeugte und sie in die Arme schloß, um sie zu beruhigen.

»Zenit, es war nicht richtig von deiner Mutter, daß sie dir nichts gesagt hat...«

»Was hätte sie mir sagen sollen?«

»Daß es deine Bestimmung ist, meine Geliebte zu sein, Zenit. Nur die meine. Warum sonst bist du in deinem Alter noch unberührt? Hier bin ich, Zenit. Vertrau mir. Zenit, du liebst mich ... vertrau mir.«

Und das Entsetzliche war, daß sie diese Liebe tatsächlich spüren konnte – sie konnte sich an die einsamen Nächte erinnern, als sie im Bett gelegen und sich nach seiner Rückkehr gesehnt hatte. In der ersten Morgendämmerung war sie in Tränen ausgebrochen, weil er nicht gekommen war. Sie konnte sich an all die Jahre erinnern, die sie ihn geliebt hatte, und sie konnte sich an die Monde erinnern, in denen sein Kind ihren Leib hatte schwellen lassen.

»Nein!« schrie sie noch einmal und machte sich mit Armen und Flügeln von ihm frei. Ihre Hüfte stieß gegen die scharfe Kante der Brüstung, sie keuchte erschrocken und versuchte, Halt zu finden. Wolfstern machte eine Satz auf sie zu, aber er kam zu spät – Zenit stürzte über den Rand des Daches. Erst wenige Fuß über dem Boden erlangte sie die Beherrschung über ihr Flügel zurück. Sie landete so hart, daß sie sich Hände und Knie verletzte.

Helft mir! Helft mir!

Und plötzlich war Drago bei ihr.

»Bei den Sternen!« rief er, fiel auf die Knie und schloß sie in die Arme. Zwei Wachmänner kamen vom Tor herbeigerannt, doch Drago schickte sie fort. »Sie ist ausgerutscht! Nichts weiter!«

Er drückte ihr tränenüberströmtes Gesicht an seine Brust und wiegte sie hin und her. »Zenit, was ist los? Was ist?«

Zenit klammerte sich an ihren Bruder, schluchzte und ließ seine Nähe und seine Wärme die Erinnerungen an Wolfsterns Berührungen vertreiben.

In dem Licht, das aus der Tür fiel, tauchte hinter Drago eine weitere Gestalt auf. »Zenit!«

Caelum.

»Zenit! Drago, was hast du ihr angetan? Laß sie los!«

»Caelum«, schluchzte Zenit. Sie wollte ihm sagen, daß alles in Ordnung war, daß Drago ihr helfen wollte, aber sie brachte es nicht heraus, und Caelum riß sie Drago buchstäblich aus den Armen.

»Mach, daß du von hier wegkommst!« knurrte Caelum. Drago blickte von Caelum zu Zenit, die sich an ihren älteren Bruder klammerte.

»Ich wollte nur helfen –«, sagte er, aber Caelum ließ ihn seine Zauberkraft spüren und raubte ihm die Sprache.

Dragos Gesicht verzerrte sich, er wollte sprechen, doch Caelum gestattete es ihm nicht. Mit einer Geste, die gleichermaßen Zorn und Enttäuschung ausdrückte, verließ er den Burghof.

Als Zenit wieder zu Bewußtsein kam, lag sie immer noch in Caelums Armen. Allerdings befand sie sich nun auf einer der bequemen gepolsterten Liegen in Caelums Gemächern.

»Wo ist Drago?« fragte sie, schniefte und schneuzte sich in ein Schnupftuch, das Caelum ihr gereicht hatte.

»Er ist davongerannt. Hat er dich gestoßen?«

»Nein! Nein, ich bin vom Bergfried gefallen. Wolfstern ... Wolfstern war dort.«

»Ah! Wolfstern! Wahrhaftig, er ist der Fluch, der auf unser aller Leben liegt. Hat er dir wehgetan?«

»Nein«, erwiderte Zenit, aber es kam so zögerlich, daß Caelum ihr die Hand auf die Schulter legte und sie ein Stück von sich schob, um ihr in die Augen blicken zu können.

»Doch«, sagte er leise. »Er hat dir wehgetan. Wie?«

Wahrscheinlich hätte Zenit dem erstbesten Menschen, der freundlich zu ihr war, alles erzählt, sei es nun Caelum oder eine ihr unbekannte Milchmagd. Die Worte lösten sich wie von selbst aus ihrem Mund.

»Wolfstern ... auf dem Bergfried ... hat mich geküßt ... fremde Gedanken, Bilder ... so viele ... ich habe Angst.«

Caelum zog sie an sich und strich ihr übers Haar. »Sprich weiter.« Sein Blick war in die Ferne gerichtet.

Zenit faltete die Hände, damit sie nicht mehr so stark zitterten. »Er ist aus dem Nichts aufgetaucht ... ich war völlig überrascht, aber dann hatte ich das Gefühl, ich befände mich ... in einem Raum. In der Mondkuppel. Es war dunkel. Unter der Kuppel war etwas, es klammerte sich ans Dach. Es hat mir schreckliche Angst eingejagt, ich war dort, ich habe alles gesehen – obwohl ich die Mondkuppel in meinem ganzen Leben nicht betreten habe!«

Sie hob den Kopf und blickte Caelum in die Augen. »Ich hatte das Gefühl, ich wäre jemand anderes. Erinnerungen stürmten auf mich ein. Fremde Erinnerungen! Oh Caelum ...!«

Und dann brach es aus ihr heraus, und sie erzählte Caelum von den Stunden, die aus ihrem Gedächtnis verschwunden waren, von den Alpträumen und ihren Ängsten. Wer war das, der ihre

Gedanken heimsuchte, der sich manchmal ihrer bemächtigte, so daß sie sich nicht mehr an das erinnern konnte, was sie getan hatte? Wer?

»Caelum, ich weiß nicht, was ich denken, was ich machen soll!«

»Psst«, flüsterte er, drückte sie an sich, strich ihr übers Haar, über ihren Rücken und küßte sie auf die Stirn. »Psst.«

Gedanken und Erinnerungen stürmten auch auf ihn ein, aber sie waren nicht fremden Ursprungs. Er mußte daran denken, wie Axis und Aschure ihm vor neun Jahren die Herrschaft über Tencendor übertragen hatten. Natürlich hatte am Ufer des Gralsees eine prachtvolle Zeremonie stattgefunden, aber der war ein Nachmittag im engsten Kreis vorausgegangen – seine Eltern hatten ihm einige der wertvollsten Schätze aus ihrem Besitz anvertraut.

Das Zepter des Regenbogens, das sich nun gut versteckt auf Sigholt befand.

Den Wolfenbogen, denn Aschure hatte ihm erklärt, daß sie fortan nicht mehr auf die Jagd gehen brauchte.

Den verzauberten Köcher mit den Pfeilen, die nie weniger wurden.

Eine Mondwildblume.

Und einen Brief. Einen Brief, den Aschure von ihrer Mutter Niah erhalten hatte, die schon lange tot war.

Außer Aschure konnte sich niemand an Niah erinnern, denn sie war gestorben, als Aschure erst sechs gewesen war. Niah war die Erste Priesterin auf der Insel des Nebels und der Erinnerung gewesen, als ihr eines Nachts Wolfstern erschienen war, mit ihr das Lager geteilt und Aschure gezeugt hatte.

Sieben Jahre später war Niah tot, von ihrem Mann, dem Pflughüter Hagen, in der verfluchten Gemeinde Smyrdon bei lebendigem Leibe verbrannt. Doch sie hatte Aschure einen Brief hinterlassen, und Aschure hatte ihn mit der Erklärung an Caelum weitergegeben, daß er ihn eines Tages Zenit würde aushändigen müssen.

»Ihr werdet wissen, wann, Caelum. Ihr werdet wissen, wann es soweit ist.«

Und jetzt war es soweit. Zitternd – denn er hatte den Brief nicht gelesen und wußte nicht, was darin stand – ließ er Zenit auf die Polster gleiten und ging hinaus.

Zenit richtete sich auf, trocknete sich die Augen und schüttelte sich die Haare zurecht. Sie war Caelum für die Liebe und Unterstützung dankbar, doch sie wünschte, sie hätte Drago in Schutz nehmen können.

Caelum kehrte wenige Minuten später zurück, einen Umschlag in den Händen.

»Caelum, Drago wollte nur …«

»Psst. Laß uns nicht über ihn sprechen, Zenit. Lies das. Vielleicht hilft es dir dabei, alles besser zu verstehen.«

Erstaunt nahm Zenit den Brief. Auf dem Umschlag stand in schwungvoller Schrift: *Aschure.*

Sichtlich verwirrt sah Zenit Caelum an. Sie hatte ihre eigene Handschrift erkannt. »Wer hat das geschrieben?«

»Niah. Aschures Mutter.«

Niah?

»Lies es, Zenit.«

Nachdenklich betrachtete sie den Brief. Dann unterdrückte sie die plötzliche Beklommenheit, die sich ihrer bemächtigen wollte, öffnete den Umschlag und nahm den Brief heraus. Mit zitternden Händen faltete sie ihn auf und begann zu lesen. Die unwesentlichen Abschnitte überflog sie nur.

Meine über alles geliebte Tochter Aschure, möge Euch ein langes und von Freude erfülltes Leben beschieden sein, und mögen die Sterne in ihren Himmeln allein zu Eurer Freude tanzen.

Ich schreibe diese Zeilen gefangen im Schatten des abnehmenden Mondes, und in dem Maß, in dem er schwindet, fühle ich, wie mein Leben immer tiefer in seinen Schatten gezogen wird. In diesen Stunden spüre ich mit aller Schärfe, daß mein Tod bevorsteht. Vor fünf Tagen habe ich Euch empfangen, und heute Abend, nachdem ich meine Schreibfeder niedergelegt habe, werde ich diese gesegnete Insel verlassen. Ich werde nie mehr zurückkehren – aber ich hoffe, daß Ihr es eines Tages tun werdet.

Vor fünf Nächten kam Euer Vater zu mir.

Der volle Mond stand am Himmel, und als Erste Priesterin stand mir das Vorrecht zu, in der Kuppel der Sterne zu sitzen und mich in seinem Licht und seiner Lebenskraft zu baden. Ich hörte seine Stimme, bevor ich ihn sah.

»Niah«, flüsterte eine vor Macht bebende Stimme durch die Kuppel, und ich fuhr auf, da viele Jahre vergangen waren, seit ich meinen Geburtsnamen zum letzten Mal gehört hatte.

»Niah«, flüsterte die Stimme von neuem, und ich zitterte vor Furcht. Zürnten mir die Götter? Hatte ich ihnen während all meiner Jahre auf dieser geheiligten Insel, in diesem vielfach gesegneten Tempel nicht gut genug gedient?

»Niah«, erklang die Stimme wieder, und mein Bibbern nahm zu, denn trotz meines der Keuschheit geweihten Lebens erkannte ich den Tonfall kaum verhüllten Verlangens ... und ich fürchtete mich.

Ich stand da, und nur jahrelange Ausbildung und Zucht verhinderten, daß ich weglief. Verzweifelten Blickes suchte ich die Wölbung ab, und für lange Augenblicke konnte ich nichts erkennen, aber dann erregte eine schwache Bewegung meine Aufmerksamkeit.

Ein Schatten glitt vom Dach der Kuppel zu mir herunter, und trotz meiner Furcht fand mein Verstand die Zeit, sich zu fragen, wie es dem Gott gelungen sein mochte, sich durch die filigranen Strukturen des Kuppeldaches zu winden – aber schließlich war er ein Gott, und ich hätte mich nicht wundern dürfen.

Der Schatten lachte und sprach meinen Namen noch einmal aus, als er schließlich vor mir stand.

»Ich habe Euch auserwählt, meine Tochter zu gebären«, erklärte er, während er mir die Hand entgegenstreckte, wobei seine Finger aufleuchteten. »Und sie wird den Namen Aschure tragen.«

In diesem Augenblick schwand mir alle Furcht, als hätte sie nie bestanden. Aschure ... Aschure ... Niemals zuvor hatte ich einen Mann wie Euren Vater zu Gesicht bekommen, und ich weiß, daß es in diesem Leben auch niemals wieder der Fall sein wird. Er nahm die Gestalt eines ikarischen Vogelmannes an, und sein nackter Körper glich den Alabasterstatuen der Vogelmenschen, die, wie man erzählt, den großen Kreis des Sternentors säumen. Seine Flügel schimmerten golden, sogar in der Dunkelheit der nächtlichen Kuppel, und sein Haar glomm wie kupfernes Feuer. Die violetten Augen blitzten gesättigt von Macht.

Aschure, uns Sternenpriesterinnen bringt man bei, jedem Verlangen der Götter zu willfahren, selbst wenn ihre Wünsche uns verwirren, aber ich ging aus Bereitwilligkeit zu ihm, nicht aus Pflichtgefühl. Ich trug nichts als ein einfaches Hemd, und seine Augen und Finger loderten auf. Ich ließ das Hemd zu Boden gleiten und trat vor, bis seine Finger mich berührten.

Als seine Hand die meine ergriff, erschien es mir, als sei ich vom Lied der Sterne eingehüllt. Und als sein Mund den meinen eroberte, glaubte ich mich vom Sog der Gestirne bei ihrem Tanz erfaßt. Seine Macht überwältigte mich so sehr, daß ich spürte, wie er mit einem einzigen Gedanken mein Leben auslöschen könnte.

Vielleicht hätte ich Furcht empfinden müssen, aber für einen Gott behandelte er mich überaus sanft – ganz im Gegensatz zu meinen Erwartungen –, und wenn er mir in dieser Nacht Schmerzen zufügte, dann erinnere ich mich nicht mehr daran.

Doch an was ich mich erinnere … ach, Aschure, vielleicht habt Ihr inzwischen selbst einen Liebhaber gehabt, aber wißt Ihr, wie es sich anfühlt, wenn derjenige, der Euch beiliegt, die Macht der Sterne durch den Körper strömen lassen kann? Mir ist bewußt, daß er mich zuweilen gefährlich nahe an den Rand des Todes brachte, während er seine Zauber durch mich fließen und Euch in mir entstehen ließ. Aber ich vertraute ihm und ließ ihn tun, was immer er wollte. Ich lehnte mich in seine Flügel zurück, die er um mich faltete, ergab mich ihm voller Verzücken und vergalt ihm die Freude fünffach.

Zenit blinzelte, denn sie hatte das Gefühl, als sei sie dort, als würde sie dies alles wirklich erleben und nicht nur darüber lesen. Sie ... sie konnte sich daran erinnern, wie sie diese Worte niedergeschrieben hatte, wie sie an dieser Stelle fast eine Stunde lang dagesessen hatte, ein leichtes Lächeln auf den Lippen, während sie sich an jene Nacht voller Leidenschaft und Liebe erinnerte. Damals hatte sie seinen Namen nicht gekannt, doch das war nicht von Bedeutung gewesen – denn sie konnte seinen Körper an sich pressen, sie beide waren von einer heftigen Leidenschaft entflammt.

Zenit bebte. Bei den Göttern! Was geschah mit ihr?

Sogar als er sich aus meinem Körper zurückzog, konnte ich spüren, wie das Feuer, das er in meinem Leib entfacht hatte, zu neuem Leben ausbrach. Wegen des Schreies, der meinen Lippen entschlüpfte, und ob des Ausdrucks in meinen Augen lachte er sanft, aber ich sah, wie sich seine eigenen Augen weiteten und das Wunder widerspiegelten, das die meinen erfüllte.

Für lange Zeit lagen wir still da, das Gewicht seines Körpers schwer auf dem meinen, und beide starrten wir in die Tiefen der Augen des anderen, während wir spürten, wie Ihr in meinem Leib zum Leben erwachtet.

Zenits Mund formte das Wort »Nein«, aber sie sprach es nicht aus. Sie befand sich nicht mehr im Gemach ihrer Mutter auf Sigholt, sondern lag auf dem kalten Boden der Mondkuppel und blickte Wolfstern, der auf ihr lag, in die Augen.

Einen Augenblick später gewann sie ihre Beherrschung wieder und las weiter. Niah erzählte, wie der »Gott« – Wolfstern – sie aufgefordert hatte, nach Smyrdon zu gehen, den dortigen Pflughüter Hagen zu heiraten und ihr Kind auszutragen. Dort würde das Kind, Aschure, eines Tages dem Sternenmann begegnen.

Ich weiß, daß mich in Smyrdon der Tod erwartet, und ich weiß auch, daß der Mann, den Euer Vater mir schickt, damit ich ihm gefalle und er mich heiratet, auch mein Mörder sein wird. Ich weiß, daß meine Tage von dem Moment an gezählt sein werden, da ich Euch zur Welt gebracht habe. Was Euer Vater von mir verlangt, kommt mich hart an, denn wie soll es mir gelingen, mich diesem Pflughüter zu unterwerfen, da ich doch weiß, daß ich durch dieses Priesters Hand sterben werde? Wie soll ich ein unbefangenes Lächeln auf mein Gesicht zwingen, wie soll ich es bewerkstelligen, daß mein Körper willig ist? Wie kann ich mich irgendeinem Mann hingeben, nachdem ich den Gott kennengelernt habe, der Euer Vater ist? Wie kann ich mich in ein Leben fügen, welches von der verhaßten Bruderschaft vom Seneschall bestimmt wird, da ich doch die Erste Priesterin des Sternenordens gewesen bin?

Euer Vater erkannte meine Zweifel und sah meinen zukünftigen Schmerz, und er tröstete mich und versprach, ich würde eines Tages wiedergeboren werden und für alle Ewigkeit seine Geliebte sein.

»Nein, nein, nein, nein.« Zenit fing zu zittern an, als ihr die Bedeutung dessen, was sie gerade las, klar wurde. »Nein!«

Er sagte, er sei gestorben und doch wieder ins Leben zurückgekehrt, und ich würde einen ähnlichen Pfad einschlagen.

Euer Vater sagte, er liebe mich.

Vielleicht war das eine Lüge, aber ich beschloß, ihm zu glauben. Alles andere hätte mich in tiefste Verzweiflung gestürzt. Sein Versprechen und Euer Leben werden mich in meinem Tod und darüber hinweg in meine nächste Existenz leiten.

»Das glaube ich nicht«, sagte Zenit so ruhig wie nur möglich. Behutsam faltete sie den Brief zusammen und reichte ihn Caelum. »Lies das. Aber glaube es nicht. Das ist ein Irrtum. Eine Lüge.«

Caelum ging gemächlich zum Feuer hinüber und wandte den Flammen den Rücken zu, während er den Brief las – erst einmal, und noch ein weiteres Mal, diesmal langsamer.

»Manches davon ist mir bekannt«, sagte er schließlich und blickte auf. »Ich weiß, daß Wolfstern Niah in der Mondkuppel aufgesucht hat. Ich weiß, wie Niah gestorben ist. Aber dieses … dieses Versprechen, das Wolfstern Niah gegeben hat … daß sie wiedergeboren werden würde … davon wußte ich nichts.«

»Aber Mutter wußte es. Sie wußte es … während all der Jahre! Sie wußte es und hat mir nichts gesagt! Warum?«

Hat Mutter mir deshalb keinen Sternennamen gegeben? fragte sich Zenit. Weil sie wußte, daß ich die wiedergeborene Niah war?

»Warum?« Caelum zuckte hilflos mit den Achseln und breitete die Arme aus. »Zenit, ich weiß es nicht. Vielleicht war sie der Meinung, es wäre sinnlos, dir etwas zu sagen, bevor … bevor Wolfstern wiederkehrte. Bei den Göttern! Ich weiß es nicht.«

»Also mußte ich es eben auf diese Weise herausfinden?«

»Zenit«, sagte Caelum mit sanfter Stimme und setzte sich neben sie. »Wenn ich aus dem Leben meiner Eltern – und aus meinem eigenen – etwas gelernt habe, dann, daß auf uns alle eine Bestimmung wartet. Meine Eltern waren über zwanzig, als sich ihr Schicksal ihnen offenbarte, und…«

»Nein!« Zenit nahm Caelum den Brief aus der Hand und drehte ihn unentwegt hin und her. »Das nehme ich nicht hin!«

»… und ich muß mich damit abfinden, daß es mein Schicksal ist, der Sternensohn zu sein. Und Tencendor ist meine Bürde.«

»Ich bin Zenit! Sonst niemand!«

»Ja, meine Liebe, ja. Aber … aber es ist offensichtlich, daß du auch über Niahs Seele und über viele ihrer Erinnerungen verfügst, und…«

»Nein!« Wie oft hatte sie dieses Wort heute nacht schon geschrien, fragte sich Zenit in den tiefsten Tiefen ihres Geistes benommen. Und wie oft würde sie es noch schreien müssen?

Caelum ließ sich von ihr nicht aus der Ruhe bringen. »… und dein Leben gehört immer noch dir. Deine eigenen Erinnerungen und Erfahrungen bleiben dir erhalten. Du mußt dich nur mit der Tatsache abfinden, daß du über eine Reihe weiterer Erinnerungen und Erfahrungen verfügst, die bis vor deine Geburt zurückreichen.«

»Nein!« Zenit sprang auf und schritt nervös im Zimmer auf

und ab. Wirklich Angst machte ihr, daß sie zwar »Nein!« geschrien, ihr aber ein Teil ihres Verstandes *Ja!* zurückgeflüstert hatte.

Sie war die wiedergeborene Niah ... ihr war es bestimmt, Niahs Sehnsüchte auszuleben.

Nein!

Sie war die wiedergeborene Niah, Mutter wie Tochter von Aschure.

Nein!

Sie war die wiedergeborene Niah, und das bedeutete, daß sie nicht mehr frei über ihr Leben bestimmen konnte, denn ihr Leben würde sich jetzt nach Niahs Geboten richten, nach Niahs Träumen.

»Nein!«

Sie wäre ihr Leben lang in den Armen von Niahs Geliebtem gefangen.

»Ich bin nicht Niah!« flüsterte sie leise und erbittert. Wie sollte sie das auch sein?

»Zenit! Hör mir zu!« Caelum stand vor ihr, mit entschlossener Miene und fester Stimme. »Zenit, du wirst dich darauf einstellen müssen, aber du wirst auch weiterhin ...«

»Nein! Nein! Nein!« Zenit riß sich von Caelum los und stolperte durch das Zimmer. Mit wilden Bewegungen zerriß sie den Brief und warf die Fetzen ins Feuer.

»Niah ist tot!« Sie lebte nicht in ihr. Nein! Hatte sich dieser verirrte Geist schon die ganze Zeit in ihrem Körper verborgen gehalten und nur darauf gewartet, bis sie ...? Nein! Sie durfte nicht einmal daran denken!

»Nein!« Mit diesem letzten Schrei stürmte Zenit hinaus.

Caelum stand in der Mitte des Gemachs, starrte ihr hinterher und versuchte, ihren Aufruhr zu verstehen. Natürlich war das eine Erschütterung gewesen ... aber wenn sie erst einmal darüber nachdachte, sich damit abfand, fiele es ihr gewiß leichter. Vielleicht brauchte sie einfach etwas Ruhe. Vielleicht benötigte sie einfach etwas Zeit.

Caelum mußte daran denken, wie Wolfstern Flußstern geküßt hatte, und seine Stirn umwölkte sich. Nicht Flußstern! Nein! Lieber Zenit, viel lieber. Zenit mußte lernen, Wolfstern zu vertrauen ... gewiß würde Wolfstern ihr nicht weh tun, wenn er sie doch liebte.

Aber ...

»Laßt sie ein paar Tage in Ruhe, Wolfstern«, sagte er in den leeren Raum hinein. In Caelums Worten lag soviel Magie, daß Wolfstern sie hören würde, wo auch immer in Tencendor er sich befand. »Laßt ihr Zeit.«

Caelum sah Wolfsterns raubtierhaften Blick zwar nicht, aber er konnte ihn spüren.

12

Der Rat der Fünf

Der Große Saal von Sigholt lag still da und harrte der kommenden Ereignisse. Die Morgensonne tanzte durch die hohen Bogenfenster zwischen den Dachbalken. Banner, Wimpel und Standarten hingen an den Wänden und der Decke und bewegten sich sanft in der wärmer werdenden Luft. Unterhalb der Fenster bildeten die Wände eine glatte, silbergraue Fläche von zwanzig Schritt Länge und öffneten sich dann zu Gewölben, die von riesigen Säulen getragen wurden, hinter denen die schattigen Gefilde der Kreuzgänge lagen. Die frisch geschrubbten und mit Sand bestreuten Bodenplatten schimmerten wie Elfenbein im hellen Licht.

Genau in der Mitte des Saales stand ein großer, runder Eichentisch mit sieben Stühlen.

Ungefähr acht Schritt von diesem Tisch entfernt, zwischen den kalten Kaminen, waren drei kleinere Tische aufgestellt worden, alle mit schwarzem Tuch bedeckt und von einem Dutzend Stühle umgeben.

Die Notare kamen als erste herein. Ihre ernsten Mienen zeugten von ihrer Wichtigkeit, ihre scharlachroten Roben von ihrem Selbstbewußtsein. Hinter ihnen folgten die Sekretäre, auf den Armen Folianten, Berichte, Pergamente, Rollen und alles, was zur Verwaltung eines großen Landes dazugehörte, und die Schreiber, die die Federn und Tintenfässer trugen, um die letztgültigen Entscheidungen festzuhalten. Schließlich trippelten noch einige Botenjungen in den Saal, die von allem so überwältigt waren, daß sie nur mit großen Augen abwartend und aufmerksam dastehen konnten.

Nachdem sich die Vertreter der Kanzleimacht auf ihre Plätze an den kleineren Tischen begeben und die Botenjungen hinter den Säulen Aufstellung genommen hatten, marschierte die Ehrenwache herein. Drei unbewaffnete Geschwader der Luftarmada bezogen entlang der Wände des Großen Saals Stellung. Ihre schwarzen Uniformen verschmolzen mit den Schatten hinter den Säulen. Kurz darauf führte Flügelkamm fünfundzwanzig Seewächter herein, die sich deutlich sichtbar in einem Kreis zehn Schritt von der großen Tafel entfernt formierten.

Jetzt fehlten nur noch die Hauptakteure.

Von jenen kam Sternensohn Caelum als erster herein. Er trug schwarz, wie gewöhnlich, doch sein Gesicht war noch mehr von Sorgen gezeichnet als sonst. Ohne große Umstände nahm er am Tisch Platz. Daraufhin traten die Oberhäupter der Fünf Familien gleichzeitig durch eine der Türen – ein Verfahren, das Caelum nach seiner Thronbesteigung eingeführt hatte. Sie schritten mit knallenden Absätzen auf den runden Tisch zu und blieben ebenso gleichzeitig, wie sie eingetreten waren, hinter ihren Stühlen stehen. Alle hatten ihre Schwerter in ihren Gemächern zurückgelassen und waren unbewaffnet.

Sie warteten. Isfrael trat durch den Haupteingang.

In einer einzigen, fließenden Bewegung wandten sich alle Caelum zu und verbeugten sich.

»Ich danke Euch, daß Ihr heute gekommen seid«, sagte er. »Nehmt Platz.«

Askam ließ sich zur Rechten von Caelum nieder, Zared zur Linken. Freierfall saß neben Askam, Isfrael neben Zared. Sa'Domai und Illgaine setzten sich Caelum genau gegenüber. Die Tischmitte war leer, nichts außer ihren Meinungsverschiedenheiten trennte die Anwesenden.

»Meine Freunde«, sagte Caelum mit leiser Stimme, die von den Notaren und Sekretären jedoch gut zu verstehen war. »Ich heiße Euch auf Sigholt zu dieser Ratssitzung willkommen und möchte meinem Bedauern Ausdruck verleihen, daß ich Euch so bald nach der letzten Sitzung zusammenrufen mußte.

Aber Ihr wißt nur zu gut, daß wir über dringende Angelegenheiten sprechen und Entscheidungen fällen müssen. In erster Linie geht es um die Steuererhöhung, zu der sich Prinz Askam im Westen gezwungen sah. Während der letzten Wochen hat Askam Steuern auf alle Güter erhoben, die durch sein Land befördert werden, außerdem allen Familien, die in den Norden auswandern möchten, eine Freikaufsumme auferlegt.«

»›Gezwungen sah‹ ist kaum das Wort, das ich verwenden würde«, murmelte Zared, die grauen Augen auf Askam gerichtet.

»Es ist mein gutes Recht, diese Steuern zu erheben …« hob Askam an, doch Caelum brachte beide mit einem wütenden Blick zum Schweigen.

»Wir alle sind uns der ungewöhnlichen Höhe dieser Steuern bewußt«, sagte er. »Ein Drittel des Warenwertes ist … maßlos. Zehntausend Goldstücke für jede Familie, die in den Norden auswandert, ist unfaßbar.«

Zared beruhigte sich ein wenig.

»Ich gedenke, alle Beteiligten anzuhören. Dann werden Herzog Theodor und Graf Herme zu Wort kommen, die den langen Weg nach Sigholt auf sich genommen haben, um ihre Ansichten darzulegen. Abschließend möchte ich den Rat hören. Askam, darf ich bitten?«

Askam atmete tief durch. »Meine Freunde, ich bin mir ebenso wie Ihr bewußt, wie drakonisch diese Steuern klingen. Aber bedenkt meine Lage. Seit Jahren arbeite ich unermüdlich zum Wohle Tencendors, im Auftrag des Sternensohns. Diese Anstrengungen sind mich teuer zu stehen gekommen. Meine Gläubiger drängen auf die Rückzahlung ihrer Gelder. Und die neuen Steuern werden den Westen innerhalb von zwei Jahren von seinen Schulden befreien …«

»Zwei Jahre sind mehr als genug, Euer Volk in den Hungertod zu treiben, Askam!« rief Zared. »Verdammt! Die Staatseinkünfte lassen sich anders aufbessern, man muß nicht diejenigen bestehlen, die es sich am wenigsten leisten können …«

»Bei allen verdammten Sternen, Zared!« sagte Askam. »Eben um Euch geht es doch! Habt Ihr nicht Euer Erz, Eure Edelsteine und Eure Felle abgabenfrei auf die Märkte im Süden verfrachtet und damit seit Jahrzehnten einen ansehnlichen Gewinn gemacht? Dieses Gerede über verhungernde Bauern ist Unfug. *Euer* Geldsäckel ist betroffen, und obwohl Ihr es Euch leisten könnt, beschwert Ihr Euch. Ich bin mir nicht bewußt, daß *Ihr* mehr als eine Kupfermünze ausgegeben hättet, um Diplomaten und Botschafter zu bewirten oder wie ich Schulen und Universitäten zu bauen.«

»Askam, seid still«, sagte Caelum und wandte sich an den Prinz des Nordens. »Zared, Askam hat nicht ganz unrecht. Ihr bedient Euch tatsächlich seit Jahren ohne Bezahlung seines ausgedehnten Netzes von Straßen und Wasserwegen.«

»Ich habe die fälligen Abgaben stets entrichtet, Sternensohn«, sagte Zared.

»Trotzdem ist es Askams gutes Recht, auswärtige Güter, die durch sein Gebiet befördert werden, mit Steuern zu belegen. Er hätte ebensogut nur Eure Güter besteuern können und die seines eigenen Volkes nicht.«

Zared hielt einen Moment lang den Atem an und wählte seine Worte mit Bedacht. »Die Tatsache bleibt bestehen, daß Askam eine Steuer erhoben hat, die dem Westen unmittelbar und einer anderen Provinz mittelbar schadet. Und die ... menschliche ... Bevölkerung des Westens und des Nordens hegt das Gefühl, daß sie übermäßig belastet wird. Wenn diese Steuern das Ergebnis von Schulden sind, die für Euer Wohl angehäuft wurden, warum leisten dann nicht alle Völker Tencendors gemeinsam einen Beitrag, um die Situation zu retten?«

»Die Awaren zahlen keine Steuern«, sagte Isfrael leise.

»Aber *mein* Volk wird dazu gezwungen!« rief Zared. »Seht Ihr nicht alle, wie gefährlich das ist? Ein Volk zahlt die Schulden eines Landes, das von drei Völkern bewohnt wird!«

»Genug«, sagte Caelum. »Bevor ich die Awaren, Ikarier und Rabenbunder nach ihrer Ansicht frage, möchte ich Herme und Theodor hereinbitten.«

Er nickte in Richtung eines Nebentisches, und einer der Sekretäre eilte zur Tür, öffnete sie, gab flüsternd eine Anweisung und führte den Herzog und den Fürsten an den Tisch.

Herme und Theodor blieben zur Rechten von Sa'Domais Stuhl stehen, so daß alle sie sehen konnten. Beide wirkten ausgesprochen angespannt und vermieden es, Askam oder Zared anzuschauen.

»Eure Meinung, Ihr Herren?« bat Caelum.

Herme ergriff als erster das Wort und erläuterte die Auswirkungen der Steuern auf seine Grafschaft Avonstal. Alle waren davon betroffen, nicht nur diejenigen, die ihre Güter über die Straßen beförderten, auch die einfachen Bauern und Landarbeiter, die weder Waren noch Futter außer Landes brachten.

»Sie können sich kaum noch ihr täglich Brot leisten«, schloß Herme. »Was sie nicht selbst anbauen, können sie nicht mehr kaufen, denn die Kaufleute waren gezwungen, alle Preise zu erhöhen, um die Steuern bezahlen zu können.«

Und die Steuern, dachte Zared, steigen im gleichen Verhältnis wie die überhöhten Preise.

Theodor erzählte eine ähnliche Geschichte. Die Menschen in Jervois, die ihren Lebensunterhalt fast ausschließlich mit Handel verdienten, wären innerhalb eines Jahres bettelarm. Und dabei blieb ihr Blick stets über den Nordra gerichtet, auf den Osten Tencendors, der von Freierfall regiert wurde, und sie sahen freie Märkte und die runden, rosigen Wangen der Kinder.

»Wie natürlich auch im Norden«, sagte er abschließend. »Viele Einwohner des Westens wandern in den Norden aus, und wenn sie sich die Grenzsteuer nicht leisten können, werden die meisten von ihnen heimat- und mittellos und fallen all jenen zur Last, die auch so schon zu kämpfen haben.«

»Ich danke Euch, Ihr Herren«, sagte Caelum, gerade als Herme erneut das Wort ergreifen wollte. »Ihr könnt Euch zurückziehen.«

Er wartete, bis sich die Türen hinter ihnen geschlossen hatten, und sah dann Isfrael, Freierfall, Illgaine und Sa'Domai an. »Meine Freunde?«

Freierfall sprach zuerst. »Es bestehen keine Zweifel, daß diese Steuern schwerwiegend sind, Sternensohn. Aber ...«

»Aber offensichtlich muß etwas getan werden, um Askam von der Schuldenlast zu befreien, die er in Euren Diensten angehäuft hat, Caelum«, sagte Illgaine. »Die Besteuerung von Gütern, die durch den Westen befördert werden, scheint mir da die beste Möglichkeit zu sein.«

Zared biß sich auf die Zunge, um seinen Zorn daran zu hindern, sich in unüberlegten Worten Luft zu verschaffen. Zweifellos gefiele es Illgaine nicht, wenn seine Güter besteuert würden.

Isfrael wiederholte nur, daß die Awaren noch nie Steuern gezahlt hatten und auch jetzt keiner Besteuerung zustimmen würden. »Wie sollten sie denn Steuern bezahlen? Mit Zweigen? Oder Eicheln?«

Sa'Domai zuckte mit den Achseln. »Ich kann Zared gut verstehen, schließlich hat auch sein Volk unter den Steuern zu leiden ... aber ich muß Askam recht geben, seine Schulden wurden weitgehend im Dienste von Tencendor angehäuft –«

Zared konnte sich nicht länger beherrschen. »*Und* durch einige gravierende Fehlentscheidungen! Glommerzminen, um Himmels willen!«

Caelum schlug mit der flachen Hand auf den Tisch. »Zared, seid still! Oder würdet Ihr gerne den koroleanischen Botschafter und sein Gefolge bewirten, wenn er das nächste Mal beschließt, uns einen dreijährigen Besuch abzustatten?«

Zared lehnte sich zurück und bemühte sich, keine Miene zu verziehen, während das Gespräch um ihn herum hin und her wogte. Diejenigen Oberhäupter der Ersten Fünf Familien, die von den Steuern nicht unmittelbar betroffen waren, gestanden die Schwere der Steuer ein, ließen jedoch auch gelten, daß Askam dringend Geld benötigte.

Caelum hörte zu, nickte hin und wieder und achtete darauf, nicht den Eindruck zu erwecken, er gebe der einen oder der anderen Seite den Vorzug. Schließlich hob er die Hand und bat um Ruhe.

»Auch die Angelegenheit der Grenzsteuern zwischen Westen und Norden muß beigelegt werden.«

»Bei dieser Angelegenheit, Caelum, geht es um die Freiheit eines Mannes, mit seiner Familie dorthin zu ziehen, wo er nicht verhungert«, zischte Zared. Er hatte die Auseinandersetzung satt, aber er wollte nicht, daß eine so wichtige Entscheidung ohne Debatte gefällt wurde.

»Bei dieser Angelegenheit«, entgegnete Askam, »geht es um die Frage, ob Ihr das Recht habt, meine fähigsten Arbeiter und Handwerker in den Norden zu locken. Ich habe Gerüchte gehört, Ihr würdet solche Männer gut dafür bezahlen, wenn sie sich in Severin niederließen. Da erscheint es mir nur angemessen, eine Kopfsteuer auf jeden zu erheben, der den Westen verläßt, schließlich schadet er mir damit.«

»Ich zahle niemandem etwas! Sie ziehen nur in den Norden, weil sie wissen, daß ihre Familien dort eine Zukunft...«

»Das reicht!« Caelum stand wütend auf. »Ich habe genug gehört, um in dieser Angelegenheit eine Entscheidung zu fällen.«

Er setzte sich wieder, aber sein Blick war immer noch hart. »Askam, es ist Euer gutes Recht, im Westen nach Eurem Gutdünken Steuern zu erheben, aber Ihr dürft die Menschen nicht der Möglichkeit berauben, sich ihren Lebensunterhalt zu verdienen. Zared, auch Euer Volk hat zu leiden, und das ist ungerecht, aber es ist ebensowenig gerecht, daß Ihr seit vielen Jahren ... seit zu vielen Jahren dank der Schätze Ichtars reich geworden seid und sie steuerfrei durch den Westen auf die Märkte im Süden verbracht habt.

Hört mein Urteil. Die Grenzsteuer muß fallen. Es ist Unrecht, ein Volk seiner Bewegungsfreiheit zu berauben, der Wahl seines Wohnortes.«

»Aber...«, hob Askam an.

»Ich hoffe jedoch, daß meine Entscheidung hinsichtlich der anderen Steuer dazu beitragen wird, Eure finanziellen Schwierigkeiten zu lindern, Prinz des Westens. Die Besteuerung der Güter, die im Westen bewegt werden, muß von einem Drittel auf ein Zehntel gesenkt werden. Das ist immer noch hoch, aber Euer Volk wird es aufbringen können.«

Askams Gesicht wurde rot vor Wut. Wie sollte ihm das helfen? Ein Zehntel würde nie genügen.

»Askam«, Caelum warf ihm einen kurzen Blick zu, »ich bin mir durchaus bewußt, daß der größte Teil Eurer Schuld in meinem Dienst angehäuft wurde, und das ziehe ich durchaus in Betracht. Während das Volk des Westens nur ein Zehntel Steuer bezahlen muß, wird jeder andere, der Güter durch den Westen befördert, die Hälfte entrichten.«

Zared konnte es nicht fassen. Was tat Caelum da? »Außer dem Volk des Nordens befördert niemand Güter durch den Westen«, brachte er schließlich heraus. »Diese Steuer richtet sich ausschließlich gegen mich und mein Volk!«

Caelum wandte sich um und sah ihm scharf in die Augen. »Und wann habt Ihr in meinen Diensten Schulden angehäuft, Zared? Wann? Ich halte dies für eine angemessene Vorgehensweise, um dafür zu sorgen, daß jeder seinen Beitrag ...«

»Aber von ihnen muß keiner etwas entrichten!« schrie Zared und wies mit einer wütenden Handbewegung auf die anderen. »Wann leisten sie ihren Beitrag zu ...«

»Verlangt Ihr, daß die Ikarier besteuert werden?« entgegnete Caelum wutentbrannt, »nachdem sie tausend Jahre im Exil zugebracht haben, weil ... weil ...«

Weil Euer Volk sie vertrieben hat. Caelum hatte die Worte nicht ausgesprochen, aber die Gedanken hörten alle.

»Fragt Ihr nach Nors Beitrag, nachdem seine Familien tausend Jahre lang die Insel des Nebels und der Erinnerung versorgt haben?«

Und Euer Volk tausend Jahre lang jede heilige Stätte geschändet hat, die es mit dem Pflug erreichen konnte.

»Fragt Ihr nach dem Beitrag der Awaren, nachdem sie mit ansehen mußten, wie ihre Heimat zerstört und ihre Kinder verbrannt wurden?«

Und Euer Volk tausend Jahre lang jeden Baum gefällt hat, den es finden konnte, und jeden umgebracht hat, der sich nicht nach dem Weg des Pfluges richtete?

Zared war kreidebleich geworden. Es starrte Caelum an und brachte kein Wort mehr heraus.

Wie konnte Caelum diese Gedanken durch ihre Köpfe jagen und immer noch behaupten, daß er das Wort »Achariten« nicht hören wollte, weil es nach dem Haß der Vergangenheit stank?

Caelum erwiderte seinen Blick und winkte dann eine der Seewachen herbei. »Führt Prinzessin Leah herein«, sagte er.

»Nein«, flüsterte Zared. »Nicht jetzt. Nicht, nachdem –«

Die Türen schwangen auf und Leah schritt hindurch. Sie trug ein Seidenkleid, das genau zum Grau von Zareds Augen paßte, und ihr Gesicht war ebenso aschfahl wie das seine, denn sie hatte das Geschrei der letzten Minuten gehört.

Trotzdem wirkte sie gelassen und zitterte oder zögerte nicht, als sie vor Caelum einen Knicks machte. »Sternensohn.«

»Prinzessin Leah«, sagte Caelum in strengem Tonfall. »Ihr und Zared wißt, weshalb ich Euch gerufen habe.«

Sie sah ihn ruhig an. »Allerdings, Sternensohn. Ja oder nein?«

Ihre Unverblümtheit erstaunte Caelum. Er hatte diese Angelegenheit dem versammelten Rat vortragen wollen, obwohl er seinen Entschluß bereits vor Wochen gefällt hatte – er war der Meinung gewesen, Zared und Leah würden eher auf ihn hören, wenn der ganze Rat hinter ihm stand.

Doch nach der vorherigen Debatte traute Caelum dieser Versammlung – wie auch sich selbst – nicht mehr zu, die Ruhe zu bewahren.

»Leah ... Zared.« Er warf Zared einen kurzen Blick zu, wandte sich dann jedoch wieder an Leah. »Leah, meine Antwort lautet nein! Sie muß nein lauten. Es gibt gute Gründe für meine...«

Weiter kam er nicht. Zared sprang auf. »Gute Gründe, Caelum? Gute Gründe, mir und Leah unseren Herzenswunsch zu verweigern? Warum? Habe ich es versäumt, eine Steuer zu bezahlen, mit der sie belegt wurde?«

Er wandte sich an Askam. »Wieviel? Ein Drittel? Die Hälfte?«

Auch Askam sprang auf und sein Stuhl krachte zu Boden. Er machte Anstalten, über den Tisch zu springen, doch Freierfall war schnell und stark genug, um ihn am Arm zu packen und zurückzureißen.

»Ruhe!« rief Caelum. Er gab einer der Seewachen ein Zeichen. »Bitte eskortiert Prinzessin Leah hinaus. Es gibt Dinge, die nicht für ihre Ohren bestimmt sind.«

Leah warf Zared einen schmerzerfüllten Blick zu, aber der Vogelmann hatte sie bereits am Ellbogen gepackt und zog sie mit sich aus dem Saal.

»Leah!« rief Zared, wurde jedoch von Isfrael zurückgehalten. Die Tür schloß sich hinter der Prinzessin, ohne daß sie noch einen weiteren Blick oder ein weiteres Wort gewechselt hätten.

Caelum fuhr herum und sah Zared an. »Ihr seid zu weit gegangen, Prinz!«

Wie Ihr auch, dachte Zared. Eine eisige Ruhe hatte sich seiner bemächtigt, und er schüttelte Isfraels Griff ab.

Caelum setzte sich. »In wenigen Minuten werde ich diese Ratssitzung schließen, Zared, aber erst muß ich Euch sagen –«

»Ihr könnt diese Versammlung noch nicht schließen«, fiel ihm Zared ins Wort. »Es gibt noch eine Angelegenheit, die wir besprechen müssen.«

Caelum sah ihn durchdringend an. »Und die wäre?«

»Wir müssen entscheiden«, sagte Zared, und seine Hand legte sich geistesabwesend auf seinen Waffengürtel, wo normalerweise sein Schwert hing, »wer künftig auf dem Thron von Achar sitzen wird.«

13

Der Thron von Achar

Der ganze Saal war erstarrt, fassungslos. Die Notare und Sekretäre unterbrachen ihre Jagd nach Präzedenzfällen in ihren Dokumenten und starrten mit offenem Mund zu dem runden Tisch hinüber. Die Federn der Schreiber hatten sich unbemerkt gesenkt und kratzten jetzt über Stoff statt über Pergament. Die Botenjungen waren vor Schreck erstarrt, zu keiner Bewegung mehr fähig.

Den Wachen gelang es, ihrer Empörung Luft zu machen, ohne ihre steife, ausdruckslose Haltung zu verändern.

Wer künftig auf dem Thron von Achar sitzen wird?

»Hat der Verräter also endlich gesprochen«, sagte Askam leise in die Stille hinein. »War das die ganze Zeit schon Euer Ziel, Zared? Habt Ihr Leah deshalb umworben?«

»Ich bin kein Verräter«, erwiderte Zared ebenso leise. »Ich fordere nur, was jedes andere Volk von Tencendor hat – sein eigenes Oberhaupt. Seinen eigenen Stolz.«

»Setzt Euch, Zared«, sagte Caelum. Nichts an seiner Haltung verriet die Erschütterung und Angst, die Zareds Worte in ihm ausgelöst hatten.

Caelum legte die Hände flach auf den Tisch, betrachtete sie einen Moment lang, und blickte dann zu den Anwesenden auf. »Was sagt Ihr dazu?«

»Nun«, gab Illgaine zu bedenken, »genaugenommen gibt es nichts, worüber wir reden könnten. Der Thron von Achar existiert nicht mehr. Er kann nicht besetzt werden.«

»Achar gibt es nicht mehr!« rief Askam in die Runde. Sein Körper war starr vor Wut, seine Augen weiß vor Entrüstung. Als

Prinz des Westens hatte Askam am meisten zu verlieren, sollte das Königreich Achar wiedererstehen. Achar hatte sich früher über den größten Teil des Gebietes erstreckt, das er jetzt regierte, und es hatte Karlon eingeschlossen, die reichste und einwohnerstärkste Stadt Tencendors. »Also gibt es auch die ›Achariten‹ nicht mehr. Habt Ihr nicht die *Edikte des Ersten Jahres der Herrschaft des Sternensohns Caelum* gelesen, Zared?«

Zared schenkte ihm keine Beachtung. »So wollte ich diese Angelegenheit eigentlich nicht vorbringen ...«, hob er an, wurde jedoch von Caelum unterbrochen.

»Nichtsdestoweniger habt Ihr sie vorgebracht! Ich – nein, alle hier an diesem Tisch – wären dankbar, wenn Ihr uns über Eure Beweggründe aufklären könntet ... über Eure Wünsche.«

»Nachdem die Angelegenheit nun einmal vorgebracht wurde ...«, fuhr Zared fort, ohne Caelum anzublicken. »Darf ich nun ohne Unterbrechung fortfahren?«

Askam wollte noch etwas sagen, doch Caelum hob die Hand. »Laßt ihn reden.«

»Meine Freunde, als Axis Tencendor zusammenführte, hat er grundlegendes Unrecht wiedergutgemacht. Der Seneschall und die früheren Könige von Achar haben das alte Reich mit ihren Lügen und ihrem Haß gespalten. Bornheld hat alles nur schlimmer gemacht, und es ist unbestritten, daß Axis unseren Bruder in einem ehrlichen Duell im Mondsaal in Karlon getötet hat.

Hinsichtlich seiner Entscheidungen kurz nach dem Duell hege ich jedoch Vorbehalte. Er hat Tencendor wieder ausgerufen, ja, aber damit hat er auch das altehrwürdige Königreich Achar zerstört.«

»In Tencendor war dafür kein Platz!« sagte Askam und sah sich am Tisch nach Bestätigung um. »Es hätte Achar nie geben dürfen!«

Zwei oder drei der Anwesenden nickten zustimmend.

»Ruhe«, sagte Caelum und legte Askam eine Hand auf den Arm. »Laßt uns hören, was Zared zu sagen hat.« Er blickte aufmerksam in die Runde.

»An jenem Tag«, fuhr Zared fort, »hat Axis am Ufer des Gralsees Tencendor ausgerufen und die Ersten Fünf Familien geschaffen, die die Völker der Ikarier, Rabenbunder und Achariten vertreten.«

»Menschen«, murmelte Illgaine. Zared ließ sich nicht aus der Ruhe bringen.

»Er hat das Haus der Sterne über alle anderen gestellt und den Sternenthron geschaffen – den Thron, auf dem Ihr sitzt, Caelum. Ihr seid der uneingeschränkte Herrscher über Tencendor, der nur den Sternengöttern Rechenschaft schuldig ist.«

»Allerdings« – Zareds Tonfall wurde schärfer, und er beugte sich leicht vor – »hat Axis den Ikariern ihren Krallenfürsten gelassen«, er nickte Freierfall zu, »den Rabenbundern ihren Häuptling«, er wies auf Sa'Domai, »und schließlich gab er den Awaren ihren eigenen Magierkönig, Isfrael.

Also haben alle Völker Tencendors einen ›König‹, mit Ausnahme der Achariten – und *ja*, ich bestehe darauf, dieses Wort zu verwenden! Ihr Thron wie auch ihre Identität sind zerstört worden. Verdammt, sogar das Wort ›Acharite‹ wurde verboten! Caelum, ob Ihr das hören wollt oder nicht, das hat unter den Achariten zu Streit und Mißtrauen geführt.«

»Unsinn!« Askam sah Zared wütend an. »Ich bin Prinz des Westens, und Ihr seid Prinz des Nordens, Zared. Zusammen bieten wir den Achariten – dem Volk des Westens und des Nordens, verflucht! – alle Königswürde, die sie brauchen. Dieses Gerede über den Thron von Achar ist …«

»Notwendig«, fiel ihm Zared ins Wort.

Askam schlug mit der Faust auf den Tisch, doch bevor er etwas sagen konnte, rief Caelum: »Das reicht!«

»Das reicht«, wiederholte er in einem etwas gemäßigteren Tonfall. Er wartete, bis sich Askam und Zared beruhigt hatten. »Zared, was genau wollt Ihr damit sagen?«

»Ich möchte damit sagen, daß die Achariten ihre Schuld beglichen haben. Sie müssen nicht immer weiter bluten. Sie schauen sich um und sehen, daß alle anderen Völker über ihre Könige und Oberhäupter verfügen, doch den Achariten wird dieses Recht verweigert. Sie schauen sich um und stellen fest, daß sie die schwere Last der Steuern alleine tragen. Caelum, sie fühlen sich verfolgt. Das ist gefährlich. Sehr gefährlich.«

»Und was wollt Ihr wirklich?« fragte Caelum kaum hörbar, den Blick auf Zared geheftet.

»Ich, wie viele Achariten auch, möchte, daß Achar wieder einen König bekommt.«

Auf seine Worte folgte vollständige Stille.

Schließlich ließ Freierfall seinen Kopf sinken, rieb sich den Nasenrücken und blickte auf. »Axis hätte das voraussehen müssen«, sagte er leise.

»Hört mir zu«, fuhr Zared fort. »Ich möchte für die Achariten nur, was andere Völker bereits haben – unser eigenes Oberhaupt und unseren Stolz. Wie bei anderen Völkern auch, wäre der Thron von Achar dem Thron der Sterne unterstellt. Euch, Caelum. Ich stelle keineswegs Euren Herrschaftsanspruch in Frage.«

»Und vermutlich wollt Ihr alles Land westlich des Nordra als Zugabe zu *Eurem* Thron, Zared! Und Karlon! Und den Palast in Karlon!« schrie Askam.

Askams Betonung des Worts »Eurem« blieb von niemandem unbemerkt.

»Nein, das will ich nicht«, entgegnete Zared hastig. »Es wird nicht nötig sein, daß Ihr etwas von Eurem Land oder Eurer Macht aufgebt. Es geht um einen rein zeremoniellen Thron, um mehr nicht. Aber etwas, das den Achariten ihren Stolz zurückgibt.«

»Und wenn sie ihren Stolz zurückhaben, werden sie dann wieder ihre Äxte ergreifen und die Awaren und Ikarier jagen?« fragte Isfrael.

»Das war eine äußerst unnötige Bemerkung!« gab Zared zurück. »Die Axtkriege sind lange vorbei, Isfrael. Die Bruderschaft vom Seneschall ist tot. Mir kommt es nur darauf an, meinem Volk sein Selbstvertrauen zurückzugeben, nicht vergangenen Haß wiederzubeleben. Verwechselt meine Bitte nicht mit den Fehlern der Vergangenheit.«

»Und ich bin der Meinung, daß meine Äußerung mehr als

angemessen war!« Isfraels Lippen kräuselten sich, wie zu einem Knurren. »Wie lange fühlen sich die ›Achariten‹ denn schon verfolgt? Vierzig Jahre, wenn überhaupt? Warum fragt Ihr nicht Freierfall, Zared, oder einen Angehörigen meines Volkes, wie es ist, tausend Jahre unterdrückt zu werden! Wie es war, sich in den Schatten und den Eishöhlen verstecken zu müssen, um den mörderischen Äxten Eures ... der Achariten zu entkommen! Und warum laßt Ihr nicht Sa'Domai von den Jahrhunderten erzählen, in denen *sein* Volk als aasfressende Barbaren verachtet wurde? Ich kann für Eure Sache kein Verständnis aufbringen.«

Seine letzten Worte klangen fast wie ein Knurren, und alle am Tisch starrten ihn an, gebannt von seiner Wut.

Schließlich senkte Caelum den Blick und fuhr mit einem Finger durch den nicht vorhandenen Staub auf der glänzenden Tischplatte. »Wollt Ihr König von Achar werden, Zared?«

Zared erwiderte seinen Blick und schwieg.

Caelum blickte auf, vollkommen ruhig. »Die königliche Familie ist ohne Erben, Zared. Sie hat mit Bornheld auf dem Boden des Mondsaals ihr Leben ausgehaucht.«

»Nein«, entgegnete Zared leise. »Das stimmt nicht. Es gibt einen legitimen Erben. Ich bin der einzige Sohn aus der einzigen legitimen Ehe der ältesten Tochter des Königs! Bornheld war ein uneheliches Kind, Axis desgleichen, und ich ...«

»Ihr könnt Rivkahs Hochzeit mit Magariz nicht beweisen«, sagte Askam. »Es gibt keinerlei Aufzeichnungen darüber.«

»Möchte irgend jemand an diesem Tisch Rivkah der Lüge beschuldigen?« fragte Zared mit hochgezogenen Augenbrauen.

Erneut herrschte Schweigen, alle senkten den Blick. Rivkah und Magariz waren ehrenhafte Menschen gewesen. Niemand bezweifelte ihre Behauptung, sie hätten als Jugendliche geheiratet.

»Also«, sagte Caelum gemessen. Sein Finger setzte seine Reise über die Tischplatte fort. »Zared möchte Reif und Ring des Königsamtes zurückbekommen.«

Zared stieß ein heiseres Lachen aus. »Ich *habe* Reif und Ring bereits, Caelum! Habt Ihr vergessen, daß Axis beides Rivkah gegeben hat? Ich bitte Euch, den Achariten ihren Thron wiederzugeben.«

»Das ist zu gefährlich, Zared. Das müßt Ihr einsehen.«

»Zu gefährlich für wen, Caelum? Seht Ihr nicht, daß es gefährlicher wäre, ihn *nicht* zurückzugeben?«

»Kein Wunder, dass Ihr es auf meine Schwester abgesehen habt«, sagte Askam. »Sie würde Euch die Herrschaft über sämtliche Gebiete Achars so gut wie garantieren.«

»Nicht, wenn Ihr Euch angemessen um einen Erben bemühtet, Askam.«

Askam sprang auf, und Caelum mußte ihn daran hindern, sich auf Zared zu stürzen. »Askam, setzt Euch! Das ist ein Befehl!«

Wütend sank Askam auf seinen Stuhl zurück. »Und wieder«, murmelte er, »streckt ein hinterhältiger Bruder seine Hände nach dem Thron von Achar aus.«

»Es reicht!« schrie Caelum und wandte sich an Zared. »Seht Ihr nicht, welchen Streit Ihr mit Eurem Ansinnen entfesselt? Habt Ihr keine Vorstellung von den Ängsten, die Ihr weckt?« Mit einer Handbewegung wies er auf die Anwesenden. »Bei den Sternen! Seht doch, was an diesem Tisch geschieht! Draußen wird das hunderttausend Mal schlimmer sein!«

»Ich weiß nur, welchen Streit und Zorn es geben wird, solltet Ihr meine Bitte ablehnen, Caelum.« Zared hielt inne. »Ich sehe ein, daß ich unter meinen Freunden Unsicherheit und Unbehagen geweckt habe – das bedauere ich. Aber ich bedauere nicht, daß ich die Möglichkeit zur Sprache gebracht habe, den Thron von Achar wieder zu besetzen. Darüber hätten wir schon vor Jahren sprechen sollen.«

»Zared, wenn Ihr einige Minuten schweigen würdet«, sagte Caelum, holte tief Luft und blickte in die Runde. »Eure Meinung.«

Sa'Domai hob die Augenbrauen, und Caelum nickte ihm zu.

»Zared hat nicht ganz unrecht«, sagte der Häuptling der Rabenbunder. Askam hob verärgert die Hand, aber Sa'Domai ließ sich nicht beirren. »Es besteht kein Zweifel, daß sich die menschliche Bevölkerung des Landes verfolgt fühlt, und auch hinsichtlich des Thrones irrt er sich nicht. Seine Ansprüche sind berechtigt, aber ich verstehe auch, daß ein wiedereingesetzter König von Achar Befürchtungen weckt.«

Askam blickte ihn wütend an und fragte sich, ob Zared den Häuptling für diese Worte bezahlt hatte.

»Freierfall?« fragte Caelum. »Was meint Ihr?«

Der Krallenfürst der Ikarier zögerte. Mit der Möglichkeit eines Königreiches Achar hatte er nicht gerechnet, und der Gedanke ließ ein ungutes Gefühl in ihm aufkommen. Andererseits mochte und achtete er Zared. Vertraute ihm. Doch was war, wenn in einigen Generationen ein weiterer Bornheld geboren wurde? Oder wenn es die Achariten, nachdem sie erst einmal ihren Thron zurück hatten, nach dem Seneschall verlangte? Konnte er einem Wunsch zustimmen, der letztendlich einen weiteren entsetzlichen Bürgerkrieg zur Folge haben mochte? Weitere Brandrodungen? Die erneute Vertreibung der Ikarier ins Exil?

»Ich halte die Wiedereinsetzung eines Königs für zu gefährlich«, sagte er. »Noch ist zu wenig Zeit vergangen. Die kaum vernarbten Wunden der Vergangenheit könnten allzu leicht wieder aufbrechen. Es ist besser, wenn Achar eine Erinnerung bleibt.«

Askam nickt. »Ja. Ganz richtig.«

»Isfrael?« fragte Caelum. »Euer Volk trägt ebenso viele Narben wie die Ikarier und hegt sicherlich dieselben Ängste.«

Seit seinem Ausbruch hatte sich der Magierkönig wieder beruhigt. Einen Augenblick lang saß er schweigend da, den Blick nach innen gerichtet. »Ich muß mein Volk beschützen«, sagte er schließlich, »wie auch die unendlich kostbaren Seelen, die das Bardenmeer durchstreifen. Ich muß an die Wälder denken und an den Schmerz und das Blut, die es meine Mutter Faraday Baumfreundin gekostet hat, diese Wälder zu pflanzen. Einst war sie Königin von Achar, aber sie hat ihren Platz um der Bäume willen verlassen.« Sein durchdringender Blick glitt über die Anwesenden. »Dem Volk des Westens und des Nordens muß ihr jeweiliger Prinz genügen. Sie sollen ihren Stolz in Zared und

Askam suchen. Ein König von Achar wäre zu gefährlich. Laßt den Thron unbesetzt.«

Zared wandte sich mit zusammengepreßten Lippen ab.

»Illgaine?« Caelum sah den letzten der Fünf an.

Illgaine seufzte. »Wie Sa'Domai kann ich beide Seiten dieser Angelegenheit verstehen. Auch ich habe die Unmutsäußerungen im Westen vernommen, aber« – er warf Freierfall einen Blick zu – »ich kann auch die Ängste verstehen, die die Vergangenheit uns eingibt. Wenn schon ein Hochzeitsbett zu gefährlich ist, weil es Westen und Norden vereinigen würde, um wie viel gefährlicher ist dann ein Thron? Mein Urteil lautet nein.«

Caelum nickte. Nur Sa'Domai war auf Zareds Seite, wenn man das überhaupt so nennen konnte. Caelum wußte, daß er Zareds Ansinnen ablehnen mußte. Bei den Sternen – ihm blieb keine Wahl! Was hatte sich Zared nur gedacht? Aber was würde nun geschehen? Würde Zared einen Aufstand anzetteln? Führte jede Entscheidung, dafür oder dagegen, zwangsläufig in den Krieg?

Nein, Zared war nicht mächtig genug. Zwar verfügte er über die Reichtümer des Nordens, aber ihm fehlte die militärische Stärke, um eine vereinigte Armee aller anderen Völker Tencendors zu besiegen, von der Seewache und der Luftarmada ganz zu schweigen – sollte es jemals soweit kommen.

Nein, Zared würde schmollen, doch er würde sich fügen.

Aber bei den Sternen! dachte Caelum, etwas mußte er tun. Wie viele Menschen im Westen und Norden sahen in Zared den möglichen Thronerben Achars? Falls Zared heiratete und Kinder zeugte, wie lange würde sein Geschlecht Tencendor noch heimsuchen?

Wie schon sein Vater, verwünschte Caelum Rivkah dafür, daß sie diesem Geschlecht einen Erben geboren hatte, obwohl sie eigentlich längst viel zu alt gewesen war.

»Euer Ansinnen war über die Maßen töricht, Zared«, sagte Caelum. »Bei den Göttern! Warum den Haß der Vergangenheit heraufbeschwören?«

»Ich habe nicht versucht, den Haß…«

»Eure Bitte ist abgelehnt, Zared. Ihr werdet sie nie wieder vorbringen. Isfrael hat recht. Das Volk des Westens und des Nordens soll seinen Stolz in seinem jeweiligen Prinz suchen.«

Er stand auf. »Also habe ich gesprochen und also soll es geschehen«, sagte er förmlich und nickte den Notaren und Sekretären zu. »Der Rat der Fünf hat entschieden.«

14

Zukunftspläne

Herme, Theodor und Jannymire Goldmann warteten in Zareds Gemächern auf seine Rückkehr. Das mochte gefährlich sein, aber es erschien ihnen noch besser, als in den Gängen angetroffen zu werden.

Die drei Männer waren schweigsam und ängstlich. Keiner von ihnen konnte still sitzen. Theodor lehnte am Kaminsims und spielte mit einem Kerzenhalter. Herme starrte zum Fenster hinaus, die Hände auf dem Rücken verschränkt. Goldmann stand hinter einem großen Ohrensessel, die Arme auf die hohe Lehne gestützt, und trommelte unruhig mit den Fingern.

Aus dem Großen Saal war noch keine Nachricht zu ihnen gedrungen. Immerhin hatte einer von Goldmanns neuen Freunden unter der Dienerschaft ihnen ausrichten lassen, daß Prinzessin Leah in aller Eile und mit schmerzerfülltem Gesicht aus dem Saal geleitet worden war und ihre Gemächer den ganzen Nachmittag nicht verlassen habe.

Der Abend dämmerte bereits.

Was ging vor? Was war beschlossen worden?

Die Tür wurde aufgestoßen und alle drei Männer zuckten zusammen.

Zared trat herein, blickte in die Runde und warf die Tür hinter sich zu.

»Nein, nein und nochmals nein!« knurrte er, nahm eine Karaffe von einer Anrichte und schenkte sich Wein ein. Seine Hände zitterten so stark, daß der Wein rot an seinen Fingern hinunterrann und auf der Anrichte eine Lache bildete, doch das fiel niemandem auf.

Herme warf Theodor einen Blick zu, und beide Edelmänner sahen Goldmann an.

»Die Steuern?« fragte Goldmann leise.

»Oh, Euch wird es wohl ergehen, werter Goldmann«, sagte Zared schroff und trank den Wein halb aus. »Für die Bewohner des Westens ist die Steuer auf ein Zehntel gesenkt worden.«

Goldmann atmete hörbar auf, genauso wie Herme und Theodor.

»Aber ...«, sagte Herme, der sehr wohl den wütenden Glanz in Zareds Augen bemerkte.

»Alle anderen müssen dagegen deutlich höhere Steuern zahlen. Die Hälfte!«

Die Auswirkungen der neuen Steuer blieben niemandem verborgen.

»Caelum scheint zu glauben, Ihr bestündet aus Diamanten«, sagte Goldmann vorsichtig.

»Caelum«, erwiderte Zared, und es klang wie ein Fluch, »ist der Meinung, Askam hätte seine Schulden im Dienste des Sternenthrons angehäuft. Also ist es nur angemessen, daß jemand anderes die Last dieser Schulden teilt. Und zwar ich! Ich frage Euch, Ihr Herren – würde mir mehr Verständnis entgegengebracht, wenn auch ich meinen ganzen Reichtum in den Glommerzminen verloren hätte? Nein, das braucht Ihr nicht zu beantworten.«

Er schenkte sich nach und trank hastig. »Die Grenzsteuer ist gefallen. Zumindest dieses Unrecht hat Caelum wiedergutgemacht.«

»Trotz alledem«, sagte Herme ruhig. »Es hat den Anschein, als müßten nur die Achariten die Last der Steuern tragen und auch der Schulden, die in Caelums Namen angehäuft wurden. Ich nehme an, daß die Ikarier, die Awaren und auch die Rabenbunder nichts zu deren Rückzahlung beitragen.«

Zared schüttelte den Kopf. »Nur die Achariten.« Er hielt inne. »Meine Freunde ... ich habe versucht, dagegenzuhalten, aber ... aber, bei den Göttern, ich kann es nicht glauben ... Caelum hat in unseren Gedanken Worte gesprochen, die ich einfach nicht vergessen kann. Er hat gesagt, es sei nur gerecht, schließlich hätten die Achariten tausend Jahre lang alle anderen Völker verfolgt. Wir begleichen die Schulden unserer Vorfahren, meine Freunde, nicht die Askams.«

Stille breitete sich aus.

»Möge seine Leber in der Hitze des Sonnenfeuers brennen«, murmelte Theodor zornig, »und seine Hoden den Biß des ...«

»Schweigt!« rief Zared. »Erhebt nicht gegen Caelum die Stimme, solange Ihr Euch in seiner verzauberten Festung befindet!«

»Und Leah?« fragte Goldmann schließlich.

»Nein«, sagte Zared. »Sie und ich werden unser Lager anderswo suchen müssen.«

Erneut tauschten die drei Männer Blicke aus.

»Und unser Stolz?« sagte Herme sehr, sehr leise. »Welche Entscheidung hat Caelum hinsichtlich des Thrones getroffen?«

Zared hob den Kopf und sah ihn an. »Er hat abgelehnt, mein Freund. Was sonst.«

Dann drehte er sich auf dem Absatz um, so heftig und unvermittelt, daß die Anwesenden zutiefst erschraken, und schleuderte sein Glas in den Kamin.

Es zersprang in tausend Stücke, die wie Regentropfen auf dem kalten, grauen Stein glitzerten.

»In Caelums Augen wird ein König von Achar die Achariten zwangsläufig mit Äxten bewaffnet gen Osten führen.« Zareds Stimme wurde immer lauter, bis er fast schrie. »Er glaubt, wir würden die magischen Völker Tencendors mordend und brandschatzend aus dem Land jagen! Das denkt er jedenfalls! Verflucht sei er dafür! Glaubt er wirklich, ich würde Artor aus seinem himmlischen Grab holen?«

Zared wandte sich um. »Herme, Theodor. Und auch Ihr, Goldmann. Ich muß wissen, wo Ihr steht. Ich muß wissen, wem Eure Treue gilt. Caelum? Askam? Oder ...«

Herme nahm etwas von einem kleinen Tisch, trat auf Zared zu und streckte es ihm entgegen.

Zareds Schwert.

»Unsere Treue gilt den Achariten, Zared, und damit dem Mann, der ihr legitimer Herrscher ist. Ergreift das Schwert und nehmt Euer Schicksal in die Hand.«

Zared sah Herme an. Dann glitt sein Blick langsam auf das Schwert hinab.

»Was auch immer Caelum sagen mag«, flüsterte Goldmann, »was er auch behauptet – Achar und Leah warten noch immer auf Euch. Sind sie erst einmal Euer, könnt Ihr alles Unrecht wiedergutmachen, das Eurem Volk angetan wurde.«

Zared griff nach dem Schwert, aber er nahm es nicht aus Hermes Händen. Fragend blickte er in die Runde. »Als ich mein Erbe antrat, habe ich Axis Treue geschworen – wie auch Caelum, als er den Sternenthron bestieg. Muß ich nun meinen Schwur brechen und wie einst Bornheld Tencendor spalten?«

»Axis hat sich von den Achariten abgewandt, als er ihr Königshaus und ihren Stolz zerstörte«, sagte Herme. »Caelum setzt diesen Weg fort, wenn er darauf besteht, daß nur Achariten Steuern zahlen sollen, um Askam vor dem Bettelstab zu retten.«

»Caelums Mißachtung der Bedürfnisse und Wünsche der Achariten ist eine Beleidigung, mein Prinz«, fügte Goldmann hinzu. »Wenn eine Stadt brennt – reichen die Bewohner dann ein Gesuch beim Bürgermeister ein, ob sie die Flammen löschen dürfen? Nein! Sie sehen das Feuer und machen sich an die Arbeit. Mein Herr Zared, die Achariten stehen in Flammen, und Ihr verfügt über die Mittel, ihr Leiden zu beenden. Bedient Euch ihrer!«

»Ihr werdet Tencendor nicht spalten«, sagte Theodor mit mehr Weisheit, als sein Alter vermuten ließ. »Ihr werdet nur seine Einheit wiederherstellen. Erst wenn die Achariten ihren Stolz wiedergefunden haben, können alle Völker Freud und Leid zu gleichen Teilen tragen.«

Zared betrachtete sein Schwert. Dann seufzte er, nahm es und befestigte es mit schnellen, geübten Handgriffen an seinem Waffengürtel. »Ihr drei habt mich ermutigt, jetzt müßt Ihr mich beraten. Unsere Truppen stehen bereit – Ihr werdet doch nicht wollen, daß wir gegen den Sternensohn in den Krieg ziehen?«

»Nein«, sagte Herme mit erhobener Stimme. »Caelum hat den Fehler begangen, den Ernst der Lage und den Schmerz der Achariten zu unterschätzen.«

»Und …«

»Und deshalb müßt Ihr – müssen wir – etwas tun, damit ihm bewußt wird, wie ernst es den Achariten ist.«

»Ja?«

»Kastaleon.«

Zared sah ihn lange an und lächelte schließlich. »Ihr sprecht gut. Auf nach Kastaleon! Befindet sich die Festung erst in unserer Hand, wird das nicht nur entlang des Nordra für freien Handel sorgen – Caelum wird notwendigerweise zu einem Gespräch bereit sein müssen.«

»Und natürlich«, sagte Goldmann, »wird Caelum einsehen, daß Ihr weit größeren Schaden hättet anrichten können. Der ganze Westen harrt der Eroberung, aber Ihr habt Euch mit Kastaleon begnügt.«

»Ihr seid viel zu gut für die Handwerksgilden«, sagte Zared. »Ihr seid ein geborener Diplomat.«

Goldmann hob bescheiden die Schultern, aber seine Augen funkelten. »Aus eben diesem Grunde bin ich Gildenmeister, mein Prinz.«

Zared sah die beiden Edelleute an. »Was wird Caelum dann unternehmen? Wird er reden wollen, den Rat einberufen oder den Krieg erklären? Falls Caelum Tencendor gegen uns aufbietet, sind wir innerhalb eines Tages verloren.«

»Das glaube ich nicht«, sagte Herme. »Goldmann hat recht. Caelum wird alles tun, um einen Krieg zu verhindern. Er wird Euch tadeln, das schon, aber er wird Euch auch zuhören. Er ist nicht für den Kampf ausgebildet worden, und er wird es bestimmt nicht darauf ankommen lassen. Zared«, fuhr er in ruhigem Tonfall fort, »Caelum ist sich seines Throns nicht sicher. Er wird alles tun, um eine ernsthafte Auseinandersetzung zu vermeiden.«

Zared sah Herme mit schmalen Augen an. Caelum sollte sich seines Throns nicht sicher sein? Darauf wäre er selbst nicht gekommen, aber es könnte stimmen. Axis war ein hervorragender Kriegsherr gewesen und hatte sich auch im Frieden als weiser Herrscher erwiesen. Zweifellos war es bitter für Caelum, jeden Tag darüber nachzusinnen, ob seine Untertanen ihn mit Axis verglichen, oder sich vor jeder Entscheidung mit der Frage zu quälen: »Hätte Axis das gleiche getan?«

Schließlich nickte Zared. »Wie groß sind Askams Streitkräfte auf Kastaleon?«

»Unbedeutend, mein Prinz«, sagte Theodor und lächelte breit. »Schließlich herrscht Frieden in Tencendor.«

»Es soll kein Blut fließen«, sagte Zared. »Ich möchte nur ein Exempel statuieren.«

Wir werden sehen, dachte Herme, schließlich ziehen wir doch in den Krieg! Der Gedanke erfüllte ihn mit Begeisterung. Krieg. Herme war noch zu jung gewesen, um an den Kriegen teilzunehmen, die Tencendor vor vierzig Jahren erschüttert hatten, und doch hatte er sich sein ganzes Leben in den Waffen geübt. Er sehnte sich danach, und er wollte dafür sorgen, daß Achar seinen rechtmäßigen Platz in jener Welt erhielt, die Axis Sonnenflieger geschaffen hatte.

»Ich werde gleich morgen früh losreiten«, sagte Zared. »Ihr beide werdet mir in drei Tagen folgen. Ich möchte nicht, daß Caelum uns zusammen sieht.«

Er hielt inne. »Leah. Ich kann sie nicht zurücklassen ...«

»Das solltet Ihr auf keinen Fall«, sagte Goldmann. »Ihre Eroberung ist ebenso wichtig wie die Eroberung von Kastaleon. Allerdings könnt Ihr sie nicht einfach ergreifen und davontragen.«

»Das sind nicht die Worte, die ich gewählt hätte, Goldmann«, erwiderte Zared. »Was schlagt Ihr vor?«

»Ich habe einen unfehlbaren Plan, mein Prinz«, sagte Goldmann. »Ich werde Sigholt mit Euch verlassen und geradewegs nach Karlon reiten, um alles vorzubereiten. Ihr dagegen, mein Herzog und mein Fürst, werdet mit einer zusätzlichen Last davonziehen ... was meint Ihr?«

15

MORD!

Es war spät, doch Zared fand keine Ruhe. Rastlos schritt er in seinem Gemach auf und ab, nahm mal einen Stiefel in die Hand, mal ein Buch, und warf schließlich alles wieder beiseite. Er hatte Gustus seine Anweisungen erteilt, früh am nächsten Morgen würden sie aufbrechen.

Vorgeblich nach Severin.

Zared wäre nur zu froh, diese Festung zu verlassen. Ihre verhexte Atmosphäre mochte den Sonnenfliegern und den anderen ikarischen Zauberern gefallen, aber Zared sehnte sich nach dem Duft der Grasebenen und dem geschäftigen Treiben von Severin.

Wann würde er die Stadt wiedersehen?

Er seufzte und gelangte zu der Einsicht, daß dieses rastlose Umherlaufen ihn nicht weiterbrachte. Er mußte Leah sehen und falls das nicht möglich war, Zenit bitten, Leah eine Botschaft zu übermitteln.

»Ich *werde* um dich kämpfen, Leah«, flüsterte Zared und wandte sich zur Tür.

Auf den Gängen war es ruhig. Um diese Zeit schliefen die meisten Burgbewohner. Zared ging zur Haupttreppe und wollte gerade in den nächsten Stock hinaufsteigen, als Zenit ihm schwankend entgegenkam.

Als sie ihn sah, blieb sie stehen, und Zared streckte besorgt einen Arm nach ihr aus.

»Zenit, was ist los?«

Ihre Wangen waren hochrot, ihre Augen glänzten unnatürlich, und ihre Hand zitterte, als er nach ihr griff.

»Ich *bin* Zenit«, sagte sie mit schroffer Stimme. »Ich *bin* Zenit!«

Zared zog sie erschrocken zu sich heran und legte einen Arm um ihre Taille. »Meine Liebe? Was ist los?«

»Ich ...«

Sanft strich er ihr über die Flügel. »Ganz ruhig, Zenit. Sag, was ist mit dir?«

Zareds Stimme hatte eine beruhigende Wirkung auf Zenit. Er war schon immer ein guter Freund gewesen, und sie vertraute ihm wie kaum einem anderen. Aber ... »Ich kann nicht darüber reden, Zared. Bitte, dräng mich nicht ...«

Laute Schritte ließen sie innehalten. Zenit und Zared blickten auf. Caelum kam die Treppe herunter und wäre fast in sie hineingerannt.

»Was macht Ihr hier?« zischte er.

»Was macht Ihr hier, in solcher Eile?« fragte Zared.

Caelum schenkte ihm keine Beachtung. »Zenit, ich habe nach dir gesucht. Wir müssen miteinander reden. Ich wollte nicht, daß du denkst ...«

»Mord! Mord! Ein gemeiner Mord!«

Isfraels Stimme.

»Isfrael?« murmelte Zared. »Was sagt er da?«

»Mord?« rief Caelum und stürzte die Treppe hinauf. »Seine Stimme ist aus Flußsterns Zimmer gekommen!«

Zenit bäumte sich in Zareds Armen auf. »Nein, nein ... bei den Sternen! Nein!«

Zared auf den Fersen eilte sie Caelum nach. *Bei den Göttern!* dachte Zared, *man müßte sämtliche Fenster und Türen von Sigholt aufstoßen, um all den Haß und all die Mißgunst hinauszulassen, die die Festung erfüllen!*

Als Caelum, Zenit und Zared das nächste Stockwerk erreicht hatten und vor Flußsterns Tür angelangt waren, lag die Nacht wieder still und friedlich da.

Der schwache Schein einer Lampe fiel auf den Flur, und Caelum trat ohne zu klopfen ein.

Nach zwei Schritten blieb er unvermittelt stehen. Knapp vor ihm standen Freierfall und Isfrael, beide vor Schreck erstarrt.

Caelum stieß sie beiseite, doch was er sah, ließ ihn erneut innehalten.

Hinter ihm weiteten sich die Augen von Zared und Zenit vor Entsetzen.

Auf der anderen Seite des Zimmers kniete Drago auf dem Boden, ein blutiges Küchenmesser in der Hand. Vor ihm lag Flußstern, Arme, Beine und Flügel weit ausgebreitet, das Kleid zerrissen, der Körper blutverschmiert. Um sie herum bildeten sich rote Lachen.

Ihre Augen starrten blicklos zur Decke empor. Sie waren leer. Teilnahmslos. Tot.

Caelum richtete seinen Blick auf Drago. Wie schon in seinem Gemach, als Wolfstern der Versammlung erzählte, was er am Sternentor gehört hatte, sah Caelum nur, wie Gorgrael auf Dragos Ruf hin vom Himmel stürzte. Er spürte den Schmerz, als sich Gorgraels Klauen um seinen Körper schlossen. Er erinnerte sich an Dragos Jubel, als er sich der Gewißheit hingeben konnte, seinen verhaßten Bruder beseitigt zu haben.

Und jetzt lag Flußstern da, ermordet, und sein verräterischer Bruder kauerte augenscheinlich schuldig über ihrem Leichnam.

Alle waren sie Zeuge des gräßlichen Verbrechens. Und dieses Mal, dachte Caelum, werden wir ein für allemal mit dir abrechnen, mein Bruder.

»Zweifellos wird man mir die Schuld geben«, sagte Drago erstaunlich gelassen. Er stand auf, ließ jedoch das Messer nicht fallen. Sein Blick war auf Caelum gerichtet.

Zenit drängte sich an Isfrael, Freierfall und Caelum vorbei und fiel neben ihrer Schwester auf die Knie. »Flußstern?« rief sie. Vergeblich. »Flußstern?« Ihre Hände zitterten stark. Sie ballte sie zur Faust, streckte dann den Arm aus und schloß Flußsterns Augen.

»Können wir nicht irgend etwas tun?« fragte Zared und sah von einem Zauberer zum anderen. »Ihr könnt doch sicher ...«

»Wir können gar nichts tun«, sagte Zenit. »Nichts! Das Genesungslied hilft nur den Sterbenden. Nicht einmal die Götter können die Toten wieder lebendig machen.«

Sie wandte sich an Drago. »Drago? Was ist geschehen?«

Er antwortete nach kurzem Zögern, den Blick weiterhin auf Caelum gerichtet. »Ich weiß es nicht. Ich kann ... kann mich nicht erinnern ...«

Unvermittelt runzelte er die Stirn und sah Zenit an. »Als fehle mir ein Stück meiner Erinnerung. Ich habe Isfraels Schrei gehört, und im nächsten Augenblick war ich hier.«

Angesichts dieser Worte überkam Zenit ein Schaudern. Du auch? dachte sie.

»Du *weißt* es nicht?« sagte Caelum. Er klang zornig und spöttisch zugleich.

»Wir haben sie so vorgefunden«, sagte Freierfall mit heiserer Stimme. »Isfrael war gerade in mein Zimmer gekommen, das ein Stück den Flur hinunter liegt, als wir ... gespürt haben ...«

»Verzweiflung«, sagte Isfrael. Er klang so gelassen, als ginge ihn das alles nichts an. »Wir haben Verzweiflung gespürt, die aus diesem Zimmer kam, also schauten wir nach.«

Wie gelassen er auch klingen mochte – Isfraels Körper schien doch so angespannt, als verlöre er jeden Moment die Beherrschung.

»Als wir hereingestürzt kamen«, fuhr er fort, »sahen wir Drago vor dem blutigen Leichnam unserer Schwester knien.«

»Und Ihr habt einen Schrei ausgestoßen«, sagte Zared. Angesichts der beiden kleinen Hörner, die sich aus Isfraels Haarschopf wanden, verlagerte er unbehaglich das Gewicht von einem Fuß auf den anderen.

Isfrael richtete seinen Blick wieder auf Drago. Irgendwie gelang es ihm, gleichzeitig die Zähne zu fletschen und »Mörder!« zu zischen.

»Mörder«, wiederholte Caelum tonlos.

»Nein«, erwiderten Zenit und Drago fast im selben Moment.

»Nein«, sagte Drago noch einmal. »Ich habe es nicht getan. Das schwöre ich.«

Zenit hüllte ihn mit ihrer Zauberkraft ein und spürte, daß er die Wahrheit sprach. Sie sah Caelum an und wollte etwas sagen, doch ihr ältester Bruder kam ihr zuvor.

»*Lügner!* Du warst schon immer ein Mörder! Du hast versucht, mich zu töten, und bei Flußstern ist es dir endlich gelungen!« Er wandte sich zur Tür und rief mit Zauberkraft und Stimme: »Wachen!«

Endlich ließ Drago das Messer fallen. Leise und fast wie bedauernd fiel es auf Flußsterns Leichnam.

»Nein!« rief er, und der Raum war so von finsterer Kraft erfüllt, daß Zenit zusammenzuckte. Auch du?

»Nein«, sagte Drago etwas leiser und mit erstaunlich würdevoller Stimme. »Ich habe Flußstern nicht ermordet. Vielleicht habe ich sie gehaßt, aber ich habe sie nicht ermordet. Ich werde nicht eine Tat gestehen, die ich nicht begangen habe. Aber ich erwarte nicht, daß ausgerechnet du das verstehst, Caelum.«

Er wirkte überaus gelassen.

Erneutes Schweigen.

Dann ergriff Zared das Wort. »Caelum, die Wachen sind hier. Was möchtet Ihr…«

»Sie werden Drago festnehmen und in Ketten legen…«

»Caelum, bitte…«, hob Zenit an.

»…und ihn in den sichersten Kerker werfen, den es gibt. Dort«, sagte er, und seine Stimme wurde hart, »wird er schmoren, bis *ich* die Zeit für gekommen halte, um über seine Strafe zu entscheiden!«

»Überlaßt ihn mir, ich werde ihn vor ein Gericht der Awaren stellen«, sagte Isfrael, ein Funkeln in den Augen. »Ich versichere Euch, daß sie ein gerechtes Urteil fällen werden.«

»Nein«, entgegnete Freierfall. »Das ist Caelums Sache. Er wird dafür sorgen…«

»Caelum«, fiel Zared ihm ins Wort. »Zweifellos muß Drago bewacht werden, aber müßt Ihr denn solche Maßnahmen ergreifen? Er streitet ab, daß er Flußstern ermordet…«

»Ihr habt nicht tagelang in Gorgraels Klauen gelitten!« brüllte Caelum. »Wie könnt Ihr es wagen, mir vorschreiben zu wollen, wie dieser … dieser Verräter behandelt werden soll?«

Zenit stand auf und griff über Flußsterns Leichnam hinweg nach Dragos Hand, an der das Blut ihrer Schwester klebte.

»Drago«, sagte sie leise, »was hast du damit gemeint, als du gesagt hast, dir fehlt ein Stück deiner Erinnerung? Sag es mir!«

Unvermittelt wurde sie von einer wütenden Hand am Arm gepackt und zurückgerissen.

»Du wirst dich von ihm fernhalten, Zenit!« sagte Caelum und wies die Wachen mit einer Handbewegung an, Drago in Gewahrsam zu nehmen. Er wollte noch etwas anderes sagen, doch von der Tür her waren Schritte zu hören.

Alle Blicke wandten sich um.

Und jedermann erstarrte, von einer Mischung aus Angst und Ehrfurcht erfüllt, manche auch von Freude.

Im Eingang standen Axis, Gott des Gesangs, und seine Frau Aschure, Göttin des Mondes. Obwohl sie einfache Roben trugen, strahlten sie eine unvorstellbare Macht aus. Alle konnten sie spüren, und alle waren von Ehrfurcht durchdrungen.

Axis und Aschure – Flußsterns Eltern. Ihr Blick fiel auf ihren Leichnam, der wie achtlos hingeworfen auf dem Boden lag. Beide waren sie blaß, und Aschure hatte eine Hand auf den Mund gelegt.

Langsam hob Axis den Blick vom Leichnam seiner Tochter und sah Drago an. »Weißt du, Drago, was ich zu deiner Mutter gesagt habe, als sie mir erzählte, wie sie dich für deinen Anteil an Caelums Entführung bestraft hatte? Ich habe gesagt, daß ich dich getötet hätte, wäre ich an ihrer Stelle gewesen.«

Er hielt inne. »Dieses Mal werde ich dafür sorgen, daß du mit dem Tode bestraft wirst.«

Caelum stand mit seinen Eltern in seinem Gemach. Sie hielten einander umfangen und ließen den Tränen freien Lauf. Flußstern war kein besonders liebenswertes Kind gewesen, und im Erwachsenenalter hatte sie sich der Zuneigung ihrer Eltern entzogen. Das hatte Axis und Aschure jedoch nicht daran gehindert, sie mit all ihrer Kraft zu lieben, und das hinderte sie jetzt noch weniger, um sie zu trauern.

Aschure zitterte und war noch immer sehr blaß. Tränen rannen ihr die Wangen hinunter. Axis und Caelum standen neben ihr – beide hatten einen Arm um sie gelegt und schenkten ihr alle Kraft und Liebe, deren sie fähig waren.

Aschure hatte so sehr um Flußstern gekämpft, als sie noch ein ungeborenes Kind gewesen war. Sie so grausam ermordet zu sehen, war fast mehr, als sie ertragen konnte.

Axis fand als erster die Beherrschung wieder. Er wischte sich mit dem Handrücken die Tränen ab und sah Caelum an.

»Er muß sterben.«

Caelum nickte. »Das wird er, Vater. Dieses Mal wird er sterben.«

Sie standen noch lange da und spendeten einander Trost. Dann begaben sich Axis und Aschure in Flußsterns Gemach, wo ihr Leichnam, inzwischen von Blut gesäubert, auf dem Bett lag. Sie waren Götter, doch ihnen blieb nur die Trauer der Eltern.

Lange Zeit standen sie vor dem Bett und betrachteten ihre Tochter. Dann streckte Aschure die Hand aus und strich Flußstern über das kalte Gesicht.

»Lebewohl«, flüsterte sie.

Und sie und Axis verschwanden.

16

Gerechtigkeit?

Nachdem dort vor drei Tagen der Rat der Fünf zusammengekommen war, war der Große Saal von Sigholt jetzt für einen Prozeß hergerichtet worden.

Auf dem Podium am Kopfende des Saales standen ein einfacher hölzerner Thron, mehrere Stühle und ein Tisch, vor dem Podium einige kleinere Tische, an denen die Familie der Sonnenflieger, die vier anderen Oberhäupter der Fünf und ihre Stellvertreter und Gehilfen Platz nehmen würden. Der Großteil des Saals war mit neugierigen, aufgeregt murmelnden Zuschauern aus Seeblick gefüllt, einer stattlichen Anzahl von Soldaten der ikarischen Luftarmada, die in der Festung stationiert waren, und beinahe der gesamten Dienerschaft Sigholts.

Beiderseits des Saals und hinter den Sitzen der Fünf und der Familie der Sonnenflieger standen einige Hundert schweigende Angehörige der Seewache in Reih und Glied. Sie würden dem Sternensohn wie immer nach ihrem eigenen Gutdünken dienen. Flügelkamm Krummklaue stand wenige Schritte vor der ersten Reihe, dicht hinter dem Sternenthron.

Zur Mittagsstunde traten die Oberhäupter der Fünf Familien schweigend auf das Podium und nahmen ihre Plätze ein. Isfrael folgte ihnen auf den Fersen. In der steinernen Halle und von so vielen Leuten umgeben, wirkte er angespannt und unglücklich, und er zögerte einen Moment, bevor er sich setzte. Dann begab sich die Familie der Sonnenflieger auf ihre Plätze: Abendlied, Freierfalls Gemahlin und Axis' Schwester, und Zenit. Während die Oberhäupter der Fünf Familien noch unruhig auf ihren

Sitzen hin und her rutschten, betrat Caelum den Saal und stieg auf das Podium. Er ließ seinen Blick über die versammelte Menge schweifen, ging dann zum Thron hinüber und setzte sich schweigend.

Wie immer war er ganz in Schwarz gekleidet, mit Ausnahme der goldenen Sonne, die auf seiner Brust prangte. Mit seinen schwarzen Haaren und den wütenden dunkelblauen Augen hätte er seine Rolle nicht besser verkörpern können – als Richter und oberste Autorität des Reiches.

Zenit sah sich suchend nach Wolfstern um, konnte ihn jedoch nicht entdecken. Sie seufzte erleichtert, und ihre Hände, die sich unwillkürlich zu Fäusten geballt hatten, entkrampften sich. Seit drei Tagen hatte sie den Zauberer nicht mehr gesehen, seit jener Nacht, als er sie auf dem Bergfried geküßt hatte.

In den letzten Nächten hatte sie schlecht geschlafen. Um ihre Augen lagen dunkle Schatten und sie war auffallend blaß. Kaum war sie abends eingeschlafen, hatte sie sich auf der Insel des Nebels und der Erinnerung wiedergefunden, wo sie die Riten am Jultidefest leitete und sich ungezwungen in den Gemächern der Ersten Priesterin aufhielt, an ihrem Schreibtisch saß und einen Brief an ihre ungeborene Tochter schrieb.

Die Nächte waren unerträglich, und Zenit hatte sich angewöhnt, anregende Mittel zu trinken, um sich wachzuhalten.

Um Niah in Schach zu halten.

Neben ihr saß Leah und war zwischen der Sorge um ihre Freundin und dem Wunsch hin und hergerissen, die riesige Menschenmenge zu beobachten. Zenit hatte sich verändert. Irgend etwas machte ihr solche Angst, daß sie beinahe nichts mehr aß, und Leah hatte ihren eigenen Kummer fast vergessen, so sehr war sie mit Zenit beschäftigt.

Doch immer wieder sah sie Zareds schmerzerfülltes Gesicht, als man sie aus eben diesem Saal gezogen hatte, und sie erinnerte sich an die Liebe und die Verzweiflung, die sich darin widergespiegelt hatten. Sie rang mit den Tränen. Zared war vor zwei Tagen fortgeritten. Frühmorgens hatte sie das Klappern der Hufe gehört, doch von ihrem Fenster aus war er nicht zu sehen gewesen. Er war fort, und sie hatten einander nicht einmal Lebewohl sagen können.

Zumindest nicht von Angesicht zu Angesicht, denn ein Soldat der Seewache hatte ihr – was ungewöhnlich war – eine Botschaft überbracht. »Er wird um Euch kämpfen«, hatte der Vogelmann gesagt. »Habt keine Angst.«

Ein Raunen ging durch den Saal, und Leah richtete ihre Aufmerksamkeit wieder auf die Gegenwart.

Caelum hatte die Hand gehoben, und ein Angehöriger der Luftarmada trug einen einfachen Holzstuhl herbei und stellte ihn vor das Podium – Caelum genau gegenüber.

Erneut hob Caelum die Hand, und vier Soldaten der Luftarmada führten Drago in den Saal und zu dem Stuhl.

Drago schaute sich um, blinzelte ins Licht und richtete seine Aufmerksamkeit schließlich auf Caelum. Bei seinem Anblick stockte Leah der Atem. Bartstoppeln verdunkelten sein Gesicht, seine Haare und seine Kleider waren ungepflegt, und seine Augen waren tief eingesunken, funkelten jedoch vor Feindseligkeit.

Sie hätten ihm zumindest Wasser zum Waschen geben können, dachte Leah und fragte sich dann, ob er Wasser zum Trinken bekommen hatte.

»Euer Name?« fragte Caelum leise. Seine Stimme war jedoch im ganzen Saal zu hören.

»Ich heiße Drago Sonnenflieger.« Drago hielt inne. »Einst hieß ich Drachenstern Sonnenflieger.«

Caelum zog eine wütende Grimasse.

»Euer Geburtsname«, sagte Caelum, »wurde Euch genommen, und Ihr habt kein Anrecht mehr auf ihn. Heute werden wir darüber entscheiden, ob Euch auch das Leben genommen werden wird.«

Angesichts dieses kurzen und heftigen Wortwechsels verspürte Leah Verwunderung darüber, daß Drago überhaupt noch am Leben war. Hatte er während der letzten drei Nächte in seiner Zelle wachgesessen, die Schatten entlang der Zellentür beobachtet und mit jedem Atemzug einen Mörder erwartet?

»Meine Schwester Flußstern ist tot«, sagte Caelum und blickte Drago in die Augen. »Sie war auch Eure Schwester, Euch einte das Band der gemeinsamen Geburt. Es ist abscheulich«, Caelum spuckte die Worte geradezu aus, »daß Ihr nicht nur Eure Schwester ermordet habt, sondern sogar Eure Zwillingsschwester.«

Neben Leah fuhr Zenit auf und wollte etwas sagen – offensichtlich beunruhigt, daß Caelum nicht einmal so tat, als wäre er unvoreingenommen. Doch Abendlied sah es und legte Zenit beschwichtigend die Hand auf den Arm.

Leah wurde von Traurigkeit erfüllt. Sie mußte daran denken, wie sanft Drago gewesen war, als er sie zu Zared in den Burghof geführt hatte. Ohne seine Hilfe wäre es ihr an jenem Tag nicht gelungen, so ruhig und gefaßt zu wirken. In diesem Saal nahm sie jedoch nur einen allgegenwärtigen Haß Drago gegenüber wahr, der in seiner Blindheit ebenso überwältigend war wie in seiner Stärke.

Sie hätten ihn gleich töten sollen, dachte sie und wischte sich verstohlen eine Träne ab, das wäre barmherziger gewesen als diese öffentliche Demütigung.

»Eure Neigung zur Gewalttätigkeit ist legendär«, fuhr Caelum fort. Seine Stimme klang beherrscht, aber sein Hände waren weiß, so fest klammerte er sich an die Lehnen des Throns. »Ihr habt Euch mit Gorgrael dem Zerstörer gegen Eure Eltern und das Königreich Tencendor verschworen. Fast hätte Euer Verrat genügt, das ganze Land dem Untergang preiszugeben!«

»Wie soll ich glauben, daß all das wirklich geschehen ist?« rief Drago, der nicht länger an sich halten konnte. »Diese Geschichte wird mir immer wieder erzählt, aber ich kann mich nicht an sie erinnern! Für mich ist das nur eine Entschuldigung, um die Fehleinschätzungen unseres Vaters zu rechtfertigen und seine Unfähigkeit, Gorgrael aufzuhalten!«

Im ganzen Saal erhob sich Gemurmel. Caelums Miene wurde starr vor Zorn, doch bevor er sprechen konnte, fuhr Drago fort. Auch sein Gesicht war blaß und von Müdigkeit gezeichnet, die violetten Augen dunkel vor innerlicher Aufgewühltheit.

»Denkt daran, ich stehe hier nicht für etwas vor Gericht, das vor vierzig Jahren vielleicht passiert ist! Habe ich noch nicht genug gebüßt?«

»*Ihr?* Die Frage sollte lauten: Haben nicht wir unter Eurem früheren Verbrechen genug gelitten? Habt Ihr denn keine Ahnung, wie sehr die Erinnerung daran ... Ach! Genug davon! Ihr steht wegen Eures eben verübten Verbrechens vor Gericht und wegen Eures ganzen Lebens!« Caelum hielt inne, rang um Beherrschung und gab einem Wachmann ein Zeichen. »Er soll sich hinsetzen.«

Der Wachmann legte Drago eine Hand auf die Schulter, und Drago sank auf seinen Stuhl zurück. Leah glaubte in ihm einen Mann zu sehen, der wußte, daß er sein Leben verwirkt hatte. Warum diese Farce, Caelum? dachte sie. Warum?

Nachdem sich Drago gesetzt hatte, stand Caelum auf und wandte sich an die Versammlung. Alle Anwesenden, die sich daran erinnern konnten, wie Axis das Wort an die Menschenmenge vor Karlon gerichtet und Tencendor ausgerufen hatte, erkannten in Caelum seinen Sohn wieder. Wenn er auch nicht über die gleiche gebieterische Aura verfügte, hatte er doch die Schönheit, Anmut und Ausstrahlung seines Vaters geerbt.

»Meine Freunde«, sagte er und streckte flehentlich die Hände aus, »laßt mich darlegen, was ich weiß. Vor drei Nächten sprach ich mit Zared, meines Vaters Bruder, und mit meiner einzigen überlebenden Schwester Zenit. Wir hörten den Magierkönig Isfrael einen Schrei ausstoßen, der aus Flußsterns Gemach zu kommen schien, und wir eilten rasch dorthin. Im Zimmer selbst sahen wir Isfrael und den Krallenfürsten Freierfall vor Drago stehen, der in unmißverständlicher Haltung über Flußsterns Leichnam kauerte, die abscheuliche Klinge, mit der er sie ermordet hatte, noch in den Händen. Freierfall, würdet Ihr bitte erzählen, wie Ihr Drago vorgefunden habt?«

Freierfall stand auf und sprach in ruhigem Tonfall, hielt jedoch den Blick von Drago abgewandt. Er schilderte, wie er und Isfrael sich in seinen Gemächern unterhalten hatten, wo sie – in Isfraels Worten – eine Flut von Verzweiflung gespürt hatten, die in Flußsterns Zimmer ihren Ursprung hatte. Dort waren sie auf Drago gestoßen, der über ihrem Körper kauerte. Nachdem er gesprochen hatte, nahm er wieder Platz.

»Ich danke Euch, Krallenfürst«, sagte Caelum und wandte sich an Isfrael. »Edler Magierkönig, hat Krallenfürst Freierfall die Wahrheit gesprochen?«

Isfrael stand auf. »Das hat er, Sternensohn.«

»Ich danke Euch.« Isfrael setzte sich wieder.

Nun wandte Caelum seine Aufmerksamkeit seiner Schwester zu. »Zenit, habe ich richtig beschrieben, was wir gesehen und gehört haben?«

Zögernd und beklommen stand Zenit auf. Sie öffnete den Mund, mußte sich aber erst über die Lippen fahren, bevor sie einen Ton herausbrachte. »Wir haben Isfraels Schrei gehört, und als wir Flußsterns Gemach erreichten, waren der Magierkönig und Freierfall bereits dort. Und wir haben Drago Sonnenflieger über Flußsterns Leichnam gebeugt vorgefunden.«

»Und er hielt das mörderische Messer in der Hand?«

»Er hielt ein Messer in der Hand, ja. Aber ...«

»Ich danke dir, Zenit. Du kannst dich setzen.«

Zenit sank auf ihren Stuhl. Leah nahm sie am Arm und versuchte, ihrer Freundin beizustehen. Niemand würde gerne gegen den eigenen Bruder aussagen, und schon gar nicht gegen einen Bruder, der so ungerecht behandelt wurde.

Caelum wandte sich wieder an Drago. »Steht bitte auf.«

Leah konnte es nicht fassen. Das war mehr als lächerlich! Drago wurde wie eine Marionette behandelt.

Drago erhob sich.

»Bitte wendet Euch der Versammlung zu.«

Drago rührte sich nicht. Nur ein Wangenmuskel zuckte.

»Wendet Euch der Versammlung zu!«

Die Hand eines Wachmanns legte sich auf Dragos Schulter, aber Drago drehte sich von selbst um. Langsam hob er den Blick. Tausend mitleidlose Augen sahen ihn an.

»Habe ich die Wahrheit gesprochen, Drago? Stimmt es, was ich gesagt habe? Antwortet!«

Drago rang um Beherrschung. Erwartete Caelum von ihm, daß er den Mord an seiner eigenen Schwester gestand?

Offensichtlich. »Antwortet!«

»Isfrael, Freierfall und dann Caelum, Zenit und Zared haben mich in Flußsterns Zimmer angetroffen«, sagte er schließlich. »Über Flußsterns Leichnam gebeugt. Ein Messer in der Hand.«

»Und ist es nicht wahr, daß Ihr Flußstern ermordet habt?«

Drago holte tief Atem. »Daran kann ich mich nicht erinnern, aber ich kann nicht glauben, daß ich sie getötet habe.«

Caelum hielt inne, als dächte er über die Dummheit dieser Worte nach. Er lächelte höhnisch. »Daran kann ich mich nicht erinnern«, wiederholte er und schüttelte kaum merklich den Kopf.

Dann wandte er sich erneut an Freierfall und Isfrael. »Ihr Herren, Ihr habt gesagt, Ihr hättet ein Gefühl von Verzweiflung wahrgenommen, das Euch in Flußsterns Zimmer führte, wo Ihr Drago über Flußsterns Leichnam gebeugt vorfandet. Glaubt Ihr, daß dieses ›Gefühl‹ mit dem Zeitpunkt ihres Todes übereinstimmt?«

Freierfall gab Isfrael mit einer Handbewegung zu verstehen, daß er antworten sollte. Er verfügte über größere magische Fähigkeiten als Freierfall.

Isfrael dachte gründlich nach. »Sternensohn, dieses ›Gefühl‹ kam sehr plötzlich. Ich nehme an, daß es von Flußsterns Tod ausgelöst wurde.«

»Gut«, sagte Caelum. »Wieviel Zeit ist zwischen diesem ›Gefühl‹ und Eurer Ankunft in Flußsterns Zimmer verstrichen?«

»Sehr wenig«, erwiderte Isfrael. »Wir sind losgerannt, sobald wir es gespürt haben. Sieben oder acht Herzschläge, nicht mehr. Flußsterns Zimmer liegt nur zwei Türen von Freierfalls Gemach entfernt.«

Caelum nickte betont nachdenklich. »Haltet Ihr es denn für möglich, Bruder Isfrael, daß jemand innerhalb dieser sieben oder acht Herzschläge aus Flußsterns Zimmer entkommen konnte?«

Isfrael schüttelte den Kopf. »Das hätten wir bemerkt. Wir sind fast augenblicklich hinausgestürzt. Natürlich«, fügte er hinzu, »hätte jemand mit Flügeln durch das Fenster fliehen können. Oder«, er ließ seinen Blick durch den Saal schweifen, »jemand mit entsprechenden Zauberkräften hätte einfach verschwinden können.«

»Ich danke Euch«, sagte Caelum und gab sich den Anschein, als grübele er über Isfraels Worte nach. Dann wandte er sich wieder Drago zu. »Zwischen Flußsterns Tod und dem Augenblick, da Ihr bei dem Leichnam entdeckt worden seid, ist kaum Zeit verstrichen, Drago. Und doch behauptet Ihr, daß Ihr sie nicht ermordet habt. Vielleicht habt Ihr ja gesehen, *wer* es getan hat. Wer, Drago? Wer ist verschwunden oder aus dem Fenster geflogen?«

Caelum legte eine melodramatische Pause ein. »Wer?«

Drago fuhr herum und sah Caelum an. »Meine Erinnerung läßt mich im Stich, Bruder! Könnt Ihr das nicht verstehen?«

»Eure Erinnerung kommt Euch sehr zustatten, wenn sie den Mord an Eurer Schwester einfach so vergißt.« Caelums Stimme troff vor Hohn.

»Sternensohn.«

Caelum und Leah zuckten vor Schreck zusammen, als Zenits Stimme laut durch den Saal hallte. Wütend sah Caelum sie an. »Zenit, du hast nicht das Recht...«

»Bruder«, fiel Zenit ihm ins Wort, schüttelte Leahs Hand ab und stand auf. »Du triffst den Kern der Sache, wenn du sagst, daß Drago den wahren Mörder gesehen haben könnte. Wenn das zutrifft, kann jeder der Zauberer aus dem Haus der Sonnenflieger das Rätsel leicht lösen. Ihr sagt, daß er sich nicht erinnern kann. Das ist doch kein Hindernis! Wir müssen nur das Erinnerungslied anstimmen, um die Tat mit Dragos Augen sehen zu können.«

»Du würdest den Tod deiner Schwester mit ansehen wollen?« Entsetzt fuhr Caelum zurück.

»Wenn wir dadurch ihren wahren Mörder finden – ja«, erwiderte Zenit.

Caelum sah sie durchdringend an. »Du hast recht«, sagte er

schließlich. »Das Erinnerungslied wird in aller Deutlichkeit zeigen, ob Drago lügt oder nicht.« Sein Tonfall ließ keinen Zweifel daran, welches Ergebnis er erwartete.

Zenit warf Drago einen ermutigenden Blick zu und setzte sich. Er sah sie an, zeigte jedoch keine Regung.

»Drago!« Caelum trat vom Podium herunter und blieb einen Schritt vor Drago stehen. »Drago«, sagte er etwas leiser, »spüre meine Macht!«

Die Andeutung einer Melodie flirrte durch die Luft. Leah wußte, was vor sich ging – Caelum setzte einen Melodienbogen aus dem Sternentanz ein, um das Erinnerungslied anzustimmen. Sie selbst konnte es kaum hören, aber sie wußte, daß jeder Zauberer im Saal es laut und deutlich vernahm.

Leah sah Zenit an, die vor Anspannung zitternd neben ihr saß. Doch es schien ihr soweit gutzugehen – sie ließ Drago nicht aus den Augen. Leah blickte wieder zum Podium.

Drago saß stocksteif da. Er hielt die Augen geschlossen, und plötzlich warf er den Kopf in den Nacken.

Caelum trat mit ausgestreckter Hand einen kleinen Schritt vor. Erstaunt stellte Leah fest, daß sein Gesicht vor Anstrengung verzerrt war. Leah hatte ihr ganzes Leben in der Nähe von Zauberern verbracht und wußte, daß ihm dieses Lied keine Schwierigkeiten hätte bereiten dürfen.

Caelum atmete pfeifend durch die Zähne, und Drago zuckte und bebte.

Der Sternensohn schien seine ganze Macht in diesen Zauber zu legen. Auf seiner Stirn glänzte Schweiß, und seine ausgestreckte Hand zitterte.

»Es ist zwecklos!« rief er plötzlich. »Ich komme nicht an sie heran! Er hat seine Erinnerungen mit einer Blockade umgeben.«

»Einer Blockade?« murmelte Zenit neben Leah. »Eine Blockade? Dazu ist niemand in der Lage, schon gar nicht Drago, der über keinerlei Zauberkräfte mehr verfügt!«

»Laßt es mich versuchen!« ertönte eine Stimme über ihnen. Zenit stieß einen leisen Schrei aus und klammerte sich an Leahs Arm.

»Wolfstern!« flüsterte sie, und erschrocken sah Leah das nackte Entsetzen in ihren Augen.

Wie alle anderen im Saal blickte sie zur Decke.

Ein ikarischer Vogelmann löste sich von den Stützbalken weit oben und schwebte langsam herab. Leah stockte der Atem – wie schön er war! Seine Flügel waren goldfarben, sein Haar schien zu brennen, und sein Gesicht ... sein Gesicht strahlte grenzenlose Macht und Sinnlichkeit aus.

Wenn es Leah vor Bewunderung den Atem verschlug, dann war Zenit übel vor Angst. Wie in einem zuckenden Licht sah sie Wolfstern von der Decke des Saals herabfliegen und dann wieder von der Mondkuppel. Ein Teil von ihr wollte fliehen, ein anderer wäre ihm am liebsten entgegengeeilt.

»Laßt es mich versuchen«, wiederholte Wolfstern, als er sich neben Caelum niederließ.

Caelum wirkte zwar erschrocken, trat jedoch sofort beiseite. »Gerne, Wolfstern. Ich beuge mich einer größerer Macht. Entreißt dem Mörder seine Erinnerungen.«

Er warf Drago einen siegessicheren Blick zu.

Wolfstern trat vor Drago, aber im Unterschied zu Caelum streckte er nicht die Hand aus. Er stand einfach da, ein leichtes Lächeln auf den Lippen, den Blick auf Drago geheftet, und seine Flügel hingen locker auf die Bodenplatten hinunter.

Zenit zitterte und klammerte sich an Leah. »Ist er der Mörder, was meinst du?« flüsterte sie, so leise, daß Leah sie kaum hören konnte. »Ist er Flußstern Sonnenfliegers Liebhaber?«

Leah konnte ihren Blick nicht von Wolfstern losreißen. Er strahlte eine solche Macht aus, daß sie es bis in ihr Innerstes spüren konnte. Nur die Sterne wußten, was er Drago antat.

Drago hielt Wolfsterns Blick noch immer tapfer stand, aber er zitterte am ganzen Körper. Leah vermutete, daß nur noch Wolfsterns Macht ihn aufrecht hielt – sie wußte nicht, wie Dragos Beine ihn sonst hätten tragen können.

Dann flüsterte Wolfstern: »Mir ist niemand gewachsen, Menschling!«

Jeder im Saal hörte dieses Flüstern, spürte es und spürte, wie der Sternentanz durch Fenster und Mauern brandete und Wolfstern einhüllte.

Die Hände des Zauberers ballten sich zu Fäusten. »Mir ist niemand gewachsen!« schrie er, und dann fing auch Drago zu schreien an und schlug wild mit den Armen um sich. Hinter ihm nahm ein grauer Nebel Gestalt an und in diesem grauen Nebel wurde das Grauen Wirklichkeit.

Ein gespenstischer Drago trat in Flußsterns Gemach. Sie wandte sich um und redete auf ihn ein, verspottete ihn. Drago schrie sie an und hob eine Faust. Flußstern lachte, sagte noch etwas und wandte ihm den Rücken zu. Drago fuhr mit der Hand in sein Gewand und holte ein Küchenmesser hervor. Er schnellte vor und stieß es Flußstern in den Rücken. Schreiend krümmte sie sich vornüber. Drago packte sie an den Haaren, riß sie herum, rammte ihr das Messer in die Seite, in die Brüste, den Bauch. Flußstern schlug hilflos um sich – nichts konnte Dragos Raserei aufhalten. Schließlich glitt sie zu Boden, die Augen weit aufgerissen – ihr Mund öffnete und schloß sich in Todesqualen. Drago ließ sie los und stand keuchend über ihr. Mit boshafter und überheblicher Miene sah er zu, wie sie starb. Und lachte.

Leah keuchte, nachdem sie die entsetzliche Vision mit angesehen hatte, und ihr war nur undeutlich bewußt, daß jemand laut schrie.

Sie blinzelte und konnte wieder sehen und denken.

Es war Drago. »Nein! Nein! Nein! Nein!« Wolfstern hatte den Zauber von ihm gehoben, und Drago war zu Boden gesunken. Er hörte nicht auf zu schreien. »Nein! Nein! Nein!«

Zenit brach in Tränen aus, und Leah wurde bewußt, daß auch sie weinte.

Caelum und Wolfstern dagegen schienen ausgesprochen ruhig.

Höchste Zeit, daß wir dieses mörderische Geschwür in unserer Familie beseitigen, was, Wolfstern? Caelum sprach mit der Stimme seiner Gedanken, so daß nur Wolfstern ihn hören konnte.

Seine Angst vor Drago beherrschte ihn so sehr, daß er ein Bündnis mit dem abscheulichsten Dämon eingegangen wäre, hätte ihn das von seinem Bruder befreit.

Weit mehr als höchste Zeit. Die Blockade war ... widerstandsfähig. Woher hat er die Kraft für dergleichen? Ja, eindeutig höchste Zeit, um sich seiner zu entledigen. Aschure hätte das schon vor vierzig Jahren tun sollen. Sternensohn, jetzt könnt Ihr der Zukunft mit Zuversicht entgegenblicken. Das Grauen der Vergangenheit vergessen.

Und Euch den Prüfungen stellen, die Euch bevorstehen, dachte Wolfstern, schirmte diese letzten Gedanken jedoch vor Caelum ab. In dieser Hinsicht ist es wirklich besser, wenn Drago tot ist.

Caelum ließ sich wieder auf dem Sternenthron nieder, und Wolfstern trat beiseite, damit der Sternensohn das Urteil über seinen Bruder sprechen konnte, der noch immer vor ihm kniete.

»Drago, Eure Erinnerung, die zuvor so vorteilhaft löchrig war, hat den Mord an Eurer Schwester gestanden, und Ihr werdet die Strafe erleiden, die allen Mördern zusteht.«

»Nein!« schrie Drago heiser. »Diese ›Erinnerung‹ war das Trugbild der Einbildungskraft eines anderen. Ich habe Flußstern nicht getötet!«

»Das Erinnerungslied lügt nie«, sagte Caelum ohne jede Gefühlsregung. »Drago Sonnenflieger, Ihr seid zum Tode verurteilt. Ein Pfeil durch das Herz bei Sonnenaufgang. Also habe ich gesprochen und also soll es geschehen.« Er hielt inne und winkte dann vier Soldaten der Luftarmada herbei. »Bringt ihn fort.«

Als Caelum vom Podium trat und Drago aus dem Saal geführt wurde, nahm die Seewache Haltung an, das Schwert an der Stirn.

17

Die Seewache im Dienst

Zenit sank neben ihrem Bett zu Boden und hielt sich die Ohren zu. »Verschwinde, verschwinde, verschwinde«, murmelte sie.

Aber Niah weigerte sich. Sie war seit Zenits Geburt in ihr verborgen und hatte sich damit zufriedengegeben, nur von Zeit zu Zeit eine Erinnerung an die Oberfläche von Zenits Bewußtsein aufsteigen zu lassen und gelegentlich einen Ausflug in ihren Verstand zu unternehmen. Doch seit Wolfsterns Kuß, seit seinem Drängen, war Niah entschlossen, um ihre Vormachtstellung zu kämpfen.

In allen Geschichten, die Zenit über Niah gehört hatte, war sie als sanfte Frau beschrieben worden, die ihr Leben für Aschure geopfert hatte. Aber das Wesen, das sie in sich spürte, war alles andere als sanft. Hatte der Tod Niah so verändert?

Ganz gleich, was Caelum gesagt hatte – Zenit wußte in der Tiefe ihrer Seele, daß Niah ein anderes Wesen war als sie selbst. Sie waren zwei Wesen, nicht eines.

Ich bin nicht Niah! dachte sie und stieß einen Schrei aus, als sich ein Feuerstrahl in ihren Verstand bohrte.

Ich bin du – bleibt uns denn eine Wahl?

»Ich bin nicht du, und ich habe die Wahl, verdammt!«

Du willst, was ich will. Schon immer.

»War mein ganzes bisheriges Leben eine Lüge?« Zenits Schrei hallte durch das leere Zimmer. »Waren alle meine Entscheidungen die einer anderen, hat Niah sie mir eingeflüstert?«

Wer konnte ihr gegen diese aufdringliche Stimme helfen? Und selbst wenn ihr wirklich jemand helfen wollte, was konnten sie tun? Während der vergangenen Tage hatte Zenit alles versucht, was in ihrer nicht unbeträchtlichen Macht stand, doch nichts hatte Niahs Drängen geschwächt oder ihre wachsenden Kräfte eingeschränkt. Wenn schon Zenit sie nicht zurückhalten konnte ... wer dann? Caelum vielleicht, aber Caelum war der Meinung, daß es ihr bestimmt war, Niah anzunehmen. Daß sie sich »darauf einstellen« mußte.

»Nein! Nie!«

Voller Verzweiflung versuchte sie, das Abbild von Sternenströmer heraufzubeschwören, um darin Trost zu finden. Sie wollte von ihm hören, daß alles gut werden und daß er immer für sie da sein würde.

Doch so sehr sie sich auch bemühte, sie brachte nur flackernde Gespenster zustande – wabernde Bilder, die sich sofort wieder auflösten.

Beeinträchtigte Niah ihre Zauberkraft oder war da etwas – jemand – anderes?

Kurz mußte sie an Caelums Schwierigkeiten denken, als er das Erinnerungslied anstimmen wollte, doch in diesem Augenblick unternahm Niah einen erneuten Angriff, und Zenit vergaß alles, außer dem Ringen um ihre geistige Gesundheit.

Panisch suchte sie nach etwas, an dem sie sich festhalten konnte, das noch stärker als Niah war.

Was?

Drago! Ja, sie mußte ihre Gedanken Drago zuwenden. Er hatte weit größere Kümmernisse als sie, denn er hatte nur noch wenige Stunden zu leben. Die Nacht hatte bereits Einzug gehalten.

»Drago«, murmelte sie mit zusammengebissenen Zähnen und klammerte sich an seinen Namen und an seine Not wie an einen Talisman gegen die Angriffe der verhaßten Stimme in ihr. »Drago.«

Wolfstern ... wo er wohl sein mag?

Sie zwang sich, an Drago zu denken.

Welches Vergnügen du in seinen Armen finden wirst, mein Schatz. Er ist ein Sonnenflieger. Du sehnst dich nach seinem ...

Voller Verzweiflung rief sich Zenit die grauenvolle Vision in Erinnerung, die Wolfstern heraufbeschworen hatte, und endlich gelang es ihr, Niahs Stimme auszublenden. Das Erinnerungslied log nie, das wußten alle Zauberer ... doch Zenit fiel es schwer, zu glauben, daß die Vision die ganze Wahrheit gezeigt hatte. Schließlich war sie durch Wolfsterns Magie heraufbeschworen worden. Wolfsterns Macht kannte keine Grenzen, und er verabscheute Drago ebensosehr, wie Caelum es tat.

Weder Caelum noch Wolfstern waren bereit gewesen, an etwas anderes als Dragos Schuld zu glauben.

Niemand schien dazu bereit gewesen zu sein.

Also mußte Drago sterben. Er war verurteilt worden – nicht für das, was er Flußstern angetan haben mochte, sondern für das, was er vor all den Jahren Caelum angetan hatte.

Wie konnte sie Drago helfen? Es wäre zwecklos, bei Caelum vorzusprechen. Leah war die einzige, die ebenfalls an Drago glaubte, doch so liebenswürdig sie auch war, hier auf Sigholt wäre sie ihr keine Hilfe. Bei den Sternen, Caelum ließ sie fast so streng bewachen wie Drago!

Zared hätte vielleicht helfen können, aber Zared war nicht hier.

Zenit biß sich auf die Lippen. Die einzigen, in deren Macht es stand, Drago zu helfen, waren ihre Eltern. Doch auch sie mißtrauten Drago über alle Maßen, und Zenit war sich nur allzu bewußt, daß Drago seine Strafe ebenso ihnen wie Caelum oder Wolfstern zu verdanken hatte.

Blieb nur noch sie selbst. Sie war die einzige, die ihm helfen konnte. Traurig schüttelte sie den Kopf. Sie und Drago waren ihrem Schicksal ausgeliefert, dafür hatten Ereignisse gesorgt, die Jahrzehnte zurücklagen.

Nun, sie würde sich ihrem Schicksal nicht widerstandslos beugen, und sie sollte verdammt sein, wenn sie Drago dem seinen überließ. Sigholt war für sie beide ein Gefängnis, beide würden sie hier sterben. Im Morgengrauen wartete ein Pfeil auf Dragos Herz, und Wolfstern würde sich zweifellos das ihre holen.

Sie würden beide sterben, wenn sie hierblieben.

Nein.

Erneut drängte Zenit die Stimme zurück und stellte dankbar fest, daß es ihr leichter fiel als zuvor. Ja, sie mußte Drago retten. Vielleicht würde sie damit auch sich selbst helfen.

Zenit warf sich einen Umhang um die Schultern und huschte aus ihrem Zimmer. Es gab nur einen Ort, an den sie fliehen konnten, nur einen Menschen, der ihnen helfen mochte. Sternenströmer. Er würde sie anhören, und vielleicht wußte er um einen Zauberspruch, der Niahs Drang nach Freiheit ein Ende setzte. Zenit wußte nicht genau, wie sie zu ihm gelangen konnte – sie durfte es nicht wagen, sich der Magie der Brücke oder des Narrenturms zu bedienen, denn dann würde Caelum ihrer Spur folgen können –, aber ihr würde schon etwas einfallen.

Hier oben waren die Gänge verlassen. Alle waren zu Bett gegangen. Und schliefen tief und fest, dachte Zenit verbittert, bevor die letzte Gefahr für ihren Seelenfrieden am Morgen endlich beseitigt werden würde.

Aber auch die Gänge, die zu den unterirdischen Kerkern von Sigholt führten, waren verlassen. Zenit runzelte die Stirn.

Wo waren die Wachen?

Vorsichtig schlich sie weiter, spähte um jede Ecke. Nur wenige Fackeln brannten, flackerten in einem schwachen Luftzug, der aus dem Nichts zu kommen schien.

Niemand? Warum? Träumte sie? Sie ließen Drago doch gewiß nicht unbewacht? Zenit war davon ausgegangen, daß Caelum besondere Sicherheitsmaßnahmen angeordnet hatte.

Sie umrundete eine letzte Ecke und blieb unvermittelt stehen, die Augen ängstlich geweitet.

Vor ihr stand ein Soldat der Seewache. Seine elfenbeinfarbene Uniform schimmerte im schwachen Licht, und der goldene Knoten auf seiner Brust schien ihr entgegenzuspringen. Er stand aufrecht da, allerdings nicht in militärischer Haltung, und hatte seine Flügel sorgsam auf dem Rücken gefaltet. Zenit kannte seinen Namen nicht. Die Seewache mochte auf Sigholt allgegenwärtig sein, aber die Soldaten blieben meist unter sich.

»Was führt Euch hierher, Herrin?«

Sie zog ihren Umhang noch etwas fester um sich und behielt

ihre Flügel ebenfalls auf dem Rücken gefaltet. »Ich möchte meinen Bruder sehen. Er wird im Morgengrauen sterben.«

»Das habe ich gehört«, erwiderte der Wachmann. »Nun, es ist gut, daß Ihr gekommen seid. Wir haben darauf gewartet, daß jemand kommt.«

Was für eine sonderbare Bemerkung, dachte Zenit, fragte jedoch nicht nach, denn der Soldat schloß die Zellentür auf und öffnete sie. »Er wartet.«

Wirklich eigenartige Leute, dachte sie flüchtig und schob sich an ihm vorbei in die Zelle.

Drago saß in eine Ecke gekauert, den Rücken zur Wand, und starrte sie an. Alles an ihm strahlte Bitterkeit aus, und sie spürte, daß er auch bei ihr keine Ausnahme machte. Sie würde den Morgen überleben, er nicht.

»Ich habe den Tod nicht verdient«, sagte er.

»Auf jeden Fall hättest du verdient, daß dir jemand etwas Vernunft einbläut«, erwiderte Zenit. »Drago, bist du bereit, dir selbst zu helfen?«

Seine Augen wurden schmal. »Was soll das heißen?«

»Die Gänge sind verlassen, und vor der Zelle steht nur eine Wache. Sigholt schläft. Wenn ich den Soldaten hereinrufe, kannst du ihn dann überwältigen? Du könntest dich hinter die Tür stellen und ihn überraschen.«

In Dragos Augen leuchtete etwas anderes als Bitterkeit, doch Zenit hätte nicht sagen können, was es war. »Warum hilfst du mir, Zenit?«

»Weil wir aus diesem Gefängnis fliehen müssen, aber vor allem, weil du mein Bruder bist und ich dich liebe«, sagte sie leise.

»Niemand liebt mich!« entgegnete er. »Ich bin Drago!«

Ruhig erwiderte sie seinen Blick. »Wenn du leben willst, mußt du mir vertrauen.«

»Warum hilfst du mir?« fragte er erneut. »Caelum wird mehr als wütend auf dich sein.«

»Auch ich kann nicht hierbleiben, Drago. Wir müssen unserer Bestimmung entkommen.«

»Was meinst du damit?«

»Das kann ich dir hier und jetzt nicht erklären. Willst du nun fliehen?«

Er ließ noch einen Augenblick verstreichen und sah sie forschend an. Sie wirkte gelassen, aber etwas brodelte in ihr. Drago wurde bewußt, daß sie jeden Moment die Beherrschung verlieren konnte. »Ja. Ja, ich will fliehen.«

Er stand auf, reckte und streckte seine schmerzenden Muskeln, und trat hinter die Tür. »Ruf die Wache.«

Zenit stand in der Mitte der Zelle, der Tür gegenüber. »Wache, ich möchte jetzt gehen«, rief sie.

Stille.

Sie blickte Drago hilfesuchend an, und er wies mit einer Kopfbewegung zur Tür. »Noch mal«, flüsterte er.

Zenit wiederholte ihre Anweisung, mit hörbar angestrengter Stimme, doch nichts geschah.

Sie zitterte, und Drago trat unruhig von einem Fuß auf den anderen.

Also probierte sie es noch einmal, wieder ohne Ergebnis.

Drago fluchte leise und schlug mit der Faust gegen die Tür.

Nichts.

Zenit warf Drago einen Blick zu und näherte sich zitternd der Tür. Nach kurzem Zögern schlug sie mit der flachen Hand dagegen. »Öffnet! Bitte!«

Stille.

Zenit zögerte erneut, dann faßte sie einen Entschluß, packte den Türgriff und zog daran.

Die Tür schwang auf, und Zenit wäre fast hingefallen. Sie sprang zurück, damit Drago genug Platz hatte, um den Wachmann zu überwältigen, doch hinter der offenen Tür erwartete sie nur flackerndes Licht und Stille.

Zenit trat in den Korridor hinaus und sah sich um. Der Soldat war verschwunden.

Warum?

Aber jetzt war nicht die Zeit für Fragen, jetzt mußten sie die Gelegenheit beim Schopf ergreifen und sofort handeln.

»Komm!« zischte sie, beugte sich in die Zelle und packte Drago am Ärmel. »Komm schon!«

Er schlich aus der Zelle, duckte sich in die Schatten der Mauer und sah sich argwöhnisch um. »Wo sind die Wachen?«

»Wie, das weißt du etwa nicht? Nun, ich auch nicht. Drago, komm jetzt. Los!«

»Das ist eine Falle. Sie warten hinter der nächsten Abzweigung. Ich weiß es.«

»Meine Zauberkräfte sagen mir, daß der Weg frei ist.«

»Ich weiß mit Sicherheit, daß das eine Falle ist! Caelum wartet...«

Fast hätte sie ihn geschlagen, so wütend war sie. »Beweg dich! Sofort! Oder ich schwöre, ich werde dir nicht mehr helfen!«

Ohne einen Blick zurück, marschierte sie den Korridor hinunter.

Drago zögerte noch immer. Dann begriff er plötzlich. Flucht! Flucht – und wenn ihm die Flucht gelänge, würde er dann endlich sein Schicksal selbst bestimmen können?

Ja, er würde sich die Gelegenheit verdammt nochmal nicht entgehen lassen! Drago richtete sich auf und rannte Zenit hinterher.

Die Gänge blieben weiterhin verlassen, und Zenit führte Drago zu einer kleinen Tür in der Mauer der Festung. Als sie die letzte Abzweigung hinter sich hatten, blieb Drago stehen und hielt Zenit am Arm fest.

Er sah sie mit sonderbarer Miene an, den Kopf schräg gelegt, als lausche er auf etwas.

»Warte«, sagte er.

»Was?«

»Ich muß erst noch etwas holen.«

»Was?«

»Zenit, seit vierzig Jahren werde ich für die Taten meiner Kindheit bestraft. Seit vierzig Jahren wird mir mein Erbe verweigert. Jetzt möchte ich ein kleines Stück davon zurück.«

»Bei den tiefsten Tiefen der Abgründe zwischen den Sternen! Drago, dafür ist jetzt keine Zeit!«

Drago packte Zenit energisch beim Kinn. Sie erstarrte – vor Überraschung und vor Angst. Doch obwohl er sie zu sich heranzog, tat er ihr nicht weh. »War die Verhandlung gerecht, Zenit? War sie das?«

»Nein.«

»Habe ich jemals die Gelegenheit erhalten, mich von meiner Schuld reinzuwaschen?«

»Dafür hattest du vierzig Jahre lang Zeit, Drago. Gib Caelum nicht auch noch daran die Schuld.«

Er verzog das Gesicht und trat einen Schritt zurück. »Warte hier auf mich, Zenit.«

»Drago ...« Sie streckte eine Hand nach ihm aus, aber er war bereits verschwunden.

Dieser Dickkopf! Vor Wut schlug Zenit mit der Faust gegen die grob verputzte Mauer und biß sich dann auf die Lippen, um nicht vor Schmerz aufzuschreien. Was hatte Drago vor?

Sie wartete, bis die Ungewißheit zur Qual geworden war. Als sie schließlich den Entschluß gefaßt hatte, ihm zu folgen, hörte sie seine leisen Schritte.

»Was hast du gemacht?« zischte sie, als Drago zu ihr trat. Er trug ein Bündel bei sich, einen kleinen Leinenbeutel, in dem sich etwas befand, das sich ihrer Magie entzog.

»Was ist in dem Beutel, Drago? Und wie kommt es, daß niemand dich gesehen oder gespürt hat?«

Er lachte humorlos. »Ich bin durchaus in der Lage, unbemerkt über die Gänge zu schleichen, Zenit. Es hat Vorteile, gerissen zu sein.«

»Und der Beutel?«

Er zuckte mit den Achseln. »Nichts von Bedeutung.«

Jedenfalls wichtig genug, um dafür sein Leben aufs Spiel zu setzen, dachte Zenit. Und wie sonderbar, daß ich seinen Inhalt nicht wahrnehmen kann.

Du hast dein Bestes getan, Mädchen. Geh jetzt zurück ins Bett und warte auf deinen Liebhaber. Wolfstern wird dich in den Stunden vor dem Morgengrauen warmhalten. Er wartet. Ich kann ihn spüren. Ich will ihn spüren.

Zenit stieß einen leisen Schrei aus und faßte sich an den Kopf.

»Zenit? Was ist los?«

»Wir müssen hier weg, Drago. *Schnell!*«

Drago starrte sie an, aber sie schien sich von ihrem Schwächeanfall erholt zu haben, und natürlich hatte sie recht. Er hatte bereits zuviel gewagt und zuviel Zeit verschwendet, um seine ... seine Lebensversicherung zu holen.

»Dann los!« Er packte sie am Ellbogen und schob sie durch die Tür in die Nacht hinaus.

Im Burghof standen einige Wachleute herum, aber Zenit hielt den Kopf hoch erhoben, lächelte und drückte Drago an sich. Sein Kopf lag an ihrer Schulter und ihr Arm um seine Taille. Die Wachen schenkten ihnen kaum Beachtung. Zenit und ... ein Liebhaber, vielleicht ... auf einem nächtlichen Spaziergang.

Durch das Tor und zur Brücke.

Die Brücke. Die magische Hüterin der Festung. Würde sie sie anrufen? Würde sie sie aufhalten?

»Seid gegrüßt, schöne Zenit«, sprach die Brücke und fuhr in schärferem Tonfall fort: »Und Ihr, verräterischer Sohn.«

Drago erstarrte. Sogar die Brücke wußte, wie sie ihn treffen konnte.

Zenit sprach hastig und hoffte, die Brücke würde ebenso leise antworten. »Wir machen nur einen Spaziergang, Brücke. Kümmert Euch nicht weiter um uns.«

»In den letzten Tagen ist auf Sigholt ein Unglück geschehen«, sagte die Brücke. »Und Drago trifft die Schuld daran. Ich kann Euch nicht passieren lassen. Ich *werde* Euch nicht passieren lassen. Er hat mich schon einmal hereingelegt.«

»Nein!« sagte Zenit. »Bitte, Brücke, wir wollen nicht ...«

»Nein.«

Zenit spürte Dragos angespannten Körper neben sich. Sie hatte entsetzliche Angst, daß er versuchen würde, über die Brücke zu laufen, ohne Rücksicht auf die Folgen.

»Wir können immer noch durch den Graben schwimmen«, flüsterte sie.

»Gleichgültig was Ihr tut«, sagte die Brücke unnachgiebig,

»Ihr werdet nicht hinübergelangen. Schon gar nicht mit dem, was Ihr bei Euch tragt, verhaßter Sohn.«

Zenit warf erneut einen Blick auf den Beutel, den Drago unter seinen Arm geklemmt hatte. Was sich wohl darin befand?

»Ihr scheint nicht recht zu verstehen, Brücke«, war plötzlich eine leise Stimme zu hören. Drago und Zenit fuhren erschrokken herum.

Flügelkamm Krummklaue schritt langsam von der Festung her auf die Brücke zu. Er nickte ihnen zu und wandte sich dann wieder an die Brücke.

»Drago und der Beutel sind eins. Laßt ihn passieren...«

»Das kann ich nicht glauben!« zischte die Brücke. »Er?«

»Schon immer«, erwiderte Flügelkamm.

Vollkommene Stille. Zenit verstand nicht, was geschah – was tat Flügelkamm da? Was hatte er gesagt? Warum kamen die Wachen nicht aus Sigholt gestürzt und nahmen sie fest? Warum...

»Ihr könnt passieren«, sagte die Brücke mürrisch.

»Geht«, sagte Flügelkamm und gab Zenit einen leichten Stoß.

Drago ließ sich das nicht zweimal sagen. Er rannte über die Brücke, und Zenit folgte ihm nach kurzem Zögern.

»Es wäre hilfreich«, sagte Flügelkamm zur Brücke, »wenn Ihr niemandem erzähltet, was gerade geschehen ist oder was ich zu Euch gesagt habe.«

Die Brücke dachte einen Augenblick nach. »Es fällt mir schwer, zu glauben, daß Drago...«

»Das Labyrinth führt manchmal scheinbar in die Irre«, sagte Flügelkamm. »Nur wenige verstehen seine Rätsel.«

18

Die Jagd auf Drago

Caelum hatte Askam, Herme und Theodor kurz vor Tagesanbruch in das Kartenzimmer kommen lassen, um die letzten Einzelheiten von Dragos Hinrichtung zu besprechen, als Flügelkamm und ein weiterer Soldat der Seewache klopften und hereinkamen.

Der Soldat trat an seinem Hauptmann vorbei und verneigte sich. »Drago ist nicht mehr da, Sternensohn.«

»Was?« Caelum mußte sich sehr zusammennehmen, um den Vogelmann nicht am Uniformrock zu packen. »Was meint Ihr damit – ›Drago ist nicht mehr da‹?«

Das Gesicht des Soldaten blieb ausdruckslos. »Sternensohn, als wir die Zelle heute morgen aufgeschlossen haben, war er verschwunden.«

Herme und Theodor wechselten Blicke – sie wußten nicht, was sie davon halten sollten. Askam murmelte kurz etwas vor sich hin.

Caelum sah Flügelkamm an. »Wie ist das möglich?«

»Noch kann ich das nicht sagen, Sternensohn.« Er wies auf den Vogelmann, der mit ihm hereingekommen war. »Vielleicht kann Himmelsgleiter uns eine Erklärung liefern. Er war vergangene Nacht für die Wachmannschaft verantwortlich.«

»Himmelsgleiter? Dann erklärt Ihr uns gefälligst, wie das möglich ist!«

»Sternensohn, wir hatten entlang des gesamten Ganges, der zum Kerker führt, Wachen aufgestellt. Drei Wachen standen genau vor Dragos Tür. Sie haben gemeldet, daß er keinen Besuch erhielt und daß sie während der ganzen Nacht kein Geräusch gehört haben. Das sind gute Männer, Sternensohn. Wenn Ihr wollt, kann ich sie holen lassen, damit Ihr selbst prüfen könnt, ob sie die Wahrheit sprechen.«

»Nein, Himmelsgleiter.« Caelum hatte seine Beherrschung wiedergefunden. »Das wird nicht nötig sein. Askam? Ich möchte, daß Ihr die Festung durchsuchen laßt. Euch stehen alle Truppen zur Verfügung, die hier stationiert sind. Und schickt mehrere Einheiten nach Seeblick. Er könnte sich in der Stadt verstecken.«

»Wie Ihr wünscht, Sternensohn. Und wenn wir ihn finden?«

Caelum sah ihn gelassen an. »Es ist mir gleichgültig, wie Ihr ihn mir bringt, Askam. Tot oder lebendig. Hauptsache, Ihr bringt ihn mir.«

Askam hatte verstanden. Sein Mund verzog sich zu einem leisen Lächeln, als er sich vor Caelum verneigte und den Raum verließ.

Caelum wandte sich an die beiden anderen Edelleute. »Herme? Theodor?«

Die beiden traten nach kurzem Zögern vor. Auch sie wünschten sich nichts sehnlicher, als von hier zu verschwinden. Auf sie warteten im Westen wichtige Aufgaben. Würde dies ihre Abreise verzögern?

Verflucht sei die sonderbare Regelmäßigkeit, mit der die Sonnenflieger Katastrophen anzuziehen scheinen, dachte Theodor mit ausdrucksloser Miene. Es grenzte schon an ein Wunder, wenn sie den Namenstag eines Kindes überstanden, ohne einen Kriegsrat zusammenrufen zu müssen.

»Ja, Caelum?« sagte Herme.

»Ich möchte, daß Ihr mit einem Suchtrupp in die Urqharthügel reitet. Sollte es Drago gelungen sein, über die Brücke ... verdammt ... die Brücke! Sie weiß sicher, was geschehen ist! Daran hätte ich früher denken müssen!«

Flügelkamm biß sich auf die Lippen, doch niemand schenkte ihm Aufmerksamkeit.

Caelum wandte sich wieder an den Soldaten der Seewache. »Himmelsgleiter, übernehmt Ihr das!«

»Wie Ihr befehlt«, erwiderte Himmelsgleiter, trat an das Fenster und erhob sich in die Lüfte.

»Die Brücke hat Drago schon einmal geholfen«, sagte Caelum zu Flügelkamm. »Ich werde sie Stein um Stein auseinanderreißen, wenn sie es wieder getan hat.«

Ich wünsche Euch Glück, dachte Flügelkamm. Sie ist von mächtigeren Magiern gebaut worden, als Ihr es seid. »Damals wurde sie überlistet, Caelum.«

»Dann kann sie wieder überlistet werden. Diese verdammte Brücke! Soll sie uns nicht schützen? Herme, Theodor, was steht Ihr hier noch herum?«

»Wir wollten abwarten, was die Brücke sagt«, erwiderte Theodor. »Es wäre zwecklos, die Hügel zu durchkämmen, wenn sie weiß, wo er ist.«

»Ja, ja, natürlich«, murmelte Caelum verärgert. Er blickte zum Fenster. »Wo bleibt Himmelsgleiter?«

Er hatte kaum ausgesprochen, als der Soldat vor dem Fenster auftauchte, nach dem Rahmen griff und sich hindurchschwang.

»Nun?« zischte Caelum.

»Nichts«, sagte Himmelsgleiter. Krummklaue entspannte sich sichtlich – die Brücke hatte geschwiegen. »Die Nacht war ruhig. Außer den gewohnten Streifen ist niemand hinübergegangen.«

»Dann ist es wohl nicht notwendig…«, hob Herme an, aber Caelum fiel ihm ins Wort.

»Egal. Ich möchte trotzdem, daß Ihr die Hügel absucht. Ich … ich will sicher sein, daß er die Festung nicht verlassen hat. Beeilt Euch!«

Theodor saß bereits auf seinem tänzelnden Pferd, als Herme das seine bestieg.

»Wir sind wegen einer Ratssitzung nach Sigholt gekommen, Herme«, sagte er übellaunig, »nicht um Soldat zu spielen.«

»Immerhin kommen wir so zu einem morgendlichen Ausritt, mein Freund«, sagte Herme und machte es sich im Sattel bequem. »Und Ihr habt Gelegenheit, noch ein wenig mehr abzuspecken.«

Theodor vergaß seine schlechte Laune und lachte gutmütig. Roland, sein Großvater, war für seinen Leibesumfang berühmt gewesen. Theodor dagegen war ein schlanker Mann, doch durfte man sich davon nicht täuschen lassen: Er vernachlässigte seine Muskeln nicht.

»Und jetzt sollen wir Jagd auf einen aus der berühmten Sonnenfliegerbrut machen?« sagte er, als Herme sein Pferd neben ihm zügelte. »Ich kann es Drago kaum verübeln, daß er die schöne Flußstern aufgeschlitzt hat. Mit ihrer Zunge hätte sie einen Rostbraten aus dreißig Schritt Entfernung aufschneiden können.«

»Theodor!« Herme sah sich besorgt um. »Hier haben die Mauern Ohren! Paßt auf, was Ihr sagt!«

»Nun denn.« Theodor zuckte mit den Achseln. »Laßt uns mit der Jagd beginnen, wie Ihre Sternenhelligkeit es befohlen ...«

»Theodor!« zischte Herme. »Seid still!«

Theodor grinste ihn an, aber er gab seinem Pferd die Sporen und schwieg nun.

Die Hügel im Umland von Sigholt waren nicht besonders hoch, aber von zahllosen Schluchten durchzogen, die alle weniger als zwei Stunden Fußmarsch von See und Festung entfernt lagen. Auch Baumfarne und Unterholz boten überall Unterschlupf. Herme und Theodor waren den ganzen Morgen und bis in den Nachmittag hinein unterwegs. Sie teilten ihre dreißig Mann starke Kompanie in drei Gruppen auf, um ein möglichst großes Gebiet abzusuchen, aber der magische blaue Nebel war dicht und die Hügel verschwiegen. Der Nachmittag war bereits zur Hälfte verstrichen, und sie hatten noch keine Spur von Drago gefunden.

»Wahrscheinlich schleicht er noch in den Kellern von Sigholt umher«, sagte Theodor, während er zu Herme aufschloß. »Mein Freund, die Sonne nähert sich dem Horizont, und wir haben seit heute morgen nichts mehr gegessen. Darf ich vorschlagen –«

Ein Ruf ließ sie aufhorchen. Einer der Vorausreitenden kam aus einer schmalen Schlucht im Südosten auf sie zugetrabt.

»Mein Herzog? Mein Fürst? Ich bin in der Schlucht auf eine Spur gestoßen. Sie ist noch nicht alt. Größe und Tiefe der Stiefelabdrücke lassen auf einen Mann und eine Frau schließen. Eine Vogelfrau – ihre Flügel haben hinter ihren Fußabdrücken eine schwache Schleifspur hinterlassen.«

Herme und Theodor wechselten einen Blick und gaben ihren Pferden die Sporen.

Ungefähr fünfzehn Schritt innerhalb der Schlucht entdeckten sie die Spuren auf einem Stück weichem Untergrund.

Theodor schwang sich aus dem Sattel, um sie genauer zu betrachten. Schließlich hob er sichtlich erregt den Blick.

»Herme? Das sind...«

»Nicht Dragos Spuren?« fiel Herme ihm ins Wort. »Nun, wir haben unser bestes getan.«

Er wandte sich an den Reiter, der sie begleitet hatte. »Reitet zu den anderen zurück und sagt ihnen, daß sie sich auf den Weg nach Sigholt machen sollen. Diese Suche ist zwecklos. Drago muß sich noch in der Festung oder in ihrer näheren Umgebung befinden.«

»Jawohl, mein Herr«, sagte der Soldat und wendete sein Pferd.

Theodor wartete, bis er außer Hörweite war, und richtete sich dann auf. »Herme? Was soll das? Das sind eindeutig Dragos Spuren. Sieh doch, diese quadratischen Abdrücke stammen unverkennbar von seinen Stiefeln.«

»Und was sollen wir Eurer Meinung nach tun, Theodor? Ihm nachreiten und ihn für Caelum zur Strecke bringen?«

Theodor runzelte unsicher die Stirn. »Nun ...«

»Auf keinen Fall, mein Junge. Für unsere Zwecke ist es weit besser, wenn Drago auf der Flucht ist und nicht auf Sigholt eingesperrt oder bestattet.«

Theodors Miene hellte sich auf. »Natürlich! Caelum kann wochenlang damit beschäftigt sein, ihn zu suchen.«

»Oder er ist zumindest so sehr damit beschäftigt, sich Gedanken um ihn zu machen, daß er anderen Angelegenheiten nicht die nötige Aufmerksamkeit schenkt. Ein freier Drago sorgt für

Angst und Schrecken und stiftet Verwirrung – was könnte uns besser zupaß kommen?«

Theodor riß einen kleinen Stechginsterstrauch aus der feuchten Erde und verwischte die Fußabdrücke.

»Dann ist es nur gut, daß wir keine Spur von ihm gefunden haben, was, Herme?« sagte er und stieg schließlich wieder auf sein Pferd.

Herme grinste und sah plötzlich um Jahre jünger aus. »Zweifelsohne, Theodor. Diese Tatsache müssen wir auch dem Soldaten klarmachen, der der irrigen Meinung ist, er wäre hier auf eine Fährte gestoßen. Laßt uns zurückreiten und etwas essen.«

»Nichts«, lautete Hermes Bericht an Caelum. Seinem Gesicht war anzusehen, wieviel Kraft ihn die Suche gekostet hatte.

Er und Theodor saßen noch immer im Sattel. Vor ihnen im Burghof von Sigholt standen Caelum und Askam.

Caelum nickte. Sein Gesicht war von Sorge gezeichnet. »Herme, Theodor, ich danke Euch.«

»Auch unsere Suchtrupps haben auf Sigholt oder in Seeblick nichts gefunden«, sagte Askam. »Wo könnte sich die Schlange verkrochen haben?«

»Nur die Sterne wissen, was für ein Unheil er dort draußen anrichten mag«, murmelte Caelum. »Was hat er vor? Wo steckt er?«

Die Stille zog sich vier oder fünf Herzschläge hin, bevor Theodor das Wort ergriff.

»Wir, äh, würden uns gerne morgen früh auf den Weg machen«, sagte er. »Mit Eurer Erlaubnis, Sternensohn.«

»Was? Ach ja, warum nicht. Askam, werdet Ihr noch etwas hierbleiben? Möglicherweise benötige ich noch Reiter, welche die Luftarmada bei der Suche unterstützen.«

Askam deutete eine Verbeugung an. »Wie Ihr wünscht, Sternensohn.«

»Vielleicht können Theodor und meine Wenigkeit Prinzessin Leah nach Hause begleiten«, sagte Herme.

Caelum und Askam blickten erstaunt zu den beiden Reitern auf und sahen sich dann fragend an.

Askam hob die Schultern. »Ich wüßte nichts, was dagegen spricht, Caelum.«

»Es wäre mir lieber, wenn Zenit sie durch den Narrenturm zurückbringt«, erwiderte Caelum. »Das ist schneller und sicherer.«

»Es würde uns nichts ausmachen, sie bis nach Karlon –«, hob Herme an, aber Caelum unterbrach ihn mit einer Handbewegung.

»Nein. Das kann Zenit übernehmen. Ihr Herren, wenn Ihr Euch umziehen und etwas essen wollt – ich möchte Euch bei Einbruch der Dunkelheit im Kartenzimmer sehen.«

Caelum konnte Zenit jedoch nirgends finden. Nachdem die Seewache den ganzen Tag nach Drago gesucht hatte, suchte sie den ganzen Abend nach Zenit, von sämtlichen Soldaten unterstützt, die auf Sigholt stationiert waren. Nichts.

Spät nachts brach Caelum die Suche schließlich ab.

»Nun, vielleicht ist es am besten, wenn Ihr Leah morgen früh mitnehmt«, sagte er müde zu Herme und Theodor. Die beiden Edelleute nickten und verbargen ihre Erleichterung, so gut sie konnten.

»Wie Ihr wünscht«, erwiderte Theodor. Sie verneigten sich und gingen hinaus.

Caelum war überzeugt, daß er wußte, wo sich Zenit befand. Sobald er das Kartenzimmer für sich hatte, sammelte er seine Zauberkräfte.

Wolfstern! Wolfstern! Wolfstern!

Und der Zauberer erschien – die Verzweiflung in Caelums Stimme hatte ihn neugierig gemacht. »Ja?«

Caelum sah Wolfstern mit scheelem Blick an. Wolfstern hatte einmal mehr aus dem Nichts Gestalt angenommen. Diesen Zauber konnte Caelum nur mit größter Konzentration und unter Einsatz seiner ganzen Macht vollbringen. Wolfstern dagegen erweckte den Eindruck, als wäre jedes fünfjährige Kind dazu in der Lage.

»Wo ist Zenit?«

Wolfstern hob eine Augenbraue. »Zenit? Ihr habt mir gesagt, ich solle sie in Ruhe lassen. Ich habe ihr nichts getan.«

Er wandte sich um und entfernte sich ein paar Schritte. Seine goldenen Flügel raschelten verärgert, sein Rücken hatte sich angesichts dieser Beleidigung versteift.

»Sie ist nicht auf Sigholt«, sagte Caelum. »Und ... und Drago ebensowenig.«

Wolfstern fuhr herum. »Was? Er ist nicht tot?«

»Sie sind beide verschwunden. Ich ... ich habe ihr Verschwinden bis zu diesem Augenblick nicht miteinander in Verbindung gebracht.«

Wolfstern starrte ihn an und biß sich auf die Lippen, während Caelum ihm erzählte, was seit Tagesanbruch geschehen war.

»Ich werde sie finden«, sagte er, nachdem Caelum geendet hatte. »Mir werden sie nicht entkommen!«

19

Auf der Flucht

Sie flohen in südöstlicher Richtung durch die Urqharthügel, Drago voraus, Zenit einige Schritt hinter ihm. Fast sofort, nachdem sie die Brücke überquert hatten, waren sie in den schützenden blauen Nebel eingetaucht. Drago wollte ihn hinter sich lassen, bevor Alarm geschlagen wurde – die Magie, die den Nebel geschaffen hatte, war ihm fremd, und er befürchtete, seine Schwester und er könnten nicht mehr aus ihm hinausfinden.

Während er weiterhastete, hielt er den Beutel noch immer fest umklammert.

Zwei Stunden nach Sonnenaufgang war nicht mehr zu übersehen, daß Zenit sich ausruhen mußte. Sie atmete keuchend, stolperte oft und griff nach allem, was ihr Halt bieten konnte. Drago zog sie unter einen Felsüberhang. Fast mußte er sie zu Boden stoßen, denn sie beteuerte immer noch, daß sie weitergehen konnte.

»Verdammt, Zenit. Warum hast du mir nicht gesagt, daß du so erschöpft bist! Wir werden uns hier eine Weile hinsetzen.«

»Nur ein paar Minuten, Drago. Ich muß nur etwas verschnaufen.«

Er sah sie an. »Laß dir Zeit.«

Sie nickte, stützte den Kopf in die Hände und atmete so tief durch, wie ihre schmerzenden Lungen es gestatteten. Normalerweise war sie kräftig und ausdauern, aber ihre Auseinandersetzungen mit Niah hatten sie körperlich wie geistig ausgelaugt.

Drago betrachtete sie wortlos. Er wußte nicht, warum sie ihm geholfen hatte oder warum sie noch immer bei ihm war. Sie hatte Flügel und hätte längst einige Wegstunden weit weg sein können. Zu Fuß waren Flügel eher ein Hindernis als eine Hilfe.

Sie hatte gesagt, sie hätte es aus geschwisterlicher Liebe getan, doch Drago konnte das nicht ganz glauben.

»Kann dieser Nebel uns festhalten?« fragte er, als Zenit wieder etwas ruhiger atmete.

»Ich weiß nicht sehr viel über ihn, aber, ja ... ich glaube, das könnte er.«

»Wie weit erstreckt er sich noch?«

Zenit strich sich die Haare aus den Augen. »Zu Fuß vielleicht noch ein oder zwei Stunden.«

»Und dann?« fragte er leise.

Sie schwieg eine ganze Weile, bevor sie antwortete. »Die Insel des Nebels und der Erinnerung.«

»Was? Bei den Göttern, Zenit! Und wie sollen wir dorthin gelangen? Das sind tausend Wegstunden ... mehr!«

»Drago ...«

»Bei den Sternen! Genausogut hättest du mich in meiner Zelle ...«

Voller Zorn packte sie ihn am Handgelenk. »In deiner Zelle lassen können? Du wärst nicht mehr in deiner Zelle, Drago! Du lägst von einem Pfeil durchbohrt auf einer Bahre und wärst zu deinem Grab unterwegs!«

Sanft löste er sich aus ihrer Umklammerung, und als er wieder das Wort ergriff, klang seine Stimme etwas gelassener. »Warum die Insel des Nebels und der Erinnerung?«

»Sternenströmer ist dort.«

Drago lehnte sich zurück und dachte nach. Sternenströmer würde sich vielleicht freuen, Zenit zu sehen, und sie wäre natürlich überglücklich, aber würde ihr Großvater sich auch freuen, ihn zu sehen?«

Wo sollte er jedoch sonst hingehen? Zumindest konnte er sich in dem Urwald verstecken, der den größten Teil der Insel bedeckte.

Er stieß ein leises Brummen aus, als er sich vorstellte, den Rest seines Lebens als Wilder im Dschungel zu leben. Zweifellos hielten viele das für ein angemessenes Schicksal für Drago den Verräter. *Haltet euch vom finsteren Wald fern, Kinder, oder Drago der Verräter wird euch fressen!*

»Ich habe mir gedacht, wir könnten durch die Wälder dorthin gelangen«, sagte Zenit leise. »Wenn wir erst einmal die Urqharthügel hinter uns gelassen haben, ist es nicht mehr weit bis zum Bardenmeer.«

»Bis dahin werden sie uns längst eingeholt haben.«

»Vielleicht, vielleicht auch nicht. Drago ...«

»Ich weiß. Flügelkamm.«

»Warum hat er uns geholfen? Ist er nicht ein treuer Diener Caelums?«

Drago kicherte, und Zenit hielt den Atem an. Drago lächelte so selten, daß sie vergessen hatte, wie sein Gesicht dabei strahlte.

»Dann kann ich Flügelkamms ›Treue‹ nur bewundern.« Drago grinste noch immer und Zenit spürte, daß auch sie lächeln mußte.

»Ich weiß es einfach nicht, Zenit«, fuhr Drago fort und wurde wieder ernst. »Flügelkamm war mir ehrlich gesagt schon immer ein Rätsel. Manchmal habe ich ihn dabei ertappt, wie er mich anstarrte, mit einem ganz sonderbaren Gesichtsausdruck ...«

Dieser Gesichtsausdruck hatte Drago am meisten verunsichert. Er hatte gelernt, mit Abscheu fertig zu werden, mit Verachtung oder sogar Angst – aber Flügelkamm war so undurchschaubar gewesen, daß Drago ihm nach Möglichkeit aus dem Weg gegangen war.

Zenit bemerkte das Unbehagen in der Miene ihres Bruders und beschloß, das Thema zu wechseln.

»Wir werden es bis zum Wald schaffen, Drago. Ganz sicher«, sagte sie bestimmt.

»Und er wird uns beschützen«, ergänzte Drago langsam. »Kein bewaffneter Suchtrupp kann durch den Wald reiten, und Caelum wird es nicht wagen, seine Jagdhunde hineinzuschicken. Die Schatten sind dem Flüchtling gewogen. Dort sind wir sicherer als an jedem anderen Ort.«

Die Bäume des Bardenmeers haßten Waffen über alles – mit

Ausnahme der Jagd vielleicht. Der magische Wald war voller Geschöpfe, die so hellsichtig und verwundbar waren, daß kaum einer, der sich ihm mit Waffen oder Jagdhunden näherte, auch nur die Berührung der Schatten auf den Pfaden unter den Bäumen überlebte.

Zenits Blick fiel auf den Beutel, den Drago fest umklammert hielt. »Was hast du da drin, Drago? Es entzieht sich meiner Magie.«

Drago mußte lächeln. »Aha, auch die Macht der Sonnenflieger kennt Grenzen. Was sich in diesem Beutel befindet, spielt im Augenblick keine Rolle. Ich habe nicht vor, ihn innerhalb des magischen Nebels zu öffnen.«

Er sah seine Schwester an. »Komm«, sagte er, stand auf und streckte ihr die Hand hin. »Wir müssen weiter.«

Noch eine Stunde lang mühten sie sich durch den Nebel. Das Sonnenlicht drang hindurch, aber nur schwach. Felsen und Abgründe tauchten so unvermittelt auf, daß sie achtgeben mußten, nicht in eine Schlucht zu stürzen. Von Zeit zu Zeit stöhnte Zenit leise und hielt sich den Kopf, doch wenn Drago nachfragte, beharrte sie darauf, daß es ihr gut gehe und sie weitergehen könne.

Doch gerade als sie die tiefen Schatten eines mit Felsen bedeckten Tals erreicht hatten, stieß Zenit einen Schrei aus, fiel vornüber und klammerte sich verzweifelt an Dragos Umhang.

»Zenit! Was ist...«

Er brach ab, als er ihr Gesicht sah. Es war totenblaß und von einem fiebrigen Glanz überzogen, der nicht nur vom Nebel herrühren konnte.

»Zenit?« Er legte den Arm um sie.

Er spürte das wilde Klopfen ihres Herzens. »Zenit?«

»Zenit«, flüsterte sie. »Ist das mein Name? Nein, nein, irgendwie klingt er falsch.«

Drago schloß sie fester in die Arme. »Was redest du da?«

Sie hob den Kopf und blickte ihn an. »Was mache ich hier? Ich muß mich um meine Pflichten kümmern. Die Erste sollte sich nie weit vom Berg entfernen.«

Sie wand sich in seinem Griff. »Wer seid Ihr, daß Ihr es wagt, mich anzufassen?«

Und dann stöhnte sie, als sei sie todkrank, und brach zusammen. »Nein! Nein! Mein Name ist Zenit!«

Sie atmete tief durch, zitternd vor Anstrengung, setzte sich langsam auf und lächelte ihren Bruder an. »Was trödeln wir hier herum? Komm, bestimmt sind es nur noch wenige Minuten, bis wir den Nebel hinter uns gelassen haben.«

Zwei lange Stunden später traten sie aus dem Nebel heraus. Es war bereits spät am Morgen. Drago wußte nicht, ob er stehenbleiben und in der sonnendurchfluteten Luft tief durchatmen sollte, oder ob es nicht besser war, sich zu ducken und nach Kundschaftern der Luftarmada Ausschau zu halten – gewiß waren sie auf der Suche nach ihm.

Hinter ihm stolperte Zenit in das Licht der Sonne. Ihr dünnes Kleid war am Saum zerfetzt, und ihr Umhang hatte einen breiten Riß. Trotzdem gelang es ihr, einen Teil ihrer Selbstbeherrschung wiederzuerlangen. »Wo sind wir?«

»In den Hügeln oberhalb der Gundealgafurt, glaube ich«, erwiderte Drago langsam, obwohl er sich dessen nicht ganz sicher war. Durch diese Berge war er seit Jahren nicht mehr gekommen. Er sah Zenit lange an. Mit ihr war ganz eindeutig etwas nicht in Ordnung. Mit ihrem Verstand, dachte er, denn von ein paar Kratzern und blauen Flecken abgesehen war sie unverletzt.

»Zenit, schau – dort auf der Lichtung ist hinter der Felsnase ein geschützter Platz. Du mußt dich ausruhen. Und ich auch. Wir haben den verdammten Nebel hinter uns, vielleicht wäre es besser, bis zum Einbruch der Dunkelheit zu warten, bevor wir weitergehen.«

Sie zögerte nicht einmal. »Ja ... stützt du mich bitte ein wenig, Drago? Ich weiß nicht, wie lange ich noch laufen kann.«

Er half ihr über die Felsen und in den gesprenkelten Schatten eines kleinen Hains goldfarbener Eschen. Kaum war sie zu Boden gesunken, rollte sie sich wie ein kleines Kind zusammen.

»Zenit, wenn du aufwachst«, sagte Drago leise, »sagst du mir, was mit dir los ist.«

»Mmmm«, murmelte sie und wurde von Schlaf überwältigt.

Drago drückte seinen Beutel fest an sich und hielt den ganzen Tag über bei seiner Schwester Wache. Er behielt den Himmel im Auge und wurde immer nachdenklicher.

Er war auf der Flucht, und seine Verfolger waren fest entschlossen, ihn zu töten.

In seinem ganzen Leben hatte er sich noch nie so frei gefühlt.

Seine Finger schlossen sich einen Moment lang um den Beutel, und er mußte lächeln.

Dann wurde er plötzlich ganz ruhig und lehnte sich an einen Baumstamm. Vielleicht gelänge ihm und Zenit die Flucht. Vielleicht erhielte er endlich die Gelegenheit, sein Leben selbst in die Hand zu nehmen. Allein die Vorstellung: Sein eigener Herr zu sein!

In der Küche hatte er zu Zenit gesagt, daß es ihm nichts nützen würde, Sigholt zu verlassen – es spräche sich herum, daß Axis' verräterischer Sohn durch das Land streife, und überall würden ihm die Türen vor der Nase zugeschlagen. Er hatte gesagt, daß er nirgendwo die Möglichkeit hätte, sein eigenes Leben zu führen.

Aber stimmte das auch? Er konnte seine Haare färben, sich einen Bart wachsen lassen, einen neuen Namen annehmen, eine neue Persönlichkeit. Wie wäre es, als fahrender Händler durch das Land zu ziehen oder als Tagelöhner?

Wie wäre es, gemocht zu werden?

Mit Ausnahme von Zenit, und in geringerem Maße Leah und Zared, kannte Drago niemanden, der mit ihm befreundet sein wollte oder ihn gar liebte. Seiner wenig beneidenswerten Lage auf Sigholt war er sich erstmals im Alter von drei Jahren bewußt geworden. An jenen Tag konnte er sich noch gut erinnern. Er hatte alleine im Burghof gespielt, war zwischen den Heuhaufen und dem Mist, den die Stallburschen aus den Ställen schaufelten, hin und her gestolpert, als er plötzlich die Frau des Kochs bemerkt hatte, die ihr sechs Monde altes Kind in die Sonne trug.

Über einem Arm hatte sie eine Decke, die sie ausbreitete, um sich mit dem Kind darauf niederzulassen. Nach einiger Zeit erklang der Ruf des Kochs aus der Küche, und die Frau ging hinein, nachdem sie sich überzeugt hatte, daß ihr Kind eingeschlafen war.

Drago war neugierig geworden: So ein kleines Kind hatte er noch nie gesehen. Also tappte er hinüber. Seine Stirn legte sich in Falten und seine Fäuste ballten sich vor Anstrengung, denn das Kopfsteinpflaster war naß, und er wollte nicht ausrutschen. Er hatte sich der Decke bis auf vier oder fünf Schritte genähert, als die Mutter wieder aus der Küche trat.

Kaum hatte sie einen Blick auf sein Stirnrunzeln und seine Fäuste geworfen, fing sie schon in panischer Angst zu schreien an.

Ihr Kind war aufgewacht und schrie ebenfalls, wie auch Drago, dem Mutter und Kind einen Riesenschreck eingejagt hatten.

Die Frau hatte das Kind an sich gerissen und fauchte Drago buchstäblich an. »Laß mein Kind in Ruhe! Wenn du noch einmal in seine Nähe kommst, bring ich dich um!«

Auf diesen Lärm hin kam ein Dutzend Menschen herbeigeeilt, darunter seine Eltern und Caelum, der damals nur ein paar Jahre älter war als er.

Aschure war mit Zenit schwanger, und als sie die Frau und das weinende Kind sah, die beide Drago angsterfüllt anstarrten, stieß sie selbst einen Schrei aus, packte Drago an der Schulter und riß ihn herum.

»Ich will dich nie wieder in der Nähe eines Kindes sehen! Hörst du, Drago? Wenn mein Kind geboren ist, wirst du es in Ruhe lassen ... hast du mich verstanden?«

Drago konnte sie kaum hören, so sehr schluchzte er, aber er nickte trotzdem. Noch schlimmer als die Schreie und die Worte waren die Leute, die um ihn herumstanden und ihn voller Abscheu, Verachtung oder Zorn anstarrten.

Du wirst nie wieder einem Kind weh tun, Drago ...

Versuch noch einmal, jemanden zu töten, und wir werden dich umbringen ...

Du wirst niemandem mehr weh tun ...

Wir werden nie vergessen, was du getan hast ...

Was du Caelum angetan hast ...

Was du Tencendor angetan hast ...

Wir werden dir nie vertrauen können ...

Nie ...

Nie ...

Worte und Gedanken der Menschen waren von Anschuldigungen und Haß durchdrungen, und Drago brach in ein heiseres Schluchzen aus. Was ging hier vor? Warum starrten ihn alle so haßerfüllt an? Warum? Warum? Warum? Er fiel zu Boden und verbarg das Gesicht in den Armen.

Schließlich ließen sie ihn dort liegen, zu einer Kugel zusammengekrümmt – wie Zenit jetzt auch –, um sich gegen den Haß und die Verachtung zu schützen.

Caelum war als letzter gegangen, und Drago hatte unter einem Arm hervor einen verstohlenen Blick auf sein Gesicht geworfen.

Darin lag eine solche Mischung aus schierer Angst – vor ihm –, aus Haß und Abscheu, daß Drago seine Augen so fest wie nur irgend möglich geschlossen hatte. Vor der Welt und vor allen, die darin lebten.

Dort hatte er gelegen und gehofft, jemand würde ihn aus diesem schrecklichen Alptraum wecken, als eine kleine Katze ihn mit dem Kopf angestupst hatte. Drago hatte die Arme nach dem einzigen Lebewesen ausgestreckt, das ihm Zuneigung entgegenbrachte, und die Katze an sich gedrückt. Sie hatte sich an seine Brust geschmiegt und geschnurrt, und Drago war erneut in Schluchzen ausgebrochen.

Nein, jenen Tag hatte Drago nie vergessen.

Er war schweigsam und verschlossen geworden. Mürrisch, sagten seine Eltern. Kurz danach war Zenit zur Welt gekommen, und während der ersten vier Jahre ihres Lebens hatte Drago seine Schwester nur aus der Ferne weinen gehört oder das leise Trippeln ihrer Schritte. Vor ihrem vierten Geburtstag hatten ihre Eltern ihn nicht in ihre Nähe gelassen.

Als er fünf war, erzählte ihm ausgerechnet Flußstern, warum ihn alle so sehr haßten. Sie hatte ihn angegrinst und sich an seinem Kummer geweidet. Drago hatte ihr nicht geglaubt, hatte ihr nicht glauben wollen, und war sogar zu Axis gegangen, um ihn zu fragen, ob das wahr war.

Axis hatte ihn wortlos angestarrt und ihm den Rücken zugekehrt.

Drago drückte den Beutel fester an sich, Tränen in den Augen. Eine Zeitlang hatte er sich selbst für das gehaßt, was er Caelum angetan hatte, aber mit den Jahren hatte sich dieser Haß dann gegen die Welt gewandt, die ihn so sehr haßte. Während er langsam erwachsen wurde, war er immer verbitterter geworden, und mit zwanzig und dreißig war sein Leben von Groll gegen alles und jeden erfüllt. Woher sollte er wissen, daß er tatsächlich getan hatte, was immer wieder erzählt wurde?

Im Alter von fünfunddreißig Jahren war er sich seiner Sterblichkeit schließlich überdeutlich bewußt geworden. Seine Geschwister verfügten über fast grenzenlose magische Fähigkeiten und genossen ihre Jugend, ihre Macht und die Bewunderung aller in vollen Zügen.

Und er wurde von allen abgewiesen, gehaßt, verabscheut ...

Nun, nicht von allen. Die Katzen beteten ihn an, und als Kind und sogar später noch hatte Drago viele Nächte mit den Hofkatzen im Heu geschlafen.

Und Zenit mochte ihn. Das war geradezu unglaublich. Als Kind war er nie in ihre Nähe gelassen worden – alle hatten befürchtet, er würde ihr weh tun. Und doch hatte Zenit für ihn immer nur Freundschaft, vielleicht sogar Liebe empfunden.

Unvermittelt wurde er von einer Erinnerung überwältigt. Vor langer Zeit, als alle Kinder der Sonnenflieger sich bei ihrem Großvater Sternenströmer im Tempelkomplex auf der Insel des Nebels und der Erinnerung aufhielten, war eines Nachts ein starkes Gewitter aufgekommen. Damals war er um die zwölf gewesen und hatte darum gerungen, seine herannahende Männlichkeit mit seinem stetig wachsenden Groll zu vereinbaren – bis er feststellte, daß diese einander durchaus ergänzten. Er hatte im

Bett gelegen und die Blitze beobachtet, die über den Nachthimmel zuckten, als plötzlich die Tür aufging und Zenit, kaum sechs oder sieben Jahre alt, hereingehuscht kam und sich in seine Arme warf.

»Bitte«, hatte sie geflüstert, »ich habe Angst.«

Und sie hatte sich die ganze Nacht hindurch an ihn geschmiegt, und Drago, für den diese Erfahrung völlig neu war, hatte dagelegen, sie an sich gedrückt und sich gefragt, warum sie mit ihrer Angst ausgerechnet zu ihm gekommen war.

Zenit wimmerte im Schlaf, und Drago wurde aus seinen Träumen gerissen. »Zenit?«

Doch Zenit war in ihren eigenen Alpträumen gefangen und hörte ihn nicht.

Sie befand sich in einem Haus, und in den Augen des Mannes, der auf sie zukam, leuchtete der Tod. Er zwang sie auf die Knie und dann auf den Boden, und schließlich zerrte er sie durch das Zimmer.

Auf das Feuer zu.

Ach, wie sie sich gewehrt hatte! Ihr Entsetzen hatte ihr übermenschliche Kräfte verliehen, aber sie konnte sich nicht losreißen.

Sie spürte die Hitze in ihrem Gesicht, und dann wurden ihre Haare von den Flammen erfaßt. Sie konnte ihr Knistern hören, sie konnte sie riechen, und dann, mit einem lauten Prasseln, wurde ihr ganzer Kopf von einer Feuerkugel eingehüllt.

Die Schmerzen waren unbeschreiblich.

Unter den Flammen wölbte sich ihre Haut zu riesigen Blasen, die platzten und selbst Feuer fingen. Die Hitze versengte ihren Rachen und ihre Lungen, kaum daß sie Luft holte, um zu schreien. Sie versuchte, die Flammen auszuschlagen, aber ihre Hände fingen Feuer, und dann wurde ihr plötzlich klar, daß ihr ganzes Kleid in Flammen stand, und sie wußte, daß sie langsam und unter entsetzlichen Qualen sterben würde, von außen nach innen, und daß sich der Schmerz alle Zeit der Welt lassen würde.

Sie hatte nach ihrer Tochter gerufen, aber Worte hatten keine Bedeutung mehr – ihr ganzer Körper war von Schmerz erfüllt, und ihr Verstand erlebte alles mit, alles ...

Drago sprang zurück und konnte gerade noch einen Aufschrei unterdrücken. Zenit hatte sich jäh herumgeworfen, schluchzte und schlug auf ihren Körper ein, als stünde er in Flammen. Sie schluchzte immer lauter, und ihr Körper wurde von Krämpfen geschüttelt. Drago nahm sie in die Arme und versuchte, sie zu beruhigen.

Sie wehrte sich lange, und schließlich lag sie reglos da und weinte leise.

Von Niahs Qualen überwältigt, hatte Zenit begriffen, warum die sanfte Frau sich im Tod so sehr verändert hatte. Die Art ihres Todes war schuld daran – die Schmerzen, die Angst, das Wissen, daß niemand sie retten würde. Sie hatte hilflos dagelegen und gehört, gerochen und vor allem gespürt, wie sie zu schwarzem Fleisch verbrannte und ihre Gelenke in der Hitze knackten.

Und sie war sich all dessen bewußt gewesen. Bis zum Schluß, bis ihr Herz endlich versagt hatte.

Ihr sanftes Wesen hatte jedoch als erstes versagt. Es war zusammen mit ihrem Körper zerstört worden. Selbst nach ihrer Wiedergeburt wäre Niah nie wieder dieselbe gewesen.

»Zenit?«

Auf Dragos leise Frage hin hob Zenit den Kopf und lächelte.

»Erzählst du mir, was mit dir los ist?«

Ihr Lächeln verblaßte, und schließlich nickte sie. »Erinnerst du dich noch an die Geschichten über unsere Großmutter Niah? Dann hör mir zu ...«

20

An der Eisbärenküste

Im Osten Tencendors erhoben sich die Grenzberge, eine weitläufige, hoch aufragende Gebirgskette, die sich von Süden nach Norden erstreckte, zwischen Wald und Flachland gelegen – die Heimat der Awaren und der Menschen. Weiter oben im Norden verbreiterten sich die Grenzberge und erhoben sich sprungartig zu einer Reihe vertikaler, rasiermesserscharfer Höhenzüge, bis sie sich endgültig mit den Eisdachalpen vereinigten, die beständig von Wolken verschleiert waren. Über viele Generationen hinweg waren diese Alpen die Heimat der Ikarier gewesen, nachdem sie von der Bruderschaft vom Seneschall in ein eisiges Exil getrieben worden waren. Jetzt flogen nur noch wenige Vogelmenschen mit dem bunten Gefieder durch die eisbedeckten Berge – sie zogen das mildere Klima der weiter im Süden gelegenen Minarettberge vor.

Jeder Gipfel der Eisdachalpen bot für sich gesehen einen majestätischen Anblick, doch unter ihnen war der sagenhafte Sternenfinger der höchste und beeindruckendste. Früher hatte er den Namen *Krallenturm* getragen und war das Zuhause der Ikarier im Exil gewesen, doch nun war er zu einem Ort der Meditation und der Gelehrsamkeit geworden, wo die mächtigsten und weisesten Ikarier die Geheimnisse der Sterne studierten. Der Berg war ein Ort der Bücher, der Musik und Magie, der Entdeckungen und der tiefen Ruhe.

Die ergreifende Schönheit seiner eisbedeckten Felsen und ätherischen Nebel warf einen Schatten auf ganz Tencendor – wenn nicht buchstäblich, so doch im übertragenen Sinn.

Von der nordöstlichen Steilwand des Sternenfingers schob

sich ein großer Gletscher weiter nach Norden und kalbte seine Eisberge in den Iskruel-Ozean. An seinen Ufern dehnte sich die unvergleichliche Landschaft der Eisbärenküste. Im Süden ragten die Alpen steil und schwarz empor, im Norden rollte das graublaue Meer über den steinigen Strand. Das Packeis knirschte, die Vögel zogen ihre Kreise und stießen heisere Schreie aus.

Nur wenige Sterbliche setzten ihren Fuß auf die Eisbärenküste. Manchmal zogen Rabenbunder lautlos die Küste entlang, auf der Suche nach Seegras für ihren Tekawaitee. Aus den Ebenen weit im Süden verschlug es nur ganz selten einen Pelzhändler hierher, der dann voller Ehrfurcht auf den Kieseln stand und auf die unbekannten Gewässer hinausblickte, die sich gen Norden erstreckten.

Öfter knirschten die Steine unter den riesigen Pfoten der sonderbaren Eisbärin Urbeth, wenn sie Jagd auf Seevögel und Seehunde machte und ihr Blut an der Küste verteilte, bevor sie sich wieder in ihre eisige Höhle zu ihren wartenden Jungen zurückzog.

Und manchmal fanden sich hier Lebewesen ein, die noch weit sonderbarer und mächtiger waren als Urbeth.

Irgendwo an der Eisbärenküste saßen sie an einem Lagerfeuer. Sie waren neun – der vollständige Kreis der Sternengötter. Adamon drehte ein Rebhuhn über dem Feuer und lächelte den anderen zu. Xanon, seine Frau, die Göttin des Firmaments. Zest, die Göttin der Erde, und ihr Gefährte Narkis, Gott der Sonne. Ihnen gegenüber Flulia, Göttin des Wassers, Pors, Gott der Luft, und Silton, Gott des Feuers. Axis, Gott des Gesangs, und Aschure, Göttin des Mondes, schlossen den Kreis.

»Ihr wirkt nachdenklich, Axis«, sagte Adamon. »Warum?«

Axis seufzte. »Ich mache mir Sorgen.«

»Ihr solltet die Sorgen Tencendors längst hinter Euch gelassen haben.«

»Ich habe um dieses Land gekämpft und meine Mitstreiter sterben sehen. Es fällt mir schwer, einfach nur dazusitzen und zuzuschauen.«

»Axis«, sagte Adamon leise und reichte ihm ein Stück des gerösteten Vogels. »Ihr gehört nun zu uns. Ihr müßt Tencendor und Caelum gestatten, auf eigenen Beinen zu stehen.«

»Die Verantwortung für ganz Tencendor ruht auf Caelums Schultern. Was ist, wenn er stolpert? Soll ich zulassen, daß Tencendor mit ihm fällt?«

»Ach, Axis!« sagte Aschure barsch. »Caelum wird nicht stolpern! Du mußt lernen, deinem Sohn zu vertrauen.«

»Wir wissen, was Ihr empfindet, Axis«, sagte Xanon mit ihrer sanften Stimme. »Daß Tencendor wiedererstanden ist und wir wieder neun sind, verdanken wir größtenteils Euch und Aschure. Doch nun müßt Ihr Euch anderen Dingen zuwenden.«

»Ihr habt zugelassen, daß ich mich um Gorgrael kümmere. Damals war es durchaus in Eurem Sinne, daß ich die Ebenen und Berge Tencendors durchstreifte.«

»Axis, das war eine Angelegenheit zwischen Euch und Gorgrael«, sagte Adamon. »Und Eure Auseinandersetzung war von großer Bedeutung für uns. Wärt Ihr unterlegen, hätte *er* Euren Platz als Gott des Gesangs unter uns eingenommen. Nun müssen wir uns alle mit anderen Dingen beschäftigen, und Ihr müßt Caelum den Sternenthron überlassen. Die Sorgen der Sterblichen sollen auf sterblichen Schultern ruhen.«

»Ihr habt recht«, sagte Axis nach kurzem Schweigen. »Die letzten Tage haben mir einfach die Ruhe geraubt. Ich wäre so gerne dort. Um irgendwie zu helfen. Bei den Sternen! Unsere Tochter ist tot!«

»Wir trauern mit Euch um Flußstern«, sagte Pors. Flulia, die neben ihm saß, nahm Aschures Hand und streichelte sie.

Axis nickte – im Augenblick war er außerstande, etwas zu sagen.

Aschure deutete auf ihre Stirn. »*Hier* wußte ich schon lange, daß Axis und ich unsere Kinder eines Tages überleben würden. Aber wir dachten, wir hätten noch Hunderte von Jahren ... ich dachte, wir könnten zuschauen, wie sie heranwachsen, lieben lernen und uns Enkel schenken. Flußstern sterben zu sehen, so grausam«, ihre Stimme wurde schärfer, »und durch die Hand ihres Bruders – Axis und mir fällt es schwer, das mit anzusehen, ohne einzugreifen.«

Ihre Hand lag jetzt auf ihrer Brust. »Mein Herz kann die Sorgen der Sterblichen nicht so leicht vergessen.«

Eine Weile herrschte Schweigen, während die anderen Götter die Trauer der beiden teilten und versuchten, ihnen Trost zu spenden. Sie waren weit älter als Axis und Aschure und hatten bereits vor Tausenden von Jahren hinnehmen müssen, daß ihre Familien zu Staub zerfallen waren. Sie hatten sich mit ihrer Unsterblichkeit abgefunden – Axis und Aschure mußten erst lernen, ihrem unendlichen Leben mit Gleichmut entgegenzublicken.

»Und jetzt ist Drago auch noch entkommen«, sagte Axis. Alle Götter wußten um die Suche nach Drago.

»Laß es ruhen, Axis«, sagte Xanon und legte ihm die Hand aufs Knie. »Laß es ruhen. Sie leben in einer anderen Welt als Ihr und ich. Überlaßt sie jener Welt und all dem Leid, das sie bereithält.«

»Es gibt da etwas, das wir nicht so ohne weiteres beiseite schieben sollten«, sagte Aschure und ließ ihren Blick im Kreis schweifen. »Wolfstern.«

Die anderen nickten langsam. Wolfstern. Es war beunruhigend, daß er wieder aufgetaucht war. So mächtig sie auch waren – Wolfstern blieb den Sternengöttern ein Rätsel. Ebensowenig wußten sie, wohin er ging, wenn er über so viele Jahre hinweg aus dem Weltenkreis verschwand.

Alles, was sie nicht verstanden, ließ Furcht in ihnen anklingen.

»Wir werden ihn im Auge behalten«, sagte Adamon schließlich. »Mehr können wir nicht tun.«

»Und das Sternentor?« fragte Aschure. »Verdient es nicht auch unsere Aufmerksamkeit?«

»Die Stimmen«, sagte Adamon nachdenklich. »Die Kinder des ikarischen Volkes, die ihren Mörder heimsuchen.«

»Irgend etwas stimmt da nicht«, sagte Axis, sprang unvermittelt auf und schritt innerhalb des vom Feuer beleuchteten Kreises auf und ab. »Irgend etwas stimmt da nicht!«

»Axis?« Aschure warf Adamon einen besorgten Blick zu. Dann erhob sie sich, legte Axis eine Hand auf den Arm, damit er stehenblieb. »Was ist?«

»Ich weiß es nicht!« rief Axis und trat erbost nach einem Stein. »Ich weiß nicht, *was* es ist, aber irgend etwas stimmt nicht. Der Sternentanz scheint ... irgendwie aus dem Takt geraten.«

»Eure Trauer und Eure Sorgen um Eure Familie sind es, die Euch beunruhigen«, sagte Xanon besänftigend. »Die Stimmen spielen keine Rolle. Weder werden sie uns schaden, noch diesem wunderbaren Land.«

»Während uns Artor in der Einöde zwischen den Sternen gefangenhielt, haben wir sie von Zeit zu Zeit gehört«, sagte Silton. »Sie sind nicht weiter von Bedeutung.«

»Sie sind einfach da«, stimmte Zest zu, »aber sie sind ganz harmlos.«

»Seid Ihr sicher?« wollte Axis wissen.

»Völlig«, erwiderte Adamon. »Sie wandern durch den Raum zwischen den Sternen und rufen Wolfsterns Namen, von dem Verlangen nach Rache getrieben.« Unvermittelt mußte er lachen. »Kein Wunder, daß er so schnell von den Toten zurückgekehrt ist! Mir gefiele es auch nicht, wenn ihresgleichen hinter mir her wären!«

»Und sie werden nicht durch das Sternentor gelangen?« fragte Axis.

»Wolfstern hatte recht, als er Caelum erklärte, dazu wären sie nicht in der Lage«, sagte Adamon mit möglichst fester Stimme. »Sie sind vergleichsweise machtlos und werden nur von ihrem Bedürfnis nach Rache im Dasein gehalten. Wir sind jetzt Euer Zuhause, nicht Sigholt. Wir sind Eure Familie, nicht Caelum.«

21

Eine schicksalhafte Reise

Im kühlen Morgengrauen schlüpfte Leah in ihre Kleider. Sie war niedergeschlagen und teilnahmslos. Allem Anschein nach würden Herme und Theodor sie nach Hause begleiten, und dort bliebe ihr nichts anderes übrig, als abzuwarten, wie sich Askam und Caelum ihrer zu entledigen gedachten.

Während der vergangenen Jahre hatte sie oft geweint, bis ihr schließlich klar geworden war, daß ihr das nicht weiterhalf. Sie hatte sich zusammengenommen, ihre Augen getrocknet und den Entschluß gefaßt, daß sie hinnehmen mußte, was das Leben ihr bot. Sie liebte Zared, aber es wurde ihr nicht gestattet, ihn zu heiraten. Schön und gut – das war das Schicksal einer Prinzessin. Der Wunsch, eine Bäuerin zu sein und jemanden zum Mann zu nehmen, den sie liebte, war ein närrischer Traum. Sie war keine Bäuerin. Seit ihrer Geburt genoß sie alle Vorrechte ihres Standes, und dafür wurde von ihr verlangt, den Mann zu heiraten, den ihr Bruder und Caelum für sie aussuchten.

»Ich muß ihnen vertrauen«, murmelte sie, während sie ihre Stiefel über den Beinen ihrer Reithosen schnürte – Leah ritt grundsätzlich im Herrensitz. »Und ich muß daran glauben, daß sie sich für einen Mann entscheiden, der liebenswürdig und mitfühlend ist.« Ihr Mund verzog sich zu einem bitteren Lächeln. »Und natürlich politisch passend.«

Sie mußte Zared vergessen. Sie würde ihn sowieso nur noch selten wiedersehen – wenn überhaupt. »Der Himmel gebe, daß Caelum einen Mann für mich findet, der tausend Wegstunden von Zared entfernt lebt«, sagte sie, den Blick auf die Tür gerichtet. »Ich könnte es nicht ertragen, ihn wiederzusehen.«

Leah schüttelte die finsteren Gedanken ab, sah sich noch einmal im Zimmer um und griff schließlich nach einem blauen Mantel. Sonst gab es nichts, was sie mit nach Hause nehmen konnte, denn sie hatte nichts mitgebracht. Während ihres Aufenthalts auf Sigholt hatte sich Zenit um all ihre Bedürfnisse gekümmert.

Doch bei den Göttern, wo war Zenit? Wenn es etwas gab, das sie auf andere Gedanken brachte, dann die Sorge um ihre Freundin. Wohin mochte es Zenit verschlagen haben? Während der vergangenen Tage war sie zutiefst beunruhigt gewesen, aber sie hatte nicht darüber sprechen können, und jetzt war sie fort. Steckte Drago dahinter? Hatte er eine Schwester ermordet und nun die andere entführt?

Trotz der Vision, die Wolfstern heraufbeschworen hatte, war Leah nicht völlig überzeugt, daß Drago Flußstern wirklich getötet hatte. Und trotz seiner Ausstrahlung und der Streitereien der Geschwister war sich Leah sicher, daß Zenit Drago viel bedeutete. Er wäre nicht in der Lage, ihr weh zu tun.

Niemandem war es bislang gelungen, das Rätsel von Zenits Verschwinden zu lösen. Wo war…

Es klopfte an der Tür, und Leah fuhr zusammen. Hastig stopfte sie ihr Haar unter eine Reitkappe und öffnete die Tür.

Herzog Theodor verbeugte sich mit großer Geste. »Edle Frau? Darf ich Euch zu Eurem Roß geleiten?«

Leah lächelte – sie mochte Theodor, und der Gedanke an eine Woche in seiner Gesellschaft war alles andere als unangenehm.

Dann erstarb ihr Lächeln, denn hinter Theodor stand Askam, und obwohl Leah ihren Bruder liebte, trug er doch Mitschuld an Zareds überstürzter Abreise.

»Leah«, sagte er sanft, als sie aus dem Zimmer trat. »Es tut mir leid, daß Caelum und ich dir so großen Kummer bereitet haben, aber…«

»Sag nichts weiter«, fiel ihm Leah ins Wort und legte einen Finger auf die Lippen. »Du würdest mir nur das Herz brechen. Laß es dabei bewenden, Askam. Ich werde lernen, damit zu leben.«

Er nickte. »Soll ich dich in den Burghof begleiten?«

Sie lächelte, denn sie wußte, daß Askam Zared zwar haßte, aber ihrem Schmerz gegenüber nicht gleichgültig war. »Nein. Wink mir zum Abschied von den Zinnen herab. Wann wirst du wieder in Karlon sein?«

Askam hob die Schultern. »Caelum möchte, daß ich noch etwas länger hierbleibe und einige Suchtrupps in die Urqharthügel anführe, für den Fall« – er warf einen flüchtigen Blick in Theodors Richtung –, »daß irgendwelche Spuren übersehen wurden.«

»Ich versichere Euch, mein Prinz«, sagte Theodor steif, »daß Herme und ich äußerst gründlich gesucht haben.«

»Das glaube ich Euch durchaus«, erwiderte Askam besänftigend. »Aber Caelum möchte jeden Zweifel ausräumen. Drago hätte sich auch einige Stunden lang in der Festung verstecken können, um sich erst hinauszuschleichen, nachdem die Suchtrupps bereits unterwegs waren.«

»Ist Caelum schon auf?« fragte Leah.

»Ja, aber er hat sich mit Freierfall und Isfrael zurückgezogen, die ebenfalls innerhalb der nächsten Stunde abreisen werden«, sagte Askam. »Sa'Domai ist letzte Nacht losgeritten. Caelum hat mich gebeten, dir Grüße auszurichten.« Askam küßte sie erst auf eine Wange und dann auf die andere. »Das ist von Caelum, und das ist von mir.«

»Mein Prinz, edle Frau«, sagte Theodor. »Die Sonne zieht ihre Bahn, und wir haben einen langen Weg vor uns.«

»Leb wohl«, flüsterte Askam und küßte Leah noch einmal auf die Wange. Dann wandte er sich an Theodor. »Laßt sie nicht aus den Augen«, sagte er in scharfem Tonfall. »Sie ist mir lieb und teuer.«

Zweifellos, dachte Theodor und verbeugte sich. »Ich werde mir jede Mühe geben, mein Prinz. Ich bin mir ihres Wertes wohlbewußt.«

Dann nahm er Leahs Arm und geleitete sie die Treppe hinab.

Obwohl der Gedanke an Zared ihr fast das Herz brach und sie sich große Sorgen um Zenit machte, besserte sich ihre Stimmung, als sie die Festung hinter sich gelassen hatten und über die Brücke ritten.

»Lebt wohl, meine schöne Leah!« rief die Brücke, und Leah mußte lachen.

»Auch Ihr, holde Brücke. Mögen Eure Pfeiler niemals wanken.«

»Und möge Euer Mut Euch nie verlassen«, entgegnete die Brücke. Dann hatte Leah, Herme zu ihrer Linken und Theodor zu ihrer Rechten, die Brücke überquert, und sie ritten in den blauen Nebel hinein.

Viele Stunden lang führte ihr Weg sie nach Süden, dann wandten sie sich etwas ostwärts, um durch die Uqharthügel nach Jervois zu gelangen. Mitten am Nachmittag ritten sie aus dem Nebel heraus und fanden die Hügel in Sonnenschein gebadet und den Himmel von Zugvögeln mit braunem Gefieder bedeckt, die von den Eisdachalpen Richtung Süden unterwegs waren, um auf den Feldern von Koroleas zu überwintern.

»Bald wird der Herbst vorbei sein«, stellte Herme fest und blickte himmelwärts. »Die Zugvögel verlassen Tencendor.«

Doch obwohl der Totlaubmond bereits angebrochen war, schien die Sonne noch kraftvoll, und Leah ließ ihren Mantel im Westwind flattern.

»Theodor, werdet Ihr mit einem Schiff den Fluß hinunter nach Jervois reisen, oder werdet Ihr mit uns zu Euren westlich gelegenen Gütern reiten?«

Theodor zögerte und warf Herme einen Blick zu. »Ich habe mich noch nicht entschieden, Leah. Auf jeden Fall gedenke ich, Euch noch eine Zeitlang zu begleiten.«

Leah nickte und verfolgte das Thema nicht weiter. Bis Jervois war es ein Ritt von vielleicht zwei oder drei Tagen, und im Augenblick war sie so aufgeregt darüber, daß sie ihr Lager an diesem Abend in den Ruinen von Hsingard aufschlagen würden, daß sie an nichts anderes denken konnte.

Einst war Hsingard eine wunderschöne, weitläufige Stadt aus Stein gewesen, die Hauptstadt von Ichtar. Während Axis' Krieg gegen Gorgrael war sie jedoch von den Skrälingen, Kreaturen des Zerstörers, erobert und zerstört worden, die in ihren Katakomben riesige Brutstätten angelegt hatten. Leah wußte nichts

Genaueres, aber man erzählte sich, daß es Aschure in einer einzigen Nacht gelungen war, die Skrälinge und ihre ganze Brut zu vernichten. Jetzt war Hsingard nur noch ein riesiges Ruinenfeld.

Auch wenn niemand mehr dort lebte, eignete es sich gut als Lagerplatz.

Vier von Hermes und Theodors Männern spannten eine Zeltbahn über eine Reihe von Steinhaufen und schufen damit einen großen und schattigen Unterschlupf, der vom Lager der sechsunddreißig Mann ihrer Eskorte ein Stück entfernt lag. Leah hatte es sich bequem gemacht und beobachtete Theodor, der ein Feuer entfachte. Ein Mann holte Essen aus einem der Bündel, das die Lastesel getragen hatten, und eine halbe Stunde später saßen alle da und aßen.

Nur wenige Worte wurden gewechselt. Von Sigholt nach Hsingard war es ein harter Tagesritt gewesen, und Leah wünschte sich bald, Herme und Theodor zögen sich auf ihre Lager zurück, damit sie sich zusammenrollen und auf dem harten Boden möglichst viel Schlaf finden konnte. Aber merkwürdigerweise schienen sie nicht gehen zu wollen, selbst als sich die anderen Männer zur Nacht niedergelegt hatten. Sie saßen da, fütterten das Feuer mit Zweigen und warfen von Zeit zu Zeit Blicke in die Nacht.

»Ihr Herren, befürchtet Ihr, daß in den Ruinen noch Skrälinge am Leben sein könnten?«

Herme schrak ein wenig zusammen und sah Leah an. »Nein, Herrin. Aber man weiß nie, was für Banditen nächtens umherschleichen, und ...«

»Ihr habt keine Wachen aufgestellt.«

»Wie dumm von uns«, sagte Herme und wandte sich an Theodor. »Warum habt Ihr nicht daran gedacht?«

»Ich? Ich ... äh ...«

In der Ferne ertönte Hufklappern und enthob Theodor einer Antwort.

Leah wurde langsam unruhig. »Wer mag das sein?«

»Ich werde nachsehen«, sagte Theodor hastig, erhob sich und verschwand in der Dunkelheit.

Leah bemerkte, daß er sein Schwert nicht mitgenommen hatte. »Herme, was geht hier vor?«

»Kein Grund zur Sorge«, erwiderte Herme besänftigend und wollte noch etwas sagen, als er hörte, wie sich Theodor leise mit jemand unterhielt.

Herme zögerte einen Moment, dann stand auch er auf. »Leah, Ihr bleibt hier. Was auch immer geschieht, rührt Euch nicht vom Fleck.«

Und fort war er.

Leah zog sich nervös den Mantel um die Schultern und starrte ins Feuer. Trotz Hermes Warnung war sie versucht, sich weiter in die Ruinen zurückzuziehen. Allein der Gedanke, daß sie nicht wußte, was dort auf sie lauern mochte, hinderte sie daran.

Auch Herme schien sich nun an Theodors Unterhaltung mit dem Neuankömmling zu beteiligen. Leah konnte leise Stimmen hören, die allerdings so weit weg waren, daß sie sie nicht unterscheiden konnte.

Dann verstummten sie, und Leah hob den Kopf.

Stille.

Schließlich hörte sie, wie sich ihr jemand näherte.

Sie schluckte und ihr wurde nur zu bewußt, wie wehrlos sie war. Der nächste schlafende Soldat war mindestens zwanzig Schritt entfernt, und die Sackgasse aus Geröllhaufen, über die die Männer die Zeltbahn gespannt hatten, war ebenso eine Zuflucht wie eine Falle.

Die Schritte kamen näher, und sie stand ganz langsam auf – wenn es sein mußte, würde sie rennen.

Dann erstarrte sie und riß ungläubig die Augen auf.

Zared trat in den flackernden Lichtkreis des Feuers. »Hallo, Leah«, sagte er. »Darf ich mich zu Euch setzen?«

Sie starrte ihn fassungslos an.

»Leah?« Er trat einen Schritt auf sie zu.

»Was tut Ihr hier?« Vor Schreck klang ihre Stimme schroff, und Zared zögerte.

»Leah?«

»Zared ... Was tut Ihr hier?«

Er grinste und ging um das Feuer herum. »Das ist eine dumme Frage – vor Euch steht der Mann, der Euch liebt!«

Und dann nahm er sie in die Arme und küßte sie. Aber Leah war noch immer zu verwirrt, um den Kuß zu erwidern. Sie stemmte sich mit der Hand gegen seine Brust, bis er zurückwich.

»Zared, was tut Ihr...«

Er seufzte und lockerte seinen Griff ein wenig. »Ich habe gesagt, daß ich um Euch kämpfen würde, Leah ... allerdings wußte ich da noch nicht, worauf ich mich da einlasse.«

»Aber...«

»Theodor und Herme haben mir versprochen, daß Sie Euch nach Hsingard bringen würden. Ich warte hier seit drei oder vier Tagen.«

»Warum?«

Zared seufzte erneut. »Was glaubt Ihr? Habt Ihr Caelums Entscheidung hingenommen?«

»Uns bleibt keine andere Wahl, Zared. Caelum ist...«

»Bleibt uns wirklich keine andere Wahl?« fiel er ihr leise ins Wort. Dann grub sich seine Hand in ihr Haar, und er gebot ihrem Widerspruch mit einem Kuß Einhalt, der wesentlich leidenschaftlicher war als der letzte.

»Kommt mit mir nach Severin«, flüsterte er. »Folgt mir und werdet meine Frau.«

»Aber Caelum hat gesagt...«

»Was zum Teufel kann Caelum tun, wenn wir erst einmal verheiratet sind?«

Leah schwieg und dachte nach.

Zared drückte sie fest an sich und wiegte sie sanft in seinen Armen. »Heiratet mich, Leah. Seid mutig und heiratet mich.«

Leah drehte sich der Kopf vor widersprüchlichen Gedanken und Gefühle. Zared war ihr so nah, so warm, und er sprach aus, was sie sich sehnlichst wünschte. Aber sie war Leah, Prinzessin des Westens, und sie konnte nicht einfach davonlaufen und den Mann heiraten, den ihr oberster Herr ihr ausdrücklich verboten hatte. Und was würde Askam sagen? Was würde Askam tun? Würde sie Karlon je wiedersehen? War Zared es wert, für immer aus der Elite der Gesellschaft Tencendors verbannt zu werden – denn Leah hegte keinen Zweifel daran, daß ihr das bevorstand.

Sogleich wurde sie von Reue überwältigt – was waren das für Gedanken? Hier war der Mann, der sie liebte, wie sie auch ihn. Nur mit ihm konnte sie ihr Glück finden – und sie sorgte sich um ihre gesellschaftliche Stellung?

Aber wie tief würde sie Askam verletzen? Und was würde Caelum tun?

»Mein Herz?« Zared küßte ihre Wange, ihr Ohr, ihren Hals. »Wie lautet deine Antwort? Wirst du mich nach Severin begleiten, wirst du mich heiraten?«

Er gab ihr keine Gelegenheit, zu antworten, sondern küßte sie erneut und preßte sie fest an sich.

Es war zuviel. Leah brachte einfach nicht den Mut auf, nein zu sagen.

»Ja?« fragte Zared, und sie nickte einfach nur, Tränen in den Augen – sie weinte aus Liebe zu Zared und aus Angst vor dem Leid, das sie Askam antat.

Er lächelte, und Leah runzelte leicht die Stirn – ein merkwürdiges Lächeln, dachte sie, geradezu triumphierend.

Er verlagerte das Gewicht, und Leah erkannte, daß er sie in den Schutz der Zeltbahn ziehen wollte.

»Nein«, sagte sie, und sie meinte es auch.

»Was spielen ein oder zwei Wochen für eine Rolle, mein Lieb«, sagte er. Seiner Kraft hatte sie nichts entgegenzusetzen. »Der Amtsschreiber in Severin wird uns noch früh genug trauen, und ich kann dir versichern, daß ich auf keiner körperlichen Untersuchung bestehen werde.«

Leah schoß das Blut ins Gesicht. »Nein.«

Doch da befanden sie sich bereits tief in ihrem Unterschlupf, und Zared hatte die Zeltbahn auch schon vor den Eingang gezogen, so daß es fast vollständig dunkel war.

»Drängt mich nicht…«, hob sie an, doch er lachte nur leise.

»Drängen? Warum das? Wir haben eine lange Herbstnacht vor uns, mein Herz, und ich habe es keineswegs eilig.«

Seine Finger lagen an ihrem Hals, und plötzlich glitt ihr Mantel beiseite und seine Hände, starke, fordernde Hände, schoben ihr die Jacke über die Schulter und ein Stück ihre Arme hinunter.

Dann hielt er inne, und Leah, die ihre Arme nicht freibekam, konnte ihn nicht daran hindern, ihr die Bluse aufzuknöpfen. Seine Hände und Lippen fuhren über ihre nackten Brüste.

Fast hätte sie geschrien, aber die Vorstellung, daß jemand sie so sehen könnte, war ihr zu peinlich.

»Nein«, sagte sie noch einmal, aber ihrer Stimme war die Unschlüssigkeit anzuhören.

Er lachte erneut und drückte sie an sich, küßte ihre Brüste, ihren Hals und schließlich ihren Mund. Seine Hände befreiten sie endlich von Jacke und Bluse, und irgendwie fand sie sich auf dem Rücken zwischen den Decken wieder, seine dunkle, schwere Gestalt über sich.

Unablässig flüsterte er ihr Zärtlichkeiten ins Ohr, die zwar keine Bedeutung hatten, doch sie spürte, wie sie ihre Angst verlor und von selbst die Hüften anhob, als er am Bund ihrer Reithosen zog, und es zuließ, daß er sie ihr auszog.

»Du bist wunderschön, Leah«, flüsterte er. »So kostbar.«

Sie schloß die Augen und schlang die Arme um ihn, wie die Bäuerin, die sie immer so gerne gewesen wäre, und sie gestattete dem Mann, den sie liebte, daß er in sie eindrang und sie liebte. Sollte sie ein Kind bekommen, dachte sie, wäre das ihr Schicksal, und Askam und Caelum würden sich damit abfinden müssen.

Dann konnte sie keinen zusammenhängenden Gedanken mehr fassen und stieß einen Schrei aus. Sie grub die Finger in seinen Rücken und hoffte, diese Nacht würde nie enden.

Der Morgen graute bereits, als sie endlich Schlaf fand. Zared blieb jedoch noch wach, drückte sie an sich und ließ eine forschende Hand über ihren Körper gleiten, von Staunen über seine Liebe zu ihr erfüllt.

Das war jedoch nicht alles, und Zared war so ehrlich, es sich auch einzugestehen. Heute nacht hatte er nicht nur Leah erobert, sondern auch den Westen. Er war nicht nur in Leahs Körper eingedrungen, sondern auch in Askams westliche Gebiete.

Seine Hand verhielt kurz, und ein leises Lächeln umspielte seine Lippen. Schwaches Licht schimmerte durch die Zeltbahn herein. Was immer Askam und Caelum ihm antun mochten, diese Nacht konnten sie nicht mehr ungeschehen machen.

»Ist es vollbracht?« fragte Herme, als Zared aus dem Zelt trat.

Zared nickte, und Herme ließ ein erleichtertes Brummen hören. »Was wird sie tun, wenn sie alles erfährt?«

Zared war gerade dabei, seinen Waffengürtel zu schließen. »Es gibt nichts, was sie tun könnte, Herme. Jetzt nicht mehr.«

Die Zeltbahn bewegte sich leicht, und Leah trat heraus. Als sie Herme bemerkte, wurde sie ein wenig rot und senkte den Blick. Der Graf, ganz Mann von Welt, wandte sich höflich ab.

An jenem Morgen ritten sie nach Süden, wandten sich jedoch ungefähr acht Wegstunden von Jervois entfernt westwärts.

Leah konnte kaum glauben, was sie getan hatte. Hätte sie nur eine Stunde in aller Ruhe über Zareds Bitte nachdenken können, hätte sie ihn abgewiesen, dessen war sie sich sicher. Schließlich konnte sie nicht ihren Träumen auf Kosten ihrer Pflicht nachgeben ... aber genau das war geschehen.

Bei den Göttern! Was hatte sie getan? Sie liebte Zared von ganzem Herzen, aber Leah hatte auch große Angst vor den Folgen der letzten Nacht.

Und warum ritten Herme und Theodor an Zareds Seite? Der Gedanke allein war schon äußerst beängstigend, sie wollte ihn keinesfalls zu Ende verfolgen.

Ich werde mich ihm nicht noch einmal hingeben, schwor sie sich. Auf keinen Fall. Bei der ersten Gelegenheit werde ich mich davonschleichen ... und wenn ich kein Kind bekomme, können wir die letzte Nacht vergessen.

Aber sie fand keine Gelegenheit, sich davonzustehlen, und als Zared sie erneut an sich zog, setzte sie ihm keinen Widerstand entgegen.

In der darauffolgenden Nacht war es nicht anders, und da wußte Leah, daß sie an Zared gebunden war. Ihr blieb keine Wahl. Inzwischen konnten die drei Dutzend Männer ihrer Eskorte bezeugen, daß Leah keine Jungfrau mehr war und daß Zared, Prinz des Nordens, sie besessen hatte.

Vier Tage waren seit jener Nacht in Hsingard vergangen, als sie schließlich mit ihren Pferden durch den breiten und seichten Oberlauf des Azle ritten, einem kleinen Tal im Nordosten zu.

Leah träumte in den Tag hinein und fragte sich, wie Zareds Palast in Severin wohl aussehe, als sie plötzlich aus ihren Gedanken aufgeschreckt wurde – in der Ferne blitzte Stahl.

Noch einmal. »Zared …«, hob sie an.

Aber er brachte sie mit einer Handbewegung zum Schweigen. »Keine Angst, Leah. Das sind meine Männer.«

»Eine Eskorte, die uns nach Severin begleiten wird? Trennen wir uns hier von Herme und Theodor?«

Ohne zu antworten, gab er seinem Pferd die Sporen.

Wütend trieb Leah ihr Pferd ebenfalls an, doch als sie sich den Soldaten näherten, zügelte sie es entgeistert.

Richtig, ein großer Teil der Männer trug Zareds Farben … aber dort standen eine von Hermes und dort eine von Theodors Einheiten. Und in gewisser Entfernung sammelten sich weitere Männer Hermes!

Was ging hier vor? Warum hatten Hermes und Theodors Männer in voller Kampfausrüstung neben Zareds Truppen Aufstellung bezogen?

»O nein«, flüsterte sie, als Zared zu ihr heranritt.

»Leah … Leah, wir reiten nicht sofort nach Severin. Es gibt im Süden noch eine … Angelegenheit, die wir regeln müssen.«

»Wo?« fragte sie, die Augen weit aufgerissen, die Hände um die Zügel geballt.

Eigentlich hatte Zared es ihr nicht sagen wollen, doch es spielte keine Rolle. Sie würde keine Gelegenheit erhalten, zu … zu fliehen.

»Kastaleon.«

22

Ungewollte Liebe

Eine Woche lang wanderten Drago und Zenit stetig nach Süden, dem Bardenmeer entgegen. Sie durchquerten weitgehend unbewohnte Gegenden und mieden Wege und Straßen fast ganz. Zenit verbarg sie mittels ihrer Zauberkräfte so gut sie konnte vor neugierigen Augen.

Trotzdem war es ihr ein Rätsel, daß sie noch nicht von Spähtrupps entdeckt worden waren. Ob es an Niah lag oder an einer Krankheit, die an ihr zehrte – Zenit gelang es nicht immer, ihren magischen Schleier aufrechtzuerhalten, und selbst dann war er nur schwach.

Zenits Blick fiel auf den Beutel in Dragos Händen.

Aus welchen Gründen auch immer sie es bisher geschafft hatten, sich einer Gefangennahme zu entziehen – Drago wie Zenit spürten, daß ihr Glück nicht mehr lange anhalten würde. Späher mochten sie auf einem Erkundungsflug entdecken, ein Bauer auf dem Weg zum Markt mochte sie anhalten und nach ihrem Begehr fragen, oder Wolfstern mochte auftauchen und sich seine Braut holen.

Und doch hofften beide zu entkommen.

Drago war es gelungen, ein Kaninchen zu fangen. Am nächsten Tag würden sie die Fähre erreichen, die den Nordra oberhalb jenes Ortes überquerte, wo sich einst das Dorf Smyrdon befunden hatte. Sie hatten seit Tagen nichts mehr gegessen, und obwohl Zenit ein magisches Feuer auflodern ließ, schlangen sie das Fleisch vor Hunger halb roh hinunter und verbrannten sich dabei Mund und Finger.

»Morgen werden wir es bis zum Bardenmeer schaffen«, sagte

Drago und betrachtete bedauernd den sauber abgenagten Knochen in seiner Hand. »Dort sind wir in Sicherheit.«

Mutige Worte, dachte Zenit, aber sie nickte trotzdem.

Drago hob den Blick. Er konnte sich nicht vorstellen, wie es war, den Körper mit einem anderen Bewußtsein zu teilen. Zenit hatte ihm erzählt, daß es ihr Schicksal war, die wiedergeborene Niah zu sein, ihre Großmutter. Wolfsterns wiedergeborene Geliebte. Schicksal? Drago schüttelte unmerklich den Kopf. Wohl eher die Machenschaften der Sonnenflieger.

Sollen die ganzen Sonnenflieger doch im ewigen Feuer schmoren! dachte Drago und warf den Knochen mit einer ruckartigen Bewegung beiseite. *Beide werden wir gezwungen, durch die Nacht zu fliehen, aus Gründen, die sich unserem Wissen und Einfluß entziehen!*

Als Drago nach dem letzten Stück Kaninchenfleisch griff, schlug Zenit die Hände vors Gesicht und fing leise an zu weinen. Drago ließ das Fleisch fallen, hastete um das Feuer und legte ihr einen Arm um die Schulter.

»Ruhig, Zenit. Ich bin bei dir.«

Eine Weile gestattete sie ihm, sie zu halten, dann wischte sie sich die Augen und löste sich von ihm.

»Ich weiß, was du eben gedacht hast, Drago«, sagte sie. »Du hast allen Sonnenfliegern ein äußerst abscheuliches Schicksal an den Hals gewünscht.«

Drago versuchte zu lächeln, doch es wollte ihm nicht gelingen. »Du kannst dir gar nicht vorstellen, wie oft ich deine Zauberkräfte verwünscht habe, Zenit.«

Bei dieser Bemerkung mußte sie dann doch lächeln. »Drago, ich hoffe, daß du nie erfahren mußt, wie es ist, mit einem fremden Bewußtsein um die Herrschaft über den eigenen Körper zu ringen. Dieses *Ding*« – sie spuckte das Wort geradezu aus – »kriecht in meinen Gedanken herum und versucht, mir seinen Willen aufzuzwingen.«

Drago schwieg.

»Nein! ... Das werde ich nicht zulassen. Ich bin Zenit, und das Ding in mir hat dort nichts zu suchen – es ist ein völlig anderes

Wesen. Doch es windet sich und redet mir zu, ich solle mich Wolfstern hingeben!«

»Kannst du Niah nicht abstreifen?«

Zenit schüttelte unglücklich den Kopf. »Ich habe alles versucht, jeden Kniff, den ich kenne, alles, was in meiner Macht steht. Ich habe sie sogar angefleht. Aber sie hat ihre Krallen in meinen Verstand und meine Seele geschlagen, und ich weiß nicht, wie ich sie vertreiben kann.«

Drago mußte daran denken, wie der Tod Niah in einen gierigen Dämon verwandelt hatte. »Ist das unser aller Schicksal? Dann möchte ich nie sterben.«

Zenit hob schwach die Schultern. »Sie will unbedingt leben, und es ist ihr gleichgültig, daß sie mich dadurch meiner Zukunft beraubt.«

»Und ruft sie nach Wolfstern?«

»Ohne Unterlaß. Ich versuche, ihren Ruf abzuschwächen, aber ... bei den Sternen, Drago! Ich habe solche Angst, daß er sie hören und uns finden wird!«

»Ruhig, Zenit. Bisher hat uns noch niemand gefunden, und bald haben wir den Wald erreicht.«

Sie blieb ihm eine Antwort schuldig, und nach einer Weile wandte sie sich ab und rollte sich zum Schlafen zusammen.

In den frühen Morgenstunden wachte Zenit zitternd vor Kälte auf. Sie erhob sich, faltete die Flügel fester um sich und warf noch etwas Holz auf das glimmende Feuer.

Erneut lief ihr ein Schauer den Rücken hinunter, und dieses Mal wurde ihr bewußt, daß er nicht von der Kälte verursacht wurde.

Da war etwas anderes. Dort draußen in der Finsternis.

Und es kam näher.

Mit großer Schnelligkeit.

Sie wimmerte leise und schlang die Arme um sich. Dieses Mal hatte Zenit solche Angst, daß sie sich vorbeugte, um Drago wachzurütteln.

Niah! Ah, meine Geliebte! Endlich habe ich dich gefunden!

Bei den Sternen! Zenit hielt mitten in der Bewegung inne. Wolfstern. Er war ganz in der Nähe, doch noch hatte er sie nicht erreicht.

Sie sah Drago an. Wolfstern würde ihn töten, wenn er ihn fand.

Ohne an ihre eigene Sicherheit zu denken, richtete sie sich auf und rannte in die Nacht hinein.

Sie rannte, ohne zu wissen wohin. Weit würde sie nicht kommen, das wußte sie. Wolfstern befand sich noch immer auf einer anderen Ebene, nicht in dieser Welt, und das bedeutete, daß ihr immerhin einige wenige Minuten blieben, um so weit wie möglich von ihrem Lagerplatz wegzulaufen.

Seine Stimme folgte ihr, kam immer näher, von Niahs Ruf angelockt. Donnergleich hallte sie in Zenits Gedanken wider und drohte, sie ganz zu überwältigen. Doch Zenit wußte, daß sie so lange wie irgend möglich durchhalten mußte – so lange, bis sie weit weg von Drago war.

Sie versuchte, sich in die Lüfte zu erheben, doch sie war zu schwach und ihre Flügel trugen sie nicht. Im nächsten Augenblick blieb sie mit dem Fuß in einem Fuchsbau hängen, stolperte und taumelte einen Abhang hinunter.

»Meine Geliebte!«

Starke Arme packten sie und hinderten sie daran, auf die Felsen am Fuß der Schlucht zu stürzen.

Wolfstern.

»Meine Geliebte«, sagte er erneut, und Zenit wußte, daß sie verloren war, sie konnte nicht gleichzeitig gegen ihn und gegen Niah kämpfen.

»Meine Geliebte«, sagte er ein weiteres Mal, und seine Hände zerrten an ihrem Kleid und fuhren ihr schmerzhaft über die Haut.

Sie biß sich auf die Zunge, denn sie wußte, daß Drago sie hören und nach ihr suchen würde. Dann spürte sie, wie sich ein Knie zwischen ihre Beine zwängte.

Wolfstern ächzte und ließ sich auf sie fallen. Zu lange hatte er gewartet. Viel zu lange.

Wolfstern drang in sie ein, und Zenit stöhnte auf. Verzweifelt wandte sie den Kopf ab und hoffte, daß Drago nicht aufgewacht, daß sie weit genug gelaufen war.

Ihr blieb nichts anderes übrig, als diese Schändung zu ertragen. Etwas – jemand – hatte sich ihrer Arme, ihres ganzen Körpers bemächtigt. Voller Entsetzen spürte Zenit, wie ihre Arme Wolfsterns Schultern packten, ihre Finger sich in seinen Rücken gruben, ihn anspornten, wie sich ihr Körper unter ihm wand und ihre Hüften sich ihm entgegenbogen. Ihre Stimme forderte ihn zu größeren Anstrengungen heraus.

Und das schlimmste war, daß es ihr Vergnügen bereitete – sie genoß es, sein Feuer in sich zu spüren.

Ich wünschte, er würde nie aufhören.

Nein! Aber ihr fehlte die Kraft und Beherrschung, ihn von sich zu stoßen. Wolfstern hatte ihr Sonnenfliegerblut zum Sieden gebracht, und Niahs Seele gab sich ihm ganz hin. Schließlich gab Zenit jeden Widerstand auf und ließ Wolfstern und ihrem Körper freien Lauf.

Er zuckte zusammen und erbebte, und sie spürte, wie sein Leben ihren Schoß erfüllte.

Und noch etwas.

Nein, nein, nein, nein …

Sogar als er sich aus meinem Körper zurückzog, konnte ich spüren, wie das Feuer, das er in meinem Leib entfacht hatte, zu neuem Leben ausbrach. Wegen des Schreies, der meinen Lippen entschlüpfte, und ob des Ausdrucks in meinen Augen lachte er sanft, aber ich sah, wie sich seine eigenen Augen weiteten und das Wunder widerspiegelten, das die meinen erfüllte.

Für lange Zeit lagen wir still da, das Gewicht seines Körpers schwer auf dem meinen, und beide starrten wir in die Tiefen der Augen des anderen, während wir spürten, wie Ihr in meinem Leib zum Leben erwachtet.

Alles geschah noch einmal von vorn! Er lag heiß und schwer auf ihr, und sein klebriger und feuchter Körper widerte sie an. Er blickte ihr genau in die Augen, und sie spürten beide, wie in ihrem Schoß neues Leben erwachte.

»Unsere wunderbare, zauberhafte Tochter«, flüsterte er und drückte ihr eine Hand auf den Bauch. »Spürst du sie?«

Zenit brachte nicht die Kraft auf, ihm zu antworten. Erneut wandte sie den Kopf ab und versuchte, ihm möglichst wenig Aufmerksamkeit zu schenken. Er hatte sein Ziel erreicht – hoffentlich ließ er sie jetzt in Ruhe.

Wolfstern sah in ihrer Bewegung nur die Mattigkeit, die auf die Leidenschaft folgt. Er küßte sie, rieb und drückte ihre Brüste und genoß ihre Wärme und was er für ihre Liebe hielt.

Zenit verlagerte ihr Gewicht, um ihn abzuschütteln, doch das erregte ihn nur von neuem, und bald lag er wieder auf ihr und drang in sie ein. Erneut spürte sie, wie ihre Hände ihn anspornten und ihr Körper sich lüstern unter ihm wand. Ihre Stimme stöhnte und feuerte ihn an, und Zenit gab jeden Widerstand auf. Ihr blieb nichts anderes übrig, als vollständig in den Abgrund der Bewußtlosigkeit zu gleiten und Niah ihrem Geliebten zu überlassen.

Drago wachte unvermittelt auf. Hatte er nicht einen leisen Schrei gehört? Er lag in seinen Mantel gewickelt am Feuer, blickte in die lodernden Flammen und lauschte.

Da war es wieder. Der heisere Schrei eines Mannes – und Drago war alt und erfahren genug, ihn als das zu erkennen, was er war.

Verwirrt setzte er sich auf und sah zu Zenit hinüber, um sich zu vergewissern, daß sie noch schlief ... doch wo sie gelegen hatte, konnte er nur niedergedrücktes Gras erkennen.

»Bei den Göttern!« flüsterte er entsetzt und sprang auf.

Aus welcher Richtung hatte er den Schrei gehört?

Ah, da ... noch einmal!

Drago stürzte in die Nacht.

»Ah«, keuchte Wolfstern, stieß einen weiteren Schrei aus und erbebte.

Verschwinde, verschwinde, verschwinde, dachte Zenit in einer Litanei der Abscheu. *Verschwinde!* Wann war er endlich fertig? Wann?

Wolfstern seufzte und rollte von ihr herunter, stützte sich auf einen Ellbogen und streichelte ihr Gesicht. »Bei den Sternen«, flüsterte er. »Das war unglaublich.«

Zenit versuchte ein Lächeln, doch es fiel ihr schwer.

Wolfstern grinste und küßte sie. »Endlich habe ich dich gefunden …«, fuhr er fort, seufzte erneut – dieses Mal vor Ungeduld – und setzte sich auf. »Wenn ich nur bei dir bleiben könnte! Aber ich muß weiter. Dein verdammter Bruder – wußtest du, daß er entkommen ist?«

Zenit hielt seinem Blick stand, sagte jedoch nichts.

Wolfstern, der damit beschäftigt war, seine Gewänder zu ordnen, bemerkte es nicht. »Ich habe versucht, ihn aufzuspüren, aber er entzieht sich meinen Zauberkräften. Ich *muß* ihn finden! Ich darf nicht zulassen, daß er nach diesem Verbrechen weiterlebt.«

Er hielt inne, sichtlich verwirrt. »Ich kann ihn nicht spüren. Hat er seine Zauberkräfte wiedergefunden? Was meinst du?«

Er wandte sich um und blickte Zenit forschend in die Augen.

Unter Schwierigkeiten fand sie ihre Sprache wieder. »Woher soll ich das wissen? Ich habe ihn seit Tagen nicht mehr gesehen.«

Er runzelte die Stirn. »Und warum bist du auf der Flucht, mein Herz? Warum? Wohin?«

Sie schenkte ihm ein Lächeln, auch wenn es sie Qualen kostete. »Ich habe versucht, mich mit dem abzufinden, was Ihr mir gesagt habt, Wolfstern. Ich … ich hielt es für richtig, nach Süden zu gehen … nach Süden …«

»Ah, die Insel des Nebels und der Erinnerung«, sagte Wolfstern. »Ja, das wäre wirklich am besten für dich.«

Er erhob sich. »Dort werden wir uns wiedersehen, Niah. Warte auf mich.«

Seine Gestalt flimmerte und verschwand.

Drago erreichte den Rand der Schlucht und sah, wie Wolfstern sich von Zenit löste, aufstand und verschwand.

»Zenit!« rief er und stolperte den Abhang hinunter.

Sie lag zusammengekrümmt auf der Seite – nackt, zerkratzt und blutig, die Hände auf den Bauch gepreßt.

Sie hatte die Augen weit aufgerissen und starrte ins Leere.

»Zenit?« Zögerlich berührte Drago sie an der Schulter. »Zenit?«

Sie rührte sich nicht, gab nicht einmal zu erkennen, ob sie ihn wahrgenommen hatte.

»Zenit ... komm.« Sanft nahm er sie am Arm, und schließlich gelang es ihm, sie in eine sitzende Haltung zu ziehen.

Sie blinzelte, als sähe sie ihn zum ersten Mal. Dann brach sie in Tränen aus und klammerte sich an ihn.

»Bei den Göttern, Drago«, schluchzte sie. »Du lebst!«

Er trug sie zu ihrem behelfsmäßigen Lager zurück, wickelte sie in ihren Mantel und setzte sich mit ihr ans Feuer. Er wußte nicht, was er sagen sollte, was sie hören wollte.

Sie wandte das Gesicht von ihm ab und starrte gedankenverloren ins Feuer.

Sie zuckte nicht einmal mit den Augen.

Als jedoch die Sonne aufging, stand Zenit auf und wickelte ihren Mantel fester um ihren nackten Körper.

»Bis zur Fähre sind es nur wenige Stunden«, sagte sie und brach auf.

Verblüfft blickte Drago ihr nach. Schließlich griff er nach seinem Beutel und folgte ihr.

Sie mußten über eine Stunde warten, bis die Fähre auf ihrer Uferseite anlegte, und als die Rampe heruntergelassen wurde, gingen sie schweigend an Bord. Während der letzten drei Stunden hatten sie kein einziges Wort gewechselt.

»Zwei Kupferstücke«, brummte der Fährmann, der so dünn und farblos wirkte wie die Wasserpflanzen, die sich vor dem Bug seines Bootes im Wasser teilten.

»Zenit«, murmelte Drago. »Zenit, du mußt mir helfen. Ich habe keine Münzen bei mir.«

Zenit hob den Kopf und starrte Drago an. Dann blickte sie wieder auf den Fluß hinaus, als ginge sie das alles nichts an.

Drago öffnete den Mund und schloß ihn wieder. Verzweifelt dachte er nach – was konnte er tun? Er wühlte in seinem Beutel, als suche er nach seiner Barschaft.

»Ohne Bezahlung bewege ich mich nicht von der Stelle«, sagte der Fährmann, und seine Augen funkelten boshaft. Am anderen Ende des Bootes nahmen zwei muskulöse Gehilfen kurze, dicke Stangen in die Hand und hielten sie drohend bereit.

Drago tastete weiter in seinem Beutel herum. Vielleicht konnte er den Fährmann zur Seite stoßen und an Land springen. Vielleicht konnte er ... seine Augen wurden groß, und langsam zog er die Hand aus dem Beutel. Darin lag eine frisch geprägte Silbermünze.

Der Fährmann beugte sich vor und riß sie ihm aus der Hand.

»Das ist mehr, als Ihr verlangt habt«, sagte Drago.

»Kann schon sein, aber ich mußte auch warten«, erwiderte der Fährmann. »Wollt Ihr Euch mit meinen Söhnen darüber unterhalten?«

Die beiden Gehilfen kamen auf sie zu.

Drago wich zurück. »Bringt uns einfach so schnell wie möglich ans andere Ufer.«

»Jawohl, Herr«, sagte der Fährmann und verbeugte sich spöttisch.

Drago wartete, bis er sich entfernt hatte. »Danke«, flüsterte er. »Ich hatte keine Ahnung, wie ich ihn hätte bezahlen sollen.«

Zenit sah ihn an und runzelte die Stirn. »Damit hatte ich nichts zu tun«, sagte sie und wandte sich wieder dem Wasser zu.

Sie stand an der Reling, Drago den Rücken zugewandt, und weinte. Sie fühlte sich so einsam, und doch hatte sie nie zuvor das Gefühl gehabt, so sehr unter Druck zu stehen. In der Falle zu sitzen.

Wolfstern war großartig! Es hat dir gefallen, und wie. Wehre dich nicht länger, Zenit. Du bist ich und ich bin du, und Wolfstern ist unsere Zukunft. Eine andere Möglichkeit gibt es nicht.

Nein. Es muß eine andere Möglichkeit geben.

Ich bin als Sonnenflieger wiedergeboren worden, damit Wolfstern mich nie wieder verläßt. Unsere Herzen werden unzählige Nächte hindurch im Gleichklang schlagen. Dem kannst du nicht entfliehen.

Nein. Nein, das werde ich nicht zulassen.

Dir bleibt keine andere Wahl.

Noch schlimmer als die aufdringliche Stimme war das deutliche Gefühl, wie sich das Feuer in ihren Schoß fraß. Neues Leben. Eine zauberhafte Tochter. Wer? Wer? Noch eine Aschure? Nein. Noch eine Aschure, die eine weitere Tochter gebar, die diese Hölle aufs neue durchlebte? Nein, nein, nein!

Was konnte sie tun? Zenit versuchte, ihre Gedanken für sich zu behalten und einen Ausweg zu finden, aber es war sinnlos. Sie sah immer nur Wolfstern, der sie lüstern anblickte, und sie spürte, wie er in sie eindrang, immer wieder.

23

DAS BARDENMEER

Sie stolperten dem Wald entgegen. Mit einem Arm hielt Drago den Beutel umklammert, den anderen hatte er um Zenit gelegt, die unablässig Selbstgespräche führte.

Drago wußte nicht mehr weiter. Zenit war mit ihren Kräften ganz offensichtlich am Ende – aber wohin konnte er sie bringen? Vor allem: Wem konnte er sie anvertrauen? Drago liebte seine Schwester, und er hatte fürchterliche Angst um sie, aber er wußte auch, daß er ihr keine Hilfe war. Sie bedurfte eines mächtigeren Zaubers als seiner Sorge, um diese Kreatur Niah auszutreiben.

Außerdem spürte er einen inneren Zwang in sich wachsen. Geh nach Süden. Schnell.

Wohin? Wohin? Die Insel des Nebels und der Erinnerung? Nein. Das fühlte sich nicht richtig an.

»Wohin? Wohin nur?« murmelte er. Vor Enttäuschung und Sorge wußte er nicht mehr ein noch aus.

»Was?« flüsterte Zenit, kaum bei Bewußtsein. »Was hast du gesagt?«

»Nichts. Schau, der Wald ist nicht mehr weit. Nur noch wenige Schritte.«

»Der Wald? Welcher Wald?«

Drago blieb stehen und nahm sie noch fester in die Arme. »Das Bardenmeer. Erinnerst du dich? Du wolltest hierher.«

»Tatsächlich?« Sie versuchte, sich aus seiner Umarmung zu lösen, doch ihr fehlte die Kraft dazu.

»Ich werde Hilfe suchen«, sagte er. Aber Hilfe wogegen? Gegen Niah? Gegen die Erinnerung an Wolfsterns Vergewaltigung?

»Nein, nein«, flüsterte Zenit und unternahm einen weiteren schwachen Versuch, sich zu befreien. »Nicht zum Bardenmeer. Nicht dorthin ... nein ... nein ... nein ...«

»Es wird dir nichts tun, Zenit! Beruhige dich, ich kann dich kaum halten.«

Dort ist Niah gestorben! wollte Zenit schreien, aber ihre Stimme gehorchte ihr nicht mehr. *Dort ist sie am stärksten! Nicht dorthin! Nicht ...*

Oh doch, Zenit, dorthin! Dort wirst du sterben. Endlich.

Sie schnappte nach Luft, und Drago blieb erschrocken stehen. »Zenit? Zenit?«

Doch sie zeigte keine Regung mehr, und Drago, davon überzeugt, daß sie nur tief im Wald Hilfe finden würde, schleppte sie weiter.

Das Bardenmeer erhob sich drohend vor ihnen. An der Grenze zwischen Ebene und Wald gab es keine vereinzelten Büsche oder jungen Bäume. Hinter ihnen und nach Westen hin lagen endlose Wiesen und Felder. Vor ihnen ragte ein Wall aus Bäumen empor. Die Bäume summten, sangen leise vor sich hin, und zwischen den Stämmen lugten die neugierigen Augen jener sonderbaren, weltentrückten Geschöpfe hervor, die den Wald bevölkerten.

Drago konnte sich eines Angstschauers nicht erwehren. Bisher hatte er das Bardenmeer erst ein- oder zweimal betreten. Zenit und Caelum dagegen hatten es regelmäßig aufgesucht.

Und Isfrael hatte hier, in Begleitung von Axis, seine Mutter Faraday kennengelernt.

Kein Wunder, daß Isfrael so merkwürdig war, dachte Drago – seine Mutter war ein Reh.

Doch obwohl Drago nur selten hier gewesen war und auch nicht mehr über seine ikarischen Zauberkräfte verfügte, wußte er, daß diese Bäume weit mehr waren, als sie zu sein schienen. Jeder war ein Lebewesen, das Zorn und Liebe empfinden konnte. In ihrer Gesamtheit als Wald konnten die Bäume ebenso mühelos eine Armee auslöschen wie sie bei der Geburt eines Schmetterlings halfen.

Bevor er sich und seine Schwester der Obhut des Waldes anvertraute, hielt er einen Moment inne. Da ihm jedoch keine andere Wahl blieb und er nicht wußte, wohin er hätte sonst gehen sollen, stürzte er sich ins Unterholz, als renne er als verzweifelter Retter in ein brennendes Gebäude hinein.

Wie so viele vor ihm, blieb Drago nach fünf oder sechs Schritten erstaunt stehen.

Trotz seiner furchteinflößenden Ausstrahlung war das Bardenmeer von Licht und Musik erfüllt. Die Baumstämme standen weit auseinander, und das Sonnenlicht sickerte durch das grüne Blätterdach, das sich mindestens einen Steinwurf über ihm befinden mochte. Vögel – sonderbare Vögel – sangen in den Ästen der gewaltigen Bäume, und noch weit sonderbarere Geschöpfe tollten über die Lichtungen, Pfade und in den Bächen, die sich zwischen den Stämmen hindurchschlängelten.

Friedlich. Es war friedlich. Zum ersten Mal seit Tagen holte Drago tief Luft und wurde ganz ruhig.

Sogar Zenit schien wieder etwas munterer zu werden, und Drago stellte fest, daß er sie nicht mehr gar so sehr stützen mußte.

Langsam gingen sie einen Waldweg entlang. Drago war tief in die Schönheit des Waldes versunken, während Zenit den Kampf um ihren Verstand verlor.

Dieser Wald ist so schön. Als Kind habe ich es geliebt, wenn Aschure uns mit hierher nahm.

Nein, nein, nein, nein …

Schau! Dort ist ein diamantäugiger Vogel! Weißt du noch, mit welcher Begeisterung wir sie beobachtet haben, wenn sie von Ast zu Ast flatterten?

Nein, nein, nein, nein …

Du weißt, wohin er uns bringt, nicht wahr? Zu meinem Hain. Armes Kind, bald wird er deine Begräbnisstätte sein, nicht die meine.

Nein, nein, nein, nein …

Doch inzwischen war Zenit viel zu erschöpft, um noch widersprechen zu können. Sie hielt es für eine gute Idee, sich ein wenig hinzulegen. Sich eine Weile auszuruhen. Niah vielleicht für ein paar Tage ihren Willen zu lassen, eine Woche höchstens. Dann, wenn sie erst einmal ausgeruht war ...

Schlaf ein, meine Liebe. Du warst so tapfer. Schlaf jetzt ...

Und so stolperte Zenit neben Drago her, und verlor allmählich die Kraft, ihr Leben selbst zu bestimmen.

Eine Stunde oder länger wanderten sie weiter, tief in den Wald hinein. Drago war sich der tausend weltentrückten Augen nicht bewußt, die sie aus den Schatten heraus beobachteten, und Zenit schenkte ihnen keine Beachtung.

Erst als sie sich einem großen Hain näherten, richtete sie sich ruckartig auf und blieb stehen. Mit weit aufgerissenen Augen nahm sie ihre Umgebung in sich auf. »Nein!«

Müde wandte sich Drago zu ihr um. »Zenit, wir müssen uns ausruhen, und in diesem Hain gibt es sonnenbeschienene Flecken, wo wir uns wärmen können. Komm schon, wir sind fast dort.«

Er zog sie mit sich.

Kaum hatten sie den Hain betreten, spürte Zenit, wie Niah in ihr zum Sprung ansetzte. Sie stieß einen Schrei des Entsetzens aus – hier war Niah zu stark! Ah! Bei den Sternen! Niah drang in ihre Seele ein, zerriß sie, ein weit schmerzhafterer Mißbrauch als die Schmach, die Wolfstern ihr angetan hatte.

Und sie konnte nichts tun, um Niah aufzuhalten – Niah war so mächtig, so kraftvoll, so von sich überzeugt!

»Zenit!« Drago versuchte, sie festzuhalten, aber sie riß sich los und taumelte gegen einen Baum.

»Zenit!« Noch einmal wollte er die Arme um sie legen, wich jedoch entsetzt zurück, als seine Schwester von Krämpfen geschüttelt wurde.

Ihre Hände trommelten wie wild auf ihre nackte Brust – ihr Mantel hatte sich geöffnet –, und sie wimmerte: »Hilf mir! Bei den Sternen, hilf mir!« Ihre Stimme hob sich zu einem schwachen Angstschrei.

Drago versuchte, seine Schwester an sich zu ziehen, aber sie entwand sich ihm immer wieder. Was ging hier vor?

»Oh Gott, die Schmerzen, diese Schmerzen!« Zenits Hände glitten über ihren Kopf, ihren Unterleib, ihre Schultern. »Lösche es, bitte ... lösche es! Die Schmerzen!«

Drago sah sich verzweifelt um, suchte nach Hilfe – und zum ersten Mal nahm er den großen Hain wahr und, von neun Bäumen umstanden und von Mondwildblumen bedeckt, das Grabmal, das Aschure hier errichtet hatte.

Kälte fuhr ihm in die Glieder, als ihm bewußt wurde, wo sie sich befanden. Was hatte er getan? Er hatte Zenit auf schnellstem Wege in Niahs Hain geführt, an jenen Ort, wo Aschures Mutter in den Flammen gestorben war – damals hatte sich hier das Dorf Smyrdon befunden – und wo ihr Leichnam begraben lag.

»Bei den Sternen!« rief er. »Was habe ich getan?«

Zenit sagte keinen Ton mehr, aber ihre Augen waren vor Entsetzen weit aufgerissen, und in ihnen spiegelte sich alles Leid wider, das Niah ihr antat.

Plötzlich spürte Drago maßlosen Zorn in sich aufsteigen. Er wünschte Axis und Aschure alles Unglück der Welt an den Hals. Womit hatten ihre Kinder das verdient?

Schließlich gelang es ihm, Zenit an sich zu drücken. So gut wie möglich versuchte er, sie zu beruhigen, zu ihr vorzudringen, das Grauen abzuschwächen, von dem sie verzehrt wurde.

Der Beutel fiel zu Boden, doch Drago schenkte dem keine Beachtung. »Zenit«, murmelte er. »Zenit!«

Aber Zenit war sich seiner Anwesenheit nicht mehr bewußt. Sie wand und wehrte sich, und ihr Atem ging so schwer, daß Drago befürchtete, sie würde wirklich sterben.

Wenn Niahs Seele nur in ihrem Grab bliebe! dachte er. Dann stieß er einen lauten Fluch aus, denn er spürte, daß er Zenit nicht helfen konnte.

»Es ist sinnlos, so wütend zu werden, mein Junge«, sagte eine strenge Stimme. »Das wird Eurer Schwester nicht helfen.«

Drago blickte erschrocken auf, und fast wäre ihm Zenit entglitten. Es gelang ihm, sie festzuhalten, während er die andere Seite des Hains argwöhnisch im Auge behielt. Eine Bäuerin trat zwischen den Bäumen hervor und rieb sich besorgt die Hände über ihrem rundlichen Bauch. Sie mochte Mitte dreißig sein, war stämmig und ihre Haut war vom Wetter gegerbt. Sie war sauber und gepflegt, trug ein Kleid aus Kammgarn und eine einfache schwarze Schürze, wirkte jedoch eher einfältig.

»Wer seid Ihr?« bellte er. »Bleibt stehen!« Seine Arme schlossen sich fester um Zenit.

Die Frau schenkte ihm keine Beachtung und kam ohne Zögern näher. Drago fragte sich, ob sie tatsächlich beschränkt sei oder ob sich hinter diesem Gesichtsausdruck gefährlichere Gedanken verbargen. Nur die Sterne wußten, was für wahnsinnige Geschöpfe in diesen Wäldern hausten! »Bleibt stehen. Ich...«

»Ihr braucht Hilfe, mein Junge.« Sie ließ sich von seinem wütenden Blick nicht abschrecken und sank neben Zenit, die sich immer noch wand, ins Gras. »Sagt mir, was ihr fehlt.«

Drago hatte nicht vor, ihr zu antworten. Warum auch? Diese Bäuerin wußte höchstens, wie man Butter machte. Nein! Ihr würde er auf keinen Fall...

Die Frau hob den Blick und sah Drago in die Augen.

Drago selbst mochte über keine ikarischen Zauberkräfte mehr verfügen, aber er hatte sein Leben unter Zauberern und Göttern verbracht, und er erkannte Macht, wenn er sie sah.

Die Augen dieser Frau glühten vor Macht, wenn auch von einer Art, die Drago noch nie gesehen hatte.

»Das ist die Macht der Mutter«, sagte sie. Ihre Stimme hatte den ländlichen Akzent verloren und war gleichermaßen von Macht erfüllt. »Ich werde Eurer Schwester helfen, wenn es mir möglich ist. Schweigt jetzt.«

Sie wandte sich wieder Zenit zu, und ihre schwielige Hand glitt über Zenits Arm.

Plötzlich wußte Drago, wer diese Frau war. Nicht nur seine Mutter hatte von ihr erzählt, unter den Ikariern und Awaren war sie eine Legende. Das war die Bäuerin Renkin, jene einfache Frau, die Faraday geholfen hatte, das Bardenmeer zu pflanzen. Auch hatte sie als Mittlerin für die Stimme und den Willen der Mutter gedient, jenes Wesens, das die Macht der Erde und der Natur verkörperte. Nachdem Faraday ihre Arbeit beendet hatte, war die Bäuerin im Wald verschwunden und nie wieder gesehen worden.

Zumindest nicht von menschlichen Augen.

Und jetzt war sie hier. Sie saß vor ihm im Gras, tätschelte Zenit den Arm und sang ein kleines Wiegenlied.

Das würde ihr wirklich helfen, dachte Drago seufzend. Er vertraute niemandem, schon gar nicht dieser sonderbaren Frau.

»Sie leidet starke Schmerzen«, sagte die Bäuerin, deren Stimme noch immer von Macht erfüllt war. »Warum das, älterer Bruder?« Sie blickte zu Drago auf.

Erneut überlegte er, ob er ihr antworten sollte, stellte jedoch zu seinem Erstaunen fest, daß die Worte nur so aus ihm herausströmten. »Sie kämpft gegen die wiedergeborene Seele von Niah, die sie in sich trägt«, sagte er. »Dieses Leid hätte sie aber nicht treffen dürfen, denn sie hat sich nichts zuschulden kommen lassen.«

»Im Unterschied zu Euch«, stellte die Bäuerin fest.

Drago biß sich auf die Lippen. »Sind die Erzählungen von meinen Untaten sogar bis in diese grüne Zufluchtsstätte gedrungen?«

»Alle kennen Eure Geschichte, Drago. Ihr habt Euren eigenen Bruder verraten.«

»Das ist mir zu Ohren gekommen«, erwiderte Drago, über alle Maßen wütend. »Und ehrlich gesagt, gute Frau, wünschte ich, ich wäre dabei etwas erfolgreicher gewesen! Vielleicht könnte ich Zenit dann diese Schmerzen ersparen!«

Ihr Kopf fuhr herum. »Begehrt Ihr noch immer Eures Bruders Platz?« fragte sie mit leiser Stimme. »Säßet *Ihr* gern auf dem Sternenthron?«

Er starrte sie erschrocken an, denn plötzlich wollte er das wirklich – sehr sogar. Wie wäre es gewesen, der Erstgeborene zu sein? Der Thronfolger?

»Es ist nicht gut, den Platz Eures Bruders zu begehren«, sagte die Frau. Sie war wieder in ihren bäuerlichen Akzent verfallen, in dem keine Spur der Macht der Mutter lag. Ihr Blick war jedoch nicht mehr auf Drago gerichtet. »Findet Ihr nicht auch, Herrin?«

Drago blickte über die Schulter und erstarrte.

Auf der anderen Seite des Hains trat ein Reh zwischen den Bäumen hervor. Sein rostfarbenes Fell zitterte angstvoll, der Blick seiner großen dunklen Augen glitt immer wieder zum Wald, als wüßte es nicht, ob es bleiben oder fliehen sollte.

»Kommt, kommt, Herrin«, sagte die Frau. »Dieses Kind bedarf Eurer Hilfe. Mir scheint, ich kann nur wenig für sie tun.«

Drago sah die Frau an. Nicht einmal mit *Eurer* Macht? dachte er. In diesem Augenblick machte das Reh einen zögerlichen Schritt auf ihn zu, und er sah es gebannt an.

Und er wußte, wer das war. Faraday. Die ehemalige Königin von Achar, die jetzt in der Gestalt eines Tieres gefangen war.

Alle sind wir auf die eine oder andere Weise verraten worden, dachte Drago unvermittelt. Alle sind wir in Fleisch gefangen, das wir nicht wollen.

»Nein«, sagte die Bäuerin leise, und wieder war ihr Akzent verschwunden. »Dieses Mädchen vor mir wurde verraten, und Faraday ist bis auf die Knochen von Verrat gebrandmarkt. Aber Ihr seid ein Verräter. Ihr seid zum Verräter geboren! Ihr seid bis auf die Knochen von Sünde verderbt.«

Entsetzt und gekränkt, doch erstaunlicherweise nicht wütend, erwiderte Drago ihren Blick. »Nein, nein ...«

Eine sanfte Bewegung an seiner Schulter ließ ihn verstummen. Das Reh hatte sich leise genähert und stand nun einen Schritt von dem Beutel entfernt, den Blick gebannt darauf gerichtet.

Es zitterte heftig. Langsam hob es den Blick und sah Drago an.

Und da begriff er, daß es wußte, was sich darin befand.

»Das Mädchen«, sagte die Bäuerin leise zu dem Reh. »Es braucht Eure Hilfe.«

Das Reh sah Drago noch einen Herzschlag lang an, dann wandte es den Blick ab und näherte sich Zenit. Es senkte den Kopf und beschnupperte das Gesicht der jungen Frau. Dann sank es anmutig neben ihr ins Gras.

Drago konnte nicht den Blick von ihm wenden. Dieses Reh – Faraday – hatte er nie zuvor gesehen. Die Geschichten über diese

Frau waren so legendär, so wunderschön, daß sogar Drago von ihnen gerührt gewesen war.

Vor allem, weil Faraday von seinem Vater verraten worden und trotzdem für ihn gestorben war.

Drago konnte sich nicht vorstellen, jemanden so sehr zu lieben. Waren ihre Qualen das wert gewesen? Bestimmt bereute sie ihre Ergebenheit gegenüber Axis inzwischen. Oder etwa nicht?

Das Reh hob rasch den Blick und sah Drago an.

Es war nur ein kurzer Augenblick, aber in diesem Moment sah er etwas, das ihm den Atem verschlug.

Als das Reh den Kopf gehoben hatte, war seine Kehle in Dragos Augen zum Hals einer wunderschönen Frau geworden, sein rostbraunes Fell zu einem Gewirr kastanienbrauner Haare, und für kurze Zeit schimmerte die Seele der gequälten Frau durch die dunklen Augen des Tiers hindurch.

Das Reh blickte erneut zu dem Beutel hinüber, zitterte und wandte sich wieder Zenit zu.

Sie verliert den Kampf. Sie wird allmählich wahnsinnig. An diesem Ort ist Niah zu stark, dem hat sie in ihrem schwachen und bedauernswerten Zustand nichts entgegenzusetzen.

Die sanfte Stimme ertönte in Dragos Kopf, und er unterdrückte einen Schrei.

»Herrin?« sagte die Bäuerin. »Gibt es nichts, was wir tun könnten? Meine Kräuter können gegen diese Krankheit nichts ausrichten.«

Wie soll ich dieses Geschöpf vertreiben, das sie so quält? Das Reh berührte Zenits Stirn mit seiner Nasenspitze. *Sie kämpft, und es kämpft in ihr, aber ich sehe keine Möglichkeit, ihr zu helfen.*

»Wolfstern hat sie gefunden und vergewaltigt«, warf Drago unvermittelt ein. Sie sollten das ganze Ausmaß des Grauens kennen.

»Und was habt Ihr unterdessen getan?« fragte die Bäuerin.

»Ich … ich wußte nichts davon. Sie ist von unserem Lagerplatz weggelaufen. Ich habe es erst bemerkt, als es bereits zu spät war.«

Die Bäuerin senkte voller Verachtung den Blick.

Würde er wohl für allen Kummer Tencendors verantwortlich gemacht? fragte sich Drago. Dann wandte er sich wieder an das Reh.

»Bitte, helft ihr«, flüsterte er und streckte sachte die Hand nach ihm aus.

Das Reh zuckte zusammen, und er zog die Hand zurück.

Ich kann nichts tun, sagte es.

»Ich kann nichts tun«, wiederholte die Bäuerin.

»Aber was kann ich dann tun? Ich kann sie doch nicht hierlassen! Ich …«

»Wohin wollt Ihr?« fragte die Bäuerin. »Welche Sünde gedenkt Ihr als nächstes zu begehen?«

»Ich möchte mein Leben retten!« schrie Drago. »Ist das eine Sünde?«

Er holte tief Luft und versuchte, seine Beherrschung wiederzuerlangen. »Sie wollte zur Insel des Nebels und der Erinnerung. Zu Sternenströmer.«

Sternenströmer?

»Er hat einmal gesagt … er hat gesagt, daß er immer dasei, wenn sie ihn bräuchte.«

Ah. Das Reh legte den Kopf schief und sah Drago nachdenklich an. *Vielleicht gelingt es mir, Sternenströmer herbeizurufen. Zenit würde die Reise zur Insel nie überleben.*

Drago zögerte, dann beugte er sich vor und berührte Zenits Wange ein letztes Mal. Er konnte nichts mehr für sie tun, und er wußte, daß sie in der Obhut dieser beiden Frauen besser aufgehoben war, als bei ihm auf dem schweren Weg gen Süden.

»Paßt auf sie auf, bitte.« Er ließ sie in die Arme der Bäuerin gleiten, hob seinen Beutel auf und wandte sich zum Gehen.

Wo geht Ihr hin?

Wohin? Wohin? Drago wußte es nicht. Er ging einige Schritte weiter, den Beutel fest an die Brust gepreßt.

Wozu braucht Ihr das? fragte das Reh traurig.

»Ich weiß es nicht«, murmelte Drago und starrte es an. »Ich weiß es nicht.«

Es verfolgt seine eigenen Absichten.

»Es kann nicht selbstständig denken!«

Es sucht … es sucht ein Zuhause.

»Nein!« Inzwischen war Drago am äußersten Rand des Hains angelangt.

Gib es zurück.

»Nein!« brüllte Drago ein letztes Mal und warf Zenit einen schreckerfüllten Blick zu. Dann war er verschwunden.

24

STERNENSTRÖMER

Nachdem sein Sohn Gorgrael besiegt hatte, hatte sich Sternenströmer auf der Insel des Nebels und der Erinnerung niedergelassen. Dort befaßte er sich mit seinen Studien und Träumen, leitete die Rituale der Sternenverehrung und war weitgehend zufrieden. Er lebte auf dem Tempelberg, richtete eine Schule für ikarische Kinder mit Zauberkräften ein und lehrte sie, was er wußte und was er über die Welt gelernt hatte. Die Stille der Insel hatte ihn umgänglicher gemacht, geduldiger und sanftmütiger, obwohl er sich dieser Veränderung selbst nicht in vollem Umfang bewußt war.

Auch an Gesellschaft fehlte es ihm nicht. Die Anzahl der Bewohner auf dem Tempelberg war zwar während der vergangenen Jahre nicht nennenswert gestiegen, doch hatten die Ikarier an seinem Fuß eine Stadt errichtet, die stetig größer wurde. Von dort konnten sie mit der warmen Luft, die über dem Dschungel aufstieg, zum Gipfel hinauffliegen und den Ritualen beiwohnen oder einfach nur die Macht auf sich wirken lassen, die der große Sternentempel ausstrahlte.

Anfangs hatte Sternenströmer seine Familie ein- oder zweimal im Jahr auf Sigholt besucht, aber im Lauf der Zeit waren Axis' und Aschures Kinder erwachsen geworden und seine Besuche immer unregelmäßiger – manchmal blieb er zwei Jahre fort, meistens sogar noch länger. Hin und wieder ließen sich Axis und Aschure im Tempel sehen, aber auch ihre Besuche waren seltener geworden, seit sie sich fast nur noch bei den Sterngöttern aufhielten – Sternenströmer hatte sie wohl schon drei Jahre nicht mehr gesehen.

Er vermißte sie, aber seine Enkel vermißte er noch mehr, und jede Woche schwor er sich, zu Jultide nach Sigholt zu gehen. Irgendwie wußte er jedoch, daß Jultide auch dieses Jahr verstreichen würde, ohne daß er seine Enkel besucht haben würde. Caelum hatte genug damit zu tun, Tencendor zu regieren, Flußstern war zu sehr mit sich selbst beschäftigt, Isfrael und Zenit führten ihr eigenes Leben, und Drago ... nun, Drago hatte mit den anderen Sonnenfliegern so wenig gemeinsam, daß Sternenströmer mit einem Besuch von ihm schon gar nicht rechnete.

Alle seine Enkel hatten in ihrer Jugend eine längere Zeit bei ihm verbracht. Sternenströmer vermißte sogar Drago, der zwar mürrisch wirken mochte, aber über einen regen Verstand verfügte. Wie viele Stunden hatte er damit zugebracht, Sternenströmer im Tempel hinterherzulaufen und ihm Fragen zu stellen? Sternenströmer vermißte sie alle ... mit Ausnahme von Flußstern. Er war froh, daß sie ihn nicht mehr besuchte. Sternenströmer hatte sich einst geschworen, daß er Aschures älteste Tochter besitzen würde, wenn Aschure sich ihm schon verweigerte. Aber Flußstern war im Alter von dreizehn Jahren von selbst in sein Bett gekommen, mit wissenden und forschenden Händen, und diese Erfahrung hatte ihn so abgestoßen, daß er jegliches Verlangen nach ihr verloren hatte.

Sternenströmer war einsam, obgleich er sich dessen nicht bewußt war. Rivkah war von ihm gegangen, und er hatte die Verbindung zu seinem Sohn und zu seinen Enkeln verloren. Selbst Freierfall und seine Frau Abendlied waren zu beschäftigt, um sich um ihn zu kümmern.

Und so wandelte er an jenem Tag durch den Obstgarten und ließ die Flügel auf seinem Rücken flattern. Seine Augen waren halb geschlossen, sein Kopf reckte sich dem Seewind entgegen, der über die Klippen heraufwehte, und er fragte sich, warum ihm so schwermütig zumute war.

Es war ein warmer Tag, und doch verspürte Sternenströmer ein leichtes Frösteln auf seiner Haut. Er öffnete die Augen ganz, blieb stehen und sah sich um.

Etwas stimmte nicht.

Er spürte, wie sich sein Magen verkrampfte. Dergleichen hatte es seit Jahren nicht mehr gegeben … seit vielen Jahren. Was war das?

Er drehte sich langsam im Kreis, die Flügel halb ausgebreitet, um jeden Augenblick losfliegen zu können.

Sternenströmer …

Diese Stimme! Sie war ihm vertraut, aber er konnte sie nicht einordnen. Wer war das?

Sternenströmer …

Sie rief nach ihm. Von Sorge erfüllt, aber aus großer Ferne. Wer war das?

Und dann wurde er von der Macht erfaßt wie von einem starken Wind. Sternenströmer stieß einen Schrei aus und wäre fast gestürzt. Im letzten Augenblick fing er sich und sah sich verständnislos um. Er war von einem grellen, smaragdgrünen Licht umgeben. Fast schien es lebendig zu sein – es warf Schatten, wurde heller und wieder dunkler …

»Bei den Sternen!« flüsterte er. An einer Stelle nahm das smaragdgrüne Licht eine andere Gestalt an, wurde zu einem Tunnel aus zitterndem Silber, an dessen Ende zwei Frauen standen. Eine von ihnen streckte die Hand nach ihm aus.

Die eine Frau hatte ein freundliches Gesicht, war in mittleren Jahren und hatte dunkelbraunes Haar, das allmählich grau wurde und ihr in Locken auf die Schultern fiel. Sie trug ein blaßblaues Kleid mit einem Band, das in allen Regenbogenfarben leuchtete. Von ihr ging der größte Teil jener Macht aus, die er spürte.

Die andere Frau war Faraday. Sternenströmer konnte es nicht glauben. Wann hatte er sie das letzte Mal gesehen? An Axis' Seite in Karlon, ein fröhliches Lächeln auf den Lippen. Damals hatte sie freilich noch nicht gewußt, daß sie von Axis verraten worden war.

Sie streckte ihm die Hand entgegen und lächelte. »Sternenströmer.« Ihre Stimme kam von weit weg. »Sternenströmer, ich brauche Euch wie Ihr einst mich. Werdet Ihr mir helfen?«

»Gerne«, erwiderte Sternenströmer ohne Zögern und trat in den sich windenden Tunnel hinein.

Er breitete seine Flügel aus, der Macht entgegen, und ließ sich von ihr zu den beiden Frauen tragen. Er spürte, wie Erde und Sterne an ihm vorbeirasten und wie die Macht ihn über große Entfernungen hinweg zu sich zog. Schließlich ließ sie ihn los, und er betrat Niahs Hain. Wirklich erstaunt war er nicht, als er Reh und Bäuerin dort auf sich warten sah. Wie Drago wußte auch Sternenströmer sofort, wer die beiden waren. Doch sein Blick fiel auf die sich windende, stöhnende Gestalt zwischen ihnen.

»Zenit!« Mit einem einzigen kraftvollen Flügelschlag war er bei ihr und fiel auf die Knie. »Was ist los? Was ist mit ihr geschehen?«

»Drago ...«, hob die Bäuerin an, und Sternenströmer zuckte zusammen, als er den Namen seines Enkels hörte, »... hat uns erzählt, ihr Körper und ihr Verstand würden von Niahs wiedergeborener Seele heimgesucht. Zenit wehrt sich gegen sie.«

Die Bäuerin zuckte mit den Achseln. »Meine Herrin und ich können nichts für das arme Mädchen tun. Niahs Seele obsiegt.«

Niahs wiedergeborene Seele? Aschure hatte Sternenströmer einmal Niahs Brief gezeigt, und deshalb wußte er, worauf die Bäuerin anspielte. Niah? In Zenit?

Erneut betrachtete er seine Enkelin. Sie schien bewußtlos zu sein, litt jedoch ganz offenbar Höllenqualen. Ihre Haut war blaß und schweißbedeckt, ihre Muskeln zuckten und ihr Atem kam stoßweise.

Und warum war sie unter dem Mantel nackt, woher stammten die Verletzungen?

»Das arme Kind«, sagte die Bäuerin. »Nicht nur ringt sie mit der toten Seele in ihrem Körper, Wolfstern hat sie auch noch an Körper und Seele mißbraucht –«

Sternenströmer stieß einen lauten Schrei aus und sprang auf. *Wolfstern!* Er hatte gewußt, daß dieser üble Verbrecher eines Tages wieder auftauchen würde. Aber warum hatte er Zenit so zugerichtet? Sternenströmer sah seine Enkelin an, und in ihm krampfte sich angesichts dessen, was ihr angetan worden war, alles zusammen.

»Zenit«, flüsterte er und sank neben ihr auf die Knie.

Wir dringen nicht zu ihr ...

»Wie ist sie hierher gekommen?« fragte Sternenströmer in scharfem Tonfall. »Ihr sagtet, Drago wäre bei ihr gewesen.«

»Ihr Bruder hat sie begleitet, aber er ist geflohen ...«

Was ging hier vor?

Drago ist vor etwas weggelaufen. Auf Sigholt ist etwas Schlimmes geschehen.

»Zweifellos ist Drago vor einer Missetat geflohen«, fuhr die Bäuerin fort, faltete die Hände über ihrem Bauch und verzog ihren Mund.

Zenit war mit ihm unterwegs, warf das Reh ein. *Wir kennen den Grund nicht. Drago hat sie in unseren Händen zurückgelassen. Er hoffte, wir würden ihr helfen.*

»Hat er sich an der Schändung beteiligt?« fragte Sternenströmer.

»Nein, edler Herr, das glauben wir nicht«, erwiderte die Bäuerin. »Aber geholfen hat er ihr auch nicht.«

Bei den Sternen, er hätte die Kinder nie so lange allein lassen dürfen! Warum hatte er sie nicht besucht?

Sie sind keine Kinder mehr, Sternenströmer. Sie sind alle in der Lage, ihren eigenen Weg zu gehen.

»Den ihnen das Schicksal vorbestimmt hat«, sagte Sternenströmer und dachte an den Kampf, der in Zenits Geist und Körper tobte. Warum Zenit? Sie war von Natur aus so lieb und arglos. War sie deshalb als Gefäß für Niahs Wiedergeburt ausgesucht worden?

Wer lag da vor ihm auf dem Boden? War sie schon immer Niah gewesen? Oder war Zenit ein eigenständiges Wesen? Eine eigenständige Persönlichkeit?

Sternenströmer schüttelte schwach den Kopf – er konnte keinen klaren Gedanken fassen. »Warum habt Ihr mich herbeigerufen? Was kann ich tun?«

Drago hat gesagt, daß sie zu Euch wollte.

Sternenströmer runzelte die Stirn. »Warum?«

Weil Ihr einmal zu Zenit gesagt habt, daß Ihr immer dasein würdet, um ihr beizustehen.

Aber ich war es eben doch nicht! dachte Sternenströmer. Sollte er sie mitnehmen? Die Insel mochte für Zenit der schlimmste Ort sein, wenn sie mit der wiedergeborenen Niah rang.

Aber ihm blieb keine Wahl, und – was wichtiger war – Zenit auch nicht.

Sternenströmer kauerte sich neben seiner Enkelin nieder und nahm sie in die Arme.

Seltsamerweise beruhigte sie sich ein wenig, kaum hatte er sie an seine Brust gedrückt.

»Ich bin hier, Zenit«, flüsterte er und strich ihr übers Haar.

Diese Reglosigkeit war für Sternenströmer jedoch nicht unbedingt ein gutes Zeichen. Jemand hatte einen Sieg errungen – aber wer?

»Ich werde sie auf die Insel des Nebels und der Erinnerung bringen«, sagte er. »Betet zu Mutter Erde und den Sternen, daß ich das Richtige tue.«

25

DRACHENSTERN

»Nichts?« sagte Caelum. »Rein gar nichts?«

Geschwaderführer Federflug Prachtflügel verzog keine Miene. »Sternensohn, wir haben Späher bis in die Ausläufer der Eisdachalpen geschickt, bis zum Ichtar und nach Süden bis zu den Minarettberge. Nichts.«

Caelum ließ sich schwer auf einen Stuhl am Kartentisch fallen. »Askam?« Er schenkte dem Prinzen nicht einmal einen Blick, denn er wußte bereits, wie sein Bericht lauten würde.

»Nichts, Caelum.« Askam breitete hilflos die Arme aus. »Die Suchtrupps hätten die Urqharthügel nicht gründlicher abkämmen können, wenn sie es auf Händen und Knien getan hätten.«

Caelum blätterte in einem Papierstapel auf dem Tisch. »Und all diese ... Berichte aus Jervois, aus Severin, aus den meisten kleineren Dörfern zwischen hier und Karlon – sogar aus Gorken! *Nichts!* Niemand hat ihn gesehen.« Auch Zenit nicht. Hatte Wolfstern sie gefunden? Oder versteckte sie sich in einem magischen Schlupfloch vor ihrem Großvater?

»Verflucht!« Caelum verstreute die Blätter mit einer unwilligen Handbewegung auf dem Tisch. »Wo ist er? Wo könnte er hingegangen sein?«

Askam warf Federflug einen vielsagenden Blick zu. Caelums Nerven waren so gespannt wie eine Angelschnur, an der ein Walfisch hing – was nicht weiter verwunderlich war. Drago war spurlos verschwunden. Wie war das möglich? Und wie war es ihm gelungen, Suchtrupps zu entwischen, die aus den mächtigsten Zauberern und den geübtesten Fährtensuchern bestanden?

Von Rechts wegen hätte Drago nicht ein oder zwei Wegstunden weit kommen dürfen ... *falls* er Sigholt verlassen hatte! Hatte er Helfer? Welche? Und warum unterstützten sie ihn?

»Er könnte es bis zum Bardenmeer geschafft haben«, sagte Askam langsam. »Wenn er dort ist ...«

Caelum blickte unvermittelt auf. »Bei den Sternen, Askam. Ich sollte Euch als Ratgeber hierbehalten! Federflug. Benachrichtigt Isfrael, daß Drago sich möglicherweise in seinem Reich aufhält.«

Federflug nickte, salutierte und ging hinaus.

Caelum lehnte sich zurück. »Den Augen und Ohren, die Isfrael zu Hilfe rufen kann, wird Drago nicht entkommen. Askam, ich muß Euch nochmals danken ... werdet Ihr noch ein oder zwei Wochen länger bleiben? Im Augenblick kann ich Euren scharfen Verstand gut gebrauchen.«

»Wie Ihr wünscht, Sternensohn.«

Caelum lächelte ihn an. »Und doch zappelt Ihr herum, als läge eine überaus erfahrene Hure in Eurem Bett ... was ist?«

Askam erwiderte sein Lächeln. »Meister Horrald wartet seit einer halben Stunde auf mich – wir wollen uns im Schwertkampf üben. Inzwischen wird er bei entsprechend schlechter Laune sein.«

Caelum mußte laut lachen. Meister Horrald war der älteste Waffenmeister auf Sigholt und nicht eben für seine Umgänglichkeit bekannt. »Dann macht Euch auf den Weg, Askam. Und bittet Meister Horrald, Euch nicht in Stücke zu schlagen – mir zuliebe.«

Als er im Kartenzimmer allein war, stützte Caelum den Kopf in die Hände und seufzte. Die vergangene Woche war anstrengend gewesen, und nachts hatte er schlecht geträumt: von Jagdzügen durch Wälder und zwischen den Sternen und von Jägern, die Menschen niederritten, nicht Tiere.

Für einen Moment wurde er nachdenklich ... die Jagd. Könnten die Hunde seiner Mutter ...? Nein, Aschure hatte ihm vor langer Zeit erklärt, daß die Hunde niemals Jagd auf Menschen machen würden.

Caelum betrachtete seine Finger. Nervös drehte er den rotgoldenen, mit Diamanten besetzten Ring an seiner rechten Hand hin und her. Es war nicht der Ring seines Vaters – den hatte Axis nicht abgelegt –, sondern eine genaue Nachbildung.

Und Axis hatte ihn gelehrt, ihn richtig einzusetzen.

Die Zauberkraft der Ikarier machte sich die Tonfolgen des Sternentanzes zunutze. Für jeden Zweck gab es ein Lied. Über zahllose Generationen hinweg hatten die Zauberer vielleicht tausend Lieder entdeckt, die sie aus dem Sternentanz weben konnten. Doch Orr der Fährmann hatte Axis gezeigt, daß ein Zauberer nur an ein Vorhaben denken mußte, und die Diamanten auf seinem Ring würden ihm das passende Lied weisen.

»Zeige mir ein Lied, mit dem ich das Land absuchen kann«, flüsterte er, und nach kurzem Zögern bildeten die Diamanten ein anderes Muster.

Caelum dachte über die Melodie nach, die der Ring ihm nahelegte. Es war ein mächtiges Lied, und er würde in gefährlichem Maße Einfluß auf den Sternentanz nehmen müssen. Doch schließlich war auch er mächtig, und er würde es schaffen.

Er ließ sich das Lied durch den Kopf gehen, sammelte die Macht des Sternentanzes, die ihn durchströmte, und richtete sie auf sein Ziel aus.

Augenblicklich verblaßte das Zimmer um ihn herum, und Caelum sah die Ebenen von Ichtar, die sich westlich von Sigholt erstreckten.

»Finde Drago«, flüsterte er, und das Bild wandelte sich. Sein Blick glitt weit nach Norden, bis er zwischen den Gipfeln der Eisdachalpen tanzte, dann nach Südosten über die graugrünen Wipfel Awarinheims und des Bardenmeers hinweg.

Caelum wurde leicht schwindelig und übel, soviel Kraft mußte er aufwenden, aber er war fest entschlossen, durchzuhalten.

»Drago«, flüsterte er, und das Bild veränderte sich, jetzt flog er über die Gipfel der Minarettberge hinweg, über die Ebenen von Tare und über Karlon.

»Drago«, flüsterte er, und sofort wechselte er die Richtung, und er sah die friedlichen Ufer der Insel des Nebels und der Erinnerung – dort spürte er jemanden ... Zenit! Aha, dorthin war sie verschwunden. Gut.

Aber kein Drago.

Caelum überlegte, ob das Lied wohl ebenso verwirrt war wie er. Verzweifelt versuchte er es ein letztes Mal und rief laut Dragos Geburtsnamen – vielleicht kam das Lied damit weiter.

»Finde Drachenstern!«

Innerhalb eines Lidschlags veränderte sich die ganze Welt … und Caelum geriet in Panik. Tencendor war verschwunden. Er hatte sich verirrt, in einer schwarzen Leere, und in dieser Leere spürte er die Anwesenheit eines grenzenlos mächtigen Wesens – und er wußte, daß er stürbe, wenn dieses Wesen ihn fände.

»Sternensohn?« flüsterte es. »Sternensohn?«

Caelum spürte, wie es nach ihm suchte, ihm gleich einem heftigen Sturm entgegenstürzte.

»Sternensohn!«

»Nein«, flüsterte Caelum.

»Was für ein jämmerlicher Schwächling Ihr seid, Sternensohn«, rief die Stimme, und Caelum konnte spüren, wie das Wesen auf ihn zubrandete. »Ich werde Euch jagen, ich werde Euch aufspießen, ich werde Euren Leichnam schänden, ich werde …«

»Nein!« schrie Caelum, und mit letzter Willenskraft brach er die Verbindung zum Sternentanz ab.

Das Lied verstummte, und als Caelum die Augen öffnete, befand er sich wieder in der vertrauten Umgebung des Kartenzimmers. Seine Brust hob und senkte sich, sein Körper war schweißbedeckt, und seine Hände zitterten.

»Bei den Sternen«, flüsterte Caelum. »Drago – warst *du* das?«

An jenem Abend stattete Dornfeder Wahrlied Caelum einen Besuch ab.

Er tauchte aus dem Nichts auf – vielleicht war er zur Tür hereingekommen, aber Caelum war sich dessen nicht sicher. Als er aufgestanden war, um die Fensterläden zu schließen, war das Zimmer leer gewesen, doch als er sich umgedreht hatte, stand der Vogelmann vor ihm.

»Dornfeder!«

Das plötzliche Auftauchen des Vogelmanns hätte Caelum beinahe aus der Fassung gebracht. Dornfeder war von einer kaum wahrnehmbaren Aura der Macht umgeben – doch es war keine Magie. Dergleichen hatte noch kein Zauberer gespürt. Caelum ging davon aus, daß er diese Macht Orr zu verdanken hatte.

»Sternensohn.« Dornfeder neigte seinen auffallend roten Kopf. »Gibt es Neuigkeiten von Drago?«

»Es wundert mich, daß Ihr dort unten auf den Wasserstraßen von all der Aufregung erfahren habt, Dornfeder. Drago war noch hier und Flußstern am Leben, als Ihr Euch auf den Weg zu Orr begabt.«

»In den Wasserwegen spiegeln sich viele Dinge, Sternensohn. Und manche von ihnen betrafen die Schwierigkeiten auf Sigholt.«

»Ihr wißt nicht, wo sich Drago aufhält?«

»Nein, Sternensohn, leider nicht.«

»Aber Ihr könntet doch sicher...«

»Ich kann Euch nicht helfen, Sternensohn. Drago befindet sich nicht auf den Wasserwegen – mehr kann ich Euch nicht sagen.«

Caelum seufzte und schenkte ihnen beiden ein Glas Wein ein. Bei den Sternen, er würde ihn brauchen, wollte er heute nacht schlafen. »Nun gut, Dornfeder. Was tut sich am Sternentor?«

Vor lauter Bestürzung über den Mord an Flußstern und Dragos Flucht hatte Caelum während der letzten Woche nicht mehr an das sonderbare Geflüster von jenseits des Sternentors gedacht.

Jetzt ... jetzt fragte er sich, ob es da einen Zusammenhang mit der beängstigenden Vision vom Morgen gab.

Dornfeder setzte sich und nippte an dem Wein. »Sie wispern und rufen noch immer, aber sie sind nicht näher gekommen. Orr ist beunruhigt, aber noch hat er nicht Alarm geschlagen. Sternensohn, gestattet mir die Bemerkung, daß Wolfstern recht haben könnte. Sie stellen keine Gefahr dar, außer für jene allzu neugierigen Menschen, die versucht sind, sich durch das Sternentor zu stürzen.«

»Durch das Sternentor?« Caelum lachte ungläubig – und ein

wenig zu laut. Das Sternentor beunruhigte ihn. Er hatte seinen Vater und zahlreiche andere Zauberer an seinem Rand stehen sehen, vom Sternentanz und dem Universum, das es enthielt, gebannt. Ihm dagegen wurde immer schwindlig, wenn er sich länger als einen Augenblick dort aufhielt.

Dornfeder sah ihn an und zuckte mit den Achseln. »Zweifellos werden die Kinder zunehmend in Vergessenheit geraten, Sternensohn.«

»Hoffentlich habt Ihr recht«, entgegnete Caelum und stand unvermittelt auf, um sich Wein nachzuschenken. »Ich hoffe es sehr.«

In jener Nacht träumte er. Er träumte von einer Jagd durch den Wald – von einer großen Jagd, der gesamte Hof begleitete ihn. Seine Eltern saßen auf ihren Pferden und lachten. Sein Bruder Isfrael und seine Schwestern, sogar Flußstern. Es war ein herrlicher Tag, und sie ritten mit dem Wind und ihrer Macht, und alle Sorgen der Welt und Tencendors schienen weit, weit weg.

Doch dann wandelte sich der Traum. Sie befanden sich noch immer auf der Jagd, aber Caelum konnte seine Eltern nicht mehr sehen, und auch seinen Bruder und seine Schwestern nicht. Die Hunde rannten voraus, aber auch sie waren außer Sichtweite. Der Wald ragte um ihn herum auf und wirkte plötzlich bedrohlich. Und jetzt war sogar sein Pferd verschwunden. Er rannte zu Fuß durch den Wald, sein Atem ging schwer und die Angst peitschte ihm das Blut durch die Adern.

Er wurde verfolgt. Hunde, und doch keine Hunde. Sie flüsterten seinen Namen. Bei den Sternen! Es waren Hunderte! Und sie waren hinter ihm her.

Sie flüsterten seinen Namen. *Sternensohn! Sternensohn!*

Caelum schluchzte angsterfüllt. *Was war das für ein Wald?* In Tencendor hatte er dergleichen noch nicht gesehen. Er riß sich an Zweigen und Sträuchern die Haut auf, fiel hin und rappelte sich entsetzt wieder auf.

Etwas war hinter ihm her ... etwas ... etwas Tödliches.

Er rannte weiter.

Er hörte laute Schritte näherkommen, hörte Hörner erschallen und triumphierende Rufe. Sie hatten ihn in die Enge getrieben!

Caelum fiel auf den Waldboden und bedeckte sich so gut er vermochte mit Erde und toten Blättern.

Aber einen Blick mußte er doch wagen, und dieser eine Blick genügte, ihn in den Wahnsinn zu treiben.

Ein Mann saß in mattschwarzer Rüstung auf einem großen Pferd mit dunklem Fell. In der Hand führte er ein riesiges Schwert. Das Pferd bäumte sich vor ihm auf und blieb stehen, und in diesem Augenblick gelang es Caelum, einen letzten Schrei auszustoßen.

»Drachenstern!«

26

Der Beutel – Teil 1

Drago wanderte in südlicher Richtung durch das Bardenmeer. Von seinem Ziel hatte er keine genaue Vorstellung, aber etwas trieb ihn vorwärts, immer weiter nach Süden.

Tagsüber hielt er sich im Schatten der Bäume auf und ging den wenigen Awaren, die er auf den Waldpfaden hörte, aus dem Weg. Auch den magischen Geschöpfen des Waldes, den grellbunten Vögeln und anderen unbekannten Tieren, schenkte er keine Beachtung.

Aber er war nicht allein. Dessen war sich Drago am zweiten Tag, nachdem er Niahs Hain verlassen hatte, bewußt geworden. Das rote Reh folgte ihm.

Verflucht! Warum tat es das? War es ihm gelungen, mit Sternenströmer Verbindung aufzunehmen? Befand sich Zenit in Sicherheit? Das Reh ließ ihn nicht an sich heran, also mußte Drago seinen Weg fortsetzen, ohne daß seine Fragen beantwortet wurden. Er tat sein bestes, nicht an Faraday zu denken, wünschte sich jedoch bei jedem Schritt, sie ließe ihn allein.

Den Abend hatte er damit zugebracht, im Unterholz Früchte und Beeren zu sammeln und nach den Knollen zu graben, von denen er wußte, daß sie das Hauptnahrungsmittel der Awaren bildeten. Doch er fand kaum etwas. Einmal gelang es ihm, einen Fisch zu fangen, und er mußte ihn roh essen, denn es fehlten ihm die Hilfsmittel, um ein Feuer zu machen.

Das Fischfleisch war kalt und schleimig, und fast wäre es ihm in der Kehle steckengeblieben. Drago schluckte und hustete, würgte es aber dennoch hinunter. So abscheulich es war, zog Drago sein augenblickliches Leben seinem Dasein auf Sigholt vor. Roher Fisch war zweifellos besser als ein Platz auf dem Friedhof!

An den Abenden, an denen er sich in den Schutz einer großblättrigen Pflanze oder zwischen die freigelegten Wurzeln eines riesigen Baumes kauerte, wenn er mit seinen Gedanken völlig alleine war, grübelte Drago über sein Leben nach.

Er kam zu der Feststellung, daß er es bisher vergeudet hatte. Er war gefangen gewesen – in der Familie der Sonnenflieger, von ihrem Haß und Argwohn, von seinem schlechten Ruf. Ihm war im neuen Tencendor keine Rolle zugedacht – und welche Rolle hätte er auch spielen können? Ohne Zweifel hätte der bösartige Drago jede Gelegenheit nur zu seinem Vorteil und zum Schaden seines Bruders genutzt!

Dragos Verbitterung, die schon immer wie ein kleines, hartes Geschwür auf sein Herz gedrückt hatte, war allmählich größer geworden. Er hätte ein ikarischer Zauberer sein können, ein Zauberer der Sonnenflieger, doch hier war er, auf der Flucht durch den Wald, zu Unrecht eines Mordes für schuldig befunden, damit Caelum endlich einen Grund hatte, ihn aus dem Weg zu räumen.

Und so drückte Drago spät nachts den Beutel an sich und fragte sich, ob Caelum diesen bereits vermißte. Und er überlegte, wie er sich seiner bedienen mochte. Wie konnte er ihn einsetzen? Wie ...?

Er träumte von einer Jagd durch den Wald – von einer großen Jagd, der gesamte Hof begleitete ihn. Seine Eltern saßen auf ihren Pferden und lachten. Sein Bruder Isfrael und seine Schwestern, sogar Flußstern. Auch Wolfstern schritt neben den Pferden einher und grinste wie ein Wahnsinniger, während sich sein schwarzer Umhang hinter ihm bauschte. Es war ein herrlicher Tag, und sie ritten mit dem Wind und ihrer Macht, und alle Sorgen der Welt und Tencendors schienen weit, weit weg.

Doch dann drehte er sich im Schlaf, und auch der Traum wandelte sich.

Er träumte von einer Jagd, von einem Ritt auf einem gewaltigen Pferd. In der Hand hielt er eine Waffe, wie sie Tencendor noch nie gesehen hatte – nicht einmal der Wolfen, der magische Bogen Aschures, konnte es an Gefährlichkeit und Zauberkraft mit ihr aufnehmen.

Sie verband die Macht der Sterne mit der Macht der Erde, und sie summte, als er sie durch die Luft schwenkte.

Jagt, flüsterte er in Gedanken, und die Jagd wurde wilder.

Seine Hunde – nein, das waren keine Hunde, sie waren auf unbestimmbare Weise anders – gehorchten und schnupperten mit ihrer Nase ... nein ... ihrem Schnabel nach der Fährte ihrer Beute. Sie flogen dahin, flüsterten und jagten.

Sie gehorchten jedem seiner Befehle.

Jagt! rief er erneut.

Sie hetzten durch den Wald, ihrer Beute dicht auf den Fersen. Drago spürte Jubel durch seine Adern branden – seine Jagd führte ihn durch das ganze Land, und alle flohen vor ihm: seine Eltern Axis und Aschure duckten sich voller Angst; sein Bruder Caelum versteckte sich hinter ihrem Rücken; selbst die Bäuerin Renkin; und Wolfstern, der verfluchte Wolfstern, riß weit die Augen auf, als er in die Enge getrieben wurde, von ... von ...

Drago erwachte zitternd und schweißüberströmt. Womit hatte er da seine Beute gehetzt? Ihre Namen lagen ihm auf der Zunge, fast sah er sie vor seinem inneren Auge. Sie waren zum Greifen nah, aber er bekam sie nicht zu fassen. Beinahe hätte er vor Enttäuschung aufgeschrien.

Er suchte eine etwas bequemere Stellung und schlief wieder ein, und während er schlief, wurde er erneut von Träumen heimgesucht, Träumen von Zenit und seiner Kindheit. In jener Nacht ging er nicht mehr auf die Jagd.

Doch je weiter er nach Süden kam, desto anschaulicher träumte er von der Jagd. Drago hatte keine Angst vor diesen Träumen, er fand sie sogar faszinierend. Was wollten sie ihm bloß sagen – sollte er diejenigen jagen, die Jagd auf ihn machten? Bei diesem Gedanken mußte Drago unweigerlich lächeln oder gar lachen. Er war nicht ganz überzeugt, daß die vereinten Mächte von Tencendor sich vor Angst ducken würden, wenn er auftauchte und seinen Beutel über dem Kopf schwenkte!

Dennoch sehnte sich Drago tagsüber nach den Nächten, nach dem Traum, in dem ausnahmsweise er der Jäger war, er über die Macht verfügte, er derjenige war, der sagte: »Ja, du sollst leben, und: ja, du sollst sterben.«

Und obgleich Drago in seinen Träumen oft tötete, sah er nie, wen er tötete.

Manchmal war Drago den Tränen nahe, während er durch das Bardenmeer stolperte. Er mußte daran denken, was er alles verloren hatte. Offenbar war er einer der mächtigsten Zauberer gewesen, die jemals das Licht der Welt erblickt hatten, selbst Wolfstern hatte das gesagt. Drachenstern – sein Name, spiegelte diese Macht wider. Und doch war ihm seine Zukunft so früh geraubt worden.

Aber seine Mutter hatte ihm doch seine Macht nicht tatsächlich rauben können. Sie hatte nur die Zusammensetzung seines Blutes zugunsten seiner menschlichen Eigenschaften verändert. Mit Ausnahme von Isfrael floß in den Adern der Sonnenfliegerkinder gleich viel ikarisches und menschliches Blut. Das bedeutete, daß irgendwo in ihm noch immer die Macht eines ikarischen Zauberers schlummerte.

An dem Tag, an dem er sich dessen bewußt wurde, war Drago stehengeblieben, und er hatte nachgedacht. Bisher war er der Meinung gewesen, er hätte sich mit seinem Los abgefunden … doch jetzt war er sich dessen nicht mehr so sicher. Was wäre, wenn er sein Erbe, seine Macht tatsächlich wiedererlangen konnte?

Wie wäre es, das Leben eines ikarischen Zauberers zu führen?

Während die Träume immer wirklicher wurden und die Tiere, die an seiner Seite jagten, immer deutlicher Gestalt annahmen, wurden auch die Gedanken daran, seine ikarischen Zauberkräfte wiederzuerlangen, immer greifbarer.

Eines Nachts rollte er sich müde, hungrig und frierend um seinen Beutel zusammen und wünschte seine Träume herbei.

Er jagte und spürte das kraftvolle Ausholen seines Pferdes

unter sich. Vor ihm ... vor ihm ... Drago wand sich und stöhnte. Sie waren so nahe, fast konnte er sie sehen. Sie jagten, gehorchten jedem seiner Befehle, und sie waren ...

Falken.

Im Schlaf entspannte Drago sich und lächelte. Ja, das waren sie. Keine Hunde, sondern Jagdfalken.

Magische Falken.

Ihr Flüstern sprach von ... von Rache!

Drago wachte auf und sah endlich klar. Er wußte, um wen es sich bei jenen Falken handelte. Es war so offensichtlich. Er hätte es schon vor Tagen erkennen müssen.

Das waren die Kinder, die Wolfstern durch das Sternentor gestoßen hatte. Sie irrten durch die Einöde zwischen den Sternen und riefen nach Rache.

Suchten nach jemandem, der ihnen die Richtung wies.

War er dieser Jemand? Drago lag da und überlegte. Sie waren ihm so ähnlich. Zum Tode verurteilt, bevor sie die Gelegenheit hatten, zu leben. Von Wolfstern. Und je mehr Drago darüber nachdachte, desto deutlicher stellte sich ihm die Frage, ob nicht etwa Wolfstern die Vision von Flußsterns Tod heraufbeschworen hatte, auf Grund derer er verurteilt worden war.

Wolfstern – sie konnten alle Jagd auf Wolfstern machen.

Die Kinder benötigten nur jemanden, der sie durch das Sternentor führte.

Sie benötigten einen Herrn. Jemanden, der die Jagd anführte.

Drago mußte lächeln. Durch das Sternentor? Er stürbe augenblicklich, würde er hindurchtreten.

Möglicherweise. Doch tief in ihm floß Drachensterns Blut, und vielleicht würde es ihn beschützen.

Vielleicht würde der Fluch aufgehoben, wenn er durch das Sternentor trat, und sein ikarisches Blut käme wieder zu seinem Recht. Er würde sein Erbe wiedererlangen!

»Und dies wird mich zweifelsohne beschützen!« sagte Drago, und seine Hände schlossen sich um den Gegenstand im Beutel.

Sein Blick war von Hoffnung erfüllt. Er würde sich rächen, und die Falken würden das Werkzeug seiner Rache sein.

Drago merkte nicht, daß der Gegenstand, den er in seinem Beutel so sorgsam hütete, Einfluß auf seine Gedanken nahm. Er wollte unbedingt durch das Sternentor gelangen, und er wollte, daß Drago ihn begleitete. Aus diesem Grund hatte er Drago wochenlang vor den Blicken der Späher verborgen, und während der letzten Tage hatte er seine Schritte auf magischen Pfaden durch den Wald gelenkt. Drago bewegte sich schneller fort, als es Menschen oder Ikariern möglich war.

Ohne es zu wissen, wurde Drago von einer fremden Macht geleitet, die weit älter war als die Magie der Ikarier.

Das rote Reh blieb Drago auf den Fersen, Tag um Tag, von dem Gegenstand im Beutel ebenso angezogen wie von der Sorge darüber, was Drago tun mochte.

Faraday war an der Erschaffung dieses Gegenstandes entscheidend beteiligt gewesen, und er hatte ihren Tod miterlebt.

Um sein Kopfende waren immer noch die Fetzen jenes Kleides gewickelt, das sie getragen hatte, als Gorgrael sie in Stücke gerissen hatte.

Sie war Drago gefolgt, weil sie Angst hatte und nicht wußte, was sie tun und an wen sie sich wenden sollte – wenn es überhaupt jemanden gab, an den sie sich wenden konnte. Was hatte er vor? Wohin ging er?

Und so folgte sie dem Zepter des Regenbogens.

27

Niahs Sieg

Sternenströmer hatte Zenit in einem Gästezimmer der Priesterinnen auf dem Tempelberg auf das Bett gelegt. Dann war er bei ihr geblieben und hatte gewartet. Zenit schlief zwei Nächte und drei Tage lang unruhig. Die meiste Zeit schwitzte sie und warf sich hin und her. Zwei Priesterinnen kümmerten sich um sie, von Sternenströmer unterstützt, und am dritten Tag beruhigte sie sich und fiel in Tiefschlaf.

Am Abend wachte sie dann endlich auf.

Sternenströmer, der an ihrem Bett saß, nahm ihre Hand. »Zenit?«

Ihre Augenlider flatterten, öffneten sich, und sie lächelte ihn an. »Ihr müßt Sternenströmer sein.«

Etwas Kaltes und Übelkeiterregendes zog sich in seinem Magen zusammen. »Zenit?« sagte er, zögerlicher dieses Mal.

»Wenn Ihr meint«, sagte die Frau, die wie Zenit aussah, und setzte sich auf.

Unwillkürlich hatte Sternenströmer die Hand ausgestreckt, um ihr zu helfen, aber er zog sie zurück, bevor er sie berührte.

»Wo bin ich?« wollte sie wissen.

»In den Gemächern der Priesterinnen auf dem Tempelberg.«

Ihr ganzes Gesicht erhellte sich. »Ich bin zu Hause! O Sternenströmer, ich bin zu Hause!«

Er versuchte ein Lächeln, aber es mißlang ihm. Niah war hier zu Hause gewesen, nicht ... »Ihr seid nicht Zenit.«

Sie glitt aus dem Bett und schritt auf unsicheren Beinen zum Fenster. »Schaut – die Lavendelgärten. O Sternenströmer, ich habe davon geträumt, hier wieder spazierenzugehen!«

Sie wandte sich dem Zauberer zu, und fast hätte sie das Gleichgewicht verloren, als ihre Flügel sich an der Fensterbank verfingen. »Oh? An die werde ich mich erst gewöhnen müssen.«

»Ihr seid Niah«, sagte Sternenströmer tonlos. Er spürte heftigen Zorn in sich aufsteigen, doch er wußte nicht so recht, auf wen.

Sie hob den Blick von ihren Flügeln und schenkte ihm ein liebliches Lächeln. »Sternenströmer, ich weiß, Euch muß das merkwürdig vorkommen. Hier bin ich, im Körper Eurer Enkelin, wie Ihr meint. Aber« – sie kniete vor ihm nieder und nahm seine Hände – »ich war schon immer hier. Zenits Gefühle sind meine Gefühle. Ich habe sie zuerst empfunden. Auch ihre Träume hat sie nur von mir geborgt. Ihre Worte und ihr Lachen entstammen meiner Seele. Ihr...«

»Ich verstehe schon!« fiel Sternenströmer ihr ins Wort und befreite seine Hände aus ihrem Griff. Ihm wurde bewußt, daß er wütend auf sie war. Auf Niah, nicht auf Zenit. Aber hatte es Zenit jemals gegeben?

»Sternenströmer, trauert nicht um Zenit«, sagte die Frau sanft. »Sie war nur eine Hülle, die auf mich gewartet hat.«

Sternenströmer stand kurz davor, die Beherrschung zu verlieren, und er wandte den Blick von ihr ab. »Wie soll ich Euch nennen?«

»Nennt mich ... Niah. Mein Tod durch Hagens Hände war nur eine Unterbrechung meines Lebens. Mein Name ist Niah.« Sie legte sich die Hände auf den Bauch, und ein Lächeln ließ ihr Gesicht aufleuchten... »Und wieder trage ich Wolfsterns Kind in mir. Ich bin gesegnet.«

Sternenströmer starrte sie an. »Er hat Zenit geschändet. Wie könnt Ihr...«

»Nein«, sagte Niah, und ihr Blick wurde hart und entschlossen. »Nein. Nur Zenit hat das als Vergewaltigung empfunden, ich nicht. Wolfstern hat mir mit meiner vollen Zustimmung beigelegen – ich habe ihn dazu ermutigt.«

»Dann habt Ihr Zenit ebenso vergewaltigt wie Wolfstern es getan hat!« brüllte Sternenströmer und stolzierte zur Tür.

»Zenit war ihrem Tod in jenem Augenblick schon sehr nahe«,

sagte Niah. »Falls sie Schmerzen empfunden hat, waren das Boten ihres Ablebens.«

Sternenströmer warf die Tür hinter sich ins Schloß.

Er ging zur südlichen Klippe des Tempelberges und blickte auf das tosende Meer hinaus.

Hatte sie recht? Hatte es Zenit gar nicht gegeben?

Nein, das konnte er nicht glauben. Zwar hatte er Zenit in den letzten Jahren nicht oft gesehen, aber während ihrer Kindheit und Jugend hatte er sie gut gekannt. Diese Niah, die im Gästezimmer wartete, hatte Gefühle zum Ausdruck gebracht, die er auf Zenits Gesichtszügen niemals gesehen hatte. Nein, Zenit hatte gelebt. Und sie war eine andere Frau gewesen als diejenige, die jetzt ihren Körper mißbrauchte.

Das bedeutete auch, daß Zenit, sofern sie nicht vollständig ausgelöscht worden war, noch irgendwo lebte.

Gefangen. Allein.

Sternenströmer spürte zwei verschiedene Gefühlsregungen in sich aufsteigen. Er wollte Zenit unbedingt helfen. Aber er hatte auch das dringende Bedürfnis, einen Sündenbock zu finden.

Wolfstern natürlich, denn seinen Machenschaften war es zu verdanken, daß Zenit vom Geist der toten Niah besessen war. Doch ohne recht zu wissen, warum, gab Sternenströmer auch Aschure eine Mitschuld. Aschure hatte dieses Wesen hervorgebracht – stammte sie nicht selbst von Wolfstern und Niah ab?

Sternenströmer stand am Rand der Klippe und fragte sich, was er tun könne.

Nach einer Weile wurde ihm bewußt, daß er weinte.

28

Über den Fluss

Leah spürte einen kalten Wind im Rücken – die letzten Zugvögel waren vor zwei Tagen über sie hinweggeflogen. Graue Wolken jagten weit oben dahin, das schwache Sonnenlicht schimmerte auf den Waffen der Männer, von denen sie umgeben war, und der Mann, der sie angelogen hatte, blieb Tag und Nacht an ihrer Seite.

Er hatte ihr erklärt, daß er zusammen mit Herme und Theodor »ein Exempel statuieren« wolle.

Wäre ihr Herz nicht so schwer gewesen, hätte sie angesichts dieser Äußerung gelächelt. Bedeutete die Eroberung eines Schlosses für Zared, ein »Exempel statuieren«? Was tat er da? Wollte er einen Krieg vom Zaun brechen?

Sie konnte seinem Gedankengang nicht folgen, und sie verstand auch nicht, warum er sich von den neuen Steuern, die Caelum erhoben hatte, so verraten fühlte. Und Leah begriff schon gar nicht, was Herme und Theodor – mit über achttausend Mann – hier zu suchen hatten.

Am allerwenigsten konnte sie jedoch fassen, daß Zared sie angelogen hatte. »Kommt nach Severin und werdet meine Frau«, hatte er gesagt und sie zu sich auf sein Lager gezogen.

Aber sie ritten keineswegs nach Severin, das war nie ihre Absicht gewesen, und sie hatte keine Ahnung, wann sie einem Amtsschreiber begegnen würden, der ihrer Schande Abhilfe verschaffte.

Ich komme mir vor wie eine Armeehure, dachte sie, verzog keine Miene und hielt ihren Blick ausdruckslos geradeaus gerichtet. Ich reise mit einem Mann, der meinen Körper benutzt und mir zum Lohn ein paar Kupfermünzen hinwirft.

Allerdings war mein Körper etwas mehr wert als der einer gewöhnlichen Hure. Liebt er mich oder liebt er das Erbe, das er meinem Schoß eingepflanzt hat?

Vor drei Tagen hatte Zared ihr in jenem kleinen Tal seine … seine Armee vorgeführt. Anders konnte man sie nicht nennen, da machte sie sich nichts vor. Seither ritten sie in südwestliche Richtung. Sie hatten strenge Marschordnung eingehalten, ohne jede Bequemlichkeit und ohne Zugeständnisse. Nachts hatten sie unter dem gestrengen Blick der Sterne gezeltet und auf dem harten Boden geschlafen. Sie willigte nur ein, mit Zared unter einer Decke zu schlafen, weil sie der zusätzlichen Wärme bedurfte.

Zumindest versuchte sie, sich das einzureden.

Jeden Tag waren sie im Morgengrauen aufgestanden, hatten trockenes Brot, warme Mehlsuppe und Tee zu sich genommen und waren dann bis weit in den Vormittag hinein geritten, bis Zared eine Stunde Rast befahl. Am Nachmittag legten sie eine zweite Pause ein, und dann blieben sie auf den Pferden, bis die Sterne am Himmel erschienen und sie ein weiteres, freudloses Nachtlager aufschlugen.

Zumindest Leah war trübsinnig, während die Männer um sie herum bemerkenswert guter Stimmung waren.

Wie kommt es, daß der Krieg die Männer lächeln läßt? fragte sie sich jeden Abend am Lagerfeuer. Wie kommt es, daß er in ihnen ungezügelte Begierden weckt?

Sie fand keine Antwort.

Jetzt näherten sie sich wieder dem Azle, der einen großen Bogen nach Westen machte, und hier würden sie nach Aldeni überwechseln. Leah vermutete, daß sie von dort aus südwärts reiten würden und dann ostwärts bis Kastaleon.

Es war Mittag, und Zared beschloß, daß sie den Fluß noch vor Einbruch der Dunkelheit durchqueren konnten. Auf der anderen Seite würden sie einen Tag rasten, sagte er, denn die Durchquerung war für Mensch und Tier gleichermaßen anstrengend.

An dieser Stelle war der Azle noch immer sehr breit, aber er war auch tiefer geworden und führte trübes, aufgewühltes Wasser. Leah zügelte ihr Pferd ein Stück abseits, während Zared den

Großteil seiner Leute hinüberwinkte – zusammen mit Hermes und Theodors Soldaten mußten das mindestens vierzehntausend Mann sein.

Es war eine langsame und beschwerliche Überquerung. Von Zeit zu Zeit rutschte ein Pferd aus und warf seinen Reiter in das schlammige Wasser. Zuweilen gingen beide unter, tauchten zwanzig oder dreißig Schritt flußabwärts wieder auf und kämpften gegen die Strömung an, kämpften um ihr Leben.

Schließlich waren auch die Männer, die vom Pferd gerutscht waren, am anderen Ufer angelangt.

Leah schaute alledem teilnahmslos zu, während sie sich auf ihrem Pferd immer tiefer in ihren Umhang schmiegte. Der Nordwind wurde zunehmend stärker, und sie fragte sich, ob selbst der Azle sich gegen sie verschworen hatte.

Zared riß sie schließlich aus ihren Gedanken. Er zügelte sein Pferd neben ihr und zog ihr die Kapuze nach hinten, damit er ihre Augen sehen konnte.

»Leah? Wir werden die Nacht auf dieser Seite verbringen. Für eine Überquerung ist es jetzt zu spät, morgen früh wird der Fluß ruhiger sein.«

Ihre Hände krampften sich um die Zügel, und sie trat ihrem Pferd kräftig in die Flanken. »Ich will jetzt hinüber!«

Kaum hatte sich das Pferd in die kalten Fluten gestürzt, fragte Leah sich, warum sie eine solche Dummheit beging. Wahrscheinlich wollte sie ihm weh tun, nachdem er ihr so weh getan hatte.

»Leah!« hörte sie ihn schreien, und dann wurde ihre Aufmerksamkeit völlig von dem reißenden, hungrigen Fluß in Anspruch genommen.

Das Pferd versank augenblicklich bis an den Bauch im Wasser – halb schwamm, halb tauchte es. Leah war bis zur Taille durchnäßt, Wellen klatschten gegen ihre Hüften. Bei den Göttern! Warum war das Wasser um diese Jahreszeit so aufgewühlt?

Die Stute schnaubte und kämpfte sich tapfer vorwärts, den Hals ausgestreckt und den unsteten Blick auf das andere Ufer gerichtet.

Sie hatten es ungefähr bis zur Hälfte geschafft, als das Flußbett unter ihnen abfiel und Pferd und Reiterin sofort untergingen. Leah spürte, wie sie aus dem Sattel gerissen wurde. Unter Wasser hielt sie die Augen fest geschlossen, streckte eine Hand aus und bekam eine Handvoll Mähne zu fassen.

Im nächsten Augenblick tauchten beide prustend auf, und das Pferd schwamm instinktiv weiter. Leah klammerte sich mit aller Kraft fest, denn sie wußte, sie würde nicht lange durchhalten, wenn sie losließ und allein auf sich gestellt blieb.

War das Zared, der da schrie? Oder bildete sie sich das nur ein? Am anderen Ufer konnte Leah Männer erkennen, aber nur sehr undeutlich. Ihr war kalt und sie hatte Angst. Sie wußte nicht, ob sie ihr helfen konnten.

Ihr wurde bewußt, daß ihr die Mähne entglitt, also versuchte sie, fester zuzupacken, aber ihre Finger waren kalt, so kalt, und es wollte ihr einfach nicht gelingen. Sie rutschte immer weiter vom Rücken des Pferdes herunter und mühte sich, die Zügel zu erreichen, griff jedoch daneben. Ein Steigbügel trieb an ihrem Gesicht vorbei, doch sie war zu langsam. Ihre Hände glitten über die Hinterbacken des Pferdes, bis sie sich schließlich in seinem Schweif verfingen, und sie klammerte sich mit aller Kraft daran fest.

Vielleicht wäre sie sicher ans andere Ufer gelangt, wenn die Stute nicht voller Panik ausgeschlagen und Leah mit den Hufen in die Rippen getroffen hätte.

Von plötzlichem Schmerz überwältigt, ließ Leah los, bekam keine Luft mehr und wurde von der Strömung davongetragen.

Sie überschlug sich wieder und wieder, und die Kälte war inzwischen ebenso entsetzlich und grausam geworden wie das Wasser. Tief in einem verborgenen Winkel ihres Verstandes wußte Leah, daß sie sterben würde.

In gewisser Weise war sie froh. Es war besser, hier zu sterben, als ihren Bruder und Caelum zu verraten.

Doch dann wurde sie an den Haaren gepackt und an der Taille. Sie hätte schreien mögen, denn wer immer sie festhielt, drückte auf ihre geprellten Rippen, aber statt dessen drang ihr Wasser in die Luftröhre, und das war so abscheulich, daß sie sich zu wehren begann ... gegen den Mann, der sie festhielt und gegen das Wasser, das versuchte, sie umzubringen.

Plötzlich durchstieß ihr Kopf die Wasseroberfläche, und sie holte tief Luft, hustete und spuckte schlammiges Wasser aus. Der Mann, der sie festhielt, bekam wieder Boden unter die Füße und schleppte sie durch das hüfttiefe Wasser. Bei jedem Schritt, den er mit ihr auf den Armen machte, stieß er einen Fluch aus. Dann wurde sie von anderen Händen gepackt, die sie auf den Bauch drehten und ihr auf den Rücken klopften, damit sie soviel Wasser wie möglich heraushustete.

»Leah?«

Das war Zareds Stimme, und Leah rollte sich ächzend auf den Rücken. Er kniete neben ihr, ebenso durchnäßt wie sie, und die Tropfen, die ihm über die Wangen liefen, waren nicht allein dem Azle geschuldet.

»Sehnst du dich so sehr nach dem Tod?« fragte er mit heiserer Stimme, und sie schüttelte schwach den Kopf.

»Nein«, flüsterte sie – und ihr wurde bewußt, daß sie es wirklich so meinte.

In jener Nacht schlug die Armee ihr Lager eine halbe Wegstunde vom Fluß entfernt auf, am Fuß einer kleinen Hügelkette. Zwischen diese Hügel schmiegte sich die Sommerhütte eines Schäfers, die jetzt verlassen war, und dorthin trug Zared Leah für die Nacht.

Er schickte die besorgten Männer fort, die ihnen gefolgt waren, und legte Leah auf ein hartes Bett, das an einer Wand stand. Dann entfachte er im Kamin ein Feuer und stellte Essen und Wein davor, um beides etwas zu erwärmen.

Schließlich trat er ohne ein Wort zu ihr und zog sich und ihr die nassen Kleider aus.

Sie begehrte auf, denn es war kalt, aber Zared schenkte ihrer Abwehr keine Beachtung, und als sie beide nackt waren, führte er sie ans Feuer und rieb sie mit einer Decke ab, die einer der Männer dagelassen hatte.

»Bei den Göttern«, murmelte er, als seine Finger die Wunde berührten, welche die Hufe der Stute hinterlassen hatten. Die Rippen selbst schienen unverletzt. Ohne Rücksicht auf ihr Schamgefühl suchte er dann sorgfältig ihren ganzen Körper ab, bis er sich davon überzeugt hatte, daß sich ihre Verletzungen auf die Rippenprellung beschränkten.

Behutsam drehte er sie um und nahm ihr Gesicht in die Hände.

»Leah, wolltest du mir weh tun? Wenn ja, ist es dir gelungen. Ich dachte, du seiest tot.«

Sie wollte ihren Blick abwenden, aber Zared hielt ihr Kinn umfaßt. »Leah, wolltest du mir wirklich ...«

»Ihr habt mich angelogen!« fauchte sie. »Ihr habt mir zehn Mal mehr weh getan als ich Euch!«

Er zuckte zusammen. »Ich habe dich nur nicht in meine Pläne eingeweiht ...«

»Ihr habt gesagt, wir würden nach Severin reiten und heiraten! Statt dessen schleppt Ihr mich wie eine Metze mit der Armee herum!«

»Ich *werde* dich heiraten, Leah! Ich ...«

»Und was macht Euch so sicher, daß ich dieser Heirat immer noch zustimme?« erwiderte sie leise und riß sich dann energisch von ihm los.

Zu ihrer Entrüstung lachte er laut auf. »Leah! Schau uns doch an! Hier stehen wir nackt beieinander, nachdem wir eine Woche lang voller Leidenschaft das Bett geteilt haben. Glaubst du, daß dir eine Wahl bleibt?«

»Wenn ich sage, daß meine Schande die Frucht einer Vergewaltigung ist«, sagte sie und betonte jedes einzelne Wort, »dann bliebe mir eine Wahl. Meine Ehre wäre wiederhergestellt und die Eure befleckt. Ich könnte mir immer noch meinen Ehemann aussuchen ...«

»Selbst mit meinem Kind in Eurem Leib?«

»*Falls* ich ein Kind erwarte. Und nach dieser fürchterlichen Flußüberquerung bezweifle ich nicht, daß ich jedes Kind verloren hätte, das bereits gezeugt wurde. Und jedes Kind, das noch gezeugt wird, kann ich immer noch ...«

»Nein! Leah, ich kann nicht glauben, was du da sagst! Verdammt, wir lieben uns! Wie kannst du dastehen und in aller Ruhe darüber reden, unser Kind …«

»Weil ich bezweifle, daß Ihr mich wirklich liebt, Zared. Inzwischen frage ich mich, ob Ihr es nicht eher auf meine Ländereien abgesehen habt.«

»Wie kannst du es wagen, so etwas zu behaupten?« brüllte er und bereute es sofort wieder, als er sah, wie sie zusammenzuckte. Er nahm sie in die Arme und drückte sie fest an sich. »Leah, es tut mir leid … aber ich konnte einfach nicht glauben, daß du das gesagt hast. Hör mir zu – sobald wir einen Amtsschreiber finden, heiraten wir.«

Sie blieb ihm die Antwort schuldig, und er ließ seine Hände über ihren Körper gleiten, versuchte, sie zu erregen. »Leah, ich *weiß*, daß es dir gefällt, wenn ich dich streichle … warum weist du mich ab?«

Erneut schwieg sie.

»Leah …«, murmelte er und küßte ihr Haar, ihre Wangen, ihren Hals. »Heirate mich. Bestrafe mich nicht für Entscheidungen, die ich fällen mußte, um dich zur Frau nehmen zu können. Habe ich nicht gesagt, daß ich um dich kämpfen werde? Wenn ich jetzt an der Spitze einer Armee reite, geschieht das nur um meiner Liebe willen. Das war die einzige Möglichkeit, die ich sah, um dich zu bekommen.«

Allmählich wurde Leah schwach, verwirrt. Stimmte das? Geschah alles um ihretwillen? Um Caelum zu überzeugen, ihrer Ehe zuzustimmen?

Oder ging es um etwas anderes?

Sie redete leise auf ihn ein, versuchte, sich ihm zu entziehen, aber wie bereits in ihrer ersten Nacht war er zu stark, und er zog sie vor dem Feuer zu Boden.

Während er sie liebte, kam Leah zu dem Entschluß, ihm zu glauben. Er hatte voreilig und tollkühn gehandelt, aber er liebte sie – ganz sicher! Und vielleicht gelänge es ihr in den nächsten Tagen, ihm diese verrückte Idee auszureden, daß er Kastaleon erobern mußte. Dann konnten sie zurück nach Norden marschieren, in Severin in aller Stille heiraten und Caelums Zorn zu trotzen versuchen.

Ja, sie würde ihn überzeugen, nach Severin zurückzukehren. Waren sie erst einmal dort, würden Caelum und Askam sich in das Unvermeidliche fügen.

29

Die alten Grabhügel

Seit Drago ein Ziel vor Augen hatte, kam er viel schneller vorwärts. Manchmal stibitzte er sich Essen aus einem Lager der Awaren – nur eben so viel, wie er für ein oder zwei Tage benötigte. Dabei blieb er stets unbemerkt, denn er bewegte sich lautlos wie ein Nachtschatten, und wenn das Reh nicht gewesen wäre, das ihm weiterhin folgte, hätte Drago sich geradezu für unsichtbar gehalten.

Das Reh – Faraday – bereitete ihm immer noch Sorgen. Er sah sie nur selten, aber von Zeit zu Zeit hörte er hinter sich leise Schritte oder das Rascheln von Blättern. Zwei oder drei Mal versuchte er, sie zu verscheuchen, und dann verschwand sie für eine Weile, aber am nächsten Tag spürte er wieder, daß sie ihm folgte.

Um Zenit sorgte er sich ebenfalls – auch deswegen, weil das Reh ihm auf den Fersen blieb. Ging es ihr gut … oder war jede Hilfe zu spät gekommen? Es war ihm entsetzlich schwergefallen, sie einfach so zurückzulassen, aber er verfügte nicht über die Fähigkeiten, ihr zu helfen. Vielleicht waren Sternenströmer oder die Priesterinnen auf der Insel dazu in der Lage?

Drago hoffte inständig, daß Sternenströmer wirklich dasein würde, um Zenit beizustehen.

So sehr ihn die Gedanken an das Reh und Zenit auch beschäftigten und quälten, seine Träume spendeten ihm Trost. Nacht für Nacht ging er auf die Jagd, ritt auf seinem riesigen Pferd, während die Falken neben ihm blieben oder ihm vorauseilten. Manchmal glitten sie über den Boden, manchmal stiegen sie durch die Lüfte, doch immer fanden sie ihre Beute. Dragos Vorfreude auf die Auseinandersetzung mit seinen gesichts- und namenlosen Feinden wuchs mit jedem Mal. Sie knieten sich vor ihn hin, und er hob sein Schwert und schlug damit zu. In diesem Augenblick wachte er stets auf, von grenzenloser Verzückung erfüllt. Beinahe eine Stunde lang lag er dann wach und durchlebte die Jagd noch einmal, in allen Einzelheiten, erging sich in Erinnerungen an den erregenden Moment, wenn er seiner Beute das Schwert ins Herz stieß – die Ekstase des Todes.

Und so wanderte er weiter nach Süden.

Er hätte viele Wochen unterwegs sein müssen, vielleicht sogar Monde, um sein Ziel zu erreichen, aber Drago stieß immer wieder auf Wegzeichen, die erstaunlich schnell nacheinander auftauchten. Auf die Minarettberge – die er so weit wie möglich umging, um die Ikarier zu meiden, die sich dort zu Zehntausenden drängten – folgte die Handelsstadt Arken, die am westlichen Rand des Waldes lag.

Drago hatte keine Ahnung, wie es ihm möglich war, sich so rasch fortzubewegen – oder warum die Awaren und Isfrael ihm noch nicht entgegengetreten waren.

Vielleicht war Caelum zu dem Entschluß gelangt, ihn ziehen zu lassen. Bei diesem Gedanken mußte Drago lächeln. »Eher würde Caelum Gorgraels Leichnam beiliegen«, murmelte er, »als mich ungehindert vorbeizulassen.«

Vielleicht waren seine Zauberkräfte doch nicht so tief verschüttet. Oder vielleicht traten sie um so stärker zutage, je weiter er sich von seiner Familie entfernte?

Drago zuckte mit den Achseln. Das spielte keine Rolle – er war frei, er hatte ein Ziel, und auf diesen grünen Pfaden spuckte niemand vor ihm aus.

Das Zepter trug er stets bei sich, wohlverwahrt in seinem Beutel.

Und so näherte sich Drago, drei Wochen nachdem er aus Sigholt geflohen war, den Alten Grabhügeln. Hier lagen Generationen von Krallenfürsten begraben, damit sie schließlich zum Sternentor gelangen konnten, das sich unter den Gräbern befand. Jeder Hügel bildete einen Eingang zum Sternentor, aber Drago wußte auch, daß sich in dieser Gegend noch weitere Zugänge verbargen, so daß es nicht unbedingt nötig war, sich durch einen der riesigen Hügel zu graben.

Aber wo? Und wie gut waren sie bewacht?

Obwohl Drago über das Sternentor Bescheid wußte und es ihm zahllose Male beschrieben worden war, hatte er selbst es nie gesehen. Nur ikarischen Zauberern war es gestattet, sich seiner Einfriedung zu nähern und in seine Tiefen zu blicken. Drago hatte man stets ferngehalten.

Doch auch wenn Drago das Sternentor weder gesehen hatte, noch die genaue Lage seines Eingangs kannte, hatte er doch Gerüchte gehört und von Zeit zu Zeit Caelum und andere Zauberer belauscht. Auch Zenit hatte gelegentlich mit ihm geplaudert, nachdem sie dort unten gewesen war.

Nun, er würde das Sternentor bestimmt finden, aber nicht heute nacht. Drago blickte zu den Sternen empor, die schwach durch den Baldachin der Blätter blinzelten. Fünfzig Schritt vor ihm war der Wald zu Ende, denn Faraday hatte ihn in einigem Abstand von den Alten Grabhügeln gepflanzt, damit sie leicht zugänglich blieben. Drago schenkte dem freien Himmel und dem Lockruf der weiten Landschaft keine Beachtung und zog sich wieder tiefer in den Wald zurück.

Der Traum rief ihn.

Die Jagd rief ihn.

Während er schlief, rollte sich das Reh ohne sein Wissen neben ihm zusammen – wie jede Nacht während der vergangenen Wochen. Ein Teil des Traums drang in Faradays Bewußtsein, und sie zitterte, denn sie hatte guten Grund, die Jagd zu fürchten.

Aber dieses Mal war sie wenigstens nicht die Beute.

Dem Traum des Mannes entnahm sie einige der Erinnerungen, die ihn so verbittert machten, und sie verspürte großes Mitleid. Dieser Mann war das Kind von Axis und Aschure, und Faraday liebte beide. Aschure war ihr eine geliebte Schwester, Axis ihr … nun, ihr ehemaliger Geliebter. Ihre leidenschaftlichen Gefühle für ihn hatten sich abgekühlt, aber er war ihr noch immer teuer, und er und die Seinen standen ihr nahe.

Obwohl sie Axis und Aschure nur noch selten traf.

Den Grund dafür kannte sie. Ebenso wie sie auch führten die beiden ihr eigenes magisches Dasein und kehrten nur selten zu ihr und ihrem Wald zurück. Früher hatte Aschure sie oft besucht, doch jetzt waren viele Jahreszeiten verstrichen, seit Faraday sie das letzte Mal gesehen hatte. Manchmal versammelten sich die Sternengötter in Niahs Hain und tanzten, aber bei diesen Anlässen blieb Faraday ihnen fern.

Dieser Mann war ihr Sohn. Faraday konnte sich daran erinnern, daß Aschure mit Drago und Flußstern schwanger gewesen war, als sie ihr das erste Mal begegnet war. Schon damals hatte Faraday eine Ahnung gehabt, daß diese beiden Kinder Schwierigkeiten machen würden, und später hatte sie von Dragos Verbrechen an seinem Bruder erfahren.

Jetzt lief er durch den Wald, blind für dessen Schönheit, und führte das Zepter des Regenbogens mit sich.

Das bereitete Faraday große Sorgen. Mit Hilfe des Zepters hatte Axis Gorgrael getötet.

Nur sie hatte er nicht gerettet.

Und dann hatte er es auf Sigholt versteckt, um sich eines Tages etwas ausführlicher mit ihm zu befassen. Faraday schnupperte an dem Beutel, träumte und erinnerte sich. Die fünf Wächter – Jack und Zecherach, die verführerische Yr und die Brüder Ogden und Veremund – hatten die tödliche, sonderbar verderbliche Macht aus den Arsenalen unter den Magischen Seen gestohlen, um daraus das Zepter des Regenbogens zu erschaffen. Dafür hatten sie ihr Leben lassen müssen. Faraday mußte daran denken, daß sie einen Widerhall des Lachens der Wächter in dem zuckenden Licht gehört hatte, als Axis die Waffe eingesetzt hatte – befanden sich ihre Seelen noch immer in dem Zepter?

Faraday fand Trost in diesem Gedanken, doch dann zuckte sie zusammen – Drago hatte sich bewegt.

Langsam beruhigte sie sich wieder. Er war nur noch tiefer in seinen Traum geglitten, ritt durch den Wald und jagte, in Begleitung seiner ... Falken? Was waren das für Geschöpfe, die da seine Beute verfolgten?

Was wollte Drago mit dem Zepter bewirken? Warum hatte er es mitgenommen?

Sollte sie etwas tun? Jemanden warnen?

Doch Faraday ließ den Gedanken bald wieder fallen. Nur noch selten richtete sie das Wort an ein anderes Lebewesen. Selbst der einst allgegenwärtige Schatten des Weißen Hirsches war verblaßt. Im Augenblick lief er hoch im Norden durch die Ausläufer des Waldes, jenseits von Awarinheim.

Und Isfrael ... die kostbaren Stunden, die sie jedes Jahr mit ihrem Kind in Niahs Hain verbracht hatte, waren zu selten gewesen. Isfrael hatte sich den Awaren angeschlossen, und sie bezweifelte, daß er noch oft an sie dachte. Jedenfalls schien er nicht zu versuchen, sie aufzuspüren.

Faradays Gedanken waren im allgemeinen eher unbestimmt, wie die eines Rehs. Sie dachte an Fährten und an den Ort, wo sie das schmackhafteste Gras und die reifsten Beeren finden konnte, an nichts weiter. Bevor Drago Zenit in Niahs Hain geschleppt hatte, waren Faradays Gedanken ausschließlich auf die nächste Weidestelle gerichtet gewesen.

Kurz überlegte sie, ob sie wegen des Zepters Verbindung mit Axis oder Aschure aufnehmen sollte, ließ den Gedanken jedoch wieder fallen. Sie schmiegte sich ein wenig dichter an den Menschen, genoß seine Wärme und sah ihm beim Träumen zu.

Als er das Schwert hob, um seiner Beute den Todesstoß zu versetzen, erhob sie sich und verschmolz mit den Schatten.

Drago schreckte aus seinem Traum auf und atmete schwer, das Zepter fest an sich gedrückt. Ein Lächeln breitete sich auf seinem Gesicht aus, als er sich daran erinnerte, wie sein Schwert Knochen zerschmettert und Herzen zerteilt hatte.

Er konnte nachfühlen, warum sein Vater so lange Krieg geführt hatte. Hatte Axis so empfunden, als er Gorgrael das Zepter des Regenbogens ins Herz gestoßen hatte?

Er blieb noch eine Weile liegen, beschloß dann jedoch, daß er genauso gut früh aufbrechen könne.

Nach den letzten Bissen Malfaribrot, das er vor zwei Nächten bei den Awaren gestohlen hatte, stand er auf und wischte sich die Blätter vom Mantel.

Einen Moment lang blieb er in der Dämmerung stehen und kratzte sich an Wangen und Kinn. Er hatte sich seit Wochen nicht mehr gewaschen oder umgezogen, und sein Gesicht war von einem dichten Bart bedeckt.

Aber spielte das jenseits des Sternentors eine Rolle?

Nein. Jenseits des Sternentors käme es nur darauf an, daß er sein Erbe wiedererlangte.

Sobald ich wieder über meine Zauberkräfte verfüge, dachte er, werde ich eine Gestalt annehmen, die meiner Macht würdig ist.

Er grinste und mußte über seine Eitelkeit lachen, und dann ging er los, um nach einem Zugang zum Sternentor zu suchen.

Letztendlich erwies es sich als gar nicht so schwierig, den Eingang eines Grabes zu finden. Zwischen den Alten Grabhügeln befand sich ein kleines Lager der Ikarier, und Drago wartete einfach, bis zwei der Vogelmenschen zu einer Stelle zweihundert Schritt südlich der eigentlichen Hügel flogen.

Er ließ sich Zeit, bevor er sich ihrem Landeplatz näherte. Nicht nur war er zu Fuß, er mußte sich auch möglichst dicht am Waldrand halten. Selbst das erwies sich als unmöglich, denn das Bardenmeer erstreckte sich südlich der Grabhügel nur ungefähr einhundertfünfzig Schritt weit. Die letzten fünfzig Schritt mußte er buchstäblich auf dem Bauch kriechend zurücklegen, durch das kniehohe Gras der Ebene von Tarantaise hindurch.

Alle drei oder vier Schritt suchte er den Himmel besorgt nach Ikariern ab.

Doch erneut war das Glück auf seiner Seite, und es gelang ihm, den Eingang zum Tunnel zu erreichen, ohne entdeckt zu werden. Er stieß auf einen Erdhaufen von vielleicht halber Manneshöhe, in dem sich ein schwarzes Loch befand. Drago konnte einen oft benutzten Gang erkennen, der sich von zuckenden Fackeln beleuchtet in die Tiefe erstreckte.

Er schlängelte sich tiefer in das Gras hinein und deckte sich mit langen Halmen zu. Würden die Ikarier wieder hervorkommen? Oder waren sie hinuntergegangen, um am Tor Wache zu halten? Drago konnte sich daran erinnern, daß Caelum Dornfeder losgeschickt hatte, damit Orr nicht alleine am Sternentor ausharren mußte, aber seither mochte er andere Männer am Tor postiert haben.

Nun, dachte Drago, ich werde es schon schaffen, was oder wer mich dort unten auch erwartet. Ich werde –

Ein Geräusch aus dem Tunnel riß ihn aus seinen Überlegungen, und kurz darauf traten zwei Ikarier heraus. Drago atmete erleichtert auf – es waren die beiden, die er vorhin gesehen hatte. Aus welchem Grund auch immer sie hinuntergegangen waren, zur Wachablösung gehörten sie offensichtlich nicht.

Sie flogen davon, während Drago sein Gesicht in das Gras drückte und betete, daß sie ihn nicht entdeckten. Er hörte Flügelrauschen, nahm hoch über sich eine Bewegung wahr und dann nur noch das friedliche Rascheln des Windes in den Halmen.

Drago behielt den Kopf unten, zählte langsam bis fünfhundert und blickte dann vorsichtig auf.

Nichts.

Zwar nahm er seinen ganzen Mut zusammen, doch er packte seinen Beutel im Gefühl tiefer Angst, sammelte sich kurz und rannte auf den Eingang zu.

Weit hinter ihm trat das Reh mißtrauisch aus den Schatten des Waldes und trabte ihm hinterher.

30

Das Zepter des Regenbogens

Der Tunnel war kühl und feucht, und Drago zog seinen Mantel fester um sich. Er war noch immer nervös, doch jetzt verspürte er auch einen Hauch von Erregung. Immer stärker wurde der Drang, durch das Sternentor zu treten, und zwar bald, bald, bald ...

Er beschleunigte seine Schritte. Der ausgetretene Weg führte gleichmäßig abwärts, doch Drago konnte sich des Gefühls nicht erwehren, daß er bereits eine Ewigkeit durch das Erdinnere stolperte. Seine Beine wurden schwach, sein Atem kam in kurzen Stößen, und schließlich sah er sich gezwungen, eine Pause einzulegen, bevor er etwas langsamer weiterging.

Noch immer schien der Weg kein Ende zu nehmen. In unregelmäßigen Abständen zischten Fackeln an den Wänden, und Drago fragte sich, warum es nur so wenige waren. Der Zugang zu einem der größten Wunder Tencendors hätte doch eine Flut herrlichen Lichterscheins verdient.

Er fluchte, als er sich an einer vorstehenden Felskante den Zeh stieß, blieb stehen und rieb sich einen Moment lang den Fuß. War dies der Eingang zum Sternentor oder war es eine Falle? Hatte Caelum das Ziel seiner Flucht erraten? Hatte Wolfstern seinen Aufenthaltsort ausfindig gemacht? Lauerten hinter der nächsten Ecke Soldaten? Oder der Tod?

Drago spürte, wie sein Atem immer schneller ging und wurde sich schließlich bewußt, daß das mehr an seiner Angst als an der Anstrengung lag. Er hielt eine Weile inne und versuchte, zur Ruhe zu kommen. Niemand konnte wissen, daß er hier war. Andernfalls wäre er schon viel früher aufgegriffen worden. Weder

Caelum noch Wolfstern hätten ihn frei herumlaufen lassen, wüßten sie, wo er sich befand. Nein, niemand wußte –

Vor ihm im Tunnel ertönten Schritte, und Drago sprang in den Schatten eines Felsvorsprungs und wartete mit pochendem Herzen. Voller Angst sah er sich um, dann glitt er die Wand entlang weiter, bis er in den Schutz eines Stützpfeilers gelangte.

Vielleicht, wenn er still dastand und kein Geräusch verursachte … aber in diesem Gang konnte er sich nirgends verstecken, dafür leuchteten selbst die vereinzelten Fackeln zu hell – nur ein Blinder konnte ihn hier übersehen.

Der Tunnel war aus Erdreich und Fels herausgehauen worden, und entlang der Wände türmten sich kleine Geröllhaufen auf, die von Bauarbeiten übriggeblieben waren. Drago bückte sich und wählte einen ziemlich großen Stein aus. Bei dem Gedanken, ihn zu gebrauchen, spürte er Übelkeit in sich aufsteigen.

Aus den Schritten, die auf einen einzelnen Menschen schließen ließen, war ein regelmäßiges Stapfen geworden. Nur einer, dachte Drago. Nur einer. Damit werde ich fertig, wenn es sein muß. Seine Hand war jedoch so schweißnaß, daß ihm der Stein fast entglitten wäre.

Wer immer sich ihm näherte, fing plötzlich zu pfeifen an, und Drago erschrak so sehr, daß er den Stein tatsächlich fallen ließ. Es war eine fröhliche Melodie – Drago erkannte eine beliebte Ballade, die auf Sigholt oft gesungen wurde.

Ein Ikarier also?

Seine Frage wurde sofort beantwortet, als eine Zauberin hinter der tiefer gelegenen Kurve des Tunnels hervortrat. Drago kannte sie vom Sehen und vom Hörensagen – Blaßstern Flügelschlag.

Bei den Sternen! dachte er angsterfüllt, was soll ich tun? Sie wird mich jeden Augenblick entdecken! Sein Verstand lieferte ihm eine ganze Reihe wilder Erklärungen für seine Anwesenheit hier – er befand sich auf einem Botengang für Caelum, er suchte nach Zenit, er hatte sich während eines nachmittäglichen Spaziergangs auf Sigholt verirrt. Aber sie waren allesamt so unsinnig, daß er sogar in seiner jetzigen Lage fast gelacht hätte.

Natürlich wußte Blaßstern von seiner Verurteilung und der Flucht.

Sie hatte ihn nun beinahe schon erreicht, und Drago fragte sich, ob es ihm gelingen mochte, sie zu Boden zu ringen, bevor sie ihre Zauberkräfte gebrauchen konnte, oder ob sie ihn mit dem Rücken an die Wand drücken würde wie ein …

Sie spazierte schnurstracks an ihm vorbei, immer noch pfeifend, und setzte ihren Weg den Tunnel hinauf fort.

Drago konnte es nicht glauben. Völlig verwirrt starrte er ihr hinterher. Wie konnte sie ihn nicht gesehen haben? Selbst ein halbblinder Greis hätte ihn bemerken müssen, von einer Zauberin mit magischen Kräften ganz zu schweigen.

Bei den Sternen, er war nur eine halbe Armlänge von ihr entfernt gewesen!

Langsam senkte er den Blick auf den Beutel, den er sich unter den Arm geklemmt hatte, und fragte sich schließlich, ob das Zepter ihm nicht bereits die ganze Zeit geholfen hatte.

Drago starrte den Beutel lange Zeit an. Dann setzte er seinen Weg zum Sternentor fort, ohne weiter darauf zu achten, sich möglichst leise zu verhalten.

Ein Stück weiter den Tunnel hinauf schmiegte sich das Reh an die Wand, als es Blaßstern näher kommen hörte. Auch Faraday sah ungläubig zu, wie die Zauberin an ihr vorbeiging.

Nachdem Blaßstern Flügelschlag ihn verlassen hatte, wandte sich Orr wieder dem Sternentor zu und blickte gebannt hinein. Er hatte die alleinige Verantwortung für die Wache am Tor übernommen. Irgend etwas stimmte nicht. Etwas, das über Wolfsterns Erzählung von den ermordeten, flüsternden Kindern hinausging. Aber Orr wußte nicht, was. Im Unterschied zu den Ikariern und auch den menschlichen Wachen bedurfte Orr keiner Ruhe und keiner Nahrung. Und so stand er schon seit Wochen hier, in seinen rubinroten Mantel gewickelt, starrte in die Tiefen des Sternentors und lauschte den armen, toten Kindern, die kaum hörbar nach Rache verlangten.

Wolfstern? Wolfstern? Wir kommen ... wir kommen, dich zu holen ...

Aber da war noch etwas anderes, und Orr wünschte verzweifelt, er wüßte, was es war.

Etwas bewegte sich, er hörte Schritte und fuhr herum. Ein ziemlich mitgenommen aussehender Mann trat unter einem der Torbögen hervor. Mit großen Augen sah er Orr erwartungsvoll an.

»Wo ist es?« fragte er.

»Verschwindet!« rief Orr. »Ihr habt hier nichts zu suchen!«

»Ist das nicht das Gewölbe des Sternentors?«

»Ihr habt kein Recht...«

Der Neuankömmling schenkte Orr keine Beachtung und eilte auf die Mitte des Gewölbes zu.

Dort blieb er stehen und starrte gebannt in den kleinen Teich – zumindest sah es für ihn so aus.

Aber es war kein Teich. Es war das Universum. Jenseits der Einfriedung drehten sich Galaxien und Sonnensysteme. Kometen und Asteroiden jagten einander durch Gaswolken und die Abgründe zwischen den Sternen. Farben, alle nur denkbaren Farben, wirbelten umher und gingen ineinander über. Es war furchterregend schön ... und vollkommen unwiderstehlich. Der Beutel in seinen Händen wurde warm und schwer.

Voller Zorn über den Eindringling streckte Orr die Hand aus, und Drago fuhr herum. »Ihr dürft mich jetzt nicht aufhalten!« fauchte er.

»Was habt Ihr vor?« Orr griff nach Dragos Arm, verfehlte ihn und bekam statt dessen den Beutel zu fassen.

Er ließ ihn sofort wieder los und wich entsetzt zurück. Mit weit aufgerissenen Augen starrte er den Beutel an. »Was habt Ihr mit dem Zepter des Regenbogens vor?«

Aus Angst, der Fährmann würde sich ein weiteres Mal auf ihn stürzen, zog Drago das Zepter aus dem Beutel und fuchtelte damit vor Orr herum. »Rührt mich nicht an!«

Er wurde zwischen der Notwendigkeit, Orr im Auge zu behalten, und dem Verlangen, in das Sternentor zu schauen, hin und her gerissen. Er hörte, wie es nach ihm rief ... *Komm zu mir! Komm! Tanze mit mir! Sei mein Geliebter!* ... und er wurde von dem allumfassenden Verlangen überwältigt, hindurchzutreten.

Drago wandte sich dem Sternentor zu.

Im selben Augenblick sprang der Fährmann vor und packte das Zepter.

Kaum berührte Orr das glatte Holz des Stabes, brandeten Visionen über ihn hinweg.

Ein Labyrinth. Finsternis. Er war gefangen. Ohne Ausweg.

Jäger. Jäger, Suchende.

Suchende auf der Jagd durch das Universum ...

Auch im Labyrinth war er nicht allein. Etwas beobachtete ihn. Etwas Böses. Etwas, das sich durch das Labyrinth auf ihn zuschlängelte!

Orr schrie auf und sank auf die Knie, die Hände noch immer fest um den Stab geschlossen. Drago versuchte verzweifelt, ihm das Zepter zu entreißen, aber die Hände des Fährmanns hielten es mit unmenschlicher Kraft umklammert.

Qeteb.

Dieses Wort – oder dieser Name, Orr kümmerte es nicht – erfüllte seine Gedanken. Es verstärkte sein Entsetzen so sehr, daß er seinen Kopf in den Nacken warf und schrie: *Qeteb!*

Orr schrie jedoch nur mit seiner inneren Macht, nicht mit seiner Stimme, und so konnte Drago ihn nicht hören.

Jemand anderes dagegen schon. Weit über ihnen hielt Orrs Schüler Dornfeder auf seinem Spaziergang über den Dächern von Sigholt inne und flüsterte: »Qeteb!«

Der Gral! schrie das Zepter Orr entgegen, und auch diesen Schrei wiederholte Orr in Gedanken.

Der Gralskönig!

Und Dornfeder sprach die Wörter leise nach.

Das rotbraune Reh, das hinter einem Pfeiler des Gewölbes kauerte, fing an zu zittern – etwas ergriff Besitz von ihm.

Und doch war da noch etwas anderes, das sich Faraday entgegenstreckte, sich des Zepters bediente, auch wenn es einen anderen Ursprung hatte. Sich ihr entgegenstreckte und sie berührte. Leise auf sie einredete.

Erneut erschauderte sie und spürte, wie Macht sie durchströmte.

Drago und Orr schwankten vor und zurück, rangen um das Zepter, vor und zurück, und sowohl das Zepter als auch Orr schrien unablässig.

Hütet Euch vor dem Gralskönig im Labyrinth!

»Das Labyrinth! Das Labyrinth!« flüsterte Orr. Entsetzt ließ er das Zepter los.

Sucht das Labyrinth auf!

Drago hörte nichts. In seinen Gedanken erklang keine Stimme. Drago wußte nur, daß Orr das Zepter endlich losgelassen hatte. Er ließ es kreisen, und das Tuch, das bisher sein Kopfende eingehüllt hatte und das sich während des Kampfes gelockert hatte, flog davon. Grelles Licht in allen Regenbogenfarben erfüllte das Gewölbe.

Pulsierend glitt es über die Wände, forschend, von ungeheurer Macht erfüllt, und als es einen Torbogen auf der anderen Seite des Gewölbes traf, erfaßte es auch ein kleines rotbraunes Reh.

Das Reh zuckte zusammen, die Augen weit aufgerissen, doch es hatte keine Angst. Seine Beine gaben nach, sein ganzer Körper verkrampfte sich, und dann platzte es. Blut, Gewebe und Knochensplitter verteilten sich überall, doch keiner der beiden Männer bemerkte etwas, denn Drago, der versuchte, sein Gleichgewicht wiederzuerlangen und Orr daran zu hindern, das Zepter noch einmal zu ergreifen, hieb es Orr unabsichtlich auf den Kopf.

Der Fährmann stürzte, und sein verletzter Schädel schlug so hart auf dem Marmor auf, daß Blut und Gehirnmasse über den Boden liefen.

Auf Sigholt schrak Dornfeder zusammen und fragte sich, was geschehen sein mochte – urplötzlich war seine Verbindung zu Orr abgerissen.

Drago fand sein Gleichgewicht wieder, ohne in das Sternentor zu fallen. Voller Entsetzen über das pulsierende Licht, welches das Gewölbe erfüllte, schob er das Zepter in den Beutel zurück – was hatte er da nur entfesselt?

Das Licht erlosch augenblicklich, und Drago atmete tief durch. Erschüttert starrte er Orrs Leichnam an. Vor seinen Augen begann dieser plötzlich zu leuchten und verschwand. Nur der rubinrote Mantel blieb zurück und legte Zeugnis davon ab, daß Orr existiert hatte.

Drago schluckte und sah sich um.

Überall Blut. Fell und Knochen.

Und mittendrin eine nackte Frau. Sie lag der Länge nach auf dem Bauch, hob ihren Kopf und sah Drago mit großen grünen Augen an, mit einem Ausdruck, der schwer zu deuten war.

Eine Hand reckte sich ihm entgegen und fiel kraftlos wieder herab. »Ihr seid Axis' Sohn«, sagte Faraday und setzte sich auf. »*Er* war nicht in der Lage, mich zu retten. Er konnte – oder wollte es nicht. Aber Ihr … seht doch, was Ihr getan habt!«

Dann senkte sie den Blick. »Und all das Blut«, flüsterte sie. »Seht doch, überall … das ist *mein* Blut.«

»Ich wollte Euch nicht wehtun!« sagte Drago, der glaubte, sich verteidigen zu müssen.

Er nahm Orrs Mantel und warf ihn der Frau um die Schultern. »Hier … damit Ihr nicht friert. Bitte, erzählt niemandem, daß ich hier war …«

Doch kaum hatte er das gesagt, wußte Drago, daß sie das nicht konnte. Sie war Faraday und seinen Eltern in Liebe und Leid verbunden. Sie würde es ihnen erzählen.

»… bitte«, schloß er leise.

Faraday blickte auf und sah ihn durchdringend an. Dann sagte sie etwas, das keinen Sinn ergab.

»Ich muß Wolfsterns Platz einnehmen. Und Ihr müßt mich begleiten.«

»Nein! Das kann ich nicht! Ich muß …«

»Ihr müßt mich begleiten«, sagte sie mit fester Stimme und zog den Mantel um sich, als wolle sie aufstehen.

»Nein!« schrie Drago. »Ich werde durch das Sternentor gehen. Ich muß! Ich ...«

»Dann«, fiel ihm Faraday gelassen ins Wort, »müßt Ihr mich begleiten, wenn Ihr zurückkehrt.«

»*Falls* ich zurückkehre«, sagte Drago mit bewegter Stimme, »wird dies nur geschehen, um mein Erbe zurückzufordern und meinen rechtmäßigen Platz in Tencendor einzunehmen.«

»Natürlich«, flüsterte sie und schenkte ihm ein strahlendes Lächeln. »Etwas anderes würde ich auch gar nicht wollen.«

Drago wollte etwas erwidern, fand jedoch keine Entgegnung für ihre vieldeutigen Äußerungen.

Verdammt! Warum sprach sie nur in Rätseln?

Er streckte eine zitternde Hand nach ihr aus, zog sie jedoch sofort wieder zurück.

Dann, bevor er vollständig die Beherrschung verlor, klemmte sich Drago den Beutel fest unter den Arm, wandte den Blick von Faradays Gesicht ab – warum sah sie ihn so erwartungsvoll, so zuversichtlich an? – und lief zum Sternentor.

Er setzte den Fuß auf die Einfriedung und ließ sich in die Unendlichkeit fallen.

31

Neue Lebensformen

Schmerzen, entsetzliche Schmerzen – und das Gefühl, als würden der letzte Atemzug und der letzte Blutstropfen aus ihm herausgepreßt. Seine Brust schien zu explodieren. Dann ... dann spürte er lange Zeit nichts mehr.

Schließlich wurde sich Drago – wenn er denn noch Drago war – bewußt, daß er in einem kalten, dunklen Raum schwebte. Kein Licht, keine Wärme, kein Lachen. Er war von einem Vakuum umgeben. Dann spürte und sah er die Sterne, bevor er einige Töne von etwas wahrnahm, das der Sternentanz sein mußte.

Drago glaubte zumindest, daß es der Sternentanz sei, denn noch nie hatte ihn ein Zauberer in seiner ganzen Reinheit gehört.

Was es auch war – die Töne, die Drago vernahm, waren so schön, so eindringlich, daß er spürte, daß Tränen über seine Wangen liefen. Sie fühlten sich kalt an.

Wie sonderbar, daß er weinen konnte, obwohl er tot war. Drago wußte, daß er tot war. Was sonst? Die Schmerzen waren so entsetzlich gewesen, und noch immer spürte er, wie sie in seinem Körper nachwirkten.

Ohne Zweifel hatte er die Reise in das Nachleben angetreten. Bei dem Gedanken daran wurde er von grenzenloser Trauer erfüllt. Er wollte nicht sterben. Bisher hatte er sein Leben nur sinnlos vertan!

Und so konnte Drago lange Zeit nur weinen, und als sein Kummer sich gelegt hatte, sah er sich um, oder wie auch immer er das nennen sollte – er war sich nicht sicher, ob er noch »sehen« konnte. Er schwebte zwischen den Sternen. Machtlos. Nicht einen Stern erkannte er wieder. Obwohl Drago als Kind im Unterricht gut aufgepaßt hatte, als die Sternbilder durchgenommen wurden, waren sie ihm plötzlich alle fremd.

Aber natürlich – schließlich schwebte er jetzt zwischen ihnen und betrachtete sie nicht von Tencendor aus. Seine Perspektive war eine völlig andere.

Alles war völlig anders.

Erneut brach Drago in Tränen aus. Er hielt den Beutel fest umklammert, drückte ihn an sich, suchte Trost in dieser Gegenwart, und plötzlich wurde ihm bewußt, daß das Zepter des Regenbogens verschwunden war. Wahrscheinlich war es während seines Sprungs durch das Sternentor zerstört worden. Oder es trieb zwischen den Sternen davon und harrte eines anderen, der es ergreifen mochte.

Warum hatte er sein Leben nur so vertan!

Doch gerade als Drago dies dachte, formierten sich die Sterne neu, wirbelten durch den leeren Raum, von einer mächtigen Hand oder Macht, die Drago nicht begreifen konnte, neu angeordnet. Er war in einem Mahlstrom gefangen und wurde umhergewirbelt, bis ihn die Schmerzen wieder heimsuchten.

Wer seid Ihr? Wer seid Ihr?

Er war von einem vielstimmigen Flüstern umgeben. Von einer schwarzen Wolke verschlungen. Sie würgte ihn, tastete ihn ab, drang in seine Gedanken ein, verlangte eine Antwort.

Wer seid Ihr? Wo kommt Ihr her?

»Drago«, flüsterte er. »Ich komme aus Tencendor ...«

Tencendor!

Jubel brandete um ihn auf, und in diesem Augenblick wußte Drago, daß er es geschafft hatte. Er hatte diejenigen gefunden, die ihm helfen würden, und innerhalb eines Herzschlags war seine Niedergeschlagenheit verschwunden.

»Ich lebe!« schrie er in das Universum hinaus, und der Schrei wurde hundertfach erwidert.

Ich lebe!

Dann erklang eine Stimme, eine andere Stimme. Ruhig, sanft, gütig. »Wollt Ihr Euch unserer Suche anschließen?«

»Ja, ja, ja«, rief Drago. »Ja!«

Faraday kauerte vor dem Sternentor auf dem Boden und starrte in den Abgrund, in den Drago sich gestürzt hatte, bis ihr bewußt wurde, daß sie vor Kälte zitterte. Mühsam erhob sie sich, warf sich den Umhang des Fährmanns um und erinnerte sich an die Vision, von der sie überwältigt worden war, als das Licht des Zepters sie erfaßt hatte.

Sie stand in einem Raum, der so seltsam war, daß Faraday es fast schwindelte. Wände, Decke, Bänke und sogar Teile des Bodens waren mit Metallplatten bedeckt, und diese Platten waren mit Griffen versehen und strahlten ein gleißendes Licht aus, wie von Edelsteinen. Vor ihr ragten die Lehnen großer Stühle auf, die vor riesigen Fenstern standen … die auf das Universum hinausgingen.

Einer der Stühle vor ihr drehte sich. Zum Vorschein kam ein Mann mit silbernem Haar, dessen Gesicht von Sorge gezeichnet war. Seine braunen Augen funkelten jedoch so humorvoll, daß Faraday keine Angst vor ihm hatte. Er trug eine Uniform, die aus einem schwarzen, lederartigen Material gefertigt war. Goldene Tressen hingen an seinen Schultern und faßten seine Manschetten ein. Auf der Bank hinter ihm sah Faraday ein schwarzes Käppi liegen, dessen Krempe ebenfalls goldfarben glitzerte.

Er stand auf und streckte ihr beide Hände entgegen.

Ohne Zögern trat Faraday vor und ergriff sie.

»Ihr seid Faraday«, sagte er. Seine Stimme war warm und kraftvoll. »Ich beobachte Euch schon seit Jahren.«

»Wer seid Ihr?«

»Wie Ihr bin ich ein Überlebender«, sagte er und lächelte. »Aber Ihr könnt Noah zu mir sagen. Meine Freunde …« Er stockte und sah sich unruhig um. »Meine Freunde haben mir diesen Namen gegeben, um mich zum Lachen zu bringen. Aber er ist durchaus zutreffend, und so habe ich ihn behalten.«

»Wo sind wir?«

Er seufzte und ließ ihre Hände los. »Ich bin mir nicht mehr sicher, wie ich das alte Mädchen nennen soll«, sagte er und tätschelte fast zärtlich die Wand. »Sie hat sich im Laufe der Zeit sehr verändert. Wir befinden uns in einem der ... Arsenale.«

»Ah! Jetzt verstehe ich! Die Arsenale unter den Magischen Seen.« Faradays Stirn legte sich in Falten. »Aber es war die Macht der Speicher, welche die Wächter getötet hat. Sie waren hier unten, und daraufhin bekam ihre Haut Blasen, ihre Haare fielen aus und...«

»Sie sind in das Herz der Lager eingedrungen«, fiel Noah ihr ins Wort. »Dort befindet sich die gefährliche Macht, die Ihr erwähnt habt. Die Lager sind weitläufiger als Ihr es Euch vorstellen könnt ... und größtenteils ungefährlich.«

Größtenteils, dachte Faraday bitter. »Warum bin ich hier?«

»Weil ich Euch um etwas bitten möchte.«

Sie sagte nichts, zog nur eine Augenbraue hoch.

»Ich weiß, daß andere viel von Euch verlangt haben, und daß Ihr in ihrem Auftrag großes Leid habt erdulden müssen. Faraday, ich muß Euch trotzdem ein weiteres Mal bitten, Tencendor zu helfen. Der Lohn für Eure Mühen kann unterschiedlich ausfallen. Entweder werdet Ihr auf ewig Frieden und Glück finden oder ...«

»Oder?«

»Oder den Tod.«

Zu seiner Überraschung lachte Faraday schallend. »Dann kann ich nur gewinnen.«

Noah lächelte sanft. »Da habt Ihr wohl recht, Faraday. Da habt Ihr wohl recht.«

»Was muß ich tun, Noah? Erklärt es mir, und ich werde darüber nachdenken.«

»Vier Dinge.«

»Vier? Ihr verlangt viel, Herr.«

»Sie werden Euch nicht schwerfallen, meine Liebe.«

»Dann sprecht, und ich werde mir meine eigene Meinung bilden.«

»Als erstes müßt Ihr mit Drago Freundschaft schließen.«

Faradays Augen weiteten sich vor Überraschung. »Mit Drago? Aber er ...«

»Er ist nicht der, für den ihn die meisten halten, Faraday.« Noah beugte sich vor und flüsterte ihr etwas ins Ohr.

»Er?« entfuhr es Faraday. »Es fällt mir schwer, das –«

»Nein, das sagt Ihr nur so.« Noah legte Ihr eine warme Hand aufs Herz. »*Hier* glaubt Ihr es.«

Faraday sah ihn lange an und nickte schließlich. »Ich werde mit Drago Freundschaft schließen. Was noch?«

»Als zweites müßt Ihr Dragos Vertrauen gewinnen.«

»Was soll das heißen?«

»Das werdet Ihr im Laufe der Zeit verstehen lernen. Jetzt müßt Ihr erst einmal *mir* vertrauen, der ich Euch dies sage.«

Faraday dachte nach. Schließlich nickte sie ein weiteres Mal. »Nun gut, ich werde sein Vertrauen gewinnen. Und als drittes?«

»Als drittes möchte ich Euch bitten, Drago zu mir zu bringen. Sobald Euch das möglich ist. Allerdings kann das noch viele Monde dauern.«

»Wie kann ich Euch finden?«

»Geht zur Burg der Schweigenden Frau. Und habt Vertrauen.«

Faraday mußte lächeln, stimmte jedoch zu. »Und als viertes?«

»Als viertes möchte ich, daß Ihr das findet, was verlorengegangen ist.«

»Ich weiß nicht, was Ihr damit...«

»Faraday«, sagte Noah leise. »Während wir uns unterhalten, geht eine Veränderung mit Euch vor. Das Zepter des Regenbogens ist dafür verantwortlich, und das vereinte Wissen der Arsenale gibt ihm die Macht dazu. Nein, laßt mich ausreden. Die Veränderung wird Euch stärken. Sie wird Euch die Macht verleihen, das zu finden, was verloren ist.«

»Und was ist das?«

Noah hob die Schultern. »Vielerlei. Bedient Euch der Macht, wie Ihr es für angemessen haltet. Doch eines Tages, wenn Drago zurückkehrt, werdet Ihr für mich etwas suchen müssen, das mir abhanden gekommen ist. Etwas, das Drago brauchen wird – das Magische Liederbuch meiner Katie.«

»Katie?«

Unfaßbare Traurigkeit legte sich über Noahs Gesichtszüge. »Meine Tochter. Aber das ist lange her, und sie und die Ihren sind längst zu Staub geworden. Tut das mir zuliebe, bitte.«

Faraday sah ihn lange an. »Ihr verlangt keine schwierigen Dinge von mir, Noah. Ich werde Euch helfen.«

Er beugte sich vor und umarmte sie kurz. »Faraday, ich danke Euch! Eigentlich wollte ich Wolfstern bitten, aber er hat so viel mißverstanden, und jetzt traue ich ihm nicht mehr. Statt dessen werde ich Drago Euch überlassen. Ach Faraday, ich danke Euch!«

Dann verblaßte das Bild von Noah und dem sonderbaren Raum.

Und jetzt stand sie im Gewölbe des Sternentors und hatte sich einmal mehr einer Sache verschrieben, die nicht die ihre war. Aber dieses Mal glaubte sie daran. Und am Ende fände sie Frieden – entweder im Glück oder im Tod. Diese Bedingungen erschienen ihr bereits wie ein Geschenk.

Im Augenblick konnte sie jedoch weder für Noah noch für Drago etwas tun. Drago war durch das Sternentor gegangen, und bis er zurückkehrte, war sie Herrin ihrer Zeit.

Der Gedanke ließ sie innehalten. Wie sollte es nur weitergehen?

In den Wald wollte sie nur ungern zurück. Sie hatte keinen Gefallen daran gefunden, in Gestalt eines Rehs den Pfaden des Waldes zu folgen. Die Mutter, wie die unsterbliche Natur genannt wurde, hatte ihr versprochen, sie fände so Frieden, und eine Weile hatte sie das auch. Aber sie war auch gefangen gewesen, von allen abgeschnitten, die sie liebte.

Wie sehr hatte sie sich nach Axis' Berührung gesehnt, doch der Weiße Hirsch hatte das nicht zugelassen.

Wie sehr hatte sie sich danach gesehnt, ihr Kind Isfrael in den Armen zu halten, ihm ein Wiegenlied zu singen, doch statt dessen konnte sie nur mit den Augen eines Rehs zuschauen, wie er heranwuchs. Jetzt dachte er kaum noch an sie. Niemand dachte jemals an sie. Sie war einfach zu einer Legende geworden, zu einem Traum.

Niemand dachte jemals an sie.

Sie hatte ihre entsetzliche Pflicht erfüllt, im Dienst der Prophezeiung und für Tencendor, und dann war sie dazu verurteilt worden, in Gestalt eines Rehs zur Legende zu werden. Einen Augenblick lang wurde sie von der Erinnerung an Gorgrael überwältigt. Als er ihr den Bauch aufgeschlitzt hatte, den Hals, und Axis war die ganze Zeit als Sternenmann gebunden und tat nichts, nichts, nichts.

Aber jetzt war sie doch wohl endlich der Prophezeiung entkommen? Sie konnte noch einmal von vorn anfangen, und sie war Herrin ihrer Zeit – zumindest bis zu Dragos Rückkehr.

Was tun?

»Das finden, was verlorengegangen ist«, murmelte Faraday. »Wie ich es für angemessen halte. Eine leichte Aufgabe. Darüber hinaus gehört mein Leben mir. Ich kann tun, was ich will.«

»Was ich will!« wiederholte sie und richtete sich langsam auf. Ein ungewohnter Gedanke. Sie hatte ihr Leben zurückerhalten, und sie konnte es nach ihrem eigenen Willen einrichten.

Ein letztes Mal sah sie sich im Gewölbe des Sternentors um. Unter dem Kuppeldach pulsierte blaues Licht, und das Rauschen des Sternenwindes umtoste sie. Von den Geheimnissen der Sterne hatte sie jedoch genug. Jetzt war sie an der Reihe. Endlich.

Sie wandte dem Sternentor den Rücken zu, zog den Umhang fester um ihren nackten Körper und betrat den Tunnel.

Der Morgen begrüßte sie mit Kälte und Dunkelheit. Faraday war froh, daß sie über den warmen Umhang verfügte. Auf ihrem Gesicht fühlte sich die kalte Luft jedoch wundervoll an, und plötzlich drehte sie sich lachend im Kreis.

»Ich lebe!« rief sie, und es war ihr gleichgültig, ob jemand sie hörte. »Ich *lebe!*«

Sie konnte sich nicht erinnern, jemals glücklicher gewesen zu sein.

Dann hielt sie inne und betrachtete nachdenklich den Saum des Bardenmeers im Norden. Der Wald hatte sie beschützt und genährt, und sie spürte seine Anziehungskraft. Aber er war nicht mehr ihr Zuhause.

Sie spähte genauer in die Finsternis, in der sich eine Gestalt abzeichnete.

Die Bäuerin Renkin.

Faraday trat unruhig von einem Fuß auf den anderen. Wollte die Mutter mit ihr sprechen? Dann sah sie jedoch, wie die Bäuerin die Hand hob und ihr zum Abschied zuwinkte. Auf ihrem Gesicht lag ein gütiges Lächeln. Mehr konnte Faraday nicht erkennen, dafür war sie zu weit weg.

Lebewohl, meine Tochter. Möge dir das Glück der Welt endlich gewogen sein.

»Leb wohl, Mutter«, flüsterte Faraday mit Tränen in den Augen. »Leb wohl.«

Bis zum Morgengrauen hatte sie ein gutes Stück Weges zurückgelegt. Immer wieder mußte sie an das Lächeln der Mutter denken und an ihre guten Wünsche zum Abschied. Als die Sonne aufging, blieb sie stehen und fragte sich, wohin sie gehen sollte.

Wo wollte sie eigentlich hin? Wen wollte sie sehen?

Zenit. Sie wollte wissen, wie es Zenit ging. Und Sternenströmer. Drago hatte gesagt, daß Sternenströmer Zenit versprochen hätte, er würde immer für sie dasein. Das hatte Faraday zutiefst berührt, und sie stellte fest, daß sie auch Sternenströmer gerne wiedersähe.

»Nach Süden«, sagte sie und lachte erneut. »Nach Süden zur Insel des Nebels und der Erinnerung!«

Sie wandte sich um und schritt über die Ebene von Tare, nichts als Freiheit im Sinn.

32

Die Suchenden

Erneut verspürte er Schmerzen, versank in Dunkelheit und vergaß die Welt um sich herum. Und dann wurde Drago bewußt, daß er ... schlief.

Warm. Geborgen. Ganz allmählich wachte er auf, und während er aus dem Schlaf auftauchte, wurde das Gefühl von Wärme und Geborgenheit stärker, bis er dachte, er würde gleich vor Glück vergehen.

Er lag wohlig eingehüllt auf einem weichen, duftenden Lager. Die Augen hatte er noch immer geschlossen, doch er spürte, daß er nicht allein war. Jemand kam näher – Drago hörte leise Schritte und spürte, daß ihm eine warme, weiche Hand die Haare aus der Stirn strich. Ohne die Augen zu öffnen, lächelte er und lauschte einer Stimme.

»Sein Name sei Drago, hat er gesagt.« Volltönend und melodiös, eine kraftvolle Stimme.

»Er ist zwischen den Sternen getrieben.« Eine andere Stimme, so kraftvoll wie die erste, allerdings weniger ernst.

»Er ist sterblich«, sagte eine weitere Stimme, »und doch ist er von einer starken magischen Aura umgeben.«

»Er ist durch das Sternentor getreten ...«

»Und lebt noch –«

»Warum?«

»Wie?«

»Sprecht mit uns, Sterblicher. Wir wissen, daß Ihr wach seid.«

»Verratet uns Euer Geheimnis.«

Drago öffnete die Augen – und riß sie voller Staunen weit auf. Um ihn herum standen fünf Geschöpfe von menschlicher

Gestalt, aber mit äußerst blasser Haut und Augen wie Edelsteinen, jeder in einer anderen Farbe. Sie standen in einem Halbkreis um seine Lagerstatt, die Hände vor der Brust gefaltet, in lange, einfach geschnittene, pastellfarbene Gewänder gekleidet. Hinter ihnen konnte er Säulen erkennen und hinter diesen einen Garten mit in sorgfältigen Reihen angepflanzten Bäumen und einem kurzgeschnittenen Rasen. Zwischen den Bäumen bewegte sich etwas, doch Drago konnte es nicht richtig erkennen.

Nachdenklich runzelte er die Stirn – war dies das Nachleben? Und war dieses friedliche Gemach die Nachwelt, die er sich verdient hatte?

»Nein, Sterblicher«, sagte eines der Geschöpfe. Die einzige Frau unter ihnen, und sie hatte saphirblaue Augen. »Ihr seid nur in unserer Gegenwart.«

»Wo bin ich?« Drago sah sich suchend um. Sonderbarerweise verspürte er keine Angst.

Die Geschöpfe wechselten Blicke und zuckten mit den Achseln. »Das ist schwer zu erklären.«

»Es ist ein ›Ort‹ – eine Dimension, eine eigene Welt, wenn Ihr wollt. Wir halten uns nicht oft hier auf. Nur von Zeit zu Zeit ruhen wir uns hier von unserer Reise aus.«

Reise? dachte Drago, aber im Augenblick war ihm eine andere Frage wichtiger.

»Und Ihr seid …?« Er setzte sich auf und ließ die Beine vom Rand der Liege baumeln. Noch immer trug er die Kleider, in denen er durch das Sternentor gegangen war. Angesichts dieser fünf Geschöpfe fühlte er sich schmutzig und unbedeutend.

»Mein Name ist Scheol«, sagte die Frau und lächelte. »Dies ist Raspu.« Sie wies auf ein schönes dunkelhaariges Geschöpf mit rubinroten Augen.

»Ich bin Euer Freund«, sagte Raspu und verbeugte sich. Auf seiner Haut schimmerten schwache Spuren von Narben, aber das betonte seine Schönheit nur noch mehr.

Drago wußte nicht recht, wie er sich verhalten solle, und neigte leicht den Kopf.

»Und das ist Modt.« Scheol wies auf einen weiteren ihrer Gefährten, einen Mann mit Augen schwarz wie Ebenholz, der furchtbar dünn war.

Drago nickte ihm zu, und Modt lächelte, schwieg jedoch.

»Barzula.« Ein Geschöpf mit widerspenstigen braunen Locken und goldenen Augen nickte.

»Und schließlich Rox.« Der letzte der fünf, mit schwarzem Haar und elfenbeinfarbenen Augen, lächelte und deutete eine Verbeugung an.

»Wer seid Ihr, Drago?« fragte Raspu. »*Was* seid Ihr? Woher kommt Ihr?«

»Mein Name ist Drago Sonnenflieger«, erwiderte Drago und hielt einen Moment inne, als die fünf einander ansahen. »Euch ist dieser Name vertraut?«

»In der Tat«, entgegnete Scheol gelassen. »Bitte fahrt fort.«

»Ich bin der Sohn von Axis Sonnenflieger und Aschure Sonnenflieger.« Erneut hielt er inne, aber diese Namen sagten den fünf offenbar nichts, denn sie sahen ihn mit leerem Blick an. »Und ich komme aus einem Land namens Tencendor –«

»Das Land der Seen?« fiel ihm Barzula ins Wort. Er klang aufgeregt, erwartungsvoll, und Scheol legte ihm beschwichtigend eine Hand auf den Arm.

»Ja, dort gibt es Seen«, erwiderte Drago. »Vier magische Seen.«

»Vier!« riefen die fünf aus.

»Erzählt uns von ihnen«, sagte Rox, und vor Aufregung trat er einen Schritt vor.

Drago sah sie verwundert an, kam jedoch zu dem Schluß, daß sie nur übermäßig neugierig waren und keine Bedrohung darstellten. »Da gibt es nicht viel zu erzählen, denn über sie ist nicht viel bekannt. Der Sage nach entstanden sie vor unendlich langer Zeit in einem Feuersturm, als die alten Götter vom Himmel fielen …«

»Er stammt wirklich aus jenem Land«, sagte Barzula, und seine goldenen Augen loderten.

»Ohne Zweifel«, stimmte Modt zu.

»Und niemand ist jemals bis in ihre Tiefen vorgedrungen?«

wollte Scheol jetzt wissen. In ihren Augen lag ein seltsames Leuchten.

»Nein«, sagte Drago zögernd. »Nicht, daß ich wüßte.«

Er rutschte ein Stück vor, bis er am Rand der Liege saß. »Wer seid Ihr? Und warum stellt Ihr mir diese Fragen?«

»Wir sind die Suchenden«, erwiderte Raspu.

»Und das Ziel unserer Suche ist das Land Tencendor«, fügte Scheol hinzu.

Drago nickte langsam. Allmählich verstand er. »In den Seen ist etwas, das Ihr sucht ... habe ich recht?«

»Ja!« Scheol klatschte entzückt in die Hände – eine sonderbar kindische Geste für ein Geschöpf, das offensichtlich so kultiviert und mächtig war, dachte Drago. »Ja, wir sind auf der Suche nach etwas, das auf dem Grund dieser Seen liegt. Ach, Drago ...«

In völliger Übereinstimmung und gleichzeitig nahmen ihre Gesichter einen traurigen Ausdruck an.

»Drago«, fuhr Scheol fort, »als die Zeit in Eurer Welt noch kaum begonnen hatte, wurde uns etwas sehr Kostbares gestohlen.«

»Geraubt«, wiederholten die anderen.

»Von Verbrechern, Drago. Vom Feind. Der Feind hat uns etwas gestohlen und ist durch das Universum geflohen, nur um auf Eurer Welt erneut in Schwierigkeiten zu geraten.«

»Was auf dem Grund der Seen liegt, könnte Euch vernichten«, sagte Rox traurig. Aus dem Augenwinkel glaubte Drago allerdings, Barzula lächeln zu sehen. Als er den Kopf wandte, war das Gesicht des Suchenden jedoch ebenso von Kummer erfüllt wie das der anderen.

»Aber wir können es von dort entfernen, ohne daß die Menschen oder Eure Welt zu Schaden kommen«, fügte Rox hinzu.

»Wenn Ihr uns helft, das wiederzubekommen, was uns gehört«, sagte Scheol, »werden wir tief in Eurer Schuld stehen und alles tun, was in unserer Macht liegt ...«

Erneut hatte Drago den Eindruck, als schwebe ein Hauch von Belustigung über allem.

»... um Euch bei Eurer Suche zu helfen.«

»*Meine* Suche«, sagte Drago langsam.

»Mein Freund.« Scheol sank vor Drago auf die Knie und ergriff seine Hände. »Wir konnten spüren, wie Ihr durch das Sternentor kamt, und wir konnten den Kummer in Eurem Herzen fühlen. Wir haben Euch gegen den Tod in Schutz genommen, und wir haben unsere Freunde ausgesandt, um Euch zu uns zu holen.«

»Eure Freunde?«

Scheol stand auf und blickte über Dragos Schulter hinweg. »Unsere geliebten Freunde«, sagte sie sehr leise. »Seht, die Königin des Himmels.«

Drago wandte sich um und erstarrte. Eine Frau hatte das Zimmer betreten – die schönste Frau, die Drago jemals gesehen hatte. Schon ihr dunkles Haar und ihre blasse Haut waren unvergleichlich, doch sie war von einer Aura von Macht und Verlangen umgeben, der Drago sich nicht entziehen konnte.

»Ihr seid ein Sonnenflieger«, sagte sie, und erschrocken stellte Drago fest, daß sie die Gesichtszüge und die Flügel einer Ikarierin hatte.

Er nickte, und in diesem Augenblick wurde ihm klar, wen er vor sich hatte. »Und Ihr seid Sternenfreude.«

Sie ließ ein zustimmendes Lachen hören und setzte sich neben ihn, Hüfte an Hüfte, die Hand auf seiner Schulter, ihr Gesicht ganz nahe. Ihr Blick glitt an ihm herunter, und dann sah sie ihm wieder in die Augen. »Ja, ich kann Euer Blut spüren, das Blut eines Sonnenfliegers. Drago – was für ein merkwürdiger Name für einen aus unserem Geschlecht. Erzählt mir Eure Geschichte.«

Anfangs sprach Drago nur stockend – wie sollte er so viel in so kurzer Zeit erzählen? Doch Sternenfreudes Hand lag heiß auf seiner Schulter, ihr Atem strich ihm über die Wangen, und die Worte kamen immer schneller. Jedesmal, wenn er innehielt, um Luft zu holen, legte sie den Kopf schräg und forderte ihn leise auf, weiterzureden.

Er erzählte ihr von der Prophezeiung des Zerstörers und dem

Kampf zwischen Axis und Gorgrael. Er erzählte ihr von seiner Geburt und von Aschures Strafe für sein Verbrechen.

»Meine Mutter hat die Zusammensetzung meines Blutes verändert, so daß meine magischen Kräfte meiner menschlichen Seite untergeordnet sind.«

»Es war eine grausame Strafe«, fuhr er fort, »und es ist mir schwer gefallen, damit zu leben. Manchmal frage ich mich, wie es wäre, ein ikarischer Zauberer zu sein. Ich wünschte ... ich wünschte ...«

»Ah«, sagte Sternenfreude und blickte kurz zu den Suchenden hinüber. »Und so seid Ihr durch das Sternentor gesprungen, in der Hoffnung, Eure Zauberkraft wiederzuerlangen. Nun, der Tod ist stets eine Möglichkeit, Verlorenes wiederzufinden. Aber sagt mir, wie lautet Euer Geburtsname? Drago ist doch sicherlich eine Kurzform?«

Augenblicklich fiel Drago ein, daß sie und Wolfstern ihren ungeborenen Sohn Drachenstern getauft hatten, und er warf einen kurzen Blick auf ihren Leib. Er war flach, also hatte sie das Kind verloren.

»Mein Name lautete Drachenstern«, sagte er leise.

Erschrocken wich sie zurück und starrte ihn an. Sie wurde blaß und ihre Lippen zitterten. Dann sah sie die Suchenden an. »Das war der Name *meines* Kindes!«

»Das wissen wir, Königin des Himmels«, erwiderte Scheol besänftigend. »Wie angemessen. Welch ... Fügung.«

Sie wandte sich an Raspu. »Können wir ihn gebrauchen?« murmelte sie.

Die Stimmung unter den Suchenden und Sternenfreude hatte sich von einem Augenblick auf den anderen geändert. Sternenfreude erstarrte – Drago schien vergessen.

Dann kniete Raspu vor Drago nieder und ergriff seine Hände. »Seid unbesorgt, Drago. Ich werde Euch nichts tun.«

Von Raspus Händen ging ein Kribbeln aus und drang in Dragos Körper ein. Es tat nicht weh, aber es war auch kein sehr angenehmes Gefühl.

Raspu atmete tief durch und richtete sich auf. »Ja«, sagte er.

»Er ist es, seine Zauberkraft ruht nur. Auch wenn sie tief verborgen liegt. Aber wir können ihn brauchen – mit seiner Hilfe wird uns der Sprung durch das Sternentor gelingen.«

Sternenfreude lachte über die Maßen glücklich und schloß Drago in ihre Arme.

»Ich liebe Euch!« rief sie, und Drago stimmte in ihr Lachen ein. Alles würde sich zum Guten wenden.

33

STERNENFREUDE

Die Suchenden verabschiedeten sich – sie mußten sich um eine dringende Angelegenheit kümmern, wie sie sagten. Drago blieb alleine mit Sternenfreude zurück.

»Ihr seid sicher neugierig«, sagte sie und stand auf, ohne jedoch die Hand von seiner Schulter zu nehmen. »Folgt mir und ich werde Euch alles zeigen.«

Drago stand ebenfalls auf, und vorübergehend wurde ihm schwindlig, aber er fing sich fast sofort wieder.

»Die Reise durch das Sternentor scheint nicht spurlos an Euch vorübergegangen zu sein«, sagte Sternenfreude. »Bleibt einen Moment stehen und findet Euer Gleichgewicht wieder.«

Unvermittelt mußte Drago an seinen Beutel denken. Er lag vor ihm auf dem Boden, und er bückte sich danach. Das Zepter mochte verschwunden sein, aber der Beutel übte irgendwie eine beruhigende Wirkung auf Drago aus.

Sternenfreude lächelte vieldeutig. »Was habt Ihr da aus Tencendor mitgebracht, Drago? Laßt mich sehen.«

Und sie entwand ihm den Beutel.

Drago versuchte, ihn festzuhalten, aber Sternenfreude war zu schnell gewesen, und jetzt wiegte sie den Beutel abschätzend in Händen.

»Was ist das?« fragte sie und griff in den Beutel. »Was?«

Sie zog ihre Hand heraus. Sie war voller Silbermünzen.

»Was?« wiederholte Drago, nahm ihr den Beutel aus der Hand und leerte ihn auf der Lagerstatt aus. Er enthielt nichts als Silbermünzen. Vielleicht fünfundzwanzig oder dreißig Stück. Fast betäubt ließ Drago sie durch die Finger gleiten. Sie waren schwer, und auf einer Seite jeder Münze war ein Schwert eingeprägt, auf der anderen ein Stab.

Sternenfreude kicherte und strich Drago über das Haar. »Wolltet Ihr für Eure Reise bezahlen? Wie bezaubernd!«

Wo kamen die Münzen her? Dann fiel Drago wieder die Silbermünze ein, mit der er den Fährmann auf dem Nordra bezahlt hatte. Gab es da einen Zusammenhang?

»Ich trage mein Vermögen stets bei mir«, sagte er leichthin. »Ich vertraue niemandem.«

Sternenfreudes Miene wurde ernst. »Vertraue niemandem«, sagte sie, und ihre Stimme nahm einen schroffen Tonfall an. »Ja, ja. Vertraue niemandem. Das ist ein guter Vorsatz. Ich habe Wolfstern vertraut, und seht, was er getan hat!«

Sie wandte sich ab und schritt langsam auf die Säulen zu. Dann fuhr sie herum und streckte ihm eine Hand entgegen. Erneut erhellte ein Lächeln ihr Gesicht.

»Wollt Ihr mich begleiten, Drago Sonnenflieger? Es gibt noch andere, die Ihr kennenlernen solltet.«

Drago schob die Münzen in den Beutel zurück und knotete ihn an seinem Gürtel fest.

»Wir werden ein Bad für Euch einlassen und ein paar saubere Kleider auftreiben«, sagte Sternenfreude und nahm seinen Arm. »Der Gestank von Schweiß und Schmutz ist mir zuwider.«

Sie rümpfte die Nase, lächelte und brach dann wieder in lautes Lachen aus, während sie ihn zwischen den Säulen hindurchführte.

Dahinter lag ein Garten und der Himmel und die Sonne, aber alles war anders, als Drago es aus seinem bisherigen Leben kannte. Die Luft war schwerer, viel drückender als selbst im Sommer in Tencendor, und doch war es nicht heiß. Der Himmel war dunkelviolett, einzelne Wolken tosten über ihn hinweg, und die Sonne warf ein schwaches, silbriges Licht, als könne sie ihre eigene Helligkeit nicht mehr länger ertragen.

Im Garten standen Bäume in wohlgeordneten Reihen. Wie die Sonne wirkten auch sie schwächlich. Ihre Stämme waren spindeldürr, ihr Laubwerk spärlich.

In einiger Entfernung, knapp außerhalb von Dragos Sichtweite, glitt eine Wolke rasch zwischen den Bäumen hindurch. Vielleicht war es auch keine Wolke, doch was immer es war, es wirkte dunkel und gestaltlos und wechselte ständig die Richtung.

»Das alles geht über mein Verständnis«, sagte Drago hilflos.

Sternenfreude drückte mitfühlend seinen Arm. »Das kann ich verstehen. Diese Welt ist von Eurer Heimat weit entfernt – von Tencendor. Würdet Ihr Euch jenseits des Sternentors befinden, in der Sicherheit und Geborgenheit Tencendors, könntet Ihr diese Welt hier nur als winzigen Punkt sehen.«

»Ich habe so viele Fragen ...«

»Dann stellt sie, lieber Drago«, sagte sie und führte ihn langsam durch den Garten. »Fragt.«

»Was ist mit mir geschehen, nachdem ich durch das Sternentor getreten bin?«

Sie dachte gründlich nach, bevor sie antwortete. »Ihr seid gewissermaßen gestorben, aber der Tod ist etwas Unbekanntes und wird so oft mißverstanden, daß dieses Wort in Eurer Vorstellung ein falsches Bild heraufbeschwört.«

Sie hielt inne. »Als Ihr hindurchgingt, habt Ihr Euch verändert und seid doch derselbe geblieben.«

»Aber wie bin ich hierhergekommen?«

»Die Suchenden haben Eure Anwesenheit gespürt, wie meine Gefährten auch. Die Suchenden – sie seien gepriesen – haben Euch ebenso gerettet wie uns.«

Uns? »Euch gerettet? Sternenfreude, was ist Euch und Euren ... Gefährten widerfahren, nachdem Wolfstern Euch durch das Sternentor gestoßen hat?«

Sternenfreude erstarrte, und ihr Gesicht wurde zu einer Maske grenzenlosen Hasses.

»Ich weiß nicht, wie lange wir ziellos umhergetrieben sind, voller Haß und Rachegelüste. Aber wir wußten nicht, wo wir uns befanden und wir waren völlig hilflos. Dann«, sie holte tief Luft und beruhigte sich sichtlich, »dann haben die Suchenden uns gefunden. Oh Drago! Wir stehen so tief in ihrer Schuld!

Schaut! Hier kommen meine Freunde, meine Gefährten, um Euch zu begrüßen.«

Die Wolke kam rasend schnell auf sie zu. Drago blieb zögernd stehen, doch Sternenfreude tätschelte ihm beruhigend den Arm und zog ihn zu sich heran.

»Habt keine Angst«, sagte sie, »denn sie haben Euch mit Hilfe der Suchenden hierhergebracht.«

Etwa fünfzehn Schritte vor ihnen löste sich die Wolke auf und zerfiel in eine Gruppe sich bewegender Körper. Es waren Ikarier, stellte Drago fest, und doch wieder nicht, aber er hätte nicht erklären können, wie er zu dieser Erkenntnis kam. Das waren die Kinder, die Wolfstern seinem wahnsinnigen Wissensdrang geopfert hatte. Einige waren erst zehn oder elf Jahre alt, andere wiederum fast erwachsen. Allen gemeinsam waren blicklose schwarze Augen und ein Ausdruck unerbittlichen Hasses.

Und da war noch etwas anderes, etwas, das Drago nicht ganz erkennen konnte ... etwas ...

Wie ein Mann neigten sie den Kopf nach links und sahen Drago an. Wie ein Mann flatterten sie mit den Flügeln und neigten den Kopf auf die andere Seite. Sonderbar. Ein seltsames Murmeln drang von ihnen herüber und verstummte schließlich wieder.

Wie ein Mann traten sie von einem Fuß auf den anderen und breiteten die Flügel aus.

Als sie erneut den Kopf schräg legten, glaubte Drago, Schnäbel und Krallen auszumachen, obwohl er nur Gesichter und Hände sah.

Unvermittelt wurde ihm bewußt, was es mit den Kindern auf sich hatte: Sie waren Vögeln ähnlicher als die Ikarier, die er kannte.

Sie waren ein Schwarm. Ein Schwarm, der von einem einzigen Willen geleitet wurde.

»Rache«, sagte Sternenfreude, ließ Drago stehen und ging zu einem der Kinder. Sie kraulte es am Kinn und strich ihm die Haare aus der Stirn. »Wir alle streben nach Rache. Meine Falkenkinder und ich.«

Sie sah Drago an. »Was mit uns geschehen ist, Drago? Wir

sind verraten worden. Unsere Zukunft und unser Erbe wurde uns geraubt.«

Ein furchtbares Murmeln erhob sich von dem Schwarm hinter ihr, und sie wartete, bis es leiser geworden war, bevor sie wiederholte: »Verraten und unseres Erbes beraubt!«

»Ja! Wie auch mein Erbe verraten und meine Zukunft gestohlen wurde!«

»Ja!« rief Sternenfreude. »Und wie die Suchenden vom Feind ihres Erbes beraubt wurden. Versteht Ihr jetzt, Drago? Wir alle sind Verratene, und wir alle sind vom gleichen Verlangen getrieben. Wir möchten das zurückgewinnen, was uns gestohlen wurde!«

Drago starrte sie an und konnte sein Glück kaum fassen. Diese Geschöpfe konnten mit ihm fühlen, sie mochten ihn und sie würden ihm helfen, seine Zauberkraft wiederzuerlangen. Drago wurde von der Vorstellung überwältigt, daß er zum ersten Mal in seinem Leben nicht mehr alleine war. Andere waren genauso schlecht behandelt worden wie er. Er lächelte, und schließlich lachte er laut und wie befreit.

Plötzlich lag Sternenfreude in seinen Armen, und er drückte sie an sich und küßte sie leidenschaftlich – das war das erste Mal, daß er eine Ikarierin in den Armen hielt. Er war zu Hause. Er würde Rache nehmen!

Sternenfreude führte ihn aus dem Garten zurück in das Gebäude – Drago hatte nur die vage Vorstellung eines Kuppelpavillons – und in ein anderes Gemach als das, in dem er aufgewacht war. Es war klein und offensichtlich bewohnt.

»Ihr müßt noch jemanden kennenlernen«, sagte Sternenfreude leise und führte ihn an eine Wiege.

Behutsam nahm sie ein Bündel heraus und bedeutete Drago näherzutreten. »Seht Ihr?« sagte sie, als er neben ihr stand. »Seht Ihr? Mein Sohn.«

Drago mußte sich alle Mühe geben, seine Abscheu nicht zu zeigen. Sternenfreude hielt ein Kind in den Armen, aber es lebte nicht – und war doch nicht tot.

Drago runzelte die Stirn. Weder bewegte das Kind sich, noch atmete es. Seine Haut war blaß und wächsern. Seine Augen waren weit aufgerissen und ebenso blicklos und schwarz wie die der anderen Kinder. Sonderbare, beunruhigende Augen. Das Kind zeigte keine Regung auf Sternenfreudes Anwesenheit hin.

»Mein hübsches, liebes Kind«, sang Sternenfreude leise. Sanft schaukelte sie es hin und her. »Mein süßer, lieber Sohn. Siehst du meinen neuen Freund? Er heißt Drago, und er wird uns helfen, Rache an deinem Vater zu nehmen.«

Zu Dragos Entsetzen legte sie das Kind plötzlich in seine Arme. Er mußte ein Gefühl des Ekels unterdrücken. Seine Finger strichen oberhalb der Decke über die Haut des Kindes – sie fühlte sich kalt und feucht an.

Die Augen des Kindes starrten leer in die Ferne.

Tot und doch nicht tot.

Hastig gab Drago das Kind der Mutter zurück. »Wurde er geboren, nachdem Wolfstern Euch durch das Sternentor gestoßen hatte?«

»Ja, er kam auf Grund des Schrecks vorzeitig zur Welt. Aber seht doch, Drago, ist er nicht wunderschön? Ist er nicht allerliebst? Mein süßer, süßer Sohn – was wirst du doch für ein Mann werden!«

Sternenfreude setzte sich auf einen Stuhl, entblößte eine Brust und hob das Kind hoch, um es zu stillen. Sie drehte den Kopf des Kindes der Brust zu, aber er hing kraftlos herab, und die Lippen bewegten sich nicht.

Sternenfreude schien es nicht zu bemerken. Sie saß da und sang ihrem Kind leise etwas vor, als würde es kräftig saugen. Sie spornte es an und erzählte ihm, was für ein wundervolles, gesundes Kind es doch sei.

Drago konnte den Blick nicht abwenden und sah angewidert zu. Nach einer Weile wischte Sternenfreude dem Kind den Mund ab, obwohl er nicht im geringsten feucht war, bedeckte ihre Brust und legte es zurück in die Wiege.

»Lassen wir ihn schlafen«, flüsterte sie und zog Drago beiseite. »Er wächst so schnell, da braucht er viel Ruhe.«

Drago fragte sich, ob die Ereignisse Sternenfreude den Verstand geraubt hatten. Konnte sie nicht sehen, daß mit dem Kind etwas nicht stimmte?

Aber vielleicht konnte sie es nicht ertragen, das Kind so zu sehen, wie es war.

Ja, manchen Müttern fiel das schwer. Sie waren nicht in der Lage, den Tod ihres Kindes hinzunehmen.

Dieses Kind war jedoch nicht ganz tot.

Drago erschauderte, und Sternenfreude runzelte die Stirn, als sie sich auf eine bequeme Ruhebank setzten, von der aus sie den Garten überblicken konnten.

»Was fehlt Euch, Drago? Habt Ihr Schmerzen? Hunger? Vielleicht sollte ich Euch ein Bad einlassen, Ihr ...«

»Nein, nein, mir geht es gut, Sternenfreude. Sagt«, – er zwang sich, nicht mehr an das Kind zu denken – »was habt Ihr mit ›brauchen‹ gemeint, als Ihr vorhin mit den Suchenden spracht? Und wie kann ich Euch helfen, durch das Sternentor zurückzukehren?«

»Ah!« Sternenfreude schmiegte sich an Drago und legte den Kopf an seine Schulter. Drago genoß ihre Nähe von ganzem Herzen. Es war in der Tat lange her, seit jemand so zärtlich zu ihm gewesen war.

»Die Suchenden und wir sind auf der gleichen Suche, mein Geliebter«, sagte sie, und das Kosewort kam ihr wie selbstverständlich über die Lippen. »Wir suchen das, was uns gestohlen wurde. Die Suchenden jagen schon viel länger als ich und meine Gefährten. Seit unendlich langer Zeit.«

Drago mußte an die Legenden von der Feuernacht denken. Sie waren uralt und erzählten von einer Zeit, die noch weiter zurücklag als das Leben der ersten Zauberin, welche die drei Völker Tencendors erschaffen hatte. Vielleicht befanden sich die Alten, die Feinde der Suchenden, schon seit Tausenden von Jahren auf der Flucht – bevor sie über Tencendor abstürzten und in den Magischen Seen versanken.

»So lange schon«, sagte er leise. »Und trotzdem ist es ihnen nicht gelungen, das zu finden, was sie suchen?«

»Oh, sie wußten durchaus, wohin der Feind geflohen war, aber ihnen fehlte die Macht, das Sternentor zu durchbrechen oder sich ihm auch nur zu nähern.«

Sie verlagerte ganz leicht ihr Gewicht, und für einen Moment beschränkten sich Dragos Gedanken auf Möglichkeiten, die nichts damit zu tun hatten, daß er seine Macht zurückgewinnen wollte. Sternenfreude sprach jedoch weiter.

»Die Suchenden bedürfen der Kraft eines Menschen aus Tencendor, um das Tor zu erreichen und hindurchzutreten.«

»Aber Ihr und die Kinder – die Falkenkinder – seid doch sicher sehr mächtig. Ihr seid eine Zauberin, und die Kinder tragen alle ein großes Erbe in sich.«

»Einst schon.« Sternenfreude seufzte. »Einst. Aber wir trieben zu lange zwischen den Sternen, bevor die Suchenden uns gefunden haben, Drago. Während dieser Zeit hat unsere Kraft nachgelassen. Die Suchenden konnten mit Hilfe des schwachen Restes ein Stück näher an das Sternentor herankommen, aber weiter können sie nicht. Ihr dagegen«, sie blickte auf und lächelte, »Ihr habt, was sie brauchen. Eure Lebenskraft ist unglaublich stark. Mit Eurer Hilfe werden wir hindurchgelangen, Drago!«

Ihre Hand ruhte auf einem seiner Beine, und sie drückte leicht zu.

»Ich?« sagte er und versuchte zumindest, den Eindruck von Gelassenheit zu erwecken. »Wie das? Ich bin nutzlos.«

»Die Suchenden sind in der Lage, jenen Teil Eurer Macht zu erreichen, den Eure Mutter so grausam begraben hat. Sie können ihn nutzen. Eure Macht wurde nicht ausgelöscht, sie wurde nur versteckt. Aber wirklich wichtig ist, mein Geliebter«, und ihre Hand glitt langsam an seinem Schenkel empor, »daß Ihr uns helfen werdet, durch das Sternentor nach Tencendor zurückzukehren.«

»Aber ...«

»Nicht jetzt, mein Geliebter«, flüsterte sie und setzte sich auf, um ihn zu küssen. »Nicht jetzt.«

Ihre Hände streichelten ihn, erregten ihn mit jeder Bewegung.

»Werdet Ihr dafür sorgen, daß ich mein Erbe zurückgewinne?« fragte Drago mit heiserer Stimme. »Können Eure Suchenden die Wirkkräfte meines Blutes wieder in ihre ursprüngliche Gestalt bringen? Mich wieder zu einem ikarischen Zauberer machen?«

»Mühelos, mein Geliebter«, erwiderte sie. »Ihr werdet alles sein, was Ihr Euch wünscht.«

Für weitere Worte fehlte ihnen der Atem.

34

WAS VERLORENGING

Von den Alten Grabhügeln aus wanderte Faraday nach Süden über die Ebene von Tare. Noch nie war sie so glücklich gewesen. Noch nie. Nichts ließ sich mit der Freiheit vergleichen, die sie jetzt genoß.

Das hatte sie Drago und Noah zu verdanken.

Sie wußte nicht genau, welche Veränderungen ihre menschliche Gestalt mit sich bringen würde. Noah hatte gesagt, das Zepter habe ihr neue Macht verliehen, mit deren Hilfe sie das finden könne, was verlorengegangen sei. Allerdings wußte Faraday, daß die Veränderungen tiefgreifender waren. Ihr Spiegelbild im Wasser der Bäche sagte ihr, daß sie wie jene Faraday aussah, die in Gorgraels Eisfestung gestorben war. Nur daß nun ihre Trauer- und Sorgenfalten um Augen und Mund verschwunden waren. Doch mochte sie auch wie Faraday aussehen – das bedeutete noch lange nicht, daß sie auch wirklich diese Faraday war.

Diese Frau hatte der Mutter und den Bäumen gedient. Jetzt wogten die Bäume weit hinter ihr in der Sonne und bedurften ihrer nicht länger. Sie liebten sie noch immer, das konnte Faraday spüren, und sie erwiderte diese Liebe. Aber sie brauchten sie nicht mehr.

Diese Frau war von ihrer Liebe zu Axis seelisch und körperlich in Stücke gerissen worden. Inzwischen empfand sie ihm gegenüber eher Gleichgültigkeit. Die Liebe war erloschen. Sie fühlte sich ihm freundschaftlich verbunden, aber sie war sich nicht sicher, ob sie ihm jemals wieder ganz vertrauen würde. Obwohl Faraday gewußt hatte, daß er sie aus Gorgraels Klauen nicht hatte retten können, hatte sie die Hoffnung nie völlig verloren gehabt.

Doch er hatte sie nicht gerettet. Gorgrael hatte sie auf grausame Weise getötet, und Faradays Liebe und Achtung für Axis waren damals mit ihr gestorben.

Die Mutter liebte Faraday noch immer, das wußte sie. Aber sie war sich auch darüber im klaren, daß sie sie jederzeit ziehen lassen würde.

Vielleicht ... vielleicht war ihre Verwandlung in ein Reh ein Zwischenstadium gewesen, ein Übergang. Die Mutter hatte ihr versprochen, daß sie zum Dank für ihre Taten im Dienst der Prophezeiung des Zerstörers und der Bäume eines Tages wieder die Freiheit erlangen würde, und Faraday hatte angenommen, daß dieses Versprechen mit ihrer Verwandlung in ein Reh erfüllt worden war.

Aber in dieser Gestalt war sie auch nur eine Gefangene gewesen und hatte nicht frei über ihre eigenen Handlungen entscheiden können.

»Aber jetzt kann ich es!« Faraday rannte mit ausgestreckten Armen, wehendem Haar und Mantel durch das hohe Gras der Ebene und lachte vor überschwenglicher Freude.

Als sie wieder etwas ruhiger geworden und zu Atem gekommen war, wandte sie sich in Gedanken jenen drei Menschen zu, die ihr am nächsten standen.

Sternenströmer. Als sie an ihn dachte, mußte sie unwillkürlich lächeln. Axis' Vater. Sie kannte Sternenströmer nicht besonders gut, aber sie mochte ihn einfach. Er war ebenso überheblich wie sein Sohn, machte daraus jedoch keinen Hehl. Wenn Sternenströmer eine Vorliebe für etwas – oder für jemanden – empfand, erfuhren das alle. Er hätte eine Geliebte nicht vor Faraday verborgen wie Axis, sondern ihr gleich alles gestanden. Und eben diese Ehrlichkeit hätte ihr viel erspart.

Er mochte überheblich sein, aber er wußte auch, worauf es ankam. Faraday war der Überzeugung, daß der Feldzug Gorgraels gegen Tencendor und seine Folgen den Zauberer Verantwortung und ein tiefes Mitgefühl gelehrt hatten. Jetzt lebte er auf der

Insel des Nebels und der Erinnerung und stand dem Kult der Ikarier vor, welche die Sterne und die Sternengötter verehrten. Jetzt mußte er seine Wünsche seinen Pflichten unterordnen.

Faraday wußte, daß Zenit ihm immer besonders am Herzen gelegen hatte. Wahrscheinlich war er auch der einzige, der der jungen Frau jetzt helfen konnte. Faraday seufzte, und ein Teil ihres Glücksgefühls schwand dahin. Die arme Zenit. Noch ein Kind von Axis und Aschure, das ohne eigenes Zutun in einen gefährlichen Mahlstrom geraten war.

Von Zenit wanderten Faradays Gedanken unweigerlich zu Drago.

Der böse Einzelgänger, das Kind als Verräter.

Das traf durchaus zu. Und doch war es nicht alles.

Er würde zurückkehren, und dann würde sie es wissen. Sie lächelte.

Und in diese Gedanken versunken setzte Faraday ihren Weg fort.

In dieser Nacht rollte sie sich im tiefen Gras zusammen und wickelte sich in den rubinroten Mantel, der sie warm hielt. Am nächsten Morgen erwachte sie mit einem vor Hunger knurrenden Magen.

Sie setzte sich auf, halb in der Erwartung, daß Renkin mit einem Teller Würstchen und Eiern zu ihr treten würde, aber die Bäuerin war nirgends zu sehen.

»Ich bin auf mich selbst gestellt«, sagte sie und kämmte sich das Haar mit den Fingern. »Nun, so ist es auch richtig.«

Mit diesen Worten stand sie auf und wanderte weiter nach Süden.

Am Vormittag stieß Faraday auf ein einsam gelegenes Bauernhaus. Mehrere Felder erstreckten sich nördlich und westlich des Gehöfts, und eine Herde dunkel- und hellbrauner Kühe graste in einiger Entfernung auf einem Hügel. Das Haus war aus Schlammziegeln gebaut, die die Zeit hatte heller werden lassen. Es hatte breite, niedrige Wänden und ein mehrfach geflicktes

Strohdach. Eine Frau, die Bäuerin, stand gebückt in ihrem Kräutergarten neben dem Haus.

Faraday blieb stehen, die Andeutung eines Lächelns auf den Lippen. Der Anblick erinnerte sie an jene längst vergangene Zeit, da die Bäuerin Renkin ihr und Timozel auf ihrem Weg nach Gorken Unterschlupf geboten hatte.

Hoffentlich kann auch ich dieser Frau das schwere Leben erleichtern, dachte Faraday, als sie sich dem Haus näherte.

»Bäuerin?« sagte sie leise, als sie am Rand des Kräutergartens angekommen war.

Von der Stimme überrascht, richtete sich die Frau sogleich erschrocken auf.

»Habt keine Angst«, sagte Faraday und fragte sich, wie sie auf die Frau wohl wirken mochte: barfuß, mit zerzausten Haaren und mit nichts anderem bekleidet als einem kostbaren rubinroten Mantel.

»Was wollt Ihr?« fragte die Frau. Ihr Blick war wachsam, aber eigentlich klang ihre Stimme freundlich.

Faraday betrachtete sie eingehend. Sie war dünn und ungewöhnlich blaß. Wahrscheinlich arbeitete sie hart, ganz sicher sogar, aber da war noch etwas anderes …

»Nehmt einen kleinen Leinenbeutel aus festem Gewebe«, sagte Faraday schließlich, »und bittet Euren Gemahl, ihn mit Eisenspänen zu füllen. Tut diesen Beutel in Euren Kochtopf und eßt recht viel von der Suppe, die Ihr damit bereitet. Laßt den Beutel einige Wochen in dem Topf. Bevor das Leinen allzu fadenscheinig wird, füllt die Späne in einen anderen Beutel.«

»Aber wozu das alles?«

»Das wird Euch helfen«, sagte Faraday, »wieder zu Kräften zu kommen und Eure Fruchtbarkeit wiederzuerlangen. Ihr werdet Eure Kinder nicht mehr in den ersten beiden Monaden, nachdem Ihr sie empfangen habt, verlieren.«

Der Frau traten Tränen in die Augen. »Herrin, ich danke Euch. Wie kann ich Euch Eure Freundlichkeit vergelten?«

»Nun«, erwiderte Faraday hoffnungsvoll, »vielleicht habt Ihr ein altes Kleid, das Ihr nicht mehr braucht, und ein Paar Stiefel?«

Und so setzte sie schließlich ihre Wanderung in bequemen Stiefeln und Kleidern fort. Als sich die Sonne dem Nachmittag entgegenneigte, traf sie auf eine Gruppe von Pferdehändlern. Sie trieben eine Herde von vierzig Pferden vor sich her – Einjährige zumeist, die für den Markt in Karlon weit im Westen bestimmt waren.

Ihr Anführer, ein schnurrbärtiger Mann mittleren Alters, zügelte sein Pferd und starrte sie an.

Faraday verspürte keine Angst. Mit einem leisen Lächeln erwiderte sie seinen Blick.

»Wer seid Ihr?« fragte der Mann barsch.

»Ich heiße Faraday«, sagte sie.

»Ihr befindet Euch weitab vom nächsten Dorf«, sagte ein anderer Mann und zügelte sein Pferd neben dem Anführer.

Faraday nickte, schwieg jedoch.

Die Männer, inzwischen zu dritt, saßen schweigend auf ihren Pferden und ließen sie nicht aus den Augen. Auf dieser menschenleeren Ebene konnte ihr alles widerfahren. Sie konnten sie vergewaltigen und dann umbringen, um nicht angeklagt zu werden. Oder sie hinterher auf einem der Märkte in Nor verkaufen, wo keine Fragen gestellt wurden.

Faraday sah sie dennoch vertrauensvoll an.

Einer der Männer glitt aus dem Sattel, reichte die Zügel einem seiner Gefährten und kam auf sie zu, bis er ganz nah von ihr stand.

»Ihr seid sehr schön«, sagte er.

»Danke.«

»Hier«, sagte er und reichte ihr seine Geldbörse. »Nehmt, was Ihr braucht.«

»Ich danke Euch vielmals.« Faraday schenkte ihm ein zauberhaftes, warmes Lächeln. Dann nahm sie ein paar Münzen aus der Börse und gab sie dem Mann zurück.

Als er sie entgegennahm, sagte sie: »Eure Frau hat einen Großteil ihrer Jugendfrische verloren, nicht wahr?«

»Ja. Woher wißt Ihr das?«

Faraday tat die Frage mit einem Schulterzucken ab. »Sie ist

unglücklich, weil sie spürt, daß sie zusammen mit ihrer Jugend auch Euch verliert.«

Der Mann trat unruhig von einem Fuß auf den anderen.

Faraday legte ihm leicht die Hand auf die Brust. »Das Geheimnis der Jugend und Schönheit Eurer Frau liegt in Eurem Herzen.« Sanft klopfte sie ihm auf die Brust. »Nur Ihr habt die Macht, sie ihr zurückzugeben.«

Er starrte sie an und nickte dann – er hatte verstanden. »Ihr seid sehr weise.«

Faraday lachte. »Nein, werter Herr. Ich vergelte Euch nur, was ich Euch schuldig bin.«

Mit diesen Worten steckte sie die Münzen in die Tasche und ging davon.

Vom Rücken ihrer Pferde aus blickten ihr die drei Männer noch lange nach.

Nach Süden, immer weiter nach Süden. Eine Woche, nachdem sie den Pferdehändlern begegnet war, wandte sich Faraday nach Südwesten, der Provinz Nor zu. Mit den Münzen, die ihr der Pferdehändler gegeben hatte, kaufte sie sich auf abgelegenen Höfen etwas zu essen, doch sonst blieb sie für sich. Die Einsamkeit tat ihr wohl. Nachts wickelte sie sich in ihren Mantel und schlief traumlos, ein leises Lächeln auf den Lippen.

Nachdem sie die Grenze nach Nor überschritten hatte, traf Faraday auf immer mehr Menschen. Nor war die am dichtesten bevölkerte Provinz Tencendors und in vieler Hinsicht die lebendigste. Das zeigte sich im Temperament des Volkes von Nor, in ihrer Kleidung, der Art und Weise, wie sie ihre Häuser schmückten – eigentlich in ihrer ganzen Lebensweise. Allzu strenge Sitten waren ihnen ein Greuel, sie lebten und liebten mit einer Inbrunst und Heftigkeit, welche die anderen Tencendorianer nur schwer begreifen konnten.

Faraday gefiel das sehr. Diese Menschen wußten zu leben, und sie gab ihnen aus ganzem Herzen recht.

Bald wurde es ihr allzu beschwerlich, immerfort zu Fuß

zu gehen. Die Sohlen ihrer Stiefel wurden immer dünner, und so beschloß sie, auf dem Fuhrwerk eines Händlers mitzufahren.

Einen Tag lang wartete sie am Straßenrand, beobachtete die Vorüberfahrenden und wartete auf einen geeigneten Kaufmann. Gegen Abend entdeckte sie schließlich einen Mann, der neben vier stämmigen Pferden einherschritt. Sie zogen einen Wagen, der mit Töpferwaren beladen war.

»Werter Herr«, rief sie, als der Wagen auf ihrer Höhe war.

»Ja?« sagte der Mann vorsichtig und musterte sie von oben bis unten. Er war hager und braunhaarig, noch jung, doch mit den gebeugten Schultern eines weit älteren Mannes.

»Werter Herr, darf ich fragen, ob Ihr nach Isbadd unterwegs seid? Ich würde Euch gerne begleiten.«

Die Augen des Kaufmanns wurden schmal. Er fragte sich, wie sie ihn wohl bezahlen mochte. An Huren fand er keinen Gefallen, und sie sah nicht so aus, als verfüge sie über das nötige Reisegeld.

»Eure Geschäfte gehen schlecht in letzter Zeit«, sagte Faraday. »Ich kann Euch helfen, das zu ändern. Mein Rat dürfte die Kosten meiner Reise aufwiegen.«

»Was...«

»Euer Bruder ist schuld daran. Er neidete Euch Euren schnellen Erfolg mit der Beförderung von Töpferwaren.« Faraday wies mit einer Handbewegung auf den Wagen. »Er hat das Gerücht ausgestreut, Ihr handelt nur mit zerbrechlichen oder beschädigten Gefäßen.«

Der Mann blickte sie unverwandt an. Holth wäre dergleichen zuzutrauen. »Und was kann ich dagegen tun, werte Dame?«

»Bürgt mit Eurem guten Namen für Eure Waren. Bietet an, jedes fehlerhafte Gefäß, das ihr verkauft – oder bereits verkauft habt –, zu ersetzen.«

»Aber das käme mich teuer...«

Faraday lächelte. »Nur wenn Ihr tatsächlich mit fehlerhaften Gefäßen gehandelt habt, Jarl.«

Jarl fragte sich, woher sie seinen Namen kannte. Aber er

dachte auch über ihre Worte nach und konnte sich ein Lächeln nicht verkneifen. »Ihr verfügt über einen scharfen Verstand. Wie soll ich Euch anreden? Die Reise nach Isbadd ist lang.«

Faraday gestattete ihm, ihr auf den Wagen zu helfen, wo sie sich zwischen den Töpferwaren niederließ. »Ich heiße Faraday, Jarl. Habe ich mir meine Reise verdient?«

»Das habt Ihr, Faraday, das habt Ihr.«

Isbadd verschlug Faraday den Atem. Welch eine Stadt! Wäre sie jünger gewesen, hätte sie vor Freude in die Hände geklatscht. Auf dem Marktplatz verabschiedete sie sich mit einem Kopfnicken von Jarl, der bereits damit beschäftigt war, lauthals seine neuartigen Verkaufsideen umzusetzen. Stundenlang schlenderte sie durch die Straßen. Die Stadt war eine wilde Mischung aus bunten Türmen und riesigen Kuppelbauten, von Bäumen beschatteten Spazierwegen und weitläufigen Parkanlagen. In den Straßen und auf den Märkten drängten sich die Leute, mit vielfarbenen Halstüchern und Perlen geschmückt. Sie winkten aus Fenstern herab und begrüßten Fremde wie die eigene Familie gleichermaßen lautstark.

Als Mädchen war Faraday von ihrer gestrengen Mutter immer vor dem Volk der Nor gewarnt worden. Die Sitten der Nor entsprachen nicht den Vorstellungen der ernsthafteren Nordländer. Während sie durch die Straßen schlenderte, gelangte Faraday nach einiger Beobachtung jedoch zu der Überzeugung, daß die Nor bei aller Lebenslust und Genußsucht im Grunde ein gutherziges Volk waren.

Bei Einbruch der Dunkelheit verspürte sie Hunger, und so trat sie an eine Essensbude, wo sie dem Inhaber für eine Portion Rindfleischeintopf mit frischem Brot verriet, wo er seinen Goldzahn wiederfinden würde, den er vor einigen Wochen betrunken auf einem Fest verloren hatte.

Nachdem sie gegessen hatte, fragte sie nach dem Weg zum Hafen. Auf dem Kai spazierte sie gemächlich auf und ab und betrachtete die Schiffe, bis sie sich schließlich für eines entschied, auf dessen dunkelrotes Segel ein schwarzes Auge aufgemalt war, und an Bord ging. Ein Matrose fragte sie nach ihrem Begehr, und sie bat darum, den Kapitän zu sprechen.

»Sucht Ihr eine Gelegenheit zur Überfahrt?« wollte der Matrose wissen.

»Ja. Ich habe gehört, daß Ihr Vorkehrungen für eine Fahrt zur Insel des Nebels und der Erinnerung trefft.«

»Das stimmt«, murmelte der Matrose. »Vorkehrungen treffen wir durchaus. Aber ich bezweifle, daß wir überhaupt irgendwann irgendwohin aufbrechen werden.«

»Trotzdem würde ich gerne den Kapitän dieses Schiffes sprechen.«

»Also gut«, erwiderte der Matrose und führte sie unter Deck.

»Verschwindet!« rief eine Stimme, als Faraday höflich an die Kabinentür klopfte.

»Könnte es sein«, sagte Faraday laut, »daß Euch der Mut verlassen hat?«

Auf der anderen Seite der Tür wurde es still.

»Ich bin gekommen, um Euch dabei zu helfen, ihn wiederzufinden«, sagte Faraday, verschränkte die Arme vor der Brust und wartete.

Einen Augenblick später ging die Tür auf.

35

Dornfeders Suche

»Schickt jemand anderen, der über das Sternentor wachen soll«, riet Dornfeder Caelum. »Orr ist verschwunden.« Mehr sagte er nicht, denn seit er bei dem Fährmann in die Lehre gegangen war, hatte er einen ausgeprägten Hang zur Verschwiegenheit entwickelt. Dornfeder wußte, daß etwas nicht stimmte, und auch, daß Orr verschwunden war. Aber bevor er nicht in Erfahrung gebracht hatte, was sich wirklich am Sternentor zugetragen hatte, würde er Caelums Zeit nicht mit müßigen Spekulationen verschwenden.

Früher war Dornfeder ein ganz normaler Ikarier gewesen – nicht einmal ein Zauberer, sondern eben nur ein Vogelmann, der sich bei allen Aufgaben stets die größte Mühe gab. Mehr durch Zufall war er während der letzten Monate von Axis' Feldzug gegen Gorgrael zum Anführer der Luftarmada ernannt worden, doch ganz wohl fühlte er sich in dieser Stellung nicht. Als der Krieg vorbei war, war er zugunsten von Bannfeder Eisenherz zurückgetreten.

Im übrigen schuldete er dem Fährmann noch ein Leben.

Nachdem er zur Rettung der fliehenden ikarischen Kinder einen Pakt mit Orr geschlossen hatte, hatte Dornfeder im Auftrag des Fährmanns viele Jahre in der Oberwelt verbracht. Vor fünfzehn Jahren jedoch hatte dieser ihn zu sich in die Unterwelt gerufen.

Dort hatte er angefangen, den Vogelmann zu unterrichten.

Dornfeder war nie völlig klar geworden, worin die Lehren des Fährmanns eigentlich bestanden.

Magie war es nicht gewesen, denn Dornfeder konnte sich an

keine Zaubersprüche erinnern, und außerdem hätte ihm die Macht gefehlt, sich ihrer zu bedienen.

Auch waren ihm keine großen Geheimnisse offenbart worden, denn er fühlte sich keineswegs erleuchtet.

Die meiste Zeit hatte Orr einfach nur geredet, über all die Dinge, die er im Laufe der vergangenen Jahrtausende gesehen und gehört hatte. Doch während der fünfzehn Jahre war es Orr kaum gelungen, auch nur einen Bruchteil seines Wissens weiterzugeben.

Dornfeder hielt sich jedes Jahr nur wenige Monate lang auf den Wasserwegen auf. Orr wies ihn oft darauf hin, daß er nicht nur lernen, sondern auch über das Gelernte nachdenken müsse. Und so durchstreifte Dornfeder während der Monate, die er in der Oberwelt verbrachte, die Gänge von Sigholt und unterhielt sich gelegentlich mit dem einen oder anderen Sonnenflieger. Zumeist dachte er jedoch einfach nur nach.

Als er von Orrs Grauen gedanklich überwältigt wurde, stand Dornfeder auf dem höchsten Turm Sigholts. Von einigen wenigen unzusammenhängenden Wortfetzen abgesehen, drang nur fürchterliche Angst zu ihm durch.

Grauen? Dornfeder hätte nicht gedacht, daß Orr zu dieser Empfindung fähig sei.

Jetzt saß Dornfeder in einem kleinen, flachen Boot in der Mitte eines riesigen unterirdischen Sees, der violett leuchtete. Über ihm verlor sich ein gewaltiges Kuppeldach aus funkelnden Kristallen in der Finsternis.

Wo war Orr?

Dornfeder wußte es nicht. Er hatte nach dem Fährmann gerufen, doch er war nicht gekommen.

Dornfeder konnte nach ihm suchen. Allerdings hatten ihn die letzten fünfzehn Jahre gelehrt, wie sinnlos es war, hier nach jemandem suchen zu wollen – die Wasserwege waren viel zu weitläufig und verzweigt.

Also suchte Dornfeder in den Worten, die Orr ihm gesandt hatte, nach einer Spur.

Qeteb. Dornfeder runzelte die Stirn und ließ das Wort auf der

Zunge hin und herrollen, bis sein Flüstern von der Kristallkuppel widerhallte.

Qeteb.

Das Wort war ihm neu. Orr hatte es nie zuvor benutzt. In keiner der Sprachen, die Dornfeder kannte, hatte es eine Bedeutung. Er wußte nur, daß Orr ihm gleichzeitig mit diesem Wort die Empfindung unbeschreiblichen Grauens übermittelt hatte.

Dornfeder erschauderte.

Qeteb hatte für ihn keine Bedeutung. Was noch? Gral. Gralskönig. Hütet Euch vor dem Gralskönig im Labyrinth.

Nur mit einem dieser Worte konnte Dornfeder etwas anfangen. War »Gral« eine Anspielung auf den Gralsee? Und wenn ja, welche Folgerung ließ sich daraus ziehen?

Dornfeder gab sich alle Mühe, aber er fand keine Antwort, gelangte zu keinem Schluß. Orr hatte den Gralsee nie erwähnt, und doch ... doch ... war er nicht von einem Geheimnis umgeben?

Dornfeder seufzte und wandte seine Aufmerksamkeit dem anderen Wort zu.

Das Labyrinth. Orr hatte ihm die Botschaft »Hütet Euch vor dem Gralskönig im Labyrinth« übermittelt. Und dann: »Sucht das Labyrinth auf!«

Das Labyrinth? Das Labyrinth?

Wo war Orr, wo war er nur? Dornfeder mußte ihn unbedingt finden, damit er ihm erklären konnte, was es mit diesem Labyrinth auf sich hatte und warum er es aufsuchen sollte. Und warum hatte Orr solch entsetzliche Angst vor diesem Qeteb und dem Gralskönig?

Dornfeder stieß einen Seufzer aus. Auch wenn er sich fast sicher war, daß er Orr in der Unendlichkeit der Wasserwege nie und nimmer finden würde, mußte er es doch versuchen. Er griff nach den Rudern und machte sich auf die Suche.

Die Wasserwege waren eine gleichermaßen magische wie wirkliche Welt. Tausende von Wegstunden lang schlängelten sich Flüsse unter Tencendor und den umliegenden Ozeanen hindurch. Die magischen Wasserwege erstreckten sich jedoch viel weiter. Die Ikarier, die über das entsprechende Wissen und die notwendige Macht verfügten, konnten die Wasserwege so beeinflussen, daß sie die unterschiedlichen Melodien des Sternentanzes widerspiegelten. Ebenso wie ein Zauberer ein Ziel mit einem bestimmten Lied erreichen konnte, war es möglich, auf den Wasserwegen zu fahren, die dem Muster dieses Liedes entsprachen, und so zum selben Ziel zu gelangen.

Es war mühselig, aber es war möglich.

Allerdings nicht für Dornfeder. Er war kein Zauberer, und Orr hatte ihn nicht in die magischen Geheimnisse der Wasserwege eingeweiht. Und so folgte Dornfeder den Wasserwegen auf die beschwerlichste Art – mit der Kraft seiner Muskeln und dem Mut seines Herzens.

Er hatte keine Ahnung, wo er mit der Suche nach dem geheimnisvollen Orr anfangen sollte, geschweige denn nach dem Labyrinth oder nach einem der Wege, die unterirdisch zum Gralsee führten. Er kannte nur den Weg zum See des Lebens, und auch nur deshalb, weil Orr ihm eine einfache Möglichkeit hatte zeigen müssen, von Sigholt aus zu den Wasserwegen zu gelangen.

Also ruderte Dornfeder. Er folgte seinem Instinkt, und als dieser versagte, ließ er sich von seiner Enttäuschung und seinem Zorn leiten.

Wo war Orr? Vor was hatte er so entsetzliche Angst gehabt? Was stimmte hier nicht?

Wer oder was war Qeteb? Der Gralskönig? Das Labyrinth?

Dornfeder ruderte weiter. Er ruderte durch Höhlen, wo leere graue Steinstädte von Spinnennetzen erstickt wurden. Er ruderte durch Wälder aus Glas und Emaille. Er ruderte zwischen aus Eis gehauenen Statuen hindurch und Wasserwege entlang, deren Ufer von Unkraut überwuchert war. Er kam an sonderbaren Kreaturen vorbei, die in Kalkstein wie einbalsamiert lagen oder in versteinertem Holz gefangen.

Aber Orr fand er nicht.

Nach unzähligen Tagen saß Dornfeder schließlich in seinem flachen Boot in der Mitte des violett leuchtenden Sees und ließ seinen Tränen freien Lauf. Er hatte Orr in seiner schwersten Stunde im Stich gelassen. Er hatte sich als schlechter Schüler erwiesen und als schlechter Freund.

Orr hatte ihm diese Worte und Satzfetzen übermittelt, weil er ihm vertraute und auf ihn hoffte, er hatte ihn spüren lassen, wie groß seine Angst war, und doch konnte Dornfeder ihm nicht helfen.

Nach einer ganzen Weile blickte Dornfeder auf. Irgend etwas mußte er doch tun können.

Wer außer ihm hatte noch einige Zeit mit Orr auf den Wasserwegen verbracht? Axis Sonnenflieger. Doch Axis Sonnenflieger würde nichts von dem verraten, was er von dem Fährmann erfahren hatte.

Aber es gab noch andere. Die Seewache. Als Kinder waren sie einst in nur einer Nacht den langen Weg vom Krallenturm nach Sigholt gefahren. Niemand wußte besser als Dornfeder, daß die Zeit auf den Wasserwegen eigenen Gesetzen folgte. Es war möglich, daß in der Oberwelt nur eine Nacht verstrichen war, die Kinder jedoch ein Jahr in der Unterwelt verbracht hatten.

Mit den Kindern war auf dieser Reise eine Veränderung vor sich gegangen, darüber waren sich alle einig. Dem Anschein nach waren sie Caelum treu ergeben, doch in Wirklichkeit sorgten sie sich mehr um …

»Orr«, flüsterte Dornfeder. Die Seewache mußte etwas wissen! Und wenn nicht, vermochte sie ihm nicht wenigstens bei seiner Suche nach Orr zu helfen?

Ja, gewiß.

Plötzlich wieder guten Mutes, griff Dornfeder erneut zu den Rudern und wandte sich unverzüglich dem See des Lebens zu.

Es war eine beschwerliche Fahrt, und er war der Erschöpfung nahe, als er auf den mondbeschienenen See hinausfuhr. Doch nachdem er erst einmal in der Nähe von Sigholt angelegt hatte, flog er in aller Eile zu den Türmen der Festung hinauf. Hier würden ihn endlich Antworten erwarten, und vielleicht würde er Orr dann helfen können.

Auf dem Weg zur Unterkunft von Flügelkamm Krummklaue, dem Hauptmann der Seewache, blieb Dornfeder unbehelligt.

Leise klopfte er an die Tür, um den Vogelmann nicht zu erschrecken, aber er erschrak seinerseits, als die Tür unvermittelt aufschwang. Flügelkamm saß am Tisch und blickte auf.

»Seid gegrüßt, Dornfeder«, sagte der Hauptmann.

»Ihr wußtet, daß ich kommen würde«, erwiderte Dornfeder, trat durch die Tür und ließ sie hinter sich ins Schloß fallen.

Flügelkamm zuckte mit den Achseln. »Meine Erinnerungen haben mich nicht schlafen lassen. Ich dachte, Ihr seid auf den Wasserwegen unterwegs?«

Dornfeder wollte sich gerade dem Hauptmann gegenüber hinsetzen, als er das aufgestickte Emblem auf Flügelkamms Uniform zum ersten Mal richtig sah. Ein verschlungener Knoten – aber waren nicht alle Knoten vereinfachte Labyrinthe?

Dornfeder ließ sich langsam auf den Stuhl sinken und blickte Flügelkamm in die Augen. »Ich bin aus einem ganz bestimmten Grund zurückgekehrt, der keinen Aufschub duldet.«

»Tatsächlich?« Flügelkamm lehnte sich zurück und schenkte ihnen beiden Wein ein. »Und der wäre?«

Dornfeder erklärte ihm in hastigen Worten, was er über den Dächern von Sigholt erlebt hatte, und beschrieb das Grauen, das Entsetzen, das Orr ihm übermittelt hatte.

»Entsetzen?« Flügelkamm wurde plötzlich sehr aufmerksam. Orr hatte am Sternentor Wache gehalten. Was hatte er gesehen? Gehört?

»Ich konnte ihn nicht verstehen. Sein Entsetzen war so überwältigend, daß es nicht zu fassen war. Aber er hat auch einige Wortfetzen an mich weitergegeben.«

»Ja?«

»Qeteb.«

Flügelkamm stellte das Glas auf den Tisch und sah Dornfeder durchdringend an.

»Hütet Euch vor dem Gralskönig im Labyrinth.« Dornfeder achtete genau auf Flügelkamms Gesichtszüge. Dann beugte er sich vor und stieß dem Vogelmann den Finger in die Brust. »Ihr wißt doch, wovon ich rede!«

Flügelkamm nickte. Er sah sich unruhig um, während er nachdachte. Wenn Orr sich am Sternentor aufgehalten hatte, und wenn er über Qeteb Bescheid wußte, konnte das nur zwei Ursachen haben. Er konnte Qeteb durch etwas entdeckt haben, das noch jenseits des Sternentors lag. Aber das wollte Flügelkamm einfach nicht glauben, denn er hätte es gespürt – alle hätten es gespürt –, wenn die Katastrophe so kurz bevorstünde. Nein, wahrscheinlich verdankte Orr sein Wissen dem Zepter, das Drago bei sich trug, und das bedeutete, daß das Labyrinth wollte, daß Orr – und durch ihn Dornfeder – Bescheid wußte.

Darüber hinaus bedeutete es, daß Drago mit großer Wahrscheinlichkeit durch das Sternentor gegangen war. Fast hätte Flügelkamm zufrieden gelächelt, doch dann wurde ihm wieder bewußt, daß Dornfeder ihm gegenübersaß und in voll Ungeduld ansah.

»Bald ist es soweit«, sagte er langsam, und er wußte nicht, ob er Begeisterung oder ... Angst verspüren sollte.

»Erklärt mir das!«

»Das meiste kann ich Euch nicht erklären, Dornfeder.«

»Flügelkamm, Orr hat mich aufgefordert, das Labyrinth zu finden.«

Flügelkamm starrte in sein Glas. Seine Augen blieben ausdruckslos.

»Flügelkamm, verdammt, ich muß einfach wissen, wo ich dieses Labyrinth finden kann ... dieses Qeteb!«

Flügelkamm lachte hart und kurz, ohne eine Spur von Humor. »Nein, nein – Qeteb wollt Ihr nicht finden. Das werdet Ihr Euch niemals wünschen!«

Dornfeder, erschöpft und seelisch ausgelaugt, verlor die Beherrschung. »Welchem Dämon gehorcht Ihr, Flügelkamm? Welcher ...«

»Sagt nie, daß ich einem Dämon gehorche!« brüllte Flügelkamm. Er sprang auf und warf dabei den Tisch um. »Ich bin dem

Sternensohn Gehorsam schuldig! Nicht irgend einem verfluchten Dämon!«

Sein Zorn ließ Dornfeder verstummen.

Flügelkamm holte tief Luft und beruhigte sich wieder. »Ihr müßt entschuldigen, Dornfeder. Ihr steht in einer engen Verbindung mit Orr und den Wasserwegen. Ihr habt uns als erster mit der Unterwelt in Berührung gebracht. Dafür stehen ich und die ganze Seewache in Eurer Schuld.«

Er hielt inne und rieb sich die Augen. Als er wieder zu Dornfeder aufblickte, stand entsetzliche Angst in ihnen. »Wenn der Gralskönig erwacht, muß ich reden! Vor allem, wenn das Labyrinth Eurer Anwesenheit bedarf. Ja, ich schulde Euch eine Erklärung. Würdet Ihr mir bitte helfen, den Tisch aufzurichten, damit wir es uns wieder bequem machen können?«

Dornfeder tat wie ihm geheißen. Dann saßen sie schweigend da, jeder auf seiner Seite des Tisches.

Nach einer Weile ergriff Flügelkamm das Wort. »Nachdem Ihr uns damals mit Orr allein gelassen habt«, sagte er in ruhigem Tonfall, »trieben wir nur eine kurze Strecke mit dem Fährmann dahin, bevor er uns verließ. Die Boote wurden von Zauberkraft geführt, und wir mußten nur dasitzen und singen, um zum See des Lebens zu gelangen.«

»Doch...«

»Doch dann ist jemand anderes zu uns herabgestiegen, Dornfeder, und hat uns ein großes Geheimnis verraten.«

»Wer?«

Langes Schweigen. Dann, doch sehr leise: »Wolfstern Sonnenflieger.«

»Unglaublich!« rief Dornfeder aus. »Wird dieser Wolfstern uns nie in Frieden lassen?«

»Er hat uns in ein großes Geheimnis eingeweiht«, erwiderte Flügelkamm, als müsse er sich verteidigen.

»Er hat Euch zu seinem eigenen Vorteil beeinflußt.«

»Er hat uns das Labyrinth gezeigt«, fuhr Flügelkamm fort. »Und er hat uns ein Lebensziel gegeben.«

»Welches Ziel?«

»Dem Sternensohn zu dienen, soweit es in unserer Macht liegt.«

Ihr habt eine merkwürdige Art, das zu zeigen, dachte Dornfeder – manchmal schenkt Ihr ihm kaum Beachtung. »Wo ist dieses Labyrinth?«

Flügelkamm zögerte. »Nun gut. Ihr habt einen guten Grund, es zu erfahren. Schaut«, sagte er, zog ein Pergament zu sich heran und zeichnete mit raschen Strichen einen Plan.

36

KASTALEON

Während am Himmel immer bedrohlichere Wolken aufzogen, marschierte Zared gen Kastaleon. Weder wollte er einen Krieg heraufbeschwören, noch Erinnerungen an Eroberungszüge und Verrat – er wollte nur ein Exempel statuieren. Und so griff Zared Kastaleon nicht mit einer Armee an, nicht einmal mit einer ganzen Einheit, sondern lediglich mit einem vergleichsweise kleinen Trupp bewaffneter Männer.

In der ersten Woche des Knochenmonds hatte Zared seine Armee etwa zwei Wegstunden nordwestlich von Kastaleon stationiert – eine Entfernung, die zu Pferd an einem Morgen überwunden werden konnte. Zared war angespannt und beunruhigt, ebenso wie Herme und Theodor. War es ihnen gelungen, Aldeni unbemerkt zu durchqueren, oder wußte der Hauptmann von Kastaleon über ihre Truppenbewegungen Bescheid? Wäre ihre Ankunft eine Überraschung oder wurden sie bereits erwartet? Zared hatte sich größte Mühe gegeben, durch unbewohnte Landstriche zu marschieren, und Theodor hatte unter seinem Volk verbreiten lassen, daß es besser sei, über Prinz Zared und seine Truppen, die gen Süden zogen, Stillschweigen zu bewahren ... doch Zared wußte nur zu gut, wie schnell leichtfertiges Gerede dazu führen konnte, daß auf Kastaleon eine Falle auf sie wartete.

Oder sogar ein rachsüchtiger Caelum.

Eine rachsüchtige Leah war schon schlimm genug. Seit der Überquerung des Azle, die fast mit einem Unglück geendet hätte, flehte sie ihn jeden Tag – und jede Nacht – an, nach Severin umzukehren. Heirate mich dort, sagte sie, und schmiegte sich voller Verlangen an ihn, und wir werden Caelums Zorn gemeinsam entgegentreten. Sollte es dann noch weitere Unstimmigkeiten zwischen euch geben, ist der Rat der beste Ort, um sie auszutragen.

Als er sich dann immer noch geweigert hatte, den Rückzug anzutreten, war Leah wütend geworden. Erneut beschuldigte sie ihn, sie anzulügen und zu täuschen.

»So wie du das Vertrauen enttäuschst hast, das deine Eltern in dich gesetzt haben«, hatte sie vor einigen Nächten gesagt, »denn sie waren der Überzeugung, du würdest dem Sternenthron treu bleiben.«

Das hatte das Faß zum Überlaufen gebracht, und Zared hatte sich wutentbrannt auf die andere Seite des Zeltes begeben, um zu schlafen.

Doch sein Zorn war nicht frei von Schuldgefühlen. Was würde sie tun, wenn sie erfuhr, daß er den Thron der Achariten zurückfordern und dem Volk seinen Stolz zurückgeben wollte? Das würde sie endgültig davon überzeugen, daß er sie nur um ihres Erbes willen liebte. Und das stimmte nicht, redete sich Zared den Rest der langen, einsamen Nacht hindurch ein, denn er liebte sie wirklich – ihre Klugheit, ihre Anmut und ihre Willensstärke, die er im Augenblick heftig verfluchte, ebenso wie ihre Ländereien.

Zared gestand sich ein, daß ein Teil von Leahs Anziehungskraft tatsächlich in ihrem Anteil des Erbes begründet lag, und dieses Erbe ließ sich von seinem augenblicklichen Vorhaben unmöglich trennen. Es wäre albern, das Gegenteil zu behaupten.

Aber an diesem Abend, während er beobachtete, wie seine Männer ihr Lager oberhalb von Kastaleon aufschlugen, schwor er sich, möglichst bald mit Leah Frieden zu schließen. Nur die Götter wußten, was geschehen würde, wenn sie sich weigerte, ihn zu heiraten …

Bevor Zared sich zur abendlichen Mahlzeit niedersetzte, schickte er fünfzig seiner Leute in Gruppen zu drei und vier Mann nach Kastaleon. Sie waren als Händler oder Tagelöhner gekleidet und würden unter den zahllosen Menschen in der Umgebung von Kastaleon unbemerkt bleiben. Die Burg diente nicht nur der Verteidigung, sondern auch als Zollstation für Askams Steuern, die er auf die Waren der Nordraschiffahrt erhob. Kein Gefährt konnte sich unbemerkt oder unangefochten an Kastaleon vorbeischmuggeln. Alle wurden sie angehalten, durchsucht und besteuert. Auf Grund des Handels und des allgemeinen Verkehrs, der Avonstal mit den Getreidefeldern des nördlichen Tencendor verband, zog stets eine große Anzahl von Menschen an der Burg und den umliegenden Siedlungen vorbei oder durch sie hindurch. Fünfzig Mann mehr würden nicht weiter auffallen.

Zared gab ihnen diese Nacht und den ersten Teil des darauffolgenden Morgens Zeit. Kurz vor Mittag führte er einen Stoßtrupp von rund fünfhundert Mann nach Süden. Der größte Teil der Armee blieb zurück. Zared hatte die Meldung erhalten, daß Askam ungefähr einhundertundzwanzig Mann auf Kastaleon stationiert hatte. Nicht eben viel. Aber schließlich herrschte Frieden.

Er warf seinen Verbündeten einen kurzen Blick zu. Theodors Augen leuchteten vor Aufregung, Herme schaute ernster drein.

Herme zuckte mit den Achseln. »Euch bleibt keine andere Wahl, mein Prinz. Ihr müßt zeigen, wie sehr Caelum Euch beleidigt hat und daß er es sich nicht leisten kann, Entscheidungen zu übergehen, die den Frieden in Tencendor gefährden.«

Aber gefährde nicht ich den Frieden durch diesen Angriff? fragte sich Zared. Wird der Krieg bei Kastaleon enden, oder wird er sich wellenförmig über das ganze Land ausbreiten? Doch jetzt war es zu spät für solche Überlegungen. Fünfzig seiner Männer warteten bereits in der Festung, und sie würden genügend Unfrieden stiften, selbst wenn Zared in diesem Augenblick heimwärts zöge.

Also winkte Zared seine Männer weiter.

Inzwischen trugen sie die Standarte des Prinzen des Nordens vor sich her, und Zared selbst ritt weithin sichtbar mit den Insignien seiner Macht an der Spitze der Kolonne. Seinen Marsch durch Aldeni hatte er geheimhalten müssen. In Kastaleon dagegen mußte er als Herrscher einreiten. Der Hauptmann der

Wache entdeckte sie, als sie noch ziemlich weit von der Burg entfernt waren. Er versuchte, im Licht der Nachmittagssonne einen Blick auf die Standarte zu werfen, und seine Augen weiteten sich.

»Der Prinz des Nordens stattet uns einen Besuch ab«, rief er. »Formiert eine Ehrenwache.«

»Verflucht sei er!« murmelte er dann leise, während er die Leiter in den Burghof hinabstieg. Zared hätte wenigstens einen Boten vorausschicken und seinen Besuch ankündigen können. Zweifellos erwartete er ihm zu Ehren ein großes Bankett und eine große Gesellschaft. Nun, da irrte er sich. Kastaleon verfügte kaum über die Möglichkeiten –

Hufgetrappel auf der Zugbrücke riß ihn aus seinen Überlegungen. Zared und gut zweihundertundfünfzig Mann schwärmten in dem bereits ziemlich überfüllten Hof aus.

Der Hauptmann runzelte die Stirn. Was hatte dieser Aufmarsch zu bedeuten? Fast konnte man meinen …

Er nahm Haltung an, als der Prinz sein Pferd vor ihm zügelte.

»Willkommen auf Kastaleon, Euer Hoheit«, sagte er. »Darf ich nach dem Zweck Eures Besuches fragen?«

»Gewiß«, erwiderte Zared freundlich, stieg ab, zog die Handschuhe aus und trat dicht vor den Hauptmann. »Ich bin gekommen, um Eure Burg zu besetzen, Bursche. Ich erwarte Eure Kapitulation.«

Der Hauptmann konnte nicht glauben, was er da hörte. »Aber … aber …«

Dann tat seine Ausbildung ihre Wirkung, und er löste sich aus seiner Erstarrung. »Hollberg!« brüllte er und wandte sich auf der Suche nach seinem Stellvertreter um. »Wir werden an …«

Das Heft von Zareds Schwert erwischte ihn mit voller Wucht am Hinterkopf, und er brach auf dem Pflaster zusammen. Der ganze Burghof geriet in Aufruhr. Die Wachleute waren im selben Augenblick wie der Hauptmann wieder zur Besinnung gekommen, und sie zogen ihre Schwerter.

Aber es war zu spät – die Angreifer befanden sich bereits innerhalb der Mauern!

Doch das war noch nicht das schlimmste. Die fünfzig Mann, die Zared am vorigen Abend losgeschickt hatte, sorgten überall für Verwirrung. Sie riefen widersprüchliche Befehle, bemächtigten sich der Waffen und schlossen Männer in Wachgebäude und Lagerräume ein. Die zweihundertundfünfzig Soldaten, die Zared begleitet hatten, überwältigten die Wachleute innerhalb kürzester Zeit, und außerhalb der Burgmauern bezogen weitere zweihundert Mann entlang des Ufers, auf dem Kai und an den Einfallstraßen Stellung.

Kastaleon befand sich in Zareds Hand.

Noch am selben Abend rief Zared den Hauptmann der Wache zu sich. Der Mann war mürrisch und niedergeschlagen. Er hatte starke Kopfschmerzen und hegte einen noch stärkeren Groll.

»Ich werde Euch nach Norden schicken«, sagte Zared, kaum hatte der Hauptmann vor seinem Arbeitstisch Haltung angenommen.

»Ich unterstehe nicht Eurem Befehl«, murmelte der Hauptmann.

»Trotzdem werdet Ihr doch Sternensohn Caelum und Prinz Askam berichten wollen, was hier vorgefallen ist?«

Der Hauptmann sah ihn schweigend an.

»Nun, da bin ich mir ganz sicher. Und deshalb wäre ich Euch dankbar, wenn Ihr Sternensohn Caelum dann auch eine Botschaft von mir überbrächtet.«

Der Hauptmann starrte Zared weiter reglos an.

»Ich befehle Euch, Sternensohn Caelum eine Botschaft zu überbringen!« brüllte Zared, und der Hauptmann nickte kurz.

»Ihr werdet Sternensohn Caelum darüber in Kenntnis setzen, daß ich Kastaleon als Entschädigung für den Verlust eingenommen habe, den ich durch Prinz Askams maßlose Besteuerung aller auf dem Fluß und durch den größten Teil des westlichen Tencendor beförderten Waren erlitten habe. Dennoch will ich großmütig sein, den Verlust vergessen und Kastaleon an Prinz Askam zurückgeben, sofern der Sternensohn bereit ist, über die

Angelegenheit zu verhandeln, die ich mit ihm auf Sigholt besprochen habe. Bitte wiederholt, was ich gesagt habe.«

Nach kurzem Zögern tat der Hauptmann, wie ihm geheißen.

Zared lehnte sich zurück. »Gut. Ihr werdet so schnell wie möglich nach Norden reiten.«

»Wollt Ihr weiter nach Westen marschieren?« fragte der Hauptmann.

Zared bemerkte den fehlenden Titel durchaus, doch er konnte die Haltung des Hauptmanns verstehen. Zweifellos würde Askam ihn nicht dazu beglückwünschen, daß es ihm nicht gelungen war, Kastaleon zu verteidigen.

»Nur, wenn ich dazu gezwungen werde«, sagte er. »Und jetzt macht Euch auf den Weg. Auf Euch warten ein Pferd und eine Eskorte.«

Nachdem der Hauptmann gegangen war, trat Herme aus einer dunklen Ecke des Zimmers hervor. »In diesem Kräftemessen ist der erste Akt gespielt worden, mein Prinz. Und nun?«

Zared dachte eine Zeitlang nach. »Ich möchte nicht, daß Caelum gemeldet wird, Kastaleon sei von einer viertausend Mann starken Armee umstellt, Herme. Die fünfhundert werde ich hierbehalten, aber der Rest ... der Rest soll aufbrechen.« Er zögerte einen Moment. »Sie sollen ihr Lager in den Westbergen aufschlagen.«

Herme nickte. In unmittelbarer Nähe von Karlon. Was auch immer Zared sagen mochte – er hatte es auf Karlon abgesehen. Nun, wenn er wirklich den Thron für sich beanspruchen wollte, würde Kastaleon nicht genügen. »Glaubt Ihr, daß sich Caelum uns entgegenstellen wird, Zared?«

»Ehrlich gesagt, bezweifle ich das.« Zared starrte in die Flammen des Feuers, das in einem Kamin auf der anderen Seite des Zimmers brannte. »Ich glaube, Euer Rat war klug: Er wird alles tun, um einer ernsthaften Auseinandersetzung aus dem Weg zu gehen. Aber für alle Fälle ... Wer weiß, wozu ihn Askam drängen mag. Falls es zum Äußersten kommt und ich kämpfen muß, möchte ich das nicht hier tun. Kastaleon ist nicht erbaut worden, um einer Belagerung standzuhalten, und diese Gegend ist für eine Schlacht nicht geeignet. Ich muß darauf vorbereitet sein ...«

»Auf was?«

»Auf alle erdenklichen Möglichkeiten ...«

»Mein Prinz...«

»Ich habe das Gesicht dieses Mannes gesehen, Herme. Er haßt mich. Bis vor kurzem waren das alles nur Gedankenspiele. Routineeinsätze. Aber ich fürchte, daß wir es auf einen Kampf werden ankommen lassen müssen, Herme.«

»Die meisten Achariten stehen auf Eurer Seite, Zared! Ihr kämpft für sie, für ihren Stolz!«

»Das hoffe ich sehr«, sagte Zared leise, den Blick weiter auf die Flammen gerichtet. »Das hoffe ich sehr.«

Als Herme das Zimmer verließ, bemerkte Zared Leah, die ruhig im Schatten der Tür stand. Ihr Gesicht war vollkommen ausdruckslos.

Kurz darauf wandte sie ihm den Rücken zu und ging davon.

37

DER SPRUNG

Als er aufwachte, spürte er, wie Sternenfreudes Hände über seinen Körper strichen, und er mußte lächeln, obwohl er die Augen geschlossen hielt. Sie bemerkte es jedoch und lachte, leise und glücklich. Ihre Lippen berührten seine Haut und ihre Hand glitt an ihm hinab.

Drago tat weiterhin so, als schliefe er. Er konnte sein Glück kaum fassen. Hier haßte ihn niemand, hier warf ihm niemand unablässig die Missetaten vor, die er als Kind begangen hatte, und hier waren die Zerstreuungen ausschließlich angenehm.

Bald würde er wieder über seine Zauberkräfte verfügen. Ein Leben als magisch begabter Sonnenflieger schien ihm gewiß und nicht nur ein unerreichbarer Traum.

Hier lebten alle nur dafür, das wiederzuerlangen, was ihnen geraubt worden war, und Drago genoß die Atmosphäre zielstrebiger Rache. Rache? Nein, darum war es ihm nicht zu tun. Er sehnte sich nur nach dem, was ihm zu Unrecht weggenommen worden war. Wiedergutmachung traf es vielleicht besser. Und natürlich – Genugtuung.

»Sternenfreude«, murmelte er und streckte die Hand nach ihr aus.

Hier war seine Geliebte keine Küchenmagd, sondern eine mächtige Zauberin, die Gemahlin des mächtigsten Krallenfürsten aller Zeiten. Er hatte keine Ahnung, warum sie ihn liebte. Es genügte, daß sie es tat, und Drago war ihr dankbar dafür.

Nachdem Sternenfreude ihn ein weiteres Mal bis zur Erschöpfung angespornt hatte, glitt Drago wieder in den Schlaf hinüber. Er träumte von der Jagd, von einem Ritt durch den Wald – er ritt alles nieder, was ihm in den Weg kam, seine Rüstung machte ihn unverwundbar, er ritt, bis seine Beute vor seiner Schwertspitze zitterte ... bis seine Beute *auf* seiner Schwertspitze zitterte. Das fühlte sich gut an. Wirklich großartig. Nicht einmal Sternenfreude konnte ihm diese Befriedigung verschaffen.

Im Halbschlaf rollte sich Drago herum ...

... und stieß gegen etwas Kaltes und Feuchtes.

Er zuckte erschreckt zurück und war sofort hellwach. Es war das Kind, Sternenfreudes verfluchtes Kind, das weder tot noch lebendig war und vor viertausend Jahren hätte ordentlich bestattet werden sollen.

Angewidert rollte sich Drago ganz aus dem Bett, stand auf und betrachtete das Geschöpf.

Sternenfreude trug es überall mit sich herum, bot ihm die Brust, wenn sie sich hinsetzte, und bemerkte offenbar nicht, daß das Kind weder atmete, noch sich bewegte oder blinzelte.

Es lag einfach nur da und starrte mit leblosen Augen in die Ferne.

Ständig sang Sternenfreude dem Kind leise etwas vor und flüsterte ihm liebevolle und aufmunternde Worte ins Ohr. Das Ausmaß an Aufmerksamkeit, die sie ihrem Sohn schenkte, erschütterte Drago zutiefst.

Er beugte sich vor, zögerte kurz und stupste das Kind dann von der Seite an.

Es rollte ein wenig herum, das war alles. Und doch ... und doch hatte Drago das merkwürdige Gefühl, daß das Kind sich diese winzige Kränkung merken würde. Irgendwo in den dunklen Verliesen seines Verstandes, wo es alle seine Erinnerungen aufbewahrte. Bis es in der Lage wäre, sie mit ... mit mehr Leben in Augenschein zu nehmen und zu entscheiden, wie die verdiente Strafe auszusehen habe.

Nun, versuchte Drago in Gedanken zu scherzen, wenn der Junge sich während der letzten viertausend Jahre nicht bewegt hatte, würde er das auch in absehbarer Zeit nicht tun.

»Mein liebes Kind«, säuselte Sternenfreude, und er zuckte schuldbewußt zusammen. Hatte sie etwas bemerkt?

Anscheinend nicht. »Mein hübscher Junge«, fuhr sie fort und drückte das Kind an sich. »Schau doch, wie groß er schon ist!« Zustimmung heischend sah sie Drago an.

»Ein wirklich schönes Kind«, sagte er schließlich. Warum konnte sie nicht sehen, daß mit dem Jungen etwas nicht stimmte?

Aber vielleicht war das Kind alles gewesen, was sie während der vergangenen Jahrtausende am Leben gehalten hatte. Vielleicht behielt sie es bei sich, um ihren Haß und ihre Rachsucht zu schüren.

Drago ließ den Gedanken jedoch sofort wieder fallen. Nein, Sternenfreude schien tatsächlich zu glauben, daß das Kind lebendig war.

»Komm, mein Liebster«, sagte sie, und Drago wurde bewußt, daß sie diesmal ihn meinte. »Laß uns ein wenig spazierengehen.«

Drago zog sich an. Seine neuen Kleider waren von feinster Machart, auch wenn er nicht wußte, wer sie ihm hingelegt hatte. Er befestigte seine Geldbörse am Gürtel und begleitete Sternenfreude und ihr seltsames untotes Kind in den Obstgarten – zumindest war das der Name, den Drago in Gedanken für diesen Ort verwendete.

Obstgarten traf es nicht ganz, denn an den Ästen der sonderbar kraftlosen Bäume hingen keine Früchte. Aber der Begriff Obstgarten beschwor für Drago Bilder von Frieden und Glück herauf und erinnerte ihn an sein Zuhause.

Das überraschte ihn, denn er hätte nicht erwartet, daß er Tencendor so sehr vermissen würde. Doch er sehnte sich wirklich danach, und er wußte, daß er gerne durch das Sternentor wieder dorthin zurückgekehrt wäre. Was für ein großartiges Gefühl es sein mochte, von einer solchen Macht umgeben zurückzukehren, daß alle ihn beneiden würden – und fürchten!

Die Sonne schien nur vereinzelt durch die violetten Sturmwolken. In der Ferne huschte plötzlich eine Wolke zwischen den Bäumen hindurch, und Drago blieb stehen, um die Geschöpfe, aus denen sie bestand, zu beobachten. Sternenfreude nannte sie ihre Falkenkinder, und der Name paßte zu ihnen. Die Zauberin selbst mochte sich das Aussehen und die Schönheit einer Ikarierin bewahrt haben, doch die Kinder hatten sich in der Einöde verändert. Noch immer ähnelten sie Ikariern, mit ihren feinen Gesichtszügen und ihren schimmernden Flügeln. Aber gleichzeitig waren sie zum Inbegriff eines Vogels geworden, eines Raubvogels, und glichen eher einem Schwarm jagender Falken als einer Gruppe von Kindern. Über welche kindlichen Eigenschaften sie früher einmal verfügt haben mochten – sie waren während ihrer Verwandlung in Raubvögel verlorengegangen.

Sie waren jagende Falken, keine Kinder.

Als die Wolke näherkam, lächelte Drago und streckte die Hand nach ihr aus. Die Wolke flüsterte, wiederholte Wolfsterns Namen immer und immer wieder, und die Kinder – die Falken – flogen hierhin und dorthin, als verfügten sie alle zusammen über nur einen Verstand, nur ein Herz.

Die Wolke kam auf ihn zu, als wolle sie ihn einhüllen, doch im letzten Augenblick hielt sie inne, und die einhundertundzehn Falken starrten ihn an, die Köpfe in genau derselben Haltung schräg gelegt, ihre Augen dunkel und neugierig.

Sternenfreude lächelte. »Sieh doch, wie sie zu dir kommen, Drago. Was meinst du – werden sie für dich jagen, wenn wir nach Tencendor zurückkehren?«

Er kraulte eines der Geschöpfe unterm Kinn. Es hob den Kopf und schmiegte sich in seine Hand. Mit einem Lächeln schloß es die Augen und genoß seine Liebkosung.

»Das hoffe ich«, sagte er. »Weißt du, daß ich von der Jagd geträumt habe? Noch als ich in Tencendor war?«

»Du mußt uns schon damals gespürt haben, mein Liebster. Dich und uns verbindet ein festes Band – das Verlangen, das zurückzuerhalten, was uns rechtmäßig gehört.«

»Hier ist der Traum viel eindringlicher«, fügte Drago hinzu. In manchen Nächten erwachte er erschöpft und atemlos, doch stets mit einem Gefühl tiefster Befriedigung und größter Wonne.

Als er seine Hand von dem Geschöpf zurückzog, beugte es sich vor, verlangte nach mehr.

»Später«, sagte Drago und schickte es mit einer Handbewegung fort.

Mit einem enttäuschten Flüstern flog der Schwarm davon, jagte wolkengleich zwischen den Bäumen hindurch – flüsterte, flüsterte, flüsterte.

»Die Suchenden«, sagte Sternenfreude, und Drago folgte ihrem Blick.

Sie standen ruhig zwischen den Säulen ihres Gemachs, und Drago spürte, wie sich sein Magen vor Aufregung zusammenzog. Die Suchenden waren so mächtig und doch so gütig, daß Drago es als eine große Ehre empfand, wenn sie sich Zeit für ihn nahmen.

»Drago«, begrüßte ihn Barzula, als er und Sternenfreude bei den Hütern angelangt waren. »Wie sehr die Kinder Euch lieben.« Er lächelte und ergriff Dragos Hand.

»Sie sind so ...« Drago suchte nach dem passenden Wort. »... entschlossen.«

Barzulas Lächeln verschwand. »Entschlossen. Ja, so wie wir alle. Bitte, setzt Euch.«

Seit seiner Ankunft hatte Drago nicht oft Gelegenheit gehabt, mit den Hütern zu sprechen. Sternenfreude war stets an seiner Seite gewesen, und die Suchenden waren meist unter sich geblieben.

Nun saß er mit Sternenfreude und ihrem Kind auf demselben Lager, auf dem er ursprünglich aufgewacht war.

Die Suchenden saßen ihnen in einem Halbkreis auf einfachen Holzstühlen gegenüber.

»Wir sind zu dem Entschluß gekommen, daß wir bald unsere Heimreise antreten sollten«, sagte Scheol übergangslos.

Drago stockte vor Aufregung der Atem. Bald! »Ich kann es kaum erwarten, zurückzukehren und mir das zu holen, was mir genommen wurde.«

»Uns geht es genauso«, entgegnete Modt und rieb sich mit seinen knochigen Händen über die Arme.

»Was hat der Feind Euch gestohlen?« fragte Drago. »Es muß sehr wertvoll sein, wenn Ihr so ausdauernd danach sucht.«

»Wollt Ihr es uns stehlen?« entgegnete Raspu, und alle, einschließlich Sternenfreude, lächelten. »Das würde ich Euch nicht raten.«

»Nein, nein, keineswegs. Ich war nur neugierig. Was hat der Feind Euch denn gestohlen?«

»Ach«, sagte Scheol und sah ihn traurig an. »Der Feind hat uns etwas sehr Kostbares weggenommen. Wir nennen es ... wir nennen es den Gral.«

»Aha«, hauchte Drago. »Natürlich, der Gralsee. Was Ihr sucht, liegt unter dem Gralsee verborgen. Nun, den Weg dorthin kann ich Euch zeigen.«

»Untertänigsten Dank«, sagte Barzula.

Drago bemerkte den spöttischen Unterton nicht. »Aber was hat es mit dem Gral auf sich?«

»Das geht Euch nichts an«, fiel ihm Rox ins Wort, und seine Stimme klang so bedrohlich, daß Drago zurückzuckte. »Der Gral gehört uns!«

»Natürlich. Ich war nur neugierig...«

»Neugier kann gefährlich sein«, gab Scheol zu bedenken. Ihre Stimme klang so unerbittlich wie die ihres Gefährten. »Sogar tödlich.«

»Ich werde nichts stehlen, das Euch gehört«, sagte Drago. Angesichts der unterschwelligen Drohungen wurde er selbst allmählich wütend. »Wurde mir selbst nicht genug gestohlen? Wie kann ich Euch da etwas wegnehmen wollen?«

Von einem Augenblick auf den nächsten änderten die Suchenden ihr Verhalten. Alle strahlten plötzlich Freundlichkeit und Kameradschaft aus, und Sternenfreude ergriff Drago beim Arm und zog ihn an sich.

»Es liegt nicht in unserer Absicht, an dir zu zweifeln«, sagte sie. »Aber das Ergebnis unserer Suche ist sehr wertvoll für uns.«

Drago beruhigte sich wieder. »Wird die Zusammensetzung meines Blutes wieder umgekehrt und mir meine Zauberkraft zurückgegeben, wenn ich Euch beistehe?«

»Ganz sicher«, erwiderte Scheol. »Das steht in unserer Macht. Ihr müßt uns nur helfen, durch das Sternentor zu gelangen.«

»Du wirst so mächtig sein«, flüsterte ihm Sternenfreude ins Ohr, »daß es niemand mehr wagen wird, dich auszulachen oder zu verspotten.«

Drago entspannte sich. »Aber mir bereitet Sorgen, daß Ihr Euch meiner ikarischen Zauberkräfte bedient. Was ist, wenn Ihr sie ganz aufbraucht? Ich benötige diese Kräfte wirklich, und ich–«

»Schweigt.« Scheol erhob sich langsam, und Drago wurde sich plötzlich bewußt, daß alle Suchenden aufgestanden waren und auf ihn hinabblickten.

»Wir werden Euch soviel lassen, wie Ihr benötigt«, fügte Scheol hinzu. »Dessen könnt Ihr sicher sein.«

»Wirklich?« Drago wollte aufstehen, doch plötzlich hatten sich Hände auf seine Schultern und seinen Kopf gelegt, und er wurde auf die Lagerstatt niedergezwungen.

»Es wird nur ganz wenig wehtun«, sagte Scheol. Dann fingen sie an.

Sie hatte sich geirrt. Es fühlte sich an, als rissen sie ihm das Fleisch von den Knochen und zerfetzten seine Seele. Als hätten sich Hunderte von Haken in seine Fersen gebohrt und würden nun seinen Körper durchpflügen. Als wäre eine ausgehungerte Ratte in seinem Körper freigelassen worden, um sich nach Herzenslust satt zu fressen. Er spürte, wie er so langsam explodierte, daß er die winzigen Fleischstücke zählen konnte, während sie vor seinen Augen vorbeiflogen.

Die Schmerzen waren unbeschreiblich.

Und er blieb die ganze Zeit über bei Bewußtsein. Die ganze Tortur hindurch lag er hellwach da.

Er wünschte, er wäre tot. Nichts konnte schöner sein. Vollständige, paradiesische Auslöschung.

Ihm wurde bewußt, daß es vorbei war, als er langsam wieder zur Besinnung kam und die Suchenden wieder auf ihren Stühlen Platz genommen hatten. Sternenfreude saß neben ihm und schaute ihn neugierig an. Sie hatte eine Brust entblößt und hielt sie dem Kind hin, dessen Mund sich nicht bewegte.

Drago erwiderte den Blick der Suchenden. Er war nicht in der Lage, etwas zu sagen, aber er wollte wissen, warum … warum sie das getan hatten.

»Wir sind dem Sternentor mit einzelnen Sprüngen nähergekommen«, sagte Scheol. Ihre Stimme hallte, als stünde sie hinter einer Eiswand. »Seht!« Mit einer Handbewegung wies sie auf die Welt jenseits der Säulen.

Langsam und unter entsetzlichen Schmerzen hob Drago den Kopf. Anfangs dachte er, daß sich nichts verändert hätte. Doch dann erkannte er, daß das nicht stimmte. Die Bäume standen zwar immer noch da, doch waren sie so verkümmert, daß sie kaum größer als Sträucher schienen. Und die Erde, auf der sie wuchsen, war nicht mehr länger mit Gras bedeckt, sondern rot und rissig. Über ihnen hing ein silbrig weißer Himmel, und knapp oberhalb des Horizonts gingen zwei riesige rote Sonnen unter.

Sein ganzer Körper bestand nur aus rasenden Schmerzen, und Drago fühlte sich einer Ohnmacht nahe.

»Noch fünf Sprünge, dann sind wir dort«, sagte Raspu im Plauderton. »Werdet Ihr das überstehen?«

38

Zenits Schicksal

Gemächlich stieg Sternenströmer die Anhöhe zum Tempel der Sterne hinauf. Jeder Schritt war von tiefer Trauer begleitet. Nicht nur um Zenit, sondern auch um Flußstern. Ikarier, die auf der Insel zu Besuch waren, hatten ihm von dem Mord erzählt, und auch, welche Rolle Drago dabei gespielt hatte. Und nun war Drago verschwunden. Zwei Enkelinnen hatte er verloren, und ein Enkel befand sich auf der Flucht. Was geschah nur mit seiner Familie? Sternenströmer wünschte, daß seine Zauberkraft bis nach Sigholt reichte, um in die geheimnisvollen Gänge der Festung spähen zu können.

Der Tempel zeichnete sich in seiner ganzen Schönheit vor dem Morgenhimmel ab – ein violettes Leuchtfeuer, das die Wolken durchbohrte. In seiner Mitte tanzten wie immer die funkelnden Sterne, doch in letzter Zeit fand Sternenströmer nicht einmal mehr daran Trost.

Sie stand da, die Arme vor der Brust verschränkt, die Flügel nicht eben anmutig auf dem Rücken gefaltet, und starrte die leuchtende Kuppel an.

»Ich wünschte, ich könnte hinein«, sagte sie und seufzte.

»Außer den Zauberern darf niemand den Tempel betreten«, sagte Sternenströmer völlig überflüssigerweise. Zenit hätte hineingekonnt. Seiner Enkelin wäre es gestattet gewesen.

Niah hatte anscheinend alle Zauberkräfte verloren, über die Zenit verfügt hatte.

Sternenströmer erschauderte. Vielleicht war es ansteckend. Während der letzten Tage hatte er das Gefühl gehabt, auch seine Zauberkräfte ließen nach. Das war mehr als beunruhigend.

Niah wandte sich um und lächelte ihn an. »Ach, Sternenströmer, es ist schon ein Wunder, daß ich überhaupt hier stehe. Als ich die Erste war, schien es unmöglich, daß die Ikarier jemals zurückkehren oder daß die Sternengötter wieder unter uns wandeln würden. Aber jetzt bin ich tatsächlich hier und erlebe all das wirklich.«

Sternenströmer senkte den Blick. Seit fünf Wochen war sie nun schon hier, und während der ganzen Zeit hatte Zenit kein einziges Wort gesagt. Auch hatte Sternenströmer sie in keinem Gesichtsausdruck, in keiner Bewegung wiedererkannt. Niah war die unbestrittene Herrin über diesen Körper und diesen Geist.

Sie behauptete, sie sei schon immer Zenit gewesen – und umgekehrt. »Zenit« habe jetzt nur ihre wahre Persönlichkeit entfalten können.

Sternenströmer glaubte ihr nicht. Vor sich sah er eine völlig andere Frau. Das merkte er an all ihren Bewegungen, ihrem Mienenspiel, ihrer Ausstrahlung.

Wenn dieses Wesen, das Zenits Körper bewohnte, nicht Zenit war – wo war dann seine Enkelin geblieben?

Niah schlenderte über das Tempelgelände und gab Sternenströmer ein Zeichen, ihr zu folgen. Unter normalen Umständen hätte er Gefallen an dieser Frau gefunden, aber nicht nach dem, was er wußte. Nicht, nachdem sie Zenit ausgelöscht oder in eine Falle gelockt hatte.

Möge Wolfstern in den Abgrund der ewigen Nacht stürzen, dachte Sternenströmer, ohne eine Miene zu verziehen. Warum hatte Aschure seine Leidenschaft für Niah auch noch angespornt? Damit hatte sie das Schicksal ihrer eigenen Tochter besiegelt.

Niah führte ihn am Tempel vorbei und den grasbewachsenen Abhang zur Klippe im Süden hinunter. Etwa zwanzig Schritt davor blieb sie stehen und versuchte, ihre Flügel in der vom Meer kommenden Brise in die richtige Stellung zu bringen.

»Ihr müßt versuchen, sie ins Gleichgewicht zu bekommen«, sagte Sternenströmer, und Niah behielt seine weißen Flügel im Auge, die er halb ausgebreitet hatte.

»Am liebsten wäre ich sie los«, sagte Niah. »Ich hasse sie. Ich kann mich einfach nicht an sie gewöhnen.«

Vermutlich genauso wenig, wie sich Zenit an die Qualen gewöhnen kann, denen ihr sie aussetzt, dachte Sternenströmer zornig.

Ohne nachzudenken, griff er nach einem von Niahs Flügeln, um ihn in die richtige Stellung zu bringen.

»Rührt mich nicht an!« fauchte sie und fuhr herum. Fast hätte sie dabei das Gleichgewicht verloren.

»Ich wollte Euch nur helfen«, sagte Sternenströmer betont gelassen.

»Tut mir leid«, erwiderte Niah steif. »Die Sorge um mein Kind hat mich so heftig werden lassen.«

Ihre Hände legten sich in einer beschützenden Geste auf ihren Bauch, und Sternenströmer folgte unwillkürlich ihrer Bewegung. Dieses verfluchte Kind, das Zenits Körper aufgezwungen worden war.

Sternenströmer wußte, daß Niah Wolfstern Nacht für Nacht ermutigte, ihr Lager zu teilen. Ein Gefühl, eine Ahnung, Niahs Gesichtsausdruck am Morgen verrieten ihm, daß Wolfstern sie sehr häufig besuchte.

Sternenströmer litt sehr darunter, doch was hätte er tun sollen? Verglichen mit Wolfsterns Zauberkräften war er machtlos, und er konnte Niah wohl kaum einsperren, weil sie einen Liebhaber bei sich empfing.

»Letzte Nacht habe ich geträumt«, sagte Niah nach einer Weile unvermittelt. Sie blickte aufs Meer hinaus, und der Wind peitschte ihre schwarzen Haare nach hinten, so daß sie sich in den oberen Federn ihrer Flügel verfingen.

»Ja?«

»Ich habe geträumt, ich wäre in einem kleinen unterirdischen Raum gefangen, der so eng war, daß ich nicht einmal die Flügel ausbreiten und fliegen konnte. Ich habe um Hilfe gerufen, aber niemand hat mich gehört.«

Sie erschauderte, als sie wiederholte: »Niemand hat mich gehört.«

Niah wandte sich um und schenkte Sternenströmer ein Lächeln. »Das muß eine Erinnerung an die Zeit nach meinem Tod gewesen sein, glaubt Ihr nicht auch? Während ich auf meine Wiedergeburt wartete. Ich war froh, als ich aufwachte.«

Nein, dachte Sternenströmer, das war Zenit, die um Hilfe gerufen hat. Und als Ihr aufwachtet, habt Ihr sie in die Finsternis zurückgestoßen.

»Ach.« Niah schlang ihre Arme um sich. »Der Wind ist kalt geworden. Ich gehe lieber in mein Zimmer; vielleicht begegne ich einer Priesterin, mit der ich mich unterhalten kann.«

»Ärgert es Euch, daß Ihr hier nicht mehr Erste seid?« fragte Sternenströmer unvermittelt.

Niah warf den Kopf in den Nacken und lachte. »O nein! Ich werde mit diesem Leben etwas anderes anzufangen wissen.«

Und dann ging sie, und Sternenströmer blieb allein zurück. Er sah ihr nach, als sie auf den Tempel zuging. In seinen Augen und seinem Herzen kämpften Trauer und Haß miteinander.

Er schwang sich in die Lüfte, um seiner selbst ebenso wie um Zenits willen. Von der warmen Luftströmung über dem Dschungel und dem Leuchtfeuer ließ er sich nach oben tragen.

Dort und nur dort, hoch oben am Himmel, wo nur Möwen und Sonne ihn sehen konnten, ließ er seinen Tränen freien Lauf. Er hatte eine Enkelin verloren, und jeden Tag mußte er mit ansehen, wie ihr Körper benutzt wurde, jeden Tag wurde er aufs neue an seinen Verlust erinnert. Sie war ihm geraubt worden, und jetzt wurde sie auch noch mißbraucht.

Er stieg immer höher hinauf, bis die Insel nur noch als Punkt weit unter ihm lag. Vielleicht war es an der Zeit, die Insel zu verlassen und andere Aufgaben zu suchen. Er konnte es nicht ertragen, so lange dort zu bleiben, bis Niah ihr Kind zur Welt gebracht hatte. Zweifellos würde es magisch begabt sein, wenn Wolfstern der Vater war und Zenits Zauberkräfte in Niahs Körper verborgen lagen. Und er wollte auch nicht zusehen, wie Wolfstern das Kind auf seinen Knien schaukelte.

Nein, er mußte fort. Vielleicht konnte er eine Weile bei Freierfall und Abendlied auf den Minarettbergen bleiben. Aber dort würde er sich nur nutzlos vorkommen. Hier hatte er wenigstens eine Aufgabe.

Ich habe sie im Stich gelassen, dachte er. Ich habe Zenit im Stich gelassen. Ich hätte eine Möglichkeit finden müssen, ihr zu helfen.

In weiten Kreisen flog er abwärts – er wollte sich auf sein Zimmer zurückziehen und nachdenken. Als er über den Nordhang des Berges segelte, bemerkte er eine Frau, die am Fuß der Treppe von einem Wagen herabgestiegen war und nun den Tempelberg hinaufklettern wollte.

Aus purer Neugier flog Sternenströmer eine weitere Runde, und wäre vor Überraschung fast vom Himmel gefallen.

Dort stand Faraday und winkte ihm zu.

Als sie den Gipfel erreicht hatte, landete Sternenströmer vor ihr und drückte sie an sich.

»Sternenströmer!« Faraday lachte atemlos und befreite sich aus seiner Umarmung. »Was habt Ihr denn nur?«

Als sie Sternenströmers Miene bemerkte, wurde sie ernst. »Was ist geschehen?«

Er holte tief Luft und schluchzte: »Ich habe meine Enkelin verloren.«

In Sternenströmers Gemächern erzählten sie einander ihre Geschichte. Faraday saß dicht neben dem Zauberer, hielt seine Hand und tröstete ihn.

»Ist sie tot oder hat sie sich verirrt?« fragte sie schließlich.

Sternenströmer schilderte ihr Niahs Traum. »Ich muß einfach daran glauben, daß sie noch lebt, Faraday.«

Faraday lächelte und streichelte Sternenströmers Hand. »Nun, wenn Zenit sich verirrt hat, dann müssen wir sie eben finden.«

39

Das Labyrinth

Dornfeder befestigte sein Boot an dem staubgrauen Felsen und ließ seinen Blick über die Stadt schweifen, die vor ihm lag. Flügelkamm hatte einen Plan der Wasserwege gezeichnet und ihm die Richtung zu dieser Höhle gewiesen.

»Ihr werdet sie schon finden«, hatte er gesagt, und dann hatte er hartnäckig geschwiegen.

Was macht uns Ikarier nur so anfällig für Geheimnistuerei? dachte Dornfeder gereizt. Zweifellos sah Flügelkamm einen Nutzen darin, daß Dornfeder sich abmühen mußte, einen Weg zu dem vergessenen Labyrinth zu finden. Allerdings fand Dornfeder, er hätte es ihm auch einfacher machen können.

Er stand in einer der größten Höhlen der Wasserwege. Sie war so hoch, daß die Decke über ihm im Halbdunkel verschwand, und sie schien so weit in den Fels hineinzureichen, daß er vermutlich einen Tag lang fliegen konnte, ohne ihr Ende zu erreichen. Der größte Teil der Höhle wurde von einer Stadt aus uralten Zeiten eingenommen, so alt, daß die Häusermauern und das Pflaster zu einem unbestimmten Grau verblaßt waren. Risse durchzogen Wände und Straßen, alles war in dicke Staubschichten gehüllt, und Staub hing auch wie nasse Lappen von den Wänden. Die Gebäude waren riesig, nach Dornfeders Schätzung vierzehn bis fünfzehn Stockwerke hoch. In jedem Stockwerk hätte ein ganzes Getreidefeld Platz gefunden. Türen aus versteinertem Holz hingen schräg in den Angeln, Fensterläden lagen verwittert unter Simsen auf den Straßen.

Dieser Ort gehörte nicht dem Tod, sondern dem Nichts. Menschen – welche waren es wohl gewesen – hatten einst hier gelebt, geliebt, gelacht und den Tod gefunden. Aber davon war nichts mehr zu merken. Nichts erinnerte an sie außer diesen verlassenen Gebäuden. Ihr ganzer Daseinszweck war auf immer verloren gegangen.

Dornfeder schüttelte seine wehmütigen Gedanken ab. Er griff ins Boot und holte eine Fackel heraus – Orr hatte darauf bestanden, daß er immer eine bei sich hatte, falls sich die Notwendigkeit ergeben sollte, die Höhlen zu erkunden. Nun, jetzt war es nötig. Dornfeder zündete seine Fackel an, hob sie in die Höhe und betrat die Stadt.

Abwärts, hatte Flügelkamm gesagt, also ging Dornfeder langsam die Straßen entlang und suchte nach einem Eingang in einen Keller oder nach Stufen, die abwärts führten ... irgend etwas. Doch so sehr er seine Augen auch anstrengte, wie viele Gebäude er auch erkundete, er entdeckte keine Falltüren oder Treppenfluchten.

Abwärts. Aber wie? Nur das dringende Bedürfnis, Orr zu finden und ihn nach dem Grund für sein Entsetzen zu fragen, hielt Dornfeder aufrecht, nachdem die Müdigkeit sich immer mehr seines Körpers bemächtigte. Er hätte nicht sagen können, wie weit er in die Stadt vorgedrungen oder wieviel Zeit verstrichen war, als er plötzlich auf ein sonderbares Symbol stieß, das in das Pflaster geritzt worden war.

Es war das Abbild eines Knotens – ein Labyrinth.

Es war das gleiche Symbol, das die Seewache auf ihren Uniformen trug.

Dornfeder ging in die Hocke und betrachtete es: Ein stilisierter Irrgarten, ein kleiner Kreis in der Mitte, der von gewundenen Gängen umgeben war, die schließlich, wenn die Sackgassen überwunden waren, zum Ausgang führten. Dornfeder fand den Ausgang und blickte in die Richtung, in die er wies. Dort lag eine Gasse, die von der Hauptstraße abzweigte.

Dornfeder stand auf und folgte ihr. Nach etwa siebzig Schritten stieß er auf ein weiteres Symbol, das ebenfalls in das Pflaster geritzt worden war, und dieses Mal wies der Ausgang des Labyrinths auf eine breite Straße.

Dornfeder ging in die angegebene Richtung, bis er ein weiteres Symbol entdeckte, dann noch eins und noch eins.

Er hielt inne und schaute sich um. Er befand sich wieder auf der Straße, die er vor Stunden entlanggegangen war, dessen war er sich sicher – und doch war das Symbol zu jenem Zeitpunkt noch nicht hier gewesen. Und dort! Auch die Straße, der er als nächste folgte, hatte er bereits erkundet. Ihm wurde bewußt, daß er denselben Weg noch einmal ging und daß die Labyrinthe einander überschnitten, so daß er auch diejenigen Richtungen kreuzte, welche ihm die Labyrinthe selbst gewiesen hatten.

Dornfeder blieb stehen und dachte nach. Hatte er sich verirrt? War er in die falsche Richtung geführt worden? Was ging hier nur vor?

Dann fiel ihm etwas ein, das Orr ihn gelehrt hatte. Die Wasserwege bildeten Muster, die Melodien ähnelten. Führten die Symbole ihn wie in einem verschlungenen Tanz? Entsprachen die Muster, die er mit seinen Schrittfolgen bildete, einem Zauberspruch?

Ja, ja, das war es. Die Symbole zwangen ihn, einem Muster zu folgen, und sobald das Muster vollständig war …

Dornfeder eilte in der angezeigten Richtung die Straße entlang. Jetzt wußte er, was vor sich ging und zögerte nicht mehr. Er fühlte sich erfrischt, war begeistert. Wie lange dauerte es noch, bis er das Muster – den Zauberspruch – vollständig abgeschritten hatte und sich das Labyrinth ihm offenbarte?

Wie sich herausstellte, mußte er nicht mehr lange warten. Noch drei weitere Symbole, drei weitere Abzweigungen, und der Zauber tat seine Wirkung.

Dornfeder betrat einen großen, rechteckigen, gepflasterten Marktplatz, den er auf seiner Suche nach dem Labyrinth bereits mehrmals überquert hatte. Dieses Mal hatte sich jedoch etwas verändert. Ein Großteil des Pflasters war verschwunden und hatte den Eingang zu einer breiten Treppenanlage freigelegt, die abwärts führte, tief hinunter.

»Abwärts«, flüsterte Dornfeder und machte sich auf den Weg.

Er stieg die breite gewundene Treppe hinunter, bis seine Beine ihm fast den Dienst verweigerten. Diese Treppe war länger und beschwerlicher als jeder Zugang zu den Wasserwegen, dem Dornfeder bisher gefolgt war, um aus der Oberwelt hinabzusteigen. Die Treppe führte sehr sanft nach unten, doch in endlosen Kreisen, und bald verfluchte Dornfeder sie lauthals.

Schließlich blieb er stehen, dachte einen Augenblick nach und mußte über sich selbst lächeln. Was tat er hier? Hatten die Jahre mit dem Charoniten ihn so sehr verwirrt, daß er seine ikarischen Flügel vergaß?

Mit einem Kopfschütteln stieß er sich von den Stufen ab und schwebte in langsamem Gleitflug die Treppe hinab.

Nach ein paar weiteren Windungen gelangte er schließlich an ihr Ende, und er fragte sich, ob er wohl eine Prüfung bestanden habe.

Er stand am Anfang eines hohen Gangs, der sich an die hundert Schritt vor ihm erstreckte. Auf beiden Seiten ragten Säulen auf, in die sonderbare Bilder und Symbole gemeißelt waren, aber Dornfeder verlor keine Zeit. Er eilte den Gang hinunter, unter dem Torbogen am Ende hindurch und hielt inne ... starr vor Staunen.

Zwar stand er am Absatz zu einer weiteren Treppenflucht, doch dieses Mal sah er, was vor ihr lag. Vor ihr breitete sich eine Stadt aus – doch es war mehr als eine Stadt. Es war auch ein Labyrinth. Ein Irrgarten, dessen Größe alle Vorstellungskraft überstieg.

Das Labyrinth war von einer Mauer umgeben, die dreißig Schritt hoch sein mochte. Am Fuß der Treppe, vor der Dornfeder stand, befand sich ein Tor.

Langsam schritt er die Stufen hinab. Wie alles, was mit dem Labyrinth zusammenhing, war das Tor riesig – zwanzig Schritt hoch und zehn breit. Der Torbogen war aus gewaltigen Steinblöcken zusammengefügt, die über zwei Türflügel aus massivem Holz wachten. Sie waren geschlossen. Es gab keinen Türgriff, kein Schloß. Vorsichtig legte Dornfeder eine Hand auf das Holz und drückte dagegen.

Die Tür gab nicht nach ... aber kaum hatte er das Holz berührt, hörte – oder besser fühlte – Dornfeder ein fernes Klirren.

Als wäre Glas zerbrochen.

Dornfeder war kein Narr, und Orr war ihm ein guter Lehrer gewesen. Er wußte, was das zu bedeuten hatte. Dieses Tor war mit einem Schutzzauber belegt worden – einem Schutzzauber, der jemanden vor einem Eindringling warnte.

Aber wer erhielt die Warnung?

Und vor was wollte er gewarnt werden?

Dornfeders Gedanken drehten sich im Kreis. Was sollte er jetzt tun? Davonlaufen? Sollte er...

»Also wirklich. Ich hatte erwartet, daß Caelum dieses Labyrinth finden würde«, ertönte eine Stimme, »oder doch zumindest Axis.«

Wolfstern trat aus einem Gang heraus. »Aber nein. Es ist Dornfeder Wahrlied. Der Lehrling des Fährmanns. Ein Vogelmann, der hier rein gar nichts zu suchen hat. Was wollt Ihr hier, Dornfeder?«

40

Symbole und Zeichen

»Wie habt Ihr den Weg hierher gefunden?« fragte Wolfstern und kam langsam auf ihn zu.

»Ein Angehöriger der Seewache hat mir einen Plan dafür gezeichnet.«

Wolfstern blieb vor Erstaunen stehen und hob die Augenbraue. »Ein Angehöriger der Seewache? Aber sie haben geschworen, diesen Ort geheimzuhalten.«

»Sie befürchten, der Gralskönig könne sich regen.«

»Was?«

Wolfstern war so erschüttert, daß er fast das Gleichgewicht verloren hätte. Dann war er mit einem Mal über Dornfeder, eine Hand in sein Hemd gekrallt, die andere zerrte an Dornfeders Schopf. »Was?«

»Der Gralskönig im Labyrinth«, preßte Dornfeder zwischen vor Angst zusammengebissenen Zähne hervor. »Qeteb. Das Labyrinth. Das ist alles, was ich weiß.«

Qeteb? dachte er trotz seiner Furcht. War das der Name des Gralskönigs? Oder was immer sonst im Labyrinth gefangen saß?

»Und woher wißt Ihr diese Dinge, Dornfeder Wahrlied? Ihr seid nur ein Lehrling des Fährmanns.« Den letzten Satz spuckte Wolfstern mit unverhohlener Verachtung aus. »Ihr seid nicht einmal ein Zauberer. Ihr habt kein Recht, um diese Dinge zu wissen oder gar vor den Toren des Labyrinths zu stehen!«

So kurz und schnell es ihm möglich war, erzählte Dornfeder Wolfstern von der Botschaft – und der entsetzlichen Angst –, die Orr ihm übermittelt hatte.

»Ich habe nicht so sehr nach dem Labyrinth, sondern vielmehr nach Orr gesucht, Wolfstern. Glaubt … Glaubt Ihr, daß er sich im Irrgarten befindet?«

Obwohl Wolfstern seinen Griff nicht lockerte, gelang es Dornfeder, den Kopf leicht in Richtung des Labyrinths zu drehen.

»Im Irrgarten?« Wolfstern ließ Dornfeder los, und der Vogelmann beruhigte sich allmählich. »Im Labyrinth. Nein, das glaube ich nicht. Er wäre nicht in der Lage, es zu betreten. Caelum ist der einzige, der das könnte.«

»Caelum?«

Wolfstern schenkte der Frage keine Beachtung. »Ich muß die Erinnerungen jener Nacht zurückholen, in der Orr Euch die Botschaft übermittelt hat, Dornfeder. Haltet still … es wird nicht weh tun.«

Erneut grub Wolfstern seine Hände in Dornfeders Schopf und hinderte ihn an jeglicher Bewegung. Der Zauberer stimmte das Erinnerungslied an, stockte, fing sich wieder, und Dornfeder spürte, wie die Erinnerung an Orrs Entsetzen und an seine Worte in ihm aufstieg.

Seltsamerweise verursachte ihm der Zauber nicht die geringsten Schmerzen. Er hatte geglaubt, Wolfstern belüge ihn. Es war ein merkwürdiges Gefühl, aber kein unangenehmes. Bruchstücke der Erinnerungen an Orrs Worte und Gefühle drangen wieder in sein Bewußtsein, und er spürte, wie Wolfstern mit ihnen spielte, sie aus jedem nur denkbaren Blickwinkel betrachtete. Dornfeder erschauderte, als Wolfstern die Erinnerungen zu ihrem Ursprung zurückverfolgte.

Zum Sternengewölbe.

»Bei den Sternen!« rief Wolfstern und ließ Dornfeder los.

Dornfeder stolperte, doch als er sein Gleichgewicht wiedererlangt hatte, rief Wolfstern: »Schaut!«

Vor ihnen nahm der graue Dunst einer Vision Gestalt an. Orr rang am Rande des Sternentors mit Drago Sonnenflieger. Beide schrien und zerrten an einem alten Stoffetzen, der immer wieder die Farbe veränderte …

Mit einem Stöhnen sank Wolfstern auf die Knie. Dornfeder riß seinen Blick von der Vision los und konnte das Entsetzen in den Augen des Zauberers kaum fassen. Wovor hatten Orr und Wolfstern solche furchtbare Angst?

»Er hat das Zepter des Regenbogens«, murmelte Wolfstern. »Dieser Verworfene hat das Zepter des Regenbogens!«

Orr hielt das glatte Holz des Stabes fest umklammert.

»Es spricht zu Orr«, sagte Wolfstern tonlos. »Das Zepter hat die Macht des Labyrinths an ihn weitergeleitet. Das Labyrinth ist der Ursprung des Wissens und der Worte, die Ihr gehört habt, Dornfeder. Nicht Orr. Orr weiß nichts über diesen Ort oder was er enthält.«

»Das Zepter hat gesprochen?«

»Es muß entsetzliche Angst haben. Seht doch, wie sie kämpfen! Das Zepter hat sein Entsetzen an Orr weitergegeben, und er an Euch. Erbarmen! Drago, ich hätte Euch mit meinen eigenen Händen töten sollen!« Wolfstern ging in die Hocke, als wolle er in die Vision hineinspringen.

Inzwischen hatte Drago Orr weggestoßen und wirbelte das Zepter über seinen Kopf. Der Stoffetzen war abgefallen, und das Licht des Regenbogens erfüllte das Gewölbe.

Dann, im Eifer des Gefechts, traf das Zepter Orr mit voller Wucht am Kopf, und der Fährmann brach zusammen.

»Nein«, rief Dornfeder und streckte die Hand hilflos nach der Vision aus.

»Doch!« sagte Wolfstern. »Seht Ihr jetzt, wie leicht Drago das Morden fällt? Bei Caelum hat er es versucht, bei Flußstern ist es ihm gelungen, und nun bringt er Orr den Tod!«

Orr tat noch einen letzten Atemzug, und die Vision löste sich auf.

Zuvor hatte Wolfstern jedoch noch einen flüchtigen Blick auf ein Reh erhascht, das zwischen den Säulen hervorschaute. Vielleicht Faraday?

Langsam richtete Wolfstern sich auf. Hatte Faraday gesehen, was als nächstes geschehen war?

»Ist Drago mit dem Zepter durch das Sternentor getreten?« fragte er niemand bestimmten.

»Wolfstern, was geht hier vor? Ist Orr tot? Was hat es mit diesem Labyrinth auf sich? Wolfstern, sagt mir, was hier vor sich geht?«

Wolfsterns Blick richtete sich langsam auf Dornfeder. »Nun, warum nicht. Das Labyrinth selbst scheint Euch den Weg hierher gewiesen zu haben. Vielleicht hatte die Seewache recht, Euch zu vertrauen. Ja, Orr ist tot...«

Dornfeder schrie laut auf.

»Ach, hört auf mit Eurem Gejammer! Er hat länger gelebt, als ihm bestimmt war, und als er die Warnung des Zepters weitergegeben hat, hat er uns wenigstens noch einen wertvollen Dienst erwiesen.«

»Wolfstern! Erklärt mir, was...«

»Wenn Ihr einmal länger als einen Augenblick still sein könntet, werde ich das auch!« Wolfstern holte tief Luft. »Gut. Also, dieses Labyrinth gibt es schon seit vielen tausend Jahren. Bevor ich den Kindern, die inzwischen zur Seewache herangewachsen sind, davon erzählt habe, wußte außer mir niemand davon. Nicht einmal Orr oder ein anderer Charonite.«

»Habt Ihr jenseits des Sternentors davon erfahren? Gehört es zu den Geheimnissen, die Ihr von den Toten mitgebracht habt?«

Fast hätte Wolfstern Dornfeder erneut für diese Unterbrechung getadelt, aber er unterließ es dann doch. »In gewissem Sinn habt Ihr recht, denn ich habe jenseits des Sternentors zum ersten Mal vom Labyrinth gehört. Dem Labyrinth selbst ist es gelungen, mit mir Verbindung aufzunehmen – wie, weiß ich nicht –, und es hat mich in gewisse Geheimnisse eingeweiht. In erster Linie habe ich es der Macht des Labyrinths zu verdanken, daß ich zurückkehren konnte.«

»Und seit damals habt Ihr seine Geheimnisse bewahrt? Dreitausend Jahre lang?«

Wolfstern nickte.

»Warum habt Ihr sie dann den Kindern verraten, die ich aus dem Krallenturm gerettet habe? Warum haben sie sich zur Seewache zusammengeschlossen?«

Wolfstern runzelte die Stirn – zwischen dem Labyrinth und der Seewache gab es eine Beziehung, in die er nicht eingeweiht war. »Das Labyrinth hat darum gebeten, sie zu sehen, also habe ich sie hierher gebracht.«

»Und Orr und all die anderen Charoniten haben nichts von diesem Labyrinth gewußt?«

Wolfstern wurde der endlosen Fragen allmählich müde – warum mußte das Labyrinth ausgerechnet diesen lästigen Vogelmann zu sich rufen?

»Es war nicht nötig, daß sie das Labyrinth aufsuchten, Dornfeder, und so erhielten sie nie Kenntnis davon.«

Wolfsterns Lippen kräuselten sich vor heimlichem Vergnügen. »Seid Ihr Euch darüber im klaren, daß wir genau unter dem Gralsee stehen? Diese Höhle liegt unter den Tiefen des Sees.«

Dornfeder wirkte erschrocken, seine Blicke schossen ängstlich zur Decke, als erwarte er, daß Feuchtigkeit durch sie hindurchsickere.

»Dornfeder, hattet Ihr Gelegenheit, das Tor zum Labyrinth genauer zu betrachten?«

Wolfstern ging zu den Säulen hinüber, die den Torbogen trugen. Dornfeder blieb ihm dicht auf den Fersen. Als er näherkam, fiel Dornfeder auf, daß die Quader mit denselben sonderbaren Zeichen bedeckt waren wie die Säulen entlang des Ganges, der zum Labyrinth führte.

Wolfstern sah Dornfeder an. »Könnt Ihr sie entziffern?«

»Nein, ich weiß nicht ... halt, wartet. Das und das ... das sind bildliche Darstellungen von ...«

»Ideen und Vorstellungen, Dornfeder. Die Alten haben in einer Sprache geschrieben, die keine uns bekannten Schriftzeichen verwendete. Bestimmte Symbole stehen für ganz bestimmte Bedeutungen. Wenn Ihr Euch das bewußt macht, fällt die Übertragung gar nicht so schwer, obwohl es einige Monate dauern würde, bis Ihr diese Sprache ganz beherrschtet. Jetzt will ich Euch helfen. Seht, die Inschrift beginnt hier.«

Wolfstern ging vor der Säule in die Hocke, fuhr mit den Fingern von unten nach oben und las die Inschrift vor. Das Tor erzählte von einer Zeit, in der vier Schiffe aus einer weit entfernten Welt über Tencendor abstürzten. So lange war das alles her, daß der Name, den das Land damals gehabt hatte, in Vergessenheit geraten war. Die Geschöpfe an Bord der Schiffe waren umgekommen, aber die Schiffe selbst überlebten und gruben sich tief in die Erde. Aus den Senken, die dadurch entstanden, wurden eines Tages die Magischen Seen.

»Auf diese Seen ging ein winzig kleiner Teil der übriggebliebenen Kraft oder Macht über, die beim Absturz dieser Schiffe freigesetzt wurde – doch genug, um sie mit großer Zauberkraft zu erfüllen. Die wahre Magie liegt jedoch weit tiefer unter dem Wasser verborgen.«

Wolfstern hielt inne, denn er wußte, daß Dornfeder noch nicht alles begreifen konnte.

Aber wer war dazu schon in der Lage?

Nein, es gab andere, die all das zuerst erfahren mußten. Bevor er es ihnen erzählte, mußte Wolfstern jedoch erst herausfinden, ob die Vision die Wahrheit gezeigt, ob Drago wirklich das Zepter des Regenbogens gestohlen hatte.

»An Bord dieser Schiffe befanden sich viele verschiedene Dinge«, fuhr Wolfstern fort. »Die Geschöpfe, welche die Schiffe steuerten, hatten sie anderen ... abgenommen. Ich fürchte, diese anderen werden eines Tages hierherkommen und sie zurückfordern.«

Und wenn der hinterhältige Drago tatsächlich mit dem Zepter durch das Sternentor getreten war, waren sie vermutlich schon unterwegs.

Wolfstern erstarrte. Eine entsetzliche Kälte bemächtigte sich seiner. Während der letzten paar Wochen hatten ihn immer wieder ärgerliche Schwächeanfälle heimgesucht – leichte Schwankungen seiner Zauberkräfte, eigentlich nicht der Rede wert. Wie eben wieder, als er das Erinnerungslied angestimmt hatte. Lag das daran, daß ...? Nein! Nein! Das durfte einfach nicht sein!

Bei den Göttern, er mußte herausfinden, was hier vor sich ging!

»Wolfstern? Wolfstern?«

Wolfstern riß sich von seinen Gedanken los. »Ja?«

»Wenn diese ›Anderen‹ zurückkehren, lassen wir dann zu, daß sie sich ihren früheren Besitz wieder aneignen?«

Wolfstern schüttelte langsam den Kopf. »Nein. Nein, das werden wir nicht zulassen. Wenn nötig, werden wir kämpfen, bis Tencendor in Schutt und Asche liegt, aber das werden wir nicht zulassen. Schaut.« Wolfstern deutete auf ein Symbol oberhalb des Ecksteins des Torbogens: ein Stern, der von einer Sonne gekrönt wurde.

Wolfstern lächelte leise. »Sternensohn.«

»Die Seewache behauptet stets, dem Sternensohn Treue geschworen zu haben.«

»Ja, sein Schutz ist ihre erste Pflicht.«

»Warum habt Ihr gesagt, daß nur Caelum das Labyrinth betreten kann? Und warum wird der Sternensohn auf dem Torbogen genannt?«

Wolfstern dachte lange nach. Dann kam er zu dem Schluß, daß ein Teil der Wahrheit nicht schaden würde. »Dornfeder, das Zepter des Regenbogens besteht zu einem Teil aus der Macht der Mutter, aber es bezieht auch einen großen Teil seiner Kraft aus den vier Schiffen. Die Kraft, welche die Schiffe angetrieben hat, erfüllt auch das Zepter mit Leben. Das Zepter steht in einer sehr engen Verbindung mit den Schiffen und mit dem, was die Schiffe beschützen. Entsprechend steht es auch in einer engen Verbindung mit dem Labyrinth, das seinen Ursprung in den Schiffen hat. Axis Sonnenflieger hat das Zepter benutzt, um Gorgrael zu vernichten, aber er hat nur einen kleineren Teil seiner eigenen Macht eingesetzt, um das zu schaffen. Dornfeder, ich glaube, daß mit Hilfe des Zepters auch das zerstört werden kann, was sich im Herzen des Labyrinths befindet – wenn es nötig werden sollte.«

»Und der Sternensohn?«

»Ich glaube, daß der Sternensohn der einzige ist, der diese Macht bändigen kann. Caelum … ich habe ihn schon immer sehr gerne gemocht, doch seit ich erfahren habe, daß er oder einer seiner Nachkommen Tencendor vor dem Grauen beschützen könnte, das durch das Sternentor sickert, verehre ich ihn geradezu.«

Unvermittelt fuhr Wolfstern herum und starrte Dornfeder zornig an. »Und jetzt hat dieser Aasfresser das Zepter gestohlen! Hat er es auch den Suchenden gebracht? Hat er das?«

Bevor Dornfeder antworten konnte, löste sich Wolfstern vor seinen Augen in Luft auf. Zurück ließ er ebenso viele Fragen wie Antworten.

Und vor allem – das wurde Dornfeder in diesem Moment bewußt – hatte Wolfstern es geschickt vermieden, den Gralskönig oder Qeteb zu erwähnen.

41

Eines gewinnen, ein anderes verlieren

»Er hat was?« flüsterte Caelum ungläubig.

»Er hat Kastaleon eingenommen?« brüllte Askam und fuhr aus seinem Sessel empor.

Der Hauptmann fühlte sich sichtlich unwohl in seiner Haut. »Er behauptet, zum Teil sei das eine Entschädigung für die Verluste, die er durch Euch in Westtencendor erlitten hat, mein Prinz. Aber«, fuhr er fort und wandte sich wieder an Caelum, »er sagt auch, daß er Kastaleon zurückgeben wird, falls der Sternensohn bereit ist, über die Angelegenheit zu verhandeln, die er auf Sigholt angesprochen hat.«

»Wie war es möglich, daß er Kastaleon so rasch erobern konnte?« wollte Askam wissen. Dabei kümmerte ihn die Botschaft Zareds wenig.

»Mein Prinz, ich hatte keinerlei Gründe zu vermuten, daß der Prinz des Nordens die Festung einnehmen wollte. Ich habe ihn im Burghof mit gebührender Achtung begrüßt, und als Antwort marschierten seine Männer ein. Sternensohn? Mir war nicht bekannt, daß wir uns im Krieg mit dem Norden befinden.«

»Mir ebensowenig«, murmelte Caelum. »Wieviel Mann hatte Zared dabei?«

»Vielleicht fünfhundert, Sternensohn. Leicht bewaffnet.«

Caelum sah Askam an, dessen Gesicht noch immer rot vor Zorn war. »Ist Kastaleon ausreichend mit Vorräten und Waffen ausgerüstet, um einer Belagerung zu widerstehen, Askam?«

»Was? Nun, äh ... nein. Einige wenige Wochen mag die Festung wohl standhalten. Aber nicht länger und nicht mit den vorhandenen paar hundert Soldaten.«

Caelum wandte sich wieder an den Hauptmann. »Ich danke Euch. Ihr könnt gehen. Aber verlaßt Sigholt noch nicht. Ich bezweifle nicht, daß Askam noch weitere Erklärungen von Euch fordern wird.«

Der Hauptmann nickte unglücklich. Er verbeugte sich vor Caelum und Askam und verließ das Kartenzimmer.

Caelum saß schweigend und in Gedanken versunken da. Bei den Sternen! Was hatte Zared zu einer solchen Tat getrieben?

»Rivkahs schlechtes Erbe ist daran schuld«, sagte Askam mit gedämpfter Stimme. »Erst Bornheld und jetzt Zared.«

Caelum sah ihn finster an. »Ihr vergeßt, daß sie auch meine Großmutter ist.«

Askam wurde rot. »Verzeiht, Sternensohn. Aber Bornheld hat das Land auf seiner Jagd nach dem Thron von Achar in Stücke gerissen. Er hat gemordet. Zared scheint ähnliche Absichten zu hegen.«

»Ich hätte nie gedacht, daß er so weit gehen würde«, sagte Caelum. Er wirkte müde und beunruhigt. »Ausgerechnet Kastaleon! Was verspricht er sich davon?«

»Mein Herr, ich bitte Euch in aller Form um die Erlaubnis, die Festung zurückzuerobern.«

»Nein, nein. Laßt uns erst in Ruhe darüber nachdenken, Askam.«

»Mein Herr...«

»Askam, ich werde mich nicht zu einer unüberlegten Handlung hinreißen lassen. Setzt Euch.«

Während Askam sich auf einem Stuhl niederließ, wandte Caelum nachdenklich den Blick von ihm ab. Am meisten beunruhigte ihn die Frage, was Zared als nächstes vorhatte – und wer ihm dabei zur Seite stehen mochte. Bei Freierfall und Illgaine fände Zareds Rebellion – denn eine solche war es – keine Unterstützung. Aber was war mit dem Volk der Menschen und ihren Gebieten? Vielleicht hatte Zared zwingende Gründe, so überstürzt zu handeln? Caelum fiel wieder ein, daß Illgaine erzählt hatte, unter den Menschen gingen Gerüchte über den Thron von Achar um.

»Askam, hatte Zared recht, als er behauptete, unter den Menschen im Westen und Norden würde der Ruf nach einem neuen König laut?«

»Nein, davon ist mir nicht ein Wort zu Ohren gekommen«, sagte Askam. Caelum bemerkte allerdings, daß er hastig antwortete und ihm dabei nicht in die Augen sah.

Nachdenklich blickte er vor sich hin. Askam mochte wissen, warum er abstritt, daß sein Volk nach einer Wiedereinsetzung des Königs von Achar verlangte.

Waren die Menschen wirklich der Meinung, daß sie Anspruch auf einen eigenen König hatten?

Caelum unterdrückte ein Schaudern. Mit der Unterstützung seines Volkes wäre der König von Achar in der Lage, die Vergangenheit wieder aufleben zu lassen. Es käme wieder zu Haß und Spaltung zwischen Ikariern, Awaren und Achariten. Wie gut kamen die Menschen mit der Rückkehr von Ikariern und Awaren nach Südtencendor zurecht? Nicht allzu gut, wenn sie ihren eigenen König wiederhaben wollten. Und wenn sie sich nach ihrem König sehnten, was wollten sie dann noch wiederbeleben? Den Seneschall? War es ihnen einen Krieg wert, den Ikariern und Awaren ihre Länder abzunehmen?

Dieses Mal schauderte Caelum wirklich. Er konnte sich nur allzu leicht vorstellen, wie ein König von Achar wieder mit der Axt in den Krieg zog und Unheil über ganz Tencendor brachte. Weitere tausend Jahre Haß und Trostlosigkeit und Verbannung mochten die Folge sein.

Wie konnte Zared auch nur daran denken, den Thron von Achar zu fordern? War er sich der möglichen Tragweite nicht bewußt? Oder nahm er sie billigend in Kauf? Was hatte Zared noch vor? Ließ er das Bardenmeer abholzen, sobald die Krone fest auf seinem Haupt saß?

Caelum atmete tief durch. Dies war nicht einfach nur eine Krise, dies war eine Prüfung. Zum ersten Mal während seiner Regentschaft wurde er auf die Probe gestellt. Ganz Tencendor würde seine Augen auf ihn gerichtet haben.

Was hätte sein Vater getan?

»Wir müssen handeln«, sagte Caelum und riß Askam aus seinen Gedanken.

»Aber wie, Sternensohn?«

Caelum antwortete nicht sogleich, sondern stand auf, ging zur Tür und bat die Wache, umgehend Bannfeder Eisenherz, den Anführer der Luftarmada holen zu lassen.

»Sternensohn? Was habt Ihr vor?« wollte Askam wissen, nachdem sich Caelum wieder gesetzt hatte.

Caelum blickte auf, und Askam stellte erschrocken fest, daß sich Angst in seinen Augen eingenistet hatte. »Ich werde Zared ein für allemal vernichten«, sagte Caelum leise. Das hätte Axis getan. »Die Folgen von Zareds Griff nach der Macht wären unabsehbar. Ich kann das nicht hinnehmen. Mein Vater hat jahrelang gegen die Achariten und für die Einheit Tencendors gekämpft. Ich darf nicht zulassen, daß sie eine Generation später schon wieder zerbricht.«

Die Tür ging auf, und der Anführer der Luftarmada trat ein.

»Da seid Ihr ja, Bannfeder. Setzt Euch.«

Bannfeder, ein Vogelmann mit scharfen braunen Augen und safrangelben Flügeln nahm Caelum gegenüber Platz. »Sternensohn?«

Caelum erklärte ihm die derzeitige Lage. »Ich muß einschreiten, Bannfeder. Ich kann das nicht einfach so hinnehmen.«

»Darin stimme ich Euch zu, Sternensohn, aber ...«

»Verflucht! Ich kann nicht glauben, daß er so weit gegangen ist!« sagte Caelum. »Er weiß doch, wie gut wir den Haß noch in Erinnerung haben. Nun, er hat uns angegriffen, also werden wir ihn auch angreifen. Bannfeder, sorgt dafür, daß die Luftarmada kampfbereit ist.«

Bannfeder warf Askam einen besorgten Blick zu, doch auch das Gesicht des Prinzen leuchtete vor Aufregung, und Bannfeder erkannte, daß er mit seiner Meinung alleine dastehen würde.

»Sternensohn, wäre es nicht besser, Ihr würdet die Fünf Familien um Rat fragen?«

»Dazu bleibt uns keine Zeit. Ich werde mich auf mein eigenes Urteil verlassen müssen.«

Bannfeder holte tief Luft. Bei den Göttern! »Vielleicht sollten wir den Sternenmann …«

»Ich sitze jetzt auf dem Sternenthron, Bannfeder! Mein Vater hat mit der Welt der Sterblichen nur noch wenig zu tun. Dies ist allein meine Entscheidung!«

Bannfeder versuchte es ein letztes Mal. »Sternensohn, besprecht das zumindest in einem größeren Kreis. Wenn die Luftarmada Kastaleon angriffe – nun, wirkungsvoller könnten wir alte Haßgefühle gar nicht wecken.«

»O nein«, entgegnete Caelum tonlos. »Ich gedenke nicht, Euch gegen Kastaleon zu schicken, Bannfeder. Ich möchte, daß Ihr und Eure Luftarmada Severin für mich einnehmt.«

»Aber …«

»Zared hält Kastaleon besetzt. Im Gegenzug werden wir Severin besetzen.«

»Aber …«

»Folgt meinem Befehl, Bannfeder. Ich möchte Eure strategischen Vorschläge heute abend vor mir haben! Ihr könnt Euch jetzt zurückziehen!«

Bannfeder erhob sich steif und verbeugte sich.

»Bannfeder«, hielt ihn Caelums Stimme auf, als er die Tür erreicht hatte.

»Ja?«

»Ich möchte nicht, daß irgend jemand erfährt, was ich vorhabe. Wir müssen Severin in einem Handstreich nehmen.«

Bannfeder nickte kurz und ging hinaus.

»Eine Stadt für Eure Festung, mein Freund«, sagte Caelum. »Für seine Dummheit werde ich Zared zertreten wie einen Wurm. Er wird seine Hauptstadt verlieren!«

»Gut!« Askam lehnte sich zurück. »Ihr werdet nicht mit Zared verhandeln? Ihr werdet seine Forderung gar nicht erst in Betracht ziehen?«

Caelum verzog das Gesicht. »Ein König von Achar ist das letzte, das Tencendor oder ich gebrauchen können, Askam. Ihr braucht Euch keine Sorgen zu machen – Eure Länder sind in Sicherheit. Ich werde Zared wissen lassen, daß er auf Kastaleon bleiben soll, während ich die Oberhäupter der Fünf Familien zusammenrufe, um über den Thron zu sprechen. Ganz ruhig, Askam! Ich möchte nur nicht, daß Zared seinen Standort wechselt, bevor wir Severin eingenommen haben. Wenn er glaubt, daß wir zu Verhandlungen bereit sind, wird er auf Kastaleon bleiben.«

Caelum lächelte grimmig. »Wenn ich erst einmal mit ihm fertig bin, wird ihn niemand mehr unterstützen.«

»Wann werden wir nach Kastaleon reiten, Sternensohn?«

»Sobald wir von Bannfeder die Nachricht erhalten, daß sich Severin in seinen Händen befindet. Mehr als ein paar Tage wird das nicht dauern. In einem Monat wird niemand Zared auch nur einen Apfel anbieten, aus Angst, es könnte ihm als Unterstützung ausgelegt werden.«

Bannfeder Eisenherz führte die Luftarmada selbst an. Er war über die Maßen betrübt, daß der Sternensohn ihm diese Aufgabe übertragen hatte. Severin war eine wunderschöne Stadt, voller lebensfroher, offenherziger Menschen. Niemand dort ahnte, was ihm bevorstand.

Bannfeder hatte nicht alle zwölf Geschwader mitgenommen. Severin würde ihnen keinen Widerstand entgegensetzen, und sechs Geschwader waren mehr als genug.

Außerdem mußte er damit rechnen, daß die Luftarmada anderorts gebraucht würde, wenn die Nachricht erst einmal durchgesickert war. Bannfeder verfluchte Caelum innerlich dafür, daß er so unüberlegt und heftig zurückschlug. Warum konnte er nicht erst mit Zared reden? Gewiß hätte die Angelegenheit am Verhandlungstisch beigelegt werden können.

Aber er gehorchte trotzdem. Einem Befehl nicht Folge zu leisten wäre undenkbar gewesen.

Bannfeder griff im Morgengrauen an – falls eine solche Truppenbewegung als Angriff bezeichnet werden konnte. Die Bewohner der Stadt wachten gerade erst auf und waren noch ganz vom Schlaf umfangen. Die Bürgerwehrmänner, soweit sie die Nacht hindurch auf Wache gewesen waren, schienen völlig durchgefroren – und, wie Bannfeder feststellte, auch nicht eben zahlreich. Anscheinend war Zared mit dem größten Teil seiner Streitkräfte nach Süden gezogen.

Fast niemand leistete Widerstand. Die sechs Geschwader kamen aus der aufgehenden Sonne geflogen und konnten daher die Wachleute ohne Blutvergießen überwältigen. Wie auch schon auf Kastaleon gingen die Wachen davon aus, daß die eintreffenden Kämpfer in friedlicher, wenn auch geheimnisvoller Mission unterwegs waren. Als sie sich eines Besseren belehrt sahen, war es bereits zu spät.

Nachdem die Bürgerwehr überwältigt worden war, ließ Bannfeder Wachen auf den Hauptstraßen und vor öffentlichen Gebäuden aufstellen und setzte den Bürgermeister davon in Kenntnis, daß Severin unter Kriegsrecht stehe – dem Kriegsrecht des Sternensohns.

»Was?« stotterte der Bürgermeister über Rührei und geröstetem Weißbrot. »Warum?«

»Habt Ihr noch nicht gehört, was Zared getan hat?« fragte Bannfeder.

»Nein.« Doch die Augen des Bürgermeisters waren schmal geworden, und Bannfeder fragte sich, ob er etwas ahnte.

»Er hat Kastaleon eingenommen – vorgeblich als Entschädigung für das Volk des Westens und des Nordens. Als Vergeltungsmaßnahme hat Caelum befohlen, Severin zu besetzen.«

»Das kann er doch nicht tun!«

»Und trotzdem«, sagte Bannfeder, »hat er es getan. Darf ich Euch bitten, mich auf einem Rundgang durch die Stadt zu begleiten? Ich möchte die Befestigungsanlagen und Waffenlager inspizieren. Umgehend, wenn es recht ist.«

Der Bürgermeister schob seinen Teller beiseite und stand auf. Dabei wechselte er einen Blick mit seiner Frau, die in der Küchentür stand. Sie nickte kaum wahrnehmbar und zog sich schweigend in die Küche zurück.

»Hier entlang«, sagte der Bürgermeister und schritt an Bannfeder vorbei zur Haustür hinaus.

»Severin ist in unserer Gewalt«, meldete der Späher der Luftarmada. Sie standen im mittleren Burghof von Sigholt.

»Gut«, erwiderte Caelum und wandte sich an Askam. »Werden wir dort eintreffen, bevor Zared vom Angriff der Luftarmada erfährt?«

»Jawohl, Sternensohn. Auf dem Luftweg ist es nach Severin nicht ganz so weit wie bis nach Kastaleon, aber wir können uns auf dem Nordra einschiffen. Die Boote liegen an der Gundealgafurt bereit.«

»Gut. Dann kümmert Euch um die letzten Vorbereitungen.«

Caelum eilte in die Festung zurück. Seine innere Unsicherheit ärgerte ihn. Dabei wußte er, daß er das Richtige tat. Ganz sicher. Was blieb ihm anderes übrig? Sollte er etwa mit Zared über den Thron von Achar verhandeln? Niemals! Ein König von Achar wäre den Haßgefühlen der Vergangenheit nur förderlich.

Aber ließe Zared dergleichen überhaupt zu? Hatte er nicht gesagt, es gehe ihm nur um eine repräsentative Stellung?

»Nein«, murmelte Caelum laut vor sich hin, während er den endlosen Gängen folgte. »Wenn nicht Zared, dann sein Sohn oder sein Enkel. Ich darf nicht zulassen, daß auch nur ein Samenkorn ausgestreut wird und schon gar nicht, daß es zur Ernte heranreift.«

Caelum öffnete die Tür zu seinen Gemächern und blieb wie angewurzelt stehen. »Wolfstern!«

Langsam ließ er die Tür hinter sich ins Schloß fallen. »Was habt Ihr hier zu suchen, Wolfstern? Geht es um die Kinder? Sind sie nähergekommen?«

»Nein«, sagte Wolfstern knapp – und viel zu barsch. Voller Ungeduld hob er die Hand. »Caelum, wo hat Euer Vater das Zepter des Regenbogens versteckt?«

»Was geht Euch das an?«

»Sagt es mir!« Wolfstern trat einen Schritt vor.

Caelum erstarrte, wich jedoch nicht zurück. »Das Zepter des Regenbogens hat Euch nicht –«

»Spart Euch Eure vermaledeiten Einwände, Bursche! Ich war dabei, als es erschaffen wurde!«

»Aber es hat meinem Vater gehört, und er hat es mir anvertraut. Es ist mein gutes Recht, Euch zu fragen, warum Ihr es sehen wollt.«

Wolfstern holte tief Luft. In seinem Nacken spannten sich die Sehnen. »Ja, das stimmt – das Zepter des Regenbogens gehört Euch. Bei den Sternen, ich hoffe, daß Ihr überhaupt einmal die Gelegenheit bekommt, seine Macht einzusetzen.«

Caelum runzelte die Stirn, doch Wolfstern war noch nicht fertig.

»Ich will es sehen, Caelum Sternensohn, denn ich habe einigen Grund zu der Annahme, daß es sich nicht mehr hier befindet.«

»Was?«

»Ich glaube, daß Drago es gestohlen hat. Ich bin mir sogar sicher.«

»Nein«, flüsterte Caelum. »Nein. Das darf nicht wahr sein!«

Über Zareds Verrat hatte Caelum Drago während der letzten Tage fast vergessen. Er hatte Spähtrupps ausgeschickt, die nach seinem Bruder suchten, und er hatte in ganz Tencendor verbreiten lassen, daß er sich auf der Flucht befand, aber niemand hatte etwas gehört oder gesehen.

Jetzt kehrte sein Alptraum wieder zurück, und einen Moment lang hatte Caelum das Gefühl, auf der Spitze von Dragos Schwert aufgespießt zu sein. Hatte er wirklich das Zepter an sich genommen?

War das ein Jagdruf, den er da hörte?

Wie konnte Drago das Zepter stehlen?

War das ein schwarzer Reiter, der dort in der Ferne vorbeipreschte?

»Caelum!« sagte Wolfstern, packte ihn an den Schultern und schüttelte ihn. »Wo ist es?«

Caelum wehrte sich, bis es ihm schließlich gelang, seine Angst zu bändigen. »Kommt mit«, sagte er und ging auf den Gang hinaus. Sie folgten ihm, bis sie zu einer kleinen Abzweigung gelangten, die nach links führte. Caelum schenkte den zahlreichen Türen, die von dem Gang abgingen, keine Beachtung.

Er eilte bis ans Ende und blieb vor einer grauen, gemauerten Wand stehen.

»Wo?« fragte Wolfstern.

Statt einer Antwort summte Caelum eine kurze Melodie. Dann wartete er, runzelte die Stirn und summte sie erneut.

»Was...« hob er an, doch bevor er etwas sagen konnte, schimmerte die Wand in fahlem Licht und verschwand. Dahinter kam eine kleine Kammer zum Vorschein.

Wolfstern warf Caelum einen durchdringenden Blick zu, trat dann jedoch schweigend durch die Tür. Die Kammer war leer. Die Wände waren rot verputzt, und hoch oben unter der Decke befand sich ein Fenster. Auf dem Eichenholzfußboden war keine Falltür zu sehen.

»Wo?« beharrte Wolfstern.

Erneut antwortete Caelum nicht, sondern summte wieder eine Melodie. Dieses Mal mußte er sie nicht wiederholen.

An der Rückwand nahm ein Bord Gestalt an, und auf dem Bord stand eine wundervoll gearbeitete silberne Schatulle.

»Mein Vater hat sie machen lassen, um das Zepter darin aufzubewahren«, sagte Caelum. »Er wollte es untersuchen, erforschen, aber es erinnerte ihn immer zu sehr an Faradays Tod, und so ließ er es bleiben.«

Mit der Schatulle in der Hand hielt er inne und sah Wolfstern an. »Drago kann das Zepter unmöglich gestohlen haben«, sagte er. »Die Zaubersprüche, die diese Schatulle verbergen, sind ausgesprochen mächtig.«

Mächtig genug, um Euch Schwierigkeiten zu bereiten, dachte Wolfstern. Oder gibt es dafür noch andere Gründe, Caelum? Warum ist es Euch so schwergefallen?

»Öffnet sie«, sagte er.

»Außer meinem Vater und mir wußte niemand etwas von diesen Zaubersprüchen«, sagte Caelum und zögerte das Unvermeidliche hinaus. »Niemand wußte, wo das Zepter...«

»Öffnet sie!«

Caelum senkte den Blick. Dann holte er tief Luft, und die Finger seiner rechten Hand berührten eine silberne Ranke an der Seite der Schatulle.

Der Deckel sprang auf.

Darunter kam nichts als scharlachroter Seidenstoff zum Vorschein.

Das Zepter war verschwunden.

»Bei den Sternen!« rief Caelum, und einen Augenblick lang konnte er fast spüren, wie die Schwertspitze sich in seine Brust bohrte, wie sich der Geschmack von Dragos verdammter Boshaftigkeit in seinem Mund ausbreitete.

»Wolfstern ... Wolfstern, Drago kann es unmöglich gestohlen haben! Auf keinen Fall! Er kann nicht...«

»Und doch hat er es gestohlen!«

Wolfstern hielt nachdenklich inne, trat von einem Fuß auf den anderen und sah Caelum an. In seinem Blick lag so große Angst, daß sich Caelums Magen zusammenzog.

»Mein Junge«, sagte Wolfstern sehr leise. »Hat Eure Macht während der letzten Wochen nicht ein wenig nachgelassen? Seid ehrlich! Ihr mußtet den Zauberspruch zweimal versuchen, um in das Gemach zu gelangen ...«

»Manchmal sind schon kleine Störungen aufgetreten. Aber ich dachte, ich sei so sehr mit meinen Sorgen beschäftigt, daß ich...«

»Bei allen Sternen am Himmel«, flüsterte Wolfstern und erbleichte. »Es hat angefangen!«

Mit diesen Worten verschwand er.

Caelum stand da und blickte abwechselnd auf die Stelle, wo Wolfstern sich in Luft aufgelöst hatte, und in die leere Schatulle.

Was meinte Wolfstern damit: »Es hat angefangen?« Und was sollte er jetzt machen?

Eine ganze Weile rührte er sich nicht, hielt nur die leere Schatulle in Händen und wußte nicht, was er denken oder tun sollte.

Wie war es Drago gelungen, hier einzudringen?

Was würde er mit dem Zepter alles anrichten können?

»Bei den Göttern«, flüsterte er schließlich. Sein Gesicht war aschfahl geworden. »Alles fängt wieder von vorne an. Drago hat es anscheinend auf mein Leben abgesehen. Wo bist du, Drago? Was hast du vor?«

Würde er es wagen können, jemals wieder zu schlafen?

Wolfstern trat unter den Arkaden hervor, die das Sternengewölbe einfaßten. Die beiden Zauberer, die dort Wache hielten, stießen erschrockene Schreie aus.

»Ach, seid ruhig!« zischte Wolfstern. »Ich werde Euch schon nicht auffressen!«

Er ging zum Sternentor hinüber und blieb schweigend davor stehen, in seine goldenen Flügel gehüllt, die ihn vor dem Grauen schützen sollten, das von der anderen Seite auf ihn zustürzen mochte.

Doch da war nichts.

Nichts, außer dem Flüstern der Kinder.

Wir kommen ... Wolfstern, wir kommen!

»Sie kommen näher«, wagte einer der beiden Vogelmenschen zu sagen. Beide hatten sich in sichere Entfernung zurückgezogen.

Wolfstern warf der Vogelfrau einen wütenden Blick zu, doch sie hatte recht. Sie waren tatsächlich nähergekommen. Sehr viel näher sogar.

Aber sie waren noch immer weit weg, versuchte sich Wolfstern zu beruhigen. Außerdem waren es nicht die Kinder, die ihn so sehr ängstigten.

Verspürte er da nicht auch eine Andeutung von etwas anderem, das sich dem Sternentor näherte?

Wolfstern setzte seine ganze Macht ein, um eine Antwort auf diese Frage zu finden. Er lauschte, tastete, forschte.

Doch selbst seine Macht, so umfassend sie auch war, vermochte ihm keine Gewißheit zu verschaffen.

Lag das daran, daß es überhaupt nichts anderes gab?

Oder lag es daran, daß ... sie ... das Herannahen der Kinder nutzten, um sich dahinter zu verbergen?

Wolfstern erschauderte. Er wußte nicht, ob das geringfügige Nachlassen seiner Zauberkraft – und es war nur geringfügig – in irgendeinem Zusammenhang mit denjenigen stand, die jenseits des Sternentores auf ihre Stunde warteten. Wolfstern wußte nicht einmal mit Sicherheit, ob Drago durch das Sternentor gegangen war. Hatte er Orr umgebracht und war dann in panischer

Angst durch einen der Gänge geflohen? Versteckte er sich irgendwo auf den Wasserwegen? Wo war das Zepter des Regenbogens?

Das rote Reh. Faraday. Sie war hier gewesen. Sie kannte die Antworten auf diese Fragen.

Wolfstern versuchte, sich zu sammeln, alles gründlich zu durchdenken. Falls Drago durch das Sternentor getreten war, hatte er überlebt? Wahrscheinlich nicht. Doch selbst wenn er ausgelöscht worden war, blieb immer noch das Zepter zurück und schwebte irgendwo zwischen den Sternen ... und jeder, der es suchte, konnte sich seiner bedienen.

»Wir brauchen das Zepter«, murmelte Wolfstern. »Für Caelum – für Tencendor! – besteht sonst keine Hoffnung. Überhaupt keine!«

Verflucht sei Drago, der Hund! Was war geschehen? Und was war, wenn ... sie ... sich im Schatten der Kinder näherten?

Was sollte er dann tun?

Er benötigte weit mehr Macht als ihm zu Gebot stand, um sie ausfindig zu machen. »Die Macht des Kreises«, erklärte er den ihn verstört betrachtenden Zauberern.

Er mußte herausfinden, ob Drago durch das Sternentor getreten war oder ob sich das Zepter noch in Tencendor befand.

»Faraday«, flüsterte Wolfstern und löste sich einmal mehr in Luft auf.

Die beiden Zauberer sahen einander an. Der Besuch des abtrünnigen Zauberers hatte sie völlig aus der Fassung gebracht. Was hatte all dies zu bedeuten?

42

Waldflugs Verrat

Zared kniff die Augen zusammen und blickte himmelwärts gegen die spätnachmittägliche Sonne. Eine steife Brise, die den Frost des Nordens atmete, zauste sein schwarzes Haar. Er konnte ein Zittern nicht unterdrücken und zog seinen Mantel fester um sich. Aus nordwestlicher Richtung kam ein Ikarier herangeflogen, dem es sichtlich Mühe bereitete, gegen den Wind anzukämpfen.

»Er ist unbewaffnet«, murmelte Herme. Sie standen auf der Festungsmauer von Kastaleon und warteten auf Caelums Antwort. Würde er angreifen? Nachgeben? Zögern? Sie wußten es nicht, und die Ungewißheit zerrte an ihren Nerven.

»Mit einem einzigen bewaffneten Ikarier würde sogar ich fertig werden«, sagte Zared.

»Natürlich«, erwiderte Herme besänftigend. »Ich wollte auch nicht andeuten...«

»Das weiß ich doch«, fiel ihm Zared ins Wort und wandte den Blick kurz von dem Ikarier ab. »Bitte entschuldigt meine Unduldsamkeit, Herme.«

Herme nickte kurz. Wie lange warteten sie jetzt schon auf eine Nachricht von Caelum? Vor über zwei Wochen hatten sie diesen abgelegenen Steinhaufen eingenommen. Wer wußte schon, was Caelum währenddessen ausgeheckt haben konnte.

Der Ikarier kam langsam näher, und einer der Wachen rief ihn an.

Im Rauschen des Windes konnten Zared und Herme seine Antwort nicht verstehen, aber der Wachmann winkte den Ikarier in ihre Richtung.

»Ein Soldat der Seewache«, sagte Zared. Sämtliche Muskeln seines Körpers waren angespannt, als der Ikarier auf sie zuflog.

»Caelums Antwort«, murmelte Herme und legte eine Hand auf den Knauf seines Schwertes, obwohl der Bote unbewaffnet war. »Sie gehorchen nur seinen Befehlen.«

»Seid gegrüßt, Prinz Zared«, sprach der Ikarier, nachdem er drei Schritte vor ihnen mit großer Anmut gelandet war. Er war von eindrucksvollem Äußeren, mit leuchtend blauem Gefieder, blauen Augen und schimmernd weißer Haut. »Ich heiße Waldflug Weitsegler, und ich ...«

»Kommt Ihr von Caelum?« unterbrach Zared ihn barsch.

»In der Tat, mein Prinz. Er hat mir aufgetragen, Euch seine Grüße auszurichten und ...«

»Ach, spart Euch doch die Floskeln, Mann!«

»Mein Prinz, der Sternensohn schickt Euch folgende Botschaft: Zwar verabscheut er Eure Vorgehensweise, aber er gesteht Euch zu, daß die Verhandlungen über den Thron von Achar fortgesetzt werden müssen. Entsprechend bittet er Euch, hier zu warten, bis er die anderen Oberhäupter der Fünf Familien nach Kastaleon rufen kann.«

Zared sah den Ikarier mißtrauisch an. »Er ruft den Rat hier zusammen?«

»In diesem Moment, mein Prinz«, erwiderte Waldfeder ohne zu blinzeln.

Zared warf Herme einen fragenden Blick zu. »Was meint Ihr dazu?«

Herme biß sich auf die Lippen. »Ihr scheint ihn so sehr erschreckt zu haben, daß er zur Vernunft gekommen ist, Zared. Askam wird allerdings vor Wut toben.«

Zared nickte. »Nun, dann bleibt uns nichts anderes übrig – wir müssen wohl auf die Ankunft des Rates warten. Waldflug, ich danke Euch. Bitte erfrischt Euch, bevor Ihr uns wieder verlaßt. Waldflug? Ihr könnt gehen.«

Waldflug rührte sich nicht.

»Geht, Vogelmann!« fauchte Herme, und seine Hand glitt wieder zum Knauf seines Schwertes.

»Natürlich gibt es da noch etwas, das ich Euch um jeden Preis vorenthalten soll«, sprach Waldflug.

Zared und Herme erstarrten. »Ja?« flüsterte Zared.

»Der Sternensohn möchte auf keinen Fall, daß Ihr erfahrt, daß Severin vor acht Tagen von sechs Geschwadern der Luftarmada eingenommen wurde, und daß er und Prinz Askam an der Spitze einer Armee den Nordra hinunterfahren, um Kastaleon zurückzuerobern und Euch, den Herzog von Aldeni und den Graf von Avonstal in Gewahrsam zu nehmen. Ihr werdet des Hochverrats gegen den Sternenthron bezichtigt, und Ihr wißt nur zu gut, mein Prinz, wie Caelum Gericht hält.«

Zared stockte der Atem. Waldflug stand vor ihm und verzog keine Miene. Zared versuchte, zuerst einmal zu begreifen, was der Vogelmann gerade gesagt hatte. »Severin ist eingenommen worden?«

»Jawohl, mein Prinz. Die Stadt ist abgeriegelt worden, deshalb habt Ihr noch nichts davon erfahren.«

»Und Caelum führt eine Armee gegen Kastaleon? Wieviel Mann? Und wo sind sie jetzt?«

»Gut fünftausend, Prinz Zared. Und wenn nichts Unvorhergesehenes geschieht, werden sie morgen früh vor Sonnenaufgang landen. Seine Botschaft ist eine Lüge. Caelum will auf keinen Fall zulassen, daß es wieder einen Thron von Achar gibt.«

Zared trat einen Schritt vor und umfaßte das Kinn des Ikariers. »Und warum erzählt Ihr mir das, Waldflug?« fragte er leise. »Warum sollte ich Euch Glauben schenken? Gilt Eure ganze Treue nicht dem Sternensohn?«

Waldflug schüttelte Zareds Hand ab. »Ich gehorche nur meinem Hauptmann«, sagte er. »Meine Befehle stammen unmittelbar von Flügelkamm. Ich weiß nicht, warum er mir aufgetragen hat, Euch das alles zu sagen. Ihr könnt es glauben oder auch nicht – das bleibt ganz Euch überlassen.«

Und mit diesen Worten erhob er sich mit mächtigen Flügelschlägen in die Lüfte. Zared streckte die Hand nach ihm aus, bekam ihn jedoch nicht mehr zu fassen. Er fluchte und legte gleichzeitig Herme die Hand auf den Arm.

»Nein, mein Freund. Ruft nicht die Wachen. Ihre Pfeile würden ihn jetzt nicht mehr erreichen, und das würde ich auch nicht wollen.«

»Mein Prinz, was sollen wir jetzt tun? Welche Botschaft war nun die richtige?«

»Ich weiß es nicht. Aber können wir es uns leisten, all dem keine Beachtung zu schenken? Und Severin? Eingenommen?«
Bei den Göttern! Das hatte er Caelum nicht zugetraut. Sein Gewissen regte sich – eine unschuldige Stadt bekam die Folgen seines Ehrgeizes zu spüren.

Aus dem Burghof unter ihnen ertönte ein Ruf. Sie wandten sich um und entdeckten Theodor, der ihnen sichtlich erregt zuwinkte. Neben ihm stand ein Kaufmann, den Zared aus Jannymire Goldmanns Gefolge kannte.

»Zufall? Oder Absicht?« murmelte er, stieg aber trotzdem auf die Leiter.

»Vor über einer Woche ist Severin eingenommen worden«, sagte der Kaufmann, Bormo Kilckmann, geradeheraus.

»Und woher wißt Ihr...«, wollte Zared gerade unwirsch fragen, als Kilckmann ihm einen Käfig unter die Nase hielt. Darin befand sich eine kleine graue Taube.

Zared erkannte sie sofort. »Bürgermeister Inisko«, sagte er leise, und dann, zu Herme und Theodor gewandt: »Bürgermeister Iniskos Gemahlin hält eine große Anzahl von Brieftauben, die für ganz bestimmte Ziele abgerichtet sind.«

»Sie ist vorgestern in Karlon eingetroffen«, erklärte Kilckmann. »Die Botschaft berichtet kurz und bündig von der Einnahme Severins. Ich habe das nächste Schiff nach Kastaleon genommen.«

Zared blickte erneut himmelwärts, als erwarte er, daß Waldflug dort noch immer seine Kreise zog. Der war jedoch längst verschwunden ... zurück zum Sternensohn, dem er anscheinend nicht ganz so treu ergeben war. Außer dunklen Wolken, die aus nordwestlicher Richtung herbeijagten, war nichts zu sehen.

Es würde schlechtes Wetter geben.

»Also ist Severin tatsächlich gefallen«, sagte Herme. »Und Caelum soll in wenigen Stunden hier sein?«

»Was?« rief Theodor aus.

Zared schenkte ihm vorerst keine Beachtung. »Davon müssen wir ausgehen, Herme. Etwas anderes bleibt uns nicht übrig.«

Herme nickte und setzte Theodor rasch darüber in Kenntnis, was der Soldat der Seewache ihnen erzählt hatte.

Theodor wurde blaß. »Vier- oder fünftausend Mann? Woher hat er...«

»Askam hat tausend Mann mit nach Sigholt gebracht«, erwiderte Zared. »Vielleicht dachte er, sie könnten ihm während der Ratsversammlung nützlich sein. Und Caelum hat auf Sigholt schon immer eine große Streitmacht stationiert. Zusammen mit den Truppen aus Jervois ... ja, Caelum ist durchaus in der Lage, fünftausend Mann in Marsch zu setzen.«

»Gegen eine solche Armee können wir Kastaleon unmöglich halten«, sagte Herme freiheraus. »Können wir unsere Hauptstreitkräfte aus den Westbergen zurückrufen?«

Zared schüttelte den Kopf. »Das würde zu lange dauern, viel zu lange. So oder so möchte ich mich auch hier auf kein Gefecht einlassen.«

»Mein Prinz?« sagte Kilckmann. »Was werdet Ihr dann tun?«

»Caelum geht davon aus, daß ich hier auf seine Entscheidung warte. Er wird angreifen, wahrscheinlich morgen früh bei Sonnenaufgang.«

»Dann bleiben uns weniger als fünfzehn Stunden«, gab Theodor zu bedenken.

Zared stand in Gedanken versunken da, während die anderen ihn ungeduldig ansahen.

»Wir müssen von hier fort«, sagte er schließlich.

»Wohin?« entfuhr es Theodor und Herme gleichzeitig.

»Nach Karlon.«

Das schien niemanden zu überraschen. »Ja«, stimmte Kilckmann zu. »In Karlon wärt Ihr sicher. Mit fünftausend Mann können sie Euch die Stadt jedenfalls nicht abnehmen.«

»Wenn Caelum nur wenige Stunden hinter uns ist«, wollte Herme wissen, »wie stehen dann unsere Aussichten –«

Zared grinste breit. »Ausgesprochen gut, mein Freund. Theodor? An seinem fünfzehnten Namenstag habt Ihr dem jüngeren Vetter des Prinzen von Nor einen Streich gespielt ... erinnert Ihr Euch noch daran?«

Theodor mußte lächeln. »Ja, sehr gut sogar.«

»Dann könnte es uns nicht nur gelingen, Caelum und seinen fünftausend Mann hier eine kleine Überraschung zu hinterlassen – wir werden sie sogar einige Stunden, wenn nicht Tage, hier aufhalten können. Richtig?«

Theodor lachte. »Richtig!«

»Was habt Ihr vor?« fragte Herme.

Zared schlug ihm auf den Rücken. »Kommt, mein Freund. Ich werde Euch alles erklären. Aber erst müssen wir unsere Leute in Marsch setzen – ich will, daß diese Burg geräumt wird. In fünf Stunden muß die Falle gestellt sein, während wir schon unterwegs nach Karlon sind. Herme, schickt einen Boten zu unseren Truppen in den Westbergen, sie sollen sich nach Karlon in Bewegung setzen. Kilckmann? Meister Goldmann hat mir versprochen, daß die Kaufleute und Gilden von Karlon unverbrüchlich an meiner Seite stehen. Wollt Ihr sie darin unterstützen?«

»Jawohl, mein Prinz.« Kilckmanns Augen leuchteten. »Was kann ich für Euch tun?«

»Bereitet alles vor, Kilckmann. Macht Euch gleich auf den Weg. Nehmt das schnellste Schiff, das Ihr auftreiben könnt. Und ...« Zared hielt inne. »Und bittet Goldmann, dafür Sorge zu tragen, daß wir angemessen empfangen werden. Er weiß, was ich meine.«

Zared schritt den Gang zu den Privatgemächern von Kastaleon hinunter.

In der Burg herrschte Ruhe – alles bereitete sich draußen auf den Abmarsch vor –, und seine Schritte hallten unheimlich von den Wänden wider.

Er blieb vor der Tür zu einem der größeren Gemächer stehen, klopfte leise und trat ein, ohne die Antwort abzuwarten.

Leah saß auf einer Bank an einem Fenster, das auf den Burghof hinausging. Als er hereinkam, blickte sie auf, wandte sich jedoch sogleich wieder ab.

Sie verlor kein Wort, als Zared das Zimmer durchquerte und neben ihr Platz nahm.

Er blickte zum Fenster hinaus – auf dem Burghof herrschte rege Geschäftigkeit.

»Wir werden Kastaleon verlassen«, sagte er. »Noch heute abend.«

Endlich sah Leah ihn an.

»Caelum kommt«, sagte sie kalt. »Mit einer Armee. Kein Wunder, daß du davonläufst.«

Zared verzog das Gesicht. »Ja, Caelum kommt, und ich ziehe es vor, ihm unter günstigeren Bedingungen entgegenzutreten, als mir hier zur Verfügung stehen.«

»Und wohin fliehen wir?«

»Wir fliehen nicht, wie marschieren nach Karlon.«

»Karlon? Aber...«

»Leah.« Zared beugte sich vor und nahm ihre beiden Hände.

Ihr Körper versteifte sich, doch sie ließ es geschehen.

»Leah, ich habe dich angelogen, ich ... ich war nicht immer ehrlich zu dir, und dafür muß ich dich um Verzeihung bitten.«

»Ich glaube nicht, daß ich...«

»Bitte laß mich ausreden.« Er verstärkte seinen Griff leicht und blickte ihr gerade in die Augen.

»In meiner Auseinandersetzung mit Caelum geht es um weit mehr als um Handelswege. Den Rat ... den Rat habe ich außerdem darum ersucht, mir den Thron von Achar zu übereignen.«

»Was!« Leah riß sich los und lehnte sich zurück. Sie war zutiefst erschüttert.

»Leah, hör mir bitte zu! Seit einiger Zeit sprechen immer wieder Gesandte aus Karlon und aus dem Westen bei mir vor und flehen mich an, Achar seinen Thron zurückzugeben, seinen Stolz und seine nationale Einheit.«

»Das glaube ich dir nicht!«

»Leah, verflucht nochmal! Warum glaubst du, reiten Theodor und Herme an meiner Seite?«

»Um ihres eigenen Vorteils willen?«

»Ach, Leah! Hast du deine Gemächer im Palast von Karlon nie verlassen? Hast du nie dein Ohr den Menschen geliehen, die sich in Scharen in den Straßen drängen?«

Sie schwieg, senkte jedoch den Blick.

»Leah, es geht um weit mehr als um dich oder mich, von meinem Streit mit Caelum und Askam ganz zu schweigen. Es geht um ein ganzes Volk, seine Wünsche, seine Bedürfnisse. Leah ... meine Geliebte ... ich möchte dich bitten, jetzt nichts zu sagen. Wenn wir in Karlon eintreffen, wirst du hoffentlich erkennen, daß nicht *meine* Wünsche entscheidend sind, sondern die Wünsche des Volkes.«

»Meine Treue ...« hob sie an.

»Deine Treue und deine Verantwortung sollten immer deinem Volk gelten, Leah. Nicht mir, nicht Askam, und nicht einmal Caelum.«

»Meine Treue gilt dem Sternenthron und die deine sollte es auch!«

»Nein«, sagte Zared ganz leise und ergriff erneut ihre Hand. »Unsere Treue sollte immer dem Volk gehören, das wir vertreten – jenen, die zu uns aufschauen und unseren Schutz suchen. Leah, das mußt du verstehen. Es ist nicht Ehrgeiz, der mich antreibt, den Thron von Achar wiederzugewinnen – es ist der Wunsch der Achariten. Das Bedürfnis, dem Unrecht zu entrinnen, unter dem sie leiden. Dabei geht es nicht nur um unangemessene Steuern, die ausschließlich den Achariten aufgezwungen werden, sondern auch um die Tatsache, daß Axis unser Volk – unser Volk, verflucht – seiner Einheit und seines Stolzes beraubt hat.«

»Und ich?«

»Du? Ich liebe dich von ganzem Herzen, und allein aus diesem Grund will ich dich zur Frau. Aber ich liebe dich auch, weil du für etwas stehst – für die Möglichkeit, den Riß zwischen Norden und Westen zu schließen.«

»Du hast es auf den Westen abgesehen!«

»Sofern es dazu beiträgt, die Achariten als ein Volk zusammenzuführen – ja, dann schon«, erwiderte er geradeheraus.

Sie schwieg und versuchte, seine Worte in sich aufzunehmen.

»Leah«, sagte er. »Ich bin eben so offen und ehrlich zu dir gewesen, wie nie zuvor, und es tut mir leid, daß ich das früher nicht war. Du und ich sind nicht Fuhrmann und Wäscherin, mit einer Verantwortung, die über unseren ehrlichen Beruf nicht hinausginge. Wir stehen beide für ein großes Volk und für ein riesiges Land. Natürlich wirkt sich diese Verantwortung auf unser Verhältnis aus und darauf, wie wir einander sehen.«

Er seufzte und legte die Hand auf ihre Wange. »Leah, vor allem liebe ich dich als Frau – ich liebe deine Kraft und deinen Mut, deine Klugheit und dein Lachen. Ich weiß auch, wie vorteilhaft eine Heirat zwischen uns wäre. Nicht für uns, sondern für das Volk, das wir vertreten. Verstehst du, was ich damit sagen möchte?«

Sie nickte. »Wir sind Mann und Frau, aber wir sind auch mehr als das. Wir können unsere Hochzeit nicht nur als Vertrag zwischen zwei Menschen ansehen, sie wäre auch ein Vertrag zwischen zwei Völkern.«

»Und deshalb«, fuhr er leise fort, »müssen wir die Wünsche unseres Volkes in Betracht ziehen. Leah, ich will dich zur Frau. Wenn wir in Karlon eintreffen, wirst du vielleicht erkannt haben, daß dein Volk unserer Verbindung zustimmt. Wirst du das bei deiner Antwort bedenken?«

Sie dachte lange nach, den Blick gedankenverloren in die Ferne gerichtet.

Als sie schließlich zu ihm hochsah, bemerkte Zared Tränen in ihren Augen.

»Wenn Karlon dich zum König ausruft, Zared ... wenn ich zu der Überzeugung gelange, daß das Volk des Westens deine Wünsche gutheißt – ja, dann werde ich dich heiraten.«

Zared schien nun ganz beruhigt. Er beugte sich vor und küßte sie sanft.

»Dann zieh dich um, meine Geliebte, denn heute abend reiten wir los.«

43

Faradays Lüge

Niah hakte sich bei Faraday ein, während sie durch den Obstgarten spazierten.

»Ich bin so froh, daß wir endlich Gelegenheit haben, uns zu unterhalten«, sagte sie und drückte sanft Faradays Arm.

»Tatsächlich?«

»Wie lange seid Ihr jetzt schon hier? Zehn Tage? Und während dieser Zeit habe ich Euch kaum gesehen. Ich mußte Eure Geschichte dem Geplauder der Priesterinnen bei Tisch entnehmen.«

Faraday lachte. »Ich kann mir nicht vorstellen, daß sie besonders wohlwollend von mir gesprochen haben!«

»Oh, da irrt Ihr Euch aber! Die Priesterinnen bewundern Euch ungeheuer. Die Erste hat mir erzählt, daß Aschure« – Niah hielt inne, als sie den Namen ihrer Tochter aussprach, und ein stolzes Leuchten trat in ihre Augen – »und Ihr Axis geholfen habt, Gorgrael zu besiegen.«

Faraday wurde unversehens ernst, doch Niah bemerkte es nicht.

»Ihr habt alle Bäume des Bardenmeers alleine gepflanzt? Und die Awaren hörten auf jeden Eurer Befehle?«

»Ganz so war es nicht...«

»Über welche Macht Ihr verfügt habt! Faraday, Ihr flößt mir Ehrfurcht ein.«

»Ihr habt auch Euren Teil dazu beigetragen.«

Niah zuckte mit den Achseln. »Ich habe eine Tochter zur Welt gebracht.«

»Und Ihr seid für sie gestorben.«

»Ihr seid für Tencendor in den Tod gegangen.«

Eine Weile schlenderten sie schweigend weiter, jede ganz in ihre eigenen Gedanken versunken. Erst als sie die Klippen auf der Südseite erreicht hatten, nahm Niah die Unterhaltung wieder auf.

»Und obwohl wir gestorben sind, befinden wir uns hier. Wir können tun und lassen, was wir möchten, auf dieser wunderschönen und magischen Insel.«

»Eine von uns beiden kann nicht ganz über sich verfügen.« Auf eine solche Gelegenheit hatte Faraday gewartet. Sie hatte viel Zeit mit Sternenströmer verbracht und mit ihm über Niah gesprochen und darüber, wie sie Zenit am ehesten befreien konnten. Es war ein Wagnis, aber sie mußten es eingehen.

»Ach?« sagte Niah und blieb stehen. »Und warum könnt Ihr nicht über Euch verfügen, Faraday?«

»Ich habe nicht von mir gesprochen«, erwiderte Faraday leise und sah Niah in die Augen.

Niah ließ Faradays Arm los. »Ich habe keinerlei Unrecht begangen.«

»Wir sind beide von den Toten auferstanden«, fuhr Faraday fort. »Aber ich habe nicht das Leben einer anderen ...«

»Ich habe niemandes Leben übernommen!« fiel ihr Niah ins Wort. »Ich bin ich, und das war immer so! Ich ...«

»Niah ...«

»Zenit hat es nie gegeben! Sie hat nur darauf gewartet, ihre wahre Gestalt anzunehmen!«

»Niah, bitte laßt mich ausreden. Ich will Euch nicht erzürnen, aber ...«

»Ich bin Niah, niemand anders! Schon immer!«

»Sternenströmer hat mir erklärt, daß sich Euer ganzes Verhalten verändert hat, Eure Vorlieben, sogar Euer Lachen. Ihr seid nicht dieselbe ...«

»Meine Handschrift ist dieselbe! Mein Geschmack! Versucht nicht, mir ...«

»Niah! Hört mir zu!« Faradays Stimme war ungewöhnlich scharf geworden, und Niah verstummte.

»Niah, begreift Ihr nicht, daß Zenit eine ganz andere Frau

war? Sie liebte es, zu fliegen, ihr dagegen verabscheut es! Wie ist das möglich, wenn Ihr schon immer dieselbe Frau wart? Könnt Ihr Euch nicht daran erinnern, wie es war, zu fliegen?«

Niah schwieg störrisch.

»Niah, glaubt mir, ich mißgönne Euch nicht, daß Ihr Euer Leben zurück...«

»Es wurde mir versprochen! Wie könnt Ihr es wagen, mir nicht zuzugestehen, daß ich ein zweites Mal ins Leben zurückkehre? Wie viele Gelegenheiten habt Ihr schon erhalten? Zwei? Drei?«

»Ich bin niemals an die Stelle eines anderen getreten«, erklärte Faraday. »Ich habe stets nur eine andere Gestalt angenommen. Niah ... es ist der Lauf der Welt, daß jeder, der stirbt, irgendwann wiedergeboren wird. Eine Seele zieht in die leere Hülle eines Kindes im Mutterleib ein. Eine Seele kann nicht – sollte nicht – in einen Körper einziehen, der bereits über eine Seele verfügt.«

Niah wandte Faraday den Rücken zu und starrte auf das unruhige graue Meer hinaus.

»Niah, Ihr seht doch bestimmt ein, daß Ihr nur warten müßt...«

»Ich habe lange genug gewartet!« schrie Niah, ohne Faraday anzusehen. »Wolfstern hat mir versprochen, daß ich wiedergeboren würde, und er hat Wort gehalten! Und dieses Mal als eine Sonnenflieger, damit er mich bis ans Ende der Zeit lieben kann und wird!«

Faraday seufzte leise. In dieser Hinsicht hatte Niah recht. Auf eine Ewigkeit an Wolfsterns Seite konnte nur eine Frau aus dem Haus Sonnenflieger hoffen, eine andere würde ihn nicht halten können.

»Aber das hilft Zenit nicht weiter«, versuchte sie es erneut.

Niah wandte sich um. »Zenit hat es nie gegeben«, sagte sie trotzig. »Niemals. Das war immer ich, während ich auf meine Wiederkunft gewartet habe.«

Dann veränderte sich ihr Gesichtsausdruck. Sie strahlte vor Entzücken und sah Faraday an, als verliehe sie und nur sie ihrem Leben eine Bedeutung.

Faraday runzelte die Stirn, bis sie begriff, daß Niah auf einen Punkt weit hinter ihr starrte.

Niah stieß einen Freudenschrei aus, raffte ihren Rock und eilte an Faraday vorbei in Wolfsterns Arme. »Geliebter!«

Faraday fluchte tonlos. Nicht nur über Wolfstern, der ausgesprochen ungelegen kam – hatte er verhindern wollen, daß Faraday Niah dazu brachte, Zenits Körper freizugeben? –, sondern auch über Niahs festen Willen. War Zenit überhaupt noch da? Faraday wußte es nicht, und sie fragte sich, ob Sternenströmers Hoffnung, daß Zenit noch lebe, berechtigt war.

Trotz ihrer Verärgerung sammelte Faraday sich und wandte sich dem Paar beherrscht zu.

Wolfstern hielt Niah fest in seinen Armen und küßte sie leidenschaftlich. Faraday zog eine Augenbraue hoch. Liebte Wolfstern sie tatsächlich, oder begehrte er sie nur? Faraday wußte nicht, ob Wolfstern zu wahrer Liebe fähig war.

Als könne er ihre Gedanken lesen, hob Wolfstern den Kopf und grinste Faraday an. »Sie wird mir ein weiteres Kind gebären«, sagte er mit heiserer, triumphierender Stimme. »Und dieses Mal werde ich es selbst aufziehen und nicht wieder einem schmutzigen Pflughüter überlassen.«

Niah schmiegte sich so wollustig an Wolfstern, daß Faraday das Blut ins Gesicht schoß.

»Was? Hier, meine Geliebte?« sagte Wolfstern lachend. »Habe ich Eure Begierden letzte Nacht nicht gestillt?«

»Eine schwangere Frau sehnt sich ohne Unterlaß nach Zuwendung«, murmelte Niah und ließ ihre Hand über Wolfsterns Körper gleiten.

Faraday wandte den Blick ab. Sie wollte nicht mit ansehen, wieweit Niah in ihrer Schamlosigkeit ging. Und diese Frau war einmal Erste Priesterin gewesen!

Schließlich löste sich Wolfstern sanft aus ihrer Umarmung. »Jetzt ist nicht die richtige Zeit, meine Liebste. Ich muß mit Faraday sprechen.«

Niah murmelte etwas, ließ Wolfstern jedoch los.

In diesem Augenblick änderte sich sein ganzes Auftreten. Er

hüllte sich in Magie wie andere sich einen Mantel umlegen mochten. Seine violetten Augen verfinsterten sich und er schien größer geworden zu sein.

»Was ist mit Drago geschehen?« fragte er barsch.

Faraday sah ihn an und schwieg.

»Ihr wart im Gewölbe des Sternentors, als Drago Orr umgebracht hat.«

»Ich war dort, als Orr starb.«

»Drago befand sich im Besitz des Zepters.«

Faraday schwieg erneut.

»Oder etwa nicht?«

»Ich hatte entsetzliche Angst«, erwiderte Faraday, ohne den Blick abzuwenden. »All die Gewalt, es war grauenhaft. Ich habe nicht darauf geachtet, was er bei sich hatte.«

»Ihr habt nicht darauf geachtet?«

Ihr wart es, der mich mit der Prophezeiung in den Tod geschickt hat, dachte Faraday, ließ Wolfstern jedoch nicht in ihren Geist eindringen. Sie hielt seinem Blick stand. Ihr habt mich in den Tod geschickt, andere haben mich erlöst. Ich schulde Euch nichts.

Wolfstern schluckte seinen Zorn hinunter. Nun, vielleicht hatte sie tatsächlich nicht darauf geachtet. »Was ist dann geschehen? Ist Drago durch das Sternentor getreten?«

»Das kann ich nicht genau sagen, Wolfstern. Ich hatte schreckliche Angst, ich wurde von unbekannten Mächten in Stücke gerissen, und« – sie wies mit der Hand auf sich selbst – »ich habe meine ursprüngliche Gestalt zurückerhalten. Ich habe nicht darauf geachtet, wohin ...«

»Sagt die Wahrheit«, bellte Wolfstern. Seine Wut wurde von seiner Angst nur noch verstärkt. *Sagt mir die Wahrheit!* hallte es durch ihren Kopf.

Er war furchterregend, verlor fast völlig die Beherrschung, und Faraday gab zitternd nach.

»Er ist durch die Gänge zurückgerannt, Wolfstern. Allerdings weiß ich nicht genau, welchen Weg er genommen hat. Aber er muß sich irgendwo in Tencendor befinden.«

Wolfstern sah sie durchdringend an. Sprach sie die Wahrheit? Er wußte es nicht. Konnte sie seiner Macht widerstehen? Er wußte es einfach nicht ... und alles, was er nicht durchschaute, jagte Wolfstern große Angst ein.

»Ach, und wenn schon!« sagte er und verschwand auf seine gewohnte Art.

Niah stieß einen leisen Schrei der Enttäuschung aus und warf Faraday einen wütenden Blick zu.

»Nun?« fragte Sternenströmer, als Faraday seine Gemächer betrat.

Faraday schenkte ihm einen Moment lang keine Beachtung, sondern setzte sich erst einmal zu ihm aufs Bett. »Niah wird Zenits Körper nicht freiwillig aufgeben«, sagte sie. »Und Wolfstern bestärkt sie nur darin.«

»Ihr habt Wolfstern getroffen?«

Faraday nickte, ohne eine Miene zu verziehen.

»Was wollte er? Was hat er gesagt?«

Faraday zögerte. »Später, Sternenströmer, später. Jetzt kommt es vor allem darauf an, Zenit zu finden.«

»Ist Euch das möglich?«

»Ja.« Faradays Stimme klang plötzlich sehr überzeugt, und sie richtete ihre Augen fest auf Sternenströmer. »Ja, das ist es. Aber überreden werden wir sie nicht können. Wir müssen eine andere Möglichkeit finden, Eure Enkelin zu befreien.«

»Je früher, desto besser.« Sternenströmer sank zurück auf das Bett, das Gesicht von Sorgenfalten überzogen. »Diese Niah wird mit jedem Tag stärker. Und das Kind ...«

Faraday starrte ihn an. »Ja ... das Kind! Sternenströmer, Ihr habt mich auf etwas gebracht.«

Und sie beugte sich vor und küßte ihn auf die Wange.

44

... und neunundsechzig fette Schweine

Die Sonne war noch nicht aufgegangen, und es war kalt. Caelum stand reglos da, während seine Männer letzte Vorbereitungen trafen. Er hatte schlecht geschlafen. Eigentlich hatte er gar nicht geschlafen – aus Angst, Drachenstern würde ihn in seinen Träumen jagen und zur Strecke bringen. Seine Augen waren von tiefen Schatten umgeben, seine Bewegungen wirkten unschlüssig, und sein Magen befand sich in Aufruhr. Dies würde sein erster Einsatz auf dem Schlachtfeld sein. Bei den Sternen, dachte er – jetzt bin ich schon über vierzig, und in diesem Alter hatte sich mein Vater bereits von einer Küste zur anderen durchgekämpft und ein Reich erobert. Und ich? Ich habe den Geschichten darüber gelauscht.

Freilich, er hatte sich sein ganzes Leben lang auf diesen Augenblick vorbereitet. Nicht nur sein Vater, sondern jeder kampferprobte Hauptmann Tencendors – Mensch oder Ikarier – hatte dem Sternensohn Unterricht erteilt. Caelum hatte fast jeden Morgen seines Lebens mit Übungen an der Waffe zugebracht.

Doch bis zu diesem Moment hatte er keinen rechten Sinn in alledem gesehen. War es nicht undenkbar, daß in Tencendor wieder ein Krieg ausbrach?

»Ich will, daß der Schweinehund ausgepeitscht wird!« murmelte Askam. In der Morgendämmerung konnte er die Umrisse von Kastaleon nur schemenhaft erkennen. Er wußte, daß Caelums scharfer Vogelblick weit mehr Einzelheiten erfaßte. »Steht er dort und beobachtet uns?«

»Auf der Burg regt sich nichts, Askam. Auf den Mauern sind

nur ein paar Wachen zu sehen, die mit großer Wahrscheinlichkeit eingeschlafen sind. Zweifellos liegt Zared im Bett und träumt davon, wie er den Rat davon überzeugen kann, seinem Ehrgeiz nachzugeben.«

Mit grimmiger Miene fügte er hinzu: »Ich denke, wenn er aufwacht, wird er eine Überraschung erleben. Askam, stehen alle Einheiten bereit?«

»Jawohl, Sternensohn. Sie sind vor einer Stunde in Stellung gegangen, so leise und behutsam wie Katzen auf der Jagd. Wann werdet Ihr den Befehl erteilen, die Späher vorauszuschicken? In einer Stunde wird die Sonne aufgehen, und bald wird die Burg erwachen.«

Caelum zögerte. Sein Magen verkrampfte sich und er spürte Übelkeit in sich aufsteigen. Aber er war fest entschlossen, Zared – nein, ganz Tencendor – zu zeigen, daß er ein ebenso guter Heerführer war wie sein Vater. Späher? Nein, da hatte er eine bessere Idee.

»Haltet die Späher zurück, Askam. Wir werden mit allen Einheiten gleichzeitig zum Angriff übergehen. Zared erwartet uns nicht, und die Wachen auf den Mauern können sich kaum noch wachhalten.«

»Caelum!« Askam starrte ihn entgeistert an. »Wäre es nicht klüger, die Späher vorauszuschicken? Um sicherzugehen ...«

Caelum wandte den Blick von Kastaleon ab und fiel Askam ins Wort. »Ich weiß, was ich tue! Ich kann uns in einen Zauber einhüllen, der so stark ist, daß Zared und seine Männer uns nicht sehen werden. Sie erwarten uns nicht. Die Burg ist so still wie ein Grab. Warum sollen wir unsere Zeit mit Spähern verschwenden?«

Askam biß sich auf die Lippen. Caelum hatte nicht Unrecht – er konnte sie in einen Zauber einhüllen ... Askam mußte unvermittelt lächeln, als er sich vorstellte, wie er Zared im Bett überraschte und ihm die Schwertspitze an den Hals legte.

»Wie Ihr befehlt, Sternensohn. Sollen wir sofort angreifen?«

»Einen Augenblick noch. Erst muß ich den Zauber wirken.«

Es war ihm zuwider, daß er seine Einheiten unter den Schutz

eines Zauberspruchs stellen mußte, doch diesen entscheidenden Vorteil wollte er sich nicht entgehen lassen …

Sein Vater hatte sich nie hinter Magie versteckt.

Caelum schob den Gedanken beiseite. Er war nicht Axis, und Zared gegenüber war jedes Mittel recht. Caelum drehte den Ring an seinem Finger, obwohl er nicht darauf angewiesen war, das richtige Lied für einen Schleier der Unsichtbarkeit von ihm abzulesen. Er hatte das Lied erst kürzlich angestimmt und konnte sich noch gut daran erinnern, doch die gewohnte Bewegung beruhigte ihn. Er ließ sich das Lied durch den Kopf gehen und erstarrte.

Es kostete ihn weit größere Anstrengung als beim letzten Mal. Warum? Caelum mußte an Wolfsterns Frage denken. Hatte seine Macht in letzter Zeit nachgelassen? Was ging hier vor? Lag es an der Anspannung, daß er so viel Kraft auf das Lied verwenden mußte, oder gab es einen anderen Grund?

»Es ist vollbracht, Askam. Gebt den Befehl zum Angriff.«

Sie hatten die Schiffe vierhundert Schritt nördlich von Kastaleon festgemacht, sowohl in der Dunkelheit als auch hinter einer scharfen Biegung des Flusses verborgen. Während der letzten Stunde hatte Askam sämtliche Einheiten um die Burg herum in Stellung gebracht. Er hatte ihnen eingeschärft, sich möglichst nicht zu rühren. Jetzt gab er den Befehl zum Angriff.

Caelum und Askam bestiegen ihre Pferde und ritten auf der breiten Straße auf das Tor zu. Niemand im Schloß würde in der Lage sein, sie zu sehen oder zu hören, und es gab keinen Grund, leise zu sein. Askam gab seinem Pferd die Sporen, und das Tier wäre fast ausgerutscht.

»Langsam, Askam«, sagte Caelum. »Wir werden schon noch rechtzeitig dort sein, und bald wird Kastaleon wieder unter unserem Befehl stehen.«

»Ich will Zared mit der Spitze meines Schwertes wecken …«

»Askam, das genügt!«

Askam verstummte, und sie legten die letzten hundert Schritt bis zur Burg schweigend zurück. Noch immer war von dort nichts zu hören, obwohl die Soldaten bereits durch das Tor hineingeströmt waren. Askam mußte lächeln, als er sich Zareds Gesicht vorstellte, wenn er ihn sein Schwert spüren ließ.

Endlich konnte er ihm einmal eine Niederlage beibringen.

Askam fragte sich, ob Caelum dem Prinzen des Nordens als Strafe für seine Untaten seine Ländereien wegnehmen würde. Und er? Würde er einige Provinzen erhalten? Welche? Severin ... die Edelsteinminen? Dann könnte er seine Schulden mit einer einzigen Unterschrift aus der Welt schaffen.

Im nächsten Augenblick waren die Edelsteinminen vergessen. Mit lautem Hufgetrappel ritten sie über die Brücke, und Askam rief seinen Hauptleuten Befehle zu. Dann stiegen er und Caelum vom Pferd.

»Hier ist es zu ruhig«, sagte Caelum und sah sich um. »Selbst mit dem Zauberspruch hätte jemand etwas bemerken müssen ... hätte mit jemandem zusammenstoßen müssen, bei den Sternen! Askam ... wo sind die Wachen?«

Bevor Askam antworten konnte, kam einer seiner Männer herbeigerannt. »Sternensohn! Die Ställe sind leer!«

Caelum wurde von einer schlimmen Vorahnung gepackt. Was sollte er tun? Keine Pferde ... bedeutete das ...?

»Seht in den Unterkünften nach!« rief er und streckte die Hand nach seinem Pferd aus. Sollte er aufsteigen? Was sollte er seinen Männern befehlen? Was hätte sein Vater getan?

Von den Wehrgängen erklang ein leiser Ruf. »Es sind nur Puppen, Sternensohn! Hier oben sind keine Männer!«

Caelum warf Askam einen unsicheren Blick zu. Was ...?

»Die Unterkünfte sind leer, Sternensohn!«

»Sie sind fort!« rief Askam überflüssigerweise.

»Nun, zumindest habt Ihr Eure Burg jetzt wieder«, murmelte Caelum und versuchte, Ordnung in seine Gedanken zu bringen. Sollte er die Burg besetzen oder Zared hinterherreiten? Wie groß war Zareds Vorsprung? Caelum stieß einen Fluch aus. Warum hatte er keine Ikarier mitgenommen? Diesen Fehler hätte Axis nicht begangen.

»Vielleicht ...«, hob er an, und dann ging die Welt in Flammen auf.

Minutenlang konnte er keinen klaren Gedanken mehr fassen. Er wurde von den Füßen gerissen, sein Pferd wurde hochgeschleudert. Menschen schrien und stöhnten, Rauch breitete sich aus, Steinsplitter flogen durch die Luft. Hitze versengte ihm die Haut, es roch nach Holzkohle und verbranntem Fleisch.

Caelum rollte sich auf die Seite und würgte. Der Gestank von brennendem Fleisch hatte von seinem ganzen Körper Besitz ergriffen, und er konnte ihn nicht mehr loswerden. Schreie bohrten sich in seinen Kopf, zerrten an seiner Seele. Bei den Göttern! Was war geschehen? Warum nahmen die Schreie kein Ende?

Eine Hand packte ihn an der Schulter und rollte ihn auf den Rücken. »Sternensohn? Seid Ihr verletzt? Dem Sternenmann sei Dank, Ihr lebt! Steht auf, mein Herr, Ihr müßt aufstehen ...«

Caelum ließ sich aufhelfen. Sämtliche Muskeln taten ihm weh, jeder Knochen schien gebrochen. Trotzdem, laufen konnte er noch. Vielleicht war er dem Tod doch nicht so nahe.

Eine Hand zerrte ihn weiter. Caelum hoffte, daß sein Helfer wußte, wohin er ging, denn er selbst konnte in dieser roten, von Rauch erfüllten Hölle keinen Schritt weit sehen. Er beugte sich vornüber, würgte erneut – und sah sich plötzlich keine Handbreit von einer Leiche entfernt, die in Stücke gerissen worden war. Rohes Fleisch und Knochensplitter, mehr konnte er nicht erkennen.

Sein Magen zog sich erneut zusammen, doch die Hand packte ihn am Schopf und riß ihn vorwärts.

Er stolperte durch das Tor – was davon übrig geblieben war – und fiel kopfüber in den Burggraben.

Die Brücke war weg.

Das eiskalte Wasser brachte Caelum wieder zur Besinnung. Er prustete, kämpfte sich an die Oberfläche und blinzelte das Wasser aus den Augen. Neben ihm paddelte ein Soldat – der Mann, der ihn aus dem Inferno geschleppt hatte. Caelum wandte seinen Blick der Burg zu.

Was er sah, erfüllte ihn mit tiefem Entsetzen. Kastaleon war nur noch eine Ruine. Rauch und Flammen drangen durch riesige Löcher in der Festungsmauer. Der Bergfried war eingestürzt –

wo er gestanden hatte, stieg schwarzer Qualm himmelwärts. Männer und Pferde, viele vom Feuer gezeichnet, stürzten aus der Burg und sprangen in den Burggraben.

»Bei den Sternen!« flüsterte Caelum, der nicht glauben konnte, was er da sah. »Oh ... bei den Sternen!«

Theodor stand achthundert Schritt entfernt auf einem kleinen Hügel und betrachtete fassungslos das blutige Schauspiel. Wie war es Caelum gelungen, mit seiner ganzen Armee in die Burg einzudringen, ohne gesehen zu werden?

Zauberei, ohne Zweifel.

Aber warum hatte er nicht erst Späher ausgesandt? Das war eines der ersten Dinge, die einem Offizier beigebracht wurden. Niemand ritt blindlings mit sämtlichen Einheiten in unbekanntes Gelände.

Die Sprengladungen waren so ausgelegt gewesen, daß sie explodierten, sobald der erste Späher in den Keller der Burg gelangte. Ja, ein paar Männer wären dabei getötet worden, aber in erster Linie war es darauf angekommen, die Burg zu zerstören und alle Schiffe, die vor ihr festgemacht hatten. Caelum hätte mehrere Tage gebraucht, um sich von diesem Schlag zu erholen.

Doch der Narr war mit sämtlichen Soldaten in die Burg eingedrungen!

Weder Theodor noch Zared hatten vorausgesehen, daß Caelum so dumm sein würde. Das überstieg ihre Vorstellungskraft!

Wie viele Männer hatten wohl den Tod gefunden? Theodor kauerte hinter einem Gebüsch und starrte mit offenem Mund zur Burg hinüber. Er konnte es einfach nicht fassen.

Der Soldat, der ihn begleitete, hatte seine Stimme wiedergefunden. »Bei den Göttern, Herr! Was ... was habt Ihr da in den Keller gepackt?«

Theodor schluckte. »Holz, Nägel, Tonwaren, Schießpulver, fünfundachtzig Fässer Harz, die wir aufgebrochen hatten, damit das Harz sich ausbreitete ... und neunundsechzig fette Schweine. Das Schweinefett hat der Explosion eine solche Stärke verliehen.«

»Aber«, stotterte der Soldat, »warum hat der Sternensohn seine ganze Armee in die Burg einreiten lassen? Warum hat er keine Späher vorausgeschickt?«

»Wie jeder fähige Hauptmann es getan hätte«, ergänzte Theodor grimmig. »Kommt. Wir müssen hier weg. Zared muß erfahren, was vorgefallen ist.«

Er packte den Mann am Ärmel, und beide rannten sie zu ihren Pferden.

Schließlich fand Caelum die Kraft, ans Ufer zu schwimmen, und dort saß er eine Stunde lang zitternd im Gras und beobachtete, wie die Sonne über der verwüsteten Stätte aufging. Langsam stolperten erste Überlebende durch das Tor, sprangen in den Graben und schwammen ans Ufer. Hundert vielleicht, kaum mehr. Fünfhundert Mann hatten sich außerhalb der Burg aufgehalten, als sie in die Luft flog. Einige waren von Felsen und Steinsplittern getötet worden, die aus dem Inferno herausgeschleudert worden waren, aber die meisten hatten überlebt. Damit blieben ihm noch wieviel Mann? Sechshundert von den fünftausend, die mit ihm hierhergekommen waren.

Sechshundert.

Sein erster Einsatz, und er hatte neunzig Prozent seiner Truppen verloren.

Und nicht einen Feind getötet.

Selbst Gorgrael und seine Zaubersprüche, selbst die Greifen waren nicht in der Lage gewesen, Axis derartige Verluste beizubringen.

Und er, Caelum, hatte neunzig Prozent seiner Armee bei einem Angriff eines kläglichen Häufchens Menschen verloren, er war ihrer List zum Opfer gefallen!

Schwankend stand er auf und ging zu der Gruppe von Männern hinüber, die am Burggraben im Gras lagen. Die meisten waren leicht verletzt, manche allerdings sehr schwer. Caelum wußte, daß sie nicht mehr lange zu leben hatten. Hier und da blieb er stehen und erwiderte den Blick seiner Männer, sagte jedoch nichts und ging schließlich weiter.

Zared soll in den tiefsten Tiefen der Hölle schmoren!

Bei einer Gruppe blieb er erneut stehen und kniete sich nieder. »Askam? Askam?«

Sein Freund lag bewußtlos in einer Blutlache. Einer seiner Männer kauerte neben ihm.

»Er lebt, Sternensohn. Gerade noch so.«

Caelum nickte stumm. Daß Askam noch am Leben war, kam einem Wunder gleich. Die Explosion hatte ihm den linken Arm abgerissen.

45

Der Feind

Er lag auf seinem Lager und versuchte, nicht den Mut zu verlieren. Die Suchenden hatten mit seiner Hilfe zwei Sprünge geschafft, einer schmerzhafter als der andere – falls das überhaupt möglich war. Und heute würde es weitergehen.

Warum fügten sie ihm solche Schmerzen zu? Neben ihm murmelte Sternenfreude im Schlaf und drehte sich um. Drago sah sie nachdenklich an. Sie schlief friedlich, aber schließlich mußte sie auch nicht ...

Doch Sternenfreude hatte dasselbe durchgemacht. Am vorhergehenden Abend hatte sie ihm erzählt, daß alle Kinder, die Wolfstern in den Tod gestoßen hatte, auf diese Weise benutzt worden waren.

»Ich noch mehr als die anderen«, hatte sie Drago getröstet. »Denn ich war mächtiger und besser ausgebildet als sie.«

»Aber sie haben aufgehört, euch ...«

»Vor langer Zeit, mein Liebster.«

»Warum?«

»Irgendwann hat unsere Lebenskraft abgenommen. Du bist so nützlich, weil deine Lebenskraft noch immer stark ist. Du bist erst vor kurzem durch das Sternentor gekommen.«

Drago mußte an Sternenfreudes Sohn denken. Er war der beste Beweis, daß die Lebenskraft nachließ, wenn man sich viertausend Jahre diesseits des Sternentors aufhielt.

»Den Suchenden fällt es leicht, deine Spur zurückzuverfolgen«, hatte Sternenfreude mit einem Lächeln gesagt. »Es ist nicht mehr weit. Noch drei oder vier Sprünge, und wir stehen vor dem Sternentor.«

Noch drei oder vier Sprünge. »Werdet Ihr das überstehen?« hatte Raspu gefragt. Drago wußte es nicht. Er wußte nicht, ob er die Schmerzen ertragen konnte.

»Sie rauben mir all meine Kraft«, hatte er gesagt. »Werden sie meine ganze Zauberkraft aufbrauchen? Brauchen sie *mich* auf?«

»Sei still, mein Geliebter«, hatte Sternenfreude geflüstert und ihn an sich gedrückt. »Sie werden dir nicht deine ganze Kraft rauben. Nur einen kleinen Teil. Sobald wir durch das Sternentor treten, wird sich dein ikarisches Blut durchsetzen, deine verborgenen Kräfte sich wieder entfalten, und du wirst ein mächtiger Zauberer sein. Das haben die Suchenden versprochen, und sie werden dieses Versprechen halten.«

»Bist du dir dessen sicher?«

»Völlig. Warum sollten die Suchenden dich belügen?«

»Ich weiß es nicht«, hatte er zögernd erwidert.

»Dann vertraue ihnen.«

In dem kreisförmigen Gemach warteten die Suchenden bereits auf sie. Draußen leuchtete eine Welt aus reinem Gold, und die Falkenkinder flitzten in einer aufgeregten Wolke zwischen den Bäumen hindurch und flüsterten, flüsterten, flüsterten.

»Beeilt Euch!« sagte Scheol in barschem Ton. »Die interstellaren Winde sind einem großen Sprung günstig. Falls es uns gelingt, das auszunutzen, benötigen wir vielleicht nur zwei Sprünge statt dreien.«

Scheol und Barzula drückten Drago auf die Liege, und dann drängten sich alle Suchenden um ihn. Ihre Hände lasteten schwer auf seinem Kopf und seinen Schultern.

Modt lächelte milde. »Dieses Mal wird es nicht...«

»...sehr weh tun«, ergänzte Rox, und alle fünf Suchenden lachten. Dann spürte Drago, wie sie in seine Seele eindrangen, tiefer als jemals zuvor.

Schmerzen durchzuckten ihn, und er krümmte sich – und spürte, wie ein Teil von ihm starb, als verbrenne er in einer Feuersbrunst. So stark hatte er es noch nie gespürt, und er wußte, was es war: Die Suchenden raubten ihm all seine Kräfte. Sie hatten ihn angelogen.

Sie richteten ihn zugrunde.

Er schrie.

Dann sprangen sie.

In eine Welt hinein, in der es keine deutliche Grenze zwischen oben und unten gab, wo Licht und Regen miteinander verschmolzen, wo es außer Grau keine Farbe gab, keine Freude, kein Leben, keine innere Ruhe. Die Kinder glitten wie graue Schatten zwischen den Bäumen hindurch, die zu tiefgrauem Schiefer versteinert waren, und Sternenfreude saß da und sang ihrem untoten Kind leise Schlaflieder vor. Die Suchenden lachten und redeten beruhigend und ermunternd auf Drago ein, und er tat so, als schenke er ihren Worten Glauben – ja, sie liebten und brauchten ihn, und nein, sie bluteten ihn nicht aus, bis er nur noch eine nutzlose Hülle war.

Drachenstern Sonnenflieger würde auferstehen, riefen sie – und lachten laut. Sie brüllten vor Lachen, und Drago floh vor ihnen auf unsicheren Füßen, tief in den versteinerten Wald hinein, wo er an einem Baum zu Boden sank und das Gesicht mit den Händen bedeckte.

Irgendwann stand er auf und tastete mit einer Hand in seinem Beutel herum. Die Münzen fühlten sich gut an, und Drago versuchte, an nichts mehr zu denken, während er in dieser fremden Welt kauerte und mit blicklosen Augen zusah, wie die Kinder zwischen den versteinerten Bäumen hindurchsprangen und laute Schreie ausstießen. Sternenfreude saß lächelnd bei den Hütern der Zeit und drückte ihrem Kind wieder einmal ihre nutzlose Brust an den Mund.

Und Drago glitt in einen Wachtraum hinüber.

Er träumte von der Jagd, und Macht überkam ihn und erfüllte ihn mit Begeisterung. Der Wald raste unter dem Donnern der Hufe an ihm vorbei, und die Jäger jauchzten – sie spürten, daß sie ihre Beute bald einholen würden. Die Kinder – die Falkenkinder – waren nun endgültig ihrer Fesseln ledig und flogen durch den Wald. Die Beute war verzweifelt. Wer? fragte sich Drago. Wer nur?

Sie jagten weiter.

Ja, alles würde gut. Die Suchenden logen nicht. Sie laugten ihn nicht völlig aus, er würde seine Zauberkräfte wirklich und wahrhaftig zurückerhalten, sobald er durch das Sternentor trat.

Dann veränderte sich innerhalb kürzester Zeit der Blickwinkel des Traumes. Auf einmal war es Drago, der durch den Wald rannte. Sein Herz hämmerte, seine Beine zitterten vor Erschöpfung, kalter Schweiß rann ihm über Gesicht und Brust. Sein Atem ging schwer, und er keuchte – er bekam kaum noch Luft! Die Bäume rückten bedrohlich näher, kreisten ihn ein.

Hinter ihm erscholl eine Fanfare. Die Freudenschreie seiner Verfolger waren nicht mehr zu überhören. Bald würden sie ihn eingeholt haben! In den Bäumen raschelte und heulte es – die Falkenkinder hatten ihn entdeckt!

Drago stolperte in einen Dornbusch und kroch auf der anderen Seite wieder hinaus. Blut floß aus einem Dutzend tiefer Kratzer an Gesicht und Armen.

Auf dem Waldweg hinter ihm galoppierte ein riesiges schwarzes Pferd mit einem düstereren Reiter. Seine Rüstung schluckte Licht, die Spitze seiner Lanze dagegen warf es zurück – ein Lichtstrahl, der es auf Dragos Brust abgesehen zu haben schien.

Er stolperte und fiel.

Er fiel auf den Rücken, versuchte, sich herumzudrehen, um zu fliehen, doch der Reiter zügelte sein Pferd unmittelbar vor ihm, und Drago spürte die Lanzenspitze auf seiner Brust.

Mit jedem Atemzug drang sie tiefer in sein Fleisch.

Die Schmerzen waren entsetzlich.

»Wer seid Ihr?« schrie er.

»Mein Name ist Drachenstern, und ich bin von den Toten auferstanden«, erwiderte der Reiter. »Ich mache Jagd auf den Feind.«

Mit diesen Worten legte er sein ganzes Gewicht in den Lanzenstoß.

Drago wachte ruckartig auf, um endlich einen erlösenden Schrei auszustoßen. Der nicht kam.

Denn es gelang ihm, ihn mit letzter Kraft zu unterdrücken. Eine ganze Weile saß er da und spürte noch, wie die Lanze seine Lungen und sein Herz durchstieß.

46

Die Hüter der Zeit

»Tencendor droht Gefahr«, sagte Axis besorgt und rieb seine Hände über dem Feuer. »Ich fühle es. Caelum … Caelum ist in Schwierigkeiten.«

»Auch ich fühle es«, stimmte Aschure zu und schüttelte ihr dichtes schwarzes Haar, das vom Wind, der über die Eisbärenküste blies, gezaust wurde.

In letzter Zeit war es zu Schwankungen gekommen – Schwankungen, die sie bis ins Innerste spüren konnten. Bis ins Innerste ihrer Macht.

Da sie nicht wußten, woran es sonst liegen konnte, suchten sie die Ursache dafür in den Unstimmigkeiten Tencendors.

»Aber wir können nichts tun.« Aschure warf Axis einen eindringlichen Blick zu. »Tencendor untersteht Caelum. Belaßt es dabei, Axis, er wird schon zurechtkommen.«

Adamon, der auf der anderen Seite des Lagerfeuers saß, nickte. »Sie hat recht, Axis.«

Axis stieß einen leisen Seufzer aus. »Ja, das hat sie.« Er lächelte matt und ließ seinen Blick in die Runde schweifen. »Ist es Euch auch so schwergefallen, die Sorgen der Sterblichen zu vergessen?«

Flulia lachte. »Und wie! Ich kann mich noch gut daran erinnern, wie Adamon mich aus der alten Wäscherei fortholen mußte. Ich konnte nicht mit ansehen, wie die neue Wäscherin die Laken stärkte.«

Adamon lächelte. »Ich habe ihr erklärt, daß eine Göttin in einer Wäscherei nichts zu suchen hat. Flulia wurde sehr zornig, soweit ich mich erinnere. Sie hat mir sehr böse Blicke zugeworfen.«

Alle lachten, und Pors beugte sich vor. »Ich habe die braunbeinigen Frösche des Moors noch tausend Jahre durch meine Träume gejagt, nachdem ich meinen Platz neben Adamon und Xanon eingenommen hatte. Ich habe sie entsetzlich vermißt. Was Ihr und Aschure durchmacht, Axis, ist nichts Ungewöhnliches.«

Axis' Lächeln wirkte zusehends aufgesetzt. »Dann hoffe ich, daß ich Euch nicht die nächsten tausend Jahre mit meinen Sorgen belästige.«

Wortlos starrten die Götter in die Flammen, während sie daran dachten, wie ihre Reise in die Unsterblichkeit verlaufen war. Dann ergriff Adamon wieder das Wort.

»Ich habe Euch heute abend aus einem bestimmten Grund zusammengerufen. Xanon und ich«, er ergriff die Hand seiner Frau, »sind ebenfalls beunruhigt. Seht!«

Adamon fuhr mit einer plötzlichen Handbewegung über das Feuer. Augenblicklich wurden in den Flammen Sterne sichtbar – Kometen, Sonnensysteme, Galaxien. Axis hatte das Gefühl, durch das Sternentor zu blicken – nur daß hier die Melodie des Sternentanzes nicht zu hören war.

»Seht«, wiederholte Adamon. Seine Stimme hatte ihre Dringlichkeit verloren, sie klang jetzt geradezu beruhigend. »Seht.«

Erneut glitt seine Hand über das Feuer und noch einmal, und die Flammen loderten empor. Jede Galaxie zeichnete sich bis in die kleinste Einzelheit ab, jede Bewegung der Sterne war ein makelloses Abbild der Wirklichkeit.

»Wunderschön«, murmelte Aschure.

»Wunderschön«, wiederholte Xanon. »Nur dort nicht.« Sie deutete ins Feuer. »Hier und hier.«

Unter ihren Fingern tanzten die Flammen, und was sie enthüllten, ließ die anderen vor Entsetzen aufkeuchen – mit Ausnahme von Adamon, der bereits wußte, was ihn erwartete.

Im Universum breitete sich ein schwarzer Schatten aus – wie eine dünne Schicht von Braunfäule. Noch war er kaum zu erkennen. Hätte Xanon sie nicht darauf aufmerksam gemacht, hätten die anderen ihn vielleicht gar nicht bemerkt. Aber ...

»Er kommt genau auf uns zu!« flüsterte Pors entsetzt.

»Er nähert sich dem Sternentor«, ergänzte Adamon.

»Seit wann gibt es das schon?« fragte Axis.

»Erst seit kurzem«, erwiderte Xanon. »Adamon und ich haben es letzte Nacht bemerkt.«

»Es kommt beängstigend schnell auf uns zu«, sagte ihr Gemahl. »Seht, an dieser Stelle war es, als es uns zum ersten Mal auffiel. Und während wir zusahen, ist es ein Stück weitergesprungen, durch diese Galaxis und dann durch diese, und dann hat es innegehalten.«

»Was ist das?« Aschure drehte ihr Haar aufgeregt zu einem Knoten. »Sind das die Kinder?«

»Auch«, sagte Adamon. »Sie begleiten es. Wir können ihre Stimmen lauter hören als jemals zuvor. Aber sie bilden nicht die treibende Kraft. Da ist eine andere Macht am Werk.«

»Nur ... welche?« fragte Axis. Er wußte noch zu gut, wie er sich gefühlt hatte, als Jayme ihm zum ersten Mal von den Geistern erzählt hatte, die aus dem hohen Norden angriffen. Damals hatte ihn eine böse Vorahnung gepackt. Doch das war gar nichts im Vergleich zu dem, was er jetzt empfand.

Adamon schüttelte den Kopf. »Das weiß ich nicht. Ich kann die Macht spüren, aber nicht ihren Ursprung bestimmen. Seht Ihr, wie der Schatten einen kleinen Teil der Sterne verdunkelt hat? Das sollte uns wirklich zu denken geben. Axis, spürt Ihr nicht, was er Euch angetan hat?«

Axis starrte in die Flammen, und sein ganzer Körper versteifte sich.

»Axis?« flüsterte Aschure und legte ihm die Hand auf den Arm.

»Bei den Sternen«, sagte Axis heiser. »Dort ist der Sternentanz nicht mehr zu hören!«

»Ja«, stimmte Adamon zu. »Und je näher das unbekannte Ding kommt, desto mehr wird sich sein Einfluß ausbreiten. Was geschieht – der Himmel möge das verhüten –, wenn es den Sternentanz überall zum Verstummen bringt?«

Alle Anwesenden schwiegen entsetzt. Sollte es soweit kommen, wäre jegliche Zauberei, die sich des Sternentanzes bediente, unmöglich. Alle ikarische Magie würde von einem Augenblick auf den nächsten erlöschen.

Die Sternengötter fielen wieder der Sterblichkeit anheim.

»Was ist das?« fragte Pors besorgt. »Was ist das nur?«

Adamon schüttelte hilflos den Kopf. »Ich habe keine Ahnung – so etwas habe ich noch nie gesehen. Noch nie! Ich habe nicht einmal einen Namen dafür.«

»Nun, ich weiß durchaus, was das ist«, sagte eine Stimme, und die Götter wandten sich erschrocken um.

Vor ihnen stand Wolfstern Sonnenflieger, in einen schwarzen Umhang gehüllt, das Gesicht starr vor Verzweiflung.

»Das sind die dämonischen Hüter der Zeit«, sagte er. »Und sie kommen, um sich zu holen, was ihnen gestohlen wurde.«

Für kurze Zeit herrschte absolute Stille.

Dann stand Adamon auf. »Und wie kommt es, daß *Ihr* etwas über sie wißt, Wolfstern Sonnenflieger? Wie lange werden die Folgen Eurer Schandtaten Tencendor noch heimsuchen? Bringen Eure Sünden diese dämonischen Hüter der Zeit über uns?«

»Nein, Adamon. Ich habe von den Hütern der Zeit gehört, aber dieses eine Mal« – er brachte ein schwaches Grinsen zustande – »trifft mich keine Schuld. Darf ich mich setzen?«

Adamon zögerte, nickte dann und setzte sich ebenfalls wieder.

Wolfstern nahm so nahe wie möglich am Feuer Platz und hüllte sich fest in seinen Umhang.

»Die Hüter der Zeit stellen eine Gefahr dar«, sagte er. »Für das ganze Universum. Sollte es ihnen gelingen, das Sternentor zu überwinden, wäre das eine Katastrophe.«

»Ihr seid ihnen jenseits des Sternentors begegnet?« fragte Axis. »Sind sie hinter Euch her?«

Wolfstern schüttelte den Kopf. »Weder – noch, obgleich ich vermute, daß sie die Kinder mitbringen werden, die ich durch das Sternentor gestoßen habe. Zwar habe ich die dämonischen Hüter der Zeit bemerkt, als ich mich jenseits des Sternentors befand, was es jedoch mit ihnen auf sich hat, habe ich erst nach meiner Rückkehr erfahren.

Zuallererst sollte ich erklären, wer – oder besser – was die Hüter der Zeit sind. Es handelt sich um eine Gruppe von sechs Dämonen, die jeder für sich während eines bestimmten Zeitabschnitts am Tag oder in der Nacht auf die Jagd gehen. Sie heißen die Hüter der Zeit, weil niemand strenger als sie darauf achtet, welche Stunde geschlagen hat. Da wäre Modt, Dämon des Hungers, der im Morgengrauen jagt. Barzula, Dämon des Sturms, jagt am Vormittag, Scheol, Dämonin der Verzweiflung, am Nachmittag. Die Abenddämmerung gehört Raspu, Dämon der Pest, die Nacht Rox, Dämon des Grauens. Sie machen Jagd auf Seelen, von denen sie sich ernähren, ziehen selbst jedoch den Namen *Hüter der Zeit* vor. Sie sind immer auf der Suche nach Opfern, und Hunger, Sturm, Verzweiflung, Pest und Grauen gehören zu ihrem Gefolge.«

»Ihr sagtet, es gebe sechs von ihnen«, warf Narkis ein.

»Der sechste Dämon ist die Ursache dafür, daß die anderen fünf seit Zehntausenden von Jahren versuchen, durch das Sternentor nach Tencendor zu gelangen. Die fünf, die ich beschrieben habe, sind auf ihre Art und Weise schon fürchterlich genug, aber der sechste Dämon ist mit Abstand der schlimmste. Er ist ihr Anführer, ihr Vater, ihr Gott. Ohne ihn sind sie nichts.«

Wolfstern hielt inne und starrte in die Flammen, doch niemand ergriff das Wort. Schließlich hob er den Kopf.

»Er heißt Qeteb – die Zerstörung, die zur Mittagszeit zuschlägt. Er ist der Dämon der Mittagsstunde. Die anderen mögen an Euren Seelen nagen. Qeteb dagegen wird sie Euch rauben und sie bis in alle Ewigkeit mißbrauchen.«

»Qeteb ist hier?« fragte Adamon. »Er befindet sich irgendwo in Tencendor? Kommen sie deshalb hierher?«

»Gewissermaßen, Adamon. Aber laßt mich Euch eine Geschichte erzählen. Einst wüteten die Hüter der Zeit – unter ihnen auch Qeteb – in einer weit, weit entfernten Welt. Dort lebte ein Volk, das fest entschlossen war, sich ihrer Macht zu widersetzen – und das gelang ihm auch. Eines Tages lockten sie Qeteb in eine Falle – meine Phantasie reicht nicht aus, um mir vorzustellen, wieviel Mut und wieviel Stärke dafür nötig waren – und zerstückelten ihn. Ich spreche nicht von seinem Körper, sondern von seinem Leben im eigentlichen Sinne. Sie trennten Wärme, Atem, Beweglichkeit und Seele von seinem Leib und flohen damit. Sie durchquerten das Universum an Bord von Schiffen, die für die Reise zwischen den Sternen gebaut worden waren...«

»An Bord von Schiffen?« fiel ihm Xanon ins Wort. »Wie ... mühselig.«

Wolfstern zuckte mit den Achseln. »Ihre Macht unterschied sich grundlegend von der unseren, Xanon. Nun, ihre Flucht durch das Universum dauerte mehrere Zehntausende von Jahren. Sie endete hier, in Tencendor. Sie durchbrachen die Barrieren, die Tencendor vom Universum trennen...«

»Und schufen die Sternentore!« rief Adamon.

»Ja, sie schufen die Sternentore. Ihre vier Schiffe – jedes von ihnen hatte einen Teil von Qeteb an Bord – stürzten über Tencendor ab, und dabei entstanden die Krater, die sich mit den Wassern der Magischen Seen füllten.«

»Also stammt die Magie der Seen von den Überresten der Schiffe jener Alten?« fragte Aschure.

»Richtig. Allerdings sind die Schiffe noch immer unversehrt. Die Geschöpfe an Bord sind gestorben, aber tief unter den Seen liegt das, was aus den Schiffen geworden ist, um die einzelnen Teile Qetebs zu bewahren.«

»Wie kommt es dann«, wollte Zest wissen, »daß diese Dämonen ausgerechnet jetzt hier auftauchen? Liegt es nur daran, daß ihre Reise Zehntausende von Jahren gedauert hat und sie jetzt ihr Ziel erreicht haben, oder ... liegt es ...«

»An etwas anderem«, ergänzte Wolfstern. »Ihr habt die Fährte der Finsternis gesehen, die sie während des gestrigen Tages zurückgelassen haben. Ihr habt bemerkt, daß sie den Sternentanz verstummen lassen, während sie näher kommen. Wir alle haben im Lauf der letzten Wochen gespürt, daß unsere Macht nachgelassen hat. Im Augenblick bewegen sie sich schneller als jemals zuvor. Ich glaube, daß es einen bestimmten Grund dafür gibt ... ebenso wie für die Angst, mit der wir ihr nahes Kommen erwarten.«

»Was für einen Grund?« zischte Axis. Seine Hand zuckte an seinen Gürtel, als befände sich dort noch immer ein Schwert.

»Ich glaube, Drago führt sie zum Sternentor«, sagte Wolfstern geradeheraus.

Zum zweiten Mal an jenem Abend herrschte vollständiges Schweigen.

»Was?« flüsterte Axis.

»Drago?« hauchte Aschure, die ebenso bleich geworden war wie Axis.

»Der Lump – verflucht sei der Tag, an dem er gezeugt wurde – hat Orr umgebracht und ist durch das Sternentor getreten.«

Orr umgebracht?

»Das verstehe ich nicht«, sagte Axis. »Drago verfügt nicht über magische Kräfte. Das Sternentor hätte ihn getötet. Und selbst wenn er überlebt und sich zu den Dämonen durchgeschlagen hätte – wie könnte Drago über die Macht verfügen, sie mit solcher Geschwindigkeit durch das Universum zu schleudern?«

Wolfstern sah Axis in die Augen. »Weil sein Vater nicht den Weitblick besaß, das Zepter des Regenbogens an einem sicheren Ort zu verstecken! In einem Gemach auf Sigholt, bei den Sternen! Ihr hättet es ebensogut an einer Stange vor dem Tor aufhängen können!«

Das brachte das Faß zu überlaufen, alles geriet in Aufruhr. Axis war mit einem Satz auf den Beinen und brüllte Wolfstern an. Aschure klammerte sich an seinen Arm und versuchte, ihn zu beruhigen, während sie gleichzeitig unablässig Fragen auf Wolfstern abfeuerte. Silton und Narkis waren ebenfalls erregt aufgesprungen und schrien nicht nur Wolfstern an, sondern alle anderen auch.

»Seid still!« brüllte Adamon mit Donnerstimmme, und alle verstummten.

»Seid bitte still«, wiederholte er. »Ich möchte Wolfstern eine Reihe von Fragen stellen, und ich will dabei nicht unterbrochen werden.« Er warf Axis einen wütenden Blick zu. Der Sternengott des Gesangs senkte den Kopf, Aschure ebenfalls.

»Gut. Silton? Narkis? Setzt Euch, wenn ich bitten darf. Wolfstern« – Adamon wandte sich an den Zauberer, der angesichts des Zorns, der ihm entgegenschlug, ausgesprochen ruhig geblieben war –, »wie ist es möglich, daß sich die Dämonen mit Hilfe des Zepters so schnell fortbewegen können?«

»Das Zepter besteht zu einem großen Teil aus der Macht der Schiffe der Alten. Ich nehme an, daß sich die Dämonen dieser Macht bedienen, um sich vorwärts zu katapultieren.«

»Woher wißt Ihr, daß Drago das Zepter in seinen Besitz gebracht hat?«

Wolfstern erzählte von der Botschaft, die Orr aus dem Sternengewölbe übermittelt hatte. Er beschwor Dornfeders Vision herauf, und die Sternengötter sahen voller Entsetzen mit an, wie Drago mit Orr kämpfte und ihn schließlich mit dem Zepter erschlug.

»Das Zepter ist aus Sigholt verschwunden, Axis«, sagte Wolfstern. »Wenn die Zaubersprüche, die es verborgen halten sollten, ihre Aufgabe wirklich erfüllt hätten...«

»Wolfstern, es reicht!« fauchte Adamon. »Aber wir können uns nicht sicher sein, daß Drago durch das Sternentor getreten ist.«

»Faraday war dabei«, warf Axis mit leiser Stimme ein. »Habt Ihr nicht gesehen, daß sie dort zwischen den Säulen stand?«

»Ja«, sagte Wolfstern. »Faraday war dabei. Jetzt befindet sie sich auf der Insel des Nebels und der Erinnerung. Sie hat wieder ihre menschliche Gestalt angenommen.«

Axis und Aschure zuckten gleichzeitig zusammen. Bei Sternenströmer?

»Und Ihr habt mit ihr gesprochen?« fragte Adamon.

»Ja. Sie...« Wolfstern zögerte. »Sie hat gesagt, daß Drago durch einen der Gänge geflohen sei, nachdem er Orr ermordet hat. Sie hat behauptet, er befinde sich noch immer in Tencendor. Aber ich glaube ihr nicht. Ich vermute, daß sie lügt, um Drago zu beschützen.«

»Warum sollte sie das tun?« fragte Aschure. »Sie hat keinen Grund, ihn zu mögen oder gar zu bewundern.«

»Ich weiß es nicht, Aschure. Aber Faraday hat gelogen, dessen bin ich mir sicher. Meiner Meinung nach beweist das finstere

Gewölk, das sich zwischen den Sternen ausbreitet, das zur Genüge. Die Dämonen sind unterwegs zu uns. Jetzt plötzlich. Mit einer Macht, über die sie bisher nicht verfügt haben. Ich halte es für äußerst wahrscheinlich, daß Drago ihnen das Zepter des Regenbogens überlassen hat.«

»Ich habe schon immer an seinem Verstand gezweifelt!« rief Axis zornig. »Es ist unfaßbar, Aschure! Es ist unfaßbar, was er getan hat! Es hat überhaupt nichts genützt, ihm seine magischen Kräfte zu rauben. Ihr hättet ihn …«

»Töten sollen?« rief Aschure. »Glaubt Ihr denn, Ihr hättet Euer eigen Fleisch und Blut umbringen können?«

»Jetzt ist er nicht mehr mein Fleisch und Blut«, entgegnete Axis. So wütend hatte ihn Aschure noch nie gesehen. »Und ich könnte ihn wirklich töten für das, was er meiner Familie angetan hat und was er Tencendor antun wird! Meine Freunde«, Axis blickte in die Runde, »seht Ihr nicht, was geschehen wird, wenn diese Hüter der Zeit uns so nahekommen, daß der Sternentanz gänzlich verstummt? Sie werden wüten, wie es ihnen gefällt! Niemand wird sie aufhalten können!«

Er warf Wolfstern einen zornigen Blick zu. »Ist das Euer Wahnsinn, Eure Bösartigkeit, die da zutage treten? Ist das Euer tödliches Erbe, das meine Familie und mein Land auseinanderreißt? Habe ich umsonst gekämpft? Habe …«

»Ich habe weder mit den Dämonen noch mit Dragos Entscheidungen etwas zu tun!« rief Wolfstern. »Ich werde ihn in Stücke reißen, sollte ich ihn vor Euch zu fassen bekommen!« Er fand einen Teil seiner Beherrschung wieder und senkte die Stimme. »Glaubt mir, Axis, ich wollte immer nur das Beste für das Land. Für Tencendor.«

»Noch einmal – es reicht«, sagte Adamon. »Wolfstern, wir alle, die wir hier an diesem Feuer sitzen, können sehen, was diese Dämonen den Sternen antun. Sie überziehen das Universum mit einer solchen Traurigkeit, einem solchen Elend, daß ich mich frage, was sie mit Tencendor machen werden, falls es ihnen gelingt, durch das Sternentor hierher zu gelangen.«

»Ohne Qeteb werden sie dieses Land mit Krankheit, Hunger,

Unwettern, Verzweiflung und Angst überziehen – schlimmer noch als Gorgrael. Mit Qeteb werden die Hüter der Zeit Tencendor verwüsten, alle Völker versklaven und zu willenlosen Geschöpfen machen. Und, wie Axis richtig bemerkt hat – ohne den Sternentanz wird keiner von uns sie aufhalten können.«

»Nicht einer?« fragte Axis, der sich wieder gefaßt hatte. »Gibt es nichts, was wir gegen sie tun können? Haben die Alten, die ›Feinde‹ der Dämonen, uns nichts hinterlassen, dessen wir uns bedienen können, um uns vor der Fracht zu schützen, die unter den Seen verborgen liegt?«

Wolfstern nickte. »Vielleicht haben sie das. Jeder Landeplatz ist mehrfach gesichert, sollten die Dämonen Qetebs Leben wieder zusammenfügen wollen. Der Landeplatz unter dem Gralsee ist am besten geschützt, denn dort ist Qetebs Seele vergraben. In einer Höhle unter dem See befindet sich ein Labyrinth – eine Art Erweiterung des Schiffes –, das in den Tausenden von Jahren seit dem Absturz immer größer geworden ist.«

»Größer geworden?« fragte Aschure. »Das müßt Ihr uns erklären.«

Wolfstern schwieg eine Weile und suchte nach den richtigen Worten, um die Schiffe angemessen zu beschreiben. »Ich verstehe das auch nicht ganz, Aschure. Ich kann nur sagen, daß die Schiffe eigentlich weder tot noch lebendig sind. Sie sind sich der Welt bewußt und dessen, was um sie herum vorgeht. Laßt mich versuchen, es zu erklären. In der Höhle unter dem Gralsee liegt das Labyrinth. Es wacht über Qetebs Seele und ist, auf seine Art und Weise, von starker Magie erfüllt. Ein gewaltiges Tor beschützt seinen Eingang. In den steinernen Torbogen sind Buchstaben eingemeißelt – Symbole, die erläutern, welche Maßnahmen der Abwehr gegen die Dämonen getroffen werden können. Seit Äonen ergeht sich das Tor in Andeutungen über einen Meister, den es den ›Erlöser‹ nennt. Vor vierzig Jahren hat es schließlich den Namen dieses Meisters genannt.«

»Wer ist es?« wollte Adamon wissen.

Alle außer Axis sahen Wolfstern an.

»Caelum«, sagte Wolfstern.

»Caelum?« rief Axis. »Gewiß wäre ich doch ...«

»Nein, Axis«, fiel ihm Wolfstern ins Wort. »Das Labyrinth läßt keinen Zweifel daran, daß Caelum Sternensohn derjenige ist, der Tencendor am besten beschützen kann. ›Sternensohn‹ steht auf dem Torbogen. Ach!« Sein Blick wurde sanfter. »Noch bevor Ihr Caelum zu Eurem Erben erklärt und ihm den Titel Sternensohn verliehen habt, wußte ich Bescheid. Axis, Aschure – Ihr habt diesen Meister gezeugt.«

»Wolfstern«, fragte Axis sehr leise, als ihm ein schrecklicher Gedanke kam, »hat das Labyrinth Euch die Prophezeiung gelehrt?«

»Ja.«

Axis fiel es schwer, die nächste Frage zu stellen. »Wollt Ihr damit sagen, daß die Prophezeiung in erster Linie das Ziel hatte, den Meister des Labyrinths zu erschaffen?«

»Ja. Und für die Umstände zu sorgen, aus ihm den Retter zu machen, dessen das Labyrinth bedarf.«

Axis starrte Wolfstern entsetzt an. Hatten er und Aschure gekämpft und gelitten, nur um dem Labyrinth einen Meister zu gebären?

»Jedes Leben hat einen tieferen Sinn«, sagte Adamon leise. »Einen Sohn wie Caelum zu zeugen ist zweifellos ein ehrenvoller Verdienst.«

»Allerdings haben wir auch den Verräter gezeugt, der sich ihm entgegenstellt«, fügte Aschure verbittert hinzu. Sie konnte sich noch gut an jene Beltidenacht erinnern, in der sie und Axis Caelum gezeugt hatten. Sie waren von magischen Kräften überwältigt worden, die weit über ihr Vorstellungsvermögen hinausgegangen waren. Hatte das Labyrinth auch damals bereits eine Rolle gespielt, seinen Einfluß geltend gemacht? War ihr Wille in jener Nacht nicht frei gewesen? »Warum hat Drago das getan? Warum?«

»Er war zum Tode verurteilt worden«, sagte Pors mit ausdrucksloser Stimme. »Er hat nach einem Ausweg gesucht, sich zu retten.«

»Es ist mir gleichgültig, was mit Drago einst geschehen ist«, sagte Adamon, »oder welche Fehler bei seiner Erziehung gemacht wurden. Es kommt jetzt darauf an, daß wir uns überlegen, was wir tun, wenn diese Dämonen durch das Sternentor zu uns gelangen.«

»Wir müssen Caelum helfen«, sagte Aschure. »Wir müssen ihm zeigen, was er zu tun hat. Axis, dafür bist du zweifellos am besten geeignet.«

»Und ich«, warf Wolfstern ein und starrte Axis an.

Axis nickte. »Wir alle. Ich weiß nicht, wie Caelum zurechtkommen wird ... ihm fehlt jegliche Erfahrung ...«

»Es gibt noch etwas, das ich Euch erzählen sollte«, sagte Wolfstern. »Eine Sache noch, die Caelum im Kampf gegen Qeteb helfen mag.«

»Ja?« fragte Adamon.

»Das Zepter des Regenbogens. Das Labyrinth bringt den Sternensohn eindeutig mit dem Zepter in Verbindung. Wieder und wieder sind die Zeichen für den Sternensohn und das Zepter ineinander verschlungen, als gehörten sie zusammen. Es besteht kein Zweifel – Caelum benötigt das Zepter, um die Hüter der Zeit zurückzutreiben oder um Qeteb zu besiegen, sollte er wieder zusammengefügt werden.«

Axis lachte heiser. »Großartig – warum bereiten wir ihnen am Sternentor nicht gleich einen Empfang mit Wein, Weib und Gesang? Drago hätte seinen Bruder und Tencendor nicht vollkommener verraten können. Wir sind verloren.«

Wolfstern zuckte andeutungsweise mit den Schultern. »Axis, wir müssen Caelum unter unsere Fittiche nehmen, und er braucht das Zepter des Regenbogens.«

»Ach?« brummte Adamon. »Schlagt Ihr vor, daß wir durch das Sternentor gehen und es uns holen?« Mit einer Handbewegung wies er auf die anwesenden Sternengötter. »Keiner von uns ist dazu in der Lage. Wir sind zu sehr an diese Welt gebunden. Wer sonst ... Ihr?«

Wolfstern erschauderte. »Nein, ich nicht. Wir können das Zepter nur zurückholen, wenn die Dämonen durch das Sternentor kommen – falls sie es mitbringen.«

»Wir sollen warten, bis sie hier sind?« rief Axis.

Wolfstern nickte. »Wenn wir sie nicht vorher aufhalten können, bleibt uns nichts anderes übrig. Dann müssen wir eine Möglichkeit finden, ihnen das Zepter zu entreißen. Es tut mir leid. Mehr können wir nicht tun.«

»Aber wie können wir es wagen, uns ihnen entgegenzustellen?« Aschure stand die Verzweiflung ins Gesicht geschrieben. »Wenn die Hüter der Zeit erst einmal hier sind, wird der Sternentanz vollständig verstummen. Gemessen an ihrer Macht wird die unsere ein Nichts sein! Und Caelum? Ohne seine Zauberkräfte ist er machtlos gegen die Dämonen. Ich kann mir nicht vorstellen …«

»Aschure, meine Liebe, beruhigt Euch«, sagte Wolfstern sanft. »Wir werden dafür sorgen, daß Caelum das Zepter zurückerhält. Gleichgültig, mit welchen Mitteln.«

47

Niahs Hain

Faraday blieb an der Tür zu Niahs Gemach stehen, lauschte und schob sie dann langsam auf. Sie hatte sich in die Aura eines Traums gehüllt, verursachte kein Geräusch und war von den Schatten im Raum so gut wie nicht zu unterscheiden. Jeden Tag hatte sie andere Verwendungen für ihre immer stärker werdenden Zauberkräfte gefunden, und dieser neue Kunstgriff erwies sich als ausgesprochen nützlich.

In dem Gemach war es dunkel und ruhig. Nur der Atem des Schlafes war zu hören. Faraday blieb eine ganze Weile stehen, sah sich um und rief sich die Anordnung der Möbel in Erinnerung: ein Bett, Truhen, aufgehängte Kleider und Spiegel.

Dann trat sie lautlos ans Bett.

Niah. Allein. Faraday hatte fest damit gerechnet, Wolfstern an ihrer Seite vorzufinden, die beiden Körper ein Durcheinander aus feuchten Leibern und verdrehten Federn. Doch Wolfstern hatte seine Geliebte in dieser Nacht allein gelassen. Aber das spielte auch keine Rolle. Faraday konnte zur Tat schreiten, ob Wolfstern hier war oder nicht. Sie setzte sich auf einen Hocker neben das Bett und betrachtete die schlafende Frau. Aschures Mutter warf sich hin und her, sie schien nicht zu wissen, wohin mit ihren Flügeln. Sie hingen beiderseits des Bettes herunter, die Spitzen der Federn berührten den Boden. Niahs nackter Körper lag blaß und verletzlich im schwachen Mondschein. Vielleicht wartete sie darauf, daß Wolfstern Zeit für einen Besuch fände.

Faradays Blick ruhte auf Niahs Bauch. Er war nur wenig gewölbt, denn sie war noch nicht lange schwanger. Faraday beugte sich vor und legte ihre beiden Hände auf Niahs Bauch.

Niah regte sich, und Faraday flüsterte besänftigende Worte, beruhigte sie, ließ sie tiefer und tiefer in den Schlaf hineingleiten.

Schließlich lag Niah reglos da und atmete flach und ruhig – Faraday konnte sich sicher sein, daß sie wieder in ihre Träume versunken war. Behutsam massierte sie Niahs Bauch. Auf der Suche. Tastete sich vorsichtig bis zu dem Kind vor.

Da! Die Andeutung eines Widerstands, die Wände der Gebärmutter. Alles hing davon ab ... ja! Faraday spürte die Lebenskraft, die dort immer stärker wurde. Ein Mädchen. Sehr gut.

»Was für ein wunderbares Kind«, flüsterte sie. »So gesund. Und ein so bereitwilliges Gefäß.«

Dann hob sie die Hände von Niahs Bauch und lehnte sich zurück. Sie öffnete ihren Geist einem Traum und begab sich auf die Suche nach dem, was verloren gegangen war.

Sie öffnete ihren Geist und befand sich in Niahs Hain. Natürlich. Hier hatte Zenit ihren letzten Atemzug getan, hier war Niahs Leichnam vermodert, hier hatte Niah Zenit schließlich ganz in Besitz genommen.

Faraday blickte aus dem Schattenland der Träume auf den Hain hinaus. Wie alles in den Schattenlanden, so hatte auch der Hain etwas Wesenloses. Jenseits des Ringes der neun großen Bäume schien der Wald zu verblassen, unwirklich zu werden. Faraday hatte diese Bäume selbst zu Niahs Ehren gepflanzt und betrachtete sie nun nachdenklich. Vielleicht war sie zu eifrig gewesen. Dieser Hain und dieses Grab beherbergten Niahs Geist wie eine frisch vernarbte Wunde eine Entzündung beherbergen konnte.

Hier hatte Zenit den Kampf verloren.

Faraday schlenderte gemächlich um die grasbestandene Lichtung herum. Überall wuchsen Mondwildblumen, zur Mitte hin dichter als am Rand. Hierher hatte Axis sie geführt, um ihren Sohn Isfrael zu treffen. Hier hatte Aschure um ihre tote Mutter geweint. Hier, wo früher Smyrdon gestanden hatte.

Vielleicht hätten wir das Dorf in Ruhe lassen sollen, dachte Faraday. Sie konnte sich noch gut daran erinnern, wie Aschure

Smyrdon unter Einsatz ihrer ganzen Macht in Schutt und Asche gelegt hatte. Den ekelhaften Wind, der damals über sie hinweggestrichen war, würde sie nie vergessen. Ein weiterer Entzündungsherd. Hatte Niah sich angesteckt und war an diesen Ort gefesselt, wo sie wartete ... wartete, wartete?

Sie hob den Kopf und sah sich um. »Zenit?« flüsterte sie leise. Der Name hallte sonderbar von den Bäumen wider. »Zenit?«

Faraday setzte sich genau in die Mitte des Hains, von Mondwildblumen umgeben, und wartete. Sie saß da, nahm die Stille des Schattenwaldes in sich auf und lauschte dem Wind, der sie leise umwehte.

Eine Bewegung. Dort, zu ihrer Linken.

Langsam, ganz langsam – denn Zenit war sicher ängstlich und verwirrt – wandte Faraday den Kopf und lächelte. Einen Augenblick später hob sie den Arm und streckte die Hand aus, die Handfläche nach oben.

Zenit.

»Ich weiß nicht, wo ich bin.«

Eine weitere Bewegung, etwas stärker dieses Mal, und eine Gestalt erhob sich aus dem Gras am Rande der Bäume – geisterhaft, als habe sie kein Recht darauf, hier zu sein. Aber es war Zenits Gestalt.

»Ich habe mich verirrt.«

»Zweifellos, mein Herz.« Jetzt sprach Faraday laut und lächelte erneut. »Komm her. Ich zeige dir den Weg nach Hause.«

Die Gestalt schwebte auf sie zu. Sie rang die Hände, Tränen liefen ihr über die Wangen. »Ich weiß nicht, was ich tun soll.«

»Hier.« Faraday klopfte neben sich auf das Gras. »Hier ist ein Platz für dich.«

Die Gestalt schwebte herbei und ließ sich neben Faraday nieder. Sie war so durchscheinend, daß Faraday den Eindruck hatte, Spinnfäden würden neben ihr wie ein eisernes Gerüst wirken.

Zenit. Es war nicht mehr viel von ihr übrig. Niah hatte fast gewonnen. Noch ein oder zwei Wochen, und sie hätte wirklich gesiegt.

»Wer seid Ihr?«

»Oh!« Fast hätte Faraday sich vergessen und losgelacht, doch sie unterdrückte ihre Heiterkeit, um Zenit nicht zu vertreiben. Zenit war ihr nie begegnet und wußte auch nicht, wie sie aussah.

»Ich bin Faraday, Zenit. Früher war ich Herzogin von Ichtar und schließlich Königin von Achar. Jetzt bin ich nur noch Faraday, Herrin über meine Seele und mein Schicksal.«

Die schattenhafte Gestalt lächelte wehmütig. »Über die eigene Seele, das eigene Schicksal bestimmen zu können ... das muß ein wahres Glück sein.«

»Ja, das stimmt, Zenit. Zu lange war ich der Prophezeiung des Zerstörers verpflichtet, meiner Verantwortung gegenüber den Bäumen, der Mutter und der Liebe zu deinem Vater. Jetzt bin ich frei.«

Zenits Schatten lächelte. »Das freut mich, Faraday. Ich beneide Euch nicht um die Rolle, welche die Prophezeiung Euch zugewiesen hatte.«

»Wenn es nach meinem Willen geht, wirst auch du frei sein. Willst du das?«

»Niah ist zu stark. Ich habe versucht, mich gegen sie zu wehren ... aber sie war so hartnäckig, so entschlossen.«

»Hinter ihr stand die Macht des Grabes, meine Liebe, und dagegen konntest du nicht ankommen. Dir fehlte die nötige Erfahrung. Damals. Jetzt hat Niah allerdings einen entscheidenden Fehler begangen – sie hat dich an den einzigen Ort verbannt, an dem du diese Erfahrung erlangen und von dem du trotzdem zurückkehren kannst. Zenit!« Faradays Tonfall wurde schroff. »Ich habe einen Plan.«

»Gut«, erwiderte Zenit, und da mußte Faraday doch lachen.

»Ja, außerordentlich gut. Niah hat deinen Körper zur Insel des Nebels und der Erinnerung gebracht. Dort vertieft sie ihr Verhältnis zu Wolfstern ...«

Zenit wandte den Kopf ab.

»... und in ihrem Schoß wächst ein Kind heran. Zenit, dieses Kind wird deine Rettung sein.«

»Ich will es nicht!«

»Das glaube ich. Es ist während eines Mißbrauchs gezeugt worden – wer könnte ein solches Kind lieben? Und wer weiß, was Wolfstern und Niah gemeinsam hervorbringen können! Hör mir gut zu, Zenit. Du mußt kämpfen.«

»Wie?«

»Kannst du Niah immer noch spüren? Ihre Gegenwart?«

Zenit nickte.

»Sehr gut. Eines Tages werden wir dieses Kind für unsere Zwecke nutzen, es wird deine Rettung sein. Doch zuerst müssen wir dafür sorgen, daß du zu deinem Körper zurückkehrst – zu deinem Körper, den Niah für sich beansprucht.«

»Das verstehe ich nicht.«

»Zenit, dieser Schattenhain ist nur ein Teil der Schattenlande, die ein Spiegelbild des Landes der Wachen sind. Durch dieses Land können wir wandern bis in jenes Schattengemach der Priesterinnen, in dem Niah schläft.«

Zenit sah sie verwirrt an, aber in ihrem Blick lag auch Hoffnung. »Heute nacht?«

Faraday lächelte traurig. »Nein, mein Kind, nicht in einer Nacht, obgleich wir heute nacht aufbrechen werden. Wir werden viele, viele Nächte benötigen. Aber schließlich werden wir an unser Ziel gelangen, und das müssen wir, bevor ein anderer Geist das Kind in Niah mit Leben erfüllt.«

»Wieviel Zeit bleibt mir noch?«

»Ein Monat vielleicht. Ich werde jede Nacht zu dir zurückkehren und dir helfen.«

»Ein Monat nur, um zu Fuß bis zur Insel des Nebels und der Erinnerung zu gelangen?«

»Jeder Schritt, den wir in den Schattenlanden machen, entspricht fünfzehn in der wirklichen Welt. Hier kommen wir weit schneller vorwärts.« Faraday lächelte unbestimmt. »Das ist einer der Vorteile, ein Geist zu sein.«

»Dann sollten wir gleich aufbrechen.«

Faraday erhob sich und half der schattenhaften Zenit auf die Füße. »Mein Herz, je näher wir der Insel des Nebels und der Erinnerung kommen, desto mehr wird Niah sich zur Wehr setzen.«

»Spürt sie etwa, daß ich näher komme?«

»Nur bei Tag – deshalb müssen wir auch nachts wandern, während sie schläft. Aber sie wird wissen, daß etwas nicht stimmt. Ihr Geist wird im Schlaf Mauern gegen dich errichten, wird versuchen, dich aufzuhalten. Zenit, es wird eine Zeit kommen, in der jeder einzelne Schritt zur Qual wird. Und das Nacht für Nacht. Meinst du, du schaffst das?«

Zenit lachte, leise und verbittert. »Wenn ich dann wieder leben kann! Kommt, Faraday, stützt mich, und wir werden den ersten Schritt gemeinsam tun.«

48

Ein königlicher Empfang

»Wir werden noch immer nicht verfolgt?« fragte Zared Theodor ein weiteres Mal, als sie eine halbe Stunde vor Karlon ihre Pferde zügelten.

»Nein, mein Prinz«, erwiderte Theodor. »Caelum muß völlig verwirrt sein. Er hat uns nicht einmal einen Späher hinterhergeschickt. Nicht«, fügte er niedergeschlagen hinzu, »daß ihm noch viele Männer geblieben wären.«

Zared wandte sich von Theodor ab, in trübe Gedanken versunken. Als der Herzog sie mit der schrecklichen Nachricht eingeholt hatte, daß Caelum mit seiner ganzen Streitmacht in Kastaleon eingeritten war, ohne auch nur einen Hund vorauszuschicken, und daß ihn die Explosion mit voller Wucht getroffen hatte, war Zared totenbleich geworden.

»Wie viele?« hatte er leise gefragt.

»Zwischen drei- und viertausend Tote mindestens, mein Prinz. Und viele Hundert sind verletzt und dem Tode nahe.«

»Caelum?«

Darauf hatte Theodor keine Antwort gewußt, doch Zared weigerte sich strikt, Caelum für tot zu halten. Wäre Caelum umgekommen, hätte Axis mit Sicherheit davon erfahren und schon gehandelt.

Warum im Namen aller Götter des Himmels hatte Caelum nicht zuerst einen Spähtrupp vorgeschickt?

Zared war durchaus bereit gewesen, fünf oder sechs tote Soldaten in Kauf zu nehmen, wie sehr sie ihn auch dauerten, aber mit der grauenhaften Vorstellung von drei- oder viertausend Opfern konnte er sich nicht abfinden. Er hatte doch nur Kastaleon zerstören und Caelum ein paar Tage aufhalten wollen. Und jetzt hatte er sich in eine Situation manövriert, in der Krieg unvermeidlich war.

Seine Hände waren gebunden, und daran trug er selbst die Schuld. Er konnte sich nur ergeben – eine Vorstellung, die dem stolzen Zared ein Greuel war – oder dafür sorgen, daß seine Stellung möglichst unangreifbar war.

Seine Zweifel waren ebenso plötzlich aus der Welt geschafft worden wie der größte Teil von Caelums Streitmacht. Jetzt blieb ihm keine Wahl mehr. Er mußte sich unbedingt zum König von Achar krönen lassen, und zwar mit Leah an seiner Seite. Saß er erst einmal auf dem Thron, würde es ihm hoffentlich gelingen, Hunderttausende von Achariten um sich zu versammeln, die ihrem wiedereingesetzten König auf Leben und Tod ergeben waren.

Selbst Caelum würde es sich zweimal überlegen, die Luftarmada in den Kampf gegen den vereinten Westen und Norden zu schicken.

Zumindest, dachte Zared mit einem Anflug von Humor, wird er dieses Mal einen Spähtrupp vorausschicken. Offen gesagt war Zared erstaunt, daß die ikarische Luftarmada sechs Tage nach der Zerstörung von Kastaleon noch nicht zum Angriff übergegangen war.

»Wäre ich Caelum, hätte ich alles in meiner Macht stehende getan, um mich zu rächen«, murmelte er. »Was im Namen aller Götter hat er vor?«

Sie waren in größter Eile von Kastaleon hierhergezogen. Einen Tag lang waren sie geritten, dann hatten sie Schiffe beschlagnahmt, die sie nach Karlon bringen sollten. An diesem Morgen nun hatten sie auf Zareds Befehl hin angelegt, damit seine Männer die letzte Wegstunde zu Pferde zurücklegen konnten.

Zared hoffte, daß Goldmann recht behielte und die Bevölkerung von Karlon ihm beistünde. Er war darauf angewiesen, daß Westtencendor sich erhob und seinen Anspruch auf den Thron unterstützte. Eine gleichgültige Stadt war das letzte, das er brauchen konnte.

»Sie weiß noch immer nichts?« fragte Theodor leise und riß ihn aus seinen Gedanken.

Zared warf einen Blick über seine Schulter. Leah ritt mehrere Pferdelängen hinter ihm neben Herme. Zared lenkte sein Pferd näher an Theodor heran.

»Nein. Bisher konnte ich mich noch nicht dazu durchringen, es ihr zu sagen. Wer weiß schon, ob Askam lebt oder tot ist? Es wäre zu grausam.«

Theodor sah ihn fragend an und wollte etwas erwidern, doch Zareds Blick war fest auf die Stadt gerichtet.

»Seht! Ist das nicht Goldmann?«

Eine Gruppe von fünf Reitern kam durch die Tore von Karlon herangaloppiert und war jetzt noch dreihundert Schritt von ihnen entfernt. Ihnen voraus ritten zwei Bannerträger mit flatternden Fahnen.

»Seht doch«, sagte Theodor, »sie tragen die Standarten von Karlon ... und von Zared, Prinz des Nordens.«

Zared spürte, wie seine Muskeln sich ein wenig lockerten. Bis zu diesem Augenblick war ihm nicht bewußt gewesen, wie angespannt er war. Er zügelte sein Pferd und gab der Kolonne das Zeichen anzuhalten.

Aus den Augenwinkeln nahm er eine Bewegung wahr – Herme und Leah ritten an seine Seite.

»Goldmann«, sagte Zared und wies auf die Gruppe von Reitern, doch Leah schwieg.

Die Reiter legten die Entfernung in forschem Galopp zurück. Tatsächlich, es war Jannymire Goldmann mit vier vornehm gekleideten Gefährten.

»Prinz Zared«, rief Goldmann und zügelte sein Pferd drei Schritt vor dem Prinzen. »Ich habe Euch die Unterstützung der Händler und Gilden Karlons versprochen, und hier bin ich. Darf ich Euch Bürgermeister Gregorius Sandmeier vorstellen und die Gildenmeister der Wollgilde, der Fischereigilde und der Getreidegilde.«

Zared zog die Augenbrauen hoch. Mächtige Männer, zweifellos. »Und was ist mit Karlon selbst, Meister Goldmann und Bürgermeister Sandmeier? Mir folgt eine Truppe von rund fünfhundert Mann. Kaum groß genug, um Karlons Mauern zu stürmen, sollte ich dazu gezwungen sein.«

»Ich glaube nicht, daß Ihr dazu gezwungen sein werdet, mein Prinz«, erwiderte Sandmeier und verbeugte sich tief. Er war ein Mann mit breiter Brust, markanten Gesichtszügen und durchdringendem Blick. »Karlon – nein, ganz Achar – erwartet Euch.«

Dann wandte er sich an Leah und verbeugte sich vor ihr, wenn auch nicht ganz so tief. »Prinzessin, ich bin froh, Euch wiederzusehen. Ihr reitet an Zareds Seite. Es ist weithin bekannt, daß der Prinz viele Jahre um Eure Hand geworben hat. Darf ich mir die Frage erlauben, ob Ihr als seine Frau hier ankommt?«

»Noch nicht«, erwiderte sie knapp. Sandmeier war allzu dreist. »Ich habe meine Entscheidung noch nicht gefällt.«

»Ich verstehe«, sagte Sandmeier leise und warf Goldmann einen Blick zu.

»Ich denke, Prinzessin«, ergriff Goldmann das Wort, »der Empfang, den Euch Karlon bereitet, wird Euch die Entscheidung erleichtern.«

Zared hatte gehofft, Goldmann würde dafür sorgen, daß er von einer nicht zu kleinen Menschenmenge willkommen geheißen wurde, doch mit solch einem stürmischen Empfang hatte er wahrlich nicht gerechnet.

Während sie ihre Pferde zu einem letzten Galopp anspornten, wurde sich Zared allmählich eines dumpfen Brausens bewußt. Anfänglich war er sich über die Ursache im unklaren, doch als sie sich den Haupttoren näherten, erkannte er – zu seinem großen Erstaunen –, daß es von einer Menge stammte, die mehrere zehntausend Menschen zählte.

Und dann hatten sie die Tore hinter sich gelassen und gerieten in einen wahren Mahlstrom.

Die Menge verursachte einen überwältigenden Lärm, und Zared mußte nach dem Zaumzeug von Leahs Pferd greifen, das vor Angst scheute. Ein Soldat der Stadtmiliz eilte herbei und nahm es ihm ab. Zared richtete sich auf und versuchte, den Anblick und die Lärmkulisse in sich aufzunehmen.

Menschenmassen säumten Karlons Straßen, drängten sich auf Balkonen und Dächern. Sie winkten mit Wimpeln, Bannern oder Haarbändern. Das Rot und Gold seiner Familienstandarte herrschte vor, ebenso wie das königliche Blau und Scharlachrot des Thrones von Achar.

Aus aller Mund ertönte sein Name.

»*Zared! Zared! Zared!*«

Über das Toben der Menge hinweg schallten die Hörner – zu Hunderten –, und Trommeln und Becken begleiteten sie. Der Lärm wurde von den Mauern zurückgeworfen und hallte wild durch die Straßen und dann himmelwärts.

Zared wußte nicht, wie ihm geschah. Schließlich brach er in lautes Gelächter aus, von den Gefühlen, die ihm entgegenschlugen, geradezu überwältigt. Er gab seinem Pferd die Sporen und winkte den Menschen zu, und der Lärm verdreifachte sich – sofern das überhaupt möglich war.

Leah, die ihm in etwas gemessenerem Tempo folgte, war völlig betäubt. Was sie sah und hörte, ging über ihren Verstand. Dergleichen hatte sie noch nie erlebt. Noch nie. Selbst Caelums Krönungsfeierlichkeiten am Ufer des Gralsees waren im Vergleich dazu ein geruhsames, sieben Tage währendes Picknick gewesen.

Askam hatte nie eine Menge von mehr als tausend Menschen angezogen. Leah vermutete, daß die gesamte Bevölkerung von Karlon ihre Arbeit niedergelegt hatte, um Zared zu huldigen – sechzigtausend Menschen.

Denn das war es, wie ihr plötzlich klar wurde: Es war kein Empfang, es war eine Huldigung.

Vor ihr wogte die Menge weiter, die Leute wollten Zared begleiten. Er wurde geradezu belagert, schien jedoch keine Angst zu haben. Er lachte sogar, beugte sich aus dem Sattel herab, schüttelte Hände und berührte Gesichter.

»König Zared!« brüllte die Menge jetzt. »König Zared!«

Dann drängte sich die Menge auch um sie und rief ihren Namen.

»Leah! Leah! Königin Leah!«

Rund zehn Schritt vor ihr, durch Hunderte von Menschen von ihr getrennt, wendete Zared sein Pferd und blickte ihr in die Augen.

Leah starrte ihn zitternd an. Sie hatte nicht geahnt … nicht geahnt …

Schließlich wurden sie zu dem prächtigen alten ikarischen Palast auf dem höchsten Hügel der Stadt geführt.

Nicht zum Prinzenpalast.

Im uralten Palast der Ikarier hatten die Könige von Achar Hof gehalten. Nachdem Axis den Thron von Achar zerstört hatte, war der Palast in den Besitz der Sonnenflieger übergegangen.

Nun sollte er anscheinend wieder dem König der Achariten als Regierungssitz dienen.

Dort, im Mondsaal, hatten die ehrenwerten Bürger von Karlon einen Empfang für Zared vorbereitet, der nur wenig hinter dem auf den Straßen zurückstand.

Etwas erhöht stand ein Thron, eine genaue Nachbildung des uralten Throns der Könige von Achar. Leah starrte ihn erstaunt an – wie lange dauerten die Vorbereitungen für Zareds Ankunft schon an? Mit dem Thron hatten wahre Meister ein echtes Kunstwerk geschaffen. Die mit größter Sorgfalt ausgeführten Schnitzereien waren mit Einlegearbeiten aus Gold, Silber und Edelsteinen verziert.

Wie ist es möglich, daß ich nie etwas bemerkt habe? fragte sie sich noch immer betäubt, als Zared ihren Arm nahm und sie zum Thron hinaufführte. Wie ist das möglich?

Zared wollte sich nicht auf den Thron setzen. Das könne bis nach seiner Krönung warten, sagte er bei sich. Aber er trat auf das Podest, Leah an seiner Seite, Herme, Theodor, Goldmann und Sandmeier ein kleines Stück hinter ihm, und empfing die Glückwünsche der Gäste.

Als erstes kamen die Bevollmächtigten der Gilden, die vor Zared niederknieten und ihm ihren Beistand zusagten.

Die Stadtmiliz trat ebenfalls vor und folgte ihrem Beispiel.

Abgeordnete aus allen Vierteln von Karlon, oft mit Frau und Kindern, boten ihm ihre Unterstützung an.

Und aus den umliegenden Gebieten kamen die ländlichen Gildenmeister und entboten Zared Grüße und versicherten ihn ihrer Treue.

Leah erwartete geradezu, daß auch die Ratten aus den Abwasserkanälen gekrochen kamen, um ebenfalls einen Treueschwur abzulegen.

»Prinz Zared«, sagte Goldmann schließlich, so daß alle es hören konnten. »Hegt Ihr irgendwelche Zweifel an der Treue Eures Volkes?«

»Nein, werter Goldmann«, erwiderte Zared leise. »Das ist mehr, als ich erwartet habe.«

»Kann es irgendwelche Zweifel geben, was Euer Volk sich sehnlichst wünscht, mein Prinz?«

»Nein, Goldmann. Nicht die geringsten.«

Mit theatralischer Geste sank Goldmann auf die Knie, legte eine Hand auf sein Herz und verneigte sich ehrerbietig vor Zared.

»Zared, seid Ihr bereit, Euer treues Volk anzunehmen? Werdet Ihr seinen Wünschen entsprechen? Wollt Ihr den Thron von Achar annehmen?«

Im Saal war es totenstill geworden. Zared ließ den Blick schweifen, nicht nur über die Anwesenden, sondern auch durch den Saal selbst, der während des Krieges zwischen Axis und Bornheld so viel Gewalt und Tod gesehen hatte.

»Der Thron von Achar ist mein Geburtsrecht«, sagte Zared, und seine Stimme hallte bis weit empor zu der leuchtend blauen Kuppel. »Und ich werde ihn annehmen!«

Der ganze Saal brach in laute Jubelrufe aus. Goldmann wartete, bis sich der Lärm gelegt hatte, dann sah er Leah an. »Und Ihr, Prinzessin? Werdet auch Ihr den Wünschen der Achariten entsprechen?«

Sie starrte ihn an, bis Zared sich zu ihr vorbeugte, ihre Hand nahm und ihr in die Augen blickte.

»Möchtest du meine Frau werden, Leah?« fragte er. »Möchtest du meine Königin sein?«

Sie erwiderte seinen Blick, versuchte in seinen Gesichtszügen zu lesen und erkannte, daß ihr keine Wahl blieb. »Ja, Zared«, sagte sie schließlich. »Ich möchte deine Königin sein.«

49

Umgeben von Ruinen

Caelum hatte die Folgen der Zerstörung von Kastaleon seit einer Woche vor Augen, und noch immer wollte er sie nicht wahrhaben. Die Burg war eine Ruine, von der zwar kein Rauch mehr aufstieg, aber der Anblick des kalten, geborstenen Steins war ebenso schmerzlich wie vordem die noch brennenden Trümmer.

Der Rest seiner Streitkräfte hatte sein Lager zwischen den eingefallenen Mauern aufgeschlagen. Sechshundert Mann, von denen viele aufgrund ihrer Verletzungen sich noch immer nicht bewegen konnten. Verstreute Zelte, ausgefranstes Zaumzeug – und die Stimmung der Soldaten war so trüb und grau wie das Wasser des Burggrabens, durch den die meisten hatten schwimmen müssen, um ihr Leben zu retten. Jenseits des Lagers erstreckten sich Tausende trauriger Hügel. Gräber. Erinnerungen an Zareds Verrat.

»Wie konnte er das nur tun?« murmelte Caelum, doch ihm wollte keine Antwort einfallen, wie stets, wenn er sich diese Frage in der vergangenen Woche gestellt hatte.

Er riß sich von seinen Betrachtungen los und ging zu einem Zelt, das etwas abseits von den anderen stand. Vor dem Eingang war eine Wache postiert, die salutierte, ihm jedoch nicht in die Augen blickte.

Er trauert wohl um seine Kameraden, sagte sich Caelum.

Er schob die Zeltbahn des Eingangs zur Seite und trat ein. Drinnen war es dunkel und kalt, und Caelum beschloß, einen Diener anzuweisen, die Kohlen im Becken zu entzünden. Er wandte sich wieder dem Eingang zu, um den Wachsoldaten nach jemandem zu schicken, überlegte es sich jedoch anders und zündete die Kohlen selbst an.

»Caelum?«

Der Sternensohn schloß die Luke des Kohlenbeckens. »Askam, Ihr seid wach. Hat die Kräutermischung nicht gewirkt?«

Askam setzte sich mühsam auf seinem Feldbett auf. »Die Schmerzen haben etwas nachgelassen, aber meine linke Hand juckt entsetzlich. Ach!« Er spuckte in eine Ecke des Zeltes. »Das Gespenst dieses Armes verfolgt mich, Caelum! Wird es mich nie in Frieden lassen?«

Caelum setzte sich neben dem Kohlenbecken auf einen Stuhl und sah Askam traurig an. Er wußte nicht, mit welchen Worten er ihn hätte trösten können, und er vermutete, daß Askam sich auch nicht trösten lassen wollte. Askam wollte nur eins: Rache! Rache für die Burg, Rache für den Arm. Während der vergangenen Woche hatte er unglaublich viel an Gewicht verloren. Die Haut hing grau und schlaff von Askams Knochen, seine Augen waren vor Schmerzen und Erschöpfung rot gerändert, und die Finger seiner rechten Hand zitterten unentwegt. Seine Kleider waren durchgewetzt und vom eitrigen Ausfluß aus dem verklebten Verband auf seiner Brust befleckt.

Askam konnte die Schmerzen kaum aushalten, wenn er gewechselt wurde, und soweit Caelum wußte, war das schon seit drei Tagen nicht mehr geschehen.

Im Zelt herrschte ein süßlicher Geruch, der nicht allein auf das Duftholz zurückgeführt werden konnte, das im Kohlenbecken brannte.

»Ihr solltet Euch ausruhen, Askam, vielleicht etwas mehr essen. Und Euer Verband muß bestimmt wieder...«

»Ich beiße jedem die Hand ab, der es wagt, mich zu berühren!« knurrte Askam, und Caelum zuckte unwillkürlich zusammen.

»Askam...«

»Ich werde Zared mit meinen verbliebenen Fingernägeln eigenhändig die Haut abziehen!«

Dem hatte Caelum nichts hinzuzufügen.

»Wann machen wir uns endlich auf den Weg? Was hat er mir sonst noch gestohlen?«

»Wir können nicht aufbrechen, solange Ihr noch so schwach seid, Askam.«

Askam stand schwankend auf. Er geriet ins Taumeln, schüttelte jedoch Caelums Hand ab, die ihn stützen wollte, und fand das Gleichgewicht.

»Ich kann reiten, Caelum. Und meinen Schwertarm hat er mir nicht geraubt.«

»Ihr könnt kaum stehen«, erwiderte Caelum vorsichtig. »Und das Fehlen Eures linken Armes wird Euch im Schwertkampf äußerst hinderlich sein.«

»Ich kann kämpfen! Wann brechen wir auf?«

»Ich habe noch nicht ...«

Eine Bewegung vor dem Zelt ließ Caelum innehalten – ein Ausruf der Überraschung, und die Zeltbahn am Eingang wurde beiseite geschoben.

Axis Sonnenflieger, der Gott des Sternentanzes, betrat das Zelt.

Caelum starrte ihn mit offenem Mund an, sprang dann auf und drückte ihn fest an sich. »Vater!«

Axis erwiderte die Umarmung kurz und schob Caelum dann von sich.

Er sah fast so grau aus wie Askam. »Bei allen Sternen der Schöpfung, Caelum, was ist hier geschehen?«

Acht Tage lang hatten die Sternengötter miteinander geredet und gestritten. Und sie ließen den schwarzen Schatten im Universum ebensowenig aus den Augen wie das allmähliche Schwinden ihrer Magie. Was sollten sie nur tun?

Schließlich kamen sie zu dem Entschluß, daß Caelum erfahren mußte, was vor sich ging. Wenn die Rettung Tencendors auf seinen Schultern lastete, mußte er unterrichtet werden.

Also hatte Axis sein Bewegungslied auf die Anziehungskraft seines Sohnes ausgerichtet und genau vor Kastaleon Gestalt angenommen.

Als die Wirkung des Zaubers nachließ und er wieder klar sehen konnte, stieß er einen Schrei des Entsetzens aus.

Die Zerstörung erschütterte ihn zutiefst. Er hatte nicht gewußt, daß auf tencendorianischem Boden Krieg geführt wurde. Er und die anderen Götter waren so sehr von der Bedrohung durch die dämonischen Hüter der Zeit in Anspruch genommen worden, daß sie den Geschehnissen in Tencendor keine Aufmerksamkeit geschenkt hatten.

Außerdem war Caelum der Herrscher, und sie durften ihm nicht dauernd in seine Entscheidungen hineinreden.

Aber was im Namen der Sterne war hier geschehen? Überall Gräber ... Tausende von Gräbern! Zum ersten Mal seit Wochen dachte Axis nicht an die Hüter der Zeit und die Gefahr, die sie darstellten.

Axis packte seinen Sohn an den Schultern. Die Blässe seiner Haut und die Ringe unter seinen Augen bereiteten ihm ebenso Sorgen wie die Zerstörung und die Gräber. »Caelum? Was ist hier passiert?«

Doch es war nicht Caelum, der ihm antwortete.

»Euer Bruder«, Askam spuckte die Worte geradezu aus, »hat einen Verrat begangen, wie ihn dieses Land noch nie zuvor gesehen hat.«

Axis schenkte ihm keine Beachtung, sondern blickte weiterhin seinem Sohn in die Augen. »Caelum?«

Caelum schaute zu Askam hinüber und nahm dann seinen Vater am Arm und führte ihn hinaus.

Askam wollte ihnen folgen, doch bereits beim ersten Schritt geriet er ins Taumeln und sank auf sein Feldbett zurück. Als sein Kopf das Kissen berührte, murmelte er Zareds Namen und hätte selbst nicht sagen können, ob es als Fluch oder Versprechen gemeint war.

»Zared hatte Kastaleon eingenommen, um seinen Anspruch auf den Thron von Achar zu untermauern ...«, begann Caelum.

»Was?« entfuhr es Axis. Als er bemerkte, daß sich eine kleine Gruppe von Männern umwandte und ihn anstarrte, riß er sich jedoch zusammen.

Zared soll in den tiefsten Tiefen der Hölle schmoren! Und Rivkah gleich mit, weil sie ihn geboren hat!

Caelum nickte. »Allein die Erwähnung des Thrones hat schon

dazu geführt, Vater, den Haß der Vergangenheit auflodern und einen Krieg ausbrechen zu lassen. Zared hat behauptet, die menschliche Bevölkerung, die Achariten, fühle sich benachteiligt und wolle ihren Thron wiederhaben.«

»Bei den Sternen«, murmelte Axis. »Habe ich umsonst gekämpft? Ist er denn von Sinnen?«

Er atmete tief durch und versuchte sich zu beruhigen. »Was habt Ihr getan?«

»Ich habe fünftausend Mann ausgehoben und bin hierhergezogen, um seine Vertreibung persönlich zu überwachen. Aber ...«

»Aber die Dinge liefen nicht gut für Euch, mein Sohn? Ich nehme an, daß Zared nicht in einem dieser Gräber liegt?«

Caelum zögerte und schüttelte dann den Kopf. »Wir haben uns in aller Stille angeschlichen. Ich habe die Armee mit einem Schleier der Unsichtbarkeit belegt ...«

Axis warf ihm einen durchdringenden Blick zu.

»... und war der Meinung, wir befänden uns damit in Sicherheit. Die Burg lag völlig ruhig da. Ich dachte, Zared und seine Leute würden schlafen. Als wir jedoch den Burghof betraten ... als die meisten Soldaten in ...«

Axis unterbrach ihn entgeistert. »Ihr habt Eure Männer in eine Falle geführt, Caelum! Habt Ihr nicht daran gedacht, Späher vorauszuschicken ... um nachzusehen, ob tatsächlich alles so war, wie es den Anschein hatte, bevor Ihr mit Eurer ganzen Armee einmarschiertet?«

Caelum schoß das Blut ins Gesicht. »Alles schien in Ordnung zu sein, Vater! Wie hätte ich ahnen können, daß ...«

»Ebenso leicht wie Zared Euer Heranrücken vorausgesehen hat, Caelum! Warum wart Ihr nicht vorsichtiger?«

Axis holte tief Luft und wandte den Blick vom Gesicht seines Sohnes ab. »Habt Ihr nicht daran gedacht, erst einmal zu verhandeln?« fragte er in etwas ruhigerem Tonfall. »Zared wäre bestimmt darauf eingegangen. Sein Angriff auf Kastaleon war nur Theater, um die Aufmerksamkeit auf sich zu lenken.«

»Was? Schaut Euch das an, Vater!« Mit einer Handbewegung wies Caelum auf die Ruinen. »Ist das ein Zeichen für Gesprächsbereitschaft?« Er wandte sich den Gräbern zu. »Ist das nur Theater?«

»Wahrscheinlich hätte ich dasselbe getan, wenn eine Armee von fünftausend Mann auf meine Burg zumarschiert wäre!« fauchte Axis. Er hielt inne und sammelte sich. Es war sinnlos, seine ganze Wut an Caelum auszulassen.

»Ihr habt recht«, sagte er. »Soweit hätte er nicht gehen dürfen. Wo ist er jetzt?«

»Äh, nun, äh ...« Im ersten Schrecken der Katastrophe hatte Caelum nicht daran gedacht, Zareds Aufenthaltsort ausfindig zu machen, und während der letzten zwei oder drei Tage war er so sehr von Alpträumen heimgesucht worden, daß er das Gefühl hatte, eine Schwertspitze würde in sein Herz gestoßen, sobald er auch nur mit den Augen zwinkerte.

Bei den Göttern, warum hatte er nicht schneller gehandelt? War es vielleicht denkbar, daß Drago seinen Verstand zersetzte, in welchem Rattenloch er sich auch verstecken mochte?

»Ihr habt inzwischen doch bestimmt Späher losgeschickt, um Zared aufzuspüren, Caelum ... oder etwa nicht?«

Caelum fuhr sich mit der Zunge über die Lippen und bereute es sofort wieder. »Ich habe die Hälfte der Luftarmada in Sigholt zurückgelassen. Die andere Hälfte ist in Severin.«

»Severin?«

»Ich habe es für das beste gehalten, daß Zared seinen Regierungssitz verlieren sollte, nachdem er Kastaleon eingenommen hatte.«

Axis gelang es nur mit größter Mühe, einen Fluch zu unterdrücken. »Ihr habt einen Bürgerkrieg angefangen, Caelum!«

»Nicht ich habe ihn angefangen!«

Axis starrte seinen Sohn an und verbiß sich eine Antwort. Verhandlungen, ein offenes Gespräch über Zareds Beschwerden und eine Entschädigungszahlung an Askam für den Angriff auf Kastaleon – und die ganze Angelegenheit wäre erledigt gewesen. Aber nein, Caelum hatte es für nötig befunden, mit großer Geste zur Tat zu schreiten. Hatte er seinen Sohn nichts Besseres gelehrt?

Er hatte tatsächlich seine ganze Armee in feindliches Gebiet geführt, ohne einen Späher vorauszuschicken?

Axis wandte sich ab und tat so, als würde er die Ruinen einer gründlichen Betrachtung unterziehen. Wie konnte er seinen Sohn für seine Handlungen verurteilen? Mit Krieg hatte sich Caelum noch nie beschäftigen müssen und mit Diplomatie nur ganz selten. Roland, der verstorbene Herzog von Aldeni, hatte Axis vor Jahren gewarnt: Der Frieden brächte keine guten Könige oder Armeeführer hervor. Nun, Axis hoffte, daß Caelum aus seinen Erfahrungen lernen würde.

Bei den Sternen, er würde es müssen.

»Caelum«, sagte er leise und wandte sich wieder seinem Sohn zu. »Zared ist nicht die einzige Gefahr, mit der sich Tencendor auseinandersetzen muß.«

In knappen Worten teilte er ihm mit, was Wolfstern über die Magischen Seen und die Hüter der Zeit berichtet hatte. Allerdings verschwieg er ihm, daß Wolfstern behauptet hatte, Caelum sei der einzige, der den Dämonen entgegentreten konnte. Dafür war jetzt nicht der richtige Augenblick.

Für Caelum waren diese Mitteilungen auch so schon schlimm genug. Er starrte seinen Vater fassungslos an. »Was hat die Ankunft dieser Dämonen zu bedeuten?«

»Sie werden uns unsere Macht rauben, Caelum. Bereits jetzt ist der Sternentanz in einem winzigen Abschnitt des Universums nicht mehr wahrnehmbar. Sollte es ihnen gelingen, nahe genug an das Sternentor heranzukommen, werden sie die Melodie des Sternentanzes vollständig zum Verstummen bringen.«

»Aber das würde bedeuten ... das würde bedeuten, daß alle Zauberer in diesem Land ihre Kräfte verlieren! Und alle ... alle ...« Caelum starrte seinen Vater an. Er brachte den Satz nicht zuende.

»Und alle Sternengötter, Caelum. Alle Sternengötter.«

Caelum schüttelte den Kopf und versuchte, die Flut schlechter Neuigkeiten zu ordnen. Kein Wunder, daß er Schwierigkeiten mit seinen eigenen Zauberkräften hatte. Und es würde noch schlimmer werden? Er versuchte sich vorzustellen, wie er ohne die Fähigkeit leben sollte, den Sternentanz zu hören und sich seiner Macht zu bedienen. Er konnte es nicht. »Warum kommen sie so schnell näher? Warum gerade jetzt?«

Kaum hatte er die Fragen gestellt, wußte er die Antwort. Drago. Drago hatte das Zepter des Regenbogens mit durch das Sternentor genommen und den Dämonen gebracht!

Ja, antwortete Axis in Gedanken. »Er führt sie an«, sagte er laut. »Zweifellos schmiedet er Pläne, Euch die Herrschaft über Tencendor zu entreißen. Bei den Sternen, er war schon immer ehrgeizig!«

»Vater«, flüsterte Caelum, »habt Ihr in letzter Zeit von der Jagd geträumt?«

»Nein. Wie kommt Ihr darauf?«

Caelum erzählte seinem Vater von den Träumen, wie er von einem Reiter in einer schwarzen Rüstung durch den Wald und über das Land gejagt wurde.

»Es ist Drachenstern«, sagte Caelum. »Er bringt mich immer wieder zur Strecke und rammt mir das Schwert in die Brust.«

Sein Blick war gehetzt, angsterfüllt. »Und jetzt führt Drago eine Horde von Dämonen an, die uns vernichten will. Dragos Pakt mit Gorgrael war nur der Anfang des Grauens, Vater, habe ich recht? Er wird nicht ruhen, bis er mich umgebracht hat.«

»Caelum, hört mir gut zu.« Axis legte seinem Sohn die Hände auf die Schultern und zwang ihn, seinen Blick zu erwidern. »Wir werden siegen. Wir haben genügend Zeit, uns vorzubereiten. Die Dämonen sind noch weit entfernt.«

Axis spürte, wie Caelum unter seinen Händen bebte, und ein Zauber ließ ihn sehen, wie Erinnerungen durch seinen Geist strömten. Bei den Sternen! Er war sich nicht bewußt gewesen, daß Drago eine solche Macht über Caelum ausübte.

»Caelum? Wir werden mit dieser Sache fertig werden.«

»Ja. Ja, Ihr habt recht.« Caelum richtete sich auf und unterdrückte seine Zweifel. »Doch zuerst muß ich mit Zared fertig werden.«

»Ja.« Das muß sein, dachte Axis. Das Selbstvertrauen werdet Ihr brauchen.

»Tut, was Ihr für richtig haltet, mein Sohn.«

»Ich werde ihm einen harten Kampf liefern«, erwiderte Caelum. »Zared hat das Recht auf Verhandlungen verspielt.«

Axis runzelte die Stirn, nickte dann jedoch. »Wenn Euer Verstand Euch sagt, daß das der richtige Weg ist, dann schlagt ihn ein.«

Im selben Augenblick wurde ihm bewußt, was er da sagte. Wollte er seinen Bruder opfern, um die Fertigkeiten seines Sohnes zu vervollkommnen? Aber Caelum hatte recht, wenn er behauptete, Zared habe angefangen. Zared hatte zu den Waffen gegriffen.

Wog Tencendor einen Bruder auf? Axis mußte ein grimmiges Lächeln unterdrücken. Er hatte bereits zwei Brüder erschlagen, um seinen Traum zu verwirklichen. Der Tod eines weiteren war kein großes Opfer, wenn es diesen Traum bewahren half.

Oder doch?

»Wenn Ihr einen Rat benötigt, Caelum, zögert nicht.«

Welche Zweifel Caelum gerade noch gehegt haben mochte, sie schienen sich in Luft aufgelöst zu haben. »Um Zared werde ich mich alleine kümmern, Vater. Zared ist meine Angelegenheit. Aber«, seine Mundwinkel zuckten, »bei Drago werde ich wohl etwas Hilfe brauchen. Im Kampf gegen ihn und gegen diese Dämonen werde ich Euch um Unterstützung anrufen.«

Axis lächelte und legte Caelum den Arm um die Schulter. »Kümmert Euch um Zared, und dann werden wir gemeinsam einen Weg finden, Drago für alle Ewigkeit unschädlich zu machen.«

50

Die Schattenlande

Anfangs bewegte sich Zenit leichtfüßig durch die Schattenlande gen Süden. Faraday kam jede Nacht zu ihr, nahm sie bei der Hand und spornte sie an. Die Reise durch die Schattenwelt von Skarabost verlief ohne besondere Anstrengungen. Den Wald hatten sie bald hinter sich gelassen – die Schattenwelt des Bardenmeers war ein zermürbender Aufenthaltsort –, und dann wanderten sie über die großen Ebenen Skarabosts. Durchscheinende Männer und Frauen bestellten die Felder und Gemüsegärten. Jede ihrer Bewegungen war langsam und besonnen, und es schien so, als bemerkten sie die beiden Frauen nicht, die an ihnen vorbeischritten.

Als sie schließlich den Süden Skarabosts erreicht hatten, verspürte Zenit bei jedem Schritt größere Schmerzen. Niahs Unterbewußtsein sei daran schuld, erklärte Faraday – es stelle sich Zenit entgegen.

»Es wird noch schmerzhafter werden«, sagte Faraday, und Zenit wandte den Kopf ab. Schmerzhaft oder nicht, sie war fest entschlossen, ihren Körper und ihr Leben zurückgewinnen.

Sie kamen immer langsamer voran. Jede Nacht legten sie eine kürzere Strecke zurück, obwohl sich Faraday nach Kräften bemühte, Zenit Mut zuzusprechen. Nacht um Nacht, Schritt für Schritt wurden die Schmerzen stärker.

»Was sind diese Schattenlande?« fragte Zenit eines Nachts, um ihre Gedanken von den Schmerzen abzulenken.

»Es ist die Welt der Träume. Sie ist so wirklich wie die Welt des Wachens, Zenit. Doch nur wenige wissen, daß es sie gibt. Selbst im Traum können wir sie nicht ganz erfassen.«

»Woher habt Ihr von dieser Welt erfahren?«

Faraday schwieg lange, bevor sie antwortete. »Du weißt nicht, wie ich meine menschliche Gestalt zurückerhalten habe, und ich glaube nicht, daß ich es erklären kann. Ich wurde von einer Macht ergriffen, wie ich sie nie zuvor gekannt habe, und sie hat mich verändert, bereichert. Während der vergangenen beiden Monate habe ich meine neuen Zauberkräfte ausprobiert und entdeckte dabei die Welt der Schattenlande. Zenit, das ist keine besonders gute Erklärung, aber eine bessere habe ich nicht.«

Zenit nickte und fand sich damit ab.

Trotz der Fragen, die sie stellte, um sich von den Schmerzen abzulenken, hatte sich Zenit die Lippen blutig gebissen, bis sie sich schließlich der Schattenwelt bei Karlon näherten.

Doch was die beiden Frauen vor Karlon und dem Gralsee vorfanden, ließ Zenit ihre Schmerzen vergessen.

Eine ganze Weile standen sie da und schwiegen ratlos.

»Was ist das?« fragte Zenit und stützte sich auf Faradays Arm.

Faraday konnte ihren Blick nicht abwenden. »Das ist ein Labyrinth«, erwiderte sie, und tief in ihrem Innern wußte sie, das es mit Noah zu tun hatte.

Sie standen auf einem kleinen Hügel, von dem aus sie den Gralsee hätten sehen müssen, ebenso wie Karlon, das sich in seiner ganzen Pracht an dessen Ufer erhob. Doch ein riesiges Labyrinth hatte die Stelle von See und Stadt eingenommen. Wo sich einst Wasser befunden hatte, wanden sich jetzt von Mauern eingefaßte Straßen und Pfade, Sackgassen und Schleichwege. Der Irrgarten war riesig, gut eine Wegstunde von einer Seite zur anderen und vielleicht doppelt so lang. Zum Westen hin stieg das Labyrinth an, den Hang eines kleinen Hügels hinauf – und dort erhob sich Karlon, ganz so, wie es sich am See hätte hinziehen sollen. Allerdings war es nicht dasselbe Karlon. Seine Straßen hatten sich zu einem labyrinthartigen Gewirr verschlungen, seine Gebäude und Plätze bildeten eine Erweiterung des Irrgartens.

»Schaut doch«, flüsterte Zenit und streckte den Arm aus.

»Ja«, sagte Faraday. »Ich sehe sie.«

Zehntausende hasteten durch das Labyrinth, das die ganze

Fläche des Sees einnahm und das alte Karlon unter sich begrub. Das geschäftige Treiben war in jenem Abschnitt des Irrgartens, wo einst Karlon gestanden hatte, am stärksten. Viele Hunderte hatten jedoch einen Weg in das tieferliegende Labyrinth gefunden. Aber auch sie rannten in diese und in jene Richtung, voller Verzweiflung, sogar in den traumähnlichen geruhsamen Schattenlanden. Viele trugen ihre Habseligkeiten auf dem Rücken oder Kinder auf den Armen. Manche rannten blindlings gegen Mauern und fielen bewußtlos zu Boden. Andere halfen sich gegenseitig, über die Mauern des Irrgartens zu klettern, landeten jedoch nur in einem andern Abschnitt, wo sie noch verzweifelter umherirrten. Einige wandten sich dauernd ängstlich um, als würden sie verfolgt, andere überprüften den Stand der Sonne, die im Dunst kaum zu sehen war, als hinge ihr Leben davon ab.

»Das verstehe ich nicht«, sagte Zenit.

»Schau, dort!« rief Faraday und deutete nach unten.

Anfangs konnte Zenit außer den hastenden Leuten nichts erkennen, doch dann bemerkte sie, dass ein ganzer Abschnitt des Labyrinths menschenleer war – bis auf einen Mann. Panisch vor Angst rannte er durch den Irrgarten, sah sich immer wieder um, prallte gegen Wände, fiel zu Boden und rappelte sich im selben Atemzug wieder auf. Er war verletzt und blutete. Seine Kleider hingen in Fetzen an ihm herab, und er erweckte den Eindruck, als befinde er sich schon lange Zeit auf der Flucht.

»Und dort«, sagte Faraday leise.

Erneut folgte Zenit ihrem Blick und entdeckte einen Trupp Reiter, fünf oder sechs, die von einem Mann in einer mattschwarzen Rüstung auf einem großen schwarzen Pferd angeführt wurden. In einer Hand hielt er ein riesiges Schwert.

Zenit spürte Übelkeit in sich aufsteigen. »Schaut doch, sie holen ihn ein.«

Die Verfolger waren inzwischen nur noch wenige Abzweigungen von ihrem Opfer entfernt, und kurze Zeit später hatten sie ihn in einer Sackgasse gestellt.

Der Mann fiel auf seine Knie, die Hände flehend ausgestreckt – oder wollte er nur den unvermeidlichen Todesstoß abwehren?

Der schwarze Reiter sprengte herbei und zügelte jäh sein Pferd. Drohend schwang er das Schwert über dem Kopf.

»Drachenstern!« hörten Zenit und Faraday den Schrei des hilflosen Mannes. Das waren seine letzten Worte, denn der Reiter hatte ihm die Klinge erst in die Brust und dann in den Bauch gestoßen. Schließlich richtete er sich in den Steigbügeln auf und schrie seinen Sieg laut hinaus. Blut regnete in kleinen Tropfen um sein Pferd nieder, während er sein Schwert kreisen ließ.

»Tencendor gehört mir!« brüllte er. »Tencendor gehört mir!«

»Drago?« flüsterte Zenit.

Faraday hielt einen Moment inne. »Auf dem Pferd? Vielleicht, vielleicht auch nicht. Denk nicht länger darüber nach, Zenit, alles wird gut.«

Sie ergriff Zenit am Arm und zog sie weiter. »Wir werden einen großen Bogen um das Labyrinth machen«, sagte sie. »Dann sind wir in Sicherheit.«

51

Der König von Achar

Gemächlich schlenderte Zared durch den uralten ikarischen Palast von Karlon. Nach den Axtkriegen war dies über Generationen hinweg die Heimstatt der Könige von Achar gewesen. Hier hatten sie geheiratet und ihre Nachfolger gezeugt. Hier hatten sie über ihr Königreich geherrscht und ihre Entscheidungen gefällt. Hier hatten sie sich verschworen, die Unaussprechlichen – die Bezeichnung des Seneschall für Ikarier und Awaren – hinter die Eisdachalpen und die Grenzberge zurückzutreiben.

All das war nun vorbei. In einem der Gemächer blieb Zared am Fenster stehen. Leise plätscherte der Gralsee in der kühlen Morgensonne gegen das Ufer. Heute, am ersten Tag des Frostmonats, würden seine Hochzeit und seine Krönung stattfinden.

Er lächelte, als er an Leah dachte und an das, was der Nachmittag für ihn bereithielt. Eine Krone. Einen königlichen Ring. Ein Königreich. Achar.

Krone und Ring befanden sich hier in Karlon. Rivkah hatte sie viele Jahre lang in Severin aufbewahrt, doch im Alter hatte sie sie aus sentimentalen Gründen heimlich nach Karlon bringen lassen. In ihre alte Heimat. Wohin sie gehörten.

Und hier war er nun. In seiner alten Heimat. Wohin er gehörte. Er wußte, daß er sich am richtigen Ort befand. Mochte er auch auf Umwegen hierher gelangt sein, jetzt war er hier …

Zared wandte sich um. Das Gemach war atemberaubend – weit mehr als zu Priams oder Bornhelds Zeiten. Nachdem Axis seine Herrschaft über Tencendor gefestigt hatte, hatte er Sorge dafür getragen, daß der Palast wieder in seiner alten Pracht hergerichtet wurde. Jedes Gemach verfügte über eine Kuppeldecke, die in allen Farben leuchtete und die Sterne zeigte oder, wie in diesem Gemach, Tänzer, die am Himmel schwebten.

Zared schlenderte in die Mitte des Gemachs, tief in Gedanken versunken. Früher hatte der Palast den Ikariern gehört und war dann von den Königen Achars übernommen worden. Der Sternenmann – halb Ikarier, halb Mensch – hatte ihn seinen ursprünglichen Besitzern zurückgegeben. Und jetzt ... jetzt gehörte er wieder dem Thron von Achar.

Während Zared im Palast umherstreifte, saß Leah reglos vor ihrem Frisiertisch und betrachtete ihr Spiegelbild. Im Morgengrauen schon hatten ihre Zofen sich ihres Körpers, ihres Gesichts, ihrer Haare und Kleider angenommen. Nun saß sie da, kurz vor ihrer Hochzeit und wenige Stunden vor der Krönung.

Noch hatte sie nicht all ihre Zweifel überwunden. Ach, wie sehr wünschte sie sich, sie könnte mit Askam oder Caelum sprechen, sie um Rat bitten und um Verzeihung! Sie liebte Zared, und sie hatte sich damit abgefunden, daß die ... die Achariten (wie schwer ihr das Wort über die Zunge kam!) ihn zum König haben wollten. Aber war das auch für Tencendor die richtige Entscheidung?

War es wirklich recht, den König wiedereinzusetzen?

»Bei den Göttern«, flüsterte sie. »Wie sehr wird Askam erzürnt sein, wenn er erfährt, was ich getan habe? Was wird Caelum tun?«

Aber es war zu spät. Ihr blieb keine Wahl. Sie hatte Zared versprochen, daß sie dem Willen des Volkes gehorchen würde, und dieses Versprechen mußte sie halten.

»Er war ehrlich zu mir«, sagte sie mit fester Stimme, »also muß auch ich ehrlich zu ihm sein.«

»Mein Prinz!« schwärmte Wilfred Parlender, erster Notar von Karlon. »Es ist wirklich eine Ehre, die Trauung unserer Prinzessin mit dem Thronerben vorzunehmen. Prinz, wisset, daß Karlon Euch alles Glück dieser Welt wünscht! Das jubelnde Volk drängt sich überall in den Straßen.«

Zared unterdrückte ein Lächeln und zupfte an seinen bestickten Handschuhen herum. In seinen vornehmen Kleidern fühlte er sich unwohl, aber eine Hochzeit wie diese mußte in aller Förmlichkeit begangen werden. Er sah sich um. Hunderte von Menschen drängten sich entlang der Wände des Mondsaals, nur Leah war noch nicht erschienen. Warum nur? Zared wurde von dem entsetzlichen Gedanken heimgesucht, sie könne ihre Meinung geändert haben und aus dem Palast geflohen sein.

Zurück zu Caelum? Zared wurde sichtlich unruhig. Wo war Caelum? Was heckte er aus? Zared hatte längst mit einer Strafmaßnahme des Sternensohns gerechnet – doch nichts war geschehen. Vielleicht war Caelum in der Explosion zu Tode gekommen? Nein, das war unmöglich. Sein magisches Blut hätte ihn beschützt, und bisher war auch kein rachsüchtiger Axis vor den Toren Karlons aufgetaucht.

Noch nicht.

»Seid unbesorgt, mein Prinz«, murmelte Gregorius Sandmeier ihm ins Ohr. Er stand knapp hinter Zared und würde der Trauzeuge sein. Hinter Sandmeier wiederum hatten verschiedene Edelleute Aufstellung genommen, an ihrer Spitze Theodor und Herme, Meister Goldmann mit seiner ganzen Familie, alle Gildenmeister, ihre Frauen, die wichtigsten Kunsthandwerker, Geschäftsleute und Honoratioren von Karlon. Zared hatte um ihre Anwesenheit gebeten. Er bedurfte glaubwürdiger Zeugen, die auf alle Zeit bestätigten, daß diese Heirat rechtskräftig war und Leah ihr aus freiem Willen zugestimmt hatte.

»Seid unbesorgt«, sagte Sandmeier erneut. »Zared, die ganze Stadt steht hinter Euch.«

»Ganz Achar steht hinter Euch, mein Prinz«, fügte Goldmann hinzu. »Was Ihr gestern auf den Straßen gesehen habt, war nur ein Vorgeschmack dessen, was Euch im ganzen Land erwartet. Jeder Mann, jede Frau und jedes noch so kleine Kind wird sich um Euch scharen. Habt keine Bedenken.«

Zared wollte gerade antworten, als an der Tür ein Rascheln ertönte. Die Bediensteten, die dort standen, nickten Parlender zu.

»Sie kommt!« sagte er atemlos. Sein pausbäckiges Gesicht war vor Aufregung schweißüberströmt.

Leah trat durch die Tür, in prachtvolles Gold und Rot gekleidet. Zared liebte sie dafür, daß sie seine Farben trug. Ihre Augen suchten ihn, und sie schenkte ihm ein liebliches Lächeln.

Zared lächelte zurück und streckte eine Hand nach ihr aus. Alles wird gut, dachte er, während sie auf ihn zuschritt. Alles.

»Zared«, flüsterte sie, als sie zu ihm trat, und senkte sittsam den Blick, obgleich ein Lächeln weiterhin ihre Lippen umspielte.

»Herrin«, sagte er, »Ihr seid schöner als der Sonnenaufgang.«

Ihre Wangen wurden rosig, doch sie nahm die Schmeichelei hin. Im Saal gab es viele, die schöner waren als sie, doch an ihrem Hochzeitstag durfte eine Frau sich jedem Wunschtraum hingeben.

»Ähem.« Parlender räusperte sich. »Mein Prinz, Prinzessin, wollen wir anfangen?«

Zared hob lächelnd den Blick und nickte.

Leah konnte sich nicht erinnern, jemals etwas so schönes wie diese Hochzeit erlebt zu haben. Und jetzt stand sie sogar im Mittelpunkt! Zared sah so umwerfend gut aus, daß ihr vor Wonne der Atem stockte. Er war so selbstsicher, so zuversichtlich, und sprach das Gelübde mit gemessener und trotzdem weithin hörbarer Stimme. Leah wußte, daß sich im Mondsaal viele Menschen drängten, doch ihre Aufmerksamkeit richtete sich ausschließlich auf Zared und, in geringerem Maße, auf den obersten Notar.

Leah war selbst überrascht, wie sehr sie all das mit Wohlgefühl erfüllte. Heute morgen war sie so unsicher gewesen, doch von dem Augenblick an, als sie Zared im Mondsaal stehen sah, waren alle Zweifel von ihr gewichen. Die Sonne schien hell, die Wellen des Gralsees sangen ihr zu Ehren, und ein kurzer Blick auf die jubilierende Menschenmenge ließ ihr Herz vor Glück höher schlagen.

Alles wird gut, dachte sie, alles. Sie würde es genießen, Zareds Frau zu sein, ihre gemeinsamen Kinder großzuziehen, mit ihm alt zu werden. Zareds Eltern hatten einander sehr geliebt, und in Leah regte sich die Hoffnung, daß sie und Zared einander ebensosehr lieben und vertrauen würden.

Alles würde gut.

Zared hatte sein Gelübde abgelegt und wandte sich ihr zu. Er hielt ihre Hand, und seine Augen strahlten. Da wußte Leah, daß ihr eine herrliche Zukunft bevorstand, und daß die kleinen Traurigkeiten und Ärgernisse, von denen jede Ehe heimgesucht wurde, das Glück ihrer Verbindung kaum trüben würden.

»Prinzessin«, sagte Parlender leise. »Stimmt Ihr der Vermählung mit Prinz Zared aus freiem Willen zu?«

Sie lächelte und spürte, wie Zared ihr die Hand drückte. »Ich stimme hiermit aus freiem Willen zu«, sagte sie laut, »mit Freuden und ohne Zögern.«

Parlender sprach ihr das Gelübde vor, doch Leah nahm ihn so gut wie nicht mehr wahr. Ihre ganze Aufmerksamkeit war auf Zareds Lächeln gerichtet, auf die Wärme und den Druck seiner Hand.

Und dann war es vollbracht. Die Menschenmenge im Saal und auf den Straßen brach in lauten Jubel aus. Musik ertönte, Zared beugte sich zu ihr herab und küßte sie, und in diesem Augenblick wußte Leah, daß sie keine Zweifel mehr hegen durfte, denn diese Ehe war für immer geschlossen.

Zu ihrer Überraschung eilte Zared nach der Zeremonie mit fast ungebührlicher Hast aus dem Mondsaal in ihre Gemächer, wo er sich auf sie stürzte.

»Warum?« keuchte sie, als er sie an sich zog und mit den Händen an den winzigen Häkchen ihres Kleides riß.

»Warum nicht? Wir haben uns seit zwei Wochen nicht mehr geliebt, und mich verlangt nach meiner Frau.«

»Aber heute nachmittag findet die Krönung statt, und ich soll dasselbe Kleid tragen, und dann muß ich noch einmal baden und mich ankleiden und ...«

»Ach, Leah, sei einfach still.« Mit diesen Worten schob Zared das dünne Kleid von ihren Schultern, und sie beugte sich seiner Begierde.

Vielleicht gab es einen abschließenden Paragraphen, der forderte, daß der zukünftige Herrscher vor seiner Krönung die Ehe vollzog.

Wie dem auch sei, sie sagte nichts mehr und schlang ihre bloßen Arme um ihren Gemahl, während er ihre Kleider zu ihren Füßen auf den Boden gleiten ließ.

Sie verbrachten nur eine Stunde miteinander, dann kam bereits die Dienerschaft hereingeeilt – Leah schoß das Blut ins Gesicht, denn sie war noch nackt – und fing an, sie für die Krönung zu baden und anzuziehen. Die abgestreiften Kleider wurden hastig vom Boden aufgehoben und wieder in Form gebracht. Haare wurden gekämmt und gerichtet, Zofen puderten und schminkten Leahs Gesicht, Diener rasierten und parfümierten Zareds Kinn und Wangen.

Und so schritten sie würdevoll zurück in den Mondsaal.

Dort fand eine etwas verkürzte Krönungszeremonie statt. In früheren Jahren hätte der Bruderführer vom Seneschall den Thronerben gekrönt, doch Bruderführer wie Seneschall waren dahin. Es gab keinen anderen Amtsinhaber von vergleichbarer Gewichtigkeit – weder der Oberbürgermeister noch der Meister der Gilden waren angemessen.

Letztendlich war es Theodor, Herzog von Aldeni, der als standeshöchster Edelmann den goldenen Reif der Krone auf Zareds Haupt setzte und den Amethystring auf seinen Finger schob.

Dann fiel er auf die Knie und beugte den Kopf. »Lang lebe der König!« rief er, und sein Ruf wurde vom ganzen Saal aufgenommen und in den Straßen, wo sich alle sechzigtausend Einwohner versammelt hatten, um ihren König willkommen zu heißen.

Dann schob Zared den schmaleren Reif auf Leahs Stirn. Überrascht öffnete sie die Augen – er war erstaunlich schwer und fühlte sich kalt an.

Die Bürde einer Königin, dachte sie, und dann wurde jeder weitere Gedanke aus ihrem Kopf vertrieben, als die Menge erneut in laute Jubelrufe ausbrach.

»Lang lebe die Königin!«

Bei den Göttern, dachte sie, was habe ich getan? Ich habe an einer Zeremonie teilgenommen, die meinen Bruder seiner Herrschaft als Prinz des Westens beraubt!

Daran hatte sie nicht gedacht. Was hatte sie nur getan?

Wie es seit alters her üblich war, traten nun die Edelleute vor und schworen ihrem König die Treue. Theodor als erster, gefolgt von Herme. Baron Marrat von Romstal glänzte durch Abwesenheit, doch viele andere Adelige machten ihre Aufwartung. Die Meister der Gilden erneuerten ihren Treueeid, und dieselbe Prozession, die schon am Tag zuvor an Zared vorbeidefiliert war, beugte erneut vor ihm das Knie.

Nachdem all dies schließlich ein Ende gefunden hatte, nahm Zared Leahs Hand und führte sie auf den Balkon, wo sie die Hochrufe der Bevölkerung von Karlon entgegennahmen.

Leah wurde von dem tosenden Lärm und der Freude, die ihr entgegenschlugen, geradezu überwältigt. Zared lächelte und winkte, doch Leah konnte minutenlang nur benommen auf die Straßen hinabblicken. Tausende – Zehntausende – standen dort und jubelten. Ihre Freude war ganz offensichtlich echt.

Zared hatte recht, mich dafür zu rügen, daß ich die Straßen meiner eigenen Stadt gemieden habe, dachte sie. Ich hatte keine Ahnung, wie sehr sich die Menschen nach einem König sehnten.

Leah hob die Hand und winkte, und allmählich gelang es ihr, in dem Tumult einzelne Stimmen herauszuhören.

»Meine Königin«, rief eine alte Frau genau unter ihr. »Herrscht weise und klug.«

»Ein König der Achariten und eine Königin – endlich!« rief eine andere.

»Unser König und unsere Königin sollen hochleben«, rief wieder jemand anders, und das Stimmengewirr schwoll zu unverständlichem Lärm an.

Leah schwankte und spürte, wie Zared ihr eine Hand um die Taille legte, um sie zu stützen. »Sie wollen es so«, flüsterte er. »Wäre es nicht ihr sehnlichster Wunsch gewesen, hätte ich nicht einmal im Traum gewagt, es als mein Recht einzufordern.«

Zur Begeisterung der Menge küßte er sie, und in diesem Augenblick spürte Leah eine Hand auf ihrer Schulter.

Wessen? fragte sie sich, denn Zared hielt sie mit beiden Armen umschlungen.

Sie hob den Kopf, blickte sich um und stieß vor Schreck einen lauten Schrei aus.

Axis Sonnenflieger stand hinter ihnen, je eine Hand auf beider Schultern.

Die Menschenmenge jubelte noch lauter – der Sternenmann! Sogar die Sternengötter gaben der Hochzeit und der Krönung ihren Segen!

Leah stand jedoch weit näher bei Axis, und angesichts seiner Miene fragte sie sich, ob er sie nicht vom Balkon in den Tod stoßen würde.

Zared erstarrte. »Was führt Euch hierher, Bruder? Seid Ihr gekommen, um uns Eure besten Wünsche zu überbringen?«

»Hinein mit Euch!« zischte Axis, und sein Griff wurde so fest, daß es weh tat.

Leah blickte nur kurz zu Zared auf. Sein Gesicht war bleich vor Wut.

Ohne ein Wort kehrten sie in den Mondsaal zurück.

»Raus hier!« schrie Axis in den überfüllten Saal hinein und legte die ganze Kraft eines Sternengottes in seine Stimme. Innerhalb weniger Augenblicke war der Saal leer.

»Ihr seid noch dümmer, als ich es für möglich gehalten hätte!« sagte Axis heiser, als er sich wieder Zared und Leah zuwandte. »Zared, wie konntet Ihr das tun? Wie konntet Ihr all das verraten, für das ich gekämpft habe? Wie ...«

»Und wie konntet Ihr das Volk Eurer Mutter verraten?« fiel ihm Zared ungehalten ins Wort.

Leahs Blick wanderte zwischen den beiden Männern hin und her. Beide waren fuchsteufelswild, und sie wich einen Schritt zurück.

»Ich wußte schon immer, daß Ihr mich verraten würdet«, sagte Axis etwas leiser als zuvor. »Von dem Augenblick an, als ich hörte, daß Rivkah schwanger sei. Ihr habt Eures Vaters Vorstellung von ›Treue‹ geerbt, Zared. Auch Magariz war stets bereit, seinen Herrn aus reinem Eigennutz zu wechseln.«

»Er ist nur dem Ruf seines Herzens gefolgt, Axis. Wie ich auch!«

»Die Könige von Achar gehören verdientermaßen der Vergangenheit an!«

»Die Achariten sind anderer Meinung.«

»Dann seien sie allesamt verflucht! Habe ich denn ganz umsonst gekämpft? Bin ich denn nicht in diesem Saal gegen Bornheld angetreten, um dieses Land und alle seine Bewohner vor dem Untergang zu bewahren? Bei den Sternen, Zared, muß ich mich mein ganzes Leben lang mit untreuen Brüdern herumschlagen?«

»Ihr wart stets bereit, für das zu kämpfen, was Ihr für richtig hieltet, Axis. Wie ich auch. Ich beanspruche mein rechtmäßiges Erbe, das Ihr zerstört habt.«

»Ihr werdet Männer dafür in den Tod schicken – Ihr habt es bereits getan!«

»Und wie viele habt Ihr in den Tod geschickt, um Euren Traum zu verwirklichen, Axis?«

»Ihr werdet dieses Land wieder spalten, Zared! Was werdet Ihr als nächstes fordern? Die Auferstehung des Seneschall?«

Zared verlor endgültig die Beherrschung. Er packte Axis am Kragen und riß ihn zu sich heran. »Ihr seid mein *Bruder*, Axis, nicht mein Gott! Verschwindet und drescht Eure wohlklingenden Phrasen bei Euren unsterblichen Gefährten. Aber versucht nicht, mir zu sagen, was für das Volk der Achariten gut ist. Ich glaube nicht, daß Ihr davon auch nur das geringste versteht!«

Axis umklammerte Zareds Arm und erwiderte seinen Blick. Doch bevor er etwas sagen konnte, trat Leah zu ihnen und ergriff das Wort.

»Mein Gemahl hat recht, Axis, wenn er auch unbeherrscht ist. Hört Ihr nicht den Jubel der Menge? Sie sind der Meinung, daß sie ihren König ebenso brauchen wie die Ikarier ihren Krallenfürsten und die Awaren ihren Magierkönig.«

»Und es ist nur allzu offensichtlich, Leah«, sagte Axis, ohne den Blick von Zared abzuwenden, »daß Ihr das Pflichtgefühl Eures Vaters nicht geerbt habt. Belial war mir ein wahrer Freund. Von Euch hätte ich dasselbe erwartet.«

Endlich riß er sich von Zared los und trat ganz nahe an Leah heran. »Ist es Euch gleichgültig, daß Euer Bruder verkrüppelt danieder liegt – dank Eures Gemahls?«

»Askam?« Leah starrte ihn fassungslos an. »Verkrüppelt? Zared, was will er damit sagen? Was hat das zu bedeuten?«

Bevor Zared etwas sagen konnte, antwortete Axis. »Wißt Ihr nicht, daß Zared auf Kastaleon den Tod von Tausenden verursacht hat? Wißt Ihr nicht, daß Männer um seines Ehrgeizes willen verbrannt sind? Caelum und Askam wurden von einer Feuersbrunst überrascht. Sie sind nur um Haaresbreite entkommen.«

Leah hatte das Gefühl, in Ohnmacht zu fallen. Mit der Hand am Hals starrte sie ihren Gemahl an. »Sagt er die Wahrheit, Zared?«

»Leah, ich habe dir nichts gesagt, weil ich nicht wissen konnte, ob Askam noch am Leben sei. Ich ...«

Leah wandte sich wieder Axis zu. »Askam ist verkrüppelt? Was soll das heißen?«

»Ihm wurde ein Arm abgerissen, Leah. Aufgrund seiner Treue zu Caelum wird er ein Leben lang verstümmelt sein. Und doch seid Ihr hier. Seine Schwester, an deren Treue er glaubte ... an deren Treue Caelum glaubte! Wurdet Ihr zu dieser Hochzeit gezwungen oder habt Ihr aus freiem Willen an Zareds Verrat teilgenommen? Womit hat er Euch bestochen? Mit einer Krone? Mit Macht? Womit hat er Eure Unterstützung bei dieser ... dieser abscheulichen Tat erkauft?«

Leah sah zwischen den beiden Männern hin und her. Beide starrten sie mit unbewegter Miene an, beide erwarteten Treue von ihr, beide erwarteten ihre Entscheidung. Um dieser Ehe zu entkommen, um Zared zu entkommen, mußte sie nur behaupten, daß sie ihn nicht freiwillig geheiratet habe. Daß sie dazu gezwungen worden sei.

Sie mußte nur lügen.

Aber hatte Zared sie nicht auch belogen? Warum hatte er nichts von Askam gesagt? Bei den Göttern, was sollte sie tun?

»Antwortet mir!« fauchte Axis.

»Ich ...«, fing sie an. Dann holte sie tief Luft und straffte die Schultern. »Ich habe aus freiem Willen geheiratet, Axis.«

»Dann werdet Ihr auch aus freiem Willen Zareds Schicksal teilen!« knurrte der Sternenmann und fuhr zu seinem Bruder herum. »Caelum herrscht über Tencendor, Zared, und er hat geschworen, eine Armee gegen Euch zu führen und Euch zu vernichten! Verflucht sei Euer fehlgeleiteter Ehrgeiz, Zared! Wir haben ein einiges Tencendor dringender nötig als jemals zuvor! Aber ich werde Euch Caelum überlassen. Dies ist nicht länger mein Kampf!«

»Falls Caelum gegen mich marschiert – und damit gegen alle Achariten –, wird er mithelfen, Euren Traum zu zerstören«, sagte Zared leise. »Caelum hätte nur – Ihr hättet nur zugeben müssen, daß die Achariten ebenso ein Recht auf ihren Stolz haben wie die Ikarier, die Awaren oder die Rabenbunder. Und wenn Tencendor jetzt in einen Krieg gerät, Axis, solltet Ihr Euch bewußt sein, daß die Blindheit der Sonnenflieger ihn ausgelöst hat.«

Axis starrte ihn an. Seine Wangen zitterten vor Wut, und mit einer plötzlichen Handbewegung verschwand er.

Der Nachhall seiner Anwesenheit, seines Zorns, ließ sich jedoch nicht so schnell vertreiben. Zared und Leah standen eine ganze Weile reglos da. Dann wandte sich Zared Leah zu.

»Meine Liebe«, sagte er leise, nahm ihre Hand und küßte sie. »Ich danke Euch.«

Leah riß sich los. In ihrem Gesicht stand ein Ausdruck, den er nicht verstand.

»Du hast gesagt, du würdest ehrlich zu mir sein«, sagte sie. »Und dann hast du meinen Bruder in einen Hinterhalt gelockt und ihn beinahe getötet!«

Sie wandte ihm den Rücken zu und ließ ihn einfach stehen.

52

Stimmen in der Nacht

Er ruhte auf seinem Lager und lauschte auf die Geräusche der sonderbaren, kalten Welt draußen, auf den sanften Atem der sonderbaren, kalten Frau neben ihm.

Hatte er jemals geglaubt, daß Sternenfreude ihn liebte oder auch nur zu schätzen wußte, so war er inzwischen eines Besseren belehrt worden.

Sie benutzte ihn, wie auch die Hüter der Zeit ihn benutzten. Wie vielleicht auch das beängstigende, untote Kind, das in diesem Moment wieder reglos an Sternenfreudes Brust lag.

Und mit blicklosen Augen in die Nacht hinausstarrte.

Drago stand schwankend auf, bevor er dem überwältigenden Verlangen nachgab, das Kind zu packen und mit aller Kraft durch das offene Fenster zu werfen. Würde das Kind in die Höhe federn, wenn es draußen auf dem harten Steinboden aufschlug? Und nachdem es ein Stück weitergerollt war, würde es dann einfach liegenbleiben und ins Leere starren … starren … starren?

Zitternd stand er da und überzeugte sich, daß Sternenfreude nicht aufgewacht war.

Nein. Sie schlief so fest wie immer.

Er atmete tief durch und dehnte Rücken- und Schultermuskeln. Es war mitten in der Nacht – wenn er wollte, hatte er Stunden für sich, doch was sollte er damit anfangen? In dieser bizarren Zwischenwelt konnte er nichts tun, außer durch den versteinerten Wald spazieren und dem Schwarm Kinder lauschen, die flüsternd nach Rache verlangten, während sie schattengleich zwischen den Bäumen hindurchglitten.

Vielleicht saßen auch die Hüter der Zeit da und warteten auf jemanden, mit dem sie reden konnten. Drago hatte keine Ahnung, was sie während der Nacht trieben, doch er vermutete, daß sie nicht schliefen. Mit großer Wahrscheinlichkeit saßen sie im Halbkreis beieinander. Und wachten und warteten.

Drago erschauderte und ging zu dem Stuhl hinüber, über den er am Vorabend seine Kleider gehängt hatte. Er schlüpfte in ein leichtes Morgengewand, als sein Blick auf den Beutel mit den Münzen fiel.

Erst zögerte er, dann schnappte er sich den Beutel und schlenderte zum Torbogen hinüber, der in den zu Stein erstarrten Garten führte.

In der Ferne konnte er einen schwarzen Schatten erkennen, der zwischen den Bäumen hindurchwirbelte.

Drago riß seinen Blick von den Falkenkindern los und setzte sich auf den Boden, den Rücken gegen eine Säule des Torbogens gelehnt, die Knie angewinkelt. Die Münzen ließ er aus dem Beutel in seinen Schoß fallen.

Er nahm eine davon in die Hand und betrachtete sie in dem schwachen Licht. Was hatte das zu bedeuten – der Stab auf der einen und das Schwert auf der anderen Seite? Warum hatte sich das Zepter in Münzen verwandelt? War das mit Absicht geschehen oder war es ein bedauerlicher Zufall beim Sprung durch das Sternentor gewesen?

Langsam rollte er die Münze zwischen seinen Fingern hin und her. Allmählich verlor er sich in seinen Gedanken, und die Fragen verflüchtigten sich gänzlich. Er ließ den Kopf in den Nacken sinken, gegen den kalten Stein des Torbogens, und träumte erneut von der Jagd. Doch dieses Mal erlebte er sie aus der Sicht …

… des Rehs, das in panischer Angst durch den Wald sprang. Die Jäger kamen immer näher, die Hunde – oder waren es Vögel? – waren ihm dicht auf den Fersen. Und dann waren sie plötzlich über ihm und rissen es in Stücke. Und es gab nur noch um sich tretende Hufe und spritzendes Blut …

Drago riß die Augen auf. Sein Herz klopfte heftig. Ängstlich suchte er seine Umgebung ab.

Nichts. Alles war ruhig. Sternenfreude lag da, als sei sie selbst aus Stein. Das Kind an ihrer Brust starrte immer noch ins Leere.

Drago wandte den Kopf ab. Draußen im Steinwald zogen die Falkenkinder ihre Kreise, auf der Jagd ... würden sie nach ihrer Rückkehr auch Jagd auf Faraday machen?

Bestimmt nicht. Ganz bestimmt nicht. Sie hatten es nur auf Wolfstern abgesehen. Faraday würden sie in Ruhe lassen. Oder etwa nicht?

Aber auf wen hatten es die Hüter der Zeit denn überhaupt abgesehen?

Vielleicht werdet Ihr sie beschützen müssen und sie Euch.

Drago sprang auf die Füße und blickte wild um sich. Die Stimme, die Stimme eines alten Mannes, war in seinem Geist erklungen, doch er hatte auch um sich herum ein Flüstern vernommen.

Wir sind Euch dankbar, Drago, daß Ihr geholfen habt, sie zu befreien.

Eine andere Stimme. Die Stimme einer Frau – verführerisch und voller Humor.

Seid bedankt.

Jetzt erklangen mehrere Stimmen gleichzeitig. Drago schaute sich um. Sein Mund war vor Angst ganz trocken geworden, und er blieb nur deswegen stehen, weil er nicht wußte, wohin er hätte fliehen sollen. Die Macht, die ihn berührte, war ihm bekannt, und er verabscheute sie. Waren das die Hüter der Zeit, die ihn verhöhnen wollten?

Nein.

»Wer dann?« flüsterte er. »Wer?«

Stille.

Einst waren wir frei. Dann haben wir unsere Freiheit geopfert, um der Prophezeiung zu dienen und das Zepter zu schaffen.

Drago mußte an die Geschichte von den fünf Wächtern denken. Er erinnerte sich schwach daran, daß sein Vater einmal gesagt hatte, sie hätten ihr Leben für das Zepter gegeben. Waren sie nicht verbrannt ... oder etwas ähnliches?

Einst waren wir die Wächter, doch das ist vorbei.

Drago ließ sich langsam wieder auf dem Boden nieder. Seine Muskeln waren angespannt, alle seine Sinne wachsam. Er rollte die Münze zwischen seinen Fingern hin und her. Das glatte Metall fühlte sich kühl an.

Drago, Ihr habt eine Reihe verwerflicher Dinge getan. Die Stimme eines strengen Mannes. Achtungsgebietend. Jack.

Drago verzog das Gesicht. Noch jemand wie sein Vater, der ihn quälte und an seine Fehler erinnerte.

Äußerst verwerfliche Dinge. Das war wieder die Frau. Sie lachte. *Trotzdem seid Ihr über die Maßen faszinierend.* Yr, die Verführerische.

Die Münze in Dragos Hand bewegte sich nicht mehr. Seine Beine kribbelten, als sei eine große Katze an ihnen vorbeigestrichen.

Die Stimmen sprachen jetzt schneller, doch sie unterhielten sich untereinander, nicht mit Drago.

Dem verfluchten Zepter entfliehen!

Endlich!

Wieder in Freiheit!

Unter den Sternen!

Sie redeten weiter, doch für Drago hörten sich ihre Worte immer unsinniger an. Sie stritten sich über die Länge von Eselsohren und die genaue Farbe von Faradays Kleid. Sie sprachen viel über Freiheit im allgemeinen und im besonderen. War jemand, der vor einer Entscheidung stand, wirklich frei zu wählen? Drago konnte ihnen nicht folgen, aber er hörte trotzdem zu. Ein äußerst streitsüchtiger Haufen, fand er, aber irgendwie auch amüsant und faszinierend. Allein der Klang ihrer Stimmen sorgte dafür, daß Drago sich besser fühlte und zur Ruhe kam.

Und irgendwie schenkten sie ihm auch ein klein wenig Hoffnung.

Sie kommt!

Schweig!

Ganz beiläufig ließ Drago die Münze in seiner Hand verschwinden und ordnete seinen Mantel so, daß auch die übrigen in seinem Schoß bedeckt waren.

»Und was macht mein herrlicher Mann hier auf dem Boden?«

Sternenfreude ließ sich neben ihm nieder.

»Ich konnte nicht schlafen.«

»Aha.« Sie strich ihm durchs Haar. »Mein armer Junge. Morgen früh werden die Hüter der Zeit dich nicht brauchen. Sollen wir uns ein wenig unterhalten? Oder soll ich dir zeigen, wie du das Kind halten mußt, während ich es bade?«

»Laß uns reden«, erwiderte Drago hastig, und dann, um die Hand abzulenken, die sich langsam seinem Schoß näherte, sagte er das erstbeste, das ihm in den Sinn kam.

»Hast du mit Wolfstern auch so gespielt?«

Sternenfreude fuhr herum. Ihre Hände waren ebenso starr wie ihre Miene. »Ich habe ihn schon immer verabscheut, und ich verabscheue ihn auch heute noch.«

»Aber ... ihr wart beide Sonnenflieger ... du mußt ihn geliebt haben ...«

»Ich habe ihn nie geliebt!« fauchte sie.

»Nein, natürlich nicht. Er muß völlig wahnsinnig gewesen sein, schon damals.«

Sternenfreude schwieg eine ganze Weile. »Er war eine Herausforderung, und manchmal brachte er mich zum Lachen. Aber er war mir im Weg.«

»Was willst du damit sagen?«

Sternenfreude sah Drago lange an, als wolle sie seine Gedanken ergründen. »Ich habe schon immer gewußt, daß ich die bessere Krallenfürstin bin. Ich habe gegen ihn intrigiert. Was für ein Narr er doch war! Für nett und unterwürfig hat er mich gehalten! Für ihn taugte ich zur Gespielin und Mutter. Nichts weiter. Dafür habe ich ihn gehaßt. Also habe ich Pläne geschmiedet, um ihn zu verdrängen.«

Drago mußte an seinen eigenen Griff nach der Macht denken. Bei der Vorstellung, wie ähnlich Sternenfreude und er sich doch waren, lief es ihm kalt über den Rücken. »Es ist dir nicht gelungen.«

Erneut schrak er zusammen – dir ist es nicht gelungen, mir ist es nicht gelungen. Vielleicht war es besser so.

»Nicht gelungen? Er hat mich in den Tod gestoßen!« sagte Sternenfreude. »Und unser Kind auch, unser ungeborenes Kind.« Sie blickte zur Lagerstatt hinüber. Zu Dragos Erleichterung rührte sich der Junge immer noch nicht. »Er war ein schlechter Vater für mein Kind.«

»Ja.« Drago wünschte, er hätte Wolfstern nicht erwähnt. Warum war er nur so bitter? So abscheulich?

»Er hat mich verraten!«

»Ja.«

»Zweimal schon, die miese Krähe!«

»Was meinst du damit?«

»Er hat mich zweimal verraten. Erst hat er mich in den Tod gestoßen ... und dann hat er einer anderen Frau beigewohnt. Ich spüre sein Blut in dir. Mit wem hat er mich betrogen?«

Drago zögerte. »Mit einer Frau namens Niah. Damals war sie die Erste Priesterin der Insel des Nebels und der Erinnerung.«

Sternenfreude lachte, aber es klang häßlich und hart. »Die Erste? Er hat die Erste verführt? Was hat sie ihm geschenkt – einen Sohn oder eine Tochter?«

»Eine Tochter. Meine Mutter, Aschure.«

»Aha.« Sternenfreude schwieg eine Weile. »Dann kenne ich jetzt noch jemanden, auf den ich Jagd machen werde.«

Die Münzen waren vergessen. »Meine Mutter? Das kannst du nicht tun!«

»Ach nein! Ich dachte, du verabscheust deine Mutter für all das, was sie dir angetan hat? Aber deine Mutter meine ich gar nicht. Ich meine Niah. Die Ehebrecherin. Ich werde mit ebenso großer Begeisterung Jagd auf sie machen wie auf Wolfstern.«

Drago mußte plötzlich an Zenit denken. »Sternenfreude, Niah ist tot. Sie war nur ein Mensch. Vergiß sie.«

Sternenfreude wandte Drago ihr wunderschönes Gesicht zu und sah ihn lange an. »Der Tod hat keine Bedeutung, Drago. Das hast du inzwischen doch bestimmt gelernt. Niah ist nicht völlig verschwunden. Und wo immer sie auch sein mag, ich werde sie finden und auslöschen. Die Ehebrecherin.«

»Sternenfreude, sie wußte überhaupt nicht, wer Wolfstern war. Sie meinte es nicht böse. Mach Jagd auf Wolfstern, wenn es denn sein muß, aber laß Niah in Ruhe.«

»Sie hat ein Kind geboren.« Ein lebendes Kind. »Während ich unter den Sternen dahinsiechte und mich mit meinem Kind allein durchschlagen mußte.«

Bei allen Sternen am Himmel, dachte Drago, sollte es mir je gelingen, durch das Sternentor zurückzukehren, werde ich ein Leben als einfacher Zimmermann oder Wasserträger führen. Wenn Sternenfreude ein Beispiel dafür ist, was mit jemandem geschieht, der nach Macht und Rache lechzt, dann werde ich jeden Gedanken an Macht verwerfen. Das Leben ist auch so schon anstrengend genug.

»Mein Kind hätte es verdient, Wolfsterns Erbe zu sein!« fügte Sternenfreude hinzu.

»Und das soll es auch«, sagte eine sanfte Stimme aus den Schatten, und Drago erstarrte.

Scheol trat zu ihnen, dicht gefolgt von den anderen. »Und wie lautet der Titel des Thronerben, Königin des Himmels?«

Sternenfreude sah Drago fragend an. »Wie lautet er jetzt?«

»Sternensohn«, murmelte Drago.

»Sternensohn!« rief Modt. »Herrlich! Sohn der Königin des Himmels, Sternensohn, Erbe von Tencendor!«

»Erbe von Tencendor«, wiederholte Rox und grinste hämisch. »Sobald er seinen ersten Atemzug getan hat, jedenfalls.«

Lautes Gelächter ertönte, und Dragos Herz raste vor Angst. Im Schutz seines Mantels schob er die Münzen zurück in den Beutel.

»Das Kind der Königin des Himmels«, kicherte Barzula. »Sternensohn! Das ist unser Wunsch, und so wird es sein. Ein Sternensohn, wie es bisher noch keinen gegeben hat.«

53

Ein Königreich für eine Armee

Vier Wochen nach der Katastrophe von Kastaleon stand Caelum allein auf der Ebene von Nordrhätien, stemmte sich mit aller Kraft gegen den Wind und staunte über den Mut seines Vaters. Auch Axis mußte sich einsam gefühlt haben, doch war es ihm irgendwie gelungen, die nötige Kraft aufzubringen, um Bornheld wie auch Gorgrael zu besiegen – und Timozel und all die anderen Verräter, mit denen die verfluchte Prophezeiung ihm den Weg verlegt hatte.

Allerdings hatte Axis einen entscheidenden Fehler begangen. Caelums Blick glitt über den Himmel, auf der Suche nach den Sternen, die jenseits des grellen Sonnenscheins verborgen lagen. Drago war irgendwo dort draußen, hielt mit den Dämonen Zwiesprache und plante den Untergang Tencendors.

Mit Dämonen, die den Sternentanz schwächen und alle Zauberkraft der Ikarier in Tencendor auslöschen konnten? Caelum erschauderte und versuchte, das zunehmende Schwinden seiner Macht aus seinen Gedanken zu verdrängen. Jeden Tag mußte er sich mehr anstrengen, um den Sternentanz zu hören. Seine Mutter und sein Vater – und Wolfstern – würden sich darum kümmern, daran durfte er nicht zweifeln!

Ach! Was tat er da? Warum ließ er zu, daß die Angst vor seinem Bruder ihn auffraß? Es kostete ihn einige Anstrengung, Drago aus seinen Gedanken zu vertreiben. Er mußte sich um einen Verräter in seiner unmittelbaren Umgebung kümmern.

Während der vergangenen Wochen hatten Reisende Neuigkeiten aus dem Westen mitgebracht. Zared hatte Karlon »eingenommen«, mit Prinzessin Leahs Hilfe, und sich zum König von

Achar ausrufen lassen. Oder hieß es König der Achariten? Doch diese stilistischen Feinheiten waren Caelum gleichgültig. Er wußte nur, daß Zared sich jetzt König von Achar nannte. Zumindest die Einwohner Karlons jubelten ihm auf den Straßen zu. Ohne Krieg würde es Caelum jedenfalls nicht gelingen, ihm den Westen wieder zu entreißen.

Krieg. Nun denn – wenn er in den Krieg ziehen mußte, um dem Land Frieden zu bringen, dann würde er das verdammt nochmal auch tun. Erwarteten das nicht sowieso alle von ihm?

Er seufzte, und seine Augen füllten sich mit Tränen. Krieg war das letzte, das allerletzte, was Tencendor gebrauchen konnte. Warum dauerte der Frieden nicht wenigstens einmal länger als ein Menschenleben? Warum blieben Haß und Ehrgeiz nicht in ihren Gräbern? Warum mußte ausgerechnet er sich mit etwas auseinandersetzen, von dem er gedacht hatte, sein Vater hätte es für immer besiegt?

Wäre ich nur nicht der Erstgeborene, dachte er in diesem Augenblick. Alles wäre so einfach, hätte ich nicht als erster das Licht der Welt erblickt. Doch diese Gedanken ließen ihn nur noch mehr verzweifeln, und so wandte er sich wieder der Gegenwart zu.

Er drehte sich um und betrachtete die Ebene, die hinter ihm lag. Während der letzten beiden Wochen war er mit seinen fünfhundert Mann südwärts marschiert, bis kurz oberhalb der niedrigen Gebirgskette Rhätiens. Endlich war es ihm gelungen, mit der Luftarmada in Sigholt Verbindung aufzunehmen. Ein Großteil der fliegenden Armee befand sich nun auf dem Weg hierher. In wenigen Tagen würden die Ikarier eintreffen. Caelum hatte mehrere Einheiten aus Sigholt abberufen, um die Geschwader in Severin zu ersetzen. Auch sie würden bald zu ihnen stoßen.

Also war die Luftarmada endlich unterwegs! Viel mehr hatte er allerdings nicht aufzubieten.

Aus dem Westen häuften sich Berichte, daß Zared – mit Theodors und Hermes Unterstützung – über Streitkräfte von knapp vierzehntausend Mann verfügte. Und jeden Tag wurden es mehr. Die Nachricht über Zareds Thronbesteigung hatte sich schneller als eine ansteckende Krankheit ausgebreitet, und Caelum hatte erfahren, daß Achariten aus Ichtar, Zareds Heimatprovinz, wie auch aus Theodors Provinz Aldeni und Hermes Provinz Avonstal südwärts zogen, um in die Dienste des neuen Königs zu treten.

Von diesen Provinzen hätte Caelum nichts anderes erwarten sollen, schließlich wurden sie von treulosen Edelleuten regiert. Ohne Zweifel war vielen damit gedroht worden, ihr Land würde beschlagnahmt, wenn sie ihre Herren nicht unterstützten. Aber auch aus Romstal, dessen Herr, Baron Marrat, Caelum unterstützte, zogen Männer dem Vernehmen nach gen Karlon.

Habe ich mich geirrt? fragte sich Caelum. Ist die Sehnsucht all dieser Leute nach einem König von Achar stärker als nach einem Tencendor unter Führung der Sonnenflieger?

Doch selbst wenn dem so war, besann er sich eiligst, bevor seine Zweifel überhand nahmen, durfte ihr Wunsch nicht Wirklichkeit werden. Nein, der Aufstand der Menschen mußte niedergeschlagen werden, bevor er noch mehr Anhänger fand.

Langsam schritt er zum Lager zurück. Im Westen und Norden wurde üblicherweise der größte Teil der Bodentruppen rekrutiert. Diese Provinzen standen Caelum nun nicht mehr offen. Blieben noch Nor im Süden und die riesigen Ostgebiete, die von Freierfall, dem Krallenfürsten der Ikarier, zusammen mit Isfrael, dem Magierkönig der Awaren, regiert wurden. Im Frühling oder Sommer hätte er auch die Rabenbunder zu Hilfe rufen können, doch jetzt waren sie im Packeis des Nordens unterwegs und jagten Seehunde.

Nor. Prinz Illgaine hatte Caelum wissen lassen, daß er sich auf den Weg gemacht hatte. Es würde jedoch noch einige Wochen dauern, bis er mit seinen Streitkräften einträfe. Normalerweise wäre er mit seinen Truppen auf dem Nordra nach Norden gesegelt. Aber Karlon, die verräterische Stadt, lauerte wie eine sprungbereite Spinne auf sie, also mußte er reiten. Das würde mindestens drei Wochen dauern. Mindestens! Es war nicht leicht, innerhalb weniger Stunden eine Armee auszuheben.

Und der Rest des Ostens? Die dicht besiedelten Ebenen von Skarabost und Arkness? Dort lebten in erster Linie Achariten –

und wie viele von ihnen würden sich dafür entschieden, an Caelum vorbeizuschlüpfen und Hals über Kopf zu ihrem neuen König überzulaufen?

Übrig waren nur noch die Awaren und die Ikarier.

Caelum blieb mit dem Absatz seines Stiefels in einem kleinen Loch hängen, stolperte und fluchte laut. Fast wäre er gestürzt. Fing wieder alles von vorne an? Awaren und Ikarier gegen die Achariten? Wie während der Axtkriege, nur der Name war ein anderer.

Und Schuld an allem war Zareds Ehrgeiz. Axis hätte sich größere Mühe geben sollen, dafür zu sorgen, daß dieses Geschlecht ausstarb. Es hatte nicht genügt, einfach nur den Thron zu zerstören. Rivkah hätte dieses Kind niemals austragen dürfen. Niemals.

Caelum erschauderte. In der Zeit, die er brauchen würde, um eine Armee auszuheben, die auch nur annähernd in der Lage war, es mit dem Feind aufnehmen zu können, hätte Zared seine Stellung längst gefestigt. Reichlich Zeit, um noch mehr Schaden anzurichten und Tencendor weiter zu spalten.

Er beschleunigte seine Schritte. In wenigen Wochen würde er auf den nördlichen Ebenen von Arkness mit Marrats Truppen und Illgaines Reitern zusammentreffen. In der Zwischenzeit mußte er möglichst viele Ikarier und – falls möglich – Awaren auf seine Seite bringen. Ob sein sonderbarer Halbbruder ihm allerdings helfen würde, war fraglich.

Askam wartete ein Stück außerhalb des Lagers auf Caelum. Während der vergangenen Wochen war er wieder zu Kräften gekommen, obwohl seine Gesichtszüge noch immer eingefallen und vorzeitig gealtert aussahen. Die Schmerzen hatten ihn gezeichnet. Sein Jackenärmel flatterte nutzlos im Wind – Askam weigerte sich, ihn hochzustecken, alle Welt sollte Zareds Grausamkeit vor Augen haben. Von all denen, die von den plötzlichen Feindseligkeiten betroffen waren, hatte Askam am meisten verloren. Nahezu der ganze Westen war zu Zared übergelaufen.

Wie seine Schwester auch.

»Wann machen wir uns auf den Weg?« fragte er.

»Habt Ihr Euch genügend ausgeruht?«

»Verdammt, ich bin kein Krüppel! Wann?«

Caelum ließ seine Blicke über die Hügel nach Südosten schweifen. Die Minarettberge.

»Morgen früh«, sagte er. »Bei Tagesanbruch. Unser Ziel sind die Minarettberge. Bannfeder wird an Freierfalls Hof zu uns stoßen. Hauptmann Froisson soll die verbliebenen Truppen in die Hügel von Rhätien führen und in ihrem Schutz auf unsere Rückkehr warten.«

»Die Ikarier werden uns helfen«, sagte Askam mit scharfer Stimme.

Caelum sah ihn an. »Das hoffe ich doch.«

»Freierfall gehört Eurer Familie an. Er muß Euch helfen!«

Zared gehört ebenfalls meiner Familie an, und doch hat er mich verraten, dachte Caelum. Aber er lächelte, klopfte Askam auf die rechte Schulter und ging mit ihm zu ihrem Zelt zurück.

Einst waren die Minarettberge unter dem Namen Farnberge bekannt gewesen, doch das war vor jener Zeit, als Faraday das Bardenmeer ausgepflanzt hatte, das jetzt die Berghänge bedeckte, und bevor die ikarischen Zauberer die alten Städte, die tausend Jahre lang unter Bannsprüchen verborgen gewesen waren, wieder zu neuem Leben erweckt hatten. Jetzt erhoben sich überall auf der Bergkette, die sich von Ostrhätien bis zum Witwenmachermeer hinzog, Minarette und Türme aus dem magischen Wald des Bardenmeers. Es war ein herrliches und geheimnisvolles Gebiet, und Caelum bedauerte, daß ihn ausgerechnet der Krieg zum ersten Mal seit fünfzehn Jahren hierherführte.

Er hätte Sigholt öfter verlassen sollen, dachte er bei sich, während Askam und er die Pferde langsam auf die ersten Bäume zutraben ließen. Er hätte sich öfter dem Volk zeigen sollen, das er regierte. Kein Wunder, daß der größte Teil der Menschen jetzt einem Mann zuströmte, dessen Gesicht sie kannten.

Die Waldwege waren schattig und kühl, und Caelum gab Befehl, die Pferde im Schritt gehen zu lassen.

»Warum?« wollte Askam wissen. »Wir können es uns nicht leisten, unsere Zeit im Wald zu vertrödeln, Sternensohn. Wir sind in kriegerischer Mission unterwegs, nicht zu einem Picknick.«

»Und trotzdem«, entgegnete Caelum. »Das Bardenmeer mag es nicht, wenn Reiter durch den Wald preschen. Hört Ihr nicht sein Lied? Spürt Ihr nicht seine Schönheit?«

Caelums Zauberkräfte ließen ihn die magischen Lieder des Bardenmeers hören, aber er wußte, daß gewöhnliche Sterbliche die Musik, die zwischen den Bäumen erklang, nur spüren, aber nicht allzu deutlich hören konnten. Er merkte, daß seine Anspannung allmählich nachließ.

Sein Blick fiel auf die sonderbaren Geschöpfe, die in den Schatten und auf den sonnendurchfluteten Lichtungen herumtollten. Drachen mit diamantenen Augen krochen über Äste, und buntschimmernde Dachse schnüffelten im Gebüsch umher. Und es gab noch weit merkwürdigere Wesen.

Unwillig zügelte Askam sein Pferd. Bei den Sternen! In diesem Tempo brauchten sie mindestens sechs Wochen!

Aber er hatte die Magie des Bardenmeers unterschätzt. Es war noch nicht Mittag, als er einen Vogelmann bemerkte, der ein Stück vor ihnen mitten auf dem Weg stand.

»Sternenfieber Hochkamm«, sagte Caelum und zügelte sein Pferd. Er hatte den ersten Sekretär von Freierfall sofort erkannt. »Ich grüße Euch.«

Sternenfieber verbeugte sich tief. Alles an ihm, selbst Umhang und Federkleid, strahlten in leuchtendem Orange. »Und ich grüße Euch, Sternensohn. Der Krallenfürst hat vor zwei Tagen von Eurem Nahen erfahren. Er und seine Frau sehen Eurer Ankunft mit Ungeduld entgegen.«

Caelum versuchte, Askams offensichtliche Unduldsamkeit angesichts von Sternenfiebers wohlgesetzten Worten keine Beachtung zu schenken. Sternenfieber hatte seine Stellung als Diplomat seinen Umgangsformen zu verdanken, nicht seiner Zurückhaltung.

»Es ist lange her, seit ich die Türme das letzte Mal besucht habe, Sternenfieber.«

»So laßt mich denn vorausgehen, Sternensohn.« Mit diesen

Worten wandte sich Sternenfieber um und schritt würdevoll den Waldweg entlang.

Caelum gab Askam mit einem Blick zu verstehen, er möge sich in Geduld üben, und gemächlich ritten sie dem Sekretär hinterher.

Sternenfieber führte sie tiefer und tiefer in den Wald. Obwohl sich die Bäume noch immer beiderseits des Pfades himmelwärts reckten, bemerkte Caelum nach einer Weile, daß sich dicht unter der moosbedeckten Erde Umrisse abzeichneten, die zu regelmäßig waren, um natürlichen Ursprungs zu sein. Nach einigen Minuten stießen sie auf niedrige Mauern, die sich zwischen den Bäumen hindurchschlängelten, aufwuchsen und sich schließlich gen Himmel erhoben.

»Bei den Göttern!« Askam mußte tief Luft holen. Seine Ungeduld war vergessen, als er entdeckte, daß gewaltige Gebäude die Zwischenräume zwischen den Bäumen ausfüllten – und dabei so vollständig mit dem Wald harmonierten, daß der Eindruck von Weite und Helligkeit sogar noch verstärkt wurde. Die Mauern waren aus pastellfarbenem Stein, gelegentlich mit einer Andeutung von Rosa oder Mauve, manchmal eher goldfarben, und sie schwangen sich zu Torbögen, Kreuzgängen, Säulen und Turmspitzen empor.

»Die Minarette haben eine Höhe von über dreihundert Schritt«, sagte Caelum leise zu Askam, während Sternenfieber sie vom Pfad zu einem breiten Torbogen führte. »In die Berge selbst sind zahlreiche Tunnel und Räume getrieben. Die Minarettberge wimmeln nur so von ikarischen Wundern. Wart Ihr noch nie hier?«

Askam schüttelte den Kopf, stieg auf ein Handzeichen Sternenfiebers hin ab und überließ die Zügel einem stämmigen Mann mit schwarzen Augen und dunkler Haut. Ein Aware.

Caelum bemerkte, daß Askam den Awaren musterte, und fragte sich, ob dies auch das erste Mal war, daß der Prinz einen Angehörigen des Waldvolkes sah. Die Awaren wagten sich nur selten aus ihrer Heimat zwischen den Bäumen hervor, ob nun aus dem Bardenmeer oder aus Awarinheim, und viele Achariten fürchteten sich anfangs vor ihrem gedrungenen Körperbau und grimmigen Gesichtsausdruck. Dabei führten die Awaren ein friedliches Leben, das ganz auf den Lauf der Jahreszeiten und die Natur ausgerichtet war.

Sternenfieber verbeugte sich vor dem Awaren. »Ich danke Euch und den Euren für Eure Hilfe, Heddle. Werdet Ihr Euch um die Pferde kümmern, bis der Sternensohn und sein Gefährte wieder zurückkehren?«

Heddle nickte, und sein Blick glitt an Askam vorbei zu Caelum. Er neigte den Kopf, verbeugte sich jedoch nicht. »Ihr seid bei den Bäumen willkommen, Sternensohn.«

Caelum dankte ihm. Dann folgten er und Askam Sternenfieber in die Welt der Türme.

Dies war wirklich ein ikarisches Wunderland. Die Mauern der breiten und hohen Durchgänge verströmten ein schwaches Licht, das magischen Ursprungs zu sein schien. Über ihren Köpfen flogen leuchtend bunte Ikarier hin und her, und durch Türen und Torbögen, an denen sie vorbeikamen, konnten sie Blicke in Gemächer und Säle werfen, die noch weit tiefer in den Berg hineinführten. Leises Stimmengemurmel war zu hören.

Warum habe ich so lange damit gewartet, hierher zurückzukehren? fragte sich Caelum erneut, doch bevor er noch richtig darüber nachdenken konnte, führte Sternenfieber sie in ein riesiges Gemach, das unter einem der Türme lag. Freierfall, der bereits auf sie gewartet hatte, eilte ihnen entgegen, um sie zu begrüßen.

Er umarmte Caelum und wandte sich dann Askam zu.

»Bei den Sternen, Askam!« fragte er entsetzt. »Was ist Euch widerfahren?«

»Er hat seinen Arm bei der Explosion verloren, die Kastaleon zerstört hat«, sagte Caelum, bevor Askam antworten konnte.

Freierfall richtete seine violetten Augen wieder auf Caelum. »Soweit ich weiß, hat nicht nur Askam einen Arm verloren, sondern über viertausend Soldaten ihr Leben.«

Caelum nickte ernst. »Was auch immer Zared in die Keller der Burg gepackt hat, es war über alle Maßen teuflisch.«

Freierfall seufzte und winkte Askam und Caelum an den runden Tisch, der genau unter der Turmspitze stand. Während sie auf ihn zuschritten, blickte Caelum nach oben. Mit Gold und Silber geschmückte Wände reckten sich einem blauen Himmel an der Spitze des Turmes entgegen. Selbst Caelum verspürte trotz seines ikarischen Erbes leichten Schwindel.

Er senkte den Blick und sah sich Freierfalls Gemahlin Abendlied gegenüber.

Abendlied lächelte und küßte ihn auf die Wange. »Seit Eurem letzten Besuch ist viel zu viel Zeit vergangen, Caelum.« Sie wandte sich um, und auch sie zeigte sich entsetzt, als sie Askams Verletzung sah. Dann wies sie einladend auf die Stühle, die um den Tisch herum standen.

Bannfeder Eisenherz wartete bereits auf sie und begrüßte Caelum und Askam, als sie sich setzten.

»Ich habe erfahren, was im Westen vor sich geht«, sagte Freierfall ohne Einleitung. »Ich kann kaum glauben, daß Zared so weit gegangen ist.« Sein Blick fiel auf Askams leeren Ärmel, und Askam lachte kurz und bitter auf.

»Ein weiterer Bornheld ist aus dem Norden gekommen«, sagte er.

»Seid nicht ungerecht«, warf Abendlied leise ein und blickte Askam fest in die Augen.

»Wo ist der Unterschied?« erwiderte Askam. »Haben sich nicht beide mit Niedertracht und Verrat des Throns bemächtigt? Strebt nicht auch Zared danach, das Land zu spalten?«

»Nein«, sagte Abendlied, dieses Mal lauter. »Ich kann nicht glauben, daß Zared ein weiterer Bornheld ist, Prinz Askam. Er hat Unrecht begangen, ohne Zweifel, und dafür muß er bestraft werden, aber er ist keineswegs so engstirnig oder grausam wie ...«

»Ihr habt nicht mit angesehen, wie Kastaleon zerstört wurde«, rief Askam und sprang auf. »Ihr mußtet nicht den Anblick von viereinhalbtausend schreienden Männern ertragen, die in einem Flammenmeer verbrannten!«

»Askam«, sagte Caelum. »Schweigt! Abendlied, Askam hat nicht ganz Unrecht. Euch wurde nicht der Arm abgerissen, und Ihr mußtet nicht Eure Soldaten begraben.«

»So kommen wir nicht weiter«, sagte Freierfall, als Abendlied die Augen niederschlug. »Mir ist es gleichgültig, ob Zared seinem älteren Bruder nachschlägt oder nicht. Ich möchte dafür sorgen, daß in Tencendor sobald wie möglich wieder Frieden herrscht. An ein neues Achar möchte ich jedenfalls keinen Gedanken verschwenden.«

Caelum legte beide Hände flach auf den Tisch. »Richtig. Freierfall, Abendlied, wir müssen handeln. Diplomatie wird uns nicht weiterhelfen. Für Worte ist es zu spät.«

»Für Worte ist es nie ...«

»Eben doch«, fauchte Caelum und ließ Abendlied verstummen. »Ich kann nicht über die Tatsache hinwegsehen, daß Zared im Westen eine Armee aushebt, und ich kann nicht über seine Behauptung hinwegsehen, daß er den Thron nicht freiwillig aufgeben wird. Teufel noch mal! Wieso werden Sonnenflieger immer von ihren Brüdern gequält?«

Einen Augenblick lang herrschte Stille, während Caelum seinen Zorn bändigte. »Worte werden uns nicht weiterhelfen«, wiederholte er und sah Abendlied an. »Es wird Krieg geben. Zared bereitet sich auf einen Krieg vor, also bleibt auch mir nichts anderes übrig. Bannfeder?«

Bannfeder straffte die Schultern. »Die Luftarmada ist zwei Tage von den Hügeln Rhätiens entfernt, Sternensohn. Sie wird ausgeruht und einsatzbereit eintreffen.«

»Ihr könnt die Ikarier nicht gegen Menschen einsetzen!« rief Abendlied. »Axis war das stets zuwider.«

»Mir bleibt keine andere Wahl, Abendlied.«

»Das führt unweigerlich dazu, daß die Narben der Vergangenheit erneut aufbrechen, Caelum. Das könnt Ihr nicht tun.«

»Abendlied hat recht«, warf Freierfall ein. »Ich möchte nicht mit ansehen, wie Zared auf dem Thron von Achar sitzt. Doch die Vorstellung, Karlon mit Hilfe der Luftarmada zurückzuerobern ... ist zu furchtbar.«

Caelum saß schweigend da und mußte an seine Angst denken, daß diese Auseinandersetzung zu einem weiteren Axtkrieg ausarten könnte.

»Was bleibt mir anderes übrig?« fragte er schließlich. »Was? Ich verfüge nicht über genügend Bodentruppen, um Zared zu besiegen – die Mehrheit des Nordens und des Westens steht hinter ihm. Freierfall, sogar die Luftarmada könnte nicht genügen, um eine Stadt von der Größe Karlons einzunehmen – oder auch nur Arkness, sollte es sich auf Zareds Seite schlagen. So beeindruckend die Luftarmada auch ist, sie kann nicht das ganze Land erobern.«

Caelum sah einen nach dem anderen an. Schließlich ruhte sein Blick wieder auf Freierfall. »Ich benötige weitere Unterstützung, Freierfall. Werden mir die Ikarier helfen?«

Freierfall sah seine Gemahlin an, bevor er ausweichend antwortete. »Caelum, was ist mit der Seewache? Das sind mindestens sechshundert Soldaten, und militärisch sind sie ebenso geschickt wie die Luftarmada.«

»Ich habe Bedenken, sie aus Sigholt abzuziehen.« Caelum fragte sich allmählich, ob zwischen der Seewache und den Schiffen unter den Magischen Seen eine Verbindung bestand. Für den Augenblick wollte er sie an Ort und Stelle wissen, für den Fall, daß sie ihm Wissen über die Hüter der Zeit verschaffen oder, was weit wichtiger war, daß sie ihm gegen diese beistehen konnten. Aber das wollte er Freierfall nicht sagen. Bisher waren sich nur er, Wolfstern, Dornfeder und die Sternengötter der Gefahr bewußt, die von den Sternen drohte. Niemand unter ihnen wollte etwas darüber verlauten lassen, bevor sie das Wesen dieser Gefahr nicht besser erfaßt hatten.

»Also gut«, sagte Freierfall und warf Abendlied einen besorgten Blick zu. »Was ist mit Nor? Isgriff hat Axis damals mit neuntausend Mann unterstützt, wenn ich mich recht erinnere.«

»Das war vor vierzig Jahren. Von diesen neuntausend sind die meisten tot, und Illgaine hält nicht so viele Soldaten einsatzbereit wie sein Vater.« Caelum klang verbittert. »Schließlich dachten wir alle, ein Zeitalter des Friedens sei angebrochen. Illgaine kann mir viertausend Mann zur Verfügung stellen, nicht mehr.

Freierfall, ich bin auf Eure Unterstützung angewiesen. Alle erwachsenen Ikarier haben einige Jahre in der Luftarmada gedient. Unter ihnen muß es Tausende geben, die eingesetzt werden könnten.«

»Nein!« Freierfall schlug mit der Faust auf den Tisch. »Caelum, Ihr müßt mich verstehen. Ich verabscheue, was Zared getan hat, und ich kann gar nicht sagen, wie sehr ich die Folgen fürchte. Aber noch größere Angst habe ich vor dem, was geschehen mag, wenn ich das Volk der Ikarier gegen die Achariten mobilisiere. Ich glaube, lieber sähe ich mit an, wie Achar im Westen wiederersteht, als daß ich noch einmal Ikarier gegen Menschen in den Kampf schickte. Caelum, wir alle sind Kinder der Zauberin.«

»Dann sagt mir, Krallenfürst der Ikarier«, rief Askam und beugte sich mit funkelnden Augen über den Tisch, »was Ihr zu tun gedenkt, wenn die Menschen in Zareds Westen wieder auf die Knie fallen und den Pflug anbeten? Was dann, Krallenfürst?«

»Artor ist tot«, erwiderte Freierfall. »Es gibt keinen Grund, den Pflug zu fürchten.«

»Der Haß, der dem Seneschall Macht verlieh, schwelt möglicherweise nur knapp unter der Oberfläche. Wonach steht ihnen sonst der Sinn? Nach einem neuen Seneschall?«

»Das müßtet Ihr doch wissen!« fauchte Freierfall. »Schließlich seid Ihr selbst ein Acharite! Sagt es uns, Askam, was steht uns bevor?«

»Beruhigt Euch!« fiel Caelum den Streitenden ins Wort. »Es führt zu nichts, wenn wir uns untereinander streiten! Freierfall, ich nehme Eure Entscheidung hin. Jetzt zumindest.« Seine Stimme wurde schroff. »Aber wisset, daß ich vielleicht bald zurückkehren und Eure Unterstützung einfordern werde, sollte ich ihrer bedürfen. Ich bin der Sternensohn, ich sitze auf dem Sternenthron, und es steht mir durchaus zu, Euch Befehle zu erteilen!«

Freierfall wurde blaß und lehnte sich zurück. Caelum beugte sich vor und stieß einen Finger in die Luft. »Ihr habt meinen Eltern Treue geschworen, und diese Treue ist auf mich übergegangen. Unterschätzt mich nicht, Freierfall. Ich kann und werde Euch beim Wort nehmen, wenn ich muß.«

Bannfeder, der schweigend zugehört hatte, betrachtete Caelum nachdenklich. Der Sternensohn war zu Anfang dieser Krise unentschlossen und unsicher gewesen, doch in der letzten Stunde hatte er mehr Entschlußkraft gezeigt als seit Monaten. Nun, manche Männer bedurften der Herausforderung, damit sie ihre Kräfte entfalten konnten. Erwies sich Caelum endlich als Axis' Sohn?

Freierfall nickte steif. »Wie Ihr befehlt, Sternensohn.«

Schweigend saßen sie da, den Blick auf den Tisch gerichtet, bis Abendlied etwas zu forsch fragte. »Was habt Ihr sonst noch für Neuigkeiten, Caelum?«

Widerstrebend wandte Caelum den Blick von Freierfall ab. »Es gibt gute Gründe anzunehmen, daß mein anderer Erzfeind, Drago, vor einigen Wochen durch das Sternentor getreten ist. Habt Ihr irgend etwas von ihm gehört?«

Abendlied wie auch Freierfall schüttelten den Kopf. »Es ist schon merkwürdig«, sagte Abendlied, »daß er niemandem aufgefallen ist. Viele Füße folgen den Pfaden durch das Bardenmeer, sichtbare oder unsichtbare, und viele Augen hätten ihn sehen müssen. Wenn Drago nach Süden gewandert ist, dann hatte er vielleicht einen anderen Weg eingeschlagen.«

Vielleicht, dachte Caelum, und schob die Gedanken an Drago beiseite. Darum würde sich sein Vater kümmern. »Hält Isfrael sich in den Wäldern des Nordens auf?« fragte er Freierfall.

Freierfall nickte bedächtig. »Ihr denkt doch nicht etwa daran, ihn um Hilfe zu bitten? Die Awaren werden wohl kaum ...«

»Was bleibt mir übrig?« sagte Caelum leise. »Schließlich weisen die Ikarier mich ab.«

Auf diese Reise konnte Askam ihn nicht begleiten. Mit Hilfe seiner Zauberkräfte – welche Anstrengung sie ihn kosteten! – versetzte sich Caelum in die Wälder des Nordens, nach Awarinheim, wo Isfrael Hof hielt.

Die Bäume schwiegen, waren wachsam. Gemächlich wanderte Caelum durch die Haine und nickte den wenigen Awaren zu, denen er begegnete. Sie beobachteten ihn mißtrauisch und flüsterten miteinander, kurz nachdem er vorüber war.

Im eigentlichen Erdenbaumhain hielten sich zahlreiche Awaren auf. Sie standen in kleinen, schweigenden Gruppen außerhalb des Steinkreises, der den riesigen Erdenbaum umgab. Als Caelum den Hain betrat, wandten sie sich um und starrten ihn an, die Gesichter ausdruckslos und die Hände vor der Brust gefaltet.

Caelum blieb ebenso gelassen und trat mit gleichmäßigen Schritten auf die Lichtung vor dem Steinkreis. Nach einem kurzen Blick auf die Awaren wandte er sich dem Steinkreis zu. Innerhalb des Kreises konnte er Isfrael erkennen, der unter dem Erdenbaum auf einem hölzernen Thron saß. Direkt hinter ihm stand Schra. Caelum atmete tief durch, schritt unter einem der steinernen Torbogen hindurch und blieb ein Stück vor Isfraels Thron stehen.

»Bruder«, sagte er zur Begrüßung und neigte den Kopf.

»Was sucht Ihr hier?« fragte Isfrael geradeheraus, und Caelum unterdrückte eine Erwiderung. Hätte er etwa um Erlaubnis fragen sollen, bevor er den Hain betrat? Nein! Doch wohl nicht er!

»Zared hat sich zum König von Achar ausrufen lassen, und ...«

»Das habe ich gehört«, fiel ihm Isfrael ins Wort.

Caelum fragte sich nicht, wie Isfrael das erfahren haben konnte.

»Wir haben also wieder einen König von Achar«, fuhr Isfrael fort. »Was hat er vor?«

»Wer weiß das schon«, erwiderte Caelum. »Und wer weiß, ob die Wälder sicher sind. Ich werde ihm bald gegenübertreten. Und so liegt es in meiner Absicht ...«

»Nein.«

»Ihr wißt gar nicht, was ...«

»Aber ja. Unser Vater hat von den Awaren dasselbe verlangt, und auch er wurde abgewiesen. Ich werde in diesen Krieg nicht eingreifen. Wir sind kein kämpferisches Volk.«

»Ihr schuldet mir Treue!«

»Ich schulde Euch nichts! Ich habe niemandem Treue geschworen, Caelum. Nicht Euch, nicht unserem Vater.«

»Isfrael, bitte ...«

»Nein.«

»Was werdet Ihr tun, sollte Zared versuchen, den Wald zu zerstören?«

Isfrael musterte Caelum in aller Ruhe. »Ich glaube nicht, daß Zared das tun wird.«

»Aber …«

»Um Zared müßt Ihr Euch selbst kümmern, Caelum. Ich werde mich ihm erst dann entgegenstellen, wenn ich seine Äxte im Wald funkeln sehe. Ich werde mein Volk nicht für andere in den Krieg ziehen lassen. Habt Ihr das verstanden?«

»Dann sollt Ihr zur Hölle fahren«, rief Caelum verbittert und wandte seinem Bruder den Rücken zu.

Isfrael saß da und blickte Caelum nach, der zum Rand des Hains marschierte und verschwand, nachdem er das Bewegungslied angestimmt hatte.

»Er muß noch viel lernen«, sagte Schra leise.

Isfrael dachte eine Weile nach, bevor er antwortete. »Er wird stets sein Bestes tun«, sagte er schließlich, »auch wenn ich mich frage, ob sein Bestes gut genug sein wird.«

Hinter ihnen wurden Schritte hörbar, und ein ikarischer Vogelmann trat hinter dem Erdenbaum hervor.

Es war Flügelkamm Krummklaue, Hauptmann der Seewache.

»Ich danke Euch«, sagte er und verbeugte sich tief vor Isfrael.

»Ich hätte ihm auf keinen Fall geholfen«, erwiderte Isfrael. »Die Awaren werden niemals zu den Waffen greifen und in den Krieg ziehen.«

Isfrael hielt inne und musterte Flügelkamm ausgiebig. »Ihr seid ein vielversprechender junger Mann«, sagte er schließlich. »Und Ihr leistet Eurem Herrn gute Dienste.«

»Ich schulde ihm Gehorsam«, entgegnete Flügelkamm. »Auch wenn es manchmal schwerfällt.«

Isfrael nickte verständnisvoll. »Eines Tages wird er das einsehen«, sagte er und gab dem Vogelmann mit einer Handbewegung zu verstehen, daß er gehen könne.

54

Reise durch die Nacht

Faraday glitt lautlos in Niahs Zimmer und ließ sich auf den Stuhl neben ihr Bett sinken. Niah war allein. Während der vier Wochen, die Faraday ihr nun schon nächtliche Besuche abstattete, war Wolfstern gelegentlich bei ihr gewesen, doch seine Besuche waren seltener geworden, und Faraday nahm an, daß er anderswo dringenderen Geschäften nachging.

Niah schlief schlecht. Sie murmelte zusammenhanglose Worte und warf sich hin und her, und im Mondschein konnte Faraday erkennen, daß sie leicht schwitzte. Niahs Hand ruhte auf ihrem inzwischen leicht gewölbten Bauch.

Zweifellos fürchtete sie den Schlaf, ohne den Grund zu kennen.

Faraday lächelte und bereitete sich darauf vor, die Traumwelt zu betreten. Jede Nacht rückte ihr Zenit einen Schritt näher, jede Nacht wurde Niah um eben diesen Schritt ihrem Kind zugeführt. Näher und näher.

Der Falle entgegen.

Faraday schloß die Augen.

Als sie sie wieder öffnete, befand sie sich ein weiteres Mal in der verschwommenen Welt der Schattenlande.

Um sie herum herrschte das geschäftige – und doch gemächliche – Treiben des Schattenbildes von Isbadd. Die Leute schlenderten von der Ladentür zum Fenster, von einer Straßenecke in ihr Boudoir, vom Kai in die Lagerräume. Alle bewegten sich langsam, zögerlich, als hätten sie ihr Ziel aus den Augen verloren, und doch gelangten alle irgendwie an ihren Bestimmungsort.

Faraday ging langsam die Straße hinunter. Sie schenkte niemandem Beachtung und wurde ihrerseits nicht wahrgenommen.

Und dann sah sie Zenit. Sie saß im Schatten einer Zeltbahn, die träge in dieser gestaltlosesten aller Welten flatterte. Dort hatte sie in der vergangenen Nacht Rast gemacht, außerstande, einen weiteren Schritt zu tun.

Faraday trat zu ihr. »Zenit.«

Zenit blickte auf und sah Faraday an. Dann lächelte sie, langsam und zögernd. Sie lächelte erst, seitdem sie die Ebene von Tarantaise erreicht hatten. Es war ein gutes Zeichen.

Faraday nahm ihre Hand, beugte sich vor und schloß sie in die Arme. »Niah macht sich Sorgen, ohne den Grund zu kennen. Tagsüber fürchtet sie sich vor den Schatten und sieht sich dauernd um. Sie ist am Ende, Zenit. Sie wird verlieren.«

»Und das Kind wächst?«

»Es ist gesund und aufmerksam wie immer. Aber wir müssen uns beeilen, denn es erreicht bald eine Entwicklungsstufe, auf der es eine Seele in sich aufnehmen kann. Und wir beide wissen, wessen Seele in ihm wohnen soll.«

Zenit nickte und warf einen Blick auf die Straße. »Heute nacht fühle ich mich stärker, Faraday. Bestimmt werde ich es bis zum Kai schaffen.«

»Gut! Zenit, wenn dir das gelingt, finde ich ein Schiff, das uns auf die Insel des Nebels und der Erinnerung bringen wird. Stell dir vor, dann wirst du keinen Schritt mehr gehen müssen!«

Zenit lächelte angriffslustig. Sie spürte, daß sie dem Sieg nahe war, und das verlieh ihr Kraft. Was sie vorhatte, ließ kein schlechtes Gewissen in ihr aufkommen. Niah hatte triumphiert, als sie Zenit verdrängt und mit einem Zauber in diese Traumwelt gestoßen hatte.

»Dann laßt uns anfangen«, sagte Zenit, und auf Faraday gestützt, tat sie den ersten Schritt.

Der Weg war mühsam. Wie in allen Nächten während der letzten beiden Wochen bereitete jeder einzelne Schritt Zenit große Schmerzen. Ihr Atem ging pfeifend, und ihre Finger gruben sich mit der Macht der Verzweiflung in Faradays Arme und Schultern. Manchmal befürchtete Faraday, Zenit würde zusammenbrechen, doch irgendwie fand sie immer wieder die Kraft, weiterzustolpern. Sie taumelten durch die Straßen, jeder Schritt eine Qual, den Willen ganz auf den einen Gedanken gerichtet, daß Zenit ein Bein anheben und einen Fuß vor den anderen setzen mußte, um dann wieder die Kraft zu finden, den nächsten Schritt zu tun, und noch einen, und so weiter, immer weiter. Bis endlich ...

»Faraday, ich kann nicht mehr! Für heute nacht muß es genug sein. Es tut mir leid, ich kann nicht ...«

»Zenit, schau doch!« Faraday faßte ihr Kinn mit sanftem Griff und hob es an. »Siehst du? Noch fünf Schritte und wir haben den Kai erreicht!«

»Das sind fünf Schritte zu viel, Faraday. Heute nacht muß ich hier rasten. Ich muß! Ich ...«

»Dann finde dich damit ab, daß du von nun an unentrinnbar in dem Gefängnis dieser Schattenwelt gefangen sein wirst – bis in alle Ewigkeit! Das Kind wächst geschwind, Zenit. Wir können es nicht mehr viel länger alleine lassen. Eine Woche, höchstens zehn Tage, und eine andere Seele wird in ihm wohnen! Ich kann sie nicht mehr lange in Schach halten. Bis auf den Kai, Zenit, oder ich schwöre dir, daß ich morgen nacht nicht zurückkehren werde!«

Zenit jammerte, und Faradays Herz wäre vor Sorge und Mitleid fast gebrochen, doch sie ließ sich nichts davon anmerken.

»Beweg dich!« zischte sie. »Jetzt!«

Und Zenit tat einen Schritt und schrie vor Schmerzen, doch Faraday drängte sie weiter, und irgendwie schaffte sie einen weiteren Schritt, obwohl ihre Beine so stark zitterten, daß Faraday glaubte, sie würden gleich nachgeben.

Doch sie hielt durch, und dann waren sie nur noch drei Schritte vom Kai entfernt.

Erneut zwang Faraday Zenit, den Blick nach vorn zu richten. »Schau, dort!«

Zenit hob den Kopf.

Vor ihnen tanzte ein Schiff auf den Wellen. Ein kleines Schiff mit einer Laterne am Bug. Eine Art Fähre.

Zenit tat noch einen weiteren Schritt und krümmte sich mit einem lauten Stöhnen vornüber. Dann hob sie wieder den Kopf.

»Woher kommt dieses Boot, Faraday?«

»Es hatte seinen Besitzer verloren«, antwortete Faraday. »Und es benötigte ein Ziel. Also habe ich es gerufen. Komm, noch zwei Schritte.«

Diese beiden Schritte hätten Zenit fast zerrissen, doch sie schaffte es. Schluchzend sank sie auf der Fähre in die Kissen, und Faraday kletterte neben ihr flugs an Bord und machte die Leinen los.

»Ich werde dich ein Stück begleiten«, sagte sie, »bevor ich zurückkehre. Und morgen nacht ... morgen nacht werde ich dich am Pier von Piratenstadt willkommen heißen. Ach, Zenit, nicht doch. Du mußt nicht weinen, bald ist alles vorbei. Bald ist alles gut, das verspreche ich dir.«

Behutsam legte Zenit den Kopf in ihren Schoß und weinte sich in den Schlaf.

Faraday saß noch lange da, den Blick auf das graue Wasser gerichtet, im Schattenmeer zwischen der Küste Nors und der Insel des Nebels und der Erinnerung verloren. Sie blieb sitzen, bis sie spürte, daß in der wirklichen Welt die Sonne bald aufgehen würde. Dann verschwand sie und ließ Zenit alleine auf dem Schattenmeer zurück.

Im Morgengrauen war es still und kalt. Faraday saß am Rand der südlichen Felskuppe des Berges. Den Abgrund zu ihren Füßen schien sie nicht zu bemerken. Sie zitterte, mehr vor Freude als vor Unbehagen, und schlang die Arme um sich. Sie fühlte sich wohl hier, den Blick auf den weiten Ozean des Südens, auf die großen Wellen gerichtet, den Meereswind in den Haaren.

Es duftete nach Freiheit. Wenn ihr danach war, konnte sie einen Schritt ins Leere tun und sterben, oder sie konnte sich umdrehen und zu den Gemächern der Priesterinnen zurückschlendern, wo das Frühstück auf sie warten würde.

Wie sollte sie sich entscheiden?

Sie lachte und genoß in vollen Zügen, daß sie die Wahl hatte. In diesem Augenblick landete Sternenströmer hinter ihr im Gras.

Sie wandte den Kopf und lächelte. »Wollt Ihr mich retten, Sternenströmer?«

Kurz erwiderte er ihr Lächeln, trat dann zu ihr und schlang die Arme um sie.

»Euch muß kalt sein.«

»Aber ich lebe.«

Er drückte sie an sich, und Faraday wurde leicht ums Herz. Mit Sternenströmer verband sie eine tiefe Freundschaft. Ein Freund, dachte sie, fürs ganze Leben und für immerdar.

»Zenit wird bald hier sein«, murmelte sie und spürte, wie seine Muskeln sich strafften.

»Wo ist sie?«

»Auf dem Schattenmeer zwischen Nor und dieser Insel.«

»Und wann wird sie hier sein?« Seine Stimme klang angespannt, besorgt.

»Ich hoffe, daß ich sie heute nacht auf dem Schattenpier von Piratenstadt antreffe.«

»Und dann wird es noch Tage dauern, bis sie den Berg erreicht?«

»Wenige Tage nur, Sternenströmer. Bald werdet Ihr Eure Enkelin wiederhaben.«

»Axis und Aschure könnten sich um sie kümmern, ihr den Weg nach Hause weisen.«

Faraday schwieg eine ganze Weile, bevor sie mit den Achseln zuckte. »Wir lieben sie, Sternenströmer, und wir werden ihr helfen.«

Lange standen sie schweigend da, bis Faraday bewußt wurde, daß Sternenströmer an etwas anderes dachte und sehr, sehr besorgt wirkte.

»Was ist los?« fragte sie.

Sternenströmer trat einen Schritt zurück. »Faraday, kurz vor Sonnenaufgang kam eine Priesterin in mein Gemach gestürzt. Mit beunruhigenden Neuigkeiten.«

»Was?«

Er holte tief Luft. »Mit dem Tempel der Sterne stimmt etwas nicht.«

55

Das Leuchtfeuer

Sternenströmer führte sie die kurze Steigung zum Tempel der Sterne hinauf, und Faraday bemerkte sogleich, daß irgend etwas tatsächlich nicht stimmte.

Der Tempel bestand aus einem gewaltigen Leuchtfeuer kobaltblauen Lichts, das den Himmel durchbohrte. Innerhalb des Lichtes tanzten die Sterne.

Doch heute tanzte auch ein dunkler Fleck darin. Er hatte breite Streifen in das Leuchtfeuer geschnitten und ganze Sternenhaufen verschlungen – in zwei Fällen sogar ganze Galaxien.

»Was ist das?« flüsterte Sternenströmer. »Was ist das nur? Ich kann seinen Widerhall in meiner Seele spüren, und es dämpft den Gesang der Sterne. Faraday, es liegt nicht in meiner Absicht, Euch zu beunruhigen, doch während der vergangenen Wochen habe ich gespürt, daß etwas meine Zauberkraft beeinträchtigt. Allen anderen Zauberern auf der Insel geht es genauso. Ich habe mich gefragt, ob Wolfstern uns einen Streich spielt, doch nun weiß ich, daß dieses … dieses Geschwür, das sich durch die Sterne frißt, daran schuld ist. Seht doch, wie das Leuchtfeuer flackert! Was ist das?«

Faraday überlegte. Hatte Drago das irgendwie ausgelöst? Nein, wohl kaum … das paßte nicht zu dem, was Noah ihr erklärt hatte. Aber Drago hatte bestimmt etwas damit zu tun.

»Was ist das denn nur?« rief Sternenströmer. »Was könnte das ausgelöst haben?«

»Was das ist, Sternenströmer?« erklang Axis' wütende Stimme hinter ihm. »Dämonen zerstören den Sternentanz und wollen diese Welt verwüsten, das ist es. Und Drago führt sie an.«

Faraday und Sternenströmer wandten sich um. Axis und Aschure standen wenige Schritte von ihnen entfernt. Beide schienen völlig außer sich, und ihre Augen funkelten zornig.

Axis wandte den Blick von seinem Vater ab und sah Faraday an. In Menschengestalt hatte er sie zum letzten Mal in Gorgraels Gemach angetroffen. Axis hatte damals mit angesehen, wie Gorgrael sie in Stücke gerissen hatte – aus dem vergeblichen Versuch heraus, Axis daran zu hindern, ihn auszulöschen.

Und hier stand sie, gelassen, schöner denn je und wie immer allzu dicht bei seinem Vater. Axis war der Meinung gewesen, keine Eifersucht und keine Liebe für Faraday mehr zu empfinden, doch nun spürte er, wie eine unbestimmbare Wut in ihm aufstieg. Faraday ... und sein Vater?

»Faraday«, fragte Aschure. »Was willst du hier, noch dazu wieder in Menschengestalt?«

»Ich bin frei«, erwiderte Faraday.

»Wie das?«

»Aschure, was spielt das für eine Rolle?«

»Seid still!« zischte Sternenströmer ungeduldig. »Axis, was ist das?« Seine Hand wies auf die Flecken im Leuchtfeuer.

In wenigen Worten erklärte Axis Faraday und Sternenströmer, was die Sternengötter von Wolfstern erfahren hatten. Dämonen. Die Hüter der Zeit. Auf der Suche nach Qeteb. Je näher sie kamen, desto mehr verdeckten sie die Sterne. Die Zukunft sah trostloser aus als jemals zuvor.

Sternenströmer stand das Entsetzen ins Gesicht geschrieben. Seine Gedanken rasten, während er zu verstehen suchte, was Axis ihm da sagte. Eine Zukunft ohne den Sternentanz? Ohne Zauberkunst?

Faraday dagegen nickte schweigend. Allmählich wurde ihr klar, was mit Drago los war.

Aschure bemerkte ihre Gelassenheit, und ihre Lippen wurden schmal. »Ihr habt Drago getroffen«, sagte sie. »Vor dem Sternentor.«

Faraday seufzte leise. »Ja.«

»Wißt Ihr denn überhaupt, was er getan hat?«

Faraday blinzelte angesichts des Zorns in Aschures Stimme. »Nein. Sagt es uns – was hat Drago getan?«

»Er hat Flußstern ermordet...« sagte Axis.

»Ich habe gehört, daß er dessen angeklagt war«, fiel ihm Faraday leise ins Wort.

»...und Orr und er stehen kurz davor, alles zu zerstören, was ich aufgebaut habe, worum wir gekämpft haben...«

»Wofür ich gestorben bin«, bemerkte Faraday leise.

»Drago beabsichtigt, ganz Tencendor zu zerstören!« brüllte Axis. »Seht Ihr diese Flecken? Das ist Dragos Schuld!«

»Nein«, erwiderte Faraday ruhig. »Das kann ich zum Glück nicht glauben.«

Axis konnte sich kaum noch beherrschen. »Wie ist es möglich, Faraday, daß Ihr dort steht, ohne eine Miene zu verziehen, und alles gutheißt, was er getan hat?«

Faraday hob eine Augenbraue. »Ich? Was heiße ich gut?«

»Ihr habt ihn beschützt«, sagte Aschure tonlos. »Ihr habt Wolfstern gesagt, daß er durch einen der Gänge geflohen ist, die das Sternentor mit der Außenwelt verbinden. Dabei wissen wir mit Sicherheit, daß er durch das Sternentor getreten ist. Warum habt Ihr gelogen? Um ihn zu decken?«

Faraday schwieg lange und überlegte, was sie antworten solle. So viele Leute verstanden Drago falsch. Seine Eltern. Caelum. Wolfstern. Faraday konnte ihnen keinen Vorwurf machen, denn noch wußten sie nicht, was sie wußte. Dennoch durfte sie nicht verraten, was Noah ihr anvertraut hatte, um zu erklären, daß Drago nicht ganz so feindselig war, wie es den Anschein hatte.

Fast mußte sie lächeln. Manchmal zahlte es sich aus, mit dem Feind gemeinsame Sache zu machen.

»Ich war der Meinung«, sagte sie schließlich gleichmütig, »daß Drago es verdient hatte, von jemandem beschützt zu werden, wie auch Zenit es verdient hat, beschützt und geliebt zu werden.«

Aschure blinzelte. »Zenit?«

Axis schenkte dem plötzlichen Themenwechsel keine Beachtung. »Drago«, preßte er zwischen zusammengebissenen Zähnen hervor, »führt in diesem Augenblick eine Gruppe blutrünstiger Dämonen zum Sternentor, damit er Tencendor für sich gewinnen kann!«

»Dann steht Ihr jetzt vor einer großen Schwierigkeit«, erwiderte Faraday leichthin. »Aber wie können Sternenströmer und ich Euch helfen? Wir haben hier unsere eigenen Aufgaben.«

»Verdammt!« rief Axis und sah seinen Vater an. »Sternenströmer? Jeder Zauberer verliert allmählich seine Macht, wie Ihr auch! Das alles wird sehr wohl auch zu Eurer Aufgabe werden, ob es Euch gefällt oder nicht.«

»Faraday«, sagte Sternenströmer leise. »Vielleicht wäre es das beste, wenn Ihr Axis zumindest einen Teil erzählen würdet.«

Sie zuckte mit den Achseln und sah Axis an. »Was wollt Ihr wissen, Axis?«

Er versuchte, seinen Ärger zu unterdrückten. »Erzählt uns, was Ihr über Drago wißt«, sagte er. »Was hat er gesagt? Was hat er getan? Was hat er vor?«

»Drago hat seine Pläne schon immer für sich behalten, denke ich«, entgegnete Faraday. »Axis, er hat keineswegs seine tiefen Geheimnisse mit mir geteilt. Genaugenommen hat er kaum ein Wort gesprochen.«

Axis wandte sich ab. Er war wütend auf Faraday, weil sie ein weiteres Mal gelogen, weil sie sich mit seinem verfluchten Sohn verbündet hatte. Übte sie erneut Rache an ihm, um ihm seinen Verrat an ihr heimzuzahlen? Beabsichtigte sie, zuzuschauen, wie Tencendor in Stücke gerissen wurde, um ihre weibliche Eitelkeit zu befriedigen?

»Axis«, sagte Sternenströmer, »was können wir tun? Wie können wir gegen die Dämonen vorgehen, gegen den Machtverlust, gegen ...« Und er deutete auf das Leuchtfeuer.

Aus Axis' Gesicht wich jeglicher Zorn. »Im Augenblick weiß das noch niemand, Sternenströmer. Ihr könnt jedoch sicher sein, daß die Sternengötter ihr Bestes tun. Wenn Ihr uns helfen könnt, werde ich mich melden.«

Sternenströmer nickte – er konnte Axis' Niedergeschlagenheit verstehen, die Niedergeschlagenheit jedes Sternengottes oder

Zauberers in diesem Land. Eine Weile herrschte Schweigen. Dann blickte der Zauberer auf und sah seinen Sohn und Aschure an.

»Axis und Aschure«, sagte er. »Wir müssen noch über etwas anderes sprechen. Wollt Ihr nicht wissen, was mit Zenit geschehen ist?«

»Zenit?« erwiderte Aschure und runzelte angesichts des erneuten Themenwechsels die Stirn. »Ich weiß nicht einmal, wo sie ist.«

Faraday starrte sie an. Waren Axis und Aschure so sehr von ihrem Haß auf Drago überwältigt, daß sie dem Kummer ihres jüngsten Kindes keine Beachtung schenkten?

»Zenit ist hier«, sagte sie. »Gewissermaßen. Aschure … wußtet Ihr, daß sie den Keim von Niahs Seele in sich trug?«

Aschure besaß Anstand genug, beklommen auszusehen. »Ich habe es vermutet, Faraday, aber ich habe ihr nichts davon gesagt.«

»Warum nicht?« rief Sternenströmer aufgebracht.

»Weil ich nicht wußte, wann Niah versuchen würde, die Vormachtstellung zu erlangen – wenn überhaupt. Und deshalb gab es keinen Grund, darüber zu reden.«

»Nun, es ist geschehen«, sagte Faraday leise. »Zenit ist von Niahs Seele überwältigt worden. Aschure, ist Euch das Leben Eurer Tochter gleichgültig?«

»Ihr habt nicht die geringste Ahnung!« fauchte Aschure wutentbrannt. »Zenit und Niah waren schon immer eins. So oder so bin ich froh, daß sie zu ihrem wahren Ich gefunden hat.«

Sternenströmer, der angesichts von Axis' Neuigkeiten bereits ausgesprochen gereizt und besorgt war, verlor nun endgültig die Beherrschung. Er konnte nicht glauben, wie gleichgültig Axis und Aschure gegenüber Zenits Qualen und Kämpfen waren. »Zenit war eine eigenständige Frau«, sagte er. »Was jetzt in ihrem Körper wohnt, unterscheidet sich so sehr von ihr … ich kann nicht fassen, daß Ihr behauptet, Zenit und Niah seien immer eins gewesen. Zenit ist verloren! Eure Tochter ist verloren! Wie könnt Ihr dastehen und sagen, daß Ihr froh darüber seid?«

»Sternenströmer, das versteht Ihr nicht, oder Ihr würdet meine Freude teilen«, sagte Aschure. »Niah wurde ihre Wiedergeburt versprochen – Ihr habt den Brief selbst gelesen.«

»Aber nicht auf Kosten meiner Enkelin!« brüllte Sternenströmer außer sich.

»Ich hoffe doch sehr, daß Ihr Niah das Leben nicht schwer macht, Sternenströmer.« Aschures Stimme war äußerst kühl.

Faraday legte Sternenströmer warnend ihre Hand auf den Arm. »Wir tun alles, was in unserer Macht steht, um dafür zu sorgen, daß sie angemessen gastfreundlich aufgenommen wird«, sagte sie.

Aschure musterte sie bedächtig. »Mischt Euch nicht in Dinge ein, die Ihr nicht versteht«, sagte sie sehr langsam. »Ich verbiete es Euch.«

Ihrem letzten Satz wohnte große Macht und scharfer Tadel inne, und Sternenströmer wußte, daß er dem nicht hätte standhalten können, wäre da nicht Faradays Hand auf seinem Arm gewesen. Doch war er trotzdem nicht in der Lage, etwas zu erwidern, und froh, als Faraday das Wort ergriff.

»Wir werden immer nur zum besten von Tencendor handeln«, sagte sie. »Das müßt Ihr uns glauben.«

Eine Zeitlang herrschte unangenehmes Schweigen.

»Sternenströmer«, sagte Axis schließlich, »ich werde Euch rufen, wenn wir wissen, wie wir den Dämonen entgegentreten können. Faraday, gehabt Euch wohl.«

Dann waren sie beide verschwunden, und Faraday und Sternenströmer standen alleine neben dem Leuchtfeuer, das seine Kraft verlor.

»Faraday«, sagte Sternenströmer, »stimmt das, was sie über Drago gesagt haben?«

»Nein«, sagte Faraday leise. »Drago hat sich ebenso verirrt wie Zenit.« Sie hielt einen Moment inne. »Und beide Sonnenfliegerkinder sind auf Hilfe angewiesen.«

Sie wandte sich um und nahm Sternenströmers Hand. »Werdet Ihr mir vertrauen? Und was noch wichtiger ist – werdet Ihr auch mein Vertrauen in Drago teilen?«

Sternenströmer dachte lange nach, bevor er antwortete. »Ja«, sagte er schließlich. »Wenn Ihr das von mir verlangt.«

56

GIBT ES EINE RETTUNG?

Drago lag unter dem sanft wogenden Blätterdach eines Baumes und konnte vor Schmerzen kaum atmen. Nach dem Sprung war er blind hinausgestolpert, ohne genau zu wissen, in was für eine Welt er geriet, und er war erst hingefallen, als er hart gegen den Baum gelaufen war.

Er war sich bewußt, daß irgendwo die Sonne schien und ihre Strahlen sein rechtes Bein wärmten, das aus dem Schatten des Baumes hinausragte. Er war sich einer leichten Brise bewußt, denn die Äste des Baumes raschelten über ihm. Diese Welt duftete auch recht angenehm. Alles andere war jedoch ein Meer aus Schmerzen.

Nachdem sie fertig gewesen waren, hatte ihm Scheol zufrieden den Kopf getätschelt und gesagt, es stehe nur noch ein weiterer Sprung bevor.

Dann hätten sie das Sternentor erreicht.

Noch ein Sprung, und dann noch einer, um durch das Sternentor hindurch zu gelangen.

Drago war sich jedoch sicher, daß er keinen weiteren Sprung überstünde – er war sich nicht einmal sicher, ob es ihm gelänge, die Folgen dieses Sprungs zu überstehen.

Von weitem hörte er leises Lachen und eine angeregte Unterhaltung. Einer der Hüter der Zeit wohl und Sternenfreudes rauchige Stimme. Liebenswürdig wie sie waren, gönnten die Hüter der Zeit ihm eine Ruhepause. Erholt Euch! Genießt die Sonne!

Drago hätte laut gelacht, wäre er dazu in der Lage gewesen. Er wußte, daß sie ihn so lange aussaugen würden, bis er nur noch eine leere Hülle war. Sie würden seine ganze Kraft aufzehren, und dann sein Leben.

Das stimmt. Und wißt Ihr, wohin das alles führt, Drago?

Im Augenblick war ihm das ausgesprochen gleichgültig. Wenn die Wächter ihn nur in Ruhe ließen. Hätte er doch nie das Zepter gestohlen! Wäre er doch nur gestorben, als er durch das Sternentor trat.

Dennoch kroch seine Hand verstohlen zu dem Beutel, der an seinem Gürtel hing. Er ließ ihn nicht mehr aus den Augen. Jede Nacht lag er neben seinem Bett.

Wißt Ihr, wohin das alles führt, Drago?

Drago haßte diese aufdringlichen Stimmen. Während der vergangenen fünf Tage und Nächte hatte er manchmal gehört, wie die Wächter miteinander schwatzten. Jetzt richtete Jack, der Anführer der Gruppe, das Wort an ihn.

Drago, wißt Ihr...

»Es ist mir gleichgültig!« zischte er. »Laßt mich in Ruhe!«

Dämonen, Drago. Dämonen, die Tencendor verschlingen werden.

Drago schwieg. Das wollte er nicht hören.

Stellt Euch vor – Ihr werdet an der Zerstörung Tencendors die Schuld tragen.

»Verschwindet!«

Hinter ihm raschelte etwas, eine Bewegung, dann ein kurzer Windstoß und ein fliegender Schatten. Der Schwarm Falkenkinder segelte an ihm vorbei und verschwand wieder zwischen den Bäumen.

Ihr seid in Gefahr, Drago.

Fast hätte Drago gelacht, doch auch dafür fehlte ihm die Kraft. »Erzählt mir etwas, das ich nicht weiß.«

Sie haben Euch schon sehr zugesetzt. Dieses Mal sprach die ältere Frau, Zecherach. Drago spürte, wie sich eine beruhigende Wärme in seinem Körper ausbreitete und seine Schmerzen linderte.

Er holte tief Luft und richtete sich ein wenig auf. »Werdet Ihr mir helfen? Ich will nicht sterben.«

Warum sollten wir Euch helfen?

»Weil Ihr in die Hände der Hüter der Zeit fallen würdet, sollte ich sterben. Ihr müßt mich retten, um Euch selbst zu retten.«

Sie brachen in lautes Gelächter aus. *Wir sind bereits gerettet!* rief Zecherach. *Wir bedürfen Eurer Hilfe nicht!*

»Und ob Ihr mich braucht – falls Ihr durch das Sternentor zurückkehren wollt.«

Das wollen wir überhaupt nicht. Eine ältere männliche Stimme, Ogden oder Veremund vielleicht.

»Was? Ihr müßt aber zurückkehren. Ihr seid das Zepter des ...«

Nein, das sind wir nicht. Ihr habt recht, unsere Körper sind einst in das Zepter eingegangen und wir haben viele Jahre darin verbracht, doch Ihr habt uns aus ihm befreit. Drago, Ihr seid durch das Sternentor getreten und habt uns befreit! Jetzt können wir nach Herzenslust unter den Sternen wandeln.

»Warum seid Ihr dann immer noch hier?«

Weil wir Euch wohlgesonnen sind, und weil wir Euch eine Frage stellen möchten.

»Und welche?«

Drago, seid Ihr denn bereit, Tencendor und Eurem Bruder zu helfen?

Drago schwieg eine ganze Weile, bevor er antwortete. »Mir ist klar geworden«, sagte er schließlich, »wie ähnlich Sternenfreude und ich uns sind ... und wie ähnlich mir auch die Falkenkinder sind. Alle wurden wir enterbt, unser aller Leben wurde zerstört. Meine Freunde, diese Ähnlichkeiten gefallen mir nicht. Ich möchte nicht sein wie sie. Dennoch ... dennoch kann ich nicht über meinen eigenen Schatten springen, über das hinwegsehen, was Caelum mir angetan hat. Ich habe Flußstern nicht getötet, und trotz meiner Beteuerungen hat er mir nicht geglaubt. Er wollte sich unbedingt meiner entledigen, also hat er mich für schuldig befunden. Ich soll Caelum helfen? Ich weiß nicht.«

Nach längerem Schweigen ergriff Jack das Wort. Er klang traurig. *Seht, welchen Schaden Ihr Caelum zugefügt habt, Drago Sonnenflieger.*

Drago sah sich plötzlich in eine Vision versetzt – in die Vision eines anderen Menschen. Er sah die Welt durch die Augen eines Kindes, das zum Himmel über Sigholt emporblickt.

Wißt Ihr, mit wessen Augen Ihr hier seht, Drago?

Nein, nein! schrie er in Gedanken.

Doch! Wer ist das, Drago?

Caelum. Ich sehe mit Caelums Augen.

Richtig. Schaut genau hin und fühlt, was er fühlte, Drago, als Eure Boshaftigkeit ihn heimsuchte.

Gemeinsam mit Caelum blickte Drago gebannt himmelwärts und entdeckte eine alptraumhafte Kreatur, die aus den Wolken stürzte. Gorgrael! Er hörte einen Schrei urzeitlichen Schreckens und wurde sich bewußt, daß Caelum ihn ausgestoßen hatte. Er spürte die Verzweiflung, von der Caelum durchflutet wurde – die Verzweiflung und das Grauen, als der Junge begriff, daß Gorgrael ihn töten würde, weil Drachenstern es wollte.

Vom eigenen Bruder verraten, an dieses grauenhafte Geschöpf.

Eine plötzliche Bewegung, und Drago spürte, wie Imibe, Caelums Kindermädchen, ihn an sich riß. Sie drehte sich um, wollte Caelum mit ihrem Körper beschützen, doch Gorgrael war bereits mit einem Satz über das Dach gesprungen.

»Närrin!« zischte er und bohrte Imibe seine Krallen in den Leib.

Caelum konnte diese Krallen nicht spüren, doch seine Verzweiflung wurde immer stärker und stärker, bis Drago befürchtete, der Junge würde an ihr sterben.

Warmes Blut – Imibes Blut – lief ihm über den Rücken.

Gorgraels ekelhafter Atem strich über ihn hinweg, als der Zerstörer Imibe mit seinen Klauen zerfetzte.

Und jenseits des Blutes, des Todes und der Verzweiflung spürte Drago ein über die Maßen starkes Gefühl – Triumph. Seinen Triumph. Seinen kindlichen, böswilligen Triumph, der von der anderen Seite des Daches herüberwogte, wo er in Kassnas Armen lag.

Auch Caelum konnte ihn spüren. Er spürte ihn, während seine ganze Welt zusammenbrach. Brüder durften einander nicht so verraten. Dabei hatte er Drachenstern immer nur lieben wollen, mit ihm spielen und die Welt erkunden, mit ihm zusammen aufwachsen. Drachenstern dagegen wollte sehen, wie er in Stücke gerissen wurde, wie er starb, und deshalb hatte sich Drachenstern mit der meistgehaßten Kreatur Tencendors verbündet.

Doch mitten in seiner Fassungslosigkeit über die Ungeheuerlichkeit von Drachensterns Verrat wurde er von Gorgraels Klauen gepackt.

Er verlor das Bewußtsein, und Drago glaubte, das Schlimmste überstanden zu haben.

Doch so war es leider nicht. Es hatte erst angefangen, denn als Caelum erwachte, fand er sich in Gorgraels Eisfestung gefangen. Gorgrael beugte sich mit einem heimtückischen Grinsen über ihn und fuhr mit seinen spitzen Krallen über seinen Körper. Die Qualen fanden kein Ende, tagelang – Schmerzen zerfraßen ihn, Verzweiflung überwältigte ihn.

Caelum wußte, es würde nie aufhören und er würde Drachenstern nie verstehen, er hatte ihm doch nur seine Freundschaft angeboten.

Wegen Eurer Sünden, wegen Eures Stolzes und Eures maßlosen Hasses ist eine gute Frau gestorben, und Euer Bruder ist für sein Leben gezeichnet. Euer Bruder wurde von Eurer Bösartigkeit und von der Erinnerung an den Angriff zum Krüppel gemacht. Wenn wir Euch am Leben lassen, werdet Ihr Tencendor und Caelum dann helfen?

57

Während Wolfstern schlief ...

Weinend saß sie da, untröstlich, während die Fähre auf dem Wasser schaukelte und gegen den Kai von Piratenstadt stieß. Die Piraten und ihre Frauen und Hühner bewegten sich langsam an ihr vorbei, wie in Trance, ohne sie zu bemerken, ohne sich um sie zu kümmern.

Zenit glaubte nicht, daß sie den Mut aufbringen würde, weiterzumachen. War das Leben all diese Anstrengungen und Schmerzen wert? Warum überließ sie nicht einfach Niah Leib und Leben?

»Ah, Zenit! Da bist du ja. Hier, nimm meine Hand. Ich werde dir heraufhelfen.«

Zenit blickte auf. Faraday kniete auf dem Kai, beugte sich zu ihr hinab, die Hand ausgestreckt, ein aufmunterndes Lächeln auf den Lippen.

»Nimm meine Hand, Zenit.«

Zenit saß da und wünschte sich, alles wäre einfacher.

»Nimm meine Hand, Zenit.«

Zenit seufzte, bereitete sich auf die Schmerzen vor und ergriff Faradays Hand.

Sie schleppten sich durch die schattenhaften Straßen von Piratenstadt, jeder Schritt war eine Qual. Im Nebel der Schattenwelt wirkte alles so zusammenhangslos, daß Zenit sich fragte, ob sie selbst überhaupt existierte.

»Sternenströmer wartet auf uns, Zenit.«

»Sternenströmer?«

»Wir sind auf der Insel des Nebels und der Erinnerung. Weißt du nicht mehr – er ist hier zu Hause. Morgen abend werden wir ihm so nahe sein, daß er sich uns anschließen kann.«

»Uns anschließen?« Zenit stolperte über einen Stein und brach in Tränen aus.

Faraday drückte sie an sich. »Ganz sicher, liebes Kind. Bald wird er bei uns sein und kann uns helfen.«

Zenit lächelte zaghaft. »Das wäre schön.«

Faraday strich Zenit die Haare aus der Stirn. »Auch er wird sich freuen. Komm, noch einen Schritt. Ja, so ist es gut. Und noch einen. Heute nacht möchte ich es gerne bis zu der langen Straße schaffen, die zum Tempelberg führt. Von dort aus sind es nur noch ein oder zwei Nächte.«

Plötzlich mußte sie lachen, und ihre Stimme hallte durch den Nebel und verlieh Zenit auf einmal Zuversicht und innere Stärke.

»Zenit, stell dir vor, wie unruhig Niah schlafen muß! Weißt du, daß deine Mutter sie eines Tages besucht hat? Sie haben sich eine ganze Weile unterhalten.«

Zum ersten Mal seit langem zeigte Zenit einen Funken Anteilnahme. »Wirklich? Was wollte Aschure von ihr? Was hat sie gesagt?«

»Sie hat ihrer Mutter eine süße Melodie vorgesungen, und Niah hat ihr erzählt, wie großartig es ist, daß sie wiedergeboren wurde, und sie hat ihren hohen Leib gestreichelt und gesagt, das Kind wachse geschwind. Und …«

»Und?«

»Und Aschure hat sie gefragt, warum sie schwarze Ringe unter den Augen habe, und Niah hat erklärt, sie werde von schlechten Träumen heimgesucht, was sicherlich an ihrer Schwangerschaft liege.«

Faraday hielt inne und half Zenit für eine Weile schweigend weiter. Etwas später fügte sie mit sachlicher Stimme hinzu: »Dich haben sie nicht erwähnt, Zenit. Um dich trauern sie nicht.«

Am nächsten Abend, als Zenit in ihrer Schattenwelt unter den herunterhängenden Zweigen eines großen Malayambaums am

Rande des Dschungels saß, der die Südhälfte der Insel bedeckte, hörte sie Stimmen und dann ein Lachen. Unter großer Anstrengung hob sie den Kopf.

Faraday und Sternenströmer kamen leichten Schrittes die Straße des Tempelberges heruntergelaufen, ihr Großvater in all seiner silbernen und goldenen Pracht.

»Sternenströmer!« rief Zenit, und er beugte sich zu ihr hinab und schloß sie in die Arme. Er drückte sie so fest an sich, daß Zenit wußte, sie war wirklich und tatsächlich lebendig.

»Sternenströmer hat an dich geglaubt, als dich alle anderen vergessen hatten«, sagte Faraday leise. »Er war es, der mich davon überzeugt hat, dich zu suchen, Zenit. Sein Glaube hat dich an die Schattenlande gebunden, sein Glaube hat dafür gesorgt, daß du dich nicht einfach in Luft aufgelöst hast.«

Zenit brach in Tränen aus und umarmte Sternenströmer so fest wie sie konnte. Jede Träne verursachte ihr große Schmerzen, doch sie war ganz von Sternenströmers Liebe und Vertrauen erfüllt.

Er glaubte fester an sie, als sie selbst an sich geglaubt hatte.

Sie konnte gar nicht mehr aufhören zu weinen, und Sternenströmer flüsterte ihr beruhigende Worte zu und strich ihr übers Haar, über die Flügel, über den Rücken. Dann sah er Faraday an, die inzwischen selbst leise weinte.

»Vielen Dank«, flüsterte er. »Ich schulde Euch so viel.« In diesem Augenblick hatte Sternenströmer all seine Befürchtungen wegen des Leuchtfeuers und der Dämonen gänzlich beiseite geschoben. Außer Zenit war nichts wichtig, Zenit war seine ganze Welt, nichts anderes war von Bedeutung.

In dieser Nacht erreichten sie den Fuß des Tempelberges.

Niah zog sich früh in ihr Gemach zurück, in der Hoffnung, Wolfstern werde ihr einen Besuch abstatten. Sie konnte das Angstgefühl nicht abschütteln, das schwer auf ihren Schultern lastete, ohne daß sie wußte, woher es rührte.

Hatte sie Angst um das Kind, das in seiner Winzigkeit so verletzlich war?

Niah ging in ihrem Gemach auf und ab. Zur Ruhe wollte sie sich noch nicht legen – vor dem Schlafen empfand sie eine unbestimmte Furcht. Sie trat ans Bett, strich über die Decke und wandte sich dann wieder ab, den Kopf hoch erhoben, den Blick in die Ferne gerichtet.

»Wolfstern?« sagte sie, erhielt jedoch keine Antwort.

Niah wußte, daß ihn anderswo große Schwierigkeiten aufhielten, aber nur heute nacht ... heute nacht wünschte sie, er könne bei ihr sein. Sie wünschte, er ...

»Niah?« Seine Stimme, heiser vor Erregung, riß sie aus ihren Träumen, und er trat aus den Schatten.

»Wolfstern!« Mit diesem Ausruf flog sie ihm in die Arme.

»Was bekümmert meine Liebste? Warum ruft sie mich so sehnsuchtsvoll?« Er küßte sie und lachte über ihre Angst vor der Nacht.

»Die Verzweiflung hat ein Ende, schließlich seid Ihr hier, Wolfstern. Ach, haltet mich und sagt mir, daß ich mich in Sicherheit befinde.«

»In meinen Armen auf immer und ewig«, flüsterte er und trug sie zum Bett. »Das habe ich dir versprochen und das werde ich halten.«

Faraday, eingehüllt in Magie und die Dunkelheit des Gemachs, saß da und beobachtete die beiden. Innerlich verfluchte sie Niah, daß sie Wolfstern ausgerechnet heute nacht gerufen hatte, und sie verfluchte Wolfstern, daß er gekommen war.

Würde das ihre Pläne ändern? Faraday wußte es nicht. Sie war schon früher zu Zenit in die Schattenlande gegangen, während Wolfstern an Niahs Seite ruhte ... aber in dieser Nacht sollte Zenit aus den Schatten in das Licht treten.

Das war selbst unter den besten Voraussetzungen gefährlich. Und Wolfsterns Anwesenheit bedeutete eine zusätzliche Gefahr. Was wäre, wenn er aufwachte und merkte, was geschah? Zweifellos verfügte er über die Macht, Zenit endgültig zu verbannen, nicht nur von dieser Welt, sondern auch aus den Schattenlanden. An einen Ort, wo Faraday sie nie fände.

Wo sie auf alle Zeit verloren wäre.

Lautlos ging die Tür auf, und Faraday wandte den Kopf.

Sternenströmer.

Schweigend trat er zu ihr, und schweigend nahm sie seine Hand.

In diesem Gemach, in Wolfsterns Gegenwart, konnten sie sich nicht einmal in Gedanken unterhalten, ohne in Gefahr zu laufen, ihn zu wecken.

Faraday beschwor all ihre Macht und verschwand mit Sternenströmer in den Schattenlanden.

Die ganze Nacht hindurch schleppte sich Zenit die tausend Stufen zum Plateau des Tempelbergs hinauf. Bereits auf ebenem Boden war jeder Schritt eine Qual für sie. Auf der Treppe waren die Schmerzen fast unerträglich.

Aber sie war fest entschlossen. Heute nacht. Selbst wenn Wolfstern bei Niah schlief.

Sternenströmer und Faraday hatten ihre Arme um sie gelegt und spendeten ihr Kraft und Liebe. Noch einen Schritt. Und noch einen.

Sie standen vor Niahs Gemach. Zenit zitterte vor Erschöpfung, doch ihre Lippen waren fest zusammengepreßt, und in ihren Augen funkelte der Haß.

Auf Niah, auf die Frau, die sie auslöschen wollte.

Heute nacht würde sie der Marter ein Ende machen.

Faraday erwiderte Sternenströmers Blick und nickte Zenit zu.

Sternenströmer legte seine Hand auf den Knauf und stieß die Tür auf.

Zenit hob den Kopf.

Ihr Blick bohrte sich in den Zauberer, der neben ihrem nackten Leib lag. Voller Abscheu betrachtete sie seine Hand, die auf ihrem Bauch lag.

Zenit verzog vor Ekel den Mund, stieß einen heiseren Laut aus und …

Verschwand.

Entsetzt umklammerte Sternenströmer Faradays Schulter.

Ihre Finger gruben sich tief in seinen Arm und warnten ihn gleichsam davor, ein Wort zu sagen. Dann zerrte sie ihn zurück in die Welt, in der Niah friedlich neben Wolfstern im Bett schlummerte.

Als sie jedoch ihre Augen in dieser Welt aufschlugen, stellten sie fest, daß Niah ein Gutteil des Friedens verlorengegangen war.

Wolfstern schlief weiterhin in aller Ruhe. Niah dagegen lag völlig starr in seinen Armen. Sie hatte die Augen weit aufgerissen und blickte an die Decke, obwohl Faraday und Sternenströmer wußten, daß sie nichts sehen konnte.

Niah zitterte am ganzen Körper ... und schien sich plötzlich zu verflüchtigen. Doch dann war sie wieder da, und es ging ein Zucken durch ihren Leib.

Wolfstern regte sich. Und wieder packte Faraday Sternenströmer am Arm, zog ihn in eine dunkle Ecke des Gemachs und hüllte sie beide in einen Zauberspruch ein.

Wolfstern schlug die Augen auf, blinzelte und sah Niah an.

Sie lag wieder regungslos da, eine Hand schützend auf dem Bauch.

Wolfstern lächelte, strich ihr die Haare aus der Stirn und schloß die Augen.

Kaum war er wieder eingeschlafen, öffnete die Frau neben ihm die Augen und starrte in die Ecke, in der Faraday und Sternenströmer standen.

Es ist vollbracht, flüsterte sie in ihren Gedanken, und die Hand, die eben noch so schützend auf ihrem Bauch geruht hatte, ballte sich zur Faust und schlug nun mit aller Wucht zu.

Zenit krümmte sich vornüber und würgte, hob jedoch noch einmal die Hand und schlug so fest zu, wie sie konnte.

Wolfstern drehte sich um und wurde allmählich wieder wach. Zenit fiel vor Verzweiflung halb aus dem Bett, griff nach einem schweren Kerzenständer, der auf dem Tisch stand, hob ihn in die Höhe und rammte ihn sich in den Bauch.

Dieses Mal konnte sie einen Schmerzensschrei nicht unterdrücken.

Sternenströmer konnte es nicht länger ertragen. Er stürzte

aus der Ecke, aus dem Schutz von Faradays Zauber heraus und an Zenits Seite. »Zenit!«

Wolfstern wurde hellwach und stieß einen heiseren Schrei aus. Zwar erfaßte er nicht sogleich, was sich vor ihm abspielte, aber daß etwas nicht stimmte, war mehr als offensichtlich. Er ließ seiner Magie freien Lauf und schleuderte Sternenströmer gegen die Wand.

Zenit kroch mühsam auf Händen und Füßen vom Bett fort.

Selbst aus der Entfernung konnte Faraday erkennen, daß Krämpfe über ihren Leib liefen.

»Beeil dich, Zenit, beeil dich!« flüsterte sie.

Zenit stöhnte laut auf, krümmte sich zusammen und preßte sich die Hand auf den Bauch.

»Niah!« Wolfstern war neben ihr. »Hat er dich angegriffen? Was hat er dir angetan?«

»Das Kind!« keuchte Zenit und rollte ganz herum.

Sie ließ eine glänzende Blutspur auf dem Boden zurück.

»Niah?« flüsterte Wolfstern erneut. Sein Verstand weigerte sich, zu begreifen, was er sah. »Niah?«

Zenit ächzte, einmal, zweimal, und noch ein drittes Mal. Ihre Fingernägel kratzten über die Dielen. Sie ächzte erneut und rollte sich schmerzerfüllt zu einer Kugel zusammen.

Wolfstern beugte sich über sie und spürte in diesem Augenblick, daß Faraday in einer Ecke stand.

»Hilf ihr!« rief er.

Faraday lächelte. »Mit Vergnügen«, sagte sie und beugte sich zu Zenit hinunter. Sie war dankbar, daß ihr dichtes Haar ihren zufriedenen Gesichtsausdruck verbarg.

Doch Zenit stieß Faraday mit blutigen Händen zurück und riß etwas zwischen ihren Beinen hervor.

Dann, mit einer Bewegung, die so überraschend und schnell war, daß Wolfstern ihr unmöglich ausweichen konnte, packte sie den winzigen, blutigen Körper und schlug Wolfstern damit ins Gesicht.

»Hier hast du deine Geliebte«, schrie Zenit. »Bis in alle Ewigkeit sollt ihr Freude aneinander haben!«

Wolfstern wich verwirrt und entsetzt zurück.

Zenit hob den winzigen, mißhandelten Körper erneut in die Höhe und schleuderte ihn Wolfstern entgegen.

Mit einem ekelerregend nassen Klatschen traf er ihn am Kopf und plumpste dann auf den Boden.

Wolfstern, das Gesicht mit Blut und Schleim verschmiert, senkte langsam den Blick.

Zu seinen Füßen lag der noch nicht ganz entwickelte Körper eines winzigen Mädchens. Zerschlagen. Mißhandelt. Regungslos. Ohne zu atmen. Mit zertrümmertem Schädel.

»Niah«, sagte Zenit tonlos, und in ihren Augen funkelte der Haß. »Endlich ist sie tot.«

58

Wie der Klang einer Tempelglocke

Jenseits des Sternentors breitete sich die Finsternis der Dämonen aus, schwärzlichen Rauchschwaden gleich. Ganze Galaxien waren verlorengegangen, Sonnensysteme ausgelöscht worden, sogar die Musik des Sternentanzes war immer leiser geworden.

Die Beobachter wußten, daß für das Universum selbst keine Gefahr bestand. Aber je näher die Hüter der Zeit dem Sternentor kamen, desto mehr verblaßten die Sterne.

Und dieses Wissen brachte keine Erleichterung – allzusehr wurde der Sternentanz durch die Anwesenheit der Dämonen gedämpft.

»Seht doch, wie nahe sie schon sind!« rief Adamon außer sich. »Wie lange mag es noch dauern, bis der Sternentanz ganz verstummt ist?«

Axis wandte den Blick von dem Grauen jenseits des Sternentors ab und musterte Adamon nachdenklich. Für gewöhnlich war Adamon die Gelassenheit selbst. Daß er so erregt war, war weit beängstigender als die Nähe der Hüter der Zeit.

»Wie lange noch, bevor alle Zauberer – und auch wir – jegliche Verbindung zum Sternentanz verloren haben?« fragte Adamon nun mit etwas ruhigerer Stimme.

»Wolfstern«, ergriff Axis das Wort. Er war fest entschlossen, einen Ausweg zu finden. »Ihr hört die Musik der Finsternis. Ist auch sie leiser geworden, seit die Dämonen näher gekommen sind?«

Wolfstern schenkte der Frage keine Beachtung. Er starrte so niedergeschlagen ins Sternentor, daß Axis den Eindruck gewann, er habe jede Hoffnung verloren.

»Wolfstern?« fragte Axis leise.

Wolfstern fuhr herum. »Was ist?« knurrte er.

»Ich habe Euch gefragt, ob auch die finstere Musik aufgrund der Nähe der Hüter der Zeit leiser geworden ist.«

Wolfstern holte tief Luft – er zitterte. »Verzeiht mir. Ich war mit den Gedanken ... woanders. Um Eure Frage zu beantworten: ja. Wenn es uns nicht bald gelingt, diese Dämonen daran zu hindern, durch das Sternentor zu uns zu kommen, werden wir dazu überhaupt nicht mehr in der Lage sein. Und wenn sie erst einmal hier sind, wird niemand mehr ihren Raubzug aufhalten können.«

Und mein Sohn führt sie an, dachte Axis benommen. Mein Sohn! Nicht nur die Zerstörung Tencendors wird er auf dem Gewissen haben, sondern auch den Tod der Sternengötter und aller Zauberer dieses Landes.

»Was ist mit Caelum?« warf Axis ein. »Wenn wir unsere ganze Macht verlieren, wird es ihm ebenso ergehen. Wie soll er sie dann aufhalten?«

Wolfstern zuckte mit den Achseln. »Ich denke schon, daß wir eine Möglichkeit finden werden, das Zepter für ihn zurückzuholen ...«

»Hoffnung allein wird uns nicht zum Sieg verhelfen«, sagte Axis. »Ich für meinen Teil habe diese Unentschlossenheit satt. Wolfstern, es ist Zeit, das Labyrinth in Augenschein zu nehmen. Und dann müssen wir endlich etwas tun! Werdet Ihr uns dorthin bringen?«

Wolfstern nickte und wandte sich dann ab.

Dornfeder fuhr erschrocken zusammen, als die drei Zauberer am oberen Ende der Treppe auftauchten, die in das Labyrinth hinabführte. Er hatte die vergangenen drei Wochen mit dem Versuch zugebracht, die Botschaft des Tores zu entziffern – eine Tätigkeit, die bestenfalls mühevoll und bislang ergebnislos genannt werden konnte – und die Wasserwege abzusuchen: Er wollte einen Zugang zu den anderen Schiffen finden. Diese Suche war ein ebensolcher jämmerlicher Fehlschlag gewesen wie die Entzifferung der Schrift auf dem Torbogen.

Es war ein ausgesprochen widerspenstiges Tor.

Flügelkamm saß neben ihm. Er war vor wenigen Tagen hier erschienen – sein fünfter Besuch, seitdem Dornfeder sich hier unten aufhielt. Der Hauptmann hatte nie eine Erklärung für seine Anwesenheit abgegeben. Und Flügelkamm zu irgendeiner Äußerung zu bewegen, wäre vermutlich vergeblich gewesen.

Jedenfalls waren die Sorgenfalten um seine Augen und seinen Mund bedeutend leichter zu entziffern als die Geheimnisse des Tors.

Adamon und Axis schritten gemächlich die Stufen hinunter. Es gelang ihnen nicht, ihr Erstaunen angesichts des Stadtlabyrinths zu verbergen. Die ganze Stadt – Straßen, Gebäude, Dächer, Türen, Fenster – bildete ein unfaßbar verschlungenes Labyrinth, das sich im fernen Dunst verlor.

»Wie soll es irgend jemandem gelingen, da hindurchzufinden?« flüsterte Axis. Er war in der Mitte der Treppe stehengeblieben und konnte den Blick nicht abwenden.

»Das ist Sinn und Zweck der Anlage – niemand sollte jemals wieder herausfinden«, sagte Wolfstern.

»In diesem Irrgarten liegt Qetebs Seele verborgen?« wollte Adamon wissen.

Wolfstern nickte. »Irgendwo dort. Wenn sie ihn ins Leben zurückholen möchten, müssen die Dämonen ihn dort aufspüren.«

Und plötzlich, so klar und rein wie der Klang einer Tempelglocke in einer verschneiten Nacht, lag der Weg vor ihm. Mit einem Mal wußte Wolfstern, was er zu tun hatte. Qetebs »Körperteile« waren über ganz Tencendor verstreut – er mußte sich ihrer nur bemächtigen. Damit konnte er jeden Toten wieder zum Leben erwecken.

Niah!

Axis musterte ihn eindringlich und wunderte sich über Wolfsterns lebhaftes Minenspiel. »Also erfüllt das Labyrinth nicht nur den Zweck, Qeteb gefangenzuhalten, sondern auch, die Dämonen auszusperren?«

Wolfstern fand seine Fassung wieder. Was ihn auch abgelenkt haben mochte, schien vergessen. »Zum Teil.«

Er zögerte und gab Axis und Adamon dann mit einer Handbewegung zu verstehen, daß sie sich zu Dornfeder und Flügelkamm gesellen sollten. »Ich glaube jedoch, daß das Tor noch anderen Zwecken dient – auch wenn es mir nicht gelungen ist, der Schrift ihre ganze Bedeutung zu entreißen. Doch wartet einmal!«

Wolfstern hielt Adamon und Axis kurz vor den letzten Stufen zurück. »Seht!« Er deutete auf einen entlegenen Teil des Labyrinths. »Diese Straßen und auch dieser Wohnblock sind neu. Der Irrgarten wächst. Schneller als bisher.«

Adamon warf Axis einen vielsagenden Blick zu. »Daran dürfte das Nahen der Dämonen Schuld sein«, flüsterte er. Dann ließen sie die letzten fünf oder sechs Stufen hinter sich und traten zu Dornfeder und Flügelkamm. Dornfeder war sichtlich beeindruckt, während der Hauptmann keinerlei Regung zeigte.

Dornfeder verbeugte sich tief vor Adamon und Axis und murmelte eine Begrüßung.

»Seid gegrüßt und laßt Euch nicht stören«, sagte Adamon. »Wir möchten selbst einmal versuchen, die Zeichen auf diesem Tor zu enträtseln.« Er wandte sich an den Hauptmann der Seewache. »Ihr seid wohl Flügelkamm?«

Flügelkamm deutete eine Verbeugung an.

»Wolfstern hat uns erklärt, Ihr wärt dem Labyrinth treu ergeben.«

»Wir sind dem Sternensohn ergeben, Adamon«, erwiderte Flügelkamm.

»Warum befindet Ihr Euch dann nicht über der Erde und steht ihm in seinem Kampf gegen Zared bei?« fragte Axis scharf.

Flügelkamm verzog keine Miene. »Ich selbst und die ganze Stadtwache dienen dem Sternensohn so, wie wir es für richtig halten. Manchmal mag das für Außenstehende nicht einfach zu begreifen sein.«

Axis schwieg, obwohl es ihn ärgerte, als Außenstehender bezeichnet zu werden. Er wußte aus eigener Erfahrung, daß viele, die zum Besten von Tencendor handelten, manchmal Wege einschlugen, deren Ziel nicht immer sofort ersichtlich war.

»Die Schrift hat sich verändert«, murmelte Wolfstern und trat näher an das Tor heran.

Axis und Adamon folgten ihm und betrachteten die sonderbaren Schriftzeichen. Sie waren über die Maßen fremdartig, beinahe unverständlich, und doch ließen einzelne Symbole eine Bedeutung erahnen.

»Hier«, sagte Wolfstern leise. »Und hier, hier und hier. Und hier noch einmal.«

Axis Blick folgte seinem Finger. Wolfstern wies auf ein Symbol, das einen Stern darstellte, der von einer Sonne gekrönt war. »Der Sternensohn«, sagte Axis.

»Caelum«, stimmte Wolfstern zu. »Das Tor spricht immer wieder von ihm.«

»Wolfstern«, sagte Adamon und trat einen Schritt zurück, um das Tor im ganzen sehen zu können. »Zeigt das Tor, was getan werden muß?«

»Ja«, erwiderte Wolfstern.

Flügelkamm sah ihn nachdenklich an. Ja, das Tor zeigt tatsächlich, was getan werden muß, dachte er. Aber habt Ihr die Zeichen auch richtig gedeutet, oh eitler Zauberer?

»Nun, was will uns das Tor denn sagen?« fragte Axis.

Wolfstern studierte die Schriftzeichen gründlich. »Es zeigt Caelum«, sagte er leise. »Caelum, der darum kämpft, die Welt vor dem Chaos der Hüter der Zeit zu bewahren. Hier spricht es von Menschen, die in den Straßen vor Verzweiflung sterben, hier werden sie von Entsetzen überwältigt, hier von Hunger dahingerafft. Das Tor erzählt von einer Welt, in der sich den Dämonen niemand in den Weg stellt, in der sich Qeteb aus dem Grab erhebt und wo Hoffnung und Freude nicht einmal mehr eine Erinnerung sind.«

»Aber wenn Caelum – und wir – unsere Macht verlieren und die Dämonen durch das Sternentor treten – wie sollen wir dann ihrer Herr werden?« Adamon schritt unruhig auf und ab. »Worauf können wir noch hoffen?«

»Das Zepter des Regenbogens verfügt über eine ganz eigene Macht«, sagte Wolfstern. »Mit seiner Hilfe, mit der Macht der

Alten, kann Caelum sie besiegen! Denkt daran, den Alten ist es letztlich gelungen, Qeteb aufzuhalten.« Er wandte sich an Adamon und Axis: »Das Zepter ist unsere einzige Hoffnung. Seht doch, wie das Tor immer und immer wieder das Symbol des Sternensohns mit dem des Zepters verknüpft! Das Zepter ist eindeutig Caelums einzige Hoffnung. Unsere Macht Qeteb gegenüber ist vermutlich wirkungslos. Wenn Caelum allerdings das Zepter hätte ...«

»Aber Drago hat das Zepter, und mit seiner Hilfe führt er die Dämonen durch das Sternentor, mit seiner Hilfe wird er uns alle versklaven.« Axis' Stimme war die Verzweiflung anzuhören. »Und auf Caelum und Zared wartet ein gemeinsames Schicksal.«

»Axis«, fragte Adamon sehr leise, mit soviel Feingefühl wie möglich, »wird Caelum mit dieser Bedrohung fertig werden? Er ist noch so unerfahren.«

Axis setzte zu einer Erwiderung an, überlegte es sich jedoch anders. Schließlich sagte er widerwillig: »Caelum benötigt die Erfahrung und, verdammt nochmal, auch das Selbstbewußtsein, die mit einem Sieg über Zared einhergehen würden. Er muß mit Zared alleine fertig werden, und er muß gewinnen. In der Auseinandersetzung mit Qeteb und den Dämonen braucht er Unterstützung, aber ich darf ihn nicht an seinem Kampf mit Zared hindern. Das würde ihm jegliche Selbstachtung rauben.«

»Und Caelum müßte den Dämonen nicht entgegentreten, wenn es uns gelänge, sie aufzuhalten«, sagte Adamon.

Wolfstern, der noch immer mit der Schrift auf dem Tor beschäftigt war, blickte auf. »Was wollt Ihr damit sagen?« Falls ihnen das gelang, konnte er dann Qetebs »Körperteile« einsammeln?

»Ich rede davon, das Sternentor mit einem Schutzzauber zu schließen, so daß die Hüter der Zeit nicht hindurchkommen – ganz gleich, wie sehr sie sich auch immer anstrengen mögen.«

»Sind wir dazu in der Lage?« wollte Axis wissen.

Auf einmal sah Adamon sehr müde aus. »Dazu wäre all unsere verbliebene Macht nötig, Axis, und noch mehr. Wir benötigten die Hilfe von hundert der mächtigsten Zauberer und auch Isfraels Unterstützung.«

»Die Bäume«, sagte Axis. »Wir brauchten die Magie der Bäume.«

»Um dem Übel Einhalt zu gebieten, sind wir auf jede Hilfe angewiesen, die sich uns bietet«, sagte Adamon leise. »Denn wenn es uns nicht gelingt, sie am Sternentor aufzuhalten, werden sie Tencendor in ein ödes Land verzweifelter Seelen verwandeln, um Qeteb wiederzuerwecken.«

»Ich werde meine ganze Macht, meine ganze Kraft aufwenden, um diesen Schutzzauber zu wirken«, sagte Wolfstern grimmig. »Wir müssen die Dämonen aufhalten!«

59

ZENIT

Obwohl sie an Leib und Seele schwer gelitten hatte, fand Zenit doch die Kraft, zu lachen und zuversichtlich in die Zukunft zu blicken. Sie saß mit Faraday und Sternenströmer auf den obersten Stufen des Versammlungssaals. Ein leiser Wind streifte sie und verbreitete den Duft von Blumen und frischem Gras.

Zenit nahm Faradays Hand und drückte sie fest. »Worte reichen nicht aus, um Euch zu danken, Faraday.«

»Das brauchst du nicht.« Faraday küßte sie sanft auf die Wange. »Daß du hier neben mir sitzt und lächelst, ist mir Dank genug.« Sternenströmer saß ein Stück von den beiden Frauen entfernt, und ein leises Lächeln spielte um seine Lippen. Er liebte sie beide. Er liebte Faraday, weil sie Zenit gefunden und nach Hause gebracht hatte, und er liebte Zenit, weil sie sich Wolfstern widersetzt hatte. Sternenströmer verabscheute Wolfstern, haßte ihn für die Rücksichtslosigkeit, mit der er in das Leben anderer eingriff. Seine Macht und Selbstgerechtigkeit widerten ihn an. Wie konnte ein Zauberer, der Hunderte selbst ermordet und noch weit mehr in einen schrecklichen Tod geschickt hatte, noch immer soviel Bewunderung und Achtung einfordern?

Nachdem Zenit ihm das tote kleine Wesen entgegengeschleudert hatte, hatte Wolfstern es behutsam vom Boden aufgehoben, in den Händen gehalten und schließlich Zenit angeblickt. Er hatte nichts gesagt, sie nur angeschaut, und dann war er, das blutige Bündel noch immer in Händen, wortlos hinausgegangen. Keiner von ihnen hatte ihn seither wiedergesehen.

Sternenströmer hoffte von ganzem Herzen, daß Wolfstern nicht über die Macht verfügte, dem Wesen neues Leben einzuhauchen. Zenit hatte ihm sofort nach der Geburt den Hals umgedreht und den Schädel eingeschlagen. Das sollte doch genügen, um selbst dem hartnäckigsten Geist den Garaus zu machen.

»Faraday«, sagte Zenit unvermittelt und brach das Schweigen. »Was ist aus Drago geworden?«

»Ach, ich habe vergessen, daß du das nicht wissen kannst. Er ist durch das Sternentor getreten und hat das Zepter des Regenbogens mitgenommen.«

»Er hatte das Zepter?« Zenit riß die Augen auf. »Er hat den Beutel immer so eng bei sich getragen …«

Sie wandte sich um und sah Sternenströmer an. »Aber Großvater, das Sternentor hat ihn doch bestimmt getötet.«

Sternenströmer dachte lange nach, bevor er antwortete. »Darüber können wir nur Mutmaßungen anstellen, Zenit. Eure Eltern sind der Meinung, daß er den Dämonen helfen will.«

»Wem?«

Sternenströmer und Faraday berichteten ihr ausführlich, was sie wußten.

»Armer Drago«, sagte Zenit leise. »Ich kann nicht über das hinwegsehen, was er getan hat, aber …«

Sternenströmer rutschte ein paar Stufen tiefer, um sich neben sie zu setzen. »Habt Ihr ihm denn nicht geholfen, aus Sigholt zu entkommen?«

»Ja, ich habe ihm dabei geholfen«, erwiderte Zenit und mußte an die sonderbare Rolle denken, die die Seewache bei Dragos Flucht gespielt hatte.

Faraday warf Sternenströmer einen vielsagenden Blick zu. »Warum?«

»Weil ich nicht glaube, daß er Flußstern getötet hat.«

»Wie kann er unschuldig sein?« wollte Sternenströmer wissen. »Wurde er nicht neben ihrer Leiche angetroffen, mit dem Messer in der Hand? Hat das Erinnerungslied nicht gezeigt, daß er der Mörder ist?«

Zenits Blick richtete sich auf die Sternenkarte, ein Mosaik auf dem Boden des Saals tief unter ihnen. »Ich kann es nicht erklären, Sternenströmer. Ich weiß nur, das daß Erinnerungslied von Wolfstern gesungen wurde, und ich habe gesehen, wie sehr Wolfstern Drago verabscheut. Er hätte alles getan, damit er verurteilt und hingerichtet wird.«

Sternenströmer nickte. Er konnte durchaus verstehen, daß Zenit Wolfstern nicht über den Weg traute ... aber war Drago deswegen weniger schuldig? Nun, Faraday hatte ihn gebeten, Drago zu vertrauen, und wenn sie dazu in der Lage war, würde er das auch können.

»Und wenn Drago es nicht getan hat, wer dann?« fragte Faraday. »Zenit, zumindest einen Verdacht mußt du doch haben! Weder Sternenströmer noch ich waren dabei.«

»Flußstern hat behauptet, sie habe einen neuen Liebhaber – und er sei sehr mächtig und ... ausdauernd. Sie hat gesagt, sie liebe ihn und wolle ihn heiraten. Vielleicht hat er sie umgebracht. Wenn nicht, warum hat er sich dann nicht gemeldet? Warum die Geheimniskrämerei?«

»Sie war eine Sonnenflieger«, gab Sternenströmer zu bedenken. »Sie konnte nur einen Sonnenflieger lieben, und nur ein Sonnenflieger wäre in der Lage, ihr Verlangen zu stillen.« Er zuckte mit den Achseln. »Das liegt uns im Blut.«

Zenit sah vom Mosaikboden auf und musterte ihren Großvater. »Habt Ihr jemals mit ihr geschlafen?«

Die unverblümte Frage schien Sternenströmer Unbehagen zu bereiten. »Viele Jahre lang habe ich geglaubt, ich liebe Aschure. Damals wußte ich nicht, warum, bis wir Jahre später herausgefunden haben, daß auch sie eine Sonnenflieger ist. Ich habe sie begehrt, ich habe sie angebetet, und ich habe mir das Hirn zermartert, wie ich sie Axis ausspannen könnte.

Natürlich ist mir das nicht gelungen, und als Caelum geboren wurde, mußte ich einsehen, daß nichts mehr zu ändern war. Also habe ich mir über Caelums Krippe geschworen, daß Aschures erste Tochter mir gehören sollte.«

Er hielt inne, in Gedanken versunken. »Als Flußstern dreizehn war, hat sie sich eines Nachts in mein Gemach geschlichen, ihren nackten Körper zur Schau gestellt und – schon damals –

mit ihrer Erfahrung geprahlt. Ich fand das alles abstoßend. Warum, weiß ich nicht, denn Flußstern ist – war – unwiderstehlich. Trotzdem fand ich sie und was sie tat abstoßend.«

»Nun«, sagte Faraday, »Flußstern hatte einen neuen Liebhaber gefunden. Einen Sonnenflieger … vielleicht. Wen? Freierfall? Axis?«

»Nein!« rief Sternenströmer. »Verwandte ersten Grades sind tabu.«

»Ich bezweifle, daß sich Flußstern darum geschert hätte«, murmelte Zenit.

Faraday schenkte ihr keine Beachtung. »Caelum? Wolfstern? Was ist mit Isfrael?« Nein, dachte sie betroffen, nicht mein Sohn!

»Drago selbst?« warf Sternenströmer ein, um sie abzulenken.

Jetzt war es an Zenit, entsetzt zu sein. »Doch nicht Drago! Eher würde ich zugeben, daß sie mit unserem Vater geschlafen hat als mit Drago.«

»Du hast ihn wirklich sehr gerne, nicht wahr?« stellte Faraday leise fest. »Warum?«

Zenit antwortete, ohne zu überlegen. »Weil ich ihm vertraue. Zu mir war er immer nur liebenswürdig. Und wenn er glaubte, daß ihn niemand beobachtete, war er auch zu anderen nett. Ich kann es nicht richtig erklären, doch tief in meinem Herzen vertraue ich ihm.«

»Aber als Kind hat er bewiesen, daß er nicht im geringsten vertrauenswürdig ist«, sagte Sternenströmer vorsichtig.

»Was er als Kind getan hat, war verwerflich«, erwiderte Zenit. »Niemand kann sein Bündnis mit Gorgrael gutheißen. Dafür wurde er bestraft, und zwar schrecklich, wenn man bedenkt, daß Caelum keinen dauerhaften Schaden davongetragen hat und unsere Eltern und Tencendor ebensowenig. Daß ihm sein ikarisches Erbe aberkannt wurde …«

Sie hielt zitternd inne. Magie und Zauberei waren so sehr ein Teil des ikarischen Erbes, daß weder sie noch Sternenströmer sich vorstellen konnten, ohne die damit verknüpften Fähigkeiten zu leben. Aber trug nicht Drago die Schuld daran, daß sie sich vielleicht würden damit abfinden müssen?

»An Dragos späterem Leben dagegen ist nur auszusetzen«, fuhr Zenit schließlich fort, »daß Aschure und Axis sich nie die Mühe gemacht haben, sich um ihn zu kümmern. An jedem einzelnen Tag seines Lebens wurde er für ein Verbrechen bestraft, das er als Kleinkind begangen hatte. Niemand liebte ihn, niemand nahm ihn jemals in die Arme, immer wieder wurde ihm vorgehalten, was für eine abscheuliche Kreatur er doch sei – dabei konnte er sich nicht einmal daran erinnern, was er getan hatte, um eine solche Behandlung zu verdienen! Unablässig wurde ihm vorgehalten, wie gemein und niederträchtig er sei – ohne daß er den Grund hätte kennen können.«

Sternenströmer sah sie gebannt an. Darüber hatte er sich nie Gedanken gemacht. Und Axis und Aschure vermutlich ebensowenig.

»Wenn er sein ganzes Leben lang mürrisch und sogar verbittert war«, sagte Zenit leise und sah ihren Großvater an, »dann lag das daran, daß ihm niemand die Möglichkeit gab, etwas anderes zu sein. Wer weiß denn schon, wer oder was der echte Drago ist? Oder was er hätte werden können? Unsere Eltern haben ihn fest in eine Gußform gepreßt. Letztendlich hat er sich ihr angepaßt. Axis und Aschure haben Drago nie die Liebe und Zuneigung angedeihen lassen, die ihn wieder erlöst hätten.«

»Jeder war nur allzu gern bereit, ihn des Mordes an Flußstern zu beschuldigen«, sagte Faraday.

»Denn andernfalls«, sagte Sternenströmer, dessen Gesicht totenblaß geworden war, »hätten sie einen anderen Sonnenflieger verdächtigen müssen.«

»Wen?« rief Faraday. »Wen?«

»Von unserer ganzen Familie«, sagte Zenit leise, »war Sternenströmer der einzige, der sich nicht auf Sigholt befand, als Flußstern starb.«

»Niah?«

Die Stimme brach die Stille, die sich zwischen sie gesenkt hatte.

»Axis!« Sternenströmer sprang auf. Würde sein Sohn ihm

nie gestatten, eine Unterhaltung in Ruhe zuende zu führen? Axis kam langsam die wenigen Stufen vom obersten Absatz des Versammlungssaals herab. Er wirkte leicht verwirrt.

»Niah?«

Seine Tochter erhob sich ruhig und schaute ihm in die Augen. »Ich bin Zenit.«

Er starrte sie an. »Was ist geschehen?«

»Niah hat ihren Kampf mit dem Leben verloren«, erwiderte sie leise und ohne den Blick abzuwenden. »Ich habe überlebt.«

»Aber Ihr seid –«

»Nein!« fiel ihm Zenit ins Wort. »Ich bin nicht Niah! Ich bin Eure Tochter!«

»Wo ist Niah dann?«

Sternenströmer wollte seinen Ohren nicht trauen. »Niah ist in ihr Grab zurückgekehrt, Axis. Seligen Angedenkens – aber endgültig tot.«

Axis konnte den Blick nicht von Zenit wenden. »Eure Mutter hat gesagt ...«

»Sie hat sich geirrt.«

»Sie hat geglaubt ...«

»Sie hätte mehr an mich glauben sollen!«

Axis schwieg. Dann: »Ich habe einen Teil Eurer Unterhaltung gehört, bevor ich mich bemerkbar gemacht habe. Zenit – Ihr habt Drago zur Flucht verholfen?«

»Jemand mußte es tun.«

»Wißt Ihr, was Ihr getan habt? In diesem Augenblick führt Drago ...«

»Ich weiß nur, daß Drago dringend Hilfe benötigte, Vater! Und zwar von Euch oder von Mutter, und das schon vor vielen Jahren. Wenn auf Sigholt ein Mord begangen wurde, dann nicht nur an Flußstern!«

Axis Wangenmuskeln zuckten. Er starrte Zenit noch einen Augenblick an, dann wandte er sich Sternenströmer zu.

»Sternenströmer, um mit Dragos Verrat fertigzuwerden, benötige ich Eure Hilfe.«

»Ihr könnt auf mich zählen. Was kann ich tun?«

»Ihr könnt uns helfen, das Sternentor mit einem Schutzzauber zu belegen – falls das möglich ist. Falls! Der Kreis der Sterngötter wird nicht genügen. Wir werden die mächtigsten Zauberer brauchen, ebenso wie Isfrael und die Zaubererpriester der Awaren. Sternenströmer«, seine Stimme wurde sanft, »ich bin auf Euch angewiesen. Jetzt. Am Sternentor. Wir müssen uns beeilen.«

»Ich bin bereit.«

»Wer weilt sonst noch auf dem Tempelberg, der uns helfen könnte?«

Sternenströmer nannte zehn oder elf Zauberer, und Axis nickte.

»Dann laßt uns nicht länger warten, Sternenströmer. Die Dämonen kommen immer näher.«

Zenit und Faraday standen schweigend beieinander, während Axis und Sternenströmer davoneilten.

»Mich hat er nicht um Hilfe gebeten«, sagte Zenit schließlich.

»Das stimmt«, sagte Faraday und lächelte. »Aber mach dir keine Sorgen, Zenit. Ich weiß etwas, das ebenso hilfreich ist und das uns viel mehr gefallen wird.«

Als sie Zenits Gesichtsausdruck sah, mußte sie lachen. »Komm jetzt, Zenit. Hast du gedacht, wir schauen tatenlos zu, wenn Tencendor gerettet werden muß?«

60

Alte Freunde

»Faraday? Was wollt Ihr damit sagen?«

Faraday erhob sich, nahm Zenits Hand und half ihr hoch. »Stell dir vor, wie es bald am Sternentor zugehen wird. Hunderte von Zauberern und Zaubererpriestern werden ihre Macht darauf verwenden, das Sternentor zu schließen. Oder gegen die Geschöpfe zu kämpfen, die hindurchkommen wollen. Glaubst du, einer von ihnen wird an Drago denken?«

»Und was ist«, fuhr Zenit leise fort, »wenn sich Flußsterns wirklicher Mörder unter ihnen befindet? Und Drago auflauert?«

»Dann würde ich nicht mehr viel für Dragos Leben geben, mein Kind. Außerdem habe ich den Eindruck, daß Axis und Caelum nicht eben traurig wären, wenn er tot und damit endgültig aus dem Spiel wäre. Vertraust du irgend jemandem, der sich dort befindet?«

»Sternenströmer.«

Faraday verlangsamte ihre Schritte, während sie sich die Stufen hinab der Mitte des Versammlungssaals näherten. »Ja. Ja, ich auch. Aber Sternenströmer allein wird uns nicht helfen können, vor allem wenn sämtliche ikarischen Zauberer die Verbindung zum Sternentanz verlieren. Zenit, spürst du nicht, wie er leiser wird?«

Zenit nickte. »Ich habe das Gefühl, ich ... werde immer schwächer.«

Sie hatten den Mosaikboden des Saals erreicht und schlenderten Arm in Arm einem der Ausgänge zu. »Faraday, wie gelangen wir zu den Alten Grabhügeln? Mein Vater mag in der Lage sein,

Sternenströmer und die anderen dorthin zu zaubern, aber mir fehlt dazu die Kraft ...«

»Mach dir keine Sorgen«, sagte Faraday. »Ich habe einige alte Freunde, auf die wir uns verlassen können.« Sie lächelte. »Falls sie sich noch an mich erinnern.«

Als die beiden Frauen schließlich in den zum Tempel gehörenden Wohngemächern eintrafen, waren Axis, Sternenströmer und die anderen Zauberer bereits aufgebrochen.

»Sie haben keine Zeit verschwendet«, murmelte Faraday. »Wir sollten es ihnen gleichtun. Zenit, hol dir einen Umhang, bitte in der Küche um einen kleinen Beutel mit Essen, und dann machen wir uns auf den Weg. Wir treffen uns in einer Stunde oben an der Treppe.«

Sie küßte Zenit auf die Wange und war verschwunden.

Zenit holte einen dicken grünen Umhang aus ihrem Zimmer, steckte eine Feder und einen Kamm ein und ließ sich von dem hohlwangigen Koch einen Essenskorb richten. Trotz seiner verdrießlichen Miene war er ein gutherziger Mann und verlangte keine weiteren Erklärungen – die Frauen würden jedenfalls mehrere Tage lang zu essen haben.

»Ich danke Euch«, sagte Zenit, als er ihr den Korb reichte, und schon war sie verschwunden.

Faraday wartete bereits an der Treppe. »Tut es dir leid, daß du von hier fortgehst, Zenit?«

Zenit wandte sich um und betrachtete die Tempelanlage und das kobaltblaue Leuchtfeuer, das aus dem eigentlichen Tempelbau himmelwärts strebte. Es war von grauen Schatten durchwirkt.

»Nein, wirklich nicht. Ich glaube nicht, daß ich jemals hierher zurückkehren werde. Hier erinnert zu viel an Niah.«

Faraday nickte und schritt schweigend die Stufen hinab.

Vom Fuß der Treppe würde es eineinhalb Tage dauern, um nach Piratenstadt und zum nördlichen Hafen der Insel zu gelangen. Sie legten ein zügiges Tempo vor, wenn auch nicht so schnell, daß sie zu leicht ermüdet wären. Alle zwei Stunden ruhten sie sich aus und trugen den Korb abwechselnd. Faraday hatte nichts mitgenommen außer einem prachtvollen rubinroten Umhang, der Zenit irgendwie bekannt vorkam. Als sie jedoch danach fragte, schenkte Faraday ihr nur ein Lächeln und wechselte das Thema.

Als es dunkel wurde, schlugen sie im Schutz des dichten Urwaldes, der den größten Teil der Insel bedeckte, ihr Lager auf. Es war warm, und sie verwendeten ihre Umhänge als Unterlage. Sie mußten sich nicht einmal zudecken. Bis spät in die Nacht hinein waren sie in ein Gespräch vertieft – Zenit fragte Faraday behutsam nach ihrem Leben als Tochter des Grafen Isend und Gemahlin Bornhelds. Sie war sich nicht sicher, ob Faraday darüber würde sprechen wollen, aber dieser schien es nichts auszumachen. Zum ersten Mal in ihrem Leben hörte Zenit von der Zeit der Prophezeiung des Zerstörers aus einer anderen Perspektive als der ihrer Eltern.

»Ihr müßt meinen Vater sehr geliebt haben«, sagte Zenit, nachdem Faraday zum Schluß gekommen war.

Faraday dachte eine ganze Weile nach – so lange, daß Zenit befürchtete, sie würde sich schlafend stellen, um nicht antworten zu müssen.

»Ich war jung und leicht zu beeindrucken«, sagte Faraday schließlich. »Und Axis war alles, was sich ein Mädchen in meinem Alter erträumen konnte.« Sie lachte leise. »Jedes Mädchen in ganz Achar war ein wenig in ihn verliebt, vermute ich. Und dann ergriff die Prophezeiung von mir Besitz, und ich spielte eine so wichtige Rolle, daß ich es kaum zu fassen vermochte – ausgerechnet ich war von der Prophezeiung auserwählt worden! Allerdings«, fuhr sie mit bitterer Stimme fort, »hatte ich keine Ahnung, welch schrecklichen Preis ich würde zahlen müssen. Wie hätte ich wissen sollen, daß ich sterben mußte, damit die Prophezeiung erfüllt würde?«

»Ihr seid gestorben, damit meine Mutter leben konnte«, sagte Zenit.

»Ja. Deswegen bin ich ihr aber nicht böse. Aschure und Axis – alle, sogar Gorgrael – wurden ebenso wie ich von der Prophezeiung für ihre Zwecke mißbraucht.«

»Aber Ihr wurdet in ein Reh verwandelt. Als ich ein Kind war, hat Aschure mich, Caelum und Isfrael zum Bardenmeer begleitet. Dort habe ich Euch manches Mal gesehen.«

Faraday strich Zenit nachdenklich über die Wange. »Und ich dich, Zenit. Ich habe dich um deine Freiheit beneidet! Natürlich wußte ich damals noch nichts von Niahs Erbe.«

»Meine Freiheit? Dabei habe ich Euch für das sorgenfreieste Geschöpf in ganz Tencendor gehalten …«

Faraday lachte verhalten. »Der Wald hielt mich gefangen, und meine Zaghaftigkeit und mein Körper ebenso. Drago«, ihre Stimme wurde fast zärtlich, »Drago hat mich mit Hilfe des Zepters befreit, so wie Euer Vater mich damit in einen fremden Körper eingesperrt hat. Drago hat sich der Macht des Zepters bedient, ohne weiter darüber nachzudenken, und dadurch hat er alle Ketten gesprengt, mit denen mich die Prophezeiung und das Schicksal fesselten. Frei. Endlich war ich frei.«

Eine ganze Weile wechselten sie kein weiteres Wort mehr. Dann sagte Faraday leise gute Nacht, drehte sich um und schlief sofort ein.

Zenit jedoch lag noch lange wach.

Am nächsten Tag um die Mittagszeit trafen sie in Piratenstadt ein. In den Straßen herrschte großes Gedränge. Piraten mit bunten Halstüchern und funkelnden Messern schritten neben ihren sehr entschlossen blickenden Frauen einher. Auf ihren Kaperfahrten befuhren sie die südlichen Meere, auf der Suche nach schwerbeladenen Handelsschiffen und koroleanischen Gold- und Silberfrachtern. Überall rannten ausgehungerte Hunde und magere Hühner herum.

»Hat eigentlich noch niemand daran gedacht, der Seeräuberei ein Ende zu machen?« flüsterte Faraday, tief in ihren Umhang gehüllt, während sie die Hauptstraße entlangschlenderten. Tausend Jahre lang hatten die Piraten das Geheimnis der Insel des Nebels und der Erinnerung gehütet. Inzwischen hatte Tencendor jedoch das Joch des Seneschall abgeschüttelt – sollten da auf der Insel nicht Recht und Ordnung herrschen?

»Gehen die Männer denn immer noch ... auf Beute aus?« fragte sie.

Zenit lachte. »Ich fürchte schon, Faraday. Weder Axis noch Caelum haben einen Versuch unternommen, sie zu bändigen. Sie haben ihnen nur zu verstehen gegeben, daß sie die Gewässer Tencendors meiden sollen. Außerdem ziehen die Piraten sowieso die reiche Küste Koroleas' vor. Trotzdem«, sie nickte einer Piratenfrau, die vor ihrem Haus einem Huhn den Hals umdrehte, freundlich zu, »ich weiß, daß sich Caelum mehr als einmal Beschwerden des koroleanischen Botschafters anhören mußte.«

Als Faraday hörte, wie der Hals des Huhns mit einem Knirschen brach, wurde sie leicht grün im Gesicht. »Gefällt es dir hier?«

»Als junges Mädchen habe ich jedes Jahr viele Wochen in dieser Stadt verbracht. Sternenströmer hat mich oft für ein paar Tage hierher geschickt. Einmal – aber das dürft Ihr Sternenströmer nicht erzählen – bin ich sogar zwei Tage lang auf einem Piratenschiff mitgefahren.«

Faraday sah sie ungläubig an. »Ich wußte nicht, daß du so abenteuerlustig bist, Zenit.«

Zenit zuckte mit den Achseln. »Ach, inzwischen hat sich das gelegt.«

»Meinst du wirklich?« Faraday lächelte. »Schau, der Hafen.«

Zenit sah sich um. »Dort drüben ist ein Schiff, das gerade beladen wird. Wenn es nach Nor segelt, nimmt es wahrscheinlich Passagiere an Bord. Habt Ihr ein paar Münzen eingesteckt? Ich habe es in der Eile vergessen.«

»Das wird nicht nötig sein«, sagte Faraday leise und zeigte auf das Ende des Landungsstegs. »Nicht für diese Reise.«

Dort war das kleine, flache Boot angebunden, das Faraday Zenit für ihre Reise durch die Schattenlande zur Verfügung gestellt hatte.

Plötzlich wußte Zenit, wo sie den rubinroten Umhang schon einmal gesehen hatte. »Der Umhang, das Fährboot – sie gehören Orr!«

Faraday nickte. »Er braucht sie jetzt nicht mehr. Komm. Die Fähre wird uns ruhig und sicher nach Nor bringen.«

Faraday sollte recht behalten. Sie saß im Bug und hatte sich die Kapuze des Umhangs in den Nacken geschoben. Sie sah sehr schön aus mit ihrem kastanienbraunen Haar und den gelassen blickenden Augen. Zu beiden Seiten des Bootes brandeten riesige Wellenberge empor, höher als zwei Mannshöhen.

Die Fähre dagegen glitt sanft durch die aufgewühlte See, als wäre sie auf der stillen Oberfläche eines Gartenteiches unterwegs.

Zenit saß ein Stück weiter hinten im Boot. Ihr Blick ging unruhig zwischen Faraday und den Wellenbergen hin und her. Sie wußte, daß ihre Freundin über große Macht verfügte, aber welcher Art diese Macht war, hätte sie nicht sagen können. Mit der Macht der Bäume und der Erde war sie vertraut – wenn ein Zaubererpriester in ihrem Beisein eine Beschwörung sprach, konnte sie das spüren. Faradays Macht dagegen war anderen Ursprungs, dergleichen hatte sie noch nie erlebt.

Faraday wandte sich um und sah Zenit aus den Augenwinkeln an. »Sie ist einfach anders. Mehr kann ich darüber nicht sagen.«

»Und sie wird nicht schwächer, je undurchlässiger das Sternentor wird?«

Faraday schüttelte den Kopf. »Sie hat nichts mit den Sternen zu tun, nicht einmal mit den Bäumen oder der Erde.«

Sie hob die Schultern, lächelte vielsagend und wandte sich wieder dem Meer zu.

Die Fähre glitt weiter.

Zwei Stunden, nachdem sie in Piratenstadt abgelegt hatten, liefen sie in den Hafen von Isbadd ein. Ein normales Schiff wäre mindestens einen Tag unterwegs gewesen. Doch Zenit stellte keine Fragen.

Faraday stand gelassen auf und stieg die Leiter zum Kai hinauf. Zenit warf einen letzten Blick auf die Fähre, die sanft auf den Wellen schaukelte. Unterdessen war Faraday bereits ein gutes Stück den Landungssteg hinuntergegangen. Mit einem Seufzer eilte Zenit ihr hinterher.

»Aber wie sollen wir denn …«, begann sie, doch Faraday winkte ab.

»Natürlich werden wir auf den Markt gehen, und dort werden wir alles finden, was wir benötigen.«

Zenit hob die Augen zum Himmel und schwieg. Bestimmt würde Faraday etwas so Erstaunliches wie eine Fähre mit Rädern auftreiben, die sie zu den Alten Grabhügeln bringen würde.

Es war zwar keine Fähre, aber ebenso erstaunlich.

Faraday hatte sie auf den belebten, stickigen Marktplatz mitten in Isbadd geführt. Dort blieb sie stehen und sah sich stirnrunzelnd um.

»Aha«, sagte sie schließlich. »Dort hinten sind die Viehhändler.«

Faraday strebte einer der abgelegeneren Ecken des Platzes zu, wo Ochsen, Pferde und Dromedare aus Koroleas feilgeboten wurden. Langsam ging sie zwischen den Pferchen hindurch, während ihr Zenit sichtlich verwirrt folgte.

»Hm!« murmelte sie schließlich, als sie einen bestimmten Händler entdeckte. »Guter Mann, ich suche etwas, das ich verloren habe. Ihr habt nicht zufällig ...«

Der Mann, mit breiter Brust und rotem Gesicht, starrte sie an. Dann lächelte er und verbeugte sich. »Edle Frau. Ja. Ich habe mich schon gefragt, wann Ihr sie abholen würdet. Sie fressen mir meinen besten Hafer weg.«

Mit einer Handbewegung wies er auf einen luftigen Unterstand.

In seinem Schatten, lose an einen zierlichen blauen Wagen gebunden, standen zwei weiße Esel.

Als ihr Blick auf Faraday fiel, zuckten ihre Ohren, und sie begrüßten sie mit einem leisen Schnauben.

»Ah, da seid ihr ja!« rief Faraday, eilte zu ihnen hinüber und strich beiden über das Fell.

Zenit folgte ihr etwas langsamer, lächelte und wischte sich Tränen aus den Augen.

Alte Freunde, in der Tat.

61

Eine Armee aus Nor

Feblone Aszrad, Seidenhändler und unehelicher Sohn eines koroleanischen Soldaten, der ihn während der tencendorianischen Kriege vor vierzig Jahren gezeugt hatte, zügelte sein Pferd und fluchte. Seine schwerbeladenen Maultiere würden sich sämtliche Knochen brechen, wenn sie die Straße verlassen und in die Straßengräben ausweichen mußten.

Und auf den Märkten und in den Palästen Karlons warteten ungeduldige Käufer auf seine Seide.

Doch ihm blieb keine Wahl. Er fluchte erneut, wenn auch etwas leiser, und gab seinen Maultiertreibern mit einer Handbewegung zu verstehen, daß sie die Tiere in die Straßengräben treiben sollten.

»Aber seid vorsichtig!« brüllte er, als ein langhaariger Junge an dem Leittier zerrte und es fast zu Fall gebracht hätte. Diese verdammten Noren! Außer als Tänzer und Schauspieler taugten sie zu rein gar nichts.

Zumindest bis sie das Mannesalter erreicht hatten. Nachdenklich blickte Aszrads der Staubwolke entgegen, die auf den südlichen Ausläufern der tarantaisischen Straße näherkam. Eine stattliche Zahl norischer Ritter, wenn er sich nicht täuschte.

Wohin sie wohl unterwegs waren?

Aszrad lenkte seinen edlen Hengst von der Straße. Mit angehaltenem Atem lauschte er auf den Tritt der Hufe auf dem losen Geröll. Als der Hengst wieder festen Boden unter den Füßen hatte, beruhigte sich Aszrad ein wenig und wandte sich im Sattel um. Sein Gefolge schien der nahenden Streitmacht nicht mehr im Weg zu sein, also konnte er absteigen und zuschauen, wie sie vorbeipreschte.

Die Ritter aus Nor waren bekannt für ihre wortlose, grausame Kriegsführung. Sie waren gut, ausgesprochen gut. Wohl dem, auf dessen Seite sie kämpften. Aszrad verzog das Gesicht, als der erste Trupp vorbeirauschte. Dem aufgewirbelten Staub ausgesetzt, kniff er die Augen zusammen und klammerte sich an die Zügel seines Hengstes, der ängstlich zurückwich.

Die Krieger waren schwer bewaffnet, ritten jedoch mit großer Geschwindigkeit. Polierte Gold-, Kupfer- und Bronzeschilde funkelten im grellen Licht der Sonne. Banner, Wimpel und Lanzenquasten knatterten im Wind. Offen getragene Waffen steckten in Lederscheiden und Köchern. Diese Streitmacht mochte bunt geschmückt sein, aber sie war deshalb nicht weniger kämpferisch.

Aszrad blinzelte und zählte die Einheiten, während sie vorüberritten. Neunundzwanzig! Beim großen vielarmigen Baba! Jede Einheit bestand aus dreihundert Mann ... dann waren das fast neuntausend!

Neuntausend!

»Für Caelum, ohne Zweifel«, murmelte Aszrad. »Neuntausend Mann, die Caelum zu Hilfe eilen. Kampfbereit. Wie soll mein König Zared gegen ihn ankommen?«

Wie die meisten Kaufleute in Tencendor stand Aszrad auf Zareds Seite – nicht nur, weil er eine Politik des freien Handels entlang des Nordra verfocht, sondern auch, weil er sich für zollfreien Warenverkehr eingesetzt hatte. Als die letzten Einheiten vorbeigaloppierten, wandte sich Aszrad an einen seiner Maultiertreiber.

»Besorgt mir eine Brieftaube!« verlangte er.

»Neuntausend!« Zared zerknüllte die Botschaft und warf sie in eine Ecke des Empfangssaals. Er war von den zahlreichen Hauptleuten der Streitkräfte umgeben, die er bisher hatte ausheben können; auch Herme und Theodor waren anwesend.

Leah saß unbeachtet auf einer Fensterbank und stickte. Sie

hielt den Kopf über ihren Seidenstoff gebeugt, aber ihre Finger bewegten sich langsam und ungeschickt.

»Wo?« fragte Theodor.

»Eine Wegstunde südlich von Tare, auf dem Weg nach Norden«, erwiderte Zared. »Ungefähr vierzig Wegstunden östlich von Karlon.«

»Und die Botschaft?« sagte Herme. »Wie alt ist die Botschaft?«

»Einen Tag erst.« Zared ließ sich auf einen Stuhl fallen. Der Tisch war mit Landkarten, Armee- und Vorratslisten bedeckt. »Gepanzerte Streitkräfte von dieser Größe legen am Tag ungefähr drei Wegstunden zurück.«

»Sie reiten durch eines der reichsten Anbaugebiete von Achar …« Der Hauptmann hielt inne »… von Tencendor, mein Herr und König. In Tare und im westlichen Arkness gibt es genügend Scheunen und andere Vorratslager, um eine Streitmacht zu versorgen, die doppelt so groß ist. Vielleicht kommen sie sogar noch schneller voran.«

»Ich danke Euch für Eure günstige Einschätzung der Lage, Graven«, erwiderte Zared trocken und seufzte. »Aber wahrscheinlich habt Ihr recht. Bald werden sie sich Caelums Armee anschließen. Herme, haben wir von dort neue Nachrichten erhalten?«

Herme trat an den Tisch, suchte nach einer bestimmten Landkarte und deutete dann auf einen Punkt in Nordarkness, knapp unterhalb der Gebirgszüge von Rhätien. »Letzte Nacht habe ich erfahren, daß sich Caelums Streitkräfte hier befinden sollen. Ungefähr fünfzehn Wegstunden südlich des Gebirges, und sie ziehen nach Süden. Zur Zeit beschränken sie sich auf rund viertausend Mann, die er in Skarabost und Arkness zusammengetrommelt hat, wenn auch nicht in Arken. Außerdem befindet sich die ikarische Luftarmada bei ihm – weitere zweitausend Mann.«

Die zehntausend normale Soldaten aufwiegen, dachten alle Anwesenden. Ein Angriff aus der Luft konnte die tapfersten Krieger in die Flucht schlagen – und die Luftarmada übte unablässig, seit Axis sie im Krieg gegen Gorgraels Eiskreaturen zum Sieg geführt hatte.

»Und von wann stammen diese Nachrichten?« fragte Zared müde. »Bei den Göttern, wenn ich nur auf einige von Caelums fliegenden Spähtrupps zurückgreifen könnte. Aber nein, ich muß mich auf Menschen verlassen, die eine Woche lang zu Pferd unterwegs sind, um mir nutzlose Botschaften zu überbringen. Caelum könnte inzwischen schon vor Karlon stehen.«

Herme hielt Zareds Blick stand. »Diese Nachrichten sind weniger als einen Tag alt, mein Herr und König, und sie wurden von einem Vogelmann gebracht.«

»Schon wieder«, sagte Zared leise.

Leah hielt in ihrer Stickerei inne.

»Ein Soldat der Seewache, mein Herr und König«, fuhr Herme fort. »Allerdings kann ich mich nicht mehr an seinen Namen erinnern.«

Zared sah Herme durchdringend an. Diese Seewache erwies sich als auffällig illoyal. Vor drei Tagen war eine streng geheime Nachricht von Flügelkamm Krummklaue eingetroffen bezüglich der Gefahr, die von seiten der Dämonen drohte. So vage sie auch war, enthielt sie doch soviel Zündstoff, daß Zared nur seinen engsten Vertrauten davon erzählt hatte.

»Diese Angabe stimmt mit dem überein, was wir aus anderen Quellen wissen«, fügte Herme hinzu.

Zared erhob sich und schritt unruhig auf und ab. »Warum hilft die Seewache uns?« Sein Blick schien den ganzen Raum nach einer Antwort abzusuchen. »Warum? Sind sie nicht dem Sternensohn treu ergeben? Ich weiß nicht, mir scheint eine bösartige Absicht hinter ihrer sogenannten Hilfe zu stecken.«

Sollte das Wissen über die Dämonen ihn davon abbringen, Caelum noch mehr Schwierigkeiten zu bereiten? Sollte sie ihn dazu bringen, um Frieden zu bitten, damit Tencendor der Bedrohung geschlossen entgegentreten konnte? Arbeitete die Seewache in Wirklichkeit für Caelum, anstatt gegen ihn?

»Auf Kastaleon hat uns ihre Hilfe gerettet«, sagte Theodor.

Leah gab es endgültig auf, so zu tun, als würde sie sticken und hob neugierig den Kopf. Die Seewache hatte Caelum – und Askam – auf Kastaleon verraten? Sie runzelte die Stirn.

»Trotzdem …«, brummte Zared.

»Wir müssen es glauben«, warf Herme ein. »Verdammt nochmal, Zared, uns bleibt keine andere Wahl.«

»Ist der Vogelmann noch hier?« wollte Zared wissen.

»Nein. Er ist sofort wieder abgeflogen, nachdem er die Botschaft überbracht hatte.«

»Also gut.« Zared kam zu einem Entschluß. »Wir verlassen uns auf ihre Richtigkeit. Wenn sich Caelum tatsächlich fünfzehn Wegstunden südlich der Gebirge von Rhätien befindet – wie lange werden die Nor brauchen, um zu ihm zu gelangen?«

Herme dachte einen Moment nach. »Bei drei Wegstunden am Tag, Ruhepausen für die Pferde eingerechnet … zehn bis zwölf Tage würde ich sagen.«

Zared biß sich auf die Unterlippe. Sein Blick fiel auf Leah und wurde weicher, obwohl seine Miene weiterhin ernst blieb.

»Ich kann nicht zulassen, daß sie sich Caelums Armee anschließen«, sagte er leise. »Ich darf es einfach nicht. Zusammen mit den Nor und der Luftarmada wäre er fast unbesiegbar.«

»Mein Herr und König«, sagte Herme. »Wäre es nicht besser, wir blieben hier? Soll Caelum doch kommen und versuchen, Karlon einzunehmen.«

»Ich werde nicht zulassen, daß die Bürger der Stadt Angriffen der Luftarmada ausgesetzt werden.« Zared mußte an Severin denken. »Und außerdem – sollte es uns gelingen, die Nor aufzuhalten, wäre Caelum beträchtlich geschwächt.«

»Aber Caelum ist nicht der beste …«, begann Theodor.

»Ich werde mich nicht auf Caelums Unfähigkeit als Heerführer verlassen«, fiel ihm Zared ins Wort. »Sogar er lernt irgendwann etwas dazu. Herme? Wie viele Soldaten stehen im Augenblick unter meinem Befehl?«

Herme musterte die Männer, die den Tisch umstanden. In den fünf Wochen, seitdem Zared inzwischen auf dem Thron saß, waren Tausende nach Karlon geströmt. Viele Soldaten, aber auch viele königstreue Bauern. Schon das Gerücht über einen neuen König von Achar hatte genügt, um eine gewaltige Menschenmasse nach Karlon in Gang zu setzen.

»Siebzehntausend«, sagte Herme. »Vierzehntausend gehören der regulären Truppe an, dreitausend sind einigermaßen mit Spieß und Schwert geübt. Die regulären Truppen sind beritten, die anderen größtenteils nicht.«

»Herme, Theodor, ich möchte, daß die Vierzehntausend morgen früh zum Aufbruch bereit sind. Der Rest soll ihnen sobald wie möglich folgen. Ich werde die Nor aufhalten, bevor sie sich Caelum anschließen.«

Er sah sich um. »Noch Fragen?«

62

Schliesst das Sternentor!

Isfrael stand zitternd am Waldrand. Er senkte den Kopf und rieb eines seiner Hörner an einem Baum – es beruhigte ihn, die Rinde zu spüren. Nur der verzweifelte Ruf aller Sternengötter hatte ihn dazu bringen können, sich in dieser finsteren Zeit an diesen Ort zu begeben. Mit jedem Jahr fühlte sich Isfrael unter freiem Himmel weniger wohl. Selbst die vergleichsweise geschützte Gegend bei den Alten Grabhügeln war ihm inzwischen ebenso unangenehm wie die Mauern von Sigholt.

Schra, die neben ihm stand, warf ihm einen mitfühlenden Blick zu, ohne allerdings seine Hand zu ergreifen, wie sie es getan hätte, wären sie ganz alleine gewesen. »Die Grabhügel sind ein magischer Ort, o Heiliger«, sagte sie. »Ihr werdet Euch im Schutz einer Höhle besser fühlen.«

Seine Zähne schimmerten blendend weiß. »Das bezweifle ich. Hätte ich nur nicht den Schutz der Bäume verlassen.«

»Ihr werdet dringend gebraucht«, murmelte Schra. »Warum sonst würden Euch die Sternengötter rufen?«

»Sie geben Drago die Schuld«, sagte Isfrael und legte den Kopf schräg, wie ein Hirsch, der Witterung aufnimmt. »Sie sagen, er hätte das vielgeliebte Holz gestohlen und würde die Dämonen mit seiner Hilfe durch das Sternentor führen.«

Er schnaubte verächtlich. »Flügelkamm wiederum hat mir erklärt, daß Drago meine Schwester nicht umgebracht hat und daß Wolfstern eine entscheidende Aussage der Botschaft des Labyrinths mißverstanden hat.«

»Aber an der Bedrohung durch die Dämonen ist nicht zu rütteln, oh Heiliger«, entgegnete Schra. Ihr Blick folgte den

Gestalten, die sich zwischen den Grabhügeln hin und her bewegten.

»Ja, das stimmt.«

Schra nickte, sagte jedoch nichts mehr. Nur aus diesem Grund hatte Isfrael eingewilligt, dem Ruf zu folgen. Caelum alleine war er nicht zu Hilfe geeilt, aber eine Bitte der Sternengötter konnte er nicht abschlagen.

Isfrael wandte sich um und betrachtete Schra nachdenklich. Mehr als jede andere Frau, sogar mehr als seine Mutter oder Aschure, hatte sie seine Kindheit geprägt. Heute mochte sie keinen großen Einfluß mehr auf ihn ausüben, aber Isfrael liebte und achtete sie sehr.

»Was auch immer geschieht, Schra«, sagte er mit ungewöhnlich sanfter Stimme, »ich werde die Bäume beschützen.«

Sie lächelte. »Das weiß ich, o Heiliger.« Sie hielt inne und wechselte das Thema. »Habt Ihr erfahren, wo sich Eure Mutter befindet?«

Über Faradays Aufenthaltsort herrschte Uneinigkeit. Das Zepter hatte sowohl sie als auch Drago so gut verborgen, daß weder Isfrael noch Schra oder irgendein anderer Aware wußte, daß sie nach Süden gezogen war und am Sternentor ihre menschliche Gestalt zurückerlangt hatte.

Isfraels Miene verdüsterte sich. »Nein, ich weiß nicht …«

In diesem Augenblick landete ein prächtiger, gold- und silberfarbener Ikarier vor ihnen. Im Licht des Mondes schienen seine Flügel von innen heraus zu leuchten.

»Sternenströmer Sonnenflieger!« Schra verneigte sich vor ihm, die Hände vor der Stirn zusammengelegt. Isfrael dagegen sah ihn feindselig an.

»Eure Mutter ist wohlauf, Isfrael«, sagte Sternenströmer und begrüßte beide Awaren mit derselben Geste wie Schra. »Das letzte Mal habe ich sie auf der Insel des Nebels und der Erinnerung gesehen.«

Isfrael zuckte heftig zusammen. »Sie hat den Wald tatsächlich verlassen?«

»Sie wollte einmal andere Pfade erforschen«, erwiderte Sternenströmer und musterte Isfrael neugierig. Seit er ihn vor zehn oder vierzehn Jahren das letzte Mal gesehen hatte, war er sichtlich zu einem echten Awaren herangewachsen. Mit seinem Vater hatte er keinerlei Ähnlichkeit. Vom Erbe der Sonnenflieger war dem Magierkönig nicht mehr viel geblieben. »Wenn unsere Arbeit am Sternentor getan ist, kann ich Euch vielleicht mehr erzählen. Jetzt jedoch geht es ihr gut, und sie ist unter Freunden.«

Isfrael hob die Schultern und täuschte Gleichgültigkeit vor. »Sie kann frei über ihr Leben verfügen.«

»Isfrael, auch Ihr, Zaubererpriesterin Schra«, sagte Sternenströmer, »ich – nein, wir alle sind froh, daß Ihr gekommen seid.« Er warf einen Blick in Richtung Wald. »Habt Ihr weitere Zaubererpriester mitgebracht?«

»Siebenunddreißig«, erwiderte Schra. »Fast alle, die es hier gibt. Ich hoffe, Euer Vorhaben wird sie nicht in Gefahr bringen, Sternenströmer.«

»Es ist das Vorhaben der Sternengötter, nicht das meine«, sagte Sternenströmer. »Und es droht auf jeden Fall Gefahr, sollte es den Dämonen gelingen, die Schutzzauber des Sternentors zu durchbrechen und nach Tencendor vorzudringen.«

Isfraels Augen leuchteten. »Es heißt, Eure Macht würde nachlassen, Sternenströmer. Trifft das zu? Wird die Macht aller ikarischer Zauberer bis zur Bedeutungslosigkeit schrumpfen?«

Sternenströmer verzog das Gesicht – die Vorstellung schien Isfrael nicht zu mißfallen. »Ja, so ist es. Je näher die Dämonen dem Sternentor kommen, desto mehr schneiden sie uns vom Sternentanz ab. Wenn es uns nicht gelingt, sie von ihrem Vorhaben abzubringen ...«

»Und mein Vater? Und Aschure? Und die anderen Sternengötter?« wollte Isfrael wissen. »Werden auch sie schwächer?«

»Nicht so schnell wie die Zauberer«, sagte Sternenströmer. »Noch nicht.«

»Noch nicht. Nun, und jetzt bitten sie mich – uns – um Hilfe?«

»Ja, Isfrael«, sagte Sternenströmer leise. »Tencendor ist auf Eure Hilfe angewiesen.«

Von den Lagerfeuern, die um die Alten Grabhügel herum angezündet worden waren, drangen Stimmen zu ihnen herüber. Sternenströmer trat einen Schritt zurück und wies zu den Feuern hinüber. »O Heiliger, wir brauchen Euch.«

Isfrael sah ihn an, zuckte mit den Achseln und machte sich auf den Weg mit Schra an seiner Seite und dicht gefolgt von einer schweigenden, dunklen Gruppe von Zaubererpriestern.

Die sechsundzwanzig Grabhügel schlugen einen großen Bogen von West nach Ost. Nachdem Axis Tencendor zurückerobert hatte, hatten Priester in der Mitte dieses Halbkreises einen wundervollen Bronzeobelisken errichtet. Er stand noch immer dort und ragte in den Nachthimmel hinein, eine helle blaue Flamme in einer flachen Schale auf seiner Spitze.

Doch nun waren Hunderte von kleineren Dreifüßen aus Bronze aufgestellt worden und bildete einen geschlossenen Kreis um die Grabhügel herum. Neben jedem Dreifuß standen Zauberer, die Augen geschlossen, die Hände auf der Brust, die Flügel auf dem Rücken gefaltet. Aufs äußerste angestrengt, lauschten sie auf jeden Ton des Sternentanzes, der noch vernehmbar war.

Der äußere Schutzschild, flüsterte Sternenströmer in den Gedanken Isfraels und der Zaubererpriester. Sie nickten und behielten alles im Auge, während sie sich der Kreismitte näherten.

Dort erwarteten sie weitere Zauberer, ein kleines Stück neben einem Mann und einer Frau, die große Macht ausstrahlten.

Isfrael rang sich ein Lächeln ab. »Adamon und Xanon«, sagte er und neigte vor den beiden Sternengöttern leicht den Kopf.

»Wir danken Euch, daß Ihr unserem Ruf gefolgt seid«, erwiderte Xanon ernst. »Seid Ihr doch sehr mit Euren eigenen Angelegenheiten tief in den Wäldern beschäftigt.«

»Hier oder genau vor dem Sternentor?« fragte Isfrael übergangslos.

»Vor dem Sternentor«, sagte Adamon. Die dunklen Ringe unter seinen Augen waren nicht zu übersehen. »Das eigentliche Gewölbe bietet den besten Schutz.«

»Und wie gelangen wir dort hinunter?« fragte Schra. »Ich habe gehört, daß es viele Tunnel gibt, aber alle sind mehrere Wegstunden lang.«

»Oh ja«, erklang eine Stimme aus der Finsternis. »Aber ich werde Euch helfen.«

Wolfstern trat ins Licht.

Isfrael stieß ein lautes Knurren aus. »Und was habt Ihr hier zu suchen, Sohn einer tollwütigen Wölfin?«

Sternenströmer mußte lächeln.

Wolfstern hob eine Augenbraue. »Ich helfe Euch, Sohn der Bäume.« Eigentlich hatte er etwas anderes sagen wollen, aber nicht einmal Wolfstern wagte es, den Magierkönig einen vertrockneten alten Rehbraten zu nennen. Er warf Sternenströmer einen bösen Blick zu.

»Streitet Euch nicht«, fiel ihnen Adamon ins Wort. »Isfrael, Wolfstern hat einen der Grabhügel geöffnet ...«

»Meinen«, sagte Wolfstern.

»... und die Treppe freigelegt, so daß wir ohne Schwierigkeiten und ohne aufgehalten zu werden hinuntergelangen können. Eine Stunde, länger werden wir nicht brauchen.«

»Dann laßt uns aufbrechen«, sagte Isfrael, »bevor ich die Geduld verliere und mich in den Wald zurückziehe.«

Mit diesen Worten drängte er sich zwischen Zauberern und Göttern hindurch und lenkte seine Schritte unverzüglich zu dem offenen Grabhügel.

Axis starrte das Sternentor wie gebannt an. Der Fleck hatte sich im Laufe der letzten Tage nicht nur ausgebreitet, er war auch dunkler geworden. Wieviel Zeit hatten sie noch? Er wußte es nicht. Er konnte sich einer entsetzlichen Angst nicht erwehren. Dergleichen hatte er schon lange nicht mehr verspürt – nicht mehr, seit er als junger Mann mit den Axtschwingern geritten war, und selbst damals war sie nicht so groß gewesen.

Neben ihm standen Aschure, die fünf anderen Sternengötter und mehrere Dutzend Zauberer – die mächtigsten des ikarischen Volkes. Unter dem Gewölbe war nicht mehr viel Platz, doch als er vom Eingang des Tunnels her Schritte hörte, wurde

Axis klar, daß das Gedränge noch größer werden würde, wenn sich die Awaren ihnen angeschlossen hatten.

Nun, das würde keine Rolle spielen, sollte es ihnen gemeinsam gelingen, einen Schutzzauber zu wirken, der stark genug war, um diese Dämonen – und seinen abtrünnigen Sohn – jenseits des Sternentors aufzuhalten.

Isfrael betrat den Raum. Wie Sternenströmer hatte auch Axis ihn viele Jahre nicht mehr gesehen, und er konnte kaum glauben, in welchem Maße Isfrael die Macht der Bäume in sich aufgenommen hatte. In seinem Auftreten und von seiner Erscheinung her erinnerte er Axis lebhaft an die Macht, die vom Heiligen Hain und den Gehörnten ausging, die dort lebten.

Isfrael erwiderte den Blick seines Vaters. Offenbar wußte er nicht, wie er sich verhalten sollte. Schließlich glitt er durch die Menge, blickte in das Sternentor, wandte sich wieder seinem Vater zu und nickte.

»Werdet Ihr uns helfen, o Heiliger?« fragte Axis. »Unsere Macht wird mit jedem Tag schwächer, wie auch die der ikarischen Zauberer. Wir benötigen Eure Hilfe.«

Isfrael neigte den Kopf und tat so, als denke er nach. »Müssen sich die Bäume vor dem fürchten, was durch das Sternentor kommt, Sternenmann?«

»Wißt Ihr denn nicht, was andernfalls unser harrt, Magierkönig?« Silton, Gott der Sonne, trat vor. »Wollt Ihr, daß Verzweiflung und Seuchen die Bäume heimsuchen, so wie sie die Ebenen heimsuchen werden? Entsetzen und Hunger werden in den Schatten der Lichtungen lauern, ebenso wie in den Häusern der Ikarier und Menschen! Wollt Ihr...«

»Das genügt!« fauchte Isfrael. »Ich werde Euch helfen, sonst wäre ich nicht hier. Sternenmann«, er wandte sich wieder seinem Vater zu, »wenn dieser Schutzzauber gewirkt ist, müssen ich und meine Priester dann hierbleiben, um ihn aufrechtzuerhalten?«

Axis schüttelte den Kopf. »Nicht alle, nur drei oder vier vielleicht. Wenn der Schild erst einmal errichtet ist, wird es nur einen Bruchteil der Macht kosten, ihn zu stützen.«

»Und wenn die Dämonen ihn zu durchbrechen drohen?« fragte Schra leise. »Was dann?«

»Dann stehen wir alle bereit«, entgegnete Xanon. »In nicht unbeträchtlicher Zahl.«

Isfrael schüttelte den Kopf. »Nein. Ich nicht. Und auch Schra nicht.«

»Aber ...«, begann Axis.

»Weder ich noch Schra noch der größte Teil der Zaubererpriester!« fauchte Isfrael und sah seinen Vater an. »Wir werden Euch helfen, diesen Zauber zu wirken, und einige Priester werden hierbleiben, um ihn zu stützen. Aber für den Fall, daß die Dämonen durchbrechen, werde ich die Awaren unter den Schutz der Bäume stellen. Ihr denkt vielleicht, daß Ihr in der Lage seid, diese Tragödie, die den Nachthimmel beschmutzt, zu verhindern. Aber ich bin mir dessen nicht sicher! Deshalb ziehe ich es vor, mich und die meinen der Sicherheit des Waldes anzuvertrauen!«

»Dann sind wir möglicherweise zum Scheitern verurteilt!« rief Axis ungehalten. Er konnte nicht glauben, daß Faradays Sohn ihn jetzt im Stich lassen würde. »Wenn wir gezwungen sind, die Dämonen zurückzudrängen, brauchen wir die Hilfe jedes Magiekundigen im ganzen Land!«

»Ich werde nur das tun, worum ich gebeten wurde«, sagte Isfrael mit ruhigem Nachdruck, und Axis erbleichte. »Ich werde helfen, den Schild zu errichten und Euch Priester zur Verfügung stellen, um ihn aufrechtzuerhalten. Das ist alles.«

»Ihr wißt, wie sehr wir«, Axis wies auf die Sternengötter, »und die Zauberer auf den Sternentanz angewiesen sind. Falls die Dämonen so nahe herankommen, daß sie gegen den Schild drücken können, werden sie uns mit großer Wahrscheinlichkeit vollständig von der Quelle unserer Macht abschneiden! Dann brauchen wir die Macht der Bäume unbedingt!«

»Nein«, sagte Isfrael und verschränkte die Arme vor seiner Brust.

»Eure Hilfe ist ungefähr so nützlich wie während des Feldzugs gegen Gorgrael«, schnaubte Axis. Er konnte sich einfach nicht mehr beherrschen.

»Meine Mutter ist für Euch gestorben, und das Lied des Baumes hat Gorgraels Armee für Euch auseinandergetrieben.«

»Dann helft uns jetzt, um der Sterne Willen!«

»Nein.«

»Warum?«

»Ich habe meine Gründe.«

Zornig wandte sich Axis ab. Diese verfluchten Awaren ließen ihn ein weiteres Mal im Stich!

»Wenn ich und der größte Teil der Priester bei dem Versuch, die Dämonen aufzuhalten, sterben würden – und meiner Meinung nach wird das auch geschehen –, wäre der Wald jeglichen Schutzes beraubt. Axis, meine Loyalität gilt in erster Linie den Bäumen, was auch immer sonst noch auf der Welt existiert.«

»Hört auf damit«, fiel ihnen Adamon leise ins Wort. »Laßt uns den Schutzzauber wirken. Wer hierbleibt, um ihn aufrechtzuerhalten, können wir später entscheiden. Laßt uns erst einmal den Schild errichten, bevor es zu spät ist.«

Sie arbeiteten die ganze Nacht hindurch, bis sie völlig erschöpft waren, und gaben trotzdem noch nicht auf. Aus den Wäldern, dem Bardenmeer und Awarinheim, und aus dem Erdenbaum, der über die Wälder wachte, beschworen Isfrael und die Zaubererpriester die Macht der Mutter, des Bodens und der Jahreszeiten herauf. Und eine gewaltige Musik hob an und legte sich über das Land, eine getragene Melodie, so überwältigend wie ein Mahlstrom und zweimal so furchterregend. Die Zauberinnen und Zauberer an den Feuern um die Grabhügel bündelten die Macht und lenkten sie zum Sternentor. Dort nahm Isfrael die Melodie mit Hilfe von Schra und den anderen Priestern auf und formte sie mit unglaublicher Macht zu einer durchsichtigen, jadegrünen Kuppel, die sich an das Deckengewölbe über dem Sternentor anschmiegte. Die Kuppel griff den Sternentanz selbst auf, der noch immer, wenn auch leise, durch das Tor drang. Die Sternengötter und die Zauberer waren von der Melodie des Sternentanzes ganz durchdrungen und formten aus ihr eine Kuppel, die derjenigen Isfraels ähnlich war, wenn auch erfüllt von silbernem

Glanz. Diese stülpten sie über die Jadekuppel. Die beiden Kuppeln paßten genau ineinander, Jade und Silber verbanden sich zu einem mächtigen Strom, der vor Energie summte.

Mehr konnten sie nicht tun.

»Wird das genügen?« flüsterte Aschure.

Axis legte erschöpft den Arm um sie.

»Es muß«, sagte er. »Sonst ist alles verloren.«

Die Dämonen standen auf dem Balkon ihrer Säulenhalle und blickten zum Himmel hinauf. Über ihnen hatte sich inzwischen das blaue Firmament in wirbelnde Ströme aus Jade und Silber verwandelt.

»Ein Schutzzauber!« rief Scheol und klatschte in die Hände.

»Wie hübsch«, sagte Raspu mit einem höhnischen Lächeln.

»Und völlig wirkungslos«, murmelte Modt. »Absolut und völlig wirkungslos.«

Alle brachen sie in lautes Gelächter aus, das von der Gewölbedecke des Gemachs widerhallte, bis in den Obstgarten hinausdrang und sich himmelwärts warf, dem Schild entgegen, der das Sternentor beschützte.

63

Innere Kämpfe

»Alles wird sich zum guten wenden, Leah«, sagte Zared und strich ihr sanft über die Wange. »Vertrau mir.«

Sie wandte den Blick ab und beobachtete die Vorbereitungen im Haupthof des Palastes. Männer rannten geschäftig umher, Pferde stampften unruhig mit den Hufen auf, Waffen funkelten. Das Waffengeklirr, das Geräusch von Metall, das auf Metall schlägt, ließ sie jedes Mal erneut zusammenfahren.

»Das hoffe ich sehr«, sagte sie leise.

»Leah, wenn ich dir Karlon anvertraue, wirst du dann zu mir halten?«

Sie sah ihn nachdenklich an. Wem war sie verpflichtet? »Ich werde tun, was ich für richtig halte.«

»Ich bin dein Gemahl.«

Und fast hättest du meinen Bruder getötet. »Das weiß ich. Ich weiß, wem ich Treue schulde.«

»Du hast ein Gelübde abgelegt, deinem Gemahl treu zu sein.«

»Das weiß ich!« Aber was ist, wenn ich dieses Gelübde inzwischen bereue, Zared?

Was soll ich tun? fragte sich Zared. Er konnte Herme oder Theodor in Karlon zurücklassen, denn er konnte nur einem hochrangigen Edelmann die Geschicke der Stadt anvertrauen. Aber eigentlich konnte er es sich nicht leisten, auf einen von beiden zu verzichten. Konnte er Leah vertrauen? Er mußte daran denken, wie sie ihn Axis gegenüber in Schutz genommen hatte, und seine Zweifel legten sich.

Er beugte sich vor und küßte sie. »Gehab dich wohl, Leah.« Halte zu mir.

»Und du, mein Gemahl.«

Er stieg auf sein Pferd und sandte ihr noch einmal einen langen Blick zu, bevor er sich dem Tor zuwandte. »Herme! Gebt Befehl! Wir brechen auf!«

Es dauerte zwei Stunden, bis die vierzehntausend Mann unter dem Beifall der Massen durch die Straßen von Karlon gezogen waren und den Weg zur Furt oberhalb des Gralsees einschlugen. Leah stand fast die ganze Zeit auf den Zinnen der Burg und dachte nach.

Wem war sie verpflichtet? Askam und Caelum oder ihrem Gemahl und der begeisterten Menge dort unten? Wer war im Recht und wer nicht? Hätte Caelum mehr auf die Bedürfnisse des Volkes achten sollen? Hatte Zared richtig gehandelt, als er Kastaleon eingenommen und zerstört – und dabei ihren Bruder zum Krüppel gemacht hatte, ohne es ihr zu erzählen?

Die Einheiten schlängelten sich in einer langen Kolonne am Ufer des Gralsees entlang. Sonnenlicht schimmerte auf Stahl und Seidenbannern. Leah wußte, daß Zared an der Spitze der Truppen ritt, auch wenn sie ihn nicht mehr sehen konnte.

Und wieder hatte sich eine Armee der Achariten in Marsch gesetzt. Angeführt von einem König von Achar.

Und sie, die Königin, blieb zurück, um in Abwesenheit ihres Herrn zu herrschen. Merkwürdig – sie fühlte sich so gar nicht wie eine Königin.

Was sollte sie tun?

Die einfachste Antwort lautete: Sie konnte hierbleiben und sich um die Verwaltung der größten Stadt des Reiches kümmern. Dem Bürgermeister ein Lächeln schenken. Botschafter empfangen und ihnen die Hand zum Kuß reichen. Den Bitten und Klagen streunender Kinder und gekränkter Hausfrauen ihr mitfühlendes Ohr leihen.

Aber das wäre zu einfach.

Leah spürte die schwere Last von Verantwortung und Schuld auf ihren Schultern. Wie viele Nächte hatte sie neben Zared gelegen, seinem sanften Atmen gelauscht und sich gefragt, ob sie dabei war, Caelum zu verraten. Beging sie Verrat an Caelum, wenn sie sich Zared Nacht um Nacht bereitwillig hingab? Oder beging sie Verrat an ihrem Gemahl, wenn sie ihm die kalte Schulter zeigte?

Ah! Führte die Liebe immer zu solchen Fragen?

Sie war Zared gegenüber zu Loyalität verpflichtet, aber auch ihrem Bruder und ihrem obersten Herrn, Caelum, schuldete sie Lehnstreue. Wie oft hatte sie zu Füßen ihres Vaters gesessen und seinen Worten gelauscht – über den entsetzlichen Kampf gegen Gorgrael und für die Einheit Tencendors? Wenn sie tatenlos zusah, wie Zared dieses Land zerstörte, war sie dann ebenso schuldig wie er?

Was hatte Vorrang: Die Wünsche eines Volkes unter vielen oder die Einheit eines Reiches?

Leah konnte den Gedanken nicht ertragen, daß Caelum sie für ebenso schuldig hielt wie Zared. Aber auch die Vorstellung, Caelums und Askams Streitkräfte könnten Zareds Armee vernichtend schlagen, war ihr unerträglich – noch wollte sie keinen Witwenschleier tragen.

Tief in Gedanken versunken drehte Leah ihr Haar zu einem festen Zopf, dann wieder zerwühlte sie es, bis es völlig verheddert und verknotet war. Doch sie merkte nichts von alledem. Ihr Blick war noch immer auf die ferne Kolonne auf ihrem Weg nach Norden gerichtet.

Was würde passieren, wenn – falls – sie auf die Armee der Nor stieße? Würde Zared sterben? Wenn er siegte, würde Caelum dann die Luftarmada auf ihn hetzen? Und wenn Zared auch das überstünde, würde Tencendor dann in einem blutigen Vergeltungskrieg untergehen – Ikarier gegen Achariten? Würde uralter Haß neuem Groll Nahrung geben?

Leah erstarrte, und ihre Augen füllten sich mit Tränen. Wie auch immer sie sich entschied – sie würde entweder ihren Gemahl und ihr Volk verraten oder ihren Bruder und ihren obersten Lehnsherrn.

In dieser Nacht lag sie noch lange wach. Im ganzen Palast war es still. Alle befanden sich in ihren Betten und schliefen nach den Aufregungen des Tages tief und fest. Sie drehte den Kopf zur Seite und betrachtete das leere Kissen neben sich, einsam und unberührt im Mondenschein. Wo war Zared jetzt? Und Caelum?

»Ach!« seufzte sie plötzlich und setzte sich auf. Nach kurzem Zögern erhob sie sich und schlüpfte in ein Morgengewand. Sie vermißte Zared. Wenn er doch nur hier wäre!

Leah ging in ihr Ankleidezimmer hinüber und kramte in Schränken und Truhen, bis sie fand, was sie suchte – Reithosen, die ihrer schlanken Figur angemessen waren. Ein einfaches Wollhemd und eine dazu passende Jacke, die aus einer Zeit stammten, als sie noch zur Falkenjagd auf den Ebenen oberhalb von Karlon geritten war. Ihr Vater Belial hatte das gern und oft getan, doch seit seinem Tod hatte sie kein Vergnügen mehr daran gefunden. Auf die Jacke folgten feste Stiefel und eine Kappe, unter der sie ihren Zopf verbarg.

Nachdenklich betrachtete sie sich im Spiegel – und konnte sich ein Lächeln nicht verkneifen. Sie sah wie ein Bauernjunge aus. Ein Bote vielleicht. Nun, in gewissem Sinn war sie das schließlich auch.

Leah schlich sich aus ihren Gemächern, über den Flur die Treppe hinunter in den Hof. Wachen dösten auf ihren Posten. In Karlon rechnete niemand mit einem Angriff. Noch nicht.

Mit angehaltenem Atem hastete sie zu den Ställen hinüber und machte sich auf die Suche nach einem ganz bestimmten Pferd. Dort. Eine dunkelbraune Stute aus Koroleas, von edlem Geblüt und schnell, mit sanftem Biß und einem weiten Herzen.

Um es zu beruhigen, streichelte Leah das Tier sanft. Dann sattelte sie es rasch und legte ihm das Zaumzeug an. Ihr Herz pochte laut, und fast war ihr übel vor Anspannung. Leah führte die Stute aus dem Stall; jeden Augenblick befürchtete sie, daß die Hufe klappern oder auf dem Pflaster Funken schlagen könnten.

Doch nichts dergleichen geschah.

Im Hof hielt sie erneut inne, sah sich um und führte die Stute zum Tor hinaus.

Der Wachtposten zuckte in seiner Nische zusammen, als sie ihn passierte, wachte jedoch nicht auf.

Verdammt! dachte Leah. Du solltest wachsamer sein! Was ist, wenn wir angegriffen werden? Wenn Caelum die Luftarmada gegen uns einsetzt?

Dieses Mal war es ihr allerdings nur recht, daß der Wachtposten döste. Wenn sie zurückkam – falls sie zurückkäme – würden sich einige Dinge ändern.

Nachdem sie den Palast hinter sich gelassen hatte, stieg Leah auf und ritt im Schritt durch die Straßen von Karlon. Nur wenige Menschen waren bereits unterwegs – Straßenkehrer und Bäcker, die in der Früh zu ihren Öfen eilten. Aber sie alle schienen sie für einen Botenjunge zu halten, der einen Auftrag ausführte.

Niemand hielt sie an.

Nachdem sie durch das Haupttor der Stadt geritten war, wandte sich Leah nach Norden und gab ihrem Pferd die Sporen.

Die Straße war frei und eben, aber der Weg, der vor ihr lag, würde voller Gefahren sein.

Als die Sonne sich über den Horizont erhob, hatte Leah Karlon bereits weit hinter sich gelassen. Sie folgte einer Reihe von Forstwegen, an die sie sich von der Falkenjagd her erinnerte. Sie führten in etwa nach Norden, und hier würde ihr niemand unangenehme Fragen stellen. Zu ihrer Rechten plätscherte der Nordra. Im Schein der Morgensonne schimmerte das Wasser rotgolden, und die Wasservögel zwitscherten und flatterten umher.

Die Armee war einen Tag vor ihr aufgebrochen, aber sie kam schneller voran.

Sie ritt bis in den Vormittag hinein, manchmal in schnellem, dann wieder in leichtem Galopp, und zwischendurch lief sie neben dem Pferd her. An einem abgelegenen Bauernhof legte sie eine Pause ein und gab der Bäuerin für einen Krug Milch, ein Brot und sein Stück Käse ein paar Münzen. Ausgeruht setzten sie und die Stute ihren Weg entlang dem Nordra fort.

Sie erreichten die Fähre bei Einbruch der Nacht, und der Fährmann stellte dem schweigenden Reiter, der für seine Überfahrt gut bezahlte, keine Fragen.

Fünf Tage lang war sie unterwegs, und sie und die Stute wären vor Erschöpfung fast tot umgefallen. Doch sie ritt weiter, bis sie die Lagerfeuer einer Armee entdeckte, die sich in einem breiten, flachen Tal niedergelassen hatte.

»Den Göttern sei Dank«, flüsterte sie und spornte die Stute zu einer letzten Anstrengung an.

Als sie näher kam, stellte sie fest, daß in dem Lager reges Treiben herrschte. Männer eilten geschäftig umher, Pferde wurden aufgezäumt.

Krieg. Kam sie noch rechtzeitig? Oder war es schon zu spät?

Ein Wachtposten rief sie an und mußte sie auffangen, als sie vom Rücken des Pferdes fiel.

»Prinzessin Leah!« keuchte er und hätte sie vor Schreck fast wieder fallengelassen.

Sie versuchte ein Lächeln, ohne Erfolg. »Lieber Freund«, flüsterte sie. Vor Erschöpfung zitterte sie am ganzen Körper. »Ist Prinz Askam in der Nähe? Und Sternensohn Caelum? Ich muß mit ihnen sprechen. Dringend!«

64

Einen Dolch im Rücken

Zared trieb seine Truppen zu größter Eile an. Vielleicht mutete er ihnen auch zuviel zu. Von Karlon aus wandten sie sich nach Norden und schwammen auf den Rücken der Pferde über den vergleichsweise flachen und ruhigen Nordra. Dann ritten sie anderthalb Tage ostwärts und schließlich vier Tage lang wieder nach Norden.

Die Fährte der Nor war nicht zu übersehen: Von Hufeisen aufgewühlte Erde, das Gras entlang der Böschung niedergetrampelt, die Ufer der Wasserläufe und Teiche schlammbedeckt.

Zared wollte die Nor unbedingt abfangen, bevor sie sich Caelums Armee anschlossen. Noch immer hoffte er, mit dem Sternensohn friedliche Verhandlungen führen zu können, auch wenn er wußte, daß das seit der Katastrophe von Kastaleon unwahrscheinlich sein würde. Wenn Caelum jedoch erst einmal die Ritter von Nor auf seiner Seite wußte, würde er sich mit großer Wahrscheinlichkeit auf keine Gespräche mehr einlassen – schon gar nicht mit dem verbitterten einarmigen Askam an der Seite.

Zared verzog das Gesicht zu einem müden Lächeln, als er an diesem siebten Tag mit zusammengekniffenen Augen in die Sonne blickte. Askam hatte zu seinen besten Zeiten keine besonders gute Figur abgegeben. Ein leer herabhängender Ärmel würde daran sicherlich nichts ändern.

»Herr!«

Zared richtete sich im Sattel auf und versuchte, im Gegenlicht etwas zu erkennen. Eine Staubwolke näherte sich ihm mit großer Geschwindigkeit und entpuppte sich innerhalb weniger Minuten als ein vor Schmutz starrender Reiter.

Es war Ormund, einer der wenigen Späher, die er im Morgengrauen ausgeschickt hatte.

»Nun?« fragte Zared scharf, kaum hatte Ormund sein erschöpftes Pferd gezügelt.

»Eine halbe Stunde vor Euch. Und sie kehren um. Sie haben zwei Ikarier dabei, die mich gesehen haben. Es tut mir leid, mein Herr und König.«

»Verflucht«, murmelte Zared. Herme, Theodor und ein Großteil seiner Hauptleute drängten sich um ihn und harrten der Neuigkeiten.

»Sind sie kampfbereit?« fragte Zared.

»Auf jeden Fall, Herr. Sie wirken erholter als wir, obwohl sie scharf geritten sind.«

»Welche Formation haben sie eingenommen?« bellte Herme.

Ormund sah den Grafen aus rot unterlaufenen Augen an. »Oh Herr, als mir klar wurde, daß sie mich entdeckt hatten, bin ich geritten, als sei der Teufel hinter mir her. Aber ich glaube, daß sie im Halbkreis Aufstellung genommen haben.«

»Bist du sicher?« fragte Zared. »Wenn das zutrifft, muß ich mich darauf einstellen …«

»Mein Herr und König«, sagte Ormund. »Ich kann nur wiedergeben, was ich gesehen habe, als ich auf meiner Flucht gegen die Sonne ritt. Ich hatte jedenfalls den Eindruck, daß die Nor im Halbkreis Aufstellung genommen haben.« Müde hob er die Schultern. »Aber das kann auch nur vorübergehend gewesen sein. Wer weiß, in welcher Formation sie jetzt reiten?«

»Ich danke dir, Ormund.« Zared entließ den Späher und wandte sich an seine Hauptleute. »Nun? Was meint Ihr?«

»Keilformation«, erwiderte Herme ohne Zögern. »Falls Ormunds Vermutung wirklich zutrifft.«

»Ganz meiner Meinung«, sagte Theodor und einige der Hauptleute nickten.

»Warum?« Zared richtete seine Frage an Morden, einen der jüngeren Befehlshaber, der sich erst noch beweisen mußte.

»Die Mitte des Halbkreises bildet einen Schwachpunkt«, erwiderte Morden. »Wenn wir die Keilformation aufrechterhalten, sollte es uns gelingen, durchzubrechen.«

»Dann wären unsere Flanken dem Gegner allerdings auch schutzlos ausgeliefert«, gab Theodor zu bedenken. »Zared? Was meint Ihr?«

Zared starrte gebannt auf die hitzeflimmernde Ebene hinaus, als könnte von dort eine Antwort kommen. Schweiß lief ihm den Rücken hinunter, doch war er sich dessen kaum bewußt. »Sie werden bald hier sein«, sagte er leise. »Seht.« In der Ferne erhob sich ein schwacher Dunstschleier. »Dort sind sie.«

Seine Stirn legte sich in Falten. »Der Dunstschleier zieht sich über den ganzen Horizont. Ich glaube, daß sie noch immer im Halbkreis reiten. Sie werden so schnell wie möglich umgekehrt sein, um in aller Eile über uns herzufallen. Dafür ist diese Formation am besten geeignet.«

Plötzlich löste Zared sich aus seiner Erstarrung. »Theodor, Morden, Urnuh, reitet zurück und laßt die Männer Keilformation annehmen. Beeilt Euch! Wenn es sein muß, bindet die Packesel und Ersatzpferde los. Herme, Ihr bleibt an meiner Seite. Ich brauche Euren Rat. Fitbar, schickt Späher fünfhundert Schritt vor unsere Linien! Ich muß wissen, wann die Nor heran sind. Gutbart, ich brauche acht bis zehn Reiter. Wenn ich anderen Einheiten Befehle erteilen muß, darf ich keine Zeit verlieren. Schnell!«

Die Befehlshaber von Zareds Heer ritten los.

Die Armeen trafen aufeinander, als die Sonne in rosenfarbener Pracht im fernen Nordra versank. Die glänzenden, gepanzerten Krieger von Nor galoppierten in grimmigem Schweigen auf die Streitkräfte des Verräters zu, die Visiere geschlossen und die Lanzen in Bereitschaft. Die Achariten kämpften wieder einmal unter dem Banner ihres Königs – und dieses Mal waren sie stolz darauf.

Wie Zared vorhergesehen hatte, würden Keilformation und Halbkreis genau aufeinandertreffen. Die Truppen der Achariten bildeten einen dreigezackten Speer, dem an seiner Spitze siebenundzwanzig Reiter vorausritten und der an seiner breitesten Stelle neunundvierzig Reiter umfaßte. Der Schaft war siebzehn Reiter breit. Sie galoppierten in den Kampf, im Vertrauen auf den Scharfblick und Siegeswillen ihrer Anführer, jedoch mit beklommenen Herzen angesichts des aufwirbelnden Staubes.

In einem Gewirr von Speeren, Schwertern und Piken fuhren die Achariten mitten in die Nor hinein. Der Halbkreis brach auseinander, denn er war nur fünf Reiter tief – doch der Preis, den die Achariten entrichten mußten, war entsetzlich hoch. Schwerter und Speere konnten es mit den von geübter Hand gehaltenen Lanzen von dreifacher Manneshöhe nicht aufnehmen. Hatten sie die Lanzen erst einmal überwunden, waren die Achariten schneller und wendiger als die Nor, aber deren Harnische waren weit besser. Als die Schlacht schließlich Schwert gegen Schwert geführt wurde, Streitkolben gegen Streitkolben, konnten sich die Nor nicht nur behaupten, sie gewannen sogar an Boden.

Zareds Männer waren müde, sehr müde. Er hatte ihnen alles abverlangt, um den Kampf endlich auszutragen, und seine Soldaten waren unausgeruht und schlecht vorbereitet gewesen.

Aber sie waren zu allem entschlossen, und sie glaubten an ihren König – zumindest in dieser Hinsicht waren sie den Nor überlegen.

Sie kämpften, bis sich der Tag neigte. Zared riß erschöpft sein Pferd herum und versuchte in der Dämmerung zu erkennen, wie die Schlacht verlief.

Überall waren Schreie zu hören. Waffen schlugen gegen Waffen, aber es war bereits zu dunkel, um die richtige Entscheidung treffen zu können …

Etwas landete auf dem Rücken seines Pferdes. Ein starker Arm legte sich um seinen Hals, ein Dolch drang durch die Gelenke seiner Brustplatte.

»Ruft Eure Leute zurück«, zischte eine Stimme, und Zared erkannte den überheblichen Ton der Ikarier.

»Ruft Eure Leute zurück, Verräter, denn Ihr seid geschlagen. In diesem Augenblick geht die Luftarmada zum Angriff über.

Hört Ihr das Rauschen ihrer Schwingen? Spürt Ihr den Stachel Ihrer Rache?« Der Dolch glitt tiefer in sein Fleisch, und Zared konnte ein Stöhnen nicht unterdrücken.

Der Ikarier, der sich an ihn klammerte, lachte – leise und böse. »Eure Gemahlin hat uns von Euren Plänen erzählt, Zared. Gerade jetzt sitzt sie bei ihrem Bruder und dem Sternensohn. Bestimmt hat sie einen Becher Wein in der Hand und lacht über Euer Schicksal.«

Der Dolch würde ihm gleich ins Herz fahren, und Zared hielt die Luft an.

»Ruft Eure Leute zurück!«

Er gehorchte, obwohl seine Gedanken sich um Leahs Verrat drehten und nicht um den Kampf, der um ihn herum langsam zum Erliegen kam, oder um den Dolch, der bis zum Heft in seiner Rüstung steckte.

65

Für den Bruder in den Tod

Sie standen in traulicher Runde zusammen, die fünf Hüter der Zeit und die Königin des Himmels, die ihren untoten Sohn in den Armen wiegte.

Ihr Blick war auf einen Punkt gerichtet, der weit über ihnen lag und am violetten Nachthimmel schimmerte.

Das Sternentor.

Es leuchtete mit der Kraft des Schutzzaubers, ein von Blitzen durchzuckter Jade- und Silberschild, ein Gewölbe zwischen den Sternen. Ein Eingang.

»Wie nett von ihnen, uns so deutlich den Weg zu weisen«, murmelte Scheol und lachte. Barzula fiel in ihr Lachen ein und legte ihr den Arm um die Taille.

»Noch ein Sprung und wir haben den Rand erreicht«, sagte Modt. Seine Arme waren lang und dünn, und er hatte sie wie stets um seine knochige Gestalt geschlungen. Sein Gesicht dagegen wirkte wohlgenährt und zufrieden, und seine Augen funkelten siegesgewiß.

»Und dann noch einen Sprung hindurch!« rief Sternenfreude und warf das Kind spielerisch in die Höhe. »Hindurch!«

Raspu beugte sich zu ihr hinüber und nahm ihr das Kind aus den Armen. Er summte ihm ein Wiegenlied vor und legte die Hand auf seine kalte, feuchte Stirn. »Bald«, sagte er und drückte das Kind voll Freude an sich.

»Was zuerst?« wollte Rox wissen und strich dem Kind über die Wange. »Atem oder Wärme?«

»Wärme«, sagte Scheol. »Denn sie ist für alles andere die Voraussetzung.«

»Und Wärme bedeutet ...?« fragte Sternenfreude und behielt Raspu scharf im Auge, damit er ihrem geliebten Sohn nichts zuleide tun konnte.

»Der Kesselsee, o Königin des Himmels«, erwiderte Rox. »In seiner Tiefe liegt die Wärme verborgen.«

»Werdet Ihr bis zu ihr vordringen können?« Sternenfreude sah erst Rox und dann Raspu fragend an.

Sie grinsten, wölfisch und selbstsicher. »Ganz ohne Zweifel, werte Mutter«, sagte Rox. »Schließlich warten wir bereits seit langer Zeit, und wir wissen so gut über den Feind Bescheid, daß wir alle seine Kniffe kennen. Ich denke, dieser Schutzzauber und dergleichen Verzweiflungstaten stellen für uns nichts Unüberwindliches dar.«

»Und das Sternentor?« Bislang hatte Drago in einer dunklen Ecke zusammengekauert gesessen. Nun stand er auf und trat zögernd einen Schritt vor. »Werdet Ihr mit dem Schild am Sternentor fertig?«

Wie ein Mann wandten sich die Hüter der Zeit um und starrten ihn an. Wie ein Mann verzogen sie den Mund zu einem Lächeln.

»Wir werden es zerschlagen«, sagte Scheol, und ihre Augen funkelten böse.

Erschrocken wich Drago einen Schritt zurück.

»Glaubt Ihr, dieser lächerliche Schild kann uns aufhalten?« donnerte Modt – angesichts seiner knochigen Gestalt mit erstaunlicher Kraft. »Wir werden ihn durchstoßen!«

»Armer Junge«, sagte Sternenfreude leise. »Seht doch, wie verängstigt er ist. Zieh dich zurück, Drago, im Augenblick haben wir für dich keine Verwendung.«

Drago sank zu Boden, während sich die Hüter der Zeit wieder dem Sternentor zuwandten. Seine Hände hielten den Beutel umklammert.

Er würde sterben, ganz sicher.

Was war er doch für ein Narr – wie hatte er nur glauben können, diese Kreaturen seien seine Freunde?

Er hätte zu Hause bleiben sollen.

Drago schrak zusammen. Zu Hause. Tencendor? Ja, das war wohl seine Heimat. Er wollte dorthin zurück.

Sie werden Euch töten. Das wißt Ihr doch, oder?

Ich weiß es, antwortete Drago in Gedanken.

Wir können Euch helfen.

Drago spürte, wie die Verbitterung lebenslanger Zurückweisung in ihm hochstieg. Mir hilft niemand.

Zenit schon.

Zenit. Er fragte sich, ob es ihr gutgehen mochte, oder ob Niah sie überwältigt hatte. Hätte ich ihr nur helfen können, dachte er.

Das wissen wir. Ihre Stimmen waren von tiefer Traurigkeit erfüllt. *Jetzt müßt Ihr anderen helfen. Seid Ihr bereit, Tencendor beizustehen?*

Drago geriet ins Grübeln. Das Tencendor seiner Jugend war ihm stets gegenwärtig: Sigholt, Hüter von Mißgunst und schlimmen Erinnerungen. Karlon, ganz aus Silber und Gold, in seiner Vergnügungssucht aber auch belanglos. Dann fielen ihm die Wälder ein – seit er denken konnte, hatte er sie gehaßt. Sie ihn dagegen nicht. Sonderbar. In ihm stieg die Erinnerung an einen Bach auf, den er im Alter von neun oder zehn Jahren überquert hatte, ein schmaler Bach, der sich sanft dahingeschlängelt hatte, und das Murmeln des Wassers war allerliebst gewesen. Er mußte an die Schönheit der sanft geschwungenen Ebenen denken und daran, wie friedlich die Schafherden im Sonnenschein weideten. Und nicht zu vergessen Sternenströmer, sein Großvater, der auf dem Tempelberg am Rand der Klippe saß, ihm ein weiteres Geheimnis des Windes erklärte und der schlechten Laune seines Enkels keine Beachtung schenkte. Drago erinnerte sich daran, wie jemand – er? – über die Possen der Kätzchen im Burghof gelacht hatte.

Wir möchten Euch etwas zeigen, sagte Veremund, und vor Dragos innerem Auge nahm eine Vision Gestalt an.

Er sah eine Landschaft, die von einem grausamen Sturm – und noch etwas anderem, Unbekanntem – heimgesucht worden war.

Er sah wahnsinnig gewordene Rinder und Schafe, die in wilden

Herden auf Beutezug gingen, den Geschmack frischen Blutes im Maul.

Er sah Menschen, die durch eine unfruchtbare Wüste irrten. Sie waren abgemagert und von offenen Schwären bedeckt. Stumpfsinnig zerrten sie an ihren Lumpen und stöhnten und klagten.

Ihre Verzweiflung kannte keine Grenzen.

Er sah Ikarier, die in den Eisdachalpen auf scharfkantigen Felsen kauerten. Sie zitterten im schneidenden Wind, ihre Augen lagen tief in den Höhlen, selbst die Erinnerung an bessere Zeiten war verblaßt.

Die Flügel lagen ihnen in Fetzen auf dem Rücken, und das Wort »Musik« hatte für sie keine Bedeutung mehr.

Er sah Awaren, die leblosen Klumpen gleich unter einer unbarmherzigen Sonne saßen. Kein Schatten. Keine Bäume. Und doch blieben sie irgendwie am Leben.

Neben ihnen lag der verfaulende Kadaver eines Hirsches. Büschel weißen Felles wurden vom Wind davongetragen.

Dazu sind die Hüter der Zeit in der Lage? fragte er sich. Wieso?

Der treuste Verbündete der Dämonen lauert bereits in den Seelen der Völker. Entsetzen. Verzweiflung. Zorn. Habgier. Lüsternheit.

Bei den Göttern! dachte Drago. Und Mißgunst und Verbitterung. Sie haben mich nur für ihre eigenen Zwecke mißbraucht.

Ja. Sie ließen ihn eine Weile nachdenken. *Werdet Ihr Caelum helfen, Drago?*

Caelum? Er sah seinen Bruder wieder als Kind vor sich, wie er angesichts des Verrats seines Bruders laut weinte – er wußte, daß er dem Ehrgeiz seines Bruders geopfert werden sollte. Wenn sein Bruder in der Lage war, ihm das anzutun, wem konnte er dann überhaupt noch vertrauen?

In Caelums Herz, dachte Drago, habe ich Zweifel gesät. Hätte ich ihm damals auf den Zinnen Sigholts nicht den Glauben an die eigene Stärke genommen, würde er den Hütern der Zeit heute mit dem notwendigen Selbstvertrauen entgegentreten.

Ich habe Caelums Zukunft zerstört und ihn seines Erbes beraubt – so wie es auch mir geraubt wurde.

Ja. Sehet die Zerstörung, die ganz Tencendor droht. Sehet die Hoffnungen und die Magie, die verlorengingen. Sehet Caelum, wie er den Stürmen der Unschlüssigkeit hilflos ausgesetzt ist. All das wird geschehen. Und Ihr könnt nichts dagegen tun. Außer …

Drago ahnte, was sie sagen würden.

Außer …

Er dachte an den Bach, die friedlich weidenden Schafe, an Sternenströmers Geduld und Zenits Mut, an Caelums Schreie an jenem weit zurückliegenden Tag.

Werdet Ihr Euer Leben dafür geben, Caelum und Tencendor zu retten, Drago?

Ja, dachte er. Ja, wenn ich meine Heimat retten kann. Eine ganze Weile saß er regungslos da und beobachtete die Hüter der Zeit, die sich leise unterhielten, lachten und das seltsam leblose Kind im Kreis herumreichten.

Bei den Göttern, was alles würde er mit Tencendor verlieren?

Ja. Ja, ich bin bereit zu sterben, um Tencendor zu retten.

Zum ersten Mal in seinem Leben lächelte Drago heiter und gelöst. Sein Gesicht strahlte, sein Blick wurde weich. Dann tötet mich, dachte er, bevor die Hüter der Zeit mich ein weiteres Mal für ihre Zwecke mißbrauchen können.

Das Lachen der Wächter dröhnte ihm in den Ohren. *Nein, das wäre zu einfach! Euer Leben ist nun Tencendor versprochen, Eurem Bruder und dem Kampf gegen die Dämonen. Ihr werdet die Reise durch das Sternentor überleben, glaubt uns.*

Und Ihr? Werdet Ihr mich begleiten? Ich weiß, daß Faraday Euch sehr gerne wiedersehen würde.

Auch wir würden uns freuen, sie wiederzusehen. Doch wir werden Euch nicht begleiten. Wir werden dafür sorgen, daß Ihr hinübergelangt, und dann werden wir auf alle Zeit unter den Sternen sein. Doch sagt uns nun: Kennt Ihr dieses hübsche Wiegenlied?

Eine liebliche Melodie erfüllte Dragos Gedanken, und sie tat ihm so wohl, daß er sich wie erlöst gegen einen Pfeiler lehnte. Nein, dachte er, dieses Lied kenne ich nicht.

Dann lernt es auswendig, Drago – es wird Euch helfen.

Drago ließ sich die Melodie durch den Kopf gehen. Er hatte keine Ahnung, daß Bäuerin Renkin den Baumpflänzchen eben dieses Wiegenlied vorgesungen hatte, um das Bardenmeer sprießen zu lassen. Aber er wünschte sich von ganzem Herzen, daß seine Mutter ihn mit einem solchen Lied in den Schlaf gesungen hätte.

Sternenfreude sah zu Drago hinüber und runzelte die Stirn. Fast hatte sie den Eindruck, als hätte er mit sich und der Welt seinen Frieden gemacht – seine Augen waren geschlossen, sein ganzer Körper strahlte Ruhe aus. Dann zuckte sie mit den Achseln und wandte sich wieder ab. Was spielte es für eine Rolle, ob er mit einem Lächeln auf den Lippen oder einem Schrei in den Tod ging. So lange er sich nur bis zum Schluß als nützlich erwies.

»Welche Tageszeit wäre am besten?« fragte Scheol, die neben ihr stand, und Sternenfreude wandte ihre Aufmerksamkeit wieder dem Gespräch der Hüter der Zeit zu.

»Der Nachmittag?« fuhr Scheol fort. »Ein Nachmittag voller Hoffnungslosigkeit?«

»Die Morgendämmerung?« schlug Modt vor. »Die Müdigkeit würde sie lähmen. Sie wären eine leichte Beute.«

»Die Nacht!« rief Rox. »Wenn das Grauen der Nacht sie überfällt!«

»Laßt mich sie im Sturm nehmen«, sagte Barzula. »Ich werde ihnen Arme und Beine ausreißen, sie zermalmen und wie Staub auf der Ebene verteilen. Am Morgen.«

Sternenfreude lächelte und drückte ihr Kind fest an sich. Das war die Melodie, nach der es sie verlangte, nicht der Sternentanz.

»Nein«, sagte Raspu. »Laßt uns in der Abenddämmerung zuschlagen. Ich werde ihre Körper mit Pestbeulen und Krätze überziehen. Vor lauter Pein werden sie nicht daran denken, sich uns entgegenzustellen.«

Scheol sah Sternenfreude fragend an. »Ihr entscheidet, Königin des Himmels«, sagte sie leise und ehrfurchtsvoll. »Wann?«

»Am Nachmittag«, flüsterte Sternenfreude und erwiderte Scheols Blick. »Die Hoffnungslosigkeit wird sie am härtesten treffen. Greift am Nachmittag an.«

Erneut wandten sie den Blick wie ein Mann himmelwärts.

Die Zauberer, die dem Sternentor am nächsten standen, sahen hinein und erbebten. Wolfstern befand sich ganz vorn, Flulia und Pors standen neben ihm. Aschure blieb im Schatten eines Torbogens – sie wollte nicht in das Sternentor hineinschauen –, aber sie konnte sich seiner furchtbaren Anziehungskraft nicht entziehen. Axis stand dagegen auf der Einfassung, die das Tor umgab, und starrte gebannt in den Abgrund.

Der Lockruf des Sternentors war verstummt, geblieben war nur blankes Grauen.

Jenseits des Sternentors herrschte völlige Finsternis. Vom Sternentanz war fast nichts mehr zu hören. Sogar der Tanz des Todes war beinahe verklungen. Aschure und Wolfstern, die einzigen Lebewesen, die in der Lage waren, sich seiner zu bedienen, konnten ihn kaum noch hören.

Alle Anwesenden, ob Zauberer oder Gottheit, spürten, wie ihre Macht nachließ.

»Seht doch, wie es sich ausbreitet«, sagte Axis leise. Seine Bemerkung galt niemand bestimmtem. »Was können wir tun?«

Er blickte auf, und diejenigen, die in seiner Nähe standen, sahen, daß seine Augen die wirbelnde Schwärze des Universums widerspiegelten.

Verzweiflung überkam ihre Seelen.

Es war hoffnungslos.

66

In Caelums Lager

Der Vogelmann zog den Dolch heraus, und Zared sank in sich zusammen. Beinahe wäre er vor Schmerz bewußtlos geworden.

Leah!

Der Ikarier ließ sich über den Rumpf des Pferdes hinab und fing Zared auf, der das Gleichgewicht verloren hatte. Nicht allzu sanft ließ er ihn zu Boden gleiten.

Bannfeder Eisenherz, Anführer der ikarischen Luftarmada, sah sich um. Die feindliche Armee legte widerstrebend die Waffen nieder, während seine Geschwader aus dem dunklen Abendhimmel abwärts segelten.

Die Soldaten der Luftarmada waren ganz in Schwarz gekleidet, und deshalb hatte außer den Zauberern niemand wissen können, daß sie über dem Schlachtfeld ihre Kreise zogen.

Bannfeder senkte den Blick. Zared hatte sich halb aufgesetzt, eine Hand auf die Wunde in seiner Seite gepreßt. Zwischen seinen Fingern perlte schwarzes Blut hervor.

»Leah?« fragte er.

»Sie hat Caelum vor Eurem Angriff gewarnt«, erwiderte Bannfeder. »Sie muß nur wenige Stunden nach Eurem Aufbruch losgestürmt sein. Fast hätte sie sich und ihr Pferd zuschanden geritten.«

Zared ließ sich nach hinten fallen. Sein Blick verschleierte sich. Er hatte ihr vertraut! Und sie hatte ihn verraten …

»Endlich«, sagte Bannfeder, der über ihn gebeugt stand, »da kommen die ersten Wagen. Hee, du! Bring diesen Mann ins Lager des Sternensohns! Caelum wird ihn persönlich verhören wollen.«

Zared wurde von groben Fäusten gepackt und hätte vor Schmerzen fast den Verstand verloren, als er mit einem Schwung auf der Ladefläche eines Wagens landete.

Wasser klatschte ihm ins Gesicht. Unvermittelt wurde Zared aus der Bewußtlosigkeit gerissen. Wo war er? Er hörte Pferde wiehern, schwere Schritte und das Klappern von Metall.

Ein Armeelager.

»Steht auf.«

Langsam hob Zared die Hand und biß die Zähne zusammen, als ihn der Schmerz durchfuhr. Er blinzelte und sah sich um. Ein Lager bei Nacht und Soldaten, die zielstrebig umherliefen.

Neben dem Wagen stand ein Mann und starrte ihn an.

Askam.

Ein Soldat packte Zared am Arm und riß ihn von der Ladefläche herunter und auf die Füße. Zared stolperte und mußte sich am Wagen festhalten. Er hatte so viel Blut verloren, daß ihm schwindelig war. Die andere Hand hielt er an seine Seite gepreßt.

Askam holte mit dem Arm aus und schlug Zared mit aller Kraft ins Gesicht.

Zared stürzte zu Boden, und Askam trat ihm mit der Stahlkappe seines Stiefels in die verletzte Seite.

Dieses Mal konnte Zared einen Aufschrei nicht unterdrücken, und Askam grinste hämisch. »Das war für meinen Arm, Verräter«, sagte er und holte zu einem weiteren Tritt aus. »Und das ist für die Viertausend, die auf Kastaleon gestorben sind!«

Zared konnte es kaum fassen, daß er noch am Leben war. Sein verschwommener Blick war auf Askams Stiefelspitze gerichtet – der nächste Tritt würde ihn zweifellos töten –, als ein Mann zu Askam trat und ihm Einhalt gebietend die Hand auf die Schulter legte.

»Laßt ihn in mein Zelt tragen«, sagte die Stimme dieses Mannes gebieterisch.

Caelum.

Dann verlor Zared das Bewußtsein.

Als er wieder zu sich kam, befand er sich in einem hell erleuchteten Zelt – das Zelt des Kommandanten vermutlich, denn es gab Tische und Stühle, und überall war Kartenwerk verstreut. Von allen Gegenständen in diesem Zelt war Zared bald der tiefblaue Teppich am vertrautesten, denn sein Gesicht war fast darin vergraben.

Er fragte sich, ob sein Blut ihn wohl ruiniert hatte.

Rauhe Hände drehten ihn nicht allzu grob um. »Er ist wach.«

Zared blinzelte – wem gehörte diese Stimme? Marat. Baron Marat. War es ihm also endlich gelungen, sich zu Caelum durchzuschlagen. Zared fragte sich flüchtig, wie er das geschafft hatte. Von Romstal bis hierher war es ein weiter Weg.

»Nun denn, o König von Achar«, ertönte eine gelassene Stimme. »In welches Königreich hat es Euch jetzt verschlagen?«

Zared setzte sich unter großen Mühen auf und lehnte sich gegen einen Holzstuhl. Caelum stand vor ihm, ganz in Schwarz gekleidet, mit verschränkten Armen, die Haare sorgfältig zurückgekämmt, und sah ihn unleugbar feindselig an.

Neben ihm stand Askam. Der leere Ärmel seiner Jacke zitterte schwach.

Hinter Askam standen mehrere Soldaten, ein oder zwei Hauptleute und Bannfeder Eisenherz – der sich vermutlich an Zareds Zustand ergötzen wollte. Hinter dieser Gruppe saß, bleich und erschrocken, die Hand vor den Mund geschlagen, wie um einen Aufschrei zu unterdrücken und die Augen vor Entsetzen geweitet, seine Frau. Leah.

Einen Augenblick lang erwiderte er ihren Blick und fragte sich, warum sie nicht hämisch grinste. Hatte ihn nicht das Schicksal ereilt, das sie ihm zugedacht hatte?

»Wie viele?« fragte er.

»Von euren Leuten«, erwiderte Bannfeder, »sind achthundertundneunundsiebzig gefallen. Weitere tausend sind verletzt. Ungefähr so viele wie bei den Nor.«

»Achthundertundneunundsiebzig«, wiederholte Zared leise und sah Leah an. »Tot.«

Sie wurde noch blasser, schwieg jedoch.

»Und es wären noch mehr gewesen«, sagte Caelum und setzte sich auf einen Stuhl, »wenn Eure Gemahlin uns nicht gewarnt hätte.«

Zared konnte den Blick nicht von Leah wenden. »Ich habe nur mein Volk beschützt«, sagte er schließlich. »Gegen Euren Angriff.«

»Es ist keineswegs Euer Volk!« erwiderte Caelum. »Es sind alles Tencendorianer!«

»Zuallererst einmal sind sie Achariten«, entgegnete Zared. »Ich habe ihren Hoffnungen und Wünschen entsprochen.«

»Ihr habt nur versucht, Euch die närrischen Wünsche und Träume von dummen Bauern zunutze zu machen«, sagte Caelum etwas leiser. »Nun, Euer Ehrgeiz liegt jetzt im Staub von Arkness begraben. Eure Armee steht von nun an unter meinem Befehl, die Verräter Herme und Theodor und alle anderen Hauptleute erwartet mein Richterspruch. Wie Euch auch. Morgen früh werde ich über Euer Schicksal entscheiden.«

»Die Achariten werden Euren Befehlen nicht Folge leisten, Caelum«, sagte Zared. Die Schmerzen hatten sich auf seinen ganzen Oberkörper ausgeweitet, und das Sprechen fiel ihm schwer. Er schluckte, und seiner Stimme war die Anstrengung anzuhören. »Sie werden nur mir gehorchen.«

»Ich bin der Sternensohn«, sagte Caelum und beugte sich vor. »Ihnen bleibt keine andere Wahl.«

»Nehmt ihnen das Recht auf Selbstbestimmung, Caelum, und sie werden niemandem mehr gehorchen. Ihr solltet das wissen. Oder stand das nicht in den Büchern über die Kunst weiser Herrschaft, mit denen Euch mein Bruder überhäuft hat?«

Caelum lehnte sich mit ausdruckslosem Gesicht zurück. »Bringt ihn hier raus«, sagte er, und zwei Soldaten packten Zared bei den Armen und stellten ihn roh auf die Beine.

Erneut konnte er einen Aufschrei nicht unterdrücken. Von irgendwo jenseits des Nebels hörte er Leah weinen.

Sie warfen ihn in einen groben Verschlag, einen Pferch für Tiere aus Weidengeflecht, das schmale Holzpfosten miteinander verband. Es war kein besonders stabiles Gefängnis, dafür aber umgeben von zahlreiche Wachtposten, die Schwerter blank gezogen und den Blick unverwandt auf ihn gerichtet. Zared krümmte sich auf dem schmutzigen Boden zusammen und rang nach Luft.

»Zared?« Ein Flüstern. Herme. »Bei den Göttern, Zared! Wie schwer seid Ihr verletzt?«

Zared fehlte die Kraft für eine Antwort. Vage hörte er mehrere Männer miteinander flüstern – Theodor und einige seiner Hauptleute. Dann nahm er aus den Augenwinkeln eine Bewegung wahr, und er spürte, daß Herme und die anderen sich zurückzogen.

»Zared.« Eine leise Stimme. Leah.

Er suchte in seinem Innern nach der Kraft, um die Augen zu öffnen, und starrte sie an. Sie kniete neben ihm, die Haare offen und wirr. In ihrem Gesicht stand das Entsetzten über seine Verletzung. Sie streckte die zitternde Hand aus, wagte jedoch nicht, ihn zu berühren, und zog sie wieder zurück.

»Ich hätte nicht erwartet, daß du mich verraten würdest«, sagte er. »Ich habe mich in dir getäuscht.«

Sie fing an zu weinen, lautlos, verzweifelt. »Zared ... ich ... ich habe Caelum angefleht, mit dir zu verhandeln. Ich konnte«, sie hielt inne, schluckte und wischte sich mit dem Handrücken die Tränen ab, »ich konnte nicht mit ansehen, wie Tencendor in Stücke gerissen wurde. Ich dachte, Caelum und Askam würden wenigstens auf mich hören! Ich wollte sie nur zur Vernunft bringen, damit Caelum mit dir redet.«

»Statt dessen wurde dein Gemahl in Stücke gerissen«, erwiderte er. »Zufrieden?«

Er streckte den Arm aus und strich ihr mit blutigen Fingern über die Wange. »Zufrieden?«

Leah fing am ganzen Körper an zu zittern. Das Blut war ihr in einen Mundwinkel gelaufen; sein Eisengeschmack brannte ihr auf der Zunge. »Aber Caelum hat die Luftarmada losgeschickt, um während der Schlacht mit den Nor über euch herzufallen!

Bei den Göttern, Zared, das wollte ich nicht. Ich wollte nicht, daß euch das widerfährt!«

Er sah ihre Tränen und ihre bebenden Schultern und streckte ihr die Hand entgegen. »Leah. Leah … ich weiß nicht, was ich tun soll.«

Dankbar umklammerte sie seine Hand.

»Leah. Ich weiß nicht, wie ich diese Schmerzen noch länger aushalten soll.«

67

Die Entscheidung

Caelum ließ sich in seinem Zelt müde auf einen Stuhl fallen. Er war aus dem Zusammenstoß mit Zared siegreich hervorgegangen, doch er empfand wenig Genugtuung darüber.

Bei den Göttern, was sollte er mit ihm machen? Viertausend Soldaten waren im Inferno von Kastaleon umgekommen – aber konnte er Zared deswegen Vorwürfe machen? Nein. Er hätte erst einen Spähtrupp vorschicken sollen. An dieser Katastrophe trug er ebenso die Schuld wie Zared.

»Natürlich«, sagte Caelum laut in das leere Zelt hinein, »ist Zared fälschlicherweise davon ausgegangen, es mit einem fähigen Befehlshaber zu tun zu haben.«

Von Rechts wegen war Zared ein Verräter. Von Rechts wegen sollte er am nächsten Morgen am Galgen baumeln – zusammen mit Herme und Theodor.

Aber konnte es sich Tencendor leisten, angesichts der drohenden Katastrophe am Sternentor noch mehr Männer zu verlieren?

Axis hatte vor kurzem in Gedanken mit ihm gesprochen. Das Sternentor war mit einem Schutzzauber versehen, doch niemand wußte, wie lange er halten würde. Axis hatte ihm ein Bild der Dämonen übermittelt, die sich jenseits des Schildes drängten, über das Caelum entsetzt gewesen war.

In Tencendor durfte es im Augenblick keinen Bürgerkrieg geben. Alle Anstrengungen mußten der Verteidigung des Sternentors gelten. Axis hatte ihn um Hilfe gebeten, und Caelum gedachte, die vereinigten Streitkräfte schnellstmöglich zu den Alten Grabhügeln zu führen. Er hatte keine Ahnung, ob sie gegen die Dämonen etwas ausrichten konnten, aber er wollte es zumindest versuchen.

Caelum ließ den Kopf hängen und versuchte, sich die Müdigkeit aus den Augen zu reiben. Wie konnten in so wenigen Monaten so viele schreckliche Dinge geschehen? Zared hatte einen Aufruhr angezettelt, Dämonen griffen das Sternentor an, Drago war entkommen und suchte seine Träume mit Racheschwüren heim, und Flußstern hatte tot und blutüberströmt auf dem Boden ihres Gemachs gelegen.

»Bei den Göttern!« flüsterte Caelum, das war zuviel. »Flußstern!«

Und er weinte bittere Tränen.

Askam ballte wutentbrannt die Fäuste – er konnte nicht glauben, was er gerade erlebt hatte. Die ganze Nacht hindurch hatte er Caelums Streitmacht auf ihren Aufbruch nach Osten vorbereitet, und jetzt versuchte er, auch Zareds Soldaten unter seinen Befehl zu zwingen.

Er versuchte es jedenfalls.

Bei den Göttern! Sie hörten ihm einfach nicht zu!

»Leute«, versuchte er es erneut. »Hat Caelum euch nicht euer Leben geschenkt? Ist es da zuviel verlangt, ihm zu dienen?«

Die Männer, die vor ihm standen, starrten ihn ungerührt an.

»Verflucht sollt ihr sein!« rief Askam. Müdigkeit und Enttäuschung ließen ihn die Beherrschung verlieren. »Entweder ihr gehorcht ...«

»Oder was, edler Herr?« Zareds Hauptleute waren alle eingesperrt worden und standen unter strenger Bewachung. Askam hatte es jetzt nur noch mit gewöhnlichen Soldaten zu tun. Er mußte ihnen doch verständlich machen können, daß sie im Austausch für ihr Leben wenigstens ihrem eigentlichen Herrn dienen sollten.

»Oder was?« wiederholte der Pikenträger. »Wollt Ihr uns einsperren? Dafür würdet Ihr alle Tierpferche Tencendors benötigen. Wollt Ihr uns Eure Männer auf den Hals hetzen? Bis zum Morgengrauen hättet Ihr die Hälfte Eurer Truppen verloren.

Prinz Askam, wir sind nur einem Mann Lehnstreue schuldig: Dem König von Achar. Zared.«

»Und sollten wir morgen früh erfahren, daß er nicht mehr am Leben ist«, ertönte eine Stimme von weiter hinten in der Menschenmenge, die sich vor Askam drängte, »dann wird es bei den Göttern nicht lange dauern, bis Ihr im folgt!«

Askam wurde blaß – mehr vor Wut als aus Furcht. »Euer König von eigenen Gnaden verfügt weder über ein Königreich, noch über Macht und liegt selbst in einem Pferch. Ihr habt keine andere Wahl, Ihr müßt ...«

»Und ob wir eine Wahl haben«, sagte der Pikenträger betont gelassen. Er hob die Hand, und die Menschenmenge hinter ihm geriet in Bewegung und drängte immer weiter vor.

»Zared!« riefen sie. »König Zared!«

Der Lärm riß Caelum aus seinem unruhigen Schlummer.

»Was ist da los?« rief er. Kaum hatte er sich erhoben, platzte ein Hauptmann ins Zelt herein.

»Edler Sternensohn! Meuterei! Zareds Männer rebellieren!«

»Dann bringt Zared hierher ... aber schnell!«

Verflucht, dachte er, während der Hauptmann aus dem Zelt stürzte. Damit hätte ich rechnen müssen.

Bis die Wachen Zared hereinzerrten, war das Zelt bereits von zahlreichen Soldaten umstellt – Zareds Männer ebenso wie Caelums Reiter aus Nor. Leah, sichtlich mitgenommen und mit Tränenspuren im Gesicht, folgte ihm auf dem Fuß. Hinter ihr wurden Herme und Theodor hereingeführt.

Zared schien kaum noch zu leben. Die Wachen drückten ihn auf einen Stuhl, und er wäre vornübergekippt, hätte ihn Leah nicht schnell an den Schultern festgehalten.

»Bei den Sternen!« murmelte Caelum. Er beugte sich zu Zared hinunter, packte ihn an den Haaren und riß seinen Kopf nach hinten.

Zared starrte ihn aus eingesunkenen, schmerzerfüllten Augen an. Seine Haut war grau und schweißbedeckt. Sein Körper fühlte sich kalt an.

»Holt einen Medikus, schnell!« rief Caelum, und ein Soldat rannte aus dem Zelt.

Caelum wandte sich wieder Zared zu. »Zared, habt Ihr noch all Eure Sinne beieinander?«

Zared lächelte schwach. »Ich dachte, die habt Ihr mir schon lange abgesprochen.«

Caelum atmete tief durch und beruhigte sich ein wenig. Wenn er noch spaßen konnte, stand es noch nicht ganz so schlimm um ihn.

Der Medikus eilte herein, und Caelum trat beiseite, damit er Zared untersuchen konnte. Caelums Zauberkräfte konnten Zared nicht heilen. Der Medikus nahm den notdürftigen Verband ab, den Leah um Zareds Brustkorb gewickelt hatte, und tastete die Wunde ab. Allzu behutsam war er dabei nicht.

Zared stieß einen Schmerzensschrei aus, und Leah griff nach seiner Hand, damit er den Medikus nicht bei seiner Arbeit störte.

»Pssst, mein Liebster«, flüsterte sie, doch Zared wandte den Kopf ab.

Leah schossen die Tränen in die Augen. Dabei hatte sie nur das Richtige tun wollen! Sie hatte erwartet, daß Caelum auf ihren Vorschlag eingehen und zu Verhandlungen bereit sein würde. Aber nein, er hatte ihre Angaben mißbraucht und versucht, Zared zu töten. Und jetzt hielt Zared sie für eine Verräterin.

Vielleicht hatte er recht.

»Die Wunde ist tief, und die inneren Verletzungen sind schwer«, sagte der Medikus. »Aber die Klinge war sauber, und ich glaube nicht, daß die Wunde eitern wird. Ich werde sie nähen und verbinden, und solange er sich während der nächsten Wochen nicht allzu sehr anstrengt, wird sie wohl heilen. Allerdings wird er wahrscheinlich eine gewisse Steifheit auf dieser Seite zurückbehalten.«

Der Medikus griff in den Beutel, den er mitgebracht hatte, und entnahm ihm ein paar Instrumente. Er schien sich der Anspannung, die im Zelt herrschte, nicht bewußt zu sein, sondern redete munter weiter, während er Zareds Wunde nähte, Schicht um Schicht, mit den unteren Muskeln angefangen bis zu den oberen Hautlappen.

Als Klemmen und Nadel ihn das erste Mal berührten, keuchte Zared laut, und bei jedem Stich, mit dem der Faden aus Katzendarm durch das Gewebe geführt wurde, verzog er das Gesicht. Ansonsten ertrug er die Tortur, ohne viel Aufhebens darum zu machen.

»Seid Ihr sicher ...?« fragte Leah, während der Medikus einen dicken Verband um die Wunde wickelte.

Er hob die Schultern. »Bei Wunden dieser Art weiß man das nie genau. Aber schließlich hat er die letzten Stunden überstanden, und schlimme innere Blutungen konnte ich keine feststellen – allerdings hat er bereits eine Menge Blut verloren, und das wird ihn schwächen – nun, ich kann nichts versprechen, aber an Eurer Stelle würde ich noch keinen Witwenschleier bestellen.«

Leah dankte ihm und warf Caelum und Askam, die gerade wieder ins Zelt zurückgekehrt waren, einen zornigen Blick zu.

Der Medikus verstaute die Instrumente wieder in seinem Beutel und ging hinaus, nachdem Zared ihm leise gedankt hatte.

Eine Weile herrschte Schweigen. Dann setzte sich Caelum auf einen Stuhl und sah Askam und Zared an.

»So kann das nicht weitergehen!« sagte er. »Dieses sinnlose Dahinschlachten macht mich krank. Tencendor droht von jenseits des Sternentors allergrößte Gefahr, und meine beiden ranghöchsten Prinzen streiten sich um Steuern und unbedeutende Insignien der Macht. Es reicht jetzt!«

Er holte tief Luft. »Ihr werdet Eure Streitigkeiten beilegen. Ich brauche Euch, Tencendor braucht Euch – alle beide –, um den Dämonen entgegenzutreten. Habt Ihr mich verstanden?«

Sein wütender Blick glitt von einem zum anderen. Zared nickte. Askam folgte seinem Beispiel nach kurzem Zögern.

»Angesichts der Gefahr, die ganz Tencendor droht, sind Eure Meinungsverschiedenheiten lächerlich. Zared, seid Ihr bereit, meine Befehlshoheit anzuerkennen? Wir müssen mit vereinten Kräften gegen diese Dämonen vorgehen. Zared«, Caelums Stimme wurde weicher, »nur einer kann an der Spitze stehen.«

»Ich erwarte Garantien«, sagte Zared schwach. Er räusperte sich und fuhr mit festerer Stimme fort. »Ich muß wissen, daß

Ihr Euch nicht nur meine Beschwerden anhören werdet, sondern auch die der Achariten.«

»Und was ist mit mir?« fragte Askam und trat vor. »Was ist damit?« Er wies auf seinen leeren Ärmel. »Mit meinem Palast und meinen Rechten und meinem Schloß und meinen Ländereien, die er sich widerrechtlich angeeignet hat? Caelum, ich fordere den Kopf dieses Mannes!«

»Nein!« rief Leah.

»Hure!« zischte Askam, und sie wich zurück.

»Falls sie Euch verraten hat, geschah das, weil ich sie getäuscht habe«, sagte Zared leise. »Laßt Eure Gehässigkeit an mir aus, Askam, nicht an Eurer Schwester.«

Leah warf ihm einen dankbaren Blick zu, doch noch immer weigerte er sich, sie anzuschauen, und sie schlug beschämt die Augen nieder.

»Das reicht!« bellte Caelum. »Zared, ich bin bereit, mit Euch über alles zu sprechen, aber erst, nachdem wir die Dämonen besiegt haben.«

»Und was ist mit Theodor und Herme«, sagte Zared. »Was ist mit ihnen? Und meinen anderen Hauptleuten? Caelum, sie haben nur meine Befehle befolgt. Ich kann nur wiederholen, was ich zu Askam gesagt habe: Nehmt Rache an mir, nicht an ihnen.«

»Werden sie mir gehorchen?« fragte Caelum.

»Wenn ich sie darum bitte«, erwiderte Zared ruhig und sah Caelum in die Augen.

Caelums Mund wurde schmal. Wenn Zared sie darum bittet. Nun, das war allerhand. Doch er nickte.

»Wenn all dies vorbei ist«, sagte er, »wenn wir die Dämonen besiegt haben, bleibt uns vielleicht Zeit für dergleichen belanglose Streitereien. Aber nicht jetzt, nicht jetzt! Habt Ihr mich verstanden?«

Zared und Askam sahen einander voller Groll an und nickten.

»Gut«, sagte Caelum. »Dann erwarte ich von Euch, daß Ihr Euch meinem Befehl unterstellt. Morgen reiten wir zu den Alten Grabhügeln.«

68

Zaudern und Bedenken

Am nächsten Tag brachen sie im Morgengrauen auf.

Die beiden Armeen hatten einen Frieden geschlossen, der auf schwachen Beinen stand. Männer und Pferde waren an den vorangegangenen Tagen bis zur Erschöpfung marschiert. Jetzt wurden sie erneut dazu gezwungen.

Ihnen blieb keine andere Wahl.

Wäre Zared bei Kräften gewesen, hätte er sich wohl kaum Caelums Befehlsgewalt unterstellt. Aber er war geschwächt von seiner Wunde und litt unter starken Schmerzen, und so nahm er alles hin und gab die Befehle an seine Truppen weiter.

Seine Hauptleute dagegen waren nicht so willfährig. Es war schwer, zwei Armeen von jeweils über zehntausend Mann mit dem Gedanken auszusöhnen, an einem Tage gegeneinander und am nächsten Seite an Seite zu kämpfen. Damit das gelang, blieb Caelum nichts anderes übrig, als die beiden Truppenteile so weit wie möglich getrennt marschieren zu lassen. Das bedeutete, daß Zareds Soldaten die Kolonne anführten. Über ihnen zog die Luftarmada ihre Kreise, um darauf zu achten, daß sie keinen Unfrieden stifteten. Caelums Bodentruppen und die Krieger der Nor folgten ihnen schweigend.

Einen Moment lang hatte Caelum mit dem Gedanken gespielt, Zareds Truppen hinter den seinen marschieren zu lassen. Er hoffte, daß er dem Prinzen aus Severin vertrauen konnte. Eigentlich war er sogar davon überzeugt. Zareds Männer wiederum waren eine andere Sache – sie hatte er lieber vor sich als im Rücken.

Sie hatten nur das Notwendigste mitgenommen. Zelte, überschüssigen Proviant und Decken blieben in traurigen Haufen in der Ebene von Westarkness zurück. Die Männer konnten in Satteldecken gewickelt schlafen, die Ikarier in ihre Flügel gehüllt. Bis sie die Alten Grabhügel erreicht hätten, würden sich alle mit zwei Mahlzeiten am Tag zufriedengeben müssen.

Als würden wir wieder gegen Gorgrael kämpfen, dachte Caelum. Er mußte an seine Kindheit und die Schlachten gegen die Streitkräfte des Zerstörers denken. Wieder steht der Einbruch des Winters bevor, und wieder ziehen wir in den Krieg.

Als hätte es die vierzig friedlichen Jahre niemals gegeben.

Zared ritt an der Spitze seiner Armee. Er war ganz dem eisigen Ostwind ausgesetzt. Obwohl er fror, sorgte dieser Wind aber auch dafür, daß er im Sattel blieb. Er hatte immer noch Schmerzen, war jedoch nicht mehr so schwach wie am Vortag. Der Medikus hatte ihn mit fasrigem Grünzeug versorgt, das mit schmerzstillenden Mitteln versetzt war und auf dem er jetzt herumkaute. Es half gegen seine Schmerzen und gab ihm Kraft.

Knapp hinter ihm ritt seine Gemahlin, auf der Stute, die sie aus dem Palast entwendet hatte. Leah sehnte sich nach nichts mehr, als Zared in die Arme nehmen und trösten zu können. Vor zwanzigtausend Mann war das natürlich nicht möglich. Außerdem würde es Zared sowieso nicht zulassen.

Sein steifer Rücken war Strafe genug für ihre Dummheit.

Sie hätte zu ihrem Gemahl reiten sollen. Dann wären die Nor wenigstens nicht vorgewarnt gewesen. Dann hätte sich der Vogelmann nicht auf Zared gestürzt, um ihm einen Dolch in die Seite zu stoßen.

»Ich werde dich nicht mehr verlassen«, flüsterte sie, und eine Bö riß ihr die Worte von den Lippen. »Nie wieder.«

Die Kolonne marschierte weiter.

Sie marschierte den ganzen Tag hindurch, bis sich abends der Wind legte und es noch kühler wurde. Da gab Caelum den Befehl zum Anhalten, und alle ließen sich, so gut es ging, zwischen den Stechginstersträuchern im Gras nieder, mitten auf der weiten Ebene von Arkness.

Gustus eilte herbei und half Zared vom Pferd, bevor Leah auch nur absteigen konnte. Als sie zu ihrem Gemahl trat, sah sie, daß Blut durch seinen Verband auf seine Kleider gesickert war und seine Augen fiebrig glänzten.

Sie schwieg, säuberte seine Wunden, verband sie neu, ließ ihn etwas essen und trinken und wollte Einspruch erheben, als er aufstand.

»Ich muß mit meinen Hauptleuten reden«, sagte er barsch und ließ sie bei den Pferden und dem aufgehäuften Zaumzeug zurück.

Sie blinzelte ihre Tränen fort, wickelte sich in eine Satteldecke und wartete.

Sechs Tage lang waren sie unterwegs, erst nach Osten, dann in südöstliche Richtung. Von Sonnenaufgang bis Sonnenuntergang. Jeder folgte seinem Vordermann und hoffte, daß dieser wußte, wohin es ging.

Abends, sofern die Männer überhaupt noch die Kraft dazu aufbrachten, unterhielten sie sich über ihr mögliches Ziel.

Am sechsten Abend standen Zared, Herme, Theodor, Gustus und Morden beieinander und unterhielten sich leise miteinander.

»Mein Herr und König«, sagte Morden. »Die Männer wollen wissen, was ihnen bevorsteht.« Alle Hauptleute Zareds sprachen ihn weiterhin mit seinem Titel an. Caelum machte das fuchsteufelswild, aber er konnte ihnen schlecht den Mund verbieten.

Caelum soll verflucht sein, dachte Zared, warum hat er es ihnen nicht gesagt? Die Gefahr der Dämonen sollte offenbar das Geheimnis der Sonnenflieger bleiben. Zumindest die menschlichen Völker wurden im unklaren gelassen. Die Ikarier wußten Bescheid, und die Awaren anscheinend auch. Von den Achariten dagegen erwartete Caelum, daß sie in den Tod zogen, ohne den Grund dafür zu kennen.

Was konnten seine Männer gegen Dämonen ausrichten? Gegen diese Dämonen? Zared fragte sich, ob es klug war, die einzige Armee Tencendors in den Rachen der Dämonen von jenseits des Sternentors marschieren zu lassen.

Seine Unruhe wuchs mit jeder Minute. Er sah Morden an. »Wißt Ihr, was uns bevorsteht, Morden?«

Morden sah Herme an und nickte dann, sichtlich beklommen. »Jawohl, mein Herr und König. Die meisten Hauptleute wissen es schon.«

»Und was ratet Ihr mir?«

Morden holte tief Luft. »Die Männer sollten es erfahren.«

»Ich stimme Euch zu. Mir mißfällt dieser Gewaltmarsch ins Ungewisse. Die Männer müssen das Ziel kennen, auch wenn es entsetzlich ist.« Zared trat einen Schritt zurück, um das Lager besser überschauen zu können. Während der vergangenen Tage war seine Wunde gut verheilt, auch wenn sie ihm ganz offensichtlich noch Schwierigkeiten bereitete.

»Hört her«, sagte er. »Die Männer an den Lagerfeuern murren bereits. Und sie unterhalten sich nicht mehr über ihre Frauen und Liebsten zu Hause. Verflucht, Caelum wird mehr als nur Dämonen am Hals haben, wenn er nicht bald etwas dagegen unternimmt.«

Wenn er den Männern nicht bald alles erklärte, würden sie das als Beleidigung auffassen. Schließlich wußten die Ikarier und die Awaren Bescheid und bereiteten sich auch innerlich auf einen Großangriff vor.

Tiefer Groll stieg in ihm auf. »Ich muß mit Caelum sprechen«, sagte er. »Und zwar sofort. Herme, begleitet Ihr mich?«

»Gerne, mein Herr und König.«

»Und ich auch!« rief Theodor.

Angesichts der Begeisterung des Herzogs mußte Zared lächeln.

»Nein, Theodor. Ihr bleibt hier. Bei Askam wäre Eure gute Laune nur verschwendet.«

Vom Gelächter der Hauptleute begleitet, schritten Zared und Herme auf Caelums Lagerfeuer zu.

»Sternensohn?« sagte Zared. »Ich muß mit Euch reden.«

Caelum blickte von seinem Teller mit Eintopf auf, warf Askam, der auf der anderen Seite des Feuers saß, einen Blick zu, und nickte. »Setzt Euch.«

Zared und Herme ließen sich mit gekreuzten Beinen am Feuer nieder. Zared verzog das Gesicht, als er spürte, wie die Fäden in seiner halb verheilten Wunde spannten.

»Caelum, meine Männer müssen endlich erfahren, was ihnen bevorsteht.«

Caelum kaute eine Weile bedächtig und sagte dann: »Das würde die Sache nur noch schlimmer machen.«

»Was? Schlimmer? Wieso denn das, Sternensohn?«

»Was soll ich ihnen denn erzählen? Daß eine unbekannte dämonische Macht von jenseits des Sternentors unser Land bedroht? Daß Drago Sonnenflieger sie anführt, zweifellos von Ehrgeiz zerfressen? Dann hätten sie noch mehr Angst, Zared.«

Und wenn sie Angst haben, ist der unsichere Friede, der diese beiden Armeen zusammenhält, nur noch mehr gefährdet, dachte Caelum.

»Sie haben bereits Angst, Caelum. Ihnen ist klar, daß etwas Entsetzliches bevorsteht – warum sonst marschieren wir in einer solchen Geschwindigkeit? Um Himmels willen, Caelum, erklärt es ihnen! Das haben sie verdient.«

»Verdammt nochmal, Zared! Ihr gehorcht meinen Befehlen, also könnt Ihr Euch auch auf mein Urteil verlassen. Ich bin müde...«

Zared machte eine weit ausholende Armbewegung. »Wir alle sind müde, Caelum. Aber der Großteil der Männer dort draußen hat Angst, und das müßte nicht sein.«

»Ihre Angst wäre noch größer, wenn sie alles wüßten, Zared.«

Zared wandte den Blick ab.

Herme sah ihn an und ergriff dann das Wort. »Sternensohn, ich stehe seit Jahren an der Spitze kämpfender Männer. Ich kenne sie.«

Er hielt inne und fragte sich, wie er seine Gedanken diplomatisch ausdrücken sollte. »Sternensohn, Ihr habt so viel Zeit auf Sigholt verbracht, daß Ihr vielleicht nicht mehr wißt, wie die einfachen Leute denken, vor was sie Angst haben. Im Augenblick haben sie Angst davor, in tödliche Gefahr zu geraten, ohne auf sie vorbereitet zu sein.«

»Ich verlange doch nur von ihnen, daß sie gehorchen«, sagte Caelum scharf.

»Aber ...«

»Wenn ich ihnen alles erkläre, werden sie schreiend in die Nacht hinausrennen. Verdammt nochmal, Herme, Zared! Werdet wenigstens Ihr mir gehorchen?«

Zared gab sich alle Mühe, nicht die Beherrschung zu verlieren. »Caelum, ich flehe Euch an. Sagt den Leuten, womit sie es zu tun bekommen. Ihr glaubt, daß sie schreiend davonlaufen, wenn Ihr ihnen die Wahrheit sagt. Ich bin der Meinung, daß sie Euch weit früher im Stich lassen werden, wenn Ihr das nicht tut.«

»Mit Euch an der Spitze, ohne Zweifel«, murmelte Askam.

»Askam, es reicht!« sagte Caelum und schleuderte den Teller fort. »Zared, Ihr könnt gehen.«

Zared zögerte, stand dann auf und gab Herme mit einer Handbewegung zu verstehen, daß er seinem Beispiel folgen solle. Er hielt inne und sah Askam an. Der Prinz des Westens lächelte leise. Zared wandte sich ab und verschwand in der Nacht.

Zared kochte vor Wut. Kurz bevor sie ihr Lagerfeuer erreichten, wandte er sich an Herme. »Ruft alle Hauptleute zusammen«, sagte er. »Bei Mondaufgang treffen wir uns an meinem Feuer.«

Herme nickte und eilte davon.

Zared seufzte und rieb sich die Augen – bei den Göttern! Wann würde er endlich wieder ganz bei Kräften sein? Vielleicht sollte er mit Leah reden, aber auch dafür war er zu müde.

Er trat in den Schein des Lagerfeuers und blieb wie angewurzelt stehen. Bei Leah saßen zwei Frauen, eine Ikarierin und eine Menschentochter.

»Zenit?« rief er erstaunt und wandte sich dann der anderen Frau zu. Er hatte sie noch nie zuvor gesehen.

»Wer seid Ihr?«

Sein Tonfall war barscher, als er beabsichtigt hatte. Aber etwas an dieser Frau bereitete ihm Unbehagen. Sie war sehr schön, und zugleich verfügte sie über eine starke Ausstrahlung.

Sie verfügte über Macht.

»Ich heiße Faraday«, sagte sie, erhob sich anmutig und reichte ihm die Hand. »Bitte verzeiht mir, daß ich uneingeladen an Eurem Feuer Platz genommen habe.«

»Ihr seid doch nur eine Legende!« sagte Zared. Er war so erschrocken, daß er die Hand der Frau übersah.

»Ein äußerst trauriger Nachruf auf eine Frau, die lebendig vor Euch steht«, entgegnete Faraday. »Bitte, ich werde Euch nichts tun.« Ein wenig ungeduldig hielt sie ihm die Hand hin.

Zared wurde sich seiner Unhöflichkeit bewußt und drückte sie hastig – und fand es erstaunlich, daß er sich in dieser unpassenden Umgebung noch an höfisches Verhalten erinnern konnte.

»Edle Frau, damit wollte ich nur sagen, daß Eure Tapferkeit und Euer Mut in Tencendor legendär sind.«

Sie schenkte ihm ein reizendes Lächeln. »Und Eure Nichte wollt Ihr nicht begrüßen?«

Zared ließ ihre Hand los, trat um das Feuer herum und nahm Zenit fest in die Arme.

»Zenit, was ist Euch widerfahren? Ich habe gehört, daß Ihr plötzlich von Sigholt verschwunden wart ...«

Sie lehnte sich zurück, sah ihn an und sagte: »Das ist eine lange Geschichte, Onkel. Ich habe Drago begleitet ... aus freien Stücken. Was ist mit Euch? Leah hat uns erzählt, Ihr seid verletzt.«

»Es geht mir schon besser, Zenit. Was ... was führt Euch hierher?«

Zenit ließ ihn los und gab ihm mit einer Handbewegung zu verstehen, daß er sich setzen solle. Zared zögerte, ließ sich dann aber neben Leah nieder.

Ihre Augen weiteten sich überrascht.

Faraday hob die Augenbrauen und lächelte dann. »Zared, ich habe gehört, daß Ihr die Krone von Achar tragt. König Zared und Königin Leah – so habt Ihr Euch das sicher nicht vorgestellt.« Ihr Blick glitt von Zared zu Leah.

Zared fiel unvermittelt ein, daß Faraday und ihr Gemahl

Bornheld die letzten amtierenden Herrscher Achars gewesen waren. Er wollte etwas erwidern, wußte jedoch nicht, was.

»Ihr braucht nichts zu sagen«, fuhr Faraday fort. »Die Krone ist mir gleichgültig. Zenit und ich«, sie nahm die Hand ihrer Freundin, »sind beide von den Toten zurückgekehrt – um es einmal so auszudrücken. Wir haben andere Sorgen als Titel und Kronen.«

»Und warum seid Ihr beide hier?«

»Nun«, sagte Zenit mit einem Funkeln in den Augen, »in erster Linie möchten wir Eurer Gemahlin Trost spenden, Zared. Ich habe nicht den Eindruck, daß sie glücklich ist.«

Zared blickte zu Boden. »Unsere Ehe hat keinen guten Anfang genommen.«

»Dann gebt Euch wenigstens in Zukunft Mühe«, sagte Faraday streng. »Ihr seid beide sterblich und habt nicht die Zeit, einander mehrere Äonen lang hinterherzulaufen, um hundert Jahre alte Fehler wiedergutzumachen.«

Zu seiner eigenen Überraschung mußte Zared lachen. Er nahm Leahs Hand und drückte sie sanft. »Es tut mir leid«, sagte er und lächelte sie an.

»Mir auch. Ich hätte mir vorher überlegen sollen ...«

»Pssst«, sagte er, beugte sich zu ihr hinüber und küßte sie sanft auf die Lippen.

»Gut«, sagte Faraday. »Was den eigentlichen Zweck unseres Hierseins betrifft ... nun, die Einzelheiten sind für Euch nicht von Bedeutung, aber wir sind zu den Alten Grabhügeln unterwegs.«

»So wie wir auch.«

»Ja, wie Ihr auch. Aber ich halte Eure Mission für einen großen Fehler.«

Zared sah die beiden Frauen aufmerksam an. »Nun, Caelum hat gesagt, sein Vater sei der Meinung, wir könnten ihm helfen.«

»Auch Axis weiß nicht immer, was richtig und was falsch ist«, entgegnete Faraday. »Ehrlich gesagt, glaube ich, daß er im Augenblick eher hilflos ist. Er fühlt sich einfach sicherer, wenn er eine Armee in der Nähe weiß. Wahrscheinlich liegt das an den Erfahrungen, die er in seiner Jugend gemacht hat.«

Sie zuckte mit den Achseln und sah Zenit an. »Du kannst ihnen das besser erklären.«

Zenit nickte, betrachtete einen Moment lang ihre Hände und blickte dann auf. »Zared, wißt Ihr, was von jenseits des Sternentors auf uns zukommt?«

»Dämonen«, antwortete er. »Kreaturen aus dem Herzen der Sterne selbst, soweit ich weiß. Und Wolfsterns gerechte Strafe. Alle Kinder, die er vor vielen tausend Jahren ermordet hat.«

Zenit nickte. »Und sie sind furchtbar mächtig, soweit wir das beurteilen können. Aber ehrlich gesagt weiß ich nichts Genaues. Wußtet Ihr, daß sie den ikarischen Zauberern ihre Kraft rauben, je näher sie kommen?«

»Was wollt Ihr damit sagen?«

»Während der vergangenen Wochen habe ich gespürt, wie meine Zauberkräfte nachließen. Der Sternentanz gerät aus dem Takt, wird leiser.«

»Aber wie …«

»Laßt mich ausreden, Onkel. Das Näherkommen der Dämonen, ihr Einfluß umwölkt das Sternentor. Der Sternentanz kann nicht mehr hindurchdringen, und ohne den Sternentanz sind wir machtlos.«

Zared starrte sie entgeistert an. Hinter ihr wurden Schritte hörbar, und Herme, Theodor und mehrere von Zareds Hauptleuten traten ans Feuer.

»Nicht jetzt«, sagte er, doch Faraday fiel ihm ins Wort.

»Doch. Auch sie müssen das hören. Bitte setzt Euch, Ihr Herren.«

Etwas ratlos ließen sich die Männer um das Feuer herum nieder.

»Fahre fort, Zenit«, sagte Faraday.

Zenit sprach langsam und betonte jedes Wort. »Das Näherkommen der Dämonen raubt nicht nur den ikarischen Zauberern ihre Macht, sondern auch den Sternengöttern. Wenn die Dämonen erst einmal durch das Sternentor durchgebrochen sind, werden sie alle vollkommen machtlos sein.«

Alles schwieg.

Schließlich ergriff Leah das Wort. »Aber das wäre ...« Sie runzelte die Stirn und versuchte, ein angemessenes Wort zu finden. »Undenkbar. Tencendor ohne jegliche Magie?«

»Nicht ganz«, sagte Faraday. »Die Bäume und Wälder werden ihre Zauberkraft bewahren. Allerdings wissen wir nicht, was für Folgen die Anwesenheit der Dämonen langfristig für sie haben wird. Das trifft auch für ... andere Lebewesen zu. Aber nichts kann den Magieverlust der Zauberer und Sternengötter ausgleichen.«

Die Anwesenden warfen einander vielsagende Blicke zu. Alle waren sie Zared treu ergeben, und alle hegten sie große Hoffnungen für ein wiedererwachtes Achar. Aber sie hatten auch den größten Teil ihres Lebens in der Nähe der Ikarier und ihrer Magie und Rituale verbracht. Viele von ihnen hatten den Wald und seine Macht erlebt. Sie mochten sterblich sein, aber sie wußten um den Wert der Zauberer.

»Zared und Ihr Herren alle, hört mir zu.« Zenit beugte sich vor und sprach mit ernster Stimme – sie wollte überzeugend klingen. »Wenn der Sternentanz vollständig verstummt ist, wird nichts mehr die Dämonen aufhalten können. Gar nichts.«

»Dann ...« Zared verstummte.

»Dann reitet Ihr alle in den sicheren Tod!« rief Leah und hielt Zareds Hand noch fester gepackt. »Wolltest du das sagen, Zenit?«

»Ja. Ich befürchte, so ist es.«

Die anwesenden Hauptleute wechselten ängstliche Blicke und flüsterten untereinander.

»Wir können nicht weiterreiten«, rief Zared.

Faraday schüttelte langsam und nachdrücklich den Kopf.

»Verflucht!« sagte Zared leise und versuchte nachzudenken.

»Zared, gibt es irgendeine Möglichkeit, Caelum zur Umkehr zu bewegen?«

Zared sah Faraday an. »Ich bezweifle es. Er ist davon überzeugt, daß Axis uns am Sternentor braucht.«

»Edle Faraday«, sagte Theodor. »Was bleibt dann noch übrig? Wollt Ihr sagen, daß wir gegen diese Dämonen absolut machtlos sind? Daß unser Land zu ... was verurteilt ist?«

Faraday und Zenit hatten eine recht genaue Vorstellung von dem, was Tencendor erwartete, falls die Dämonen das Sternentor überwanden. Aber sie beabsichtigten nicht, den Männern jede Hoffnung zu rauben.

»Das wissen wir nicht«, sagte Faraday sanft. »Aber wir fürchten das Schlimmste. Wir mögen nicht auf alles eine Antwort haben, aber wir sind mit gutem Rat gekommen und bitten Euch, auf ihn zu hören.«

»Und der wäre?« wollte Herme wissen.

»Ihr befindet Euch im Moment ungefähr vier oder fünf Wegstunden nördlich des Waldes der Schweigenden Frau. Meine Freunde, für den Augenblick bietet der Wald Euch den besten Schutz. Wir glauben, daß die Dämonen ihn erst einmal in Ruhe lassen werden.«

Jedenfalls hoffen wir das.

»Und unsere Familien?« fragte Gustus wütend, auch wenn sein Zorn nicht den beiden Frauen galt. Mochte Caelum im Nachleben ein Fraß der Würmer werden! Die meisten Männer hatten immer noch nicht die geringste Ahnung von der Gefahr, die von jenseits des Sternentores drohte!

»Auf unserem Weg nach Norden sind wir einer ganzen Reihe von Kaufleuten begegnet, die nach Karlon oder in andere Handelszentren unterwegs waren. Wir haben ihnen einige Ratschläge gegeben, soweit das möglich war, ohne Ihnen allzu große Angst einzujagen. Die Bevölkerung darf auf keinen Fall den Kopf verlieren.«

»Und was habt Ihr ihnen geraten?« fragte Morden. In Karlon warteten eine Frau und zwei kleine Kinder auf ihn. In diesem Augenblick hätte er am liebsten alles stehen und liegen gelassen, um zu ihnen zu eilen.

»Zu manchen Tageszeiten wird es gefährlich sein, aus dem Haus zu gehen«, sagte Zenit. »Mehr als gefährlich. Im Morgengrauen, in der Abenddämmerung und die ganze Nacht hindurch. Am Vormittag und am Nachmittag. Und unter Umständen auch am Mittag.«

Wenn uns kein Erfolg beschieden ist, dachte Faraday. Wenn

uns kein Erfolg beschieden ist, wird der Mittag sogar die schlimmste Zeit sein.

»Wenn die Leute während dieser Zeiten im Haus bleiben und Türen und Fenster verschließen, werden sie am Leben bleiben.«

»Aber was für ein Leben ist das?« sagte Zared aufgebracht. »Den Menschen bleiben nur noch wenige Stunden täglich, um hinauszugehen, um die Felder zu bestellen, um ...«

»Immerhin werden sie leben«, sagte Faraday. »Während der Stunden, die wir genannt haben, werden die Dämonen auf die Jagd gehen.«

»Was können wir gegen sie unternehmen?« Herme breitete verzweifelt die Arme aus. »Können wir mit Schwert und Stahl gegen diese Ungeheuer kämpfen?«

»Nein«, entgegnete Faraday. »Das glaube ich nicht. Aber ich glaube, daß ich eine andere Lösung finden werde. Dessen bin ich mir sicher.«

»Was für eine Lösung?« wollte Zared wissen. Er hielt Leahs Hand fest an sein Herz gedrückt.

»Zared, Ihr müßt verstehen, daß ich Euch das jetzt noch nicht darlegen kann«, sagte Faraday. »Ich weiß noch nicht, welcher Weg vor mir liegt, und einige Dinge sind noch nicht geklärt. Ich bitte Euch nur«, fuhr sie fort, »ich flehe Euch an, Zared ... rettet so viele von Euren Männern wie möglich. Führt sie so schnell wie Ihr könnt in den Wald der Schweigenden Frau. Das ist der einzige Wald hier in der Nähe, der eine Armee von dieser Größe aufnehmen kann. Ich fürchte, es wird noch nicht mal einen Tag dauern, bis die Dämonen durchbrechen. Wartet dort auf uns. Aber laßt Euch warnen – haltet Euch vom Kesselsee fern!«

»Warum?«

»Weil ich befürchte, daß die Dämonen ihm einen Besuch abstatten werden. Zared, sie kommen nach Tencendor, weil auf dem Grund der Magischen Seen etwas liegt, das sie suchen. Und der Kesselsee ist nicht weit von den Alten Grabhügeln entfernt.«

Zared war zu niedergeschlagen und verstört, um noch weitere Fragen zu stellen.

»Wartet im Norden des Waldes der Schweigenden Frau auf

uns«, sagte Zenit leise. »Dort werden wir zu Euch stoßen. Vertraut uns.«

Faraday ließ ihren Blick über die Anwesenden schweifen. »Vertraut uns, Ihr alle, denn im Augenblick habt Ihr sonst niemanden, dem Ihr vertrauen könnt.«

Eine ganze Weile herrschte Schweigen. Zared verbarg das Gesicht in den Händen, während Leah ihm den Arm um die Schulter legte und ihn zu trösten versuchte.

Zareds Hauptleute boten ein Bild des Jammers. Nichts von alledem verstanden sie, und doch vertrauten sie diesen beiden Frauen bedingungslos.

»Wo werdet Ihr jetzt hingehen?« fragte Zared schließlich und hob den Blick.

»Wir?« Faraday atmete tief durch. »Zum Sternentor, natürlich. Wir müssen dort unbedingt jemanden treffen.«

69

Der Sternentanz verklingt

Sternenströmer stand im Gewölbe des Sternentors, in tiefe Trauer versunken. Mit einem Flügel lehnte er an einer der verzierten Säulen und starrte ins Leere. Er trauerte um den Sternentanz. Sein ganzes Leben hatte er dem Takt der Sterne angepaßt, sein Lachen war auf ihren Glanz abgestimmt gewesen, sein ganzes Streben auf ihre Melodie.

Jetzt verblaßte er langsam und unaufhaltsam.

Auf das Sternentor selbst verschwendete er keinen Blick, denn er wußte, was er dort sehen würde.

Wirbelnde Trostlosigkeit, die das Abbild des Universums verschlang.

Schwarzes Unheil, von zuckenden Blitzen durchbrochen, die gleichermaßen verseucht waren.

Dämonische Stimmen, die über das Verstummen des Sternentanzes lachten.

Flüsternde Stimmen.

Wolfstern, wir sind Euch auf den Fersen.

Sternenströmer hob den Blick. Dort stand Wolfstern, jenseits des dicht zusammengedrängten Kreises der Sternengötter. Sein Gesicht war aschfahl, sein Atem ging schnell.

Wolfstern, wir sind Euch auf den Fersen.

Und das Schlimmste war, daß niemand sie würde aufhalten können.

Sternenströmer wandte sich wieder dem Schutzschild über dem Sternentor zu. Wie leuchtend und unüberwindlich es anfangs gewesen war! Jetzt verblaßte es allmählich und wurde dunkelgrau – ein Spiegelbild der Schwärze, die von jenseits des

Sternentors herübersickerte, aber auch ein Spiegelbild der nachlassenden Macht der Zauberer und Sternengötter.

Sternenströmer hatte sich nie gefragt, wie es wohl wäre, ein … ein Mensch zu sein. Ohne jede Zauberkraft. Ohne die Freuden des Sternentanzes. Jetzt befürchtete er, daß er diese Erfahrung nur zu bald machen würde.

Ein Mensch mit Flügeln. Mehr würde er nicht sein.

Sternenströmer ließ den Kopf hängen und trauerte.

Hier können wir nicht bleiben, dachte Wolfstern. Der bevorstehende Verlust des Sternentanzes erfüllte ihn ebenso mit Kummer wie der Tod der Frau, die er geliebt hatte.

Wie hatte Zenit ihm das nur antun können?

Hier können wir nicht bleiben, dachte er. Zumindest er nicht. Es war zu gefährlich. Die Kinder, Sternenfreude – bei den Sternen! Wie sehr würde sie nach Rache dürsten! –, die Dämonen. Er wußte, daß er ganz schnell an einen weit entfernten Ort würde fliehen müssen, wollte er am Leben bleiben. Vielleicht bestand dann auch für Niah noch Hoffnung.

Doch jetzt, dachte er, werde ich hier bleiben und die letzte Stunde der ikarischen Magie mit ansehen.

Das war er ihr schuldig.

Zared, Leah und ihre Hauptleute verabschiedeten sich von Faraday und Zenit, während die Sterne im Morgengrauen verblaßten.

Die beiden Frauen hatten ihre weißen Esel an einem Ginsterstrauch auf der anderen Seite des Lagers angebunden. Jetzt spannten sie die Tiere wieder vor ihren kleinen blauen Karren, kletterten hinauf und winkten, während die Esel munter ostwärts auf die dunkle Linie des Bardenmeers und der Grabhügel zutrotteten.

»Diese Esel«, murmelte Herme. »Das ist doch nicht möglich. Bei den Sternen!« Er schüttelte den Kopf. Das konnte einfach nicht wahr sein.

»Herme?«

Zareds Stimme riß ihn aus seinen Gedanken. »Ja, mein Herr und König?«

»Caelum hat den Befehl zum Aufbruch gegeben. Laßt aufsitzen und haltet Euch bereit. Ich werde zu Caelum zurückreiten und versuchen, ihn von der Notwendigkeit unserer Flucht zu überzeugen. Und sobald Ihr seht, daß ich ihm gegenüberstehe, befehlt Ihr den Männern, sich nach Süden zu wenden. Beeilt Euch. Ich möchte, daß Ihr den Wald der Schweigenden Frau heute nachmittag noch erreicht.«

»Aber Ihr...« Herme wurde von Leahs Aufschrei unterbrochen.

»Zared, nein! Er wird dich nicht ziehen lassen!«

Zared umfaßte ihre Schultern und hielt sie eine ganze Weile sanft umschlungen. »Leah, du bleibst an Hermes Seite. Nimm Deine wunderbare Stute und reite wie der Wind.«

»Ich werde dich nicht...«

»Und ob du das wirst! Ich werde bald zu euch stoßen. Das verspreche ich dir. Ich bin noch nicht bereit, zu sterben, nicht hier draußen auf der Ebene, nicht wie ein Hund.« Er lächelte matt. »Vertrau mir.«

Einen kurzen Moment lehnte sie ihre Stirn an seine Brust und spürte seinen Herzschlag.

»Ja, ich vertraue dir«, sagte sie und lächelte trotz ihrer Tränen. »Und dieses Mal werde ich tun, worum du mich bittest.«

»Braves Mädchen. Herme?«

»Wie Ihr befehlt, mein Herr und König. Aber laßt nicht zu lange auf Euch warten, hört Ihr?«

Zared lachte. »Ganz wie Ihr wünscht, Graf von Avonstal! Und jetzt heißt die Männer aufsitzen. Sagt ihnen ... sagt ihnen, daß sie im Wald der Schweigenden Frau auf mich warten sollen. Dort werde ich ihnen dann alles erklären.«

Herme salutierte. »Jawohl, mein Herr und König.«

Zared sah sich kurz um, nickte den anderen Hauptleuten zu, hauchte Leah einen Kuß auf die Lippen und wendete sein Pferd.

»Was hat er vor?« murmelte Caelum, als er den Prinzen des Nordens im gestreckten Galopp auf sich zureiten sah. Zareds Männer saßen unterdessen auf und machten sich zum Aufbruch bereit.

Caelum suchte den Himmel ab. Der größte Teil der Luftarmada kreiste über der Armee, schwarze Punkte am blauen Firmament.

Noch vor einem Monat hätte er jeden einzelnen Knopf an ihren Uniformen erkennen können.

Er blinzelte und winkte einem der Vogelmänner zu, in dem er Bannfeder vermutete.

Der Punkt kam rasch näher.

Zared zügelte sein Pferd. »Caelum! Ich muß mit Euch sprechen!«

»Was habt Ihr hier zu suchen? Euer Platz ist an der Spitze Eurer Truppe.«

»Ich habe Neuigkeiten über die Gefahr, die uns am Sternentor erwartet, und sie sind nicht gut, Caelum.«

»Sein Titel lautet Sternensohn«, fiel ihm Askam ins Wort.

Zared warf ihm einen vernichtenden Blick zu und wünschte sich zum ersten Mal, die Explosion auf Kastaleon hätte ganze Arbeit geleistet.

»Neffe Sternensohn«, sagte er trocken. »Die Lage am Sternentor beunruhigt mich zutiefst.«

»Eure Aufgabe besteht nicht darin, Euch Gedanken zu machen«, erwiderte Caelum. »Ihr habt geschworen, meine Befehlsgewalt anzuerkennen. Zared ... bitte ... Axis braucht uns.«

Nein, dachte Zared, diesen Eid habe ich nicht abgelegt. Den Göttern sei Dank wurden wir vorher unterbrochen. Aber jetzt ist nicht der Zeitpunkt, sich mit Haarspaltereien aufzuhalten. »Mir wurden Neuigkeiten überbracht, die mich veranlassen, an dieser Entscheidung zu zweifeln, mag sie nun von Euch stammen oder von Axis.«

Caelum hob die Augenbrauen. Hoffentlich ließ Bannfeder nicht mehr lange auf sich warten!

Kaum hatte er diesen Satz zu Ende gedacht, fiel ein Schatten über sie, und Bannfeder Eisenherz landete neben Caelums Pferd. »Sternensohn, was kann ich für Euch tun?«

Caelum wies mit einer Kopfbewegung auf den Prinz des Nordens. »Zared hat anscheinend beunruhigende Neuigkeiten erhalten.«

Einige von Caelums Hauptleuten waren zu ihnen getreten. Einer von ihnen schirmte seine Augen mit der Hand ab, blickte in die Ferne und rief: »Sternensohn! Zareds Streitkräfte wenden sich südwärts!«

»Bei den Sternen!« brüllte Caelum. »Wollt Ihr erneut Verrat an mir üben, Zared? Bannfeder, schickt die Luftarmada ...«

»Wartet!« fiel ihm Zared ins Wort. »Bannfeder, Ihr Herren, hört mir nur einen Augenblick zu!«

»Dann beeilt Euch!« knurrte Bannfeder, die Flügel zum Aufbruch bereit, »bevor meine Bogenschützen Eure Männer mit Pfeilen spicken.«

Zared hielt Caelums zornigem Blick stand. »Alle Zauberer des Reiches und sämtliche Sternengötter haben ihre Macht fast gänzlich verloren. Bannfeder, kein ikarischer Zauberer wird uns am Sternentor beschützen können! Die Dämonen werden mit der allergrößten Leichtigkeit hindurchbrechen! Wenn wir zum Sternentor reiten, werden wir alle sterben! Sie«, mit einer abfälligen Handbewegung wies er in Caelums Richtung, »werden nichts für uns tun können!«

»Ihr lügt!« brüllte Askam. »Aufrührerische Worte, um Eure Feigheit zu verbergen! Bannfeder, befehlt Eurer Luftarmada ...«

»Dämonen«, murmelte einer der jüngeren Hauptleute von Caelums Armee.

»Beweist uns, daß Ihr noch immer über Eure Zauberkräfte verfügt, Sternensohn Caelum Sonnenflieger!« schrie Zared voller Zorn. »Beweist mir und Euren Leuten, daß Ihr noch über Eure Macht gebietet!«

Bannfeder wandte sich um und sah Caelum genau in die Augen.

»Ich versuche nur, meine Männer zu beschützen«, fuhr Zared in gemäßigterem Tonfall fort. »Lieber fliehe ich mit meinen Leuten, wenn sie dadurch am Leben bleiben, und kämpfe später weiter. Ich fälle keine übereilten Entscheidungen, die ihren Tod bedeuten.«

Caelum wich einen Schritt zurück, ohne etwas zu erwidern.

»Das reicht!« bellte Bannfeder, als Askam nach seinem Schwert greifen wollte. »Sternensohn, spricht Zared die Wahrheit?«

Noch immer sagte Caelum kein Wort. Er starrte Zared nur an.

»Je näher die Dämonen kommen«, sagte Zared ruhig, »desto mehr verdeckt die Finsternis das Sternentor. Der Sternentanz kann nicht mehr hindurchdringen – und Ihr wißt, was das bedeutet, Bannfeder. Ohne den Sternentanz ...«

Bannfeders Blick schien Caelum zu durchbohren. Obwohl niemand es ihm gesagt hatte, spürte er, wie schlimm es um das Sternentor stand. Schließlich gehörte er seit über sechzig Jahren der Luftarmada an. Er hatte gegen Skrälinge gekämpft, gegen Greifen und Menschen, und er hatte gelernt, sich auf seinen Instinkt zu verlassen. »Sternensohn?«

Da gab Caelum auf. »Er sagt die Wahrheit, Bannfeder.«

Ein Murmeln erhob sich, aber Caelum schenkte dem keine Beachtung. »Zared, woher habt Ihr das erfahren?«

»Von Faraday und Prinzessin Zenit. Zenit hat bestätigt, daß sie ihre Zauberkräfte gänzlich verloren hat.«

»Faraday!« rief Bannfeder aus. Als sie Königin von Achar gewesen war, war er ihr oft begegnet. Ihre Rolle bei der Wiederaufforstung des Landes, ihre Bereitschaft, für Axis in den Tod zu gehen, hatten ihr in Bannfeders Augen – und in denen vieler Ikarier – den Status einer Göttin verliehen.

»Mein Vater hat uns gebeten, zum Sternentor zu reiten«, sagte Caelum langsam. Es klang nicht überzeugend. Faraday war zurückgekehrt? Und Zenit?

»Axis war verzweifelt und hat nicht alles bedacht«, sagte Zared. »Er hat nur auf seinen kriegerischen Instinkt gehört. Caelum, Bannfeder – am Sternentor können wir nichts tun, außer ohnmächtig unseren eigenen Tod erwarten.«

»Verdammt noch mal!« rief Askam, die Hand auf dem

Schwertgriff. Hätte er nur seinen Arm nicht verloren! »Hat denn keiner den Mut, dem Sternentor zu Hilfe zu eilen?«

Zared lenkte sein Pferd ein wenig zur Seite. »Es gibt nichts, was Euch aufhält, Askam.«

Askam sah Zared lange an. Dann glitt sein Blick über die verlassene Ebene, die sich vor ihnen erstreckte, und schließlich zu Caelum. »Könnt Ihr uns nicht retten?«

»Nein, Askam«, sagte Caelum leise und ohne ihn anzuschauen. »Nein, das kann ich nicht, und auch die Sternengötter sind wahrscheinlich machtlos. Zared hat recht. Mein Freund, ich hätte schon gestern abend auf Euch hören sollen. Bannfeder, die Luftarmada soll sich Zareds Leuten anschließen ...«

Zared hob fragend den Blick.

»... und sie begleiten, bis sie in Sicherheit sind.« Caelum richtete sich in den Steigbügeln auf und wandte sich an seine Hauptleute. »Unser neues Ziel ist der Wald der Schweigenden Frau. Beeilt Euch! Und reitet ... reitet wie der Wind!«

Kaum hatte er das Wort »Wald« ausgesprochen, riefen seine Hauptleute bereits die ersten Befehle.

70

SPRUNGBEREIT

Eine Hand packte ihn am Arm und zerrte ihn hoch.

Drago stieß einen Schrei aus, wehrte sich jedoch nicht. Die Zeit war gekommen.

Er bedauerte unendlich, daß sie ihn nicht hatten weiterträumen lassen, von einer saftigen Weide irgendwo in Tencendor, wo ein sanfter Bach über glatte Steine und Kiesel floß und sich die heitere Sonne und der blasse Schatten des nachmittäglichen Mondes in ihm spiegelte.

Drago wurde sich nur allzu schnell seiner Umgebung bewußt und wäre fast von panischer Angst überwältigt worden. Er fürchtete nicht nur um sich, sondern auch um Tencendor, das die Folgen seines Verrats zu spüren bekommen würde.

Er fragte sich, ob er irgend etwas tun könne, um seine Heimat zu retten.

Vertrau uns.

Doch dazu blieb ihm keine Zeit. Die Hüter der Zeit zerrten ihn in die Mitte des Säulengewölbes. Draußen war der Himmel von silbernem und smaragdgrünem Licht erfüllt.

Bei den Göttern – wie nahe waren sie dem Sternentor?

»Noch nicht nahe genug!« sagte Sternenfreude und drückte ihr Kind an sich. Eins der bleichen Ärmchen rutschte aus dem Wickeltuch und hing schlaff und reglos herab. Raspu streckte geistesabwesend die Hand aus und schob es wieder zurück.

»Jetzt«, sagte Scheol beiläufig, »ist die Zeit gekommen, um Eure Kraft endgültig aufzubrauchen, Drago Sonnenflieger.«

»Ihr habt mir versprochen, daß Ihr mir mein Erbe zurückgeben würdet!« Drago schenkte ihren Worten längst keinen Glauben mehr, aber er versuchte verzweifelt, Zeit zu gewinnen.

»Haben wir das?« fragte Modt. Er hatte eine Augenbraue hochgezogen, und sein Mund stand erstaunt offen. »Daran kann ich mich nicht erinnern.«

»Wir ebensowenig«, wiederholten die anderen Hüter der Zeit wie aus einem Munde. »Das kann nicht sein.«

»Das kann nicht sein«, flüsterte Sternenfreude, warf den Kopf in den Nacken und lachte hämisch. »Ich muß gestehen, daß mich dein Schicksal kalt läßt. Für einen Sonnenflieger warst du ein langweiliger Liebhaber.«

Sie runzelte die Stirn, als dächte sie nach und zog einen Schmollmund. »Fast könnte man meinen, du seiest überhaupt kein Sonnenflieger!«

Sie brach in lautes Gelächter aus. »Fangt an! Ich möchte möglichst schnell nach Hause zurückkehren!«

Die Hüter der Zeit faßten einander an den Händen.

Die Schmerzen waren entsetzlich. Die Hüter der Zeit nahmen keinerlei Rücksicht auf ihn. Er zitterte am ganzen Körper, während sie mit offensichtlichem Vergnügen Gefäße und Gewebe zerstörten.

Er würde sterben, das wußte er. Und irgendwie war er auch froh darüber. Er würde den Opfern seines Verrats nicht in die Augen blicken müssen. Er würde den Zorn seines Vaters nicht erleben müssen. Seines Bruders Verzweiflung. Ein von Krankheit und Hunger verheertes Land.

Dem weit Schlimmeres drohte, wenn Qeteb erst über seinen ganzen Körper verfügte.

In seinem Leib tobten die entfesselten Schmerzen. Sie brodelten und kochten ohne Unterlaß.

Drago hatte das Gefühl, etwas fräße ihn von innen nach außen auf. Sah er nicht sogar, wie seine Haut und seine Organe aufplatzten und die Hüter der Zeit und Sternenfreude mit Blut bedeckt waren? Die Kinder – die Falkenkinder mit den schwarzen Flügeln und den Menschengesichtern – klammerten sich an die Säulen, wälzten sich auf dem Boden und leckten seine Körpersäfte auf. Mit der Klarheit des Sterbenden sah er, wie einigen von ihnen ein Schnabel wuchs.

Nun, es war zu spät, den Grund dafür zu erfahren. Sein Geist hatte seinen Körper beinahe verlassen und beobachtete, wie er sich allmählich auflöste.

Hatten alle Männer, Frauen und andere Lebewesen so wie er gelitten, damit sich sein Vater seinen Traum von einem wiedererstandenen Tencendor erfüllen konnte?

»Es tut mir leid. Wäre ich nur ein besserer Mensch gewesen.«

Auch wir haben vieles bereut. Fast hätte uns die Reue überwältigt. Das ist völlig verständlich. Nutzt Eure Trauer, Eure Reue, Drago.

Wie?

Werdet Ihr Caelum und Tencendor helfen?

Ja, ja, ja.

Auf jede nur erdenkliche Weise?

Ja, ja, ja.

Dann lauscht dem Lied, das wir singen.

Und Drago öffnete die Augen und blinzelte. Die Hüter der Zeit waren verschwunden, und auch die Kinder und Sternenfreude mit ihrem gräßlichen Sohn waren nicht mehr da. An ihrer Statt sah er eine Gruppe von fünf Menschen, drei Männer und zwei Frauen. Sie blickten freundlich und mitfühlend auf ihn herab. Einer von ihnen, ein alter, stämmiger Mann mit dünnem weißen Haar, hob wie zum Abschied die Hand.

»Lebt wohl, Pilger. Denkt von Zeit zu Zeit an uns.«

Sternenfreude leckte sich genüßlich das Blut von den Fingern, legte den Kopf in den Nacken und stieß einen Freudenschrei aus. Alle waren sie blutüberströmt, und alle leckten, kratzten und schlürften sie, um sich von Dragos Überresten nichts entgehen zu lassen.

Es schmeckte großartig.

Und was noch entscheidender war: Es schmeckte nach Macht.

Scheol hob den Kopf. Blut troff ihr vom Kinn. »Wir sind angekommen«, sagte sie tonlos.

Sie sahen sich um. Das Gewölbe war verschwunden. Der Obstgarten war verschwunden. Ihre Umgebung hatte sich grundlegend verändert. Sie waren in Finsternis getaucht, und ihre Füße standen auf kaltem, ebenen Nichts. Über ihnen jedoch pulsierte das Sternentor.

Von der anderen Seite blickten vier oder fünf Gesichter auf sie herab.

Vor ihren Augen verblaßte der smaragdgrüne und silberne Schild, leuchtete noch ein letztes Mal auf und verschwand.

»Was für eine Tageszeit ist dort?« fragte Sternenfreude.

»Kurz nach Mittag«, flüsterte Scheol. »Nicht mehr lange. Macht euch bereit.«

Sie schnippte mit den Fingern und stieß einen leisen Pfiff aus. Die Kinder schwärmten an ihre Seite.

»Kommt, kommt, meine Küken. Breitet eure Flügel aus, kostet die Winde. Bald werden wir uns auf die Jagd machen können.«

Axis stieß ein lautes Keuchen aus – der Sternentanz war endgültig verstummt. Das hatte er erst einmal erlebt, damals, als er auf den Eisfeldern des Nordens, in den Trübbergen, vermeintlich gestorben war. Was er von jenseits des Sternentores kommen sah, erfüllte ihn mit Entsetzen.

Dort herrschte pechschwarze Finsternis. Aber etwas bewegte sich in ihr.

Etwas versuchte sie zu durchdringen.

»Es ist vorbei«, sagte Adamon, der hinter ihm stand. »Es gibt keine Hoffnung mehr.«

Axis wandte den Blick von dem unnennbaren Grauen im Sternentor ab und sah sich um.

Die Sternengötter standen im Kreis beieinander.

Hilflos.

Hinter ihnen standen fünfzehn Zauberer, Sternenströmer unter ihnen.

Hilflos.

Sogar Wolfstern war noch da.

Er war ebenso hilflos wie alle anderen.

»Was können wir tun?« fragte Axis verzweifelt. Aschure trat zu ihm, legte ihre Arme um ihn und vergrub das Gesicht an seiner Schulter. Sie konnte nicht fassen, daß alles, was sie waren, alles, worum sie gekämpft hatten, zum Untergang verdammt war.

»Mein Sohn hat all das über uns gebracht!« rief Axis, und Aschure drückte ihn noch fester an sich.

»Mein Sohn!« Er schrie und tobte, und seine Schreie hallten von der blassen, trüben Kuppel wider.

»Nein«, sagte Wolfstern und trat vor. »Gebt den Alten, die uns diese Arsenale des Elends hinterlassen haben, die Schuld. Gebt ihnen die Schuld, wenn Ihr denn einen Sündenbock braucht, Axis.«

»Aber …«

»Wolfstern hat recht«, sagte Sternenströmer, der müde in einer Ecke stand. Er hatte nie geglaubt, daß er einmal mit Wolfstern einer Meinung wäre. »Drago war nur das Mittel zum Zweck. Die Dämonen hätten so oder so irgendwann einen Weg in unsere Welt gefunden.«

»Verflucht sollen alle Sterne des Universums sein – mußte das ausgerechnet sein, während ich lebe!« rief Xanon.

Adamon stieß ein heiseres Lachen aus. »Geliebte, natürlich mußte es das – wir sind unsterblich.«

»Nicht mehr«, sagte Aschure, hob den Kopf und wischte sich die Tränen aus den Augen. Sie lebte erst seit vierzig Jahren im Bewußtsein ihrer Unsterblichkeit, aber vierzig Jahre hatten genügt, um daran Gefallen zu finden.

»Nein«, flüsterte Axis. »Wir sind nicht mehr unsterblich.«

Er blickte von einem zum anderen und lachte verbittert. »Wir alle sind wieder sterblich! Ganz gewöhnliche Männer und Frauen. Ohne Macht. Ohne Zauberkräfte. Ohne Magie. Ohne den Sternentanz! Was sollen wir in dieser neuen Welt tun, Aschure? Auf Dächern herumklettern und das Stroh erneuern, damit wir uns nützlich vorkommen?«

»Axis«, sagte Sternenströmer und trat endlich aus dem

Schatten heraus. Er blickte in das Sternentor, verzog das Gesicht, schluckte und wandte sich ab. »Hört endlich auf! Wir müssen Entschlüsse fassen, uns einigen, was uns jetzt noch zu tun bleibt. Die Dämonen stehen kurz vor dem Durchbruch. Was können wir gegen sie ausrichten?«

»Nichts«, sagte Wolfstern.

»Irgend etwas müssen wir doch tun können!« widersprach Axis.

Wolfstern schüttelte den Kopf und sah Adamon an.

»Axis«, sagte der einstige Gott des Firmaments. »Wenn sie das Sternentor erst einmal überwunden haben, werden sie uns abschlachten. Sie werden dafür sorgen, daß wir nie wieder unsere Macht zurückerlangen. Ihre Herrschaft über Tencendor wird grenzenlos sein.«

»Aber das Zepter!«

»Wir werden einen anderen Weg finden, es wieder an uns zu bringen«, sagte Aschure. »Adamon hat recht. Wenn alle hierbleiben, werden sie uns auf einen Schlag niedermetzeln. Es ist besser, wir fliehen jetzt und helfen Caelum bei seiner Suche.«

»Caelum«, sagte Axis unvermittelt. »Bei den Göttern! Ich habe Caelum gebeten, mit seiner Armee zum Sternentor zu kommen.«

»Verfluchter Narr!« rief Wolfstern. »Er ist unsere einzige Hoffnung, und Ihr habt ihn hierhergerufen?«

»Ich dachte, eine Armee wäre nützlich ... ich dachte ... ach, verdammt – ich habe nicht nachgedacht! Wir müssen ihn warnen.«

»Und wie?« fragte Sternenströmer trocken. »Schlagt Ihr vor, daß wir zu ihm rennen oder fliegen? Bleibt uns dafür genügend Zeit?«

»Es reicht jetzt«, mahnte Adamon erneut und übernahm das Kommando. »Wir müssen so schnell wie möglich von hier verschwinden. Ich weiß nicht, wie wir diese Dämonen bekämpfen sollen, aber ich bin mir sicher, daß wir mehr erreichen können, wenn wir am Leben bleiben.«

»Richtig«, sagte Wolfstern. »Wir müssen fort von hier. Auf der Stelle.« Und er wandte sich einem der Ausgänge zu.

»Wolfstern!« Adamon hielt ihn am Arm fest. »Es ist mir gleichgültig, wohin Ihr geht, aber haltet Euch von Caelum fern! Diese Dämonen werden von einer Vielzahl wütender Seelen begleitet, die es auf Euch abgesehen haben. Ich möchte nicht, daß sie Euch finden, wenn Caelum bei Euch ist. Auch wenn mir Euer Schicksal eher gleichgültig ist ...«

»Ach nein!« erwiderte Wolfstern. »Im Augenblick habe ich genug zu tun, auch ohne Caelum belästigen zu müssen.«

Axis nahm Aschure bei der Hand. »Aschure und ich werden uns zu ihm begeben, Adamon. Er ist unser Sohn.«

Adamon nickte. »Seid vorsichtig.« Als er sich bewußt wurde, wie lächerlich diese Bemerkung war, grinste er freudlos. »Das gilt für Euch alle. Flieht an einen Ort, den Ihr für sicher erachtet. Ich ... ich werde Euch wissen lassen, wann wir wieder zusammenkommen können. Uns wird nichts anderes übrig bleiben – wir müssen Caelum helfen. Aber jetzt sollten wir uns unverzüglich auf den Weg machen. Beeilt Euch!«

Alsbald lag das Gewölbe des Sternentors verlassen da. Draußen zog die Sonne langsam westwärts. Der Nachmittag blinzelte und erwachte.

Schatten legten sich unvermittelt auf die Kuppel und das Gewölbe.

Sie waren blau – oder eher schwarz.

Jenseits des Sternentors war alles von Finsternis erfüllt. Doch die Finsternis lebte, sie wogte und bewegte sich. Gesichter und Hände und krallenbewehrte Klauen kämpften gegen sie und versuchten, sie aufzureißen und hindurchzugelangen.

Die Verzweiflung harrte ihrer Stunde.

71

Der Beutel – Teil 2

Auch wenn sich dafür nur schwer eine Erklärung finden ließ, kamen die beiden weißen Esel schneller voran als jedes Pferd und sogar jeder Vogelmann. Während sich die Mittagssonne allmählich dem Nachmittag zuneigte, kam der kleine blaue Karren am Rand des Bardenmeers ein Stück oberhalb der Alten Grabhügel zum stehen.

»Faraday?« In ihrem ganzen Leben hatte Zenit noch nie solche Angst gehabt. Wo sie ehemals den Sternentanz gespürt hatte, war nur Leere. Sie war schutzlos – eine brüchige Hülle anstelle eines mit Magie erfüllten Wesens.

»Beruhige dich, Zenit. Im Wald sind wir in Sicherheit.«

Faraday stieg vom Karren und band die beiden Esel los, damit sie Gras zupfen konnten. Sie tätschelte ihnen den Hals, flüsterte ihnen etwas zu und wandte sich dann wieder an Zenit.

»Ich möchte, daß du hier bei den Tieren bleibst«, sagte sie.

Zenit blinzelte. »Aber ich habe gedacht … am Sternentor … Ihr würdet mich brauchen.«

Sie hielt inne, dachte kurz nach und lächelte traurig. »Ich wäre Euch jetzt keine Hilfe mehr, nicht wahr?«

Faraday nahm ihre Hand. »Das ist nicht der Grund. Dort unten würde nur der Tod auf dich warten, Zenit.«

»Und Ihr?«

Faraday zögerte, bevor sie antwortete. »Meine Macht ist vom Verstummen des Sternentanzes nicht betroffen, Zenit. Ich bin durchaus in der Lage, mich zu wehren.«

»Das hoffe ich, Faraday. Woher wollt Ihr wissen, was Euch droht, wenn die Dämonen in unsere Welt einbrechen?«

Faraday schenkte ihr ein strahlendes Lächeln. »Zenit! Ich habe schon eine Menge durchgemacht. Ich bin in Stücke gerissen worden und gestorben – der Tod schreckt mich nicht mehr. Ich glaube nicht, daß die Dämonen eine Gefahr für mich darstellen. Und Drago wird mich brauchen.«

»Drago ... ob er überhaupt noch am Leben ist?«

Faradays Lächeln erlosch, und sie ließ Zenits Hand los. »Wenn ich mir überlege, wo er gewesen ist und wer sich seiner bemächtigt hat, bezweifle ich sehr, daß er noch ›am Leben‹ ist. So oder so werden wir uns seiner annehmen. Ruhe dich jetzt ein wenig aus, Zenit. Ich werde zurückkommen, das verspreche ich dir.«

Und damit war sie verschwunden.

Faraday lief leise, aber raschen Schrittes auf die Alten Grabhügel zu. Der Wald um sie herum war ruhig. Er schien die Luft anzuhalten. Die Vögel hatten sich auf den Zweigen niedergelassen – Faraday konnte sie in den Bäumen sitzen sehen – und blickten zu den Grabhügeln hinüber.

Sie wußten, was sie erwartete.

Alle Geschöpfe des Waldes wußten das. Sie lagen regungslos im Unterholz, schwarze Umrisse in den dunklen Schatten. Und wie die Vögel hatten sie den Blick nach Südosten gerichtet. Und warteten.

Das Lied der Bäume, die allgegenwärtige leise Melodie des Waldes, klang über alle Maßen beunruhigt. Unter dem Murmeln der einzelnen Bäume konnte Faraday das zornige Summen des Erdenbaumes hören, der weit im Norden Awarinheims wuchs.

Was würde geschehen, fragte sie sich, wenn die Dämonen das Sternentor überwunden hatten? Würden die Bäume in das Geschehen eingreifen? Oder würden sie tatenlos zuschauen?

Das hing davon ab, dachte sie, wie die Seele des Erdenbaums die Gefahr einschätzte. Würde sie in den Dämonen eine Bedrohung für das Land sehen oder nur für seine Bewohner – nur für die Bewohner der Ebenen? Wenn ja, würden der Erdenbaum und die Wälder den Dingen vermutlich ihren Lauf lassen.

Vielleicht würden sie sogar froh sein, wenn die Bewohner der Ebenen – denn so wurden die Achariten von den Awaren noch immer bezeichnet – von den Dämonen ausgerottet wurden.

Und was würde mit den Ikariern geschehen? Sie waren bereits empfindlich getroffen worden – sie hatten den Sternentanz verloren.

Faraday schüttelte den Kopf. Es war sinnlos, voraussehen zu wollen, was die Bäume tun würden.

Auf einmal hörte sie Schritte neben sich und blieb stehen.

Bäuerin Renkin trat zwischen den Bäumen hervor. Wie immer hatte sie einen Umhang aus grobem Tuch über ihre breiten Schultern geworfen. Und wie immer strahlte sie die Macht der Mutter aus.

»Mir gefällt das nicht, meine Tochter«, sagte sie unvermittelt.

»Was kann ich tun, Mutter?«

»Schaut zu.«

»Aber …«

»Weder wissen wir, was uns angreift, noch was die Bäume dagegen tun können, ehe wir nicht die Gefahr vor Augen haben, meine Tochter. Sag mir, trägt Axis' Sohn Drago an all dem die Schuld?«

»Ist er schuld daran, daß die Sonne jeden Abend untergeht? Ist er verantwortlich für den Regen, der auf die Blätter Eurer Baumkronen trommelt?« Faraday holte tief Luft, um sich zu beruhigen. »Drago ist nur Mittel zum Zweck. Die Dämonen benutzen ihn, um in diese Welt einzudringen, aber irgendwann wäre ihnen das auch ohne ihn gelungen.«

Besser, es gelang ihnen mit ihm. Das würde viele Leben retten.

Die Mutter sah Faraday neugierig an. »Und was werdet Ihr tun, Faraday? Ihr schreitet so zielstrebig durch den Wald.«

»Ich werde helfen!« erwiderte Faraday. »Es genügt mir nicht, einfach nur zuzuschauen.«

Vorsichtig näherte sie sich den Alten Grabhügeln. Nirgendwo regte sich etwas, und fast hätte man meinen können, sie lägen verlassen da, wäre die Luft nicht von düsterer Erwartung schwer gewesen. Faraday schauderte und schlang die Arme um sich.

Die blaue Flamme auf dem Bronzeobelisken flackerte schwach – fast war sie erloschen.

»Drago«, flüsterte Faraday und ermahnte sich noch einmal, daß es unbedingt nötig sei, in den Tunnel hinabzusteigen.

Sie warf einen Blick auf die Sonne. Bei den Göttern, sie neigte sich dem Nachmittag entgegen!

Sie unterdrückte ein Würgen der Angst, hob ihre Röcke und rannte auf den Eingang des Tunnels zu, der zum Sternentor führte. Alsbald spürte sie, daß sie sich nicht nur auf die Kraft ihrer Beine verlassen durfte. Faraday hüllte sich in Noahs sonderbare, uralte Macht.

Scheol legte den Kopf in den Nacken und stieß ein lautes Heulen aus.

Alle Hüter der Zeit und mit ihnen Sternenfreude und die Kinder schmiegten sich aneinander und in die alles verschlingende Finsternis. Das Universum, in dem sie sich eben noch befunden hatten, war verschwunden. Sie schwebten außerhalb jedes Raumes und jeder Zeit, genau unterhalb des Sternentors.

Scheols Heulen brach unvermittelt ab, und sie sah die anderen an. In ihren strahlend blauen Augen leuchteten Macht und Verlangen auf und tauchten ihre Gefährten für einen Moment in unnatürliches Licht.

»Es ist soweit«, zischte sie.

Die anderen Hüter der Zeit murmelten leise vor sich hin, während die Kinder vor Aufregung mit den Schnäbeln klapperten. Sternenfreude stieß einen Schrei aus und schaukelte ihr Kind erregt in den Armen.

Raspu legte ihr die Hand auf die Schulter. »Seid ganz ruhig, Königin des Himmels. Unsere Zeit ist nahe. Bald wird Euer Sohn wieder leben und atmen.«

Sternenfreude starrte ihn mit wildem Blick an. »Bald?« flüsterte sie.

»Bald«, antwortete er und küßte sie auf die Stirn. »Sehr bald.«

»Jetzt«, sagte Scheol, breitete die Arme aus und sammelte die ganze Kraft, welche die Hüter der Zeit Drago geraubt hatten.

Kinder schrien und kreischten.

Alle Statuen im Gewölbe des Sternentors erzitterten schlagartig. Risse spalteten ihre steinernen Körper bis in die Spitzen der ausgebreiteten Flügel.

Ein Geräusch wie ein Seufzen ging durch den Raum, und kleine Marmorsplitter hagelten auf den Boden herab.

Faraday, die im Schatten eines Torbogens kauerte, legte entsetzt die Hand auf den Mund.

Würden sie das Gewölbe zerstören? Daran hatte sie nicht gedacht.

Dann kam ihr ein anderer Gedanke, noch weit fürchterlicher als der erste. Würden sie gar das Sternentor zerstören?

»Nein!« schrie sie zwischen ihren Fingern hindurch und schüttelte voller Verzweiflung den Kopf. Nein!

Am Sternentor begann es zu brodeln. Aus ihrem Versteck heraus konnte Faraday es nicht sehen, aber sie konnte es spüren! Die Finsternis im Sternentor kochte wie die übelriechende Flüssigkeit in der Flammenhöhle des Nachlebens.

Die Luft um sie herum wurde immer stickiger und wärmer.

Faraday kroch ein oder zwei Schritt auf das Sternentor zu, weiter wagte sie sich nicht. Alles in ihr wollte fliehen, bevor es zu spät war – aber das konnte sie nicht. Ohne sie wäre Drago verloren, und ohne Drago würde Tencendor untergehen.

Unbeschreibliche Gestalten ohne Zahl erhoben sich aus dem Sternentor, als kämen sie aus einem Sumpf, der noch keinen Sonnenstrahl gesehen hatte. Noch blieb ihr wahres Aussehen in der allgegenwärtigen Finsternis unbestimmt.

»Oh Ihr Götter«, flüsterte Faraday hilflos. Sie schluchzte, erstickte fast vor Angst und mußte den Blick senken, um wieder Mut zu fassen.

Als sie ihn wieder hob, war sie starr vor Entsetzen. Aus dem Sternentor tauchten schwarze, geflügelte Kreaturen auf. Ein ganzer Schwarm. Hunderte.

Faraday drückte sich an die Säulenwand, um sich vor den schwarzen Pupillen zu verstecken, die ihr entgegenstarrten.

Sie wußte, daß das die Kinder sein mußten, aber nur noch ihre Flügel erinnerten an ihr ikarisches Erbe.

Davon abgesehen, hatten sie die Gestalt riesiger schwarzer Falken angenommen. An den Spitzen ihrer Flügel wuchsen dürre, krallenbewehrte Gebilde, und ihre Schnäbel wirkten wie ... Lippen, übergroße, weit vorstehende Lippen, die in der Mitte zu einem Schnabel erstarrt waren.

Mochten sie auch eher Vögeln gleichen als Ikariern, so waren sie doch in der Lage, Wolfsterns Namen zu rufen und mit ihren klauenartigen Händen nach einer Beute zu greifen.

Jetzt hatten sie sich alle aus dem Sternentor erhoben und die äußere Haut abgestreift, in die sie seit ihrer Geburt gehüllt gewesen waren. In grenzenloser Wut flatterten, rannten und sprangen sie nun in dem Gewölbe umher. Mit Krallen und Schnäbeln fielen sie übereinander her und rasten in wilder Jagd durch die viel zu kleine Höhle.

Ein Flüstern ertönte, und die Kinder – die Falken – hielten inne.

»Begebt euch auf die Jagd.«

Und noch einmal. »Begebt euch auf die Jagd!«

Faraday preßte sich die Hände auf die Ohren, denn sie konnte es nicht ertragen, diese Stimme noch einmal zu hören.

Die Falken wandten sich den Torbögen zu, die zu den sechsundzwanzig Grabhügeln führten, und stürzten hindurch. Ein sonderbares Heulen ertönte, und Faraday begriff allmählich, daß es von den Falken verursacht wurde, die durch die Tunnel hinaufströmten, in die Grabhügel hinein.

Die Grabhügel explodierten. Sie barsten auseinander, und Erde, Ginster und Steine regneten in einem Umkreis von mehreren hundert Schritt herab.

Aus den Trümmern jedes einzelnen Grabhügels brachen die schwarzen Leiber der Falkenkinder hervor und schwangen sich kraftvoll in die Lüfte.

Zareds Männer, von den Schatten der Luftarmada begleitet, die über ihnen kreisten, hatten ihre Flucht bis in den Nachmittag hinein fortgesetzt. Als sie den nördlichen Saum des Waldes der Schweigenden Frau erreichten, stiegen sie völlig erschöpft aus dem Sattel. Wo ihre Pferde in der Hast gestürzt waren und sich aufgeschürft hatten, lief Blut an ihren Beinen hinunter.

Hinter ihnen, in einer Entfernung von vielleicht hundert Schritt, ritt Zared, und wiederum eine halbe Wegstunde hinter ihm folgte Caelum mit seiner Streitmacht.

Die Luftarmada und alle seine Leute befanden sich im Schutz des Waldes, als Zared kurz vor dem ersten Baum sein Pferd zügelte.

Er stieg ab, tätschelte den Hals des Tieres und versetzte ihm einen Klaps auf die Flanken. Gemächlich trabte es auf den Wald zu. Dann wandte er sich um und wartete auf Caelum.

Und während er wartete, spürte Zared, wie sich eine Last auf seine Schultern senkte. Er erzitterte unter ihr und sah sich um, konnte jedoch keine Ursache dafür erkennen.

Dann fiel sein Blick auf die Sonne. Nachmittag.

Er hob den Arm und winkte Caelum zu. »Schneller«, schrie er.

Caelum und sämtliche Männer hinter ihm gaben ihren erschöpften Pferden die Sporen und trieben sie zu einem letzten Kraftakt an. Einige Reiter überholten den Sternensohn, aber Zared wich nicht von der Stelle, als sie an ihm vorbeigaloppierten und im Wald verschwanden.

»Den Göttern sei Dank«, sagte Zared, als Caelum ihn endlich erreichte. »Ich dachte schon, Ihr würdet es nicht …«

Ein donnerndes Grollen übertönte jedes weitere Wort. Die Erde bebte, und Caelums Pferd hätte um ein Haar das Gleichgewicht verloren.

»Was war das?« keuchte Zared, und Caelum richtete sich in den Steigbügeln auf und blickte zu den Alten Grabhügeln hinüber.

»Gütiger Himmel«, sagte er und ließ sich wieder in den Sattel sinken.

»Was war das?«

»Die Grabhügel sind explodiert.«

»Dann ist es soweit ...«

»Meine Eltern sind dort«, sagte Caelum mit sonderbar tonloser Stimme.

»Ihr könnt ihnen jetzt nicht helfen!« rief Zared. Immer noch stürzten Männer mit letzter Kraft an ihnen vorbei in den Wald. »Beeilt Euch!«

Zared griff Caelum in die Zügel, aber dieser schüttelte den Kopf und streckte die Hand nach ihm aus.

»Es geht schneller, wenn Ihr mit mir zusammen reitet«, sagte er leise.

Zared starrte ihn an, packte dann seinen Arm und schwang sich hinter seinem Neffen in den Sattel.

Faraday senkte langsam die Arme und betrachtete die Zerstörung, welche die Falkenkinder angerichtet hatten. Sie hatten zwar das Gewölbe verlassen, doch nur um einem weit entsetzlicheren Grauen Platz zu machen, das jeden Moment durch das Sternentor heraustreten würde.

Faraday konnte die Dämonen nicht so sehr sehen, als daß sie sich ihrer bewußt war.

Den Anfang machte ein Mann, der nur aus Haut und Knochen zu bestehen schien. Er lächelte gefräßig und rülpste. Modt.

Im selben Moment wurde Faraday von einem Hungergefühl überwältigt – einem Hungergefühl, das so stark war, daß sie ihren eigenen Fuß abgehackt hätte, um es zu stillen. Mit all ihrer Macht kämpfte sie dagegen an, und allmählich verblaßte es zu einem nagenden Schmerz in der Magengrube.

Der Mann beugte sich in das wirbelnde, Übelkeit erregende Chaos im Sternentor hinab und half einem seiner Gefährten nach Tencendor hinüber.

Faraday juckte es am ganzen Körper, ihr Augen tränten, und Blut lief ihr aus sämtlichen Körperöffnungen. Ihre Haut platzte auf, und Pusteln verbreiteten den Pestgeruch von Krankheit und Tod.

Raspu, Dämon der Pest, umarmte seinen Gefährten, und gemeinsam halfen sie Barzula, dem Sturmbringer, aus dem Sternentor heraus.

Faraday spürte, wie etwas durch den Torbogen auf sie zustürzte. Luft, Feuer, Wasser, faustgroße Eisbrocken – woher kam das alles plötzlich? Instinktiv setzte sie sich zur Wehr, und der Sturm wurde schwächer und legte sich schließlich ganz.

Modt, Raspu und Barzula wandten sich um und starrten in ihre Richtung.

»Was war das?« fragte Raspu.

»Ich habe eine andere Macht gespürt«, sagte Modt.

Barzula trat einen Schritt auf den Torbogen zu. »Das ist sonderbar – ist der Sternentanz nicht verstummt?«

Modt hielt ihn am Arm fest. »Für diese Überlegungen ist jetzt keine Zeit. Für uns besteht keine Gefahr. Und da kommt Rox schon!«

Faraday wurde von einem Gefühl des Entsetzens überwältigt, das so stark war, daß sie fast die Beherrschung über ihren Körper verloren hätte. Wie sollte sie diesen finsteren Mächten entgegentreten? Sie preßte sich mit ihrem ganzen Leib fest auf den Boden und wimmerte leise, während sich ihre Finger in den Staub gruben.

Irgendwie gelang es ihr trotzdem, nicht völlig den Verstand zu verlieren.

Nach einer ganzen Weile hob sie den Blick. Vier Gestalten standen am Rand des Sternentors und schauten hinein. Dann streckte der dünne Mann mit dem widerlichen Gesicht den Arm aus und ergriff eine Hand.

Faraday setzte sich erstaunt auf, als eine wunderschöne Ikarierin zum Vorschein kam, ein merkwürdig lebloses Kind auf den Armen.

Wer war das?

Barzula beugte sich vor und küßte die Frau auf die Lippen. »Willkommen zu Hause, Königin des Himmels.«

Faraday runzelte die Stirn. Königin des Himmels? Konnte das Sternenfreude sein? Und das Kind? Wolfsterns Sohn?

Dann stieg eine weitere Frau heraus und warf dabei etwas in eine finstere Ecke des Gewölbes. Dieses Mal kam Faraday kaum gegen die Verzweiflung an, die sich ihrer bemächtigte.

Keiner würde überleben. Alles war umsonst gewesen. Axis und Aschure würden sterben, als alte Toren mit schmerzenden Gliedern, mitten im Ödland, das einst Tencendor gewesen war. Sternenströmer würde sich das Leben nehmen, Caelum würde von Hunden zerrissen, und Zenit würde von Räubern mißbraucht, bis sie ihrer überdrüssig waren, ihr die Flügel ausrissen und sie von einer Klippe warfen. Innerhalb einer Generation wäre alles vorbei. Niemand würde …

»Hör auf«, preßte Faraday zwischen zusammengebissenen Zähnen hervor. »Hör auf!«

Sie wehrte sich gegen die Vision, entsetzt über ihre Heftigkeit. Wenn sie, die nach dem Verstummen des Sternentanzes noch immer über ihre Zauberkräfte verfügte, kaum gegen diese Verzweiflung ankam, was für Aussichten hatten dann die einfachen Leute von Tencendor?

Bei den Göttern, sie mußte etwas tun, um diesem Land zu helfen, sonst war alles verloren.

»Da ist es wieder!« Modt fuhr herum, und seine Knochen schienen bei dieser plötzlichen Bewegung in den Gelenken zu knirschen.

»Zauberei«, sagte Barzula.

Scheol runzelte die Stirn, verärgert über diese Ablenkung. »Sternenfreude? Erkennt Ihr die Magie, deren Widerhall wir spüren?«

Sternenfreude sammelte sich und wiegte dabei das Kind gedankenverloren in den Armen. »Nein«, sagte sie schließlich. »Nein, ich erkenne sie nicht. Jedenfalls ist sie nicht ikarischen Ursprungs, und sie stimmt auch nicht mit dem überein, was ich über die Awaren oder die Charoniten weiß.«

Sie zuckte mit den Achseln. »So oder so spielt das keine Rolle. Vielleicht hat der Feind sie zurückgelassen, als er in diese Welt stürzte.«

»Können wir uns ihrer bedienen?« fragte Rox.

Sternenfreude schüttelte den Kopf. »Nein. Ich glaube, daß diese Macht ... zielgerichtet ist. Ich kann es nicht anders beschreiben. Schenkt ihr keine Beachtung. Für uns stellt sie keine Gefahr dar, aber wir können sie auch nicht nutzen. Scheol, was machen wir nun?«

Mit einer ungeduldigen Handbewegung deutete Scheol auf den Haufen, der in der Ecke lag. »Wir nutzen Dragos letzte Reserven, um uns an einen angenehmeren Ort zu begeben. Kommt!«

Dann klatschte sie in die Hände, und zusammen mit Sternenfreude und ihrem Kind verschwanden die Dämonen.

Doch obwohl Scheol fort war, hallte ihr Händeklatschen noch lang nach.

Statuen fielen in sich zusammen, Torbögen ächzten und stürzten ein, während andere wackelten und knirschten. Die Kuppel brach mit einem gewaltigen Krachen in fünf Teile auseinander.

Faraday hatte schreckliche Angst, aber sie wußte auch, daß ihr nur eine Möglichkeit blieb. Sie stürzte aus ihrem Versteck, sah sich verzweifelt um und hielt sich die Hände schützend über den Kopf.

Dort!

Das Knäuel, das Scheol so beiläufig in die Ecke geworfen hatte.

Faraday eilte darauf zu, stolperte und wäre fast über eine umgestürzte Statue gefallen. Was auch immer das Knäuel einmal gewesen sein mochte – jetzt war es bis zur Unkenntlichkeit von Steinsplittern und grauem Staub bedeckt. Faraday bückte sich, schob die Splitter beiseite und wischte den Staub ab.

Als sie fertig war, betrachtete sie es still und achtete nicht mehr auf das Gewölbe, das um sie herum in sich zusammenfiel. Ihr Gesicht war völlig ausdruckslos.

Vor ihr lag ein Sack aus Haut und Knochen.

Faraday streckte die Hand aus und strich zitternd über das Ding.

Angewidert verzog sie das Gesicht. Es war Haut, und sie fühlte sich kalt und feucht an.

Der arme Drago. Was war aus ihm geworden! Verdaut und ausgespuckt, ein erbärmlicher Sack aus Haut und Knochen.

Noch einmal streckte sie die Hand aus. Dieses Mal berührte sie die Haut etwas länger. Dieses Mal streichelte sie seine Überreste, fuhr mit ihrer Hand darüber, so lange es ihr möglich war.

»Armer Drago«, flüsterte sie. Neben ihr krachte ein Felsbrocken auf den Boden. »Armer, lieber, verlorener Drago. Wo du jetzt wohl sein magst? Komm nach Hause, Drago. Komm nach Hause.«

Sie bildete sich ein, daß die Haut unter ihrer Berührung wärmer und fester wurde.

Die Knochen in dem Sack regten sich und rieben sich knirschend aneinander.

Faraday mußte an den Beutel denken, den Drago so verzweifelt an sich gepreßt hatte, als er das Gewölbe vor Wochen – Monaten? – betreten hatte. Jetzt war er selbst dieser Beutel, und jetzt verfügte er auch über die Macht, die in dem Leinenbeutel verborgen gewesen war. Das spürte Faraday nur allzu deutlich, und sie hoffte, daß auch Drago sich darüber klar werden würde.

»Armer, lieber Drago«, murmelte sie. »Komm nach Hause. Komm nach Hause zu Faraday.«

Es kam ihr einfach nicht in den Sinn, daß sie ihn aufheben und aus dem Gewölbe fliehen könnte, bevor es endgültig zu ihrem Grab wurde.

Doch irgend etwas warnte sie, und so schaute sie hoch und wurde sich der Gefahr bewußt. Das Gewölbe fiel unaufhaltsam in sich zusammen; das Sternentor war bereits zur Hälfte mit Geröll angefüllt.

Faraday schossen Tränen in die Augen. All die Schönheit, die zerstört wurde! Sie wußte noch, wie Jack und Yr sie hierher mitgenommen hatten, als sie noch ein unwissendes junges Mädchen gewesen war. Die Schönheit und der Lockruf des Universums hatten sie zutiefst bewegt. Sie hatte kaum fassen können, daß es so etwas Schönes, Magisches unter der staubigen Erde von Achar geben konnte.

Und jetzt wurde all das ausgelöscht. In wenigen Augenblicken würde diese Schönheit und Macht für immer verschwunden sein.

Faraday erstarrte.

In kurzer Zeit würde all das der Vergangenheit angehören – aber sie konnte diese kurze Zeit nutzen.

Dieses Gewölbe und das Sternentor waren nicht magisch, jedenfalls nicht mehr, seit der Sternentanz verstummt war. Aber ein Rest von Zaubermacht war hier noch immer zu spüren.

Sie wandte sich wieder dem Raum zu, eine Hand auf Dragos Überresten, die andere war dem Sternentor entgegengestreckt.

Sie verwendete nun all ihre Macht darauf, die Magie, von der sie umgeben war, in sich aufzunehmen, sie mit ihrer eigenen Zauberkraft zu verbinden und in diesen Sack aus Haut und Knochen fließen zu lassen.

Dann spürte sie etwas. Sie sah den Beutel an, schnappte nach Luft und wich einen Schritt zurück.

Er füllte sich.

Er füllte sich tatsächlich, wurde länger, breiter und fühlbar schwerer. Nun dehnte er sich, und Ansätze von Armen und Beinen zeichneten sich ab. Sie wurden größer und länger, und dann bildete sich der Kopf.

Dragos Kopf. Sein Gesicht nahm Gestalt an. Obwohl etwas daran anders war, war es Dragos Gesicht.

Worin die Veränderung bestand, war schwer zu sagen.

Und dann kauerte Drago vor ihr, blinzelte verwirrt und tätschelte sich gedankenverloren das Geschlecht.

Doch Faraday ließ ihm keine Zeit zum überlegen. Sie legte ihm die Hand auf die Schulter und schüttelte ihn, so fest sie konnte.

»Drago!« sagte sie laut. »Drago! Reiß dich zusammen! Wir müssen so schnell wie möglich von hier verschwinden.«

Er stöhnte, klapperte mit den Zähnen und stand schließlich auf. Aber seine Muskeln waren schwach, und er mußte drei Anläufe nehmen.

Unterdessen krachten um sie herum immer mehr Felsbrocken

zu Boden. Faraday blickte zur Kuppel hinauf – zwischen den fünf Teilen gähnten tiefe Risse. Wenn sie in sich zusammenfiele – und das würde sie mit Sicherheit bald –, wäre alles verloren.

»Drago! Komm schon!«

»Faraday?« Er streckte ihr eine Hand entgegen, und sie half ihm auf die Beine.

»Ja. Komm jetzt! Wir werden sterben, wenn wir hierbleiben!«

»Faraday? Faraday, ich muß noch etwas holen.«

»Drago!«

Er zögerte einen Augenblick, ohne auf Faraday zu achten, die ihn hinauszerren wollte. Dann riß er sich los und beugte sich über das Geröll.

»Drago! Wir müssen hier weg!«

»Wartet«, murmelte er und tastete mit den Händen den Boden ab. Scharfe Kanten hatten ihm an mehreren Stellen die Haut aufgeschürft. »Wartet.«

Er schien etwas gefunden zu haben und zog es zwischen den Steinen hervor. »Das ist es.«

Faraday starrte den Gegenstand an. Es war ein einfacher Rosenholzstock, dessen Griff wie der eines Hirtenstabs gebogen war.

Drago hielt ihn mit einer Hand umklammert und streckte die andere nach Faraday aus. »Lauft!«

Kaum waren sie in einem der Tunnel verschwunden, stürzte das Gewölbe ein. Die Kuppel fiel in sich zusammen, genau über dem Sternentor.

Die Gesteinsbrocken füllten es bis zum Rand, und die Torbögen reckten ihre geborstenen Felsenfinger nach oben.

Kaum war die Kuppel eingestürzt, gaben die Wände nach und begruben die Überreste der Statuen unter sich.

Das Sternentor und das Gewölbe, das ihm viele tausend Jahre lang Schutz gewährt hatte, gab es nicht mehr.

Auf der Insel des Nebels und der Erinnerung flackerte das kobaltblaue Leuchtfeuer, das über dem Sternentempel den Himmel durchbohrte, ein letztes Mal auf und erlosch dann.

Der Tempel und das Sternentor lagen schweigend da. Die Sternengötter waren wieder sterblich, aus den Zauberern waren gewöhnliche Vogelmenschen geworden. Die Magie der Ikarier gehörte der Vergangenheit an.

Der Sternentanz hatte zu sein aufgehört.

Die Dämonen kauerten auf einem der zerstörten Grabhügel und lächelten Sternenfreude zu. Über ihnen zogen die Falkenkinder ihre Kreise. Plötzlich drehten sie nach Norden ab und ließen die Staubwolken hinter sich, die von den Grabhügeln aufgestiegen waren.

»Sie gehen auf die Jagd«, sagte Raspu und wandte sich an Scheol. »Jetzt ist Eure Zeit gekommen, meine Liebe.«

Epilog: Ödland

In Tencendor war der Nachmittag angebrochen, und die Verzweiflung war allgegenwärtig.

In Karlon ließ ein Junge, der auf dem Markt Obst feilbieten wollte, seine Kiepe vom Rücken gleiten und sah mit ausdrucksloser Miene zu, wie die Früchte in die Gosse rollten.

Alles war so sinnlos. Sein ganzes Leben würde er damit zubringen, Obst und Gemüse zu schleppen. Er sah sich als alten Mann, den Rücken von siebzig Jahren harter Arbeit gebeugt, den ganze Körper zerschunden.

Er warf sich vor die Räder einer führerlosen Kutsche, die um eine Straßenecke gerast kam.

In Westtarantaise war eine Bäuerin damit beschäftigt, Wäsche aufzuhängen, als die Verzweiflung das Land erfaßte. Sie hielt inne, und Tränen der Hoffnungslosigkeit liefen ihr unaufhaltsam über die Wangen.

Zu ihren Füßen saß ein kleines Mädchen und schluchzte.

Die Bäuerin betrachtete es nachdenklich. Was für ein Leben hatte ihre Tochter vor sich? Würde sie einen Mann heiraten, der sie nachts mißbrauchte und tagsüber verwünschte? Würde sie ihr ganzes Leben in einem immerwährenden Regen stehen und Wäsche auswringen?

Was für ein Leben war das?

Die Bäuerin schniefte laut, schluckte ihre Tränen hinunter, hob ihre Tochter hoch und legte ihr die Wäscheleine um den Hals.

Sie ließ sie zwischen den traurigen, nassen Laken hängen, wo sie langsam erstickte.

Dann ging die Bäuerin hinein, um sich um ihrem kleinen Sohn zu kümmern.

Der ikarische Vogelmann zog hoch über der Ebene von Skarabost seine Kreise, als ihm plötzlich bewußt wurde, daß sein Leben sinnlos war.

Tencendor befand sich erneut in allergrößter Gefahr. Der Sternenmann hatte seine Zeit und die Kräfte der Ikarier damit vertan, gegen Gorgrael zu kämpfen.

Dem Sternenmann war es sicher nicht gelungen, alle Skrälinge zu töten.

Nein, einige mußten entkommen sein. Einige waren nach Norden geflohen und pflanzten sich fort, um bald schon Rache nehmen zu können.

Der Vogelmann hatte das Massaker im Erdenbaumhain miterlebt, und er hatte noch den Geruch von Blut in der Nase – Blut, das Federn verklebte und aus zerfetzten Leibern rann.

Es war alles so hoffnungslos. Alles würde sich wiederholen.

Er stieß einen lauten Klageschrei aus, drehte sich auf den Rücken und starrte die Sonne an, während er vom Himmel stürzte.

Er starb auf einen Rechen aufgespießt, den ein unachtsamer Erntehelfer auf einem Feld hatte stecken lassen.

Das Vieh auf den Weiden geriet außer Rand und Band. Schafe blökten. Schweine grunzten und quiekten und brachen aus ihren Koben aus.

Einige Tiere standen jedoch regungslos da, als lauschten sie. Schafe verspürten plötzlich Heißhunger, und Schweine schmiedeten finstere Pläne.

Es dauerte Stunden, bis die Zerstörung unter den Alten Grabhügeln ein Ende gefunden hatte. Immer noch rieselte Erde auf die Gesteinshaufen herab, wo sich einst das Sternentor befunden hatte. Das Portal, das der Feind der Dämonen vor unendlich langer Zeit geöffnet hatte, war nun endgültig geschlossen.

Niemand konnte jetzt noch hindurchgelangen, um Tencendor zu gefährden.

Niemand konnte entkommen.

Die Melodie der Sterne war verstummt.

Nur ein Knirschen war zu hören, als sich das Geröll langsam auf die kalten, schweigenden Flügel der Marmorstatuen herabsenkte.

Die Awaren zogen sich tief in den Wald zurück und beteten zu ihren gehörnten Göttern und zur Mutter um die Kraft, die Eindringlinge abzuwehren. Die Achariten kauerten in ihren Häusern und Palästen hinter verschlossenen Fenstern und Türen und fragten sich, wann sie sich wieder hinauswagen durften.

Im Wald der Schweigenden Frau blickten vierundzwanzigtausend Männer und Frauen ostwärts und sahen nur Zerstörung und Finsternis. Dann schauten sie einander an, und in den Augen ihrer Gefährten spiegelte sich nichts außer diesen Zerstörung und dieser Finsternis.

»Ihr dürft jetzt den Mut nicht verlieren«, sagte Zared und beugte sich über Caelum, der niedergeschlagen neben ihm saß und den Kopf in die Hände gestützt hatte. »Ihr dürft nicht aufgeben.«

Unter einem der Bäume des Bardenmeers schloß Axis Aschure in die Arme und drückte sie fest an sich. Alles hatte vordem einen so guten Anfang genommen. Gorgrael war gestorben, und ihre Familie war fröhlich auf Sigholt herangewachsen. Doch dann auf einmal hatte der Tod sie eingeholt, und in Tencendor herrschten die dämonischen Hüter der Zeit. Im Vergleich zu ihnen war Gorgrael ein liebenswerter Bursche gewesen. Der Sternentanz war verstummt, das Sternentor zerstört. Magie und Musik waren auf alle Zeit verloren.

Gleichgültig was sie taten, wie gut sich Caelum auch immer gegen die Dämonen zur Wehr setzen mochte – die Lieder und der Sternentanz waren verklungen.

Aschure holte zitternd Luft und hob den Kopf. »Was nun, mein Geliebter?«

Er lächelte bitter. »Was nun? Nun lernen wir wieder unsere Grenzen kennen. Wir müssen versuchen, so viel wie möglich über die Dämonen herauszufinden. Und wir müssen Caelum helfen.«

Er hielt inne. »Wir müssen noch einmal von neuem beginnen, einen neuen Kampf kämpfen.«

In Gedanken, die er nicht mit Aschure teilen mochte, legte Axis einen heiligen Eid ab. Wenn ich Drago wiedersehe, so sagte er sich, werde ich ihn für das, was er diesem Land angetan hat, mit bloßen Händen in Stücke reißen.

Kaum hatten sie den Saum des Bardenmeers erreicht, zog Faraday ihren Umhang fester um sich und betrachtete den Mann, der im Dämmerlicht neben ihr stand.

»Spürt Ihr die Verzweiflung, die über Tencendor hinwegfegt?« fragte sie.

Er blickte sie an. »Und ich bin dafür verantwortlich.«

Faraday schwieg.

Sein Blick glitt langsam über das Ödland, das er vor sich sah. »Wer bin ich?«

»Das wißt Ihr.«

»Ja.« Er seufzte. »Ich bin der Feind.«

Personen- und Sachregister

Abendlied: Tochter Rivkahs und Sternenströmers, Axis' Schwester sowie Gemahlin von Freierfall Sonnenflieger.

Achar: Königreich, das sich über den Großteil des Kontinents erstreckt und das im Norden von den Eisdachalpen, im Osten vom Schattenland (Awarinheim) und vom Witwenmachermeer, im Süden vom Meer von Tyrre und dem Kaiserreich Koroleas und im Westen vom Andeismeer begrenzt wird. Es ist heute eine Provinz von Tencendor.

Achariten: Vormaliger Begriff für die Bürger Achars, die jetzt schlicht »Menschen« genannt werden. Caelum hat den Gebrauch des Wortes »Achariten« verboten.

Adamon: Die älteste der neun Sternengottheiten der Ikarier. Adamon ist der Gott des Himmels.

Alaunt: Sagenumwobenes Rudel von riesigen Jagdhunden, die einst Wolfstern Sonnenflieger gehörten und nun Aschure folgen. Sie gehören zu den Niederen der magischen Wesen.

Aldeni: Kleineres Herzogtum im Westen Achars, in dem vorwiegend Getreide angebaut wird. Es wird von Herzog Theodor für Prinz Askam verwaltet.

ALTE GRABHÜGEL: Die Begräbnisstätten der alten zauberischen ikarischen Krallenfürsten. Sie erheben sich im südlichen Arkness, über dem Eingang zum Sternentor.

ANDAKILSA: Nördlicher Grenzfluß, der das Herzogtum Ichtar von der Provinz Rabenbund trennt. Meistens ganzjährig eisfrei, ergießt er sich ins Andeismeer.

ARKEN: Hauptstadt von Arkness, eine freie Handelsstadt.

ARKNESS: Große Provinz im Osten Achars, in der hauptsächlich Schweinezucht betrieben wird.

ARSENAL, DAS: Lagerräume in den Raumschiffen unter den Magischen Seen, aus denen die Wächter die tödliche Macht zur Erschaffung des Regenbogenzepters geholt haben.

ARTOR DER PFLÜGER: Der einzig wahre Gott, wie es die inzwischen aufgelöste Bruderschaft vom Seneschall lehrte. Unter seinem Einfluß begannen die Achariten die Axtkriege und vertrieben die Ikarier und Awaren aus dem Land. Artor wurde von Aschure und ihren Jagdhunden getötet.

ASCHURE: Tochter von Wolfstern Sonnenflieger und Niah von Nor. Sie ist die Mondgöttin und mit Axis verheiratet. Während der Zeit der Prophezeiung hat Aschure mit Hilfe der Alaunt den Gott Artor getötet und die Macht der Bäume heraufbeschworen, um Gorgraels Armee zu vernichten.

ASKAM: Prinz des Westens, Sohn von Belial und Kassna. Askam ist ein enger Freund von Sternensohn Caelum.

AVONSTAL: Provinz im Westen Achars, in der hauptsächlich Gemüse und Obst angebaut und Blumen gezüchtet werden. Sie wird von Graf Herme für Prinz Askam verwaltet.

Awaren: Eines der alten Völker von Tencendor, das in den Wäldern Awarinheims und des Bardenmeers lebt. Die Awaren werden auch Volk des Horns oder Waldläufer genannt. Ihr Magierkönig ist Isfrael.

Awarinheim: Im Norden gelegene Waldheimat der Awaren, die von den Achariten früher Schattenland genannt wurde.

Axis: Sohn der Herzogin Rivkah von Achar und des ikarischen Zauberers Sternenströmer Sonnenflieger. In früheren Jahren Axtherr der Axtschwinger, ist er nun zum Sternenmann der Prophezeiung geworden. Nach der Wiederherstellung des neuen Tencendors gründete er sein eigenes Haus, das Haus der Sterne. Als Sternengott des Gesangs durchstreift er jetzt die Welt.

Axtherr: Früher der Anführer der Axtschwinger. Axis war der letzte Axtherr. Siehe auch »Axtschwinger«.

Axtkriege: Die jahrzehntelang dauernden sehr grausamen und blutigen Kriege einige tausend Jahre vor der Zeit der Prophezeiung, in deren Verlauf die Achariten unter der Führerschaft des Seneschall und dessen Axtschwingern Awaren und Ikarier aus Tencendor vertrieben und sie hinter die Grenzberge zurückdrängten.

Axtschwinger: Einst die Elitetruppe und der militärische Arm des Seneschall.

Azle: Ein größerer Fluß, der die Provinzen Ichtar und Aldeni voneinander trennt und ins Andeismeer mündet.

Bannfeder Eisenherz: Oberster Geschwaderführer und Anführer der ikarischen Luftarmada.

Bardenmeer: Diesen Namen gab Faraday dem neuen Wald, den sie in der Nähe von Awarinheim anlegte.

BARZULA: Ein Suchender.

BAUMLIED: Der Gesang der Bäume, der manchmal die Zukunft, manchmal jedoch auch den Tod anzeigt. Der Gesang der Bäume kann aber auch Liebe und Schutz gewähren.

BELIAL: Leutnant und Stellvertreter von Axis während des Kampfes gegen Gorgrael. Vater von Askam und Leah. Er lebt nicht mehr.

BELTIDE: Siehe Feste.

BORNHELD: Ehemaliger Herzog von Ichtar und König von Achar. Sohn der Herzogin Rivkah und ihres Gemahls, des Herzogs Searlas. Halbruder von Axis und Gemahl von Faraday von Skarabost. Nachdem er seinen Onkel Priam ermordet hatte, bestieg er den Thron. Er lebt nicht mehr.

BRACKEN: Fluß, der in den Minarettbergen entspringt und die Grenze zwischen Skarabost und Arkness bildet, bis er in das Witwenmachermeer mündet.

BRÜCKE: Die Brücke, die den Zugang zu Sigholt bewacht, ist zutiefst magischer Natur. Sie ruft jeden an, den sie nicht kennt, kann jedoch auch überlistet werden.

BRUDERFÜHRER: Oberster Führer der Bruderschaft vom Seneschall. Als letzter Bruderführer hatte Jayme dieses Amt inne.

BUCH VON FELD UND FURCHE: Die heilige Textsammlung des inzwischen aufgelösten Seneschall.

BURG DER SCHWEIGENDEN FRAU: Diese Burg liegt inmitten des Waldes der Schweigenden Frau. Sie ist eine der magischen Burgen Tencendors.

Burgen: Drei große magische Burgen von Achar; siehe unter Narrenturm, Sigholt und Burg der Schweigenden Frau.

Caelum Sternensohn: Ältester Sohn von Axis und Aschure, geboren zu Jultide. Caelum ist ein altes Wort für »Sterne am Himmel«. Caelum herrscht über Tencendor.

Charoniten: Ein wenig bekanntes Volk von Tencendor, das jetzt in der Unterwelt lebt.

Dornfeder Wahrlied: Ehemaliger ikarischer Staffel- und Geschwaderführer. Seit er dem Fährmann Orr sein Leben als Entlohnung für die sichere Überfahrt der ikarischen Kinder aus dem Krallenturm angeboten hat, ist Dornfeder ein Schüler Orrs.

Drachenstern Sonnenflieger: Zweiter Sohn von Axis und Aschure, Zwillingsbruder von Flußstern; kurz Drago genannt. Drachenstern ist auch der Name des Sohnes, den Sternenfreude Sonnenflieger unter dem Herzen trug, als sie von ihrem Gemahl Wolfstern durch das Sternentor gestoßen wurde.

Drago: Siehe Drachenstern Sonnenflieger.

Dreibrüder Seen: Drei kleine Seen im südlichen Aldeni.

Ebene von Tare: Die weite Ebene, die sich zwischen Tare und dem Gralsee erstreckt.

Eisbärenküste: Mehrere hundert Wegstunden lange Küste, die sich vom Totholzwald im Nordwesten Rabenbunds bis zur Tundra oberhalb von Awarinheim erstreckt. Ein ebenso abgelegener wie eigenwillig schöner Landstrich.

Eisdachalpen: Hochgebirge, das sich über fast den ganzen Norden Achars hinzieht.

Eisdach-Ödnis: Trostloser Landstrich im Norden Ichtars zwischen den Eisdachalpen und den Urqharthügeln.

Eiswürmer: Riesige Würmer aus Eis und Schnee, die von Gorgrael im Kampf gegen Tencendor geschaffen und eingesetzt wurden.

Erdenbaum: Uralter Baum und Heiligtum der Awaren und Ikarier.

Erdenbaumhain: Der Hain, der den Erdenbaum im nördlichen Awarinheim beherbergt, wo es an die Eisdachalpen angrenzt. Es ist der wichtigste aller Haine in Awarinheim; dort werden von Awaren – manchmal gemeinsam mit den Ikariern – Versammlungen abgehalten und religiöse Feste gefeiert.

Erinnerungslied: Ikarisches Zauberlied, mit dem verborgene Erinnerungen wieder ins Gedächtnis zurückgerufen werden.

Erste, die: Oberste Priesterin des Sternenordens, dem Orden der neun Priesterinnen auf dem Tempelberg. Die Erste, wie alle Priesterinnen des Ordens, gibt ihren Namen mit ihrem Gelübde auf. Niah von Nor hatte einst dieses Amt inne.

Eskator: Ein Königreich weit im Osten, jenseits des Witwenmachermeers. Zwischen Eskator und Tencendor bestehen begrenzte diplomatische und Handelsbeziehungen. Schauplatz des Romans *Der Herr des Traumreichs*.

Fährmann: Der Charonite, der die Fähre der Unterwelt steuert. Sein Name ist Orr. Er gehör zu den Niederen.

Faraday: Tochter des Grafen Isend von Skarabost und seiner Gemahlin Merlion. Einst Gemahlin Bornhelds und Königin von Achar. Nachdem sie ihre Aufgabe als Baumfreundin erfüllt hatte, wurde sie von Gorgrael getötet und streift nun als Reh durch die Wälder.

Farnberge: Früherer Name der Minarettberge, die Arkness von Skarabost trennen.

Farnbruchsee: Großer See inmitten der Minarettberge. Die Awaren und Ikarier nennen ihn auch »Mutter«.

Federflug Prachtflügel: Geschwaderführer der Seewache von Sigholt.

Feste der Awaren und Ikarier:
- Jultide: Wintersonnenwende, in der letzten Woche des Schneemonds.
- Beltide: Frühlingserwachen, am ersten Tag des Blumenmonds.
- Feuernacht: Sommersonnenwende, in der letzten Woche des Rosenmonds.

Feuernacht: Siehe »Feste«.

Flügelkamm Krummklaue: Hauptmann der Seewache.

Flulia: Eine der neun Sternengottheiten der Ikarier. Sie ist die Göttin des Wassers.

Fluria: Kleiner Fluß, der durch Aldeni fließt und in den Nordra mündet.

Flussstern Sonnenflieger: Drittes Kind von Axis und Aschure, Zwillingsschwester von Drago (Drachenstern).

Freierfall Sonnenflieger: Sohn von Hellefeder und Rabenhorst Sonnenflieger und Krallenfürst der Ikarier. Er ist der Gemahl von Abendlied Sonnenflieger.

Fünf Familien, die Ersten: Die führenden Familien des neugeschaffenen Tencendor; abwechselnd vertreten von Prinz Askam des Westens, Prinz Zared des Nordens, Prinz Illgaine von Nor,

Sa'Domai, Häuptling der Rabenbunder, und Freierfall Sonnenflieger, Krallenfürst der Ikarier.

Geheimer Rat: Ratgeber des Königs von Achar, meist die Herrscher der Hauptprovinzen Achars. Dieser Rat wurde ersetzt durch die Fünf, die Vertreter der Ersten Fünf Familien Tencendors.

Gehörnte: Die Gottgleichsten und Heiligsten unter den Awaren, die im Heiligen Hain leben.

Genesungslied: Eines der am stärksten wirkenden Zauberlieder der Ikarier, das Leben im Sterben zurückholen kann – doch Tote kann es nicht wieder lebendig machen. Nur die allermächtigsten Zauberer beherrschen dieses Lied.

Gesalbter: Vom Labyrinth prophezeiter Retter.

Geschwader: Einheit der ikarischen Luftarmada, die zwölf Staffeln umfaßt.

Geschwaderführer: Befehlshaber eines ikarischen Geschwaders.

Goldmann, Jannymire: Gildenmeister von Karlon. Einer der mächtigsten Nichtadeligen Tencendors.

Gorgrael: Der Zerstörer, Halbbruder von Axis, hat denselben Vater, Sternenströmer. Axis hat ihn vierzig Jahre vor den gegenwärtigen Ereignissen in einem gigantischen Ringen um die Herrschaft über Tencendor besiegt.

Gorken: Bedeutende Festung am Gorkenpaß in Nordichtar.

Gorkenpass: Schmaler Paß zwischen den Eisdachalpen und dem Fluß Andakilsa und einzige Verbindung von Ichtar nach Rabenbund.

Gralsee: Großes Gewässer am unteren Lauf des Nordra. An seinem Ufer liegen die Hauptstadt Karlon und der Narrenturm.

Greif: Sagenhaftes Flugungeheuer aus Tencendor, intelligent, boshaft und mutig. Gorgrael hatte die Greifen wiedererschaffen, um Axis zu besiegen; sie wurden jedoch alle von Aschure ausgelöscht.

Grenzberge: Gebirge, das sich im Osten Achars von den Eisdachalpen bis zum Witwenmachermeer erstreckt.

Gruft des Mondes: Eine Höhle auf dem Tempelberg, Treffpunkt der Sternengötter.

Gundealgafurt: Breite, seichte Furt durch den Nordra südlich der Urqharthügel.

Hagen: Pflughüter des – inzwischen zerstörten – Dorfes Smyrdon, Gemahl von Niah und Stiefvater von Aschure. Hagen starb während eines Kampfes mit Aschure.

Heiliger Hain: Heiligster Ort der Awaren, der nur selten von den Sterblichen aufgesucht wird. Eigentlich sind die awarischen Zaubererpriester die einzigen, die den Weg dorthin kennen.

Herme, Graf von Avonstal: Sohn von Graf Jorge, Mentor von Herzog Theodor von Aldeni und Freund von Prinz Zared.

Höheren, die: Die neun Sternengötter.

Hsingard: Zerstörte Stadt in Mittelichtar.

Ichtar: (1) Herzöge: Einst die grausamen Herrscher von Ichtar, deren Linie mit Bornheld ausstarb. (2) Provinz: Größte und reichste Provinz Achars. Sie bezieht ihren Reichtum aus riesigen Viehherden und Bergbau (Erze und Edelsteinminen); von Zared regiert. (3) Flüßchen: das durch Ichtar fließt und in den Azle mündet.

Ikarier: Ein geflügeltes Volk, das in den Eisdachalpen lebt. Sie werden auch Volk des Flügels oder Vogelmenschen genannt.

Ilfracombe: Herrenhaus des Herzogs von Skarabost; hier wuchs Faraday auf.

Illgaine, Prinz: Prinz von Nor, Sohn von Isgriff.

Insel des Nebels und der Erinnerung: Eine der heiligen Stätten der Ikarier, einst als Piratennest bekannt. Der Tempel der Sterne liegt auf einem großen Hochplateau an der Südküste der Insel.

Isabeau: Erste Frau von Prinz Zared. Sie ist vor zehn Jahren bei einem Jagdunfall ums Leben gekommen.

Isbadd: Hauptstadt der Provinz Nor.

Isfrael: Magierkönig der Awaren, Sohn von Axis und Faraday.

Iskruel-Ozean: Ozean im Norden Tencendors.

Jack: Ältester der Wächter.

Jervois: kleine Stadt am Tailem-Knie des Flußes Nordra. Tor nach Ichtar.

Jultide: Siehe Feste.

Karlon: Wichtigste Stadt Tencendors und einst Regierungssitz der Könige von Achar, gelegen am Gralsee.

KASSNA: Tochter von Prinz Isgriff von Nor, Gemahlin von Belial, Mutter von Askam und Leah. Lebt nicht mehr.

KASTALEON: Eine der großen Burgen in Achar, gelegen in Mittelachar am Nordra.

KESSELSEE: Gewässer in der Mitte des Waldes der Schweigenden Frau. Siehe auch: Magische Seen.

KLAN: Die Awaren leben in Klans zusammen, ungefähr vergleichbar mit Familienverbänden.

KOHORTE: Siehe militärische Fachausdrücke.

KOROLEAS: Großes Kaiserreich südlich von Tencendor, das zu diesem traditionell freundschaftliche Kontakte pflegt.

KRALLENFÜRSTEN: Herrscher der Ikarier und früher ganz Tencendors. Hauptsächlich aus dem Haus der Sonnenflieger; der Titel wird vererbt.

KRALLENTHRON: Sitz des Krallenfürsten.

KRALLENTURM: Früherer Name des Sternenfingers

LABYRINTH, DAS: Ein geheimnisvoller Irrgarten unter dem Gralsee.

LEAH, PRINZESSIN: Askams Schwester, Tochter von Belial und Kassna.

LEBENSSEE: Einer der heiligen und zauberischen Seen Tencendors in den westlichen Urqharthügeln. An seinem Ufer liegt Sigholt.

LUFTARMADA: Streitmacht der Ikarier, bestehend aus zwölf Geschwadern zu je zwölf Staffeln.

Magariz, Prinz: Gemahl von Rivkah, Axis' Mutter. Zareds Vater. Er lebt nicht mehr.

Magierkönig: Oberster Anführer der Awaren.

Magische Seen: Die vier magischen Seen des alten Tencendor: Gralsee, Kesselsee, Farnsee (Mutter) und Lebenssee. Der Legende nach entstanden die Seen in der Feuernacht, als die alten Götter aus dem Himmel auf Tencendor stürzten.

Malfari: Knollenfrucht, die die Awaren zur Brotherstellung verwenden.

Marat, Baron: Baron von Romstal.

Militärische Fachausdrücke (vornehmlich Achars, sowohl für die regulären Truppen als auch für die Axtschwinger im Gebrauch):
– Peloton: Kleinste Einheit, sechsunddreißig Bogenschützen.
– Abteilung: Einheit von einhundert Fußsoldaten, Spießträgern, Bogenschützen oder Reitern.
– Kohorte: Fünf Abteilungen oder fünfhundert Mann.
(Siehe auch »Staffel« und »Geschwader« für die ikarische Streitmacht.)

Minarettberge: Name für die Farnberge. Die Bezeichnung geht auf die Minarette der alten ikarischen Städte zurück, die über den ganzen Gebirgszug verteilt sind.

Modt: Ein Suchender.

Monate:

– Januar	=	Wolfmond
– Februar	=	Rabenmond
– März	=	Hungermond
– April	=	Taumond

– Mai	=	Blumenmond
– Juni	=	Rosenmond
– Juli	=	Erntemond
– August	=	Heumond
– September	=	Totlaubmond
– Oktober	=	Knochenmond oder Beinmond
– November	=	Frostmond
– Dezember	=	Schneemond

MONDKUPPEL: Eine Kultstätte, die dem Mond geweiht ist und sich auf dem Tempelberg der Insel des Nebels und der Erinnerung erhebt. Nur die Erste Priesterin darf sie betreten. Hier zeugten Niah und Wolfstern Aschure.

MONDSAAL oder MONDKAMMER: Audienz- und Bankettraum im königlichen Palast zu Karlon. Hier hat Axis mit Bornheld bis auf den Tod gekämpft.

MONDWILDBLUMEN: Außergewöhnlich seltene, zartviolette Blumen, die nur bei Vollmond blühen. Aschure ist ganz besonders mit ihnen vertraut.

MOOR, DAS: Großes und unwirtliches Sumpfgebiet im Osten von Arkness; hier sollen eigenartige Wesen leben.

MORGENSTERN SONNENFLIEGER: Sternenströmers Mutter, Witwe des ehemaligen Krallenfürsten Eilwolke und selbst eine mächtige Zauberin. Sie wurde von Wolfstern Sonnenflieger ermordet.

MUTTER: (1) Awarischer Name für den Farnbruchsee.
(2) Bezeichnung für die Natur, die als unsterbliche Frau personifiziert wird.

NACHLEBEN: Alle drei Völker, die Menschen (Achariten), die Ikarier und die Awaren glauben an ein Leben nach dem Tod, das sogenannte Nachleben. Was sie jedoch darunter verstehen, hängt von ihren jeweiligen religiös-kulturellen Überlieferungen ab.

Narkis: Einer der neun ikarischen Sternengottheiten. Narkis ist der Gott der Sonne.

Narrenturm: Eine der magischen Burgen Tencendors. Wurde Aschure vermacht.

Neun, die: Siehe »Sternengöttinnen und Sternengötter« (die Neun werden manchmal auch die Neun Priesterinnen des Sternenordens genannt).

Niah: Entstammt einer alten Familie der Barone von Nor. Mutter von Aschure. Sie wurde von Wolfstern Sonnenflieger verführt und von Pflughüter Hagen ermordet. Niah war die Erste der Priesterinnen des Sternenordens.

Niederen, die: So werden höhere Wesen genannt, die über gottähnliche Magie verfügen.

Noah: Ein Mann, der mit den Schiffen unter den Seen in Zusammenhang steht.

Nor: Südlichste Provinz Achars; ihre Bewohner haben eine dunklere Haut als die übrigen Achariten und unterscheiden sich von ihnen außerdem durch ein exotisches Äußeres. Regent von Nor ist Baron Illgaine.

Nordmuth: Hafen an der Mündung des Nordra.

Nordra: Größter Strom und Hauptlebensader Achars. Entspringt in den Eisdachalpen, fließt durch Awarinheim, durchquert schließlich Nord- und Mittelachar. Der Fluß wird zu Bewässerung, Transport und Fischfang genutzt.

Ogden: Einer der Wächter. Ein »Mitbruder« Veremunds.

Orden der Sterne: Priesterinnenorden, die Neun Hüterinnen des Tempels der Sterne. Wenn eine solche Priesterin ihren Ordenseid leistet, legt sie damit ihren Namen ab.

Ormund: Soldat in Zareds Armee.

Orr: der Fährmann der Charoniten.

Pflug: Unter der Herrschaft der Bruderschaft vom Seneschall verfügte jede Ortschaft in Achar über einen Pflug, der nicht nur der Feldarbeit diente, sondern auch den Mittelpunkt der religiösen Verehrung der Ortsansässigen darstellte.

Pflughüter: Der Seneschall wies jedem Ort in Achar aus den Reihen seiner Bruderschaft einen Priester zu, den sogenannten Pflughüter.

Piratennest: Jahrhundertelang der gebräuchliche Name für die Insel des Nebels und der Erinnerung und immer noch Unterschlupf für Piraten.

Piratenstadt: Die Stadt am nördlichen Hafen von Piratennest – der Insel des Nebels und der Erinnerung.

Pors: Eine der neun ikarischen Sternengottheiten. Pors ist der Gott der Luft.

Prophezeiung des Zerstörers: Uralte Weissagung, die von der Erhebung des Gorgrael im Norden und dem Auftauchen des Sternenmanns kündet, der ihn als einziger aufhalten kann. Seit der Zeit der Prophezeiung des Zerstörers sind vierzig Jahre vergangen.

Rabenbund: Nördlichste Provinz von Tencendor.

Rabenhorst Sonnenflieger: Ehemaliger Krallenfürst der Ikarier, der beim Angriff der Greifen auf den Krallenturm getötet wurde.

Ramu: Zaubererpriester der Awaren. Jetzt der heilige Weiße Hirsch.

Raspu: Ein Suchender.

Rat der Fünf: Zusammenkunft der Oberhäupter der Ersten Fünf Familien.

Ratssaal: Der große Saal im königlichen Palast in Karlon, in dem früher des Königs Geheimer Rat zusammentrat.

Renkin, Bäuerin: Eine Landfrau aus dem Norden von Arkness, in deren Gestalt die Mutter oft erscheint. Die Bäuerin hat Faraday geholfen, das Bardenmeer zu pflanzen und ist danach im Wald verschwunden.

Rhätien: Kleine Provinz Achars an den westlichen Ausläufern der Minarettberge.

Ring der Zauberin: Ein uralter Ring, einst im Besitz der Ersten Zauberin, jetzt von Aschure getragen. Sein eigentlicher Name ist Sternenkreis und er ist eng verbunden mit den Sternengöttern.

Rivkah: Prinzessin von Achar, Mutter von Bornheld, Axis und Zared. Gemahlin von Prinz Magariz. Sie lebt nicht mehr.

Romstal: Provinz südwestlich von Karlon; berühmt für ihren Weinanbau. Zur Zeit der Geschichte herrscht hier Baron Marat.

Rox: Ein Suchender.

Sa'Domai: Häuptling der Rabenbunder, Sohn Ho'Demis.

Sandmeier, Gregorius: Bürgermeister von Karlon.

Scheol: Eine Suchende – die einzige Frau in dieser Gruppe.

Schöpfungslied oder Erweckungslied: Ein Lied, das ikarischen und awarischen Legenden zufolge tatsächlich selbst Leben erschaffen kann.

Schra: Die ranghöchste Zaubererpriesterin der Awaren. Als Kind hat Axis ihr das Leben gerettet.

Schwebstern Sonnenflieger: Zauberin und Gemahlin des Krallenfürsten, die Mutter von Morgenstern und Großmutter von Sternenströmer, starb dreihundert Jahre vor Beginn des Buches.

Seeblick: Stadt am Lebenssee.

Seegrasebene: Riesige Ebene, die nahezu die gesamte Fläche der Provinz Skarabost ausmacht.

Seewache, Seewächter: Miliz, die ausschließlich aus Männern und Frauen besteht, die Dornfeder Wahrlied als Kinder aus dem Krallenturm gerettet hat, als dieser von Greifen bedroht wurde. Sie konnten über die unterirdischen Wasserwege entkommen und wurden durch diese Erfahrung verändert. Die Seewache steht im Dienst des Sternensohns.

Seneschall: Früher allmächtige religiöse Institution Achars, inzwischen aufgelöst. Die Heilige Bruderschaft vom Seneschall hatte in Achar eine außerordentliche Machtposition inne und spielte nicht nur im alltäglichen Leben der Menschen, sondern auch in allen politischen Belangen eine bedeutende Rolle. Sie lehrte vor allem Gehorsam gegenüber dem einen Gott, Artor dem Pflüger, und den heiligen Worten, dem Buch von Feld und Furche.

Severin: Die neue Stadt, die Magariz und Rivkah anstelle der alten Hauptstadt von Ichtar errichten ließen. Jetzt Regierungssitz von Zared.

Sicarius: Rudelführer der Alaunt. Einer der Niederen.

Sigholt: Eine der bedeutenden magischen Burgen Tencendors, gelegen an den Ufern des Lebenssees in den südlichen Urqharthügeln Ichtars, Axis' Heimat.

Silton: Eine der neun ikarischen Sternengottheiten. Silton ist der Gott des Feuers.

Skarabost: Große Provinz im Osten Achars; Getreidekammer Achars.

Skrälinge: Kreaturen in den nördlichen Ödlanden, die für Gorgrael gekämpft hatten.

Smyrdon: Ein ehemals großes Dorf im Norden von Skarabost, das von Aschure auf Grund seiner engen Verbundenheit mit Artor, Gott des Pfluges, zerstört wurde.

Sonnenflieger, Haus der: Herrscherhaus der Ikarier seit vielen tausend Jahren.

Staffel: Kleinste Einheit der ikarischen Luftarmada, die von einem Staffelführer befehligt wird. Sie setzt sich aus zwölf weiblichen und männlichen Ikariern zusammen; zwölf Staffeln bilden ein Geschwader.

Staffelführer: Befehlshaber der kleinsten Einheit der ikarischen Luftarmada.

Sterne, Haus der: Herrscherhaus des Axis.

Sternenfieber Hochkamm: Oberster Sekretär im Palast von Krallenfürst Freierfall in den Minarettbergen.

Sternenfinger: Der höchste Berg in den Eisdachalpen, der Gelehrsamkeit und der Andacht gewidmet. Ursprünglich wurde er Krallenturm genannt.

Sternenfreude Sonnenflieger: Gemahlin Wolfsterns, vor viertausend Jahren durch das Sternentor gestoßen.

Sternengöttinnen und Sternengötter: Die neun Gottheiten der Ikarier. Siehe auch Axis, Aschure, Adamon, Flulia, Narkis, Pors, Silton, Xanon und Zest.

Sternenkreis: Siehe Ring der Zauberin.

Sternenmann: Axis Sonnenflieger.

Sternensohn: Titel, den Axis Caelum verliehen hat.

Sternenströmer: Ein ikarischer Zauberer, Vater von Gorgrael, Axis und Abendlied. Zur Zeit lebt er auf der Insel des Nebels und der Erinnerung.

Sternentanz: Die mystische Quelle, aus der die ikarischen Zauberer ihre Kräfte beziehen. Es ist die Musik der Sterne bei ihrem ewigen Tanz am Himmel.

Sternentor: Eine der heiligen Stätten der Ikarier, unterhalb der Alten Grabhügel gelegen. Es ist ein Portal, das ins Universum führt.

Straum: Große Insel vor der Küste Ichtars, vornehmlich von Robbenfängern bewohnt.

Suchenden, die: Eine fünfköpfige Gruppe auf der Suche nach etwas, das der Feind ihnen gestohlen hat.

Tailem-Knie: Die große Flußbiegung des Nordra, wo er aus dem Westen kommend nach Süden abbiegt und schließlich bei Nordmuth ins Meer von Tyrre einmündet.

Tarantaise: Eine ziemlich arme Provinz im Süden Achars, die vom Handel lebt.

Tare: Kleine Handelsstadt im Norden von Tarantaise.

Tekawai: Der bevorzugte Tee der Rabenbunder, der aus dem getrockneten Seetang der Eisbärküste hergestellt wird. Er wird stets mit großer Feierlichkeit aufgegossen und serviert.

Tempelberg: Hochplateau des Bergmassivs im Südosten der Insel des Nebels und der Erinnerung. Hier erhebt sich die Tempelanlage.

Tempel der Sterne: Eine der heiligen Stätten der Ikarier. Sie befindet sich auf der Insel des Nebels und der Erinnerung.

Tencendor: Der alte Name des geeinten Achar vor den Axtkriegen. Unter Axis' – und jetzt Caelums – Führung das wiedervereinte Land der Achariten, Awaren und Ikarier.

Theodor, Herzog von Aldeni: Enkel von Herzog Roland, der Axis in seinem Kampf für die Einheit Tencendors unterstützte. Freund von Prinz Zared.

Todestanz: Die Dunkle Musik der Sterne, das Gegenstück zum Sternentanz. Sie entsteht, wenn die Gestirne bei ihrem Tanz aus dem Takt geraten, ineinanderkrachen oder zu Roten Riesen anschwellen und schließlich implodieren. Nur Wolfstern und Aschure können sich der Macht des Todestanzes bedienen.

TORWÄCHTERIN: Die Wächterin am Tor des Todes, dem Zugang zur Unterwelt. Sie führt Buch über die eintretenden Seelen. Außerdem ist sie die Mutter von Zecherach und eine der Niederen.

TOR ZUM LABYRINTH: Das hölzerne Tor, das in das Labyrinth führt. Sein steinerner Torbogen ist mit Hieroglyphen bedeckt.

TRÜBBERGE: Öder Bergzug entlang der Trübbucht. Einst wurde dort Opalabbau betrieben. Heute ist es eine verlassene Gegend.

TRÜBBUCHT: Große Bucht an der Westküste Tencendors. Ihr Wasser ist schmutzig, verunreinigt durch die Gerbereien entlang des Azle.

TYRRE, MEER VON: Der Ozean an der Südwestküste Achars.

ÜBERLEBENDE, DER: Der einzige Überlebende an Bord der Schiffe in der Feuernacht.

UR: Eine sehr alte Frau, die im Zauberwald lebt. Seit undenklichen Zeiten hat sie die umgewandelten Seelen der awarischen Zaubererpriesterinnen bewacht.

URBETH: Eine unsterbliche Eisbärin der nördlichen Wildnis.

URQHARTHÜGEL: Halbkreisförmige niedrige Bergkette in Mittelichtar, die Sigholt umschließt.

VEREMUND: Einer der Wächter, ein »Mitbruder« Ogdens.

WÄCHTERINNEN und WÄCHTER: Die fünf mystischen Geschöpfe der Prophezeiung des Zerstörers. Ursprünglich waren sie Charoniten und wurden von Wolfstern in der Gestalt des Propheten angeworben, um der Prophezeiung zu dienen. Sie gaben ihr Leben, um das Zepter des Regenbogens zu erschaffen.

WALD DER SCHWEIGENDEN FRAU: Dunkler und fast undurchdringlicher Wald im südlichen Arkness und Sitz der Burg der Schweigenden Frau. Heute in das Bardenmeer übergehend.

WALDFLUG WEITSEGLER: Angehöriger der Seewache.

WEG DES FLÜGELS: Allgemeiner Ausdruck, der manchmal zur Beschreibung der Kultur der Ikarier benutzt wird.

WEG DES HORNS: Allgemeiner Ausdruck, der manchmal zur Beschreibung der Kultur der Awaren benutzt wird.

WEG DES PFLUGES: Religiöse Pflicht, Sitten und Gebräuche, wie sie vom Seneschall gemäß den Glaubenssätzen des Buches von Feld und Furche gelehrt werden. Im Zentrum der Lehre steht die Urbarmachung des Landes durch den Pflug. Der Weg des Pfluges lehrt alles über die Ordnung, der ein jeder Mensch und ein jedes Ding auf der Welt unterworfen sind. Einige Ikarier und Awaren befürchten, daß viele Achariten immer noch diesem Glauben anhängen.

WEISSER HIRSCH: Nach seiner Umwandlung während der Zeit der Prophezeiung wurde Ramu zu einem prachtvollen Weißen Hirsch und nicht zu einem Gehörnten. Der Weiße Hirsch ist das heiligste Lebewesen des Zauberwaldes.

WEITWALLBUCHT: Große Meeresbucht zwischen Achar und Koroleas. Ihre geschützte Lage und ihr ruhiges Gewässer sind ausgezeichnet zum Fischfang geeignet.

WESTBERGE: Zentrales acharitisches Bergmassiv, das sich westlich vom Nordra bis zum Andeismeer erstreckt.

WILDHUNDEBENE: Ebene, die sich vom nördlichen Ichtar bis zum Fluß Nordra erstreckt und von den Grenzbergen und Urqharthügeln begrenzt wird. Ihren Namen erhielt diese Ebene von den Wildhundrudeln, die sie durchstreifen.

WITWENMACHERMEER: Riesiger Ozean im Osten von Achar. Von den vielen unerforschten Inseln und Ländern jenseits dieses Meeres kommen die Seeräuber, die Koroleas heimsuchen.

WOLFEN: Zauberischer Bogen, der einst Wolfstern Sonnenflieger gehörte und von Aschure auf der Jagd benutzt wurde.

WOLFSTERN SONNENFLIEGER: Neunter und mächtigster aller Krallenfürsten. Er wurde schon bald nach Regierungsantritt ermordet, kehrte jedoch vor dreitausend Jahren durch das Sternentor zurück. Vater von Aschure.

WOLKENBRUCH SONNENFLIEGER: Jüngerer Bruder und Mörder von Wolfstern Sonnenflieger.

XANON: Eine der neun ikarischen Sternengottheiten. Xanon ist die Göttin des Himmels und die Gemahlin von Adamon.

YR: Eine Wächterin.

ZARED, PRINZ DES NORDENS: Sohn von Rivkah und Magariz.

ZAUBEREI: Unter dem Einfluß des Seneschall fürchteten und haßten alle acharitischen Artoranhänger den Gebrauch von Zauberei. Diese Furcht ist inzwischen fast ebenso erloschen wie der Seneschall.

ZAUBERER: Die Zauberer der Ikarier, von denen viele ausgesprochen mächtig sind. Alle ikarischen Zauberer führen das Wort »Stern« in ihrem Namen (mit Ausnahme von Caelum und Zenit).

ZAUBERERPRIESTER: Die religiösen Führer der Awaren. Sie verstehen sich auf Magie, wenn auch nur in bescheidenem Maße.

ZAUBERIN, DIE: Die erste aller ikarischen Zauberinnen und Zauberer und gleichzeitig die erste, die den Weg zur Beherrschung der Macht des Sternentanzes entdeckte. Sie wird von den Ikariern verehrt. Mit diesem Titel wird Aschure manchmal bedacht.

ZECHERACH: Eine Wächterin. Gemahlin von Jack.

ZEIT DER PROPHEZEIUNG DES ZERSTÖRERS: Zeitraum, der mit der Geburt des Zerstörers und des Sternenmanns begann und mit dem Tod Gorgraels endete. (Entspricht der Handlung der sechs Bände »Unter dem Weltenbaum«.)

ZENIT: Jüngste Tochter von Axis und Aschure.

ZEPTER DES REGENBOGENS: Eine Waffe, die ihre Entstehung den Leben der fünf Wächterinnen und Wächter, der Macht der Schiffe unter den Magischen Seen und der Macht des Erdenbaumes verdankt. Mit seiner Hilfe ist es Axis gelungen, Gorgrael zu schlagen.

ZEST: Eine der neun ikarischen Sternengottheiten. Sie ist die Göttin der Erde.

Norden
Tencendor
(Achar)
Iskruel-Ozean
Nördliche Ödlande/
Tundra
Totholzwald
Eisbärküste
Land der Skrälinge
Gorkenpaß
Gletscher
Krallenturm/
Kummerkrak
Gletscher
Rabenbund
Eisdachalpen
Land der Skrälinge
Andakilsa
Stadt
und Ruine der
Feste Gorken
Seehundbucht
Eisdach-Ödnis
Nordra
Schattenland
(Awarinheim)
Ichtar
Grenzberge
Straum
Wildhundebene
Ichtar
Urqharthügel
Lebenssee
Runinen
von Hsingard
Sigholt
Westichtar
Severin
Azle
Jervois
Felsschlund
Bardenmeer
Azle
Tailem-Knie
Nordra
Verbotenes
Tal
Aldeni
Smyrdon
Witwenmachermeer
Seegrasebene
Trübberge
Fluria
Skarabost
Trübbucht
Dreibrüder
Seen
Nordra
Kastaleon
Farnberge
Bracken
Westberge
Rhätien
Farnbruchsee/
Mutter
Arken
Arkness
Moor
Avonstal
Wald und Burg
der Schweigenden
Frau
Alte Grabhügel
Andeismeer
Karlon
Kesselsee
Gralsee
Narrenturm
(Turm des
Seneschall)
Ebene von Tare
Bedwyr-Fort
Tare
Karreninseln
Romstal
Nordmuth
Tarantaise
Weitwallbucht
Isbadd
Insel des Nebels
und der
Erinnerung
(Piratennest)
Nor
Koroleas
Koroleas-
Sund
Meer von Tyrre

Sara Douglass

Der Herr des Traumreichs

Ein Weltenbaum-Roman. Aus dem australischen Englisch von Irene Holicki. 400 Seiten. Gebunden

Ihr Götter! Der Mann kann von Glück sagen, daß er noch lebt, denkt der junge Heiler und legt die Hände auf die vernarbte Schulter des Sklaven. Was er unter dem verhärteten Gewebe spürt, wird sein ganzes Leben verändern. Den sechzehnjährigen Garth, der die Gabe des Heilens besitzt, hat ein rasselnder Metallkäfig in das unterirdische Bergwerk gebracht, wo Sträflinge, zu lebenslanger Zwangsarbeit verurteilt, das kostbare, pechähnliche Glomm abbauen, dem das Land seinen Reichtum verdankt. Und nun entdeckt Garth, daß der Sklave unter der alten Verletzung das magische Königsmal trägt – daß er Maximilian ist, der längst für tot erklärte Thronfolger von Escator. Von Stund an wird Garth von einem einzigen Gedanken beherrscht: Er muß den Gefangenen befreien und ihm zu seinem rechtmäßigen Erbe verhelfen. Immer tiefer gerät er in ein Netz magischer Geheimnisse und tödlicher Intrigen …

01/1434/01/L